KB096459

Albert Cohen
Belle du Seigneur

·

주군의 여인 2

창 비 세 계 문 학

61

주군의 여인 2

알베르 꼬엔

윤진 옮김

창비

차례

•

일러두기
1. 이 책은 Albert Cohen, *Belle du Seigneur*(Editions Gallimard 2013)를 번역 저본으로
   삼았다.
2. 본문 중의 각주는 옮긴이의 것이다.
3. 외국어는 되도록 현지 발음에 가깝게 표기하되, 우리말 표기가 굳어진 것은 관용을
   따랐다.

제4부

53

—그래 그러니까 그저께 돌아와서는 줄곧 일했다우 그 이상하고 돼먹지 못한 여자 앙뚜아네뜨한테 약속하기는 동생이 부기만 빠지면 곧장 오겠다고 했는데 떠날 때 말한 것보다 오래 있었지 갈 땐 7월 초에 오겠다고 했으니까 의사들이 그렇게 말하니 그런 줄 알았지 뭐 그야 의사들 탓이지 내 잘못은 아니잖우 원래 의사들은 맨날 틀린 말만 하니까 물론 청구서를 보낼 때만큼은 다르지만 그건 내가 장담하리다 정말 그렇다우, 원래 난 특별한 일이 없으면 약속을 잘 지키는 사람인데 어쨌든 동생이 부기 빠진 걸 보고 곧장 그러니까 8월 6일에 기차를 탔지 그니까 내 탓이 아니지 도착하는 대로 일도 바로 시작해서 그저께부터 쉬지 않고 일했다우 정말 할 일이 산더미 같더라니까 정말이야, 앉아요 서 있지 말고, 난 혼자 있을 때도 계속 얘기하는 걸 좋아한다우 일하는 동안 외롭지 않고 좋으니까, 특히 지금처럼 편히 앉아 기피 홀짝거리면서 은그릇을

닦을 땐 딱 좋지, 마담 아리안 말로는 은그릇을 닦을 때 내가 얼굴을 찌푸린다네요 누가 미워서 잔뜩 심술이 난 사람처럼, 뭐 그러니까 그렇다고 하겠지 어차피 그릇 닦으면서 내 얼굴을 거울로 들여다볼 수는 없으니까, 난 정말로 이 은그릇들을 좋아한다우 마담 아리안이 마드무아젤 발레리한테서 물려받은 거거든, 그래 좀 전에 말한 대로 정말 쉬지 않고 일했다우 젊은 하녀 애들이 아무리 용을 써도 이 늙은 마리에뜨의 발뒤꿈치도 못 따라오지, 물론 나도 원래부터 늙은이는 아니었지만 지금은 이렇게 작고 오동통하고 지하실에 버려둔 사과처럼 쭈글쭈글하지 예순살이 넘었으니까, 스무살 땐 나도 따라올 사람이 없을 만큼 아름다웠다우 지금은 이 불쌍한 마리에뜨 가르생이 이렇게 하찮은 일이나 하고 있지만, 그래도 내가 해놓은 것 좀 보시우 그저께 막 도착했을 땐 이 부엌이 얼마나 난장판이었는데, 손잡이마다 어찌나 더럽던지 닦아내느라 죽는 줄 알았고 구석구석 지저분하기 이를 데 없고 걸레는 한번도 안 빨았는지 온통 끈적거리고 사방에서 알 수 없는 이상한 냄새가 나고 어느 것 하나 제자리에 있는 게 없고 정말 누가 보면 먼 데서 막 이사온 집 같았다우, 그게 다 내가 없을 때 일하러 왔던 뛔딸라즈라는 여자 때문이지 그 여편네 얘기는 이따 합시다, 그래 동생 병이 낫고 나서 그저께 빠리에서 돌아와 보니 부엌 꼴이 정말 말이 아니었다우, 내가 있을 땐 얼마나 깨끗했는데 보석상처럼 반짝반짝했는데 모두 반듯하게 정돈되어 있었는데, 세상에 뭔 일이 일어난 건지 처음 봤을 땐 정말 피가 거꾸로 도는 것 같았다우, 할 수 없지 어쩌겠우 힘을 내서 작정하고 달려들 수밖에 낙타 가죽으로 유리창 구석구석 다 닦았지 정말 다 닦았어 어찌나 엉망진창인지 하나하나 원래대로 돌려놓느라 숨 돌릴 틈도 없었다우, 마르따가 가고 나서 온 그 뛰딸라즈라는 여자는 아침에만 대충 살림해놓고 나 몰라라 했을 테지 안 봐도 뻔해, 담배를 입에 물고 살고 얼굴엔 뭘 잔뜩 처발라대고 비질 한번 제대로 안하고 대충대충 대걸레로 훑어서는 안 보이는 구석에 밀어넣었겠지, 정말 구석구석 어찌나 더럽던지 직접 안 본 사람은 못 믿을 거유, 보나 마나 장 보러 나갈 때도 실내 슬리퍼 신고 갔을 거고 식품점에서 죽치고 수다나 떨었겠지 예방 주사도 축음기 바늘로 맞을 여편네 같으니, 맨날 마시고 먹는 것만 생각하니까 배는 툭 튀어나오고 거기다 성질은 더러워서 별것도 아닌 일에 미친 듯이 난리를 치겠지, 내가 잘 알지 저녁에는 극장에 가든지 춤추러 가고 마흔살도 넘은 여자가, 뛰딸라즈 전에 그러니까 나 다음에 일했던 가엾은 마르따는 착하긴 한데 아무짝에도 쓸모없는 애였다우, 두 눈을 닭들이 알 낳는 자리에 달고 다니는지 내가 떠나기 전에 좀 가르쳐줄라고 했는데 영, 동생이 정맥염으로 아프다니 갈 수밖에 없잖우 가족인데 할 수 없지, 가봤더니 세상에 부목이라나 그런 걸 대놓았는데 다리가 퉁퉁 부었고 정맥류가 터졌다며 붕대를 칭칭 감아놔서 움직이지도 못하고, 아가 칸[1]의 별장 지기로 일하던 애였다우 방이 스무개나 되는 대단한 곳이랍디다, 아프리카 사람들이 그 사람을 경배한다며 그 몸무게와 똑같은 무게만큼 금과 다이아몬드를 바쳤다던데, 그러면 안되는 거지만 아무튼 그렇게 돈을 벌었다나, 덩치가 크고 육중한 게 꼭 하마 같다던데 시커먼 흑인들한텐 교황이었다잖우, 어쨌든 팔자 하나는 편

---

1 이슬람 시아파의 분파인 이스마일파의 영적 지도자. 페르시아의 지방을 통치하던 아가 칸 1세는 페르시아 샤(군주)로부터 '최고사령관'을 뜻하는 '아가 칸'(Aga Khan) 칭호를 받았고, 이후 반란을 일으켰다가 패하고 인도에 정착했다. 여기서는 인도 전체의 이슬람 지도자로 부상한 아가 칸 3세(1877~1957)를 말한다.

하지 허구한 날 여행이나 다니면서 대궐 같은 호텔에서 시시덕거리고 흰색 모자 높게 쓰고 경마장에 들락거리고 사람들한테 휠체어나 끌게 하고, 나도 신문에서 그 사람 얼굴 본 적 있는데 매번 어린 여배우들하고 같이 있습디다, 내 동생이 그러는데 원래 그런 여자애들한테 사족을 못 쓴다네요, 맞아 볼 때마다 젊은 여자애들하고 같이 있고 그중 하나는 입이 아궁이만 한 여자였다우 다행히 양쪽 끝에 귀가 붙어 있으니 망정이지 안 그랬으면 입이 어디까지 찢어졌을라나 몰라, 아무튼 그 사람은 갑부처럼 흥청망청 산답디다 가진 것 하나 없이 고생에 찌든 사람들도 많은데 잠잘 데도 없고 갈아입을 셔츠도 없고 뱃가죽이 등에 붙도록 굶주린 사람들도 있는데, 마르따 그러니까 나 대신 온 애는 참하고 마음씨도 곱긴 한데 머리가 텅 비어서 뭘 어떻게 해야 하는지 아무것도 몰르고 덤벙거리기만 하고 앙뚜아네뜨만 보면 겁을 집어먹었다우, 앙뚜아네뜨 그 여자는 상냥한 얼굴로 이것저것 시키면서 자기가 무슨 하느님이나 되는 것처럼 굴거든, 그러니까 처음에 마르따가 왔고 그다음에 쀠딸라즈라는 여자가 와 있는 동안에 이 집이 이 꼴로 엉망진창이 된 거라우 은그릇도 다 누렇게 되고, 마담 아리안은 원래 하인들 감시를 할 줄 몰르니까 그런 능력이야 타고나는 거잖우 갖든가 못 갖든가 둘 중 하나, 아이고 한번 더 마셔야겠네 중탕냄비에 넣었으니 아직 따듯할 테지, 자 마리에뜨한테 어서 오시우 내가 한잔 대접하리다 내가 드린다고, 난 커피 마실 때 소리 내서 마시는 게 좋습디다 그래야 맛이 더 잘 나는 것 같아, 마담 아리안 말로는 내가 커피 마실 때 안경 아래 눈이 좀 사나워 보인다네요 손이 예쁘다고도 했고 고사리손 같다고, 아 마담 아리안이 나 스무살 때 모습을 봤어야 하는데, 어쨌든 이 커피 아주 맛있네요 일할 때 커피

한잔 마시면 제대로 힘이 나니까, 사실 빠리에서 의사가 커피를 끊으라고 했는데 팔에다 무슨 장치를 대고 재니까 뭐가 높게 나왔다면서, 하지만 난 그런 건 별로 신경 안 쓴다우 원래 의사들이야 전부 아는 척하잖우 별로 아는 것도 없으면서 치료비 명세서 보내는 거나 잘하지 그건 아주 제대로 해낸다니까, 좀더 일찍 돌아와서 일을 시작할 수도 있었는데 글쎄 동생 다리가 좀 낫고 폐렴도 가라앉더니 하필 그때 숨을 쉴 수 있게 해줘야 한다나 뭐라나 목에다 관을 집어넣어야 한다는 걸 어쩌겠우, 그런 다음엔 내가 섬유종이라나 혹이 생겨서 병원에 가야 했고, 참 의사들이 어쩌나 친절하던지 특히 쪼그마한 갈색 곱슬머리 의사가 참 친절했다우 다들 내 혹을 보고 감탄을 하고 아예 넋을 잃은 것 같더라니까 그렇게 큰 혹은 처음 봤다나 4킬로나 나가는 거였으니까 그 정도 크기면 중간에 꼬여 있기 쉽다고 하면서, 어쨌든 다들 날 떠받들고 왕비 마마 납신 것처럼 정성껏 챙겨줬는데 마담 아리안도 소식을 듣고 빠리까지 달려왔고 와서는 하루 종일 내 곁에 있고 혼자 지내는 일인실이라나 뭐라나 날 거기 넣어달라고 했다우 그럴 필요 없다는데도 도무지 고집을 안 꺾고 결국 그 돈을 다 냈잖우 날 정말로 좋아하는 거지, 아무튼 요즘 온 가족이 병에 이골이 났다우 결혼한 우리 조카애도 달거리가 보름인가 스무날인가 계속됐잖우 그러고 나더니 몇달 동안 끊기니까 그냥 애를 밴 줄 알았지, 그런데 그게 돌멩이가 길을 막아서 못 나오고 있었던 거라네 그러다 한번에 콸콸 쏟아져 나왔고 작은 종기들이 뭉쳐 돌멩이처럼 됐다고 의사들이 애기집하고 딸린 관들까지 전부 들어내자고 했답디다 조금 있으니까 자궁도 조여들었고, 글쎄 내 동생 말로는 그게 전부 그애 남편 때문이랍니다, 나 원 첨 하느님이 자기 모습을 따서 우리 인간을 만들었다고 하던데 원래 하느님 모습이 별로 아름답지 않았나 이 여자 저 여자 배를 열어서 고장난 걸 다 꺼낼 거면 아예 지퍼를 달아놓았으면 편했을걸 다음에 또 딴 걸 꺼내야 할지 몰르니까, 사실 지금 생각하면 내가 그때 혹이 생긴 게 다행이었다우 안 그랬으면 빠리에서 일찍 떠났을 테고 그렇게 다 끝난 줄 알았다가 동생 다리가 다시 부어오르면 또 가봐야 했을 테니까, 그애는 결국 다시 병원 신세를 졌다우 뭐 이제는 다 회복됐지만 앞으론 정말 괜찮아야 할 텐데 동생이라곤 걔 하나밖에 없는데, 마담 아리안이 내 머리 컬을 보고는 난 머릿고리라고 불르는데 그게 더 낫잖우 아무튼 아주 예쁘다고 합디다 그냥 손가락을 적셔서 돌돌 말기만 하면 된다우 특히 앞머리는 어린 계집애 같지만 제법 어울리거든, 참 아까 그 칸 얘기 궁금하실라나, 어쨌든 난 이것저것 따지고 보면 공산주의자들하고 그 비슷한 무리들 말이 맞긴 맞는 것 같습디다 한가지만 빼고 그러니까 내가 모아놓은 돈을 빼앗아 가는 건 안되지, 50년 동안 땀 흘리며 벌었는데 그걸 내가 가질 수 없다면 어떻게 보고만 있겠우, 나랏일 하는 사람들은 자기 잇속 챙기느라 정신이 없고 내 생각엔 힘들게 사는 사람들이 있는데 그건 할 수 없다 해도 늙어서 먹고살 순 있게 해줘야지 돈벌이가 있어야지 그렇잖우 서로서로 장사라도 해서 먹고살아야지, 그렇다고 무슨 으리으리하게 사는 사람들처럼 그러니까 아가 칸이나 미국의 백만장자라는 사람들처럼 돼야 한다는 것도 아닌데, 여기저기 잡지책에 나오는 공주 마마들이야 뭐든 넘치게 가질 수 있고 비싼 목걸이랑 진주가 셀 수 없이 많은 여자들이야 누가 와서 자기네 걸 훔쳐가도 아무렇지도 않지, 난 괜찮아요 돈이 있으니 다른 걸 다시 사면 된답니다 이런 마음으로 계속 신나하겠지 계속 춤추고 말 타고 이 세상이 다 자기 거라도 되나, 사실 하느님 눈에는 도둑질하는 인간보다 그 사람들이 더 큰 죄인 아니겠우 가난한 사람이 자기가 잘못해서 가난한 건 아니니까 어릴 때부터 가난에 찌들어 있었고 아버지는 늘 술에 취해 들어와서 때려 부쉈던 건데, 정작 우리 공주 마마들이야 살면서 뭐 제대로 한 일 하나 없이 그런 대접을 받는 건데 그냥 어느날 왕이 왕비한테 올라탄 것뿐인데 그런데도 세상 전부가 공주 마마 차지가 되고 그렇게 허구한 날 파티장에 가서 놀고 마룻바닥 한번 닦은 적 없고 저녁에 집에 들어가서 스타킹 한번 빤 적도 없이 아무렴 힘든 일 한번 해본 적 없지 절대로 없어, 맨날 궁에서 시시덕거리고 기차에서 내릴 때면 밟고 지나가라고 으리으리한 카펫을 깔아주잖우 공주 마마는 구두 바닥까지도 받들어 모셔야 한다는 건지 다들 굽신대는 꼴이라니, 누가 보면 공주 마마는 여자들 누구나 있는 그 길게 찢어진 데도 없는 줄 알겠어, 내 생각엔 말이우 이 신문 저 신문 할 것 없이 왕비가 9월에 아기를 낳을 거라고 무슨 대단한 일처럼 떠들어대지만 그게 결국 왕이 1월에 왕비한테 올라탔다는 소리라는 건 아무도 말하지 않잖우, 그래요 내가 돌아온 게 아직 다 낫지도 않은 머리맡에 약을 다섯종류나 쌓아두고 사는 불쌍한 동생을 두고 일하러 온 게 그 낙타 같은 여자 뻐드렁니가 애들 타는 미끄럼틀처럼 튀어나온 됨 부인 때문은 아니라우, 사실 난 그 여잘 독사라고 불른다우 늘 당신을 위해 기도할게요 어쩌구 하면서 믿음 타령을 하지만 상냥한 얼굴로 악랄한 창을 던지는 여자니까, 자기가 무슨 잘나가는 사람인 줄 알지 난 마드무아젤 발레리를 20년 넘게 모신 사람인데 마드무아젤 정도 돼야 정말 잘나가는 사람이지 마드무아젤 발레리는 영국 여왕도 만나봤다우 1년에 한번은 인사를 드리는 사이였으니까 염괘스런 일이잖우 독사는 거기 비하면 아무것도 아닌 주제에 게다가 또 얼마나 무식한지 일반 보르도 마실 때랑 고급 포도주 마실 때랑 어떻게 잔을 다르게 쓰는지도 몰르면서, 내가 고생 고생 해서 돌아온 게 그 여자 때문은 아니란 말이우 그 여자가 끼고도는 아들 디디 때문도 아니고 무슨 교황의 아들이나 되는 것처럼 내 앞에서 고개를 뻣뻣이 쳐들고 무슨 큰 자랑거리라고 구두에 하얀 장식 각반을 차고 다니고 수염은 또 그게 뭔지, 참 그래도 주인 양반 이뽈리뜨는 좀 신경이 쓰이지 불쌍한 어린 양 같은 양반이니까, 제일 중요한 이유는 당연히 나하고 각별한 마담 아리안 아니겠우, 사실 나 같은 프랑스 사람한테 스위스는 썩 편한 곳이 아니라우 우리 프랑스에는 다양하고 새로운 게 많은데 여긴 평온하고 단조롭기만 하니까, 그래 마담 아리안 때문에 왔다우 우린 서로 아끼는 사이니까 이 세상에 피붙이 하나 없는 가엾은 아가씨가 나만큼 좋아하는 사람이 없으니까 내가 엄마나 마찬가지니까 정말이지 기저귀 찬 애기 때부터 내가 다 지켜봤으니까 여름에는 건강해지라고 마당에 들통을 내놓고 햇볕에 물을 데워서 목욕도 시켜줬으니까, 내가 돌아오던 날 막 택시에서 내리는데 마담이 뛰어나와 내 품에 안기는 걸 보셨어야 하는데 환한 얼굴로 반겨줬다우, 나도 당연히 기뻤지 무엇보다 마담이 정말 많이 변했습디다 작년에 그러니까 동생 병 때문에 빠리로 떠나야 했을 때만 해도 맨날 우울해했는데 도무지 말이 없고 계속 글만 쓰고 결혼 생활이 문제였는지 아마 디디가 마담을 만족시켜주지 못했을 테지 여자들을 기쁘게 해줄 그런 남자가 아니니까, 그래그래 죽은 우리 집 양반은 어땠는 줄 아시우? 정말 잘생기고 100킬로 나가는 덩치에 팔은 여자처럼 하얬다우, 마담이 정말 많이 변했더라니까 명랑하고 변덕도 부리고 글쎄 오늘 아침엔 일찍 일어나 곧장 부엌으로 오더니 날 껴안고 인사하면서 이따 저녁에도 지금처럼 날씨가 좋을 것 같냐고 묻더라니까 정말 많이 변했어 생기가 돌고 목욕을 하면서 장밋빛 인생 노래를 부르고 왜 그, 그의 품에 안기면 어쩌구 하는 노래 있잖우 난 그 노래가 무척 좋던데 사랑의 진실을 말해주는 것 같아서, 젊음 미치도록 사랑하는 남자 나는 불쌍한 마리에뜨는 누구라도 같이 있어줬으면 하는 마음으로 이렇게 혼자 중얼거리고 있는데 정신 나간 늙은이처럼 말이우, 아니 잠은 이 집에서 안 자지 하루 종일 남의 집에 매여 있을 순 없으니까 마을에 그러니까 꼴로니에 따로 살 데를 구하겠다고 했더니 그 독사 같은 여자 표정이 아주 볼만했다우, 동생 때문에 빠리에 가 있는 동안에도 갔다 와서 계속 살 수 있게 집세를 꼬박꼬박 냈지, 그래서 저녁에 그러니까 마담 식사를 챙기고 설거지까지 하고 나면 어차피 마담도 혼자 책 보고 피아노 치는 걸 좋아하니까 늦지 않게 나설 수 있다우 7시 30분이면 벌써 집에 들어서지, 방 하나에 부엌이 딸린 덴데 아주 쓸 만하다우 그때부터 뜨개질하고 신문 읽고 뭐 이 정도면 괜찮지 않우? 한번 시간 내서 일요일 오후에 우리 집에서 커피나 마십시다 집 구경도 하고, 우리 집 양반이 목공 일을 했었다우 상당히 예술적인 일이지, 마담 아리안의 아빠도 얼마나 멋쟁이셨는데 훌륭하신 도블 목사님 재산도 많고 언제나 근사한 옷차림에 풍채도 좋으시고 아무튼 멋진 분이셨다우, 공부도 잘해서 주네브 정부에서 교수가 돼달라고 부탁했을 정도니까 목사가 될라고 준비하는 젊은 사람들 좀 가르쳐달라고 정말 영광스러운 일인데, 마담 아리안의 엄마도 대단한 가문의 따님이셨고 장례 때도 대단한 사람들이 왔었다우 얼마 후에 목사님 장례 때도 마찬가지였지만, 마음이 싱숭히 고와서 내 생각엔 분명 시내를 잃은 슬픔 때문에 병이 나셨을 거유, 마님은 엘리안 그러니까 아리안 아가씨 동생을 낳다가 산욕열 때문에 숨을 거뒀고 엘리안 아가씨는 열여덟 살에 죽었다우 굉장히 예뻤는데, 물론 나야 언제나 아리안 아가씨를 더 좋아했지 그런 건 마음먹고 정할 수 있는 게 아니잖우, 아니면 미국에서 하던 사업이 망해서 재산을 다 날리는 바람에 충격으로 병이 나셨을 수도 있지만 그래도 내 생각에 목사님들은 원래 돈에 연연하지는 않으니까 어쨌든 목사 월급 말고는 몽땅 날렸답디다, 다행히 마드무아젤 발레리는 계속 부자였다우 교회 여자들이 들러붙어서 아양을 떨면서 뜯어가기도 했지만 아무튼 마드무아젤 발레리는 엄격하면서도 올바른 분이었고 가끔 성대한 만찬도 열었는데 그럴 때면 난 장식 리본 달린 모자에 수놓은 앞치마를 하고서 당당하게 음식을 내갔다우, 손님은 모두 귀족 나리였고 웬만해서는 목소리를 높이지 않고 어쩌다 큰 소리를 낼 때도 품격이 있었지, 마드무아젤 발레리가 여왕처럼 가운데 앉아서는 이쪽을 보며 미소를 짓고 또 저쪽을 보며 빙긋이 웃고 절대 넘치지 않고 정말로 기품 있었다우, 나리가 죽고 나서 마드무아젤 발레리가 아이들을 맡아 키우게 되면서 나도 따라갔는데 맏이인 자끄 도련님이 여덟살 아리안 아가씨가 여섯살 엘리안 아가씨가 다섯살 아니 무슨 헛소리람 자끄 도련님이 일곱살이었지 두분이 결혼하고 2년 지나서 태어났으니까 별로 서둘지 않은 거지 어떻게 하는 건지 몰라서 그랬을 수도 있고, 원래 목사님들은 학식만 높지 사랑에는 숙맥이잖우 어쩌면 첫날밤에 침대 앞에 무릎을 꿇고 같이 기도했을지도 모르지 자애로우신 하느님 어떻게 하는 건지 좀 알려주세요 하면서 그런데 하느님이 제대로 알려주지 않았나보지, 조용히 해요 웃을 일 아니니까, 궁금하실 테니 다시 마담 아리안 얘기를 하자면 나한

텐 딸이나 마찬가지라우 애기 때부터 돌봤으니까 씻기는 거 땀띠
분 발라주는 거 전부 내가 했다우 애기 때 그 엉덩이에 뽀뽀도 했
는걸, 그래 마담 아리안이 날 위해 해준 일을 다 말하자면 밤을 새
워도 부족하지 어제만 해도 한번도 안 쓴 악어가죽 핸드백을 선물
로 주더라니까 엄청나게 비쌀 텐데, 또 그저께 내가 기차 타고 와
서 택시에서 내릴라는데 마담이 달려와서 내 가방을 그 큰 가방을
공주님 같은 고운 손으로 받아 들라고 했다니까 날 정말 좋아하는
거잖우, 피곤하겠다면서 쑤뻬를 참 여기 사람들은 저녁식사를 디
네라고 안하고 쑤뻬라고 합디다 내가 7시 30분이면 집에 갈 수 있
게 6시 30분에 먹자고 하고 어쩜 그렇게까지 마음을 써주는지 놀
랍잖우, 마담 아리안이 지금까지 한 일 중에 내 맘에 안 드는 건 딱
한가지 그러니까 디디와 결혼한 거라우 정말 왜 그랬는지 알 수가
없어 마드무아젤 발레리의 조카가 어쩌자구 그랬는지 그것만 빼면
늘 사랑스럽고 늘 차분한데, 요즘은 우리끼리만 있으니까 식사도
내 마음대로 차린다우 넙치가 당기면 넙치를 먹고 소화가 잘 안되
면 송아지 고기 스튜를 먹고 뭐든 하고 싶은 대로 하지, 마담 아리
안은 나한테 싫은 소리 하는 법이 없고 늘 기분 좋게 대해주니까
거기다 마담은 아주 유식하고 졸업장도 많다우 식사할 때는 또 어
떻고 우리처럼 소리 내서 씹지도 않고 후루룩거리지도 않고 핏줄
내력일 테지 훌륭한 가문이니까, 고모인 마드무아젤 발레리가 살
아 계실 땐 우리 아가씨가 얼마나 기품 있게 말을 탔는지 열일곱살
때 승마 대회 나가서는 상까지 받았는데 스위스에서 여자들 중 말
을 최고로 잘 탄다나 하지만 결혼하고 나서는 다 끝났잖우 말도 더
안 타고 상류사회 사람들도 안 만나고 속상해 죽겠네, 디디네 식구
들이 우리 아가씨를 짓놀리서 숨도 제대로 못 쉬게 하는 거지 지들

은 뭐 번듯한 거 하나 없으면서, 심지어 마담 아리안은 교만하지도 않다우 어떨 땐 내 손에 입을 맞추기도 할 정도니까 정말 어떤 사람인지 알겠우? 고모의 유산도 다 받았지 하나뿐인 혈육이었으니까 또 얼마나 위생적인지 하루에도 몇번이나 목욕을 한다우 맹세코 하루에 두세번 그리고 입술 루주하고 얼굴 분은 절대 안 발르고 언젠가 내가 조금만 발라보라고 했더니 대답은 안하고 빙그레 웃기만 합디다, 몸도 앞태와 뒤태가 어찌나 고운지 정말로 조각상 같은 엉덩이는 기가 막힌 사랑의 쿠션이 되겠지 잠자리에서 남편이 푹신푹신해서 좋을 테지 오동통하지만 절대 지나치지 않고 꼭 필요한 자리에 필요한 만큼 살집이 있다니까, 그렇게 아름다운 우리 아가씨를 턱에 삥 둘러 수염을 길른 그 좀팽이 같은 인사가 남편이랍시고 다 누린다니 화딱지가 나 죽겠네, 에이 참 할 수 없지 다 말해버립시다 난 속마음을 못 감추는 프랑스 사람이니까, 우리 마담 아리안이 디디와 살면서 그 고운 젊음을 다 보낸다는 건 말도 안되는 일 아니우 디디는 그럴 자격이 없는데, 솔직히 말하면 난 마담한테 애인이라도 생겼으면 좋겠우 하느님 앞에서 말하기는 좀 그렇지만 마담에게 어울릴 만한 멋진 남자로 마드무아젤 발레리가 살아 계실 때 집에 드나들던 사람들처럼 기품 있는 남자로 당연히 젊고 혈기 왕성하고 말이우, 하지만 불행하게도 우리 마담은 그런 일을 할 사람이 못된다우 멋진 연인을 얻기 위해서 뭔가를 할 수 있는 그런 사람이 아니니 참 남자란 원래 알록달록하게 화장하고 교태를 부리고 엉덩이를 씰룩거리는 여자를 좋아하는 법인데 그런 것도 할 줄 몰르고 아니 아예 마음도 없으니 남자한테 관심이란 게 없는 것도 같고 원래 많이 배운 사람들은 생각하는 게 좀 유별나잖우 책도 어찌나 많이 읽는지 욕조에 누워서도 읽는다우 그렇게 뜨거운 물에 들어가서 읽으면 건강에 안 좋을 텐데 심지어 비누칠을 하면서도 읽지, 한번 본 적이 있는데 욕조에 서서 그 예쁜 몸을 문질르는 동안 수도꼭지에 얹어놓은 책을 몸을 숙여서 읽고 있더라니까, 내 말을 믿으실지 몰르겠지만 양치질하면서도 읽는다우 한 장을 넘기고 그런 다음 다시 양치질하고 그러니 사방에 치약이 튈 수밖에, 결국엔 내가 불쌍한 마리에뜨가 다 닦아야 하는데 아니 내가 무슨 동네북도 아니고 이 사람 저 사람 뒤치다꺼리해야 하는 신세라니, 침대 정리를 하다보면 어떨 땐 침대 안에서도 책이 나온다우 디디가 침대에서 수작을 할 때도 마담은 책을 읽는 건지, 쉿 조용히 해요 웃을 일 아니니까, 내 생각엔 남편이 그 짓을 하는 동안에도 마담은 아무 느낌이 없는 게 분명해요 그러니까 디디 대신 멋진 애인을 찾아야 하는데 저렇게 손 놓고 있으니 그저 독서 독서 허구한 날 책뿐이라니 아니면 피아노나 치고 그것도 꼭 즐거운 곡 놔두고 장례식 오르간 소리 같은 걸로만 쯧 신나는 걸 쳐야지, 디디 그리고 피아노 그리고 책 몸뚱이가 멀쩡한 여자가 어찌 그렇게 사는지, 물론 책이 나쁘다는 말은 아니지만 심심할 때 책이 있으면 좋지 나도 혹 때문에 병원에 있을 때 한권 읽었으니까, 하지만 너무 많이 읽는 건 아니잖우 아마 종교 때문일지도 몰르겠우 나야 물론 가톨릭 신자이지만 마담은 프로테스탄트 교육을 받았으니까, 무슨 말인지 알겠우? 늘 정숙해야 하고 음란한 건 절대 안된다고 배웠겠지, 난 세상에 종교는 딱 하나만 있어도 된다고 생각한다우 어차피 어느 종교나 똑같이 한가지에 매달리니까 잘 생각해보면 유대인들의 종교가 신 하나밖에 없으니 딱 하나 이것저것 뒤섞지 않고 딱 하나니까 제일 실용적인 것 같기도 합디다 유대인이 좀 걸리긴 하지만, 참 좀 전에 그년 밀 했디고 ﹍내가 남편한테 나쁜 짓 했을 거라고 생각하진 마시우 절대 아니니까, 다른 남자한테 눈길 주는 꿈도 꿔본 적 없다우 난 완벽한 아내였고 물론 우리 남편이 그럴 만한 사람이었으니까 그런 거지만, 자 다 닦았네, 빠를레무아 다무르, 르디뜨무아 데 쇼즈 땅드르.

54

등잔을 든 자그마한 여자가 사다리에 걸터앉은 채로 벽에 걸린 거울을 향해 표정을 바꾸어보았고, 입술에 립스틱을 칠하고 각진 얼굴에 파우더를 바르고 짙은 눈썹을 매만진 뒤 침 묻힌 검지로 얼굴의 점을 훑었고, 그런 다음 미소를 지었고, 그런 다음 사다리에서 내려서는 군데군데 긴 못이 박힌 축축한 벽을 따라 지하실의 반대편 모퉁이로 달려갔다. 바닥에 누운 남자 앞까지 간 그녀는 주먹 쥔 한 손을 우아하게 허리에 얹고 재기 넘치는 미소를 지은 뒤 콧노래를 불렀다. 소스라치게 놀라 벌떡 일어난 남자가 벽에 기대앉고는 손을 들어 이마의 피를 닦았다.

— 일주일을 평안히, 일주일을 평안히. 여자가 꼰뜨랄또의 저음으로 흥얼거렸다. 자, 말해봐요, 당신, 이름이 뭐죠? 훌륭한 가문 출신인가요?

남자는 대답하지 않았고, 녹 없이 미리가 몬통에 바로 붙은 듯한 여자의 모습을 넋 나간 사람처럼 바라보았다. 여자가 어깨를 으쓱거린 뒤 뒤돌아서면서 씩씩거렸고, 노란색 공단 드레스를 휘날리며, 깃털 부채를 거칠게 흔들며, 등 뒤로 옷자락을 끌며, 굽 높은 무도회 구두를 신고 계속 이리저리 오갔다.

  —어차피 상관없어요, 난 결혼할 생각 같은 건 없으니까. 그녀가 다시 다가와서 팔찌 장식이 쟁그랑거릴 정도로 힘껏 부채질을 하며 말했다. 하지만 배은망덕하잖아요! 당신 때문에 내가 이렇게 차려입은 건 그렇다 쳐도, 속임수든 진짜든 어쨌든 당신이 이 지하실 채광창 너머 저기 길바닥에 죽은 사람처럼 쓰러져 있는 걸 내가 발견했다고요, 그래서 삼촌들한테 알렸고, 그 금발 짐승들이 사라지자마자 삼촌들이 나가서 당신을 데려왔기 때문에 지금 여기 이렇게 있는 거잖아요! 안전하게! 여긴 우리 아버지 집이에요, 아버진 돈 많은 골동품상이고 난 유일한 상속녀죠. 하지만 난 이름난 의사랑 결혼할 거고, 앞으론 응접실에서 부채를 흔들고 있을 거예요! 노래를 부를 거고! 내 품에 안겨요 내가 흔들어줄게요 감미로운 행복을 즐겨요 어쩌고저쩌고 남편의 마음을 사로잡을 테죠! 우리 언니가 아주 예쁘긴 하지만 내 경쟁자가 될 수는 없어요, 눈이 안 보이고 머리도 정상이 아니거든요! 하기야 내 등이 이 모양이라 그 의사한테 지참금을 두배로 준다네요! 당신도 나중에 우리 언니를 보게 될 거예요! 아직 자기 지하 방에서 자고 있으니까! 그래, 언니는 예뻐요, 난 작지만 그래도 언니를 생각하면 자랑스러워요! 그 누구도 언니를 쳐다볼 수 없어요. 성스러우니까! 양면적, 그래, 내 감정은 양면적이에요! 어때요, 단어를 아주 많이 알죠? 어려운 단어 아무거나 물어봐요, 다 맞혀볼 테니까! 어떤 단어든 다 설명할 수 있어요! 사람을 한번 보면 어떤 성격인지 파악할 수도 있죠!

어때요, 무섭죠? 언니는 당신보다 훨씬 더 예뻐요! 이젠 약 오르고
화가 나죠? 그래요, 지참금을 두배로 받고 내 남편이 될 그 의사 덕
분에 난 잘나가는 사람들이 모이는 쌀롱에 들락거릴 테고 대접받
으면서 잘살게 될 거예요, 신나게 부채질도 하고! 그래요, 그래, 모
든 인간이 자유롭게 태어났고 법 앞에 평등하다는 거 나도 알지만,
그래봤자 오래가지는 않죠! 그래요, 1년 후, 3년 후에 어떻게 될 것
같아요? 우릴 때리고, 더러운 바닥을 혀로 핥게 하고, 두 팔을 등
뒤로 묶어 매달아놓고, 그자들이 이런 걸로 성이 찰 것 같아요? 가
만, 내 말 더 들어봐요! 그들은 우리 손톱을 뽑고, 우리를 물속에 처
박을 거예요! 1년 후, 3년 후에는 훨씬 더한 짓을 할 거라고요! 그
들의 죄악은 하늘까지 닿을 거예요, 성무聖務를 맡은 삼촌이 그랬어
요, 정말로 끔찍한 짓을 저지를 거라고! 그녀가 날카로운 목소리로
외치고, 부채질을 하고, 뱅그르르 돌고, 그런 다음 다시 날카로운
목소리로 외쳤다. 사람들도 다 그자들을 따르잖아요! 삼촌이 그랬
어요! 당신도 신문 좀 읽고 세상 돌아가는 걸 배워보지 그래요? 무
식한 사람 같으니! 안식일에 삼촌들이 뭘 하는지 알아요? 성무를
맡은 삼촌하고 물품 거래를 맡은 삼촌하고, 그래요, 이런 불행 속에
서도 어떤 일을 하는지 알아요? 잘 들어요! 삼촌들은 서로를 쳐다
보면서 조금이나마 웃어보려고 애써요, 안식일은 하느님의 날이고
평화의 날이니 행복해야 한다고! 삼촌들은 그렇게 해요! 그러니 존
경심을 가지라고요! 나한테 기도까지 가르쳐줬어요! 자, 빨리 외워
볼 테니 잘 들어요! 시작해요! 우리는 당신의 백성이며, 우리는 당
신이 사랑하는, 모리아산 위에서 언약을 주신 아브라함의 후손이
며, 번제의 제물로 바쳐졌던 이삭의 후손이며, 당신이 사랑한 그리
고 당신을 기쁘게 한, 그리하여 당신이 이스라엘이라 부른 장자 야

곱의 후손이나이다! 찬미받으소서, 이 땅의 모든 백성 가운데 우리를 선택하시어 당신의 성스러운 율법을 맡기신 영원하신 분이여! 불행이 지배하는 아침이나 두려움이 지배하는 저녁이나 우리는 행복을 노래하고, 우리에게 주어진 일이 얼마나 아름다운지, 우리를 기다리는 운명이 얼마나 기쁜지 노래하나이다! (그녀는 급하게 외우느라 숨을 헐떡였고, 잠시 멈춰서 숨을 골랐다. 이어 한 손을 가슴에 얹고 상냥한 미소를 지어 보였다.) 아름답지 않은가요? 이 기도문을 외우다보면 어떨 땐 코끝이 빨개져요, 너무도 자랑스러워서 눈물이 핑 돌죠! 안식일에는 나도 웃어야 해요! 겨드랑이를 간지럽혀서라도 이 지하실 안에서 웃어야 한다고요! 어둡지만, 그래도 아름다운 이 지하실 안에서! 못도 박혀 있죠! 사방에 못이 박혀 있어요! 큰 불행이 닥칠 때면 큰 못을 박았고, 작은 불행이 닥칠 땐 작은 못을 박았으니까! 물품 거래를 맡은 삼촌이 박았어요! 손톱 뽑히면 못 하나! 귀 잘리면 못 하나! 그렇게 해서 시간을 때우고 위안도 얻는 거예요! 못이 아주 많아요, 아마 백개는 될걸요? 지금 나하고 같이 한번 세어볼래요? 뭐 어때요, 심심하잖아요, 잊을 수도 있고! 아, 비스킷 하나 깨물고 당신 있는 데로 미끄러져 가서 신나게 웃고 싶은데, 당신이 무서워하는 걸 보고 싶은데! 1년 후, 3년 후! 독일인들은 정말 무서운 민족이에요, 무서운, 정말 무서운! 그녀가 별안간 온 힘을 다해 악을 썼다. 하지만 그걸 아는 건 우리뿐이죠! 짐승, 짐승, 정말 짐승들이에요! 죽이는 걸 좋아하잖아요! 그래요, 사람의 옷을 입고 있지만 사실은 짐승이에요! 두고 봐요, 그자들이 우릴 어떻게 할지, 두고 봐, 두고 보라고요! 그녀가 위협적으로 검지를 내밀며 악을 썼다. 무서워서 덜덜 떨리죠? 그들은 우리의 율법을 증오해요! 짐승들이니까. 숲을 좋아하고 숲속을 뛰어다니길 좋아하니까, 나무 뒤에 숨어 있다가 얏! 하고 달려들어 우리 목덜미를 물어버리는 진짜 짐승들! 그들은 숲속을 누비면서 전혀 두려워하지 않아요, 오히려 노래를 부르죠! 2000년 전에 우리에겐 선지자들이 있었는데! 2000년 전에 그들은 짐승 뿔 달린 모자나 뒤집어쓰고 다녔으면서! 성무를 맡은 삼촌이 말해줬어요! 난 등에 혹이 있지만, 그래도 사람의 딸이에요! 자, 설명 끝났어요! 아, 좋은 말 좀 해봐요, 희망을 말해보라고요! 할 말 없어요? 그럼 그냥 같이 웃어요, 삶을 즐기자고요! 일주일을 평안히, 해봐요! 당신이 제대로 배운 사람이라는 걸 보여줘요, 일주일을 평안히, 한번 해보라고요! 오늘은 성스러운 날이니까! 일주일을 평안히, 어서! 그녀가 모조 진주가 달린 손지갑을 휘저으며 말했다.

— 일주일을 평안히. 그가 중얼거렸다.

— 좋아요, 하라는 대로 했으니까 이제 내 눈을, 아름다운, 말해봐야 입만 아플 만큼 아름다운 내 눈을 보면서 신의 은총을 얻도록 해요. 매력적인 눈을 가지고 얼굴을 예쁘게 꾸밀 줄 아는 사람은 언제나 자기 치수에 맞는 구두를 찾을 수 있죠. 조금 꼽추이고 목이 짧아도 상관없어요! 오히려 등에 혹이 조금 나 있으면 통찰력이 좋다잖아요! 자기 치수에 맞는 구두, 이건 프랑스식 표현이죠! 나도 지체 높은 아가씨들이 받는 교육을 받았거든요! 어렸을 때부터 프랑스인 가정교사가 있었어요. 부자 아버지 덕이죠! 호화롭게, 화려한 옷을 입고, 우아한 교육을 받았다고요! 완벽한 아가씨가 되라고, 그런 다음에는 모두의 모범이 되는 아내가 되라고, 라신의 언어를 능수능란하게 사용하는 데 필요한 것들을 빠짐없이 배웠죠! 그래서 뭐든지 다 안답니다! 당신은 고양이가 끝이 뾰족한 수염으로 할퀸다는 거 알아요? 모르죠, 모르는 거 맞죠? 거짓말할 생각 말

아요! 그래요, 당신은 머리를 얻어맞고 정신을 잃은 동안 프랑스어로 중얼거렸어요. 그래서 내가 지금 내 능력을 발휘해서 당신네 말을 쓰고 있는 거고요! 난 피아노와 바이올린을 연주할 줄 알고, 몽롱한 눈길로 기타를 칠 줄도 알고, 발성법 수업도 받았고, 유혹하는 눈빛을 지을 줄도 알아요! 어휘도 많이 알고요! 그녀가 노래하듯 떠벌리며 뱅그르르 도는 순간 치맛자락이 부풀어 말려 올라가면서 울퉁불퉁한 두 다리가 드러났다. 내 결점은 딱 하나, 그냥 애교 같은 건데, 겁에 질려 소리를 지르면서 뛰어다닐 때가 있다는 것 그리고 맘에 드는 사람이 있으면 달려가서 키스를 한다는 거예요. 뭐 귀여운 장난이죠! 그리고 난 뼈에 붙은 고기를 잘 먹어요, 부드러우면서 질긴 걸로! 그것도 장난이에요! 나머진 전부 우아하죠! 그래요, 아침에 내가 원숭이 털로 만든 핑크색 옷을 입고 같은 색 백조 깃털로 띠를 두른 실내 슬리퍼를 신은 모습을 보면 당신은 입을 못 다물 거예요! 깃털 목도리, 깊숙이 눌러쓰는 밀짚모자, 뗐다 붙였다 하는 목깃과 온갖 장식이 달린 여름옷을 입은 모습도 마찬가지고! 대롱거리며 붙어 있는 이 귀에도 귀걸이를 하죠! 내가 부르는 미친 듯한 행복과 감미로운 약속의 노래도 한번 들어봐야 하는데!

그녀는 머리에 묶은 하늘색 리본을 매만지고, 침 묻힌 손가락으로 눈썹을 적시고, 나무 의자에 올라섰다. 그러더니 한 손을 주먹 쥐어 허리에 얹었고, 커다란 머리를 앞으로 내밀고 여가수의 미소를 지으며 열정적으로 노래를 불렀다. 왜 그대의 행복을 의심하나요 ─ 내가 그대를 사랑하기 때문인가요 ─ 왜 원한을 버리지 못하나요 ─ 내가 그대를 사랑하기 때문인가요.

─ 그냥 당신이 내 노랠 듣고 뭐든 생각나게 해주려는 거예요.

그녀가 나무 의자에서 내려서며 말했다. 어떤 생각이 나요? (그녀가 손지갑에서 꺼낸 아몬드 하나를 입에 넣고 깨무는 소리가 정적을 깨뜨렸다.) 대답하기 싫어요? 뭐, 그러든가! 난 내 고운 치아를 뾰족한 성냥으로 닦아요. '빠리의 꿈' 향수를 쓰고요! 군말 필요 없이 향수는 여자한테 매력의 핵심이죠! 그 격정의 날에 내 마음이 그대의 마음을 얻었네, 위엄 있게 눈을 내리깐 그녀가 흥얼거렸다. 성무를 맡은 삼촌 얘기 해줄까요? 지난번에 삼촌이 위험을 무릅쓰고 외출을 했어요, 몇가지 종교적인 일 때문이었죠. 우리의 신이 얼마나 위대하신지 당신은 상상도 못할 거예요. 간단해요, 세상에 다시없는 존재시죠. 내가 창틈으로 보고 있었는데, 그 짐승들이 삼촌의 턱수염을 뽑더라고요! 그런 어처구니없는 짓을 저지르면서 박장대소를 하는데, 삼촌은 말없이, 왕처럼 위엄 있게, 그자들을 똑바로 쳐다봤어요! 어찌나 자랑스럽던지! 그자들은 손톱 뽑는 것도 좋아해요! 독일인들 말이에요. 내 말 잘 들어요, 이제부터 난 심심할 때 당신하고 시간을 보낼 생각이에요, 할 줄 아는 언어로 말해보는 게 좋고, 이렇게 어둡고 꽉 막힌 곳에서 지내기도 지겨우니까요. 삼촌들은 지하 통로로 다른 지하실에 가서 먹을 것과 다이아몬드를 구해 와요, 다이아몬드가 꼭 필요하니까요. 율법 공부도 하고요. 꼭 필요하니까, 정말 꼭 필요해요! 숨겨두기 쉽고 들고 다닐 수 있으니까! 삼촌이 둘 있어서 한명은 성무를 맡고 한명은 물품 거래를 맡고 있죠! 난 수다 떠는 걸 좋아하고, 재치 있게 말할 줄 안답니다! 프랑스어 단어를 마음대로 구사할 줄도 알고! 그녀가 노란색 치마를 휘날리며 다시 한번 제자리에서 돌았다. 그러니까 난 좀 삐딱한 장난을 좋아하고, 한번 보기만 해도 상대방이 뭘 생각하는지 알 수 있고, 아는 것도 많고, 허리 니라 말음, 그것도 별문제 없이 국경을 넘을 수 있을 정도로 원어민 같은 억양으로 할 줄 알죠! 당신은 정신이 나간 건가요? 도대체 어쩌자는 거죠? 유대인 복장을 하고, 키텔[2]을 입고, 양피지 두루마리까지 들고 거리를 돌아다니다니! 그러니 짐승들한테 얻어맞고 인간의 가슴팍에 칼질을 당하잖아요! 이번에 제대로 배웠겠죠? (그녀가 거칠게 부채질을 했다.) 선택받은 민족의 아들들은 밖에서 설치고 다니는 짐승들을 피해 틀어박혀 있어야 한다는 걸 이젠 알겠죠? 이곳 베를린에서는 모든 게 거꾸로라고요! 인간들은 우리 안에 처박혀 있고 짐승들은 자유롭게 활개를 치고! 난 프랑스 말 뭐든 다 할 줄 알아요! 문법 규칙도 다 알고, 분사 일치시키는 법까지 알죠! 짐승들이 허세를 부리며 행진할 때 뭐라고 노래하는지 알아요? 자기들 칼 아래 유대인의 피가 튀는 게 기쁘대요. 벤 유덴블루트 운테름 메서 스프리츠트,[3] 분출하라! 분출하라! 어때요, 어려운 프랑스어 단어도 잘 알죠? 난 머리와 어깨 사이에 있어야 할 게 없지만, 저들은, 그 파란 눈으로, 음악을 쿵쾅거리면서, 피를 좋아한다잖아요. 우릴 전부 죽일 거예요, 성무를 맡은 삼촌이 그랬어요! 그들은 인간의 옷을 입었지만 죽이는 걸 좋아하고 그게 바로 그들의 기쁨이라서 피가 흐르면 기쁘대요. 하지만 우리는, 우린 인간이잖아요. 우리를 이끄시는 모세를 찬미하라! 찬미하라, 해봐요! 어서, 안하면 내가 깨물어버릴 거예요! 왜 이래요, 웃겨 죽겠네! 그냥 당신을 겁주려는 것뿐이에요! 맞아요, 그들은 우리를 마지막 한 사람까지 모두 죽일 거예요! 하지만 그때까진 어쨌든 죽지 않은 거잖아요. 따뜻한 피가 흐르잖아요. 이렇게 꼭꼭 숨어 있죠. 내가 얼마나 삶을 즐기고 수다 떠는 걸

---

2 유대 교인들이 입는 긴 가운 같은 흰색 예복.
3 '칼 아래 유대인의 피가 튈 때'라는 뜻의 독일어.

좋아하는데! 여기, 우리 아버지 집 안에! 저기 르네상스 시대 진품 상자 안에 짐승 같은 독일 놈들이 장난으로 잘라버린 귀 하나가 들어 있어요, 하일,[4] 하고 소리치면서, 그들이 추앙하는, 그 짖어대는 개 같은 독일인 이름을 외치면서! 사랑하는 엄마의 진짜 귀예요! 증류주에 넣어서 경건하게 보관해놨죠! 여기 내 혼수 품목 옆에 넣어뒀어요! 삼백예순가지나 들어 있어서 이제 더 자리가 없고 모두 고급 리넨 제품이죠! 이따금 난 엄마 귀가 든 병을 꺼내서 입을 맞춰요. 사람들이 날 쳐다보며 감탄하라고! (그녀는 키스하는 소리를 냈다.) 귀가 살아나라고 병을 흔들어주기도 하죠! 언젠가 당신을 믿을 수 있게 되면 한번 보여줄게요! 그래요, 하느님의 선택받은 민족이 되는 일엔 값비싼 댓가가 따르죠! 다이아몬드는 꼭 필요해요, 정말로 꼭 필요해요! 그 덕분에 짐승들 중에 돈을 받고 몰래 우리를 도와주는 사람들이 있고, 그렇게 우리는 좀더 살 수 있거든요! 이제 그만, 수다쟁이 같으니! 어쨌든 짐승들이 당신을 죽이진 않았네요! (그녀는 허리띠에 매달린 노란색 돈주머니를 열더니 급히 작은 거울 하나를 꺼내 내밀었다.) 자, 봐요! 그냥 피 좀 난 것뿐이잖아요! 많이도 아니고, 잘 봐요, 아이참, 딴 얘기를 하고 있네! (그녀가 뭔가 은밀한 말을 하려는 듯 바짝 다가왔다.) 내 목이 왜 이러냐면, 밤 12시에 화장실 가다가 몸통에 박혀버린 거예요! 밤 12시엔 절대 화장실에 가면 안돼요, 알았죠? 사악한 인간들이 나타나서 당신 목을 몸통에 박아버리거든요! 뭐, 상관없어요, 난 머리가 좋기 때문에 다른 결점들은 중요하지 않으니까! 난 지금에 만족해요! 함께할 사람도 있고 마음껏 말할 수도 있으니까! 그래요, 오

<hr>

4 '만세'라는 뜻의 독일어.

늘은 안식일이 아니에요. 하지만 어쩌겠어요, 이런 상황에서는 거짓말이라도 해야지. 이미 오래전부터 이랬지만요. (그녀가 다시 다가왔다.) 엄마가 복수하느라 날 이렇게 작게 만들어버린 거예요.

그녀는 제의용 의자 위에 아무렇게나 놓여 있던 기타를 들더니 치아를 환하게 드러내기도 하고 짓궂은 눈길을 던지기도 하면서 격정적으로 줄을 튕겼고, 이어 다시 제자리에 가져다놓은 뒤 더 세게 부채질을 했다.

─요는, 난 당신에 대해 아는 게 없어요. 그런데도 이렇게 친절하게 마음을 터놓고, 물론 숨겨야 할 건 숨기면서, 어쨌든 당신과 이야기하고 있고요. 당신이 어디서 왔는지 모르고, 어느 여인의 배에서 나왔는지도 모르면서. 그러니까 어서 당신 이름을 말해봐요! 버티면 나도 내가 무슨 짓을 할지 몰라요! 자, 빨리, 당신의 이스라엘 이름을 말해봐요! 그녀가 공단 구두를 신은 작은 발로 바닥을 구르면서 외쳤다. 규칙에 맞게 자기소개를 하라고요! 이름을 말해요, 어서! 난쟁이들을 잘못 건드렸다간 큰일 난답니다, 조심해요, 깨물 수도 있으니까!

─쏠랄. 그가 한 손을 피 묻은 이마에 가져다 대며 말했다.

─좋아, 나도 아는 이름이네요! 꽤 유명한 가문이죠! 하지만 한 가지 말해둘게요. 짜르가 다스리던 시절에 러시아에 살던 내 선조들 중에는 러시아-아시아 은행장이었던 사람도 있답니다! 장군에 해당하는 최고 행정 참사 직급이었죠! 그러니 나한텐 잘난 척해봤자 소용없어요! 자, 이제, 성 말고 이름을 말해봐요! 합법적인 결혼으로 당신의 배우자가 될 여자가 당신을 부를 이름 말이에요!

─쏠랄.

─뭐, 각자 하고 싶은 대로 하는 거니까 난 상관없어요! 난쟁이

여자가 고함치는 동안 잘못 잘라 이마까지 흘러내려서 납작하게 달라붙은 앞머리가 흔들렸다. 그 여자가 알아서 부르겠죠! 어쨌든 당신은 이제 안전하고 우리와 함께 있으면 돼요! 사실 그리 심하게 당한 것도 아니고! 그래요, 당신 가슴에다 칼질을 해서 그 갈고리 십자가 같은 걸 그려넣었죠. 그 정돈 아무것도 아니라고요! 병 안에 넣어둬야 할 것도 없고! (그녀는 손가락 두개로 코를 잡고 콧소리를 냈다.) 자 이제 그 가슴 좀 가리지 그래요! 그만 봤으면 좋겠네요! (그녀는 손가락으로 눈을 가렸고, 그러면서도 독일군 갈고리 십자가를 따라 검붉은 피가 말라붙은 가슴을 가리느라 그가 옷을 여미는 동안 손가락 사이로 지켜보았다.) 가슴에 칼자국을 내고, 머리와 코와 눈을 때리고, 그 정도는 아무것도 아니에요. 머지않아 그보다 더한 걸 보게 될 테죠! 성무를 맡은 삼촌이 그랬어요! (그녀는 생각을 가다듬느라 손가락에 머리카락을 감았다 풀었다 했다.) 그리고 알아요? 다른 민족들 역시 우릴 구하기 위해 뭔가 해보려는 생각 같은 건 없어요! 오히려 독일인이 앞장서서 해주길 바라죠! 어쨌든 우린 아직 죽지 않았고, 따뜻한 피가 흐르고, 꼭꼭 틀어박혀 있죠! 아, 소중한 행복이여! (그녀가 호두를 와작 깨물었다.) 내 이름은 라헬이고 아버지는 야코프 질버슈타인, 베를린에서 제일 부유한 골동품상이에요! 전에는 엄청나게 넓고 멋진 매장의 위층에 살았어요! 그녀가 치찰음을 강조하며 큰 소리로 말했다. 우린 짐승이 아니잖아요, 짐승이 아니라고요 ── 짐승이라고 말할 때 그녀의 목소리는 어린 짐승처럼 떨렸다 ── 존경스러운 나의 아버지, 이 저주스러운 나의 삶을 만든 아버지는 검은 바람이 다가오는 기미를 느끼고는 이곳을 떠난 척했어요! 그래요, 베를린을 떠난 걸로 했다고요, 바보같이 왜 못 일이든죠? 귀를 좀 잘라내야 똑똑해질 건가요? 척했다고요! 그런 척해야 했어요! 영원히 그래야 하고요! 물론 그러자면 은밀한 도움을 줄 공모자들이 필요하죠. 어때요, 난 정말 어휘를 많이 알죠? 건물 주인이 공모해줬어요. 짐승들과 같은 국적이지만 달러를 좋아하니까. 그렇게 우린 살림을 전부 여기 내려놓고 이렇게 틀어박혀 지내고 있는 거죠! 이게 바로 우리한테 달러가 필요한, 아주 많이 필요한 이유예요! 그자들이 잘못하는 거고 우린 아무 잘못도 없는데! 우리가 이렇게 묻혀 지내죠. 겨울엔 커다란 난로를 켜놓고 아늑하게, 밤의 악마가 으르렁거리는 밖을 피해 안전하게 숨어 있어요! 밤의 악마! 그녀가 손짓을 하며 울먹였다. 침대는, 그래요, 내가 직접 챙겨야 해요, 내가 누워 잘 자리 말이에요!

그녀는 윙크를 하며 타조 깃털로 만든 부채를 단숨에 접어버렸고, 단단하고 작은 엉덩이를 흔들면서 거만한 걸음걸이로 조각 장식이 된 금빛의 어린이용 침대로 다가갔다. 그러고는 이불과 시트를 흔들며 감흥에 젖은 얼굴로 야코프 질버슈타인은 부유한 골동품상이었다네, 노래를 부르며 곁눈질로 반응을 살폈다.

— 여기 내 재산 좀 봐요! 전부 내 거예요, 내가 단독상속권자니까! 진품 보증이 된 고가구, 공증서가 첨부된 대가들의 그림! 공짜로 받는 게 싫으면 돈 내고 사가도록 해요! 얼마짜리인지, 어느 정도 가치인지 나도 다 알고 있으니까! 원한다면 내 예쁜 얼굴을 당신의 잘생긴 얼굴에 들이대고 이것들이 얼마나 훌륭한 물건인지 읊어드리죠! 하지만 당신이 조금만 영리하면, 삼촌들하고 얘기만 잘하면 전부 공짜로 얻을 수 있을 거예요. (그가 말이 없자 그녀는 발을 굴렀다.) 삼촌들이 길에 쓰러진 당신을 데려와서 여기 눕혔다니까요! 고마워하라고요! 무슨 말을 더 듣고 싶죠? 삼촌들이 이리로 데려왔다니까! 아니 어쩌면 나한테 제대로 잘해야 해요! 당신

은 이제부터 자기 자신보다 날 더 챙겨야 한다고요! 핏자국이 아주 잘 어울리는군요. 얼굴에 보드라운 벨벳을 깐 것 같아요. 난 몇가지 언어를 완벽하게 할 줄 안답니다. 외국인 억양도 없이, 어느 나라로 가든 경찰을 피할 수 있게! 더구나 집안 살림도 훌륭하게 잘해내요! 고기에 소금을 뿌리고 씻고 솔질하고 그런 다음 익히는 거죠! 그렇게 해야 피가 다 빠지니까![5] 버찌 잼으로 차에 단맛을 낼 줄도 알아요! 한번 맛보게 해줄게요! 야채를 다져 속을 채워넣은 잉어 요리도 같이 해드리죠! 그리고 또 좋은 아내는 남편의 얼굴에 말라붙은 피를 닦아낼 줄 알아야 하고, 경찰 모르게 남편과 함께 떠날 준비가 되어 있어야 하죠. 나쁜 놈들을 만났을 때 방패가 되어줄 돈은 몸에 잘 묶어 감추고! 정말로, 약혼 시절은 인생에서 가장 아름다운 시간인데, 그 시간을 누리는 사람들은 얼마나 행복할까! 기다려요, 화장 좀 고치고, 그런 다음에 봐요!

그녀는 립스틱을 아무렇게나 칠했고, 턱 근육이 옆으로 튀어나올 정도로 치아를 드러낸 환한 미소를 지으며 얼굴에 파우더를 발랐다.

─어때요? 그녀가 부채를 들어 그를 살짝 때렸다. 어쨌든 중요한 건 단 하나, 바로 내 눈이에요! 내 혹 비웃지 말아요! 등에 왕관을 쓴 거니까! 아름다운 나의 언니에게 사랑을 고백할 생각 같은 건 꿈에도 하지 말고요! 그래요, 맞아요, 난 유일한 상속권자가 아니에요! 뭐 그럴 수 있죠, 나한테 유리하게 거짓말을 할 수도 있잖아요! 언니는 아름답고 키가 크지만, 그 대신 몽유병 환자예요. 공평하잖아요! 이제, 여기서 날 기다려요, 유대인. 좀 큰 소리로 말해

---

5 유대인들은 피를 먹지 않기 위해 가축을 도축할 때부터 피를 빼는 방법을 사용하고, 요리 전에 다시 피가 완전히 빠시토록 소금을 뿌려둔다.

봐요! 그래야 내가 당신 곁에 있어도 무섭지 않을 테니까.

그녀는 반대편 벽에 기대어 세워놓은 사다리로 달려갔다가 등잔을 들고 길게 소리를 지르며 돌아왔다. 숨을 헐떡이며, 한 손을 가슴에 대고, 어린애 같은 미소를 지으며, 하마터면 큰일 날 뻔했다고 말했다. 그런 다음 그의 손을 잡았고, 눈물 같은 습기가 맺힌 벽을 따라, 벽에 걸린 그림들을 따라, 그를 데리고 걸어갔다. 그녀는 등잔을 높이 들고 그림 하나하나 앞에서 화가의 이름을 말해줬고, 어서 감탄하라며 발을 굴렀다. 하지만 마지막 그림 앞에서 그가 가리개 천을 들추려고 손을 뻗자 그녀는 전율하며 그의 팔을 잡았다. 안돼요! 성처녀와 아기 그림은 보면 안돼요! 화형당할지도 몰라요! 그녀는 그를 잡아끌어 계속해서 낡은 물건들, 갑옷, 옷감 더미, 옛날 옷, 지구의, 유리잔, 양탄자, 조각상이 있는 곳으로 데려갔고, 입을 샐쭉거리며 하나씩 가격을 알려주었다. 그러다가 갑자기 높은 철제 조각상 앞에서 걸음을 멈추더니 몸을 세게 긁어댔다.

—독일의 뉘른베르크의 처녀[6]예요! 그녀가 과장된 어조로 말했다. 속이 비어 있죠! 우리가 안에 갇히면, 문에 달린 긴 칼들이 유대인의 몸으로 파고들어요! 하지만 화형이 더 많았죠! 독일의 어느 도시나, 바이센부르크, 마그데부르크, 아른슈타트, 코블렌츠, 진치히, 에르푸르트 할 것 없이 어디서나 유대인을 '굽는다'고 자랑스럽게 떠들었어요, 그 시절 그 사람들 말로, 유덴브레터라고 했죠! 아, 난 그들이 두려워요! 13세기에 우리를 불에 태웠으면서! 20세기에 또 태우려고 하잖아요! 우리에게 구원 같은 건 없어요, 잘 알아둬요! 그들은 그 사악한 우두머리, 콧수염을 달고 짖어대는 인간을

<hr />

6 중세 유럽에서 사용되던 '철의 처녀'(iron maiden)는 여성의 형상을 딴 관 안쪽에 뾰족한 날을 박은 고문 도구이다. 19세기 독일 뉘른베르크에서도 만들어졌다.

열광적으로 좋아해요! 베르닝 주교도 그 사람을 지지하죠! 삼촌이 그랬어요, 성무를 맡은 우리 훌륭한 삼촌이! 이제, 이쪽으로 와요!

그는 머릿속이 혼란스러웠지만, 계속 뒤를 돌아보며 눈길을 던지는 그녀를 따라 상자들, 커다란 안락의자들, 궤짝들 그리고 바닥에 놓인 샹들리에들 앞을 지나갔다. 하필이면 그렇게 얌전히 따라가는 동안에 벽시계가 울렸고, 밀랍 마네킹들이 어둠속에서 두 사람을 지켜보며 미소를 지었다. 그녀는 박제된 부엉이 앞에서 한번 더 걸음을 멈췄다. 눈썹이 짙고 눈이 오렌지색인 부엉이가 그들을 쳐다보고 있었다. 그녀는 미라가 들어 있는 석관 쪽으로 등잔을 가져다 댔다.

— 파라오도 마찬가지예요! 우리를 마지막 한 사람까지 죽였잖아요! 그렇게 다 죽이고, 그러고는 자기들도 죽어버렸죠!

그는 머리가 지끈거리는 채로 말없이 거만한 미소를 지었다. 그는 이미 그녀와 같아졌고, 스스로도 그것을 알고 있었다. 문득 축축한 작은 손의 감촉이 역겨웠지만, 손을 놓았다가는 그녀가 난리를 피울 것 같아 그대로 있었다. 그녀는 세공 장식이 된 창살 앞에서 걸음을 멈추더니 등잔을 들어 올렸고, 혀를 끌끌 차면서 과장된 손짓으로 오래된 궁궐 마차를 가리켰다. 금박이 더러워지고 군데군데 그을리기도 했지만 문에 붙어 있는 작은 다면 거울들이 반짝였고, 횃불을 든 게루빔[7] 천사상이 장식되어 있었다.

— 할아버지가 쓰시던 거예요! 기적을 행하는 랍비였던 우리 할아버지! 우치[8]의 랍비로 명성이 자자했었죠! 밤이면 저 마차를

---

7 구품천사 중 제2계급으로 지식, 지혜를 관장해 '지품천사'라 불리며 어린아이의 형상을 하고 있다.

8 유대인들이 모여 살던 폴란드의 도시.

타고 유대인 구역을 돌아보셨는데, 사람들에게 축복을 내리느라서 있어야 했기 때문에 마차 지붕이 없답니다! 왕실 마차였는데! 난 지금 너무나 자랑스러워서 당신을 깨물고 싶어요! 내 결혼식 때도 저 마차를 쓸 거예요! 난 일곱 나라 말로 결혼이란 단어를 알아요! 혹시 사람들한테 내가 고혈압이라는 말을 듣게 되더라도 절대 믿지 말아요! 그래, 이제 됐어요! 그녀가 큰 소리로 외치면서 자그마한 두 손을 장난스럽게 흔들었다. 이제 저쪽으로 가요, 겁낼 것 없어요, 쟤네들은 묶여 있어요!

그가 앞으로 나서자 비켜서던 그녀는 문득 자기가 뒤에서 가다가는 그의 목덜미를 만지고 싶은 유혹을 느낄 테고, 공포에 질린 비명이 나올 테고, 그의 목에 달려들고 어쩌면 그를 깨물게 될 터임을 깨달았다. 서둘러요, 그녀가 거칠게 그를 끌어당겼다. 마차 뒤쪽에는 비쩍 마른 말 두마리가 한데 묶여 누워 있었다. 한마리는 흙바닥에 머리를 댄 채 혀를 반쯤 내밀고 있고, 다른 한마리가 흡사 사람 같은 긴 얼굴을 천천히 움직일 때마다 실물보다 훨씬 큰 그림자가 쭈뼛거리듯 이쪽 벽에서 저쪽 벽으로 흐릿하게 흔들렸다.

── 할아버지가 부리던 말들이에요! 아버진 저 말들이 숨을 거두기 전에는 절대 버리지 않을 거래요! 존중, 그래요, 존중하는 거죠! 이전엔 위의 마구간에 있었는데 지금은 얘들도 우리처럼 숨어 있는 신세예요. 불쌍한 늙은 말, 이삭과 야곱, 이 말들의 이름이에요! 자, 이제 됐어요! 당신 꼴 좀 봐요! 격렬한 광기에 휩싸인 그녀가 소리를 지르며 그에게 거울을 내밀었다. 봐요, 밖에 나가면 이런 꼴이 되는 거예요! 경솔한 사람 같으니! 지하실에 있어야지, 유대인! 나하고 같이 있으면 괜찮아요. 하지만 난 이미 남작이라는 다른 남자와 혼인 언약을 했어요. 나타니엘 비쇼프스하임은 너무 젊

어서 대신 그 사람으로 골랐죠! 난 조금 익은 것들을 좋아하거든
요, 적당히, 누르면 들어간 자국이 날 정도로! 그런데 귀를 증류주
에 넣어두면 잘 변하지 않죠. 언젠가 당신 귀도 보관해야 할지 모
르니까 내 말 잘 기억해둬요. 내가 엄마 배 속에 있을 때 우치에서
유대인 박해가 있었고, 엄마가 복수를 하는 바람에 내가 이렇게 난
쟁이로 태어났어요. 난 당신이 하는 말을 뭐든지 들어줄 수도 무시
할 수도 있어요! 그러니까 당신도 마음대로 해요. 어차피 거짓말
을 하면 이가 부러질 텐데, 이가 부러진 남자를 어떤 여자가 좋다
고 하겠어요? 턱이 망가져버리면 그 어떤 것도 얻을 수 없다는 거
모르지 않겠죠? (그녀는 자신의 튼튼한 치아를 보여주기 위해 입
을 크게 벌리고 웃고는 한 손으로 주먹을 쥐어 허리에 얹었다.) 사
람들은 나더러 난쟁이라고 하죠. 그러면서도 하나같이 관심이 많
아요! 로트실트한테 물어봐요! 비쇼프스하임한테도 물어보고! 어
쨌든 머릿속이 혼란스러워야 하는 게 당신의 운명이에요. 그래요,
귀엽기도 해라, 아니라고 할 것 없어요. 조금 전에 벽에 비친 야곱
의 그림자를 붙잡으려고 했잖아요! 내가 봤어요, 웃겨서 죽는 줄
알았네! 내 말 잘 들어요, 내가 비밀 한가지 말해줄게요. 혼자 있을
때 난 이삭과 야곱을 묶고 마차에 올라타요. 고삐를 쥐고 지하실을
돌아다니죠! 그러면 여왕이 된 기분이에요! 아까 내가 언니의 몽유
병 얘기를 했죠? 그건 그냥 조심스럽게 말한 거고, 사실은 장님이
에요! 어떨 때, 그러니까 무언가를 사거나 아니면 이야기를 나누러
모두들 다른 지하실로 가고 나면, 그래서 혼자 있기가 너무 심심하
면, 난 생각하지 않으려고 일부러 잠을 청해요. 잠든 개한테는 벼룩
이 살지 못하는 법이니까. 자, 와요, 우리 할아버지의 마차에 올라
타봐요! 어서! 아니면 쏘십어머릴 기네요!

그녀가 수많은 거울이 반짝거리는 문을 열었고, 두 손으로 그를 밀쳐 좌석에 앉힌 뒤 자기도 옆에 앉았다. 그러고는 편안히 두 발을 흔들다가, 갑자기 동작을 멈추더니 조용히 하라고 손짓을 했다.

— 바깥 소리 들려요? 저자들은 음악을 쿵쾅거리며 행진하는 걸 좋아해요. 멍청한 작자들! 우리는 이렇게 왕실 마차에 올라타 있는데! 오 나의 아름다운 지하실이여, 오 나의 운명이여, 오 소중한 못들이여! 이제 좀 기분 좋게 놀아볼까요? 푸림절[9] 가면들이 있거든요. 내가 태어나기도 전에 산 거죠! 내가 어린애라고 한번 생각해봐요! 웃음이 나오죠? 푸림절이 이틀밖에 안 남았어요! 봐요! 그녀가 떨리는 목소리로 외쳤고, 몸을 숙여 의자 밑에서 모조 루비가 달린 판지 왕관을 꺼내 머리에 썼다. 난 푸림절에 언제나 에스더 왕비 분장을 했어요. 에스더가 된 내 모습은 무척 아름다워서 아버지가 참 좋아했는데! 당신은 가짜 코를 달고 기뻐하면 되겠네요! 뭘 기뻐하는 건지는 알고 있겠죠? 무식한 사람 같으니, 하만의 죽음을 기뻐하는 거니까 좀 알아둬요! 난 이따금 아주 못되게 굴어요. 이렇게 작다는 게 슬퍼서 그래요! 그래서 알맞게 익은 것들을 좋아한다고, 혹은 당신을 물어버리겠다고 말하는 거예요. 하지만 정말로 그러진 않아요. 그냥 불행 속에서 누리는 즐거움 같은 거죠. 그래요, 어쩌면 다른 나라 사람들이 다 좋아하고 있다는 말은 옳지 않을 수도 있어요! 두고 봐야죠! 그래도, 폴란드는 믿을 수 없어요!

---

9 구약의 에스더서에 따르면 바빌론유수 시기에 아름다운 용모로 페르시아의 왕비가 된 에스더는 왕의 신하인 하만의 유대인 말살 음모를 좌절시킨다. 유대인을 학살할 날을 하만이 제비뽑기(고대 페르시아어로 pur)로 정했다는 데서 푸림(purim)이라는 이름이 나왔고, '제비뽑기 축일'(fête des sorts)로도 불린다. 대략 2월에서 3월 사이이며 이날 유대 어린이들은 좋아하는 인물의 가면을 쓰고 즐긴다.

자, 그렇게 멍청하게 날 쳐다보지 말아요, 서둘러요, 얼른 가짜 코를 붙여요!

하라는 대로 판지로 만든 기괴한 코를 붙인 그가 손을 들어 영광스럽게 어루만지자, 그녀가 박수를 쳤다. 그때였다. 어딘가 깊숙한 곳에서 두드리는 소리가 세번, 이어 두번 들렸다. 그는 전율했다. 그녀는 거만하게 그의 손을 두드리며 겁먹지 말라고, 옆 지하실에 사는 유대인들이 뚜껑 문을 열라고 두드리는 소리라고, 원래 심심해지면 소식도 듣고 음식도 얻을 겸 자주 찾아온다고 했다. 마차에서 내린 그녀가 작은 엉덩이를 쳐들고 뒤뚱거리며 걸어갔다.

—기다리면서 탄식 좀 해봐, 예의 없는 인간들 같으니! 그녀가 뚜껑 문 위로 고개를 내밀며 외쳤다. 웃고 파우더 바르느라 바빠 죽겠는데! 한시간 후에 열어줄 거야! 그전엔 안돼! 조용히 해, 유대인들!

난쟁이 라헬은 다른 기타를 챙겨 들고 다시 마차 안에 그와 나란히 앉았고, 진지한 표정으로 줄을 튕기며 구슬픈 곡조를 연주했다. 그녀는 이따금 속내를 꿰뚫는 듯한 눈길로 그를 바라보았고, 그는 눈앞의 꼽추 여인에게, 눈이 큰, 자기 민족의 여인 특유의 아름다운 두 눈을 가진 기형의 여인, 수백년 전부터 이어져온 공포의 상속자이자 그 공포가 만들어낸 기형의 결실인 여인에게 연민을 느꼈다. 마음속으로 그는 두려움을 혹으로 짊어진, 세대에서 세대로 이어져 내려와 다시 닥쳐오는 불행을 바라보는 자들이 흘린 두려움의 땀, 쫓기는 민족의 땀과 불안을 혹으로 짊어진 여인에게 경의를 표했다. 그의 민족, 그가 사랑하는 민족, 고통의 면류관을 쓴 뛰어난 민족, 고귀한 시체를 지녔으며 환상은 품지 않는 민족. 미친 늙은 왕이 율법서를 들고 홀로 폭우 속을 걸어갔으니, 수세기 동안 이어진 암흑의 폭풍우를 뚫고 그의 하프가 노래하고 위대함과 박해의 광기가 영원히 이어지는도다.

— 난 못생겼어요, 그렇죠? 그녀가 물었고, 이어 한 손을 병든 원숭이처럼 휘저으며 앞머리에 가져다 댔다.

— 당신은 아름답소. 그가 말했고, 그녀의 손을 잡았고, 그녀의 손에 입을 맞췄다.

두 사람은 그렇게, 그는 가짜 코를 붙이고 그녀는 판지 왕관을 쓴 채, 오누이처럼 손을 꼭 잡고 옛 마차에 나란히 앉아 있었다. 슬픈 축제의 왕비와 왕이 된 그들을 향해 두마리의 말이 순결하고 슬기로운 머리를 흔들며 우울한 눈길을 건넸다.

난쟁이 여인이 왕관을 벗어 눈을 감은 형제의 머리에 얹었고, 그의 어깨에 기도포를 씌웠고, 그에게 토라[10]의 계율이 적힌 성스러운 두루마리를 건네주었다. 그런 다음 몸을 이리저리 흔들면서 마차에서 내려 야윈 말들을 묶은 끈을 풀었고, 이어 그 말들을 마차의 끌채에 맸고, 금사로 고대 문자를 수놓은, 계약의 궤 주위에 장막으로 늘어뜨리던 벨벳 천을 말들에게 덮어주었다. 둘 중 더 늙은, 관절에 종양이 난 왼쪽 말은 처량하지만 위엄 있는 눈길로 고마움을 표시했고, 오른쪽 말은 기쁨을 담은 눈길로 고개를 들어 올리며 울음소리를 냈다.

그녀는 어두운 구석을 벗어나 당당하고 아름다운 얼굴로 앞으로 나섰다. 모두를 다스리는 동정녀, 살아 있는 예루살렘, 이스라엘

---

10 신으로부터 계시된 가르침을 기록한 것으로, 넓게는 히브리 성서 전체를 뜻하기도 하지만 흔히 구약성서의 첫 오경을 일컫는다. 토라는 모든 유대교회당에서 양피지 두루마리에 손으로 직접 쓴 사본의 형태로 전용 장 안에 보관한다.

의 아름다움, 암흑 속의 희망, 눈빛이 꺼진 온순한 광녀는 오래된 인형을 품에 안고 얼러주면서, 고개를 숙여 그 인형을 바라보면서, 천천히 걸음을 옮겼다. 그녀가 틀렸다네, 팔에 안은 것이 율법서인 줄 안다네, 그녀가 나지막하게 속삭였다.

그때 밖이 다시 시끄러워졌고, 군화 소리와 함께 독일의 노래가, 사악한 노래, 독일의 기쁨을 노래하는, 독일의 칼 아래 이스라엘의 피가 튀는 기쁨의 찬가가 울려 퍼졌다. 벤 유덴블루트 운테름 메서 스프리츠트! 독일의 젊은 희망들이 노래 부르는 동안 옆 지하실에 서는 또다른 노래가, 영원한 신을 기리는 노래가, 근엄한 사랑 노래, 수세기 전부터 이어져온 노래, 나의 왕 다윗의 노래가 퍼져나갔다.

밖에서 독일군 군화들이 행진하는 동안, 이제 그는 기도포를, 푸른 줄이 있고 술 장식이 달린, 존엄한 과거로부터 이어진 실크 천을 두른 채로, 슬픔의 왕관을 쓴 채로, 그렇게 지하실 채광창 앞에 섰다. 이마에 피를 흘리는 왕은 높이 치켜든 율법서, 그의 민족의 영광인 율법서를 힘을 숭배하는, 사람을 죽이는 힘을 숭배하는 자들을 향해 내밀었고, 창살로, 그 너머에서 독일의 젊은 희망들이 한 몸이 된 듯 의기양양하게 발맞춰 행진하는 곳으로 가져다 댔다. 그들은 유대인이 흘린 피를 기뻐했고, 자신들이 강하다는 것을, 수가 많다는 것을 자랑스러워했고, 금발을 묶은 야하고 뚱뚱한 아가씨들은 군화를 신고 가는 남성성에 달아올라, 멍청하게, 땀 흘리며, 두 팔을 치켜들고, 탄성을 지르며 환호했다.

그는, 민족의 아들은, 황금과 벨벳으로 장식된, 은제 왕관을 쓴 율법서, 정의와 사랑의 율법서를, 그의 민족의 영광을, 높이, 지치지 않고 높이 치켜들었고, 그러는 동안 밖에서는 죽음을 불러들이는 힘과 녹일의 사난심으로 빅치오른 지늘이 피리와 북소리에 맞

쳐, 심벌즈를 울리며, 여전히 칼 아래 이스라엘의 피가 튀는 기쁨을
노래했고, 그렇게 무장하지 않은 연약한 사람들을 고문하고 죽이
는 자들이 행진했다.

55

　─아이고 불쌍한 마리에뜨, 내 신세가 왜 이리 딱한 걸까요, 어째야 할지 막막하고 한숨만 나오고 커피 생각도 안 나네, 이틀째인데, 마담이 아예 딴사람이 됐다우, 입을 꾹 다물고 아무 말도 안하고, 도무지 이유를 몰르겠는데 묻지도 못하겠고, 그저께부터 너무 침울하네, 전날만 해도 그렇게 기분이 좋더니만, 그래요 이틀 전부터 저 모양이라우, 십자가 아래 무릎 꿇은 막달라 마리아도 아니고, 목욕도 이전엔 두세번씩 하더니 이젠 아침에 한번밖에 안하고, 옷단장도 안하고, 책만 끼고 침대에서 뒹굴면서 그나마 읽지도 않고, 뭘 기달리는 건지 마냥 천장만 쳐다보고, 내가 열쇠 구멍으로 몰래 들여다봤잖우, 양친이 다 돌아가셨으니 나라도 나설 수밖에, 마담이 얘기하고 노래 불르는 소리를 듣는 게 좋았는데, 이젠 말도 안하고 노래도 안 불르고 아무것도 안하고 침대에 누워만 있으니, 무슨 일이 있는 게 확실한데 대체 그게 뭔지를 몰르겠네, 남자 문제

일 텐데, 그러니까 사랑의 슬픔, 아니, 그렇다면 내가 지금까지 눈치를 못 챘을 리가 없고, 여하튼 정말이우, 온종일 침대에 누워서 먹지도 않아요, 큰일 났네, 마담 아리안 무슨 일 있어요? 하고 두세 번 물어봤더니, 그러면 이유를 말해줄 줄 알았는데, 그때마다 조금 피곤하다고, 머리가 아프다고 하고 말더라니까, 얼굴엔 더 묻지 말라고 쓰여 있고, 궁금해서 더 물으면 보나 마나 화를 내겠지, 마담의 아버지도 며칠이고 말 한마디 안하고 생각에 빠져 있는 때가 있었는데, 그때처럼 신경증이 온 걸까, 어쩌겠우 그냥 할 수 있는 일을 하는 수밖에, 이따금 좀 웃어보라고 일부러 바보 같은 장난을 쳐봐도 웃지도 않고, 어제 아침만 해도 기분 좀 바꿔줄라고 마담 아리안 꼬뜨다쥐르 바닷가에 안 가볼래요 했더니, 마담이 원래 바다를 좋아하고 경치 보고 그러면서 이런저런 생각 하는 걸 좋아하니까, 난 바다가 왜 좋은지 도무지 몰르겠던데 바닷물에선 비누칠도 못하고 거품도 못 내는데, 아무튼 물어봤더니 마담이 너무 피곤하다며 고개만 젓고, 매일 똑같은 대답이라우, 하루 세끼 아무것도 안 먹고, 정말로, 어제저녁에는 식욕 좀 나라고 기가 막히게 맛있는 식사를 준비했는데, 전채만으로 준비해 침대로 들고 가서, 왜 그 환자용 테이블, 안 쓸 땐 다리를 접어두는 거 있잖우, 거기다 순무, 올리브, 정어리, 버터를 내놨지, 순대 요리까지, 낭뙤유[11]에 사는 사촌이 차라리 빌려간 돈이나 갚을 일이지 쓸데없이 보내왔길래, 마요네즈에 버무린 참치에 상큼해 보이라고 파프리카도 곁들였고, 레물라드 소스[12]를 뿌린 셀러리까지, 정말 훌륭했는데, 진짜 실한 검은 올리브, 거기다 재미있게 해줄라고 연통 달린 배 모양으로 예술

---

11 프랑스 중서부 지방의 도시.
12 마요네즈와 겨자를 사용한 소스.

적으로 꾸민 빵에 심지어 앤초비[13]까지 넣었는데, 달걀은 삶아서 노른자를 마요네즈로 버무리고 재미있게 애기 얼굴 모양을 만들어서 풍접초 열매로 눈을 달고 파프리카로 입을 달았고, 빠르마 햄[14]도 있었는데, 이 정도면 어떻게든 입맛이 돌 수 있게 충분히 신경 쓴 거 아니우, 쟁반에 꽃까지 예쁘게 장식했고, 마담 기분 좀 돌려줄라고 할 수 있는 건 정말 다 했는데, 참 제일 중요한 걸 잊었네, 서둘러 시내에 나가서 일부러 훈제 연어까지 사왔는데, 비싼 가게에서, 날강도처럼 비싸게 팔기는 하지만 물건이 좋아서 손님이 늘 북적대는 곳에서, 거기서 200그램을 샀는데, 최고급으로 너무 짜지 않은 걸로, 그걸 혼자 다 먹으라는 것도 아니고, 마담 아리안 조금 맛이라도 보지 그래요 했더니, 결국 아무것도 손도 안 댔지 뭐, 정말 차 조금 마신 게 전부라니까, 결국 내가 슬픈 마음으로 대신 다 먹을 수밖에, 버릴 순 없잖우, 사실 아침식사를 침대로 챙겨 갔을 때 마담은 고개도 안 들었다우, 손가락으로 이불 위에 그림만 그리고 있고, 따뜻한 밀크 커피랍니다 마담 아리안, 잠깐만요 편안히 앉도록 베개 하나를 더 받칠게요, 그래도 바로 앞에 있는 내가 보이지도 않는지 멍한 눈길로, 우유도 안 넣고 커피만 한모금 마시고 말았다우, 이 먹음직스러운 크루아상도 전혀 생각 없어요 마담 아리안? 괜찮아 마리에뜨 배 안 고파, 이런 작은 크루아상이야 그래도 먹을 수 있어요, 마담 아리안, 기별도 안 가는 건데, 금방 꺼진다구요, 아니 됐어 나의 마리에뜨, 그런 다음엔 더이상 말하고 싶지 않다고 혼자 있게 해달라는 눈빛으로 그냥 천장만 쳐다봅디다, 아무래도 무슨 큰일이 생긴 게 분명하잖우, 의사를 찾아가보는 게 어떻

---

13 멸치류를 염장한 뒤 올리브유로 절인 것.
14 이딸리아 북부 빠르마 시냥에서 생산피는 햄.

겠냐고 물어도 대답도 안하고, 그렇다고 억지로 말을 하게 만들 수도 없고, 됐어 나의 마리에뜨, 이러니까, 인형처럼 고운 마담이, 가엾어라, 날 늙은 마녀라고 불러도 좋으니 뭣 좀 입에 대면 좋겠는데, 나야 마담 아리안이라고 불르죠, 고모 되는 마드무아젤 발레리가 살아 계실 적엔 마드무아젤이라고 불렀고, 그전엔 그냥 아리안이라고 불렀는데, 아가씨가 좀 자란 뒤엔 마드무아젤 발레리가 싫어하시는 바람에, 존중해줘야 한다고, 그러다보니 습관이 됐지 뭐, 처음엔 마드무아젤이었으니까 그다음엔 당연히 마담이 된 거고, 그래도 나한텐 여전히 소중한 아기씨라우, 나야 남편도 죽고 자식도 없으니까 아기씨가 그 대신인 셈이고, 내 딸이나 마찬가지라우, 조카딸이라고 있는 것들은 하나같이 쓸모없는 년들이니까, 허구한 날 남자들이나 쫓아다니고, 게걸스럽게 먹어대고, 둘 다 먹성 하나만은 어찌나 좋은지, 그래 이따 점심때 또 한번 해보는 수밖에, 그땐 괜찮을지도 몰르지, 양고기 갈빗살을 준비해야겠네, 간단한 음식이 더 끌릴지도 모르니까, 감자 뿌레 조금하고, 쑥을 넣어서 아삭거리는 샐러드하고, 쑥만큼 샐러드 맛을 내는 건 없거든, 자 마담 아리안, 갈빗살 두점만 맛봐요, 그래야 몸속의 피가 힘을 내지요, 그런데 내가 찾아가는 의사는 늘 이걸 먹지 말라고 합디다, 피가 탁해진다면서, 피가 도는 걸 막고 림프선인가 뭔가에 염증을 일으킨다나, 아무튼 의사 말이 그래요, 아이고 좀 서둘러야겠네, 기분 나쁘게 생각하지 마시구려, 아무래도 같이 있으니 자꾸 꾸물거리게 되네, 그래도 이렇게 보니 좋잖아요, 이젠 그만 인사합시다, 와줘서 고맙수, 난 언제든 좋으니까, 오늘 저녁에 잠시 들러요, 같이 커피나 마십시다.

56

―쉿, 조용히 해요, 내가 다 말해드릴게, 새로운 소식이 있다우, 글쎄, 마담한테 애인이 생긴 거야, 내가 뭐랍디까, 입 꾹 다물고 슬퍼만 하는 걸 보면 남자 문제일 거라고 했잖우, 내가 너무 멍청했지 지금까지 몰르고 있었다니, 마드무아젤 발레리의 조카니까, 그리고 머리가 아프다고만 하면서 숨기니까 알 수가 있나, 곰곰 되짚어보니까, 그래요, 우체부가 다녀갔느냐고 계속 묻던 게 생각납디다, 그 순간 연애 사건 냄새가 폴폴 나더라구, 내가 이미 말했는데 기억나시우? 속일 사람이 따로 있지 날 속이다니, 그래요, 맨 처음부터 다 말해드리리다, 조금 전에, 그러니까 8시에, 비 때문에 부엌 창문이 더러워져 닦고 있는데 초인종이 울렸고, 전보가 왔지, 당연히 마담한테 곧장 가져갔는데, 급하게 계단을 올라가다가 다리가 부러질 뻔했다우, 그런데 전보를 읽던 마담이 벌떡 일어납디다, 무는 시꺼스 곡에서처럼 순식간에, 그러더니 후다닥 욕조로 달려가

지 않겠우, 지금 설명할 시간이 없다고 소리를 질르면서, 빨리 나가야 한다고, 나중에 설명하겠다고, 그런데 마담이 전보를 읽고 나서 잠옷 주머니에 넣었는데, 글쎄 윗도리가 너무 짧아서 엉덩이가, 하늘에서 내려온 천사 같은 그 엉덩이가 살짝 드러날 정도였는데, 막 뛰느라, 그래 너무 급하게 뛰느라 전보가 바닥에 떨어졌잖우, 잠시 고민은 했지, 저 안에 무슨 말이 쓰여 있는지 나도 알아야 할 책임이 있다, 어린 나이에 고아가 된 마담한텐 아무도 없으니까, 나도 책임이 있다, 충고를 해줘야 한다, 혹시라도 나쁜 소식이면 도와줘야 한다, 읽자마자 요란 법석을 떨며 뜨거운 물로 달려간 걸 보면 그런 것 같지는 않았지만, 그런데 참, 어떻게 그리 뜨거운 물로 목욕을 하나 몰라, 다 하고 나면 바닷가재처럼 시뻘게져서 나온다우, 길게 말할 순 없고, 그래요, 우선 전화를 걸어 택시를 불렀다우, 마담이 목욕하면서 소리를 질렀거든, 빨리 택시 불러놓으라구, 세상에, 난 전화하는 거 안 좋아하는데, 저쪽에서 알아듣게 할라면 악을 써야 하고, 그러다보면 정신이 어질어질하니까, 다행히 갱년기는 지났지만, 그건 그렇고, 전화를 끊은 뒤에 살금살금 올라가봤잖우, 마담이 욕조 안에 있는 틈을 이용해서 전보도 살짝 읽어봤고, 내 의무니까, 그랬더니 글쎄, 불쌍한 디디, 디디는 이제 끝장났지 뭐, 마담을 만족시키지 못한 거니까, 어쩌겠우, 전보 내용은 마담의 애인이 25일에 돌아온다는 거고, 또 사랑 어쩌구 하는 말들이 있었는데, 난 당신이 보고 싶어 근질근질하다고, 당신도 근질근질하냐고 묻고, 그런 거, 아니 그건 아니고, 그렇게 쓰여 있었다는 게 아니고, 그러니까 근질근질하다고는 안하고, 당연히 시적인, 고상한 사람들이 하는 말이었지만, 뭐 결국엔 같은 말 아니겠우, 어쨌든 나도 이왕 시작한 일을 중간에 그만둘 수는 없고, 그래서 어차피 마담은 목욕 중이니까, 서랍 속 공책에 그동안 마담이 써놓은 걸 뒤져봤잖우, 어떻게 돼가는 일인지 나도 알아야 하니까, 나도 책임이 있으니까, 마담이 택시 타고 가면서 어딜 간다고는 말 안했지만, 보나 마나 아니겠우, 사랑에 응답하느라 마음이 급했던 거지, 오 내 사랑 빨리 돌아와요, 보고 싶어서 근질거리네요, 참 서랍에 있던 공책 얘기를 해야지, 읽어봤더니, 무슨 일이 일어나고 있는지 확인해야 하니까, 정말로 사랑 노트입디다, 애인 얘기를 써놓은 공책 말이우, 극장에서나 들을 수 있는 정신 나간 말들로, 그를 사랑해, 그를 사랑해, 너무도 사랑하는 그대 어쩌구 하면서, 키스 얘기도 있고 격렬한 애무 얘기도 있고, 많이 읽지는 못했지만, 말이 어려워서, 꼭 의사 선생들이 써준 처방전 같아서, 어쨌든 내가 빠리에 있는 동안 둘이 알게 된 거고, 밤마다 만났고, 삑딸라즈는 점심때면 일을 끝내고 돌아가니까 방해하는 사람 없이 키스를 해댔지 뭐유, 세상에, 어떻게 그럴 수가, 우리 마담한텐 성스러운 향기가 나는 줄 알았는데, 불쌍한 디디, 그렇다고 지팡이 짚고 꽉 끼는 옷 입고 잘난 척하는 디디가 걱정되는 건 아니지만, 그래도 좀 안됐긴 합디다, 내가 보기에 디디는 요령이 없어요, 어쨌든, 마담이 그동안 왜 그렇게 말도 안하고 슬퍼만 했는지 공책에 다 적혀 있었다우, 애인이 며칠 후에 돌아온다며 어딘가 갔는데 약속한 날에 안 오고 소식도 없었던 거유, 소식이 끊기니 마담은 미친 여자처럼 애인이 머무는 호텔로 전화하고 애인이 일하는 사무실에 전화하고 그런 거고, 그러고도 어디 있는지 알 수 없었던 거지, 전보를 보니까 오겠다고 한 날에 왜 못 왔는지, 어째서 25일에야, 그러니까 열하루 뒤에야 오는지 이유는 설명할 수 없다고, 정치적인 비밀이라고 합디다, 서랍 속의 공책을, 조금 급하게 보기는 했지만, 어쨌든 대충 읽어봤는데, 사랑하는 애인한테 무슨 일이 있는지 알 길이 없으니까, 그러니까 전보를 받기 전 얘기지, 너무 고통스럽다고, 이렇게 살아야 한다면 차라리 죽어버리겠다고 했습디다, 우리 마담을 홀려버린 그 재주꾼이 어떻게 생겼는지 보고 싶어 죽겠네, 공책대로라면 보는 순간 온몸에 소름이 돋을 정도로 잘생겼다는데, 마담도 참 앙큼하지, 이 늙은 마리에뜨한테까지 감추다니, 진짜 위선자 아니우, 차라리 울면서 다 털어놓았으면 내가 힘이 돼줬을 텐데, 걱정할 것 없어요 마담 아리안, 곧 편지가 올 텐데요 뭐, 남자들은 여자들과 달라서 세심하게 마음 쓸 줄을 모른답니다, 해줬을 텐데, 그렇게 아무 말도 안하고 감쪽같이 속이다니, 죽을 때까지 용서 못하겠어, 물론 마담이 여자의 행복을, 노래 가사처럼, 내가 그 이유를 아는 행복의 한몫[15]을 누리게 된 거야 기쁘기 이를 데 없지만, 어디 두고 봅시다, 마담은 계속 꽁꽁 숨기고 아무 말도 안하겠지, 같이 얘기하고 같은 여자로 충고도 해달라고 하면 좋을 텐데, 내 인생에 남은 단 한 사람인데, 조카딸은 하나같이 천박한 것들인데, 이제 마담의 편지도 공책도 안 읽을 생각이우, 맛있는 커피나 만들어서 재밌는 소설이나 읽어야지, 마담이 돌아오면 쌀쌀맞게 대할 테니 두고 보시우, 그러면 깨닫는 게 있겠지, 세상에 앙큼하기도 해라, 난 그것도 모르고 순결한 천사라고 입에 달고 살았으니, 사실 욕할 순 없지만, 젊음이란 게 워낙 순식간에 지나가버리니 어쩌겠우, 인생이 다 그런 거지, 하지만 그런 연애 얘기를 나한테 숨기다니, 정말 너무하잖우, 말해줬으면 내가 같이 기뻐해줬을 텐데, 잘생긴 남자를 만나게 된 걸, 매일 똑같이 살지 않아도 되게 된 걸, 사실 이해하고도 남지 뭐, 디디가 오쟁이

---

15 에디뜨 삐아프의 노래 「장밋빛 인생」(La Vie en rose)의 가사.

진 게 좀 안됐긴 하지만, 어차피 닥칠 일을 미리 겪는 건데 뭐, 마음이란 건, 노래 가사에도 나오잖우, 인생이라는 무거운 목걸이에 달린 작은 방울[16] 같은 거니까.

---

16 디땅의 노래 「마음은 방울 같아라」(Le coeur est un grelot)의 가사.

57

택시 안에서 행복한 진동에 몸을 내맡긴 그녀는 전보를 또다시 읽었고, 아름다운 문장에 이르면 읽기를 멈추고 미소를 지어 보였고, 때로는 미친 듯한 목소리로 때로는 우아한 목소리로 그 아름다움을 찬미했다. 오, 내 사랑, 그녀가 전보에 대고 말했고, 터져 나오려는 기쁨의 탄성을 누르느라 자기 손을 깨물었다. 그런 다음 온 영혼을 다해, 이미 다 외운 상태라 눈 감고도 읽을 수 있는 그 글을 또 읽었다. 이어 전보가 더 잘 보이도록 멀찌감치 팔을 뻗었고, 이어 팔을 굽혀 얼굴 가까이 온 편지의 냄새를 맡았고, 이어 뺨에 대고 누르면서 환희에 젖은 멍청한 눈으로 알아들을 수 없는 말들을 웅얼거렸다. 멋있어 어머나 트랄랄라 꺄악 랄랄 플라플라.

택시가 우체국 앞에 멈춰 서자 그녀는 운전수에게 100프랑짜리 지폐를 건네주었고, 인사를 받을 틈도 없이 도망치듯 택시에서 내린 뒤 우체국의 계단을 세단씩 뛰어올랐다. 그녀는 안으로 들어서 사방을 둘러보았다. 전보 보내는 데가 어디지? 전보 창구를 찾아낸 그녀가 곧장 달려가는데 한쪽 가터벨트가 풀리면서 스타킹이 흘러내리기 시작했다.

그녀는 종이가 쌓여 있는 곳 앞에서 핸드백을 열었다. 1300프랑. 넉넉하다. 만년필 뚜껑을 열고, 옆에 무료한 표정으로 앉아 있는 작은 개에게 미소를 지어 보였고, 손가락으로 머리카락을 헝클며 전보 쓸 태세를 갖춘 뒤 마침내 무언가에 홀린 듯 써 내려가기 시작했다.

쏠랄, 빠리 마들렌 광장 토머스 쿡 전교轉交
오 고마워요 고마워요 느낌표 여러개 내 사랑 난 너무 힘들었어요 하지만 원망하진 않을게요 이제 곧 당신을 만날 수 있다는 걸 아니까 줄 바꿈 불안 속에서 산 것도 당신이 25일에나 돌아온다는 것도 약속대로 9일에 돌아오지 못한 이유를 말해주지 않은 것도 당신이 지금 뭘 하고 있는지 그리고 어디로 가는지 말해주지 않은 것도 오늘 저녁까지만 빠리에 머문다는 걸 보면 공무 때문에 비밀을 지켜야 하는 것 같으니 다 받아들일게요 줄 바꿈 딱 한가지만 부탁해요 제발 기차를 타요 비행기는 사고가 너무 많이 나요 25일 주네브에 몇시에 도착하는지 전보로 알려줘요 몇시에 날 보러 올 수 있는지도 알려줘요 주네브에 도착해서 리츠로 가지 말고 곧장 오면 좋겠지만 면도를 하고 싶을 수도 있고 차려입고 싶을 수도 있겠죠 사실 아무 의미가 없는 일인데요 당신은 언제나 아름답고 심지어 지나치게 아름다운데 줄 바꿈 지나치게는 취소해요 줄 바꿈 당신이 21시에 왔으면 좋겠어요 오오 오 줄 바꿈 오 오 오 한 선 행복의 외침이었어요 줄 바꿈 8월

9일 저녁부터 8월 14일 아침까지 난 너무 고통스러웠어요 줄 바꿈 첫째 날 밤에는 리츠로 한시간에 한번씩 전화를 걸었는데 매번 당신이 안 왔다는 대답뿐이었죠 줄 바꿈 그 이후엔 정말 끔찍했어요 우체부를 기다리는 시간이 끔찍했고 리츠와 국제연맹에 전화를 거는 것도 끔찍했어요 줄 바꿈 조금 전 택시를 타고 올 때 라디오에서 노래하던 멍청한 여자들처럼 온 영혼을 다해 노래를 불렀어요 우리 사랑 같은 사랑 이 세상에 다시 없어라[17] 줄 바꿈 나 없이 살지 못한다는 말 고마워요 하지만 내가 아름답다는 말 앞에는 굉장히라는 부사가 붙어 있는데 우아하다는 말 앞에는 없더군요 내가 굉장히 우아하지는 않단 뜻인가요 줄 바꿈 당신한테 무슨 일이 일어나고 있는지 혹시라도 당신이 날 버린 게 아닌지 알 수 없을 땐 당신이 보낸 편지들을 다시 읽어볼 용기가 나지 않았어요 하지만 이제 집에 가면 편지들을 침대 위에 늘어놓고 다시 읽어보려고요 아무것도 안 입고 침대에 누워서 읽을 거예요 날씨가 너무 더우니까 줄 바꿈 돌아오면 날 당신 뜻대로 해도 좋아요 우체국의 전신 기사가 이 글을 다 읽어볼 걸 생각하면 창피해요 하지만 할 수 없죠 그 사람이 글자 수를 세는 동안 난 절대 쳐다보지 않을 거예요 줄 바꿈 저녁마다 21시 정각에 삼분 동안 북극성을 바라봐요 부탁이에요 나도 21시 정각에 삼분 동안 북극성을 바라볼게요 그렇게 하면 우리 두 사람의 눈길이 하늘에서 만나 함께할 수 있잖아요 줄 바꿈 북극성이에요 물론 구름이 가리지 않는다면요 줄 바꿈 구름이 짙거든 다음 날 밤 같은 시각 같은 장소에서 만나요 줄 바꿈 사랑하는 그대여 조심해

---

[17] 장 뤼미에르의 노래 「우리 사랑 같은 사랑」(Un amour comme le nôtre)의 가사.

요 스위스 시간으로 21시니까 혹시 스위스와 다른 시간을 사용하는 나라에 있다면 스위스 시간으로 21시에 북극성을 봐야 해요 줄 바꿈 내 사랑 그대여 문득 당신이 우리가 만나기로 한 하늘의 장소가 어디 있는지 모를까 걱정이 돼요 줄 바꿈 북극성은 작은곰자리에 있어요 작은곰자리는 직사각형에 꼬리가 달린 연처럼 생겼고 북극성은 그 꼬리의 끝이죠 줄 바꿈 작은곰자리 바로 옆에 있는 북두칠성이라고도 하는 큰곰자리에서부터 찾아도 돼요 줄 바꿈 수레처럼 생긴 북두칠성에서 뒷바퀴에 해당하는 두 별을 지나는 선을 이어주면 북극성이 나와요 줄 바꿈 이런 얘기를 길게 써서 미안해요 당신이 자연에서 일어나는 일에 별로 관심이 없다고 느낀 적이 있고 난 당신을 꼭 만나야 해서 그래요 줄 바꿈 부탁해요 그대여 북극성을 혼자 못 찾겠거든 아는 사람한테 도와달라고 해요 줄 바꿈 다음번에 미국에 가면 거기서도 북극성을 찾아봐요 난 조금 전 집에서 나오기 전에 천문대에 전화해서 물어봤어요 줄 바꿈 이따금 내 안에 지진아가 살고 있다는 걸 깨달아요 머리엔 아기 같은 숫구멍도 아직 있고요 줄 바꿈 그대여 제발 담배를 너무 많이 피우지 말아요 하루에 스무 개비 이상은 안돼요 그리고 밤엔 쌀쌀하니까 얇은 거라도 꼭 외투를 걸쳐요 줄 바꿈 간섭해서 미안해요 줄 바꿈 난 지금까지 결혼반지를 낀 적이 없는데 하나 사서 앞으로 혼자 있을 때 끼려고 해요 하느님 앞에서 당신의 아내가 될래요 줄 바꿈 당신이 왜 그렇게 빠리에 자주 가는지 모르겠어요 왜 호텔 주소를 안 가르쳐주는지도요 주소만 알면 전화를 할 수도 있고 만나러 갈 수도 있을 텐데 다른 도시에 간다 해도 어차피 호텔에 묵을 텐데 줄 바꿈 내일이면 이제 열흘 남네요 0월 24임에 침대에 누워 혼자 떠들 거예요 내일이면 그이를 만나 이런저런 일이 일어날 거야 하면서 줄 바꿈 난 당신 거예요 당신 마음대로 해요 당신의 아이든 당신의 연인이든 당신의 형제든 그리고 8월 25일에 난 당신의 아내가 될 거예요 말줄임표 여러개 줄 바꿈 난 정말 불행했고 많이 울었어요 침대에 누워 일어나지도 않았고 배도 안 고팠어요 지금은 배가 고프네요 날 꽉 안아줘야 해요 몸에 멍이 들도록 힘껏 줄 바꿈 8월 25일에는 아주 맛있는 차를 준비해놓을게요 저번에 내 밤의 주군 앞에 무릎을 꿇었던 때처럼 다시 무릎을 꿇더라도 이번엔 차를 쏟지 않을 거예요 줄 바꿈 전보를 더 보내줘요 사랑한다고 말해주고 8월 25일 몇시에 올 건지 말해줘요 그대 줄 바꿈 앞으로 남은 열하루 동안 날 떠올릴 때마다 내가 당신을 사랑하고 당신을 기다리고 있다고 생각해줘요 정말로 매번 그러고 있을 테니까 당신을 섬기는 아리안.

이제 전신 기사와 마주해야 하는 끔찍한 일이 남았다. 늙은 사람이니 전보를 읽으며 못마땅해할 게 분명하다. 그녀는 자기가 보는 앞에서 글자 수를 세면서 속으로 비난할 게 분명한 사람 앞에 죄인처럼 서 있어야 한다는 사실이 끔찍했다. 하지만 어쩔 수 없었다. 그녀는 한걸음 앞으로 나아갔고, 바로 그 순간, 발목까지 흘러내린 왼쪽 스타킹에 발이 걸리면서 그대로 고꾸라졌다. 곧바로 일어선 그녀는 제일 먼저 이가 부러지지 않았는지 확인했다. 괜찮다, 아, 다행이다. 그녀는 사람들의 눈길을 피하기 위해 눈을 질끈 감았고, 치마를 들어 올리고 스타킹을 제대로 신은 뒤 창구로 다가갔다. 그러고는 늙고 못생긴 직원 앞에 서서, 부스럼이 덕지덕지 난 그의 코를 향해 환한 미소를 지어 보였다.

그녀는 벌겋게 달아오른 얼굴로 안절부절못하며 돈을 지불했고, 뛰다시피 우체국을 빠져나왔다. 수치심으로 일그러진 얼굴로 허겁지겁 계단을 내려와 곧바로 건너편 식품점으로 들어가서 비스킷 한상자를 사 나왔고, 택시를 향해 손짓을 한 뒤 운전수에게 주소를 알려주었다. 택시에 앉자마자 상자를 연 그녀는 비스킷을 향해 이제부터 먹어주겠다고 알렸다. 할 수 없지 않은가, 그 어떤 불행에 처했다 해도 좋은 일을 찾아내야 한다. 앞으로 남은 열하루 동안 잘 준비해서 더없이 우아한 모습을 갖추면 된다. 그가 전보에 굉장히 우아하다가 아니라 그냥 우아하다고만 했으니 더욱 신경 써야 한다. 드레스들을 살펴보고 조금이라도 이상한 건 없애고 요즘 평판이 좋은 새 양장점에 한두벌 새로 주문하는 것도 좋으리라. 그러다보면 시간이 빨리 지나가지 않겠는가. 25일이야, 그녀는 첫 비스킷에게 고백하듯 말했다.

58

마리에뜨는 부엌에서 애교머리를 만지작거리며 『상처 받은 순
결한 여인』[18]을 읽고 있었다. 시커먼 메뚜기처럼 비쩍 마른, 허세 많
고 격식 따지기 좋아하는 이웃집 가정부가 빌려준 소설책이었다.
그녀는 가련하지만 정직한 여주인공이 떳떳하게 대답하는 대목에
이르러 열정적으로 책장을 넘기다가 커피 사발을 바닥에 떨어뜨렸
다. 풀을 데우자![19] 마치 독립을 선언하듯, 자기는 겨우 이런 일 때
문에 흥분하는 여자가 아니라고 선언하듯, 차분한 목소리였다.

작은 빗자루와 쓰레받기를 들고 깨진 사발 조각들을 모아 양동
이에 버린 뒤, 그녀는 다리가 부러지는 것보다는 이편이 낫다고 단

<hr />

18 프랑스의 대중소설가 메루벨(Charles Mérouvel, 1832~1920)의 작품으로, 사악
한 귀족 때문에 미혼모가 된 어린 시골 처녀를 주인공으로 한 연애소설이다.
19 현대식 접착제가 없던 시절에 풀 덩어리를 중탕냄비에 데워서 끈적거리는 상태
로 만들어 사용한 데서 비롯한 표현으로, 깨진 물건이 있을 때 쓰는 말이다.

언하며 다시 자리에 앉아 책을 읽기 시작했다. 사악한 후작이 전투에서 패하는 대목을 읽을 때쯤 현관문 열리는 소리가 났고, 그녀는 재빨리 소설책을 일감 바구니 속 뜨개질거리 밑으로 밀어넣었다. 앙큼한 마님이 돌아오시네. 내가 무슨 말을 하는지 잘 들어보시우. 그냥 넘어가지는 않을 테니 두고 봐요. 그녀는 일하고 있던 것처럼 보이려고 빗자루를 챙겨 들며 중얼거렸다.

— 어, 마담 아리안 오셨네? 소리 못 들었는데. 아까 그 전보가 설마 나쁜 소식은 아니었겠죠?

—아니, 나쁜 소식 아니고. (침묵) 며칠 후에 누가 올 거라고.

—아 그렇군요, 그래, 잘됐네요. 어찌나 급하게 나가시던지 혹시나 아드리앵 나리한테 안 좋은 일이 생겨서 슬퍼하시는 줄 알고 걱정했거든요. 오신다는 분이 여자분인가요?

—아니.

—그럼 남자 손님인가요?

—아드리앵의 친구야, 내 친구이기도 하고.

—아 그렇군요, 그래요. 마리에뜨가 일부러 비질을 계속하며 대답했다. 아드리앵 나리가 안 계셔서 아쉽네요. 친구분을 보면 기뻐하실 텐데. 뭐, 마담이 대신 접대하면 되지만요. 덕분에 기분도 좀 바꿔볼 수 있겠네요. 남편의 친구라니, 좋죠, 즐거운 일이에요. 마담도 좋으신가봐요, 그래 보여요.

—맞아. 오래전부터 알던 분이고, 다시 만나게 되니까, 당연히 좋지. 아니, 무척 좋아. 아주 호감 가는 분이거든.

—그렇죠, 살다보면 호감이 필요하죠. 자연이 원하는 거랍니다. 그게 바로 삶의 매력이에요. 같이 대화를 나누다보면 심심하지도 않을 테고. 혼자 침대에 누워 생각에 빠져 있는 것보다 훨씬 좋

죠. 아드리앵 나리가 여행 중이라 아쉽긴 하지만. 이 마리에뜨가 알아서 빠짐없이 준비할게요.

— 고마워, 마리에뜨. 모든 게 다 완벽하게 준비되면 좋겠어. 그런데 들어올 때 장떼 씨네 집을 지나다 봤는데, 인부를 불러서 천장과 벽을 새로 칠한다고 하네.

— 전부 다 새로 칠한대요?

— 아니, 현관하고 작은 거실만.

— 그러니까 제일 중요한 데만 칠하는 거네요. 이 기회에 마담도 방을 한번 새로 칠해보지 그래요? 좀 그래야 할 것 같지 않아요?

— 그래야 할 것도 같아, 생각 좀 해보고.

— 일꾼들이 보나 마나 깔끔하게 못하고 바닥을 더럽힐 테지만, 칠 다 끝나고 나면 내가 뚝딱 제자리로 돌려놓을 테니 걱정 마세요. 오신다는 손님은 잘생기셨나요?

— 그런 걸 왜 묻는데?

— 그냥 궁금해서요, 손님이 오신다니까 좋기도 하고, 적적하던 차에 좋잖아요. 이왕이면 잘생긴 게 좋죠.

— 잘생긴 편이야. 아리안이 빙그레 웃으며 대답했다. 무엇보다 굉장히 똑똑하고 교양 있는 분이시고. 난 그분과 대화 나누는 게 좋아.

— 그럼요, 대화만큼 좋은 게 없죠, 특히 호감을 갖는 사이에는. 내 생각에 인생은 좀 즐기며 살아야 해요. 늙으면 어차피 끝이니까. 난 나중에 병들어서 병원에 눕게 되면 간호 수녀님한테 물병으로 내 머리를 감겨달라고 할 거예요, 그대로 끝나버리게. 죽고 나서 땅에 묻을 필요도 없어요, 그냥 쓰레기장에 버리면 어때? 차라리 살아 있을 때 돈 생각 안하고 즐기는 게 낫죠. 극장도 가고 버찌 브랜

디 넣은 피스타치오 케이크도 사 먹고. 괜히 돈 아껴서 그 돈으로 죽은 다음에 관을 짜면 뭐 하겠어요? 내가 정말 그 안에 들어가 눕는지 알 수도 없는데. (그녀는 힘차게 비질을 했다.) 자, 자, 내가 죽거든 이렇게 비질을 해버려요. 그냥 계단에 쓸어내버리라고요. 마리에뜨, 가, 가라고, 개울물로 가, 마리에뜨! 오신다는 마담의 그분은 뭘 하는 분인데요? 혹시 글 쓰는 분인가요?

— 국제연맹을 이끄는 간부야. 아리안이 대답했고, 곧이어 딴청을 하느라 하품을 했다.

— 그렇군요, 아주 유식한 분이겠네. 아드리앵 나리의 상사일 테고. 칠을 조금 새로 해서 손님이 오실 때 분위기를 상큼하게 만들어야 할 이유가 하나 더 생겼네요. 아드리앵 나리도 마담이 자기 상사를 제대로 대접하면 기뻐하겠죠. 높은 사람들하고는 잘 지내야 하니까. 자, 시계가 울리네, 정오라고. 점심식사는 1시에 내올까요?

— 아니, 지금 먹을래, 배고파.

— 바깥바람을 쒼 덕분이죠. 밖에 나갔다 오니까 좋잖아요. 참, 높으신 분이면 예쁘게 보여야 할 텐데. 어떤 옷을 입을 거죠?

— 아직 모르겠어, 일단 목욕부터 할 테니까 그동안 식탁 좀 차려줘. 배고파 죽을 것 같아. 대답을 한 뒤 아리안은 치맛자락이 휘날릴 정도로 휙 돌아섰고, 부엌을 나가 계단에서 목청 높여 성신강림 깐따따를 노래했다.

자그마한 늙은 여자는 안전핀으로 잠근 주머니 안에 얼마 되지 않는 비상금을 숨겨놓은 치마를 들어 올리고는 격렬한 동작으로 깡깡 춤을 추면서, 호감이 간다네, 호감이, 그냥 호감이 간다고, 노래를 불렀다. 그렇게 춤에 맞춰 노래를 부르며, 고개를 뒤로 젖힌 채 살찐 짤막한 두 다리를 재주 부리는 말처럼 리듬에 맞춰 들어 올리며, 그녀는 한참 동안 부엌 안을 뛰어다녔다. 그러는 동안 위층 에서는 사랑에 미친 여인이 욕조에 누워 구세주 오심을 알리는 바 흐의 영광스러운 곡조를 노래했다.

59

멍청하고 나른하며 고혹적인 모델들이 허공을 향한 도도한 눈 길로, 배를 앞으로 내민 오만한 걸음걸이로, 마지막으로 한번 더 줄 지어 지나갔다. 준엄한 눈길로 그 모습을 지켜보던 자그마한 남자, 잘나가는 양장점의 주인이 우아한 동작으로 돌아서며 고객을 향해 미소를 지었다.

―어떠세요, 여사님, 이제 모든 의견이 조율된 것 같은데요. (그녀는 '여사님'이라는 말이 너무 듣기 싫어서 바닥을 보았다.) 오늘이 14일이니까, 17일 금요일에 첫 가봉을 하고 22일 수요일에 한번 더 하고, 그러면 25일 토요일에 늦어도 11시까지는 배달해드 릴게요. 빠듯하기는 하지만 고객님을 위해 기꺼이 맞춰드리죠. 선 택하신 스타일은 고객님과 딱 맞고, 아주 기품 있고, 기가 막히게 잘 어울립니다. 훌륭하세요, 여사님.

향수 냄새를 풍기는 소동통한 퐁크마르는 제대로 해냈다는 만족감으로 고개를 숙여 인사했고, 선금을 내야 한다는 것을 고객에게 알리는 일은 세일즈 매니저에게 맡겨둔 채 엉덩이를 흔들며 자리를 떴다. 남겨진 일은 연한 금발에 턱이 못생긴 끌로에 양이 세련되게 해냈다. 아리안은 얼굴을 붉히며 선금 생각을 미처 못했다고, 지금은 은행이 닫았을 거라고 말했다.

— 그렇죠 부인, 은행은 5시에 닫죠. 끌로에 양이 약간 거드름이 묻어나고 비난하는 어조가 실린 가라앉은 목소리로 대답했다.

— 정말 곤란하네요, 어쩌죠? 죄인이 된 아리안이 물었고, 끌로에 양이 오동통한 상사에게 어쩌냐고 묻는 눈빛을 보내자 고객이 순진하고 정직한 부류라고 판단한 폴크마르는 괜찮다는 뜻으로 눈을 감았다.

— 급하지 않습니다, 부인. 끌로에 양이 대답했다. 내일 아침에 주시면 돼요. 마치 어린아이를 달래는 듯 명랑한 말투였다. 저희는 9시에 엽니다. 그럼 내일 뵙죠. 괜찮아요, 제가 닫겠습니다.

거리로 나온 아리안은 고개를 숙이고 걸어가며 상황을 정리해 보았다. 그러니까 야회복 두벌, 하나는 심플한 디자인의 흰색 크레이프, 또 하나는 금사가 들어간, 폴크마르의 말대로라면 최고급 '유노'[20] 디자인. 그리고 살짝 시골풍의 리넨 정장 두벌, 흰색은 재킷이 짧고, 파란색은 품이 넉넉한 카디건 상의에 자개 단추가 달려 있고 칠부 소매에 작은 주머니가 있다. 그래, 카디건이 아주 예뻐, 진짜야. (그녀는 사랑스러운 카디건을 생각하며 미소를 지었다.) 밝은 회색 플란넬 정장도 아주 예뻐. 넉넉한 품, 윗부분에 덮개가 달린 주머니, 브이넥 칼라, 아주 고전적인 디자인이지. 그녀는 당장

---

20 로마신화에서 유피테르의 아내로 결혼의 신이다.

옷을 걸친 것처럼 기분이 좋아졌다. 케임브리지 디자인이에요, 아까 그 옷을 입었던, 제법 잘 어울리던 멍청한 모델이 말했었다.

— 오 나의 주인이시여, 케임브리지 디자인 옷을 입고 당신을 기쁘게 해드릴게요.

그녀가 걸음을 멈췄다. 문득 금사가 들어간 야회복의 목이 너무 파였다는 생각이 떠오른 것이다. 아까 빨간 머리 모델이 그 옷을 입었을 때 가슴의 4분의 3이 드러났다. 심지어 몸을 빨리 돌릴 때는 한쪽 가슴이 다 드러날 뻔했다. 그녀는 고개를 숙이고 생각에 잠긴 채로 천천히 걸음을 옮겼다. 호숫가에 이르렀을 때쯤 더 심한 실수 두가지가 떠오르는 바람에 소스라치게 놀라 다시 걸음을 멈추었다. 가봉을 두번밖에 안한다니, 미쳤어! 겨우 두번 가봉해서 어떻게 완벽한 옷이 나온단 말인가!

— 25일에 배달받기로 한 것도 미쳤어! 쏠이 돌아오는 날인데, 틀림없이 손볼 게 있을 텐데 시간이 없잖아. 정오 전에 다시 맡길 수 있다 쳐도, 아무리 심한 문제가 나와도 오후 안에 해결해야 한다는 거잖아, 그나마도 토요일 오후에 열려 있을 때나 가능하고! 결국 대충 고쳐서 끔찍한 상태로 올 게 뻔한데! 그이가 돌아오는데 입을 만한 옷 하나 없게 되다니, 아니 낡은 옷들밖에 없다니. 이게 다 그 돼지 같은 땅딸보하고 그 밑에서 일하는 끌로에가 너무 밀어붙였기 때문이야. 그래, 맞아, 난 천한 인간들 앞에 서면 언제나 주눅이 들어. 둘이서 어찌나 떠들어대는지 정신이 없기도 했고. 빨리 얘기를 끝내려고, 빨리 빠져나오려고, 여사님 소리를 더이상 듣지 않으려고, 무조건 좋다고 대답해버렸어. 내가 비겁했어. 그래. 이래가지고야 어떻게 살아남겠어. 그래. 이대론 안돼. 그냥 있을 수는 없어. 그 돼지한테 다시 가봐야 해. 할 수 없지, 부딪쳐 싸워야지. 그

래, 그이를 위해서, 우아한 모습으로 그이를 만나기 위해선 싸워야
해. 오 내 사랑, 그동안 당신에게 무슨 일이 일어났는지 알 수 없어
서 난 너무 고통스러웠어요. 왜 그렇게 전보를 늦게 보낸 거죠? 그
래, 싸워야 해. 하지만 돼지한테 가서 무슨 말을 할지, 어떻게 따질
지부터 생각해보자. 전투 계획을 세울 것. 망설임 없이 실행에 옮길
수 있도록 개요를 준비할 것. 저기 까페에 들어가서 적어보자, 그
래, 어쩔 수 없잖아.

까페로 들어선 그녀는 카드놀이를 멈추고 뚫어져라 쳐다보는
남자들의 눈길을 버텨낼 엄두가 나지 않았다. 결국 곧바로 돌아섰
고, 무심코 너무 세게 밀친 회전문이 그녀의 등 아래쪽에 부딪치는
바람에 쫓겨나듯 거리로 밀려났다. 그때, 결혼 전에 알던 친구 하나
가 다가오고 있었다. 그녀는 인사를 할 수밖에 없는 상황을 피하기
위해 문구점으로 들어갔고, 일 없이 들어온 게 아님을 보여주기 위
해 만년필을 하나 샀다. 작은 고양이 한마리가 다가오자 그녀는 자
연스럽게 이마를, 이어 턱 아래를 긁어주었고, 고양이가 몇살인지
성격이 어떤지 이름이 뭔지 물었다. 고양이의 이름은, 세상에, 미네
였다. 호감을 느낀 그녀는 문구점 여주인과 고양이를 키우는 경험
을 주고받으며 비타민 섭취에 꼭 필요하니 날간을 먹여보라고 권
했고, 미네에게 인사를 하고는 미소 띤 얼굴로 문구점을 나섰다.

─그래, 굳이 적어 갈 필요까진 없어. 가서 할 얘기를 미리 연
습해보면 되잖아. 리허설을 하는 거지. 중요한 건 날짜 간격을 좁
혀서 세번 가봉을 하는 거야. 17일 금요일, 21일 화요일, 23일 목요
일, 이렇게. 아니야, 혹시 문제가 있으면 고칠 시간이 넉넉해야 하
니까 22일 수요일로 하자. 가서 차분하게, 당연한 요구처럼 당당하
게 말해야 해. 그래, 모든 건 마음의 자세에 달려 있어. 혹시 해주실

수 있을까요가 아니라, 해줘요 하고 단호하게 말해야 돼. 가봉을 세 번 하고 24일 금요일 오전까지 끝내줘요. 거짓말을 해야지. 할 수 없어, 이건 일종의 정당방위야. 그래, 예기치 못한 일이 생겨서 8월 24일 금요일 저녁, 그러니까 예정보다 하루 먼저 떠나야 한다고, 불가항력적인 상황이라고, 무슨 일이 있어도 모든 게 금요일 오전까지 끝나야 한다고, 단호하게, 눈을 똑바로 쳐다보며 말하는 거야. 꼴로니의 집으로 배달할 필요 없다고, 금요일에 직접 찾으러 오겠다고 하고. 금요일 아침에, 좋아, 차로 가든지 택시를 타고 가든지 아무튼 야회복과 정장을 내가 직접 찾아오는 거야. 그리고 들른 김에 우연히 떠오른 생각인 것처럼, 가봉도 한번 더 하겠다고 말하자. 그래, 용기를 내. 거절하지 못할 거야. 그렇게 은근슬쩍 네번째 가봉까지 하는 거야. 그때 입어보고 또 잘못된 게 나오면 금요일 오후까지, 늦어도 저녁 6시까지 고쳐달라고 할 수 있으니까. 그러고도 고칠 게 있으면, 할 수 없지, 다시 거짓말을 하는 수밖에. 여행이 토요일 저녁으로 미뤄졌다고, 토요일 정오까지 아니면 오후 2시까지 한번 더 고쳐달라고 하는 거야. 금요일 저녁에 여행을 떠난다고 하면 무엇보다 옷을 완벽한 상태로 만들 수 있는 스물네시간의 여유가 생기잖아. 물론 거짓말을 하는 건 옳지 않지만, 사랑하는 그대, 난 당신을 위해 거짓말을 하고 있어요. 정리해보자. 버틸 것, 상대가 어떤 이유를 내세우든 절대 굽히지 말 것. 선금을 안 냈으니까 내가 유리한 상황이야. 내 말대로 할 수밖에 없어. 돼지 같은 남자가 안된다고 하면 주문을 취소한다고 하고, 정말 그렇게 되면 아예 비행기를 타고 빠리로 날아가서 오뜨 꾸뛰르 부띠끄에서 기성복을 사면 돼. 어차피 난 모델 사이즈니까 절대 절절맬 필요가 없이. 그래, 한가지 더, 목이 파인 금사 야회복은 취소할 것.

하지만 막상 양장점의 캐노피 달린 문 앞에 선 그녀는 안으로 들어설 용기가 나지 않았다. 무엇보다도 그녀는 장사하는 사람들, 상대를 좋아하기보다는 판단하려 하는 그 천한 사람들이 두려웠다. 여사님이라는 말이 우아하다고 믿는 폴크마르, 짙게 화장한 얼굴로 속으로는 손님들을 흉보는 여점원들, 새끼손가락에 도장 반지를 끼고 고상한 척하는 끌로에, 보나 마나 문지기의 딸이면서 치명적이고 관능적인 공주인 척하는 천한 모델들, 하나같이 거짓 미소를 짓는 그 무리를 마주할 용기가 나지 않았다. 차라리 전화로 말하는 편이 낫겠다. 보고 있는 눈이 없으면 용기를 내기 쉬울 테니까.

공중전화 부스에 들어간 그녀는 가장 최근에 온 남편의 편지를 꺼내서 봉투 뒷면에 폴크마르에게 할 말을 써보았다. 우표 위에 예루살렘 소인이 찍힌 편지, 지금까지 그랬듯이 열어보지도 않은 편지였다. 어떡하지? 빨리 읽어봐야 하는데. 아니, 읽어볼 용기가 계속 안 나면 여기 봉투에 적힌 주소로 편지 잘 받았음 재미있어서 읽고 또 읽었음 하고 전보를 보내면 돼. 됐어, 그건 오늘 저녁에 생각해보자. 그녀는 공중전화 부스의 유리벽에 편지봉투를 대고서 다이얼을 돌렸고, 재채기를 했고, 끌로에의 목소리가 들리자 인상을 찌푸렸다.

— 저예요. (왠지 아드리앵 됨 부인이라고 자신을 소개하기가 거북했다.) 조금 전에 들렀던 사람이에요. 전화를 드린 건. (재채기를 할 때 바닥으로 날아간 봉투를 주워 들기 위해 몸을 굽혔지만 팔이 닿지 않았다.) 제가 좀 들를게요. (바로 맞은편 거리에서 전화를 하고 있다고 말할 수는 없었다.) 십오분쯤 후에 도착할 거예요.

그녀는 대답할 틈을 주지 않으려고 황급히 수화기를 내려놓고 골목을 이리저리 돌아다녔다. 십삼분이 지난 뒤 힘을 내리라 결심하고는 지나온 길을 되돌아갔다. 용기를 내야 해! 다른 사람들의 말 같은 건 무시할 줄 아는 여자, 앞길을 가로막는 것들을 눌러버릴 수 있는 여자가 되어야 인생에서 성공할 수 있어. 그래, 당당히 요구할 줄 알아야 해. 장식 줄 달린 제복을 입은 문지기가 문을 밀어줄 때 그녀는 다시 한번 다짐했다. 하지만 불빛이 은은하게 밝혀진 매장 안으로 들어서는 순간 자신의 요구가 무리한 것임을 깨달았다. 미안해진 그녀는 폴크마르의 비위를 맞추기 위해 정장을 한 벌 더 주문하고 싶다고 말했고, 그 말에 폴크마르는 보물 같은 고객을 향해 고개 숙여 인사했다.

─그런데 새 정장을 고르기 전에 금사 야회복을 조금 고쳤으면 해요. 말하는 동안 얼굴에서 뜨거운 김이 올라오는 것 같았다. 그래요, 너무 많이 파이게 말고 목까지 올라오게 해줘요.

─바짝 올린 라운드넥을 원하시는군요. 폴크마르가 침울한 목소리로 말했다. 알겠습니다, 여사님, 라운드넥으로 해드리죠. 그럼 정장은 어떤 종류의 천으로 할까요?

─한가지 더 있어요. 갑자기 상황이 바뀌었어요. 여행 일정이 앞당겨지는 바람에 어쩔 수 없이 금요일 저녁에 떠나야 해요. (듣고 있는 폴크마르의 표정에는 변화가 없었다.) 조금 전에 연락을 받았거든요. 그래서 주문한 것 모두 24일 금요일까지 나와야 하고, 떠나기 직전에 가방을 쌀 수는 없는 일이니까 오전에, 그러니까 정오 전에 받아야 해요.

─그래요? 여행이라는 닳고 닳은 평계에 이미 익숙한 폴크마르는 더이상 아무 말도 하지 않았다.

─일정이 좀 빠듯하죠. 그녀가 걱정스러운 얼굴로 미소를 지으며 덧붙였다.

―아주 빠듯하죠.

―어쩔 수 없는 상황이에요.

―지나치게 촉박하군요. 폴크마르는 속내를 드러내지 않으며 상대를 괴롭히기를 즐기는 것 같았다.

―그럼. (돈을 더 준다고 할까? 아니, 그런 말은 불쾌하게 들릴지도 모른다.) 그럼, 작업을 서두르실 수 있도록 추가 비용을 지불하면 어떨까요?

폴크마르는 못 들은 척하며 잠시 눈을 감고서 머릿속으로 열심히 계산을 했고, 그런 다음 말없이 매장 안을 성큼성큼 걸어다녔다. 그녀는 불안한 눈길로 바라보았다.

―무척 힘든 일이 될 것 같군요. 하지만 밤샘 작업을 해서라도 맞춰드리죠. 그렇게 할게요. 전부 24일 금요일 정오 전에 끝내도록 할게요. 추가 비용은 끌로에 양과 얘기하세요.

그녀는 나지막한 소리로 정말 고맙다고 말했다. 그런 다음 폴크마르의 눈길을 피하면서, 간신히 호흡을 가다듬으며 낭송하듯 말했다.

―가봉은 세번 했으면 좋겠어요. 첫번째는 이번 금요일에 하고, 나머지 두번은 다음 화요일과 수요일에.

말을 마친 그녀가 숨을 가다듬는 동안, 폴크마르는 친절하게 몸을 굽히면서 속칭 얼간이 고객으로 분류될 만한 손님에게 돈을 제대로 뜯어내리라 마음먹었다.

―이제 정장을 고르실까요. 몇벌 보여드릴 게 있답니다. (그는 속눈썹이 엄청나게 긴, 결핵에 걸린 비극적 여배우처럼 생긴 점원을 불렀다.) 조시안, 새로 들어온 도르뢰유 천 좀 내려봐요. 미니스 12, 13하고 혼색 가니에르도.

─그러실 필요 없어요. 테이블 위에 있는 플란넬 천이 좋아요.

─탁월한 취향이시군요, 여사님. 기가 막힌 옷감이죠. 진회색이 아주 멋집니다. 그럼 스타일은 어떻게 할까요? 짧은 재킷에 같은 옷감의 벨트로 허리를 조인 게 좋을 것 같은데요. 주머니를 길게 달고, 옷깃을 넓게 하는 것도 괜찮을 것 같고. 가슴이 강조되도록 목선을 좀 깊게 팔까요? 끌로에, 까프리스한테 가서 베띤하고 앙드로끌레하고 빠뜨리시아 데리고 오라고 해요.

─그러실 필요 없어요. 그녀가 한시라도 빨리 여사님의 자리를 벗어나기 위해 황급히 말했다. 플란넬 정장과 똑같이 해주세요.

─그렇게 하죠, 여사님. 자, 끌로에, 적어놔요. 케임브리지 하나 추가 진회색 올랑드 천, 17일 금요일 오후에 전부 첫 가봉. 이제부터 이분 옷에만 매달리도록 해요. 나머지는 모두 중지하고. 훌륭하십니다, 여사님.

드디어 자유의 몸이 된 그녀는 향수 냄새가 섞이지 않은 맑은 공기를 쐴 수 있었다. 차를 마시면 기운이 날 듯했다. 하지만 제과점 앞에 이르렀을 때, 섬광처럼 다시 생각이 떠올랐다. 금사 야회복을 바짝 올린 라운드넥으로 하면 얼마나 보기 흉할까. 전문가들이 열심히 연구해서 만들었을 오뜨 꾸뛰르 스타일을 함부로 바꿔버리다니, 비열한 폴크마르 같으니, 안된다고 했어야지. 목까지 바짝 올리다니, 쥐 모가지[21]도 아니고 그게 무슨 바보 같은 생각이람. 그래, 부모 죽인 쥐를 사형할 때 입히는 옷 같겠네. 그녀는 애꿎은 돌멩이를 발로 찼다. 일단 옷을 다 찾고 나면 이름을 밝히지 않고 폴크마르

─────────────

21 프랑스어로 목까지 바짝 올라오는 옷을 'ras de cou'라고 하고, 'cou de rat'는 쥐의 목을 뜻한다. '목'(cou)이라는 단어가 겹치고 ras와 rat가 발음이 같은 것을 이용한 말장난이다.

에게 편지를 보내서, 당신은 젖통이 흐물거릴 거라고 말해주리라.

— 이번엔 전화로 말하는 게 낫겠어.

공중전화 부스에 들어선 그녀는 용기를 얻기 위해 성스러운 전보를 앞에 놓고 번호를 돌렸다. 하지만 끌로에의 목소리가 들리자 곧바로 수화기를 내려놓고 뛰쳐나왔다. 그러다 제과점 앞에서 걸음을 멈췄다. 세상에, 전보! 그녀는 정신없이 돌아가서 유리 부스 안으로 빨려들듯 달려들었다. 전보가 그대로 있다! 내 사랑, 그녀가 전보를 향해 말했다.

용기를 내, 그래, 직접 가는 거야, 오분만 참으면 되잖아. 생각해봤더니 금사 야회복은 원래 디자인대로 하는 게 낫겠어요, 그냥 깊게 파인 걸로 해주세요, 이렇게 말하는 거야. 아니면 여름에 입기엔 너무 더울 것 같으니 취소해버리든지. 그래, 취소하는 게 덜 변덕스러워 보이겠네. 더 합리적이기도 하고.

그날밤 자정에 잠이 오지 않자 그녀는 불을 켜고 다시 손거울을 들었다. 머릿결이 감탄스러울 정도로 아름다웠다. 밤색, 아니 구운 개암 같은 담갈색이 섞인 아름다운 황금빛이었다. 코도 보통보다 조금 크기는 하지만 더없이 아름다웠다. 한마디로, 그녀는 아름다웠다. 돼지 같은 폴크마르의 매장을 빠져나와 호숫가를 걷는 동안 심지어 백조들까지 그녀를 바라보았다. 하지만 그가 없는데 아름답다는 것이 무슨 소용이란 말인가!

— 일번, 흰색 크레이프. 비슷한 게 있어서 필요 없는데 멍청이같이 왜 샀을까. 이번과 삼번, 리넨 정장 두개는 예쁘다. 사번, 옅은 갈색의 플란넬 정장. 아주 화사하다. 입고 있으면 정말 기분이 좋아질 것 같다. 오번, 진회색 플란넬. 비겁해서, 너무 멍청해서 사고 말

왔다. 겨울 옷감인데. 날씨가 좀 쌀쌀해지기도 해야 할 텐데. 첫번째 밤의 키스, 내가 그의 손에 키스할 때 우리 관계는 정해져버렸다. 그러니까 난 그의 노예다. 노예가 되어 사랑한다는 사실이 나 자신도 혐오스럽지만, 그런데도 너무 달콤하다. 이제, 금사 야회복을 취소하기 미안해서 주문한 것들. 육번 아니면 칠번, 검정색 벨벳, 별다른 느낌이 없다. 나중에 볼 것. 칠번 아니면 팔번, 캐주얼한 것, 앞뒤로 길게 나무 단추가 열두개 달려 있고, 썩 괜찮다. 팔번 아니면 구번, 끈을 묶는 아마 원피스, 너무 예쁘다, 돛을 만드는 천하고 비슷한 옷감이라니, 멋지다. 물론 실수도 했고, 엉망인 것도 있다. 그러니까 다 해서 몇벌이지? 여덟 아니면 아홉? 할 수 없다. 일단 가봉을 하는 수밖에. 그의 마음에 들기 위해 이 난리를 치다니, 정말 우스꽝스럽다. 마음에 들기, 언제나 그의 마음에 들기, 어쩌다 이렇게 된 걸까. 내일은 무슨 일이 있어도 아드리앵의 편지를 읽어볼 것. 12시 15분. 됐다. 하루가 지났으니, 이제 열흘만 기다리면 된다. 그래, 하느님이 선택한 민족. 나도 개종을 할까? 아무튼 그때 그두 단어에 대해서는 사과를 하자. 글로 쓰자. 말로 사과하는 건 거북하니까. 사랑하는 그대여, 어서 돌아와요, 그녀가 이불을 젖히며 말했다. 사랑하는 그대, 난 당신 거랍니다, 준비되어 있어요.

60

다음 날 아침, 그녀는 200년이 넘도록 오블가의 재산을 관리해
온 쌀라댕가의 샤뽀루주 상사 건물로 들어섰다. 우선 늙은 수위에
게 상냥하게 몇마디를 건넸다. 밀크 커피를 잘 먹는 까마귀를 집에
서 키우기 때문에 그녀가 좋아하는 사람이었다. 이어 그녀는 현금
출납 직원이 있는 창구로 다가갔다. 직원은 고인이 된 고객의 조카
가 들어서는 것을 보고 이미 계좌 상태를 확인한 터였다.

— 내가 얼마를 찾을 수 있나요?

— 정확히 4000프랑입니다, 부인. 10월 1일 전에는 다른 수익금
이 들어올 게 없습니다.

— 그렇군요. 그녀가 치아가 드러나도록 환한 웃음을 지으며 말
했다. 신기하네요, 선금으로 내야 할 돈이 딱 4000프랑이거든요.

그녀는 영수증에 서명한 뒤 현금 출납 직원에게 돈을 받아 들었
고, 수위에게 까마귀가 잘 있는지 묻고는 환한 미소를 띤 채 까마

귀 얘기를 들었다. 그녀가 건물 밖으로 나서는 동안, 귀가 긴 창구 직원은 신사가 된 기분을 내기 위해 매일 재킷에 바꿔 끼우는 카네이션을 매만졌다.

거리로 나온 그녀는 선금만 준비하는 것은 의미 없는 일임을 깨달았다. 내야 할 옷값이 전부 얼마인지 이미 알지 않는가. 전부 8500프랑입니다, 주문이 끝난 뒤 끌로에가 말했었다. 괜히 신경 쓰지 말고 미리 다 지불해버리는 편이 나을 것이다. 그래, 뢸 은행으로 가자. 여기보다 나올 돈이 더 많으니까. 4500프랑을 더 찾자. 아니, 주인님을 맞이하자면 다른 것도 더 사야 하니까 아예 더 많이 찾자.

─최소한 1만 5000프랑은 찾아야겠네, 투 비 온 더 쎄이프 싸이드.

경사진 옛 거리를 올라가는 동안 그녀는 레리 고모가 그리 삼촌에게 하곤 했던 말을 떠올리며 빙그레 웃었다. "물론이다, 아그리빠, 난 뢸가 사람들을 전적으로 신뢰하지. 우리하고 가족이나 마찬가지잖니. 대대로 장로회에 속해온 집안이기도 하고. 하지만 그 은행에 들어가면 좀 불편하더구나. 뭐랄까 너무 현대적이고, 너무 크고, 엘리베이터까지, 쯧, 그건 아니지." 사실 레리 고모는 살면서 속내를 드러내는 법이 거의 없었는데, 뜻밖에도 너무나 다정한 유언을 남겼다. 그녀는 그 문장을 떠올렸다. "샹뻴의 저택은 내 동생 아그리빠에게 주고, 그외 전재산은 사랑하는 조카 아리안, 결혼 전의 성姓 오블, 아리안 도블에게 준다. 전능하신 신께서 그 아이를 지켜주시길." 아리안, 결혼 전의 성 오블. 그렇다, 고모는 그렇게 썼다. 마지막 유언을 남길 때까지도 조카의 초라한 결혼을 인정할 수 없었던 것이다.

뤨 은행 앞까지 온 그녀는 걸음을 멈추었고, 오늘 아침에 받은 전보를 꺼내 든 뒤 읽는다기보다는 그대로 바라보고 있었다. 이제 모든 게 분명하다. 25일, 이미 말한 대로 그가 기차를 타고 올 것이다. 19시 22분에 도착하고, 21시에 그녀의 집으로 올 것이다. 호산나! 그때까지는 밤마다 9시에 북극성에서 만날 것이다. 그렇다, 편지를 지금 또 읽으면 안된다. 편지의 기운이 다 사라질지도 모른다. 이따가 북극성에서 만나고, 그런 다음에 침대에 누워서 어제 온 것과 오늘 온 것 두개를 같이 읽어보자.

조용한 실내로 들어서며 그녀는 눈살을 찌푸렸다. 그래, 내일은 어떻게든 아드리앵의 편지를 다 읽어야 한다. 그만, 일단 지금은 행복을 맛보고 싶다. 그녀는 역시 오랜 지인으로, 예수님 같은 수염을 기르고 오래전부터 금욕적으로 채식을 해온 창구 직원에게 미소를 지어 보였다. 성경은 하느님의 영감으로 얻어진 말이라고 믿는 사람이라며 레리 고모가 크게 칭찬하던 직원이었다. 다른 고객, 손에 든 핸드백의 잠금장치를 비극적일 정도로 꽉 움켜쥐고 있는, 습진 걸린 페키니즈 같은 늙은 여자가 요구한 업무를 처리한 뒤, 그가 넥타이를 매만지며 오블가의 상속녀에게 경의가 담긴 눈길로 인사를 건넸다.

— 내가 얼마나 쓸 수 있나요?

— 제 기억이 틀리지 않는다면 6000프랑 정도입니다, 부인. 그는 상류사회 고객들의 계좌 상태를 전부 파악하고 있었다.

— 그보다 더 필요해요. 그녀가 대답한 뒤 빙그레 미소를 지어 보였다. (이전 은행에서도 그렇고 이 은행에서도 그렇고, 아리안은 왜 계속 미소를 짓는 걸까? 은행은 늘 그녀를 환영해주는 매력적인 장소이고, 그래서 그 안에 있을 때는 편안하기 때문이다. 은행에서

일하는 사람들은 늘 친절하고, 언제나 그녀를 위해 일할 준비가, 그녀가 원하는 돈을 내어줄 준비가 되어 있다. 오블이라는 성을 가진 아리안에게 돈은 노력하지 않고도 손에 넣을 수 있는 유일한 것이었다. 서명만 하면 된다.)

창구 직원은 안경 너머로 유감의 눈길을 던졌다. 그는 원래 여성 고객들이 수익금보다 많은 돈을 원할 때마다 슬프기도 했고, 옛 고객의 조카라는 이상한 여성이 주식을 팔아달라고 할까봐 걱정스럽기도 했다. 무엇보다 그는 매도 주문이, 특히 경험이 부족한 젊은 여성 고객이 매도 주문을 내는 것이 싫었다. 얼마 되지 않는 봉급으로 살아가는 초라한 직원, 가만히 있어도 수시로 얼굴에 경련이 일고 소심하기까지 한 이 남자는 부유한 상속녀들에게 야릇한 애착을 느끼며 그 여자들이 점점 부자가 되기를 바랐고, 반대로 그 여자들의 부가 내리막길에 들어섰다는 느낌이 들면 안타까웠다. 초라한 삶이라는 운명에 체념한 채로, 남의 것을 지키는 비쩍 마른 개처럼 부자들의 돈을 지켜주고 싶었던 것이다. 그래서 이 경솔한, 하지만 명망 높은 가문의 여성에게 10월에 큰 수익이 나올 때까지 기다릴 수 없겠냐고 물었다. 그냥 두면 1만 프랑이 넘게 나올 거라고 상냥하게 덧붙이기도 했다.

—좀더 필요해서요. 그녀가 미소를 지으며 대답했다. 기다릴 수 없는 일이에요. (온순한 남자는 지친 어깨를 으쓱했다.)

—그렇다면 담보 설정서나 매도 주문서에 서명하셔야 합니다. (그녀는 왠지 담보 설정이라는 단어가 거슬렸다. 공증이나 상속처럼 복잡할 것 같았다.)

—매도하는 걸로 할게요. 그녀가 매혹적인 미소를 지으며 대답했다.

— 얼마나 파시겠습니까?

그녀는 생각할 시간을 벌기 위해서 자기 주식이 돈으로 — 이 말을 하기 위해 잠시 망설였다, 오블가 사람들은 부적절하고 신성한 이 단어를 입에 올리는 것을 좋아하지 않았다 — 얼마나 되느냐고 물었다. 창구 직원은 자리에서 일어나 풀 죽은 걸음걸이로 멀어졌고, 잠시 후 주식거래 부서의 책임자인 젊은 남자와 함께 왔다. 구릿빛 피부에 활기가 넘치는 젊은 직원은 평소보다 덜 정중한 태도로 인사를 했다.

— 어림잡아서, 지금 소유하고 계신 유가증권을 전부 더하면, 더하면, 더하면. (그가 서류를 펼쳐 들고 눈으로 훑어 내려가는 동안, 그녀는 처음 듣는 유가증권이라는 말이 무슨 뜻일까 생각했다. 은행에서는 아마도 고객의 재산을 멋진 가죽 지갑[22]에 넣어두는가 보다고, 기회가 되면 친절한 창구 직원에게 한번 보여달라고 해야겠다고 생각했다.) 전부, 전부 더하면 20만 프랑 정도 될 겁니다.

— 그보다 많은 줄 알았는데요. 그녀가 걱정스러운 어조로 대답했다. 그러니까, 그보다는 좀더요.

— 마드무아젤 도블이 남기신 것 중엔 프랑스 주식이 상당히 많고, 오스트리아와 남아메리카 것도 있습니다. (뒤의 두 지역을 언급할 때 그의 어조에는 약간의 경멸이 담겼다.) 게다가 최근에 다우존스 지수가 급락했고요.

— 아, 그렇군요.

— 그렇습니다, 20만 프랑, 대략적으로 그렇습니다. 최근 주가 변동이 좀 심해서요.

....
22 '유가증권'을 뜻하는 프랑스어 portefeuille는 일반적으로 '지갑'을 가리킨다.

─아, 네.

─전부 팔까요? (옆에 있던 창구 직원이 눈을 질끈 감았다.)

─아뇨, 전부는 말고요.

─그럼 절반? 주식거래 책임자가 물었다. (참으로 뭐든 거리낌이 없는 세대로군, 옆에 있던 창구 직원이 생각했다.)

그녀는 곰곰 따져보았다. 사람들 사이에 늘 화제가 되는 그 '수익 배당'을 기다리느니 그냥 현금을 넉넉하게 가지고 있는 게 나을지 모른다. 더구나 곧 9월이니 겨울옷도 준비해야 한다. 그러니까. 그녀의 생각은 이내 길을 잃었다.

─절반을 팔까요, 부인? 인내심 없는 젊은이가 다시 한번 물었다.

─4분의 1을 팔게요. 지혜로운 젊은 여인이 대답했다.

─그렇다면, 아메리칸 일렉트릭, 플로리다 파워 앤드 라이트, 캠벨 수프를 팔고, 콘 프로덕츠도 많지 않으니까 같이 파는 게 좋겠군요. 동의하십니까? (그의 목소리는 씩씩했고, 신이 난 것도 같았다. 옆에 있던 창구 직원은 눈앞에서 벌어지는 주식 학살을 외면하기 위해 일어섰다.) 네슬레, 치바 케미컬, 이스트먼 코닥, 임피리얼 케미컬 그리고 인터내셔널 니켈까지 처분하죠! (성스러운 취기에 휩싸인 젊은이의 목소리는 어느새 승리의 찬가로 변했다.) 동의하십니까?

─네 좋아요, 고마워요. 이제 내가 뭘 해야 하죠?

─제가 매도 서류를 준비할 테니 서명해주시면 됩니다. 하한가 설정으로 매도하시겠습니까? 판매 시점 최고가로 매도하시겠습니까?

─어느 편이 더 좋죠?

― 경우에 따라 다릅니다. 상황이 급한지 아닌지에 따라서요. (그녀는 설명을 알아듣지 못했지만, 최고가란 말이 조금 더 안전하게 느껴졌다.)

― 최고가로 할게요.

― 별로 나올 게 없는 남아메리카 것하고 다뉴브-사바-아드리아[23]도 같이 팔겠습니다. 동의하십니까?

잠시 후 그녀는 주문서에 서명을 했고, 서명이 예쁘게 되지 않아서 조금 속상했다. 우선 현금화한 1만 프랑을 받아 든 그녀가 세어 보지도 않고 곧바로 핸드백에 집어넣자, 그 모습을 본 창구 직원은 더 우울해졌다. 그녀는 은행을 나섰고, 미소 띤 얼굴로 씨떼 거리를 천천히 걸어갔다. 9시에 북극성. 오늘밤 9시에 만날 수 있어.

---

23 다뉴브강, 사바강(다뉴브강의 지류로 슬로베니아, 크로아티아 등을 흐른다), 아드리아해 지역을 운행하는 철도 회사.

61

이틀 후 오후 4시, 폴크마르와 길고 긴 회의를 마친 뒤 기운을 회복하기 위해 제과점에 앉아 차 첫모금을 삼키는 순간, 문득 한가지 확신이 뇌리를 스쳤고, 그녀는 아연실색했다. 조금 전 정장 두벌을 가봉할 때 재킷이 너무 꽉 끼었다! 세상에, 가장 중요한 플란넬 정장인데! 그녀는 차와 토스트를 버려둔 채 벌떡 일어섰고, 그 바람에 찻잔이 엎어졌다. 그렇게 5프랑짜리 은화 하나를 던져두고 허겁지겁 고뇌의 장소로 달려가서 아직 온전한 형체를 갖추지 않은 재킷 두벌을 다시 입어보았고, 다시 벗었고, 또다시 입어보았고, 견본 스타일과 비교해보았고, 열띤 토론을 했다. 논점 없는 논쟁의 결과는 양장점 주인들이 수없이 들어온 흐리멍덩한 결론 그대로였다.

—그러니까 이 재킷들이 너무 끼지도 헐렁하지도 않게 해주세요. (그녀는 상대가 자기 말을 확실히 알아듣도록 음절 하나하나를 힘주어 발음했다. 어린 시절에 해변에서 얼굴까지 찌푸릴 정도로

눈썹에 힘을 주고 모래성을 쌓을 때처럼 하잘것없는 일에 열과 성을 다한 것이다.) 그래요, 너무 끼지도 헐렁하지도 않게요. 약간은 헐렁한 게 낫기는 하지만 당연히 너무 헐렁하진 않아야 해요. 그러니까 몸에 딱 맞지만 조이지는 않게, 너무 꽉 끼지 않게.

— 착용감이 편하게, 하지만 매무새가 좋게 말이군요. 폴크마르가 대답하자 그녀는 즉시 화기애애한 눈길로 감사를 표했다.

— 길이는 아까 말한 대로 해주세요, 견본보다 2센티 짧게, 아니 1.5센티가 더 나을까요? 그래요, 맞아요. 잠깐만요, 조금만 더 생각해볼게요.

그녀는 견본 재킷을 입고서 아랫단을 1.5센티미터 접었고, 지금까지 보았던 모습의 흔적을 지우기 위해 눈을 감았다가 뜬 뒤 삼면거울 쪽으로 다가갔다. 그러고는 자연스러워 보이려고, 그의 앞에서 이 옷을 입었을 때 평상시와 다름없는 듯 행동하리라 생각하며, 가벼운 미소를 지어보았다. 그런 다음 뒤로 물러섰고, 다시 자연스러운 걸음으로 거울 쪽으로 다가가며 자기 발을 쳐다보았고, 그렇게 거리를 거니는 자기 모습을 상상했다. 그러고는 재킷 아랫단이 접혀 있다는 사실을, 임시로 줄여놓아서 깔끔하지 않다는 것을 생각하지 않으려고, 제대로 완성된 상태의 재킷을 입었다고 상상하려고 애쓰면서, 한순간 충격 속에 진실이 드러나듯 섬광처럼 찾아오는 확실한 느낌을 얻기 위해 마침내 눈을 들었다. 그리고, 객관적으로, 아주 좋다는 것을 확인했다.

— 1.5센티 줄이면 되겠네요. (그녀는 의기양양한 표정으로, 자신이 옳다는 만족스러운 확신과 함께 숨을 깊이 들이쉬었다. 1.5센티, 절대적인 치수, 신의 치수.) 그러니까 2센티는 안되겠죠? (눈썹찌푸리기, 고개 숙이기, 명상, 고뇌.) 어쩌면 1센티만 줄여도 되지

않을까요? 아니 아니, 그냥 1.5센티 줄여주세요.

— 잘 알겠습니다. 폴크마르가 2센티를 늘려버리리라 결심하며 고개 숙여 인사를 했다. 훌륭하시네요, 여사님.

그녀는 조금 전 나올 때 잔을 엎어버린 제과점으로 돌아갈 용기가 나지 않아 다른 까페로 들어갔다. 그리고 차 한잔을 마실 즈음 또다른 근심거리가 떠오르는 바람에 다시 한숨을 내쉬었다. 돼지 같은 폴크마르가 아무것도 적지 않았다! 결정한 사항들을 잊어버릴 게 뻔하다. 양심 없는 비열한 인간 같으니. 그녀는 필기구를 좀 달라고 한 뒤 고치기로 한 내용을 적었고, 추신으로 덧붙였다.

우리가 얘기한 대로 케임브리지 재킷 두벌의 밑단 끝을 약간, 아주 약간 둥글림. 전체적으로 직각을 이루되 모서리만 아주 약간 부드럽게. 혹시 더 많이 둥글리는 게 낫다고 판단될 경우 그렇게 해도 됨. 그 경우 아래 그림은 신경 쓰지 말 것.

이걸 우편으로 보내면 너무 늦게 도착할 것이다. 그러니까 용기를 내서 직접 전해줘야 한다. 하지만 폴크마르의 눈을 다시 보고 싶지 않다. 그래도 어쩔 수 없지 않은가. 이대로 실패를 받아들일 수는 없다. 그녀가 뛰기 시작했고, 바람처럼 매장 안으로 들어가 모든 사항을 확실히 하기 위해 적어 왔다고 말하며 폴크마르에게 종이를 건네주었다. 밖으로 나온 그녀는 안도감을 느끼며, 수치심을 잊기 위해, 두려움을 떨치기 위해, 다 끝났음을 제대로 실감하기 위해, 학생 같은 조금은 비굴한 모습으로 얼굴을 찌푸렸다. 해야 할 일을 해냈다. 이제 문제를 해결하는 것은 그자의 몫이다. 난 종이를 건네줬으니까.

하지만 한시간 뒤 그녀는 스땅드 거리의 우체국에서 테이블 위로 고개를 숙인 채 케임브리지 재킷들을 줄이지 말라고, 견본 길이대로 해달라고 폴크마르에게 건네줄 말을 쓰고 있었다.

62

8월 23일 목요일, 저녁 9시

진실로 사랑하는 '소중한그대'에게, 아리안으로부터.

나의 '소중한그대'여, 이 편지를 내일 아침 리츠에 가져다놓아도 당신은 돌아와서야 읽을 테니까, 어쩌면 쓸모없는 글이라고 할 수 있겠죠. 그래도 당신을 위해 무언가를 하고 싶었어요. 이렇게라도 당신과 함께 있어야 해요. 사실 완전히 쓸모없는 편지는 아니랍니다. 이 편지가 날 대신해서 모레 리츠에서 당신을 맞아줄 수 있으니까요. 역으로 마중을 나가고 싶지만, 당신이 좋아하지 않는다는 걸 알고 있어요.

지금 난 나만의 거처에서 이 글을 쓰고 있어요, 저택 뒤편 정원 끄트머리에 있는 작은 별채랍니다. 이곳을 세놓았을 때 살던 사람들이 정원 관리인의 거처로 썼던 곳이죠. 이젠 내가 몽상에 젖는

장소가 됐답니다. 아무도 들어오지 못하게 했고요. 물론 당신한테
는 보여줄게요. 당신도 좋아했으면 좋겠어요. 마룻바닥은 곰팡이
슬고 파인 곳도 있고, 천장은 칠이 벗겨지고 벽지도 떨어졌지만, 여
기 있으면 마음이 편해요. 군데군데 보이는 거미줄도 일부러 치우
지 않았는걸요. 거미들을 좋아하기도 하고, 어쨌든 힘들게 만들어
놓은 걸 망쳐버리고 싶지 않았거든요. 자그마한 초등학생용 책상
도 있어서, 지금 바로 그 책상에서 편지를 쓰고 있어요. 이걸 책상
이라고 불러도 되는지 모르겠네요. 그냥 탁자라고 해야 할지도. 비
스듬한 테이블과 등받이 있는 의자가 붙어 있는 건데, 어떤 모양인
지 짐작할 수 있죠?

어릴 때 바로 이 탁자에서 엘리안과 숙제를 했어요. 계집애 둘이
빨간 슬리퍼를 신고 비슷한 원피스를 입고 있었죠. 미친 듯이 웃다
가 장난치다가 다락방에 올라가 분장을 했고, 화가 나서 서로에게
넌 나쁜 애야, 이제 너하고 말 안할 거야, 싸우기도 했고, 그러다 화
났어? 엘리안? 하며 화해했죠. 내가 만든 노래도 있어요. 아홉살과
열살 난 계집애 둘이서 학교에 가기 위해 겨울 아침 손잡고 길을
걸어가며 처량하게 부르던 노래죠. 이 노래 얘기는 이미 해줬죠?
오 그냥 짧은 몇마디예요. 돌멩이가 갈라지도록 얼음이 꽁꽁 언 날
그 거리를 불쌍한 우리는 걸어 내려가네 이른 아침에.

탁자 맞은편에는 옷장이 있어요. 엘리안의 유품을 넣어둔 성소
聖所죠. 위쪽 선반에 둔 그애의 사진들은 도저히 꺼내볼 용기가 안
나요. 그애가 좋아하던 책들도 있는데, 특히 신비주의에 빠진 열네
살과 열다섯살 두 소녀가 정신없이 읽어대던 타고르[24]의 시집이 있

---

24 Rabindranath Tagore(1861~1941). 인도의 시인, 사상가.

죠. 조금 전 옷장을 열었다가 엘리안의 옷 중 가장 아름다웠던 원피스를 봤어요. 삶의 여정을 다 마치지 못하고 멈춰버린 그 고운 몸의 향기가 배어 있겠죠. 난 절대 그 옷을 치우지 못할 거예요.

사랑하는 그대, 어제저녁에 책을 읽는데, 어느 순간 뭘 읽고 있는지 하나도 모르겠고 당신 생각만 하고 있었어요. 사랑하는 그대, 내 작은 거실하고 방을 새로 칠했어요. 내일 인부들이 마지막 덧칠을 하러 온답니다. 이렇게 말하면 스스로 내 가치를 떨어뜨리게 될지도 모르지만, 그래도 말할래요. 당신을 위해서 한 거랍니다. 당신을 위해 페르시아 카펫도 새로 깔았고요. 커다란 시라즈²⁵ 카펫인데, 당신 맘에도 들었으면 좋겠네요. 녹색, 분홍색, 황금색이 어우러졌는데, 선명한 색이 아니라 부드럽고 은은하게 아름답답니다.

사랑하는 그대, 주문해놓은 옷들 때문에 걱정이 돼요. 그중 괜찮은 것들마저도 당신 마음에 들지 모르겠고, 나머지는 내가 봐도 엉망이거든요. 그런데도, 그런 줄 알면서도 비겁하게, 양장점 주인한테 아무 말도 못하고 그냥 맘에 드는 척해버렸어요. 손봐야 할 곳이 너무 많아서 다 완성되려면 결국 토요일, 그러니까 당신이 돌아오는 날이나 돼야 하는데. 어떡해요! 내 말 잘 들어요, 사랑하는 그대, 혹시 내가 입은 옷이 맘에 들지 않거든 그 자리에서 솔직하게 말해줘요. 그래야 다시 만날 때 그 옷을 안 입을 수 있잖아요. 꼭 그렇게 해줘요.

사랑하는 그대, 난 지금 발목이 좀 아파요. 며칠 전에 당신의 전보를 공중전화 부스에 놓고 나오는 바람에 잃어버리는 줄 알고 놀라서 뛰어가다가 발을 삐었거든요. 그렇다고 다리를 못 쓰는 정도

---

25 이란 남서부 지방의 도시. 카펫 공예를 비롯한 예술과 교역의 중심지였나.

는 아니에요. 분명히 말해두지만, 발목이 붓지도 않았고 절지도 않아요. 모레면 다 괜찮아질 거고, 발목도 나을 거예요.

어쩌면 내가 좀더 여자다워져야 하는 게 아닌가, 그러니까 당신의 마음에 들고 싶은 속마음을 너무 많이 드러내지 말아야, 사랑한다고 끊임없이 말하지 말아야 하는 게 아닌가 하는 생각도 들어요. 전보를 아주 짧게 보냈어야 했는데, 그러니까 8월 25일 OK, 이렇게, 다른 말 더 안 쓰고, 아니 어쩌면 8월 25일 불가능함, 이렇게. 내가 여자다운 여자였다면 지금 이 편지처럼 답장을 받을 수 없는 글을 쓰고 있지도 않겠죠. 난 여자가 아닌가봐요, 난 여자들의 술수에 서툰 어린아이랍니다. 당신을 사랑하는 당신의 아이라고요. 알잖아요, 난 결코 편지 쓸 시간이 없다는 전보를 당신한테 보낼 수 없다는 거.

이제, 어제와 오늘 내가 뭘 했는지 말해줄게요. 수요일 오후에는 양장점에 들렀고, 그런 다음 쥐시[26]에 가서 오래전부터 알고 지내던 농부 부부를 만났어요. 좋은 사람들이죠. 오랜만에 보러 갔고, 어릴 때부터 봤던 암소 브뤼네뜨를 들판에 데리고 나가고 싶다고 했어요. 좋다고 하길래, 굵은 막대기 하나를 챙겨 들었죠. 원래 그렇게 한답니다. 이러! 브뤼네뜨! 하면서. 그리고 잠시 후에, 그물버섯이 좋아 보여서 좀 따려고 몸을 굽히는데, 글쎄 내 입이, 나도 모르게, 저절로, 두 단어를, 내 사랑 하고 중얼거리고 있는 거예요. 7시까지 브뤼네뜨와 밖에 있었어요.

저녁 8시에 집으로 돌아왔죠. 9시 오분 전엔 북극성을 보기 위해 정원으로 뛰어갔고요. 당신도 북극성을 봤겠죠. 당신을 느낄 수 있

---

26 스위스와 프랑스 국경 지역의 마을.

었어요. 그런 다음엔 나의 숲을 거닐었고, 꽤 늦게까지 있었어요. 침대에 누워 당신이 보내온 전보들을 다시 읽었는데, 혹시라도 편지에 담긴 향기가 다 날아가버릴까봐 너무 많이 읽지는 않았어요. 당신의 사진도 손으로 가려가며 조금씩 봤죠. 그것도 너무 오래 보지는 않았고요. 안에 담긴 기운이 다 날아가버리면 안되니까. 당신과 함께 잠들고 싶어서 당신 사진을 베개 밑에 넣었어요. 하지만 구겨질까 걱정이 돼서 다시 꺼냈고, 결국 아침에 일어나자마자 볼 수 있게 머리맡 협탁에 놓았답니다. 11시 30분이 되니까 졸음이 왔지만 자정까지 눈을 뜨고 버텼죠, 그래야 금요일이 되고, 하루만 더 기다리면 되잖아요.

이제 오늘 뭘 했는지 말해줄게요. 아침에 일어나서 목욕을 하고, 그런 다음 정원으로 나가 벽 쪽에 누워 일광욕을 했어요. 당신 생각을 하면서요. 옷은 대충만 걸쳤죠. 편안히 누웠고, 벽하고 똑같이 뜨겁고 무겁고 꽉 차 있고 단단해진 내 몸을 바람이 마치 가벼운 손가락처럼 어루만졌고, 그다음은, 엉덩이가 가볍게 들려 올라가면서 떨렸고, 그게 벽인지 그이인지, 끝에 쓴 말은 약간 시적이지 않나요? 그렇죠? 당신을 기쁘게 해주고 싶어서 써본 건데 엉망이네요. 불쌍한 아리안, 어쩌다 이렇게 된 걸까요. 그런 다음엔 밖으로 나가 시내를 돌아다녔어요. 총포상 앞을 지나다가 스프래츠[27] 비스킷 무더기가 보이길래 걸음을 멈췄죠. 들어가 사고 싶어서 혼났어요. 어렸을 적엔 단단하고 맛있을 것 같아서 너무 먹어보고 싶었거든요. 하지만 참았답니다, 당신의 사랑을 받는 여자가 강아지 비스킷을 먹을 수는 없잖아요. 조금 더 걸어가서 부드러운 감초 뿌

---

27 1860년대에 런던에서 설립된 애완견용 비스킷 제조 회사.

리를 샀어요. 보는 사람 없는 데서 먹으려고 마신 다리[28] 뒤로 갔죠. 하지만 너무 맛이 없어서 론강에 뱉어버렸어요. 브장송-위그 강변 길을 건너다가 자동차에 치일 뻔했는데, 운전수가 나더러 멍청한 여자라고 욕을 하더군요. 그래서 난 그렇게 생각하지 않는다고 대꾸해줬죠.

그리고 또 뭘 했지? 그래요, 얼마 전에 알게 된 문구 고양이(문구점에서 기르는 고양이란 뜻이에요)가 있어요. 아주 귀엽고 얌전한 그 고양이를 다시 보러 갔답니다. 전에 봤을 때 약간 기운이 없어 보여서 이번엔 말린 생선과 간을 넣은 과립 영양제 한통을 줬더니 좋아하는 것 같았어요. 그런 다음엔 당신의 호텔과 당신의 방 창문을 보러 갔어요. 문득 그곳 레스토랑에서 점심을 먹고 싶어지더군요. 안으로 들어가다가 카펫에 발이 걸려서 넘어질 뻔했어요. 음식은 아주 맛있었고 디저트도 두가지나 먹었죠. 식사 내내 꽤 잘생긴 남자 하나가 나한테서 거의 눈을 떼지 못했답니다!

사랑하는 그대, 편지 쓰는 걸 잠시 멈추고, 당신을 위해 큰곰자리와 작은곰자리를 그린 종이도 같이 보낼게요. 빨간 점으로 표시한 게 북극성이에요. 앞으로 출장 갈 때마다 유용하게 쓰일 테니까 잘 간직해야 해요. 식당에서 나와서는 프런트로 가서 스위트룸을 한번 둘러보고 싶다고, 아는 친구가 곧 주네브에 올 예정이라 그런다고 했어요. 그랬더니 지금은 빈 스위트룸이 없다는 거예요. 그럴 줄은 알았지만요. 그래서 재빨리 꾀를 내서 지금 없는 사람의 방을 보면 되지 않느냐고 했죠. 어쩌면 당신 방을 보여줄지 모른다고 기대하면서요. 하지만 아쉽게도, 안된다고 하더군요. 내 꾀는 그렇게

---

28 주네브의 론강에 있는 보행자용 다리.

끝났어요. 그런 다음 극장에 가서 영화라도 볼까 싶었는데, 하필 애정 영화를 상영하는 거예요. 그런 영화를 보면 남자 주인공이 당신 발치에도 못 미치는데, 겨우 그런 남자 가지고 여주인공이 잘난 체하잖아요, 그런 꼴을 보면 화가 나거든요, 키스를 너무 많이 하는 것도 짜증 나고요. 그래서 택시를 타고 국제연맹으로 갔어요. 바깥 벤치에 앉아서 당신의 집무실 창문을 올려다보았죠. 짜증스럽게 그 벤치에도 연인이 앉아 있다가 글쎄 사람들이 다 보는 데서 키스를 하더군요. 그래서 자리를 피했어요.

결국 우울해져서 이 거리 저 거리 돌아다녔죠. 처량하게 핸드백을 흔들며, 당신 없는 외로움이 그 어느 때보다 컸답니다. 미용에 관한 책 한권, 그리고 숙맥 같은 여자가 되면 안되니까 국제정치에 대한 책도 한권 샀어요. 그런 다음 안마스로 가는 전차를 탔죠, 주네브에서 가까운 프랑스 소도시 말이에요, 당신도 알겠죠. 그런데 새로 산 책 두권을 그만 전차에 놓고 내렸네요. 이제 내가 뭣 때문에 안마스로 갔는지 말해줄게요! 결혼반지를 사러 갔어요! 난 원래 결혼반지를 안 꼈는데 이제는 끼고 싶어요. 프랑스에서 사는 게 좀더 비밀스럽고 은밀해서 좋을 것 같았어요. 사랑하는 그대, 안마스의 보석상한테 우리 결혼식이 8월 25일이라고 했답니다!

안마스와 연관된 어린 시절 추억이 생각나요. 이미 당신한테 한 얘기네요, 미안해요. 다른 추억도 있어요, 사춘기 때 일이죠. 열다섯 아니면 열여섯이었을 거예요. 써서는 안되는 말, 예를 들면 포옹, 키스, 열정, 그외에도 내가 쓸 수 없는 금지된 말들을 사전에서 찾아봤어요. 이젠 그럴 필요가 없어졌지만.

계속해서 오늘 한 일을 얘기할게요. 결혼반지를 끼고 주네브로 돌아와서 굉장히 아름다운 실내복을 샀어요. 매장에 있던 것 중 제

일 큰 치수로. 곧바로 집으로 와서 그 옷을 내 침대 위에 펼쳐놓았
죠. 모차르트 음반도 열두개 샀고, 무거웠지만 그냥 직접 들고 왔어
요. 사실 약국에서 몸무게를 달다가 전보다 많이 나가서 화들짝 놀
랐죠. 나도 모르게 뚱뚱해진 걸까? 음반 선집 두세트를 아직 들고
있기 때문이라는 걸 곧 깨달았죠. 난, 오 내 사랑, 난 영원히 당신
거랍니다, 하고 나지막하게 노래를 부르며 약국을 나섰어요.

5시 30분에 꼴로니로 돌아왔고, 내가 원래 결혼반지를 안 끼는 걸
는 걸 아는 마리에뜨가 캐물을지 모르니 반지를 빼고 집으로 들어
갔어요. 헤겔 책을 읽으며 내용을 이해하려고 끙끙댔고요. 그런 다
음, 그 고생에 대한 보상으로, 창피하지만 여성 주간지를 읽었어요.
연애 상담 난을 읽고, 이번 주에 무슨 일이 일어날지 말해주는, 물
론 믿진 않지만, 별자리 운세도 읽었죠. 그런 다음엔 당신의 얼굴을
그려봤는데, 결과는 엉망이었어요. 참, 국제기구 인명부를 뒤져 당
신의 이름을 쳐다보기도 했죠. 그런 다음엔 여러장 있는 당신 사진
중에서 얼굴 하나를 오려 엽서의 벨베데레의 아폴론[29] 위에, 아폴론
얼굴 자리에 붙였어요. 별로였어요. 그러고는 내가 당신을 위해 무
엇을 할 수 있을까 생각했죠. 뜨개질을 할까? 아니, 그건 너무 천박
하죠.

내려가서 거실의 페인트칠이 어떻게 됐는지 봤어요. 그러다 마
리에뜨와 마주쳤고, 결국 최근의 병치레 얘기를 들어야 했어요. 요
즈음 마리에뜨의 조카와 사촌 중에도 아픈 사람이 많은데 그 얘기
를 봇물처럼 쏟아놓았죠. 마리에뜨는 그런 얘기 하는 걸 즐기고 심
지어 음울한 기쁨까지 느끼는 것 같아요. 얘기를 멈춰보려고 그렇

---

29 로마 시대에 만들어진 작자 미상의 대리석상. 그리스 청동 조각상을 본뜬 것으
로, 로마 바띠깐궁전의 벨베데레 중정에 소장되어 있다.

게 슬픈 일들은 생각하지 않는 편이 낫다고 말했지만, 거의 취한 듯 흥분해서 내 말은 들으려고 하지 않았어요. 수술 얘기를 계속하면서 집안사람들의 온갖 장기臟器를 내 앞에 늘어놓던걸요.

사랑하는 그대, 며칠 전에 삼촌이 의료 선교단으로 가 있던 아프리카에서 돌아왔어요. 왜 돌아왔는지, 또 왜 오자마자 진료를 시작했는지는 글이 너무 길어지면 안되니까 만나서 얘기해줄게요. 지금은 일단 삼촌이 어떤 사람인지만 얘기할게요. 짧게 쓸 수 있도록 전보체로 쓸래요.

자세를 바꿔서 이제 엎드려서 쓰고 있어요, 편하네요. 이제 시작해요. 아그리빠 삐람 도블, 난 어릴 때부터 그리 삼촌이라고 부름. 예순살. 키가 크고 마름. 짧게 자른 백발, 양옆으로 늘어뜨린 콧수염, 천진해 보이는 파란 눈. 한쪽 눈이 근시라서 외알 안경을 씀. 난처해지면 계속 외알 안경을 벗었다 썼다 하고 목울대가 흔들림. 돈 끼호떼를 닮았음. 오래전부터 입는 푸른빛이 도는 검정 양복. 끝이 접힌 탈착형 윙 칼라. 풀 먹인 소맷부리 장식. 서툴게 맨 흰색 넥타이. 징 박은 구두. 구두창을 안 갈아도 돼서 편하다고 주장함. 하지만 절대 인색한 사람은 아님. 필요로 하는 것이 별로 없고 자기 자신을 챙기지 않을 뿐임. 해진 옷을 입고 징 박은 구두를 신어도 무척 기품이 있음. 도착한 다음 날 양복 한벌 사자고 간신히 설득했음. 맞춤옷을 권했지만, 오래전부터 다니던 '앙팡 프로디그'라는 기성복 상점으로 간다며 내 말을 들으려 하지 않았음. 그나마 그곳도 도살장에 가는 양처럼 끌려갔음. 물질적 욕구는 거의 없지만 멋진 별장에서 살고 있음. 모순처럼 보이지만 그렇지 않음. 오블가의 마지막 남자 후손으로 오블이라는 이름을 지녔으니 조상의 이름에 걸맞은 삶을 살아야 한다고 믿고 있음. 그것이 사소한 결점임. 섯자라도 지니는 결점 아닐까?

깜빡 잊었는데, 삼촌은 레지옹 도뇌르하고 다른 훈장들도 받았어요. 애써 추구하지 않았는데도 명예를 누렸고, 그런데도 무척 내성적인 성격이죠. 허세 떠는 사람들 앞에선 더 심해지고요. 누군가를 소개받는 자리에서 악수를 하려고 손을 내밀 땐 아주 가관이에요. 팔꿈치를 몸에 붙인 채로, 끓는 기름에 손을 담그기라도 하는 것처럼 주저하면서 내밀죠. 그럴 때 보면 길 잃은 어린아이 같아요. 그래도 겉보기와 달리, 삼촌은 다른 의사들의 존경을 받는 훌륭한 의사랍니다. 뭔가 중요한 한가지도 발견했을 거예요, 오블 증후군이란 이름이 붙었죠. 빠리 의학 아카데미의 교신 회원으로 선정되기도 했어요. 외국 의사로서는 상당히 영광스러운 일이래요. 삼촌이 돌아왔다는 소식이 알려지자마자『주르날 드 주네브』가 찬사를 쏟아내며 기사를 냈답니다.

엎드려서 쓰다보니 목이 아파서 다시 탁자 앞에 앉았어요. 사랑하는 그대, 당신이 없어서 너무 우울해요. 사랑하는 그대, 우리 함께 여행할 거죠? 내가 좋아하는 나라들에 당신과 함께 가보고 싶어요. 우선 영국에 가요, 노리치[30] 근처로. 그 광활한 땅을 당신도 좋아할 거예요. 탁 트인 지평선, 세찬 바람, 마치 성당 안의 통로 같은 고요한 숲속 오솔길, 고사리가 가득한 언덕, 그리고 멀리, 바다가 펼쳐지죠. 숲속 제일 깊은 곳까지 가봐요. 푹신한 이끼 위를 조심조심 걸어가는 동안 눈앞에서 꿩들이 날아가고 다람쥐들이 나무에서 굴러 내려오죠. 절벽 위에도 같이 올라가요. 그리고 허허벌판 같은 그곳에서 얼굴 가득 바람을 맞으며 두 손을 잡고 서 있어봐요.

----

30 잉글랜드 동부 해안의 도시.

다시 삼촌 얘기를 할게요. 삼촌이 프로테스탄트 장로회의 의장이었고 국민민주당, 그러니까 좋은 사람들이 모인 당의 부대표였다는 얘기도 잊었네요. 삼촌은 정말 신앙심이 깊고, 난 진정하고 고결한 그 믿음을 존경해요. 시어머니인 됨 부인의 신앙심과는 정반대죠. 삼촌이 아프리카에 왜 갔었는지 말해줄게요. 몇 년 전에 잠베지 근교에 의료 선교단원이 부족하다는 소식을 듣고 복음선교회[31]의 자원봉사자로 간 거랍니다. 젊지도 않고 몸도 약한데, 의사로서 보장된 삶을 버리고 거기까지 가서 흑인들을 치료해주고 복음을 전한 거죠.

내가 삼촌한테 당신과 알고 지낸다고, 자주 만난다고 말해도 삼촌은 전혀 의심하지 않을 거예요. 악한 것은 아예 생각할 줄 모르는 그 선한 눈길로 "남자와 우정을 나누다니" 기쁘다고 할 테죠. 그게 바로 내가 용기를 내서 삼촌한테 당신 얘기를 할 수 없는 이유이기도 해요. 그렇다고 삼촌이 바보 같은 건 아니에요. 오히려 반대죠. 단지 천사처럼 선할 뿐이에요. 워낙 진실한 사람이기 때문에 내가 자기에게 진실을 감출 수 있다는 생각을 못하는 거죠. 진정한 기독교인이고, 성자나 마찬가지예요. 언제나 선의로 충만하며 다른 사람을 사랑하고 이해할, 아예 다른 사람이 될 준비가 되어 있는 사람, 자기 자신에 대한 사랑을 다 없애버렸기 때문에 자신보다 남을 더 사랑할 수 있는 사람인 거죠. 삼촌은 굉장히 너그럽고 후해요. 부자들한테 진료비를 받으면 — 생각날 때만 진료비를 청구하는데, 그나마도 부자들한테만 하거든요 — 더없이 검소한 생활에 꼭 필요한 만큼만 남겨두고 나머진 모두 가난한 사람들을 위해

---

31 1822년 설립된 프랑스의 프로테스탄트 선교 단체로, 아프리카와 인도양 지역에서 선교 활동을 했다.

쓰거나 자선사업에 기부하죠.

어린 시절에 우리를 보러 샹뻴의 고모 집에 올 때마다 삼촌이 내 책상 서랍에 몰래 동전 모양의 밀크 초콜릿을 넣어뒀어요. 어찌나 맛있던지. 특히 겨울엔 난방기 위에 얹어 말랑하게 만들어서 먹으면 진짜 맛있어요. 며칠 전에 삼촌이 꼴로니에 왔다 간 다음에 서랍을 열어보니 바로 그 동전 모양 초콜릿이 들어 있더라니까요!

그대여, 문득 햇볕이 쨍쨍한 날 곤충들이 윙윙거리며 날아다니던 고모의 정원이 떠오르네요. 난 열두살짜리 홀쭉한 계집애였고, 테라스에 누워 뜨거워진 공기가 떨리는 것을 바라보았죠. 그런데 고양이가 보드라운 네 발바닥을 잔디 위에 살짝 내려놓았고, 그 순간 기적이 일어났어요. 자갈 깔린 테라스가 순식간에 황량한 들판이 됐죠. 저주받은 거인이 굳어버린 모양의 무시무시한 바위들이 버티고 선 들판 말이에요. 또 조금 후에는 잔디밭이 정글로 변하더니, 어린 소녀들을 잡아먹는 호랑이가 소리 없이 나타났죠. 그러더니 다시 배경이 바뀌면서 난쟁이들이 사는 나라로 변했고요. 빗물받이 아래로, 향신료를 실은 쾌속선들이, 긴 의자 옆을 지나, 인구가 밀집한 도시들을 향해 갔어요. 엄지손가락만큼 작지만 진짜 말과 똑같이 생긴 수십마리 귀여운 말이 물뿌리개 주위를 뛰어다녔고요.

열네살 때 삼촌이 휴가를 보내러 샹뻴에 왔던 때도 기억나요. 고모가 유산으로 남겨서 지금 삼촌이 살고 있는 그 집이죠. 하루는 밤에 잠이 안 오고 배가 고프길래 삼촌을 깨웠어요. 삼촌은 실내복, 난 잠옷 차림으로 살금살금 부엌으로 가서 음식을 만들어 먹었죠. 레리 고모가 깰지 모르니까 작게 속삭이면서. 정말 재미있었어요. 그런데 내가 접시를 떨어뜨리는 바람에 와장창 큰 소리가 난 거예요. 고모한테 들켰다는 생각에 우린 그대로 굳어버렸죠. 난 겁에 질려 두 손으로 얼굴을 감싸쥐었고, 손톱이 뺨에 막힐 만큼 손가락에 힘을 주었답니다. 삼촌도 얼떨결에 불을 꺼버렸고요. 어차피 레리 고모가 깨어났으면 불을 꺼봐야 소용없는 일이었는데 말이에요. 그날 삼촌과 함께 말없이 깨진 접시를 주워 담던 모습이 지금도 선해요. 깨진 접시는 삼촌이 자기 방으로 가져가서 여행 가방에 숨겨버렸죠.

이제 삼촌의 차 얘기를 해야 해요. 그 자동차는 1912년형이고, 100킬로미터 가는 데 기름을 30리터나 마셔대요. 어디서 만들었는지 상표도 알 수 없고요. 아마 그 차를 만든 사람이 이름을 밝힐 엄두가 나지 않았거나, 아니면 그걸 세상에 내놓고는 후회 때문에 자살을 해버렸나봐요. 그 끔찍한 고물 차는 정말 종잡을 수가 없죠. 어떨 땐 제자리에서 튀어 올라 요동치고, 그러다 지그재그로 가고, 그러다 갑자기 서버리고, 그러다 또 튀어 올라요. 그런데도 삼촌은 그 차를 없애고 새로 살 생각을 안해요. 할아버지에 대한 마음 때문이죠. 그 사고뭉치 차는 삼촌이 의사 일을 처음 시작했을 때, 그러니까 이번 세기 초에 할아버지가 사주신 거래요. 맞아, 성질이 좀 나쁘지, 하지만 내가 잘 다룰 줄 알고, 이미 익숙해서 괜찮아, 삼촌은 그렇게 얘기해요.

이제 외프로진 얘기를 할게요. 레리 고모 집에서 일하던 찬모예요. 고모를 위해 정말 열성적으로 음식을 만들었죠. 고모가 돌아가신 뒤에도 삼촌은 외프로진을 내보내지 못했고, 아프리카로 떠날 때도 조카들 집에서 지내며 먹고살 수 있게 해줬어요. 그런데 지난 토요일, 삼촌이 큰 실수를 했답니다. 외프로진이 건강하게 지내는지 보러 간 거예요. 외프로진은 조카들이 구박한다면서 다시 일하게 해달라고 졸라댔고, 측은한 마음에 삼촌은 그러라고 한 거죠. 내가 알았을 땐 이미 늦었어요. 다음 날 외프로진이 샹뻴로 왔답니다. 재앙 같은 결정이었죠. 외프로진은 일흔살 넘은 마녀나 마찬가지고, 나이 때문에 정신도 오락가락하는데다 일도 제대로 못하거든요. 결국 샹뻴에 온 지 이틀 만에 피곤하다며 드러누워버렸죠. 엊그제부턴 아주 행복한 나날을 보내고 있고요. 침대에 누워서, 불쌍한 삼촌의 보살핌을 받으면서 말이에요. 하녀를 찾을 때까지 일단 일할 사람이 필요하니 할 수 없이 어제 오전에 내가 나서서 가정부를 구했어요.

한가지만 더 얘기하고 끝낼게요. 몇년 전부터 삼촌은 동시에 세 가지 원고를 쓰고 있어요. 하나는 '옛 주네브의 풍물과 사람'이라는 제목의 책이고, 또 하나는 『아이네이스』[32] 번역, 그리고 나머지는 깔뱅의 삶에 관한 책이에요. 세번째는 좀 지겨워요. 그래도 삼촌이 원고를 읽어주면 난 늘 놀라워하는 눈빛으로 들어주죠. 그러면 삼촌이 좋아하거든요.

삼촌 얘기 한가지만 더요. 삼촌은 말할 때 이따금 영어를 섞어 써요. 영어가 가림막 역할을 해주는 건지, 난처한 상황이면 더 그러죠. 하지만 꼭 난처해서만 그런 건 아니에요. 영국을 좋아하기 때문이죠. 말할 때 영어 단어를 섞으면 마음이 평온해지고 영국에서 지내던 때가 떠오르나봐요. 원래 오블가 사람들이 영국을 좋아하거든요. 자식들을 영국에, 특히 종교적인 분위기가 짙은 스코틀랜드에 보내는 게 오블가의 전통이기도 하고요. 1년 혹은 2년을 영국에서 살게 하는 거죠. 그러다 영국의 레이디와 약혼한 경우도 있고,

32 트로이의 장군 아이네이아스의 유랑을 노래한 베르길리우스의 서사시.

아무튼 모두들 영국을 좋아하고 영국의 푸른 잔디를 좋아해요. 사실 주네브의 귀족들은 스위스의 다른 주보다는 오히려 영국에 더 친근감을 느끼고 그곳을 좋아하죠. 삼촌도 자기를 스위스 사람이라고 하지 않고 주네브 사람이라고 하고요. 자, 이제 당신은 삼촌에 대해 다 아는 셈이에요. 삼촌을 사랑해줘요, 부탁이에요.

오늘 아침 잠에서 깨어나 침대에 누운 채로 한참 동안 당신 생각을 했어요, 아니 넘칠 정도로 많이 생각했어요. 내 말이 무슨 뜻인지 당신이 몰랐으면 좋겠어요. 그런 다음엔 당신의 눈만 생각했죠. 당신이 허공을 바라보는 것 같을 때, 난 그런 모습이 너무 좋아요. 어떨 땐 무언가에 깊이 빠진 어린아이 같은 당신의 눈을 사랑해요. 또 어떨 땐 얼음처럼 차갑고 굳어버린 당신의 눈도, 끔찍하지만 너무 사랑해요. 내일 기차 시간표를 구해서 토요일에 당신이 어디까지 오고 있는지 확인해야겠어요. 자, 디종까지 왔네, 이제 부르, 이제 벨가르드![33] 달링, 플리즈 두 테이크 케어 오브 유어셀프. 담배를 너무 많이 피우지 말아요. 하루에 스무개비 이상은 안돼요! 사랑하는 그대, 잠시만 쉬었다 쓸게요. 9시 십분 전이잖아요. 당신을 사랑하는 마음으로 정원으로 달려가야 하거든요!

자, 이제 돌아왔어요. 8시 51분부터 9시 10분까지 북극성을 쳐다봤죠. 현기증이 나는 걸 참아가며, 우리가 하늘에서 만나는 자리, 멀리 한 점처럼 반짝이는 별을 계속 바라봤어요. 그곳으로 오는 당신의 눈길을 찾으면서요. 9시 십분 전에 달려가서 이십분 동안이나 보고 있었던 건 혹시라도 당신 시계가 빠르거나 늦을지도 모르니까 우리의 만남을 확실하게 하기 위해서였어요. 그러길 잘했다

33 디종은 프랑스 동부 부르고뉴 지방의 도시이고, 부르와 벨가르드는 디종과 주네브 사이에 있는 소도시다.

는 생각이 들어요. 9시 4분이 돼서야 당신도 북극성을 바라보고 있다는 느낌이 왔거든요. 바로 그때 우리 둘의 눈길이 하늘에서 만난 거죠. 고마워요, 내 사랑, 그렇지만 당신 시계는 정각에 맞춰줘요. 사분 늦으니까.

편지지에 파란색 예쁜 진주들을 꽃부리 형태로 바느질해 달았어요. 물망초랍니다. 말 안해도 알겠지만, 날 잊지 마세요가 꽃말이죠. 아주 가는 바늘을 썼는데도 종이가 찢어질 것 같아서 힘들었어요. 이상하죠, 얼마 전까지 당신을 알지조차 못했는데, 그날밤 우리의 입술이 하나 되고 난 이후 지금 나에겐 당신이 이 세상에서 유일하게 살아 있는 사람, 의미 있는 사람이라니. 신비로워요.

어제저녁엔 한참 동안 거울을 들여다봤어요. 모레 당신 눈에 내 모습이 어떻게 비칠지 보려고요. 그날은 할 일이 너무 많아요. 일찍 일어나야겠어요.

다시 펜을 들었어요. 반딧불이가 반짝이는 정원의 소리, 고요한 밤의 소리를 듣고 싶어서 창가에 서 있다 왔어요. 멀리 꼴로니의 귀족들이 모여 사는 지역에서 암고양이 한마리가 사랑에 빠져 애원하네요. 그래봤자 소용없는 일인데. 고양이의 주인인 샤뽀루주 부부는 싸라쟁이라는 이름의 수고양이가 돌아오면 그때 사랑의 의식을 치르게 해주려고 기다리는 중이거든요. 아주 깨끗하게 보살핌을 잘 받았고 다 믿을 만한 수고양이인데, 안타깝게도 지금은 도비네라는 암고양이와 결혼 생활 중이랍니다.

지금 보니 내가 쓴 말은 하나같이 똑똑하고 매력적인 여자가 되고 싶어 하는, 당신의 마음에 들고 싶어 하는 것들이네요. 불쌍해라, 나도 내가 불쌍해요. 할 수 없죠, 할 수 없어요, 당신의 사랑을 받을 수만 있다면 다 괜찮아요. 날 불쌍히 여겨줘요, 난 온전히 당신의 처분에 맡겨졌답니다. 난 당신한테 너무 많은 얘기를 쓰고, 당신을 너무 많이 사랑하고, 사랑한다는 말을 너무 많이 하죠. 내 품에 기댄 당신이 마음을 놓고 웅크려 잠들 때면 마음속에서 깊은 애정이 솟아올라요. 그러면 마음속으로 당신에게 말하죠, 모이 도로고이, 모이 졸로또이. 오 내 사랑, 당신은 정말 나의 사랑이에요! 당신의 소식이 끊겼을 때 내가 날짜를 정해놓았다는 걸 아나요? 그날까지 당신 소식이 없으면 바르비투르산[34] 두통을 삼키고 욕조에 들어가 팔목을 그어 자살할 결심을 했었거든요.

그럼 이만, 안녕히.

　오 나의 소중한 연인이여, 내가 쓴 편지를 다시 읽어봤어요. 삼촌 얘기를 길게 한 건, 시어머니 될 부인의 나쁜 점에 대해 당신한테 이미 꽤 많이 얘기했기 때문이에요. 삼촌하고 비교해보면 될 부인은 절대로 기독교인이라고 할 수 없는, 우스꽝스럽게 흉내만 내는 사람이란 걸 당신이 알았으면 해서요. 선함, 수수함, 무욕無慾, 관대함의 화신인 삼촌이야말로 진정한 기독교인이죠. 당신도 삼촌을 좋아했으면 해서 많이 얘기한 거예요. 위대한 기독교인이자 위대한 주네브 시민이고, 도덕적이고 훌륭한 나라 주네브의 미덕을 구현한 삼촌을, 주네브의 프로테스탄티즘을, 모두 당신이 사랑하고 인정해줬으면 좋겠어요. 맞아요, 삼촌은 성자라고 할 수 있어요, 당신의 삼촌도 그럴 테지요.
　어제저녁 잠자리에 들기 전에 비밀 결혼반지를 껴봤어요. 불을 끄고서 반지를 만져봤고, 더 잘 느끼기 위해 손가락 위에서 돌려봤

---

[34] 수면제, 진정제로 쓰이는 히하물질.

죠. 내가 사랑하는 남자의 아내로, 행복에 젖어, 그렇게 잠이 들었
어요. 내가 쓴 러시아어 네 단어는 내 사랑, 내 보물이란 뜻이에요.
사랑하는 그대여, 편지를 시작할 때 '소중한그대'라고 붙여 쓴 건
일부러 그런 거예요. 그게 더 아름다워요.

63

흙받기 날개가 엉망이 된 기이한 모습으로 꼴사나운 바퀴 위에 높이 올라앉은 적갈색의 그것은 발작하듯 거칠게 샹뻴 대로를 달렸고, 그러다 제자리서 튕기듯 요동쳤고, 그러다 땅 위에 시커먼 기름 자국을 그리며 지그재그로 나아갔다. 때로는 분노에 휩싸인 듯하고 또 때로는 몽상에 젖은 듯하면서도, 보닛만큼은 줄곧 고래의 숨구멍에서 바닷물이 솟구치듯 뿜어 나오는 연기에 휘감겨 있었다. 자동차는 드디어 미르몽 거리로 들어섰고, 주인은 이제 그만 서라고 힘겹게 설득했다. 굉음을 세번 내지르고 분노의 함성을 한번 터뜨린 뒤에야 서는 데 동의한 자동차는 그러고도 앙심이 남은 듯 한번 더 기름을 내뿜었고, 옆에서 멀쩡하게 어슬렁거리던 사랑스러운 작은 불도그 한마리가 그 기름을 뒤집어써야 했다.

마른 체구에 키가 크고 등이 구부정하고 콧수염 양끝을 늘어뜨린 아리아의 삼촌은 여전히 증오심으로 떨고 있는 짐승의 몸에서 간신히 빠져나와 두개의 석유 헤드라이트를 끈 다음에 보닛을 살살 두드렸고, 이웃집의 하녀를 보고는 모자를 벗어 인사한 뒤 현관문을 밀었다.

그는 책들이 여기저기 널려 있는 현관에서 콧수염 끝을 가지런히 매만지고 짧게 깎은 머리를 긁었다. 음, 그렇다, 너무 늦었다. 무슨 소리를 듣게 될까? 계단을 올라가서 2층의 방문 하나를 가볍게 노크하고는 안으로 들어갔다. 눈을 뜬 외프로진이 털이 듬성듬성한 턱을 이불 밖으로 내밀더니 어떻게 이 시간까지 저녁도 못 먹고 기다리게 할 수 있냐며 투덜댔다. 아리안의 삼촌은 외알 안경을 벗었다가 다시 썼고, 미안하다고, 하지만 마지막에 본 환자의 상태가 위중해서 두고 올 수가 없었다고 말했다.

─나도 아프다고요, 노파가 이불을 턱 위로 끌어올리며 웅얼거렸다. 치즈 넣은 오믈렛 해줘요. 그래요, 달걀 네개로!

그가 쟁반을 들고 다시 방으로 들어왔을 때 외프로진은 안 먹겠다고 퇴짜를 놓으면서 다시 더 부드러운 오믈렛을 만들어달라고 우겼다. 충분히 먹을 만하다고, 싫으면 먹지 말라고 그도 처음으로 버텼다. 그녀는 우는 시늉을 했지만, 곧 소용없는 일임을 깨닫고 접시 위로 고개를 숙였고, 이따금 약삭빠른 눈길로 그를 훔쳐보면서 게걸스럽게 먹었다.

아리안의 삼촌은 디저트까지 다 먹은 외프로진을 위해 이불자락을 매트리스 안으로 밀어넣은 뒤 베개를 두드려 평평하게 만들어주었고, 그런 다음에야 쟁반을 들고 부엌으로 가서 달걀 반숙과 오렌지를 먹었다. 그나마도 외프로진이 종을 딸랑거리는 바람에 식사가 세번 중단되었다. 맨 처음 외프로진은 침대 안에 빵 부스러기가 있다고 했다. (치매 상태의 그녀는 빵 부스러기를 '까끌이'

라고 불렀다.) 두번째는 보리수 차를 달라고 했다. (그녀는 주둥이에 입을 대고 주전자째로 마셨다.) 세번째는 화장수를 수건에 적셔 시원하게 얼굴을 닦아달라고 했다. 그 모든 게 끝난 뒤 외프로진은 벽에 바싹 달라붙어 자는 척했다.

새벽 2시, 전화벨 소리에 놀란 아리안의 삼촌이 잠에서 깨어났다. 수화기 너머로 들려오는 다르디에 부인의 목소리에 그는 미소를 지었다. 방해해서 죄송해요, 하지만 아기가 한시간 넘게 울고 있어요, 걱정이 돼서요, 요즘 디프테리아가 돈다잖아요, 그렇죠? 이런 시간에 전화를 드려서 정말 죄송해요. 그녀가 말했다. 천만에요, 산책 삼아 가면 되죠. 그가 상대를 안심시켰다. 오늘밤은 날씨도 좋네요.
—에트 베라 인케수 파투이트 데아.[35] 그가 전화를 끊으면서 중얼거렸다.
아이네이아스가 사냥꾼 모습을 한 여인이 어머니 비너스였음을 깨닫는 이 대목은 너무도 아름답다. 그렇다, 아름답긴 한데 번역하기가 까다롭다. 그는 원문을 제대로 살릴 수 있는 번역을 찾느라 잠옷 바람으로 꼼짝 않고 명상에 빠졌다. 그러다 불현듯 다르디에 부인네 아기의 울음이 떠올라 황급히 옷을 입었고, 긴 수염을 정성스럽게 늘어뜨린 뒤 집을 나섰다. 교회의 차임에서 「마을의 예언자」[36] 곡조가 흘러나오며 시간을 알리는 동안 그는 차 앞에 서서 좋아하는 다르디에 가족을 생각하며 고개를 끄덕였다. 그렇다, 훌륭

---

35 Et vera incessu patuit dea. "그녀의 걸음걸이에서 진정한 여신이 드러나는구나"라는 의미의 라틴어. 베르길리우스의 『아이네이스』에 나오는 구절이다.
36 장 자끄 루소(Jean Jacques Rousseau, 1712~78)가 작곡, 작사한 단막 오페라.

한 가족이다. 식구가 많은데도 단합이 잘된다. 사실 그들은 주네브의 오래된 가문은 아니지만, 혼인으로 꽤 괜찮은 인맥을 쌓았다. 물론 구체제의 소위원회[37]에 다르디에 가문 사람이 없었던 게 아쉽기는 하다. 그때 참여하기만 했으면 가문의 도덕성이 완벽하게 구축되었을 텐데.

그는 헤드라이트를 켜고 차 앞쪽에 크랭크 핸들[38]을 꽂아 두 손으로 돌렸다. 기이한 고물 차는 무슨 변덕이 났는지 곧바로 부르릉거리며 정상적으로 작동했다. 주인은 높은 좌석에 올라앉아 핸들을 잡았다. 이미 여러곳의 구멍으로 김을 내뿜기 시작한 괴물은 캐스터네츠 독주를 한 뒤 곧장 앞으로 달려 나갔다. 멋지게 출발하는 데 성공한 아그리빠 도블은 노련한 운전자가 된 듯한 뿌듯한 기분에 잔뜩 신이 나서 낡은 경적을 눌렀다.

— 어떻게 옮기는 게 좋을까, 에트 베라 인케수 파투이트 데아.

그때 갑자기 차가 인도로 올라갔다. 문득 좋은 번역이 뇌리를 스친 것이다. 그래, 그 걸음걸이를 보니 진정한 여신이로다, 이러면 되겠네. 완벽해, 우아하면서도 원문의 함축성을 살릴 수 있어. 아니, 완벽하진 않군. '진정한'이 너무 무거워. 빼버리고 그 걸음걸이를 보니 여신이로다라고만 할까? 그래, 하지만 원문에 엄연히 '베라'가 있잖아. 그 걸음걸이를 보니 정말로 여신이로다는 어떨까? 그는 새로운 번역의 느낌을 확인하기 위해 소리 높여 낭송했다. 아니, 부사가 들어가면 문장이 복잡해져. 그 걸음걸이를 보니 진짜 여

---

37 깔뱅이 이끈 종교개혁 이전 구체제하의 주네브에서는 '200인회'가 입법권을, '소위원회'라 불리는 25인회가 행정권을 가졌다.
38 전기 배터리를 사용하기 전의 초기 자동차는 헤드라이트로 가스등 또는 석유등을 사용했고, 크랭크 핸들이라 불리는 구부러진 쇠막대를 돌려 엔진 시동을 걸었다.

신이로다? 아니, 균형이 안 맞아. '걸음걸이'라는 것도 좀 무거워. 그냥 걸음이라고 할까?

라틴문학 애호가인 아그리빠 도블이 완벽을 추구하며 행복에 젖는 동안, 자동차는 수시로 덜컹거리며 튀어 올랐고, 고대 여신들의 우아함과는 거리가 먼 걸음걸이 혹은 걸음으로 지그재그로 벨로 거리를 나아갔다. 그러다 갑자기 직선으로 달리기 시작했다. 주인이 딱 맞는 번역을 찾아낸 것이다.

—그 발걸음을 보니 여신이로다! 아그리빠 도블이 티 없이 순진한 기쁨에 젖은 환한 얼굴로 소리 높여 선언했다.

됐어, 베라는 무시하는 거야! 충실하지 않을 줄도 알아야지! 어차피 여신은 진정한이란 수식이 필요 없잖아. 고대의 이교異敎 문명에서 보자면 어차피 모든 여신은 진정하니까. 베르길리우스가 굳이 '베라'를 붙인 건 운율을 맞추기 위해서였어. '베라'는 그냥 연결해주는 쐐기 같은 거지. 프랑스어로 옮길 때 집어넣을 필요는 없어. 굳이 넣으면 오히려 이상해지겠어.

그 발걸음을 보니 여신이로다! 우리의 아그리빠 도블은 자신의 번역을 음미했다.

다르디에 부부의 집 초인종을 누르면서 그는 아름답기 이를 데 없는 발걸음의 여신을 떠올리며 미소를 지었다. 그는 자신이 무릎을 드러낸 젊은 사냥꾼의 모습으로 아이네이아스 앞에 나타난 여인을 향한 사랑에 빠졌음을, 그토록 공을 들여 번역하는 것이 사실은 그녀에게 경의를 표하는 방법임을 미처 깨닫지 못했다.

샹뻴로 돌아온 아리안의 삼촌은 기진맥진해서 옷을 걸지도 못하고 의자에 던져놓았다. 빨간색 자수로 장식된 잠옷으로 갈아입고 이불 속으로 기어든 뒤 마침내 안도의 한숨을 내쉬었다. 아직 새벽 3시밖에 안됐다. 네시간이나 잘 수 있다.

— 영원토록 다스리시고 힘과 영광을 누리소서. 그는 중얼거린 뒤 눈을 감았고, 잠에 빠져들었다.

양산을 펼쳐 들고 납작한 모자를 쓴 누이 발레리가 오네[39]의 커다란 거실을 왔다 갔다 하면서 밖에서 누가 초인종을 누른다고, 빨리 가서 문을 열어주라고 재촉했다. 눈을 비비며 깨어난 그는 누이의 말이 틀렸음을, 초인종이 아니라 전화벨이 울리고 있음을 깨달았다. 몇시지? 4시. 수화기를 든 그는 금갈색 목소리의 주인이 누구인지 금방 알아챘다.

— 그리 삼촌, 잠을 못 자겠어요. 이리로 와서 함께 있어줄 수 있어요? — 지금 꼴로니로 오라고? — 네, 부탁이에요, 정말 삼촌을 보고 싶어요. 삼촌 차로 오진 말고요. 분명 고장날 텐데, 괜히 걱정하게 돼요. 전화를 해서 택시를 보낼게요. 오랫동안 얘기 나눠요, 삼촌도 좋죠? — 그래, 얘기 나누자꾸나. 그가 조금이라도 더 자려고 눈을 감으며 대답했다. — 그러고 나면 나 잠들 때까지 침대 옆에 있어줘요. 그럴 거죠? — 그러고말고, 그는 베개에 기대앉았다. — 손잡고 책도 읽어줘요, 그러면 잠이 들 것 같아요. 잠들고 나면 깨지 않게 살살, 조금씩 빼야 해요. — 그러자꾸나, 애야, 조금씩. 그럼 이제 옷을 입어야겠다. — 있잖아요, 그리 삼촌, 전 요새 무척 행복해요. 많이 좋아하는 친구가 하나 있는데 모레 저녁에 오거든요. 너무 똑똑하고 너무 고귀한 여자예요. — 아, 그렇구나, 그가 하품을 참아가며 대답했다. 프로테스탄트니? — 아뇨, 프로테스탄트

---

39 주네브주의 도시.

는 아니에요. ─ 그럼 가톨릭이로구나? ─ 유대교도예요. ─ 아, 그렇구나, 그래, 그렇지. 신의 선택을 받은 민족이지. ─ 맞아요, 삼촌, 신의 선택을 받은 민족이에요, 분명해요! 삼촌, 저랑 마주 앉아서 같이 아침도 먹어요. 친구 얘기를 해드릴게요. 이름이 쏠랄이에요. ─ 아, 그렇구나, 그래, 그렇지. 쏠랄, 빠리에 있는 쏠랄은 아주 뛰어난 심장 전문가인데. ─ 그런데 삼촌, 깔뱅 원고는 어떻게 됐어요? ─ 20장을 끝냈단다. 돌연 그의 목소리에 생기가 돌았다. 그 책을 이들레뜨 드 뷔르[40]에게 바칠 생각이란다. 이미 아이가 여럿 있던 훌륭한 미망인 이들레뜨와 우리의 개혁가 깔뱅이 스트라스부르에서 부처[41]의 소개로 만나 1541년에 혼인을 했지. 그전에 파렐[42]이 소개한 여인은 탐탁지 않았는데, 이들레뜨는 겸손하고 온유해서 좋았던 거지. 감동적이게도, 깔뱅은 이들레뜨가 첫 결혼에서 얻은 아이들까지 친아버지처럼 돌봤단다. 애석하게도 이들레뜨의 딸 쥐디뜨는, 1554년에 결혼을 했는데, 1557년인가 1558년인가에 간통을 저지르지만. 간통이라니, 우리의 개혁가 깔뱅의 의붓딸이, 무슨 뜻인지 알겠니? ─ 알아요, 끔찍해요! ─ 깔뱅은 엄청난 슬픔에 젖었지. ─ 정말 슬프네요. 자, 삼촌, 서둘러요, 전화해서 택시를 보낼게요. ─ 그래, 서둘러야겠구나, 침대를 벗어난 그가 잠옷 차림으로 대답했다.

이십분 뒤 앙팡 프로디그에서 산 새 정장을 입고 조끼 제일 위쪽 단추에 고정한 가느다란 끈에 묶인 파나마모자를 쓴 그가 택시 안

<hr>

40 Idelette de Bure(1509~49). 벨기에 태생으로, 전남편과 사별한 후 깔뱅을 만나 결혼했다.
41 Martin Bucer(1491~1551). 독일의 프로테스탄트 종교개혁가.
42 Guillaume Farel(1489~1565). 프랑스의 프로테스탄트 종교개혁가.

에서 천사들을 향해 미소 지었고, 잠에서 깨어난 상쾌한 기분을 느끼며 새벽이 오기 전의 신선한 공기를 들이마셨다. 어느새 잠을 깬 티티새들이 삶의 기쁨에 젖어 환희의 노래를 불렀다.

그는 다리를 꼬아 무릎을 드러낸 사냥꾼의 모습으로 아이네이아스 앞에 나타났던 여신을 닮은 아리안을 생각하며 미소 지었다. 쏠랄이라는 아가씨 얘기를 하며 흥분하던 아리안은 매력적이었다. 아마도 심장병 전문가인 쏠랄과 친척일 테고, 그렇다면 좋은 집안의 아가씨일 테지. 아리안은 너무도 아름답다. 그 아이의 할머니가 막 결혼했을 때의 모습 그대로다. 최근에 완성한 원고를 가져올 걸 그랬다. 읽어주면 정말 재미있게 들을 텐데. 지난번에도 예정설에 관한 장을 무척 좋아하지 않았던가. 정말 그랬다. 그리고 조금 전에 깔뱅의 의붓딸이 간통을 저지른 얘기가 나왔을 때 그 분노의 외침이라니, 그건 분명 가슴에서 우러나오는 소리였다. 프레데리끄의 딸다운 반응이다. 그렇고말고, 그가 고개를 끄덕이며 말했다. 할 수 없지, 원고를 안 가져왔으니 고린도전서 13장의 아름답고 감동적인 구절을 읽어주며 같이 강독을 해야겠군. 그는 하늘을 바라보았고, 숭고한 진실을 확신하며 미소를 지었다. 이봐, 아그리빠, 선량하고 온유한 기독교인이여, 난 그대를 사랑했소. 그대는 전혀 몰랐을 테지. 나의 젊음과 오랜 기쁨을 함께한 주네브여, 고귀한 공화국이자 도시여, 사랑하는 스위스여, 평화와 온화한 삶, 청빈함 그리고 지혜여.

64

──드셔들 봐, 아무 때나 마실 수 있는 커피가 아니라니까, 내 오
븐에서 갓 나온 따끈한 크루아상도 빨리 맛보시구, 자, 그리고 조금
만 서둘러줘요. 아무리 그래도 카펫에 페인트가 떨어지진 않게 조
심하고. 비싼 순견이라우, 절대 묻으면 안돼.

그녀는 조그마한 두 손을 배 위에 겹쳐 얹고서, 제법 말끔한 젊
은 인부 두명이 신나게 먹는 모습을 눈으로 음미했다. 둘 다 일이
서툴긴 하지만 착하다. 페인트칠 끝나면 바닥 마루에 윤을 내주겠
다며 왁스칠 패드도 두묶음 가져오지 않았는가. 인부들이 다시 일
을 시작하자, 그녀는 등받이 없는 작은 의자에 앉아 완두콩을 까면
서 눈으로는 그들이 붓질하는 모습을 따라갔다. 그녀는 젊은 인부
들의 몸놀림에 매료되어 행복했고, 사탕 상자처럼 곱게 빛나는 작
은 거실을 마담 아리안이 얼마나 좋아할까 생각하며 행복했다.

오전이 끝나갈 무렵 무언가가 배달되어 왔고, 내용물을 짐작한

그녀는 나가고 없는 주인 대신 기쁨을 맛보기 위해 급히 포장 끈을 풀어 아름다운 실내복을 꺼내 들고 자기 몸에 대보았다.

─최고급 순견이네. 임자들 애인은 이런 건 꿈도 못 꿀 거유! 돈이 있으면 힘이 생기는 거잖우! 이게 전부가 아니라우, 잊은 얘기가 있는데, 어차피 페인트칠 다 끝났으니까 이쪽으로 좀 와봐요, 내가 보여줄게. (그녀는 작은 거실에 깔 시라즈 카펫을 둔 식당으로 가서는 한 손을 허리에 얹고 설명했다.) 이게 시라주 카펫이라는 건데, 그게 카펫 이름이고, 알제리 어디선가 온 거랍디다. 얼마나 곱게 짰는지 한번 보시우, 손으로 직접 짰다지. 아프리카에 사는 아랍 사람들이 이런 건 잘하잖우, 카펫 짜는 일은 그냥 그 사람들한테 맡겨야 한다니까. 나라면 마드무아젤 발레리가 쓰던 카펫을 그냥 쓸 텐데, 그것도 분명 시라주였을 텐데, 뭐 내가 상관할 일은 아니지만, 능력 있는 사람이 자기 마음대로 하는 거니까. 빠스뙤르라는 사람이 그랬다잖우, 왜 그 개들이 걸린다는 광견병 약 만들었다는 사람 말이우. 뭐 어차피 돈이 워낙 많은 집이니까, 지체 높은 가문이고. 아이고, 벌써 정오네, 오늘은 뭘 먹을까, 마담 아리안은 의사 삼촌 집에 갔으니까 괜찮고, 내 밥은 어제 해놓은 게 남아 있고, 이 완두콩은 오늘 저녁에 먹을 거고.

두 인부는 그녀의 기대를 저버리지 않고 자기들이 싸 온 걸 같이 먹자고 했고, 그녀는 젊은이들과 이야기를 나누면서, 존경을 받으면서, 그들의 소시지와 참치 통조림을 함께 먹어주는 게 친절이라 생각했다. 그녀는 그런 게 좋았다, 사람들과 함께하고, 신나게 얘기하고, 그러면 마치 소풍을 나온 것 같았다. 그럴 때면 늘 젊은 시절이 떠올랐다. 그래도 빈손으로 합석할 수는 없는 법이다. 예의라는 게 있지 않은가. 그녀는 양 넓적다리 고기, 니스식 라따뚜유[43] 그리고 딸기 파이를 내왔다. 이 순간을 위해 어제저녁에 일부러 준비해 놓은 것들이었다. 심지어 아드리앵 됨이 자랑스러워하며 보관해둔 샤또뇌프뒤빠쁘산 포도주까지 앞치마 밑에 숨겨서 꺼내 왔다.

커피를 마신 뒤 마리에뜨는 기꺼이 나서준 두 젊은이를 조수 삼아 왁스칠 패드 세개를 다 써가며 바닥에 광을 냈다. 패드를 밀면서 신나게 왔다 갔다 했고, 함께 일하는 기쁨에 도취되어 젊은 시절 부르던 노래를 부르기 시작했다. 후렴 부분은 패드가 움직이는 리듬에 맞춰 감정이 달아오른 세 사람이 합창을 했다.

사랑의 별이여,
취기의 별이여,
사랑에 빠진 남자들, 사랑에 빠진 여자들,
밤이나 낮이나 사랑하는구나.

그때 갑자기 문이 열리는 바람에 노래가 멈춰버렸다. 아리안이 상류계급다운 점잖은 얼굴로 들어서는 순간 세명의 프롤레타리아는 수치심에 휩싸여 그대로 굳어버렸다. 어두운 밤이 내려앉으면 쏠랄의 노예가 되어 실오라기 하나 걸치지 않고 사랑을 위해 고분고분해지는, 그러나 지금 같은 낮 시간에는 사회가 정한 신분에 따라 더없이 예의 바르고 점잖은, 더없이 신중한 오블가의 여인이었다.

가구들을 제자리에 놓은 뒤 팁을 받아 든 인부들이 떠났고, 마리에뜨는 잠깐 배웅을 하겠다며 따라나섰다. 아리안은 거실이 맘에

43 호박, 양파, 보나노 등의 야채를 썰어 삶은 요리.

들고 뿌듯하기까지 했다. 벽을 하얗게 칠하니 가구들이 더 돋보였다. 인부들한테 부탁해서 전신 거울을 이곳에, 소파 맞은편 자리에 내려다놓은 것도 아주 좋았다. 그이와 함께 거울을 본다면 같이 있는 느낌이 훨씬 강렬하겠지. 시라즈 카펫도 훌륭했다. 녹색과 분홍색이 은은하게 어우러진 섬세한 조화를 그 역시 좋아할 것이다.

그녀는 긴 숨을 들이마시며 쾌락에 젖었고, 같은 시각 루이 보바르라는 이름의 일흔살 난 노동자가, 피아노도 페르시아 카펫도 없고 늙어서 일자리도 없는, 이 세상에 홀로 남은 그가 주네브의 호수에 몸을 던졌다. 그는 시라즈 카펫의 은은한 색채와 섬세한 조화에 감탄하지 않았다. 가난한 자들은 천박하고, 아름다움이나 영혼을 고양하는 것들에 관심을 갖지 않는다. 회고록에서 신으로부터 "사물의 아름다움을 마음 깊이 느끼고 만끽할 수 있는" 능력을 부여받았다면서 좋아한 루마니아의 왕비 마리와 딴판인 것이다. 신의 배려가 실로 섬세하지 않은가.

그동안 마리에뜨는 부엌에서 코를 풀었다. 끝나버렸다. 두 젊은이와 함께하는 아름다운 삶이 끝났고, 수다 떨고 농담하는 즐거움도 끝났다. 하지만 아무리 강렬한 느낌도 오래가는 법이 없는 마리에뜨는 다시 환한 얼굴이 되었다. 늘 그러듯이 머릿결을 매만지면서 기운을 되찾은 그녀가 종종걸음으로 아리안에게 다가갔다.

마담은 실크 가운을 입고 전신 거울 앞에 서서 늘 하는 대로 몸을 이리저리 움직이며 자세를 연구하고 있었다. 그러니까 거울 쪽으로 다가갔다가 뒤로 물러났다가 미소를 지으며 돌아섰고, 허리끈을 묶었다가 풀었다가 두 다리를 벌렸다가 오므렸다가 하면서 자세를 바꿔보았고, 몸을 일부만 돌렸다가 전부 돌렸다가 하면서 그때마다 두 다리를 보기 좋게 겹쳐 꼬았다가 또 치맛자락을 펼쳤다가 모았다가 했고, 그러고도 또 같은 종류의 다양한 무언극이 이어졌다. 실크 가운이 맘에 든다는 최종 결론을 얻은 그녀는 마리에뜨에게 다정한 미소를 지어 보였고, 흡족해하며 다시 한번 콧구멍으로 숨을 들이마셨다. 같은 시각 루이 보바르의 콧구멍 속으로는 주네브 호수의 물이 들어찼다.

—정말 잘 어울려요. 주름 잡힌 게 꼭 조각상 같네요. 두 손을 모은 늙은 하녀가 지그시 바라보며 말했다.

—아주 조금 긴 것 같아. 2센티만 줄여야겠어. 아리안이 말했다.

끝으로 허리끈을 한번 더 매본 그녀가 마지막으로 감사의 눈길을 보낸 뒤 가운을 벗자 맨몸이 드러났다. 그녀는 머리부터 집어넣어 원피스를 입었다. 세상에 저것 좀 봐, 마리에뜨가 생각했다. 내의도 안 입고 속바지도 안 입고, 팬티라는 것 하나 걸치고 그 위에 원피스를 입네. 어쩜 저렇게, 저러면 보나 마나잖아, 뻔하지, 찬 기운만 쐬어도 곧바로 기관지염에 걸리겠네. 다행히 우리 마님이 건강한 편이긴 하지만.

—둘이 같이 하면 지금 바로 줄일 수 있을 텐데, 그렇게 할까요? 마담이 한쪽 끝에서, 내가 반대쪽 끝에서 시작하는 거죠. 혹시 비뚤어지면 안되니까 시침질부터 해놓고요. 가서 필요한 거 챙겨올게요.

마리에뜨가 바늘과 실과 줄자를 찾아 왔고, 두 여자는 나란히 소파에 앉아 신나게 재잘거리며 바느질을 했다. 이따금 하던 말을 멈추고 눈을 깜빡이며 실에 침을 적셔 바늘에 끼우기도 했고, 그런 다음에는 입을 꽉 다문 채로 얌전히 바늘을 움직이면서 사려 깊고 온순한 노예들의 유서 깊은 노동을 이어갔다. 바느질 땀에 집중한 두 여인이 침을 삼키는 소리만이 정적을 감돌았다,

안경을 반쯤 내리고 잔뜩 긴장해서 재빨리 시침질을 해나가던 마리에뜨는 마담과 자신이 사이좋게 일하는 친구, 같은 목표를 위해 의기투합한 동맹자이자 공모자가 된 듯했다. 무엇보다도 쓸데없이 방해만 하는 됨 가족 없이 단둘이 있는 게 좋았다. 특히 앙뚜아네뜨, 자기가 무슨 선한 신이나 되는 줄 아는 그 여자는 선량한 미소를 짓고 있지만 사실은 악독하다. 출신도 알 수 없는 주제에 터무니없이 윗사람인 양 군다. 마리에뜨는 무엇보다도 이 옷단을, 사랑의 가운을 빨리 꿰매고 싶었다. 연인이 왔을 때 이 가운을 입은 마담의 모습이 얼마나 고울까. 잘나간다는 그 나리가 자신이 얼마나 운 좋은 사람인지 깨달아야 할 텐데. 그녀는 지금 곁에 앉아 자기와 이야기를 나누는 아름다운 마담의 손을 잡아주면서 내일 저녁을 생각하면 정말 기쁘다고 말하고 싶었다. 하지만 입을 떼지 못했다.

—사랑의 별이여, 취기의 별이여. 입으로 실을 끊은 뒤 나지막하게 흥얼거리는 것으로 만족했다.

마리에뜨는 완벽하게 행복했고, 진정 기쁨이 가득한 공모의 시간을 누렸다! 시침질이 끝났으니 빨리 마담이 입어봐야 했다. 기가 막히게 잘 어울렸다. 엉덩이에 딱 달라붙네. 쉿, 아무 말도 하지 말 것. 밑단의 상태를 확인한 뒤 그녀는 좀더 가는 바늘을 가지러 급히 부엌으로 갔고, 그 김에 마담과 함께 마실 커피를 만들어 재빨리 보온병에 담았다. 그녀는 보온병을 꺼내면 소풍 가는 기분이 들어서 좋았다. 이어 서둘러 달려가서 다시 바느질을 했고, 이번에는 시침질이 아니라 정식으로 재빨리 꿰맸다. 이런 게 사는 맛이다, 생기가 넘치지 않는가. 됨네 식구가 있을 때의 허구한 날 똑같은 생활은 진저리가 난다. 그 사람들은 정말 꼴 보기 싫다. 늘 똑같은 일에 매달려 있고 늘 기압계를 쳐다보는 사람들. 하지만 마담 아리안은 다정한 연인이 될 수 있고 미친 듯한 열정의 키스에 달려들 수 있는 여자다. 젊을 때는 건강을 위해서라도 그래야 하지 않는가. 디디가 조금 불쌍하긴 하지만 어쩔 수 없다. 사랑은 마음먹는다고 되는 게 아니니까. 속담에도 있듯이 사랑은 법을 알지 못하는 시(詩)의 자식이니까.

— 페인트칠을 새로 하기로 한 건 정말 좋은 생각이었어요, 마담 아리안. 그 시라주 카펫도 그렇고요. 아주 예뻐요, 포근하게 들어앉아서 대화를 나눌 수 있는 작은 둥지 같잖아요. 이제 남은 건, 내가 유리만 닦으면 되겠네요. 반들반들하게 닦아놓을게요. 봐요, 커튼은 벌써 떼어놓았답니다. 신문지와 식초도 가져다뒀고. 유리창 닦을 땐 그게 최고거든요. 이제 왕관의 다이아몬드처럼 반짝거릴 테니 두고 봐요. 커튼도 걱정 말고요, 조각 비누를 써서 빨 거예요. 원래 그런 천은 금방 마르니까 걱정 안해도 돼요. 얼마나 잘해내는지 지켜보기만 하세요. 문도 닦을게요, 바깥문 말이에요. 그분이 초인종을 누를 때 보게 될 테니까. 하지만 페인트칠이 벗겨지면 안되니까 비누칠 말고 그냥 따뜻한 물로 할게요. 먼지는 내일 터는 게 낫고요. 오늘 할 필요가 없죠, 금방 다시 쌓일 테니까. 그래서 먼지는 늘 골치 아프답니다. 내일 집에 가기 직전에, 시계가 7시를 알릴 때 할게요. 바닥도 마지막으로 한번 더 치우고. 그분이 마담을 만나러 왔을 때 어느 한곳 흠잡힐 구석이 없도록 할게요, 전부 완벽하게 준비될 거예요. 자, 이제 시작해야겠네요. 내가 다 알아서 할게요. 그분이 좋아하실 거예요. 두고 봐요. 사랑의 모험으로 흥분한 늙은 하녀가 말했다.

— 마리에뜨가 마지 해줘, 폴크마르 양장점에 가봐야 하니까.

이해심이 많은 사람이라서 가봉을 한번 더 해주기로 했거든.

— 물론이죠, 마담 아리안. 자, 다녀오세요. 운전 살살 하고요.

바느질을 마친 마리에뜨는 속바지 한쪽에서 마담 아리안을 위한 깜짝 선물을 꺼내 피아노 위에 놓았다. 오래전 도자기 공장에서 일하던 시절에 흙 반죽 남은 걸 챙겨 직접 만든 작품이었다. 그녀는 작은 꽃병을 감상하느라 뒤로 물러섰다. 무너진 탑 모양의 꽃병에는 머리는 돼지고 몸은 새끼 양인 짐승 한마리, 그리고 이유는 모르겠지만 탑의 문 앞에 무릎을 꿇은 뚱뚱한 여자가 있었다. 그렇다, 전부 손으로 직접 빚은 예술 작품이니까 마담도 좋아할 것이다. 이어 그녀는 중세풍의 탑을 버려둔 채 문을 닫고 마담의 실크 가운을 입어보았다. 그러고는 미지의 남자를 향해 자신은 오로지 남편만을 사랑했다고, 한 사람을 사랑하면 더이상 다른 사랑은 없다고 단호하게 말했다. 이어 잠시 경멸의 눈길을 보낸 뒤 사랑의 별이여, 취기의 별이여, 노래를 흥얼거렸다. 하지만 전신 거울을 보는 순간 그녀는 자신이 늙어버렸음을 깨달았고, 그러자 미지의 남자도 사라졌다. 그녀는 가운을 벗고 자신의 몸 구석구석에서 아직까지 봐줄 만한 매력을 간직한 곳을 찾아가며 그 하나하나에 감탄하는, 늙은 여자들이 흔히 사용하는 방법으로 기운을 되찾았다. 적어도 손은 누구한테도 뒤지지 않는 듯했다. 남편은 인형 손 같다고 했었다. 코도 주름살 없이 괜찮았다. 검지에 침을 묻혀 애교머리를 납작하게 누르니 나름 괜찮았다. 아, 이러고 있을 때가 아닌데. 창문을 닦아야지. 그녀는 헌신적인 열정으로 창문을 문지르기 시작했다.

— 다들 돈이나 받아내려고 이해심 많은 척하는 건데, 그 오마

르"라는 작자도 환심을 살라고 그러는 건데, 우리 마담은 겁 없이 돈을 써대니 제발 그것 좀 깨닫게 해줘보시우. 요즘 마담은 아름다운 왕의 눈에 예뻐 보일라고 그 오마르인지 뭔지 하는 인간한테 무턱대고 돈을 쏟아붓는 중이라우. 마드무아젤 발레리만 안됐지, 자기 돈이 이렇게 허공에 사라지는 걸 아시면 어떨까. 몸에 딱 들러붙는 가운을, 어차피 그 사람이 금방 벗길 텐데, 도대체 그런 걸 뭣하러 사는지. 알제리 카펫도 무턱대고 사고, 쓸데없이 페인트칠을 하고, 머릿속에 온통 그 사람 생각밖에 없나봐. 심지어 테이블 위에 담배까지 싹 준비해놨고, 피부를 밀크 커피 색깔로 만들라고 일광욕도 하고, 요새 젊은 사람들은 그런 걸 좋아한다나, 세상에 몸에 온통 달라붙는 꼴이라니, 특히 엉덩이가, 쉿, 난 아무 말도 안했우, 창피하기도 하겠지, 내일 저녁에 안 입을지도 몰르고. 하지만 남자들한텐 그런 게 필요하잖우, 상상하면서 달아오르게 해주는 거 말이우. 다 아는 사실인데 뭐. 남자들은 좋아하지, 엉덩이 말이야, 남자들은 원래 그렇다니까, 더구나 우리 아가씨 같은 그런 엉덩이는 보기 쉽지 않지, 말 그대로 사랑의 쿠션이라니까. 조금 선에 같이 바느질할 땐 정말 좋았는데. 난 매일 똑같이 되풀이되는 걸 좋아하지 않으니까, 즉흥적인 거, 재미있는 거, 내 말을 이해할라나 몰르겠는데, 아무튼 매일 똑같은 일에서 벗어나는 게 좋다우. 그 사람은 내일 9시에 온다네요, 전보에 그렇게 써 있습디다, 그래요, 내가 다 봤지, 마담은 편지를 감출 생각도 안하니까. 9시 십분 전에 맞은편 길에 잘 숨어 있을 생각인데, 그 사람이 정말로 어떻게 생겼는지 봐야겠우. 쉿, 아무 말도 마슈, 내일 저녁에 어떤 사달이 날지 어디

----

44 폴크마르라는 이름을 잘못 말한 homard는 프랑스어로 '바닷가재'를 뜻한다.

한번 봅시다. 마드무아젤 발레리의 조카인데, 절대 마담을 비난할 마음은 없지만, 원래 이런 거니까, 어차피 일어날 수밖에 없는 일이니까, 남편이란 사람이 그 모양 그 꼴이니까. 마담은 건강하고 여름 바람에 하늘거리는 개양귀비 꽃처럼 예쁜데 그렇게 고운데 어쩌겠우. 하늘에서 내려온 대리석 조각 같은 한쌍이겠지. 불쌍한 디디, 어쩔 수 없지, 그 인간은 엄마 배 속에서 나올 때부터 오쟁이 지게 되어 있었던 거야. 수염은 그게 뭔지, 쯧. 늘 아내한테 신경 쓰고 선물을 하고, 여기서 리아누네뜨 저기서 리아누네뜨 찾아대고, 개가 주인을 바라보듯 늘 인사치레해대고, 늘 사과하고, 그러니 마담이 어떻게 피곤하지 않을까. 난 오쟁이 지고 싶어, 빨리 오쟁이 지게 해줘 하고 말하는 거나 마찬가지지. 가엾기도 해라, 피곤하지 않냐고 물어댈 시간이 있으면 차라리 더 피곤하게 만들어버렸어야 하는 건데, 그러면 다른 데 가서 찾지 않았을 텐데. 딴 남자는 아주 잘생겼습디다, 보기만 해도 군침 돌 정도로. 사실은 말에 올라탄 사진을 봤다우, 마담이 욕실 아무 데나 놔뒀으니까, 검은 머리카락에 정말 소름 끼치게 잘생겼습디다. 원래 난 금발 머리 남자는 별로라우, 너무 들척지근하니까. 아무튼 그 사람은 쓸데없이 인사치레해대고 피곤하지 않냐고 물어대지는 않겠지, 그냥 앞으로 뒤로 자기가 직접 마담을 피곤하게 하겠지. 어쩌겠우 마담은 고모인 마드무아젤 발레리를 안 닮았는걸. 정말 분명하게 말하는데 마드무아젤 발레리는 농담 같은 것도 해본 적이 없다우. 그래도 젊었을 땐 무척 고왔는데, 아무리 그래도 맨날 종교만 생각하고 있으니 그렇게 고요해질 수밖에. 다시 디디 얘기를 하자면, 디디가 모든 걸 알았을 때를 생각하면 가슴이 좀 아프긴 하다우. 언젠간 알게 되겠지, 하지만 어쩌겠우, 나한텐 마담이 더 중요한걸. 갓난애기 적부터 봐왔는데,

마드무아젤이란 말도 붙이지 않고 그냥 아리안이라고 부른 적도 있고, 어떨 땐 아예 리리라고 부르기도 했는걸. 한동안 마드무아젤을 떠나 있던 적도 있었는데, 그러니까 우리 아가씨가 열두살 되었을 때 내 동생 상태가 너무 안 좋아지는 바람에, 정말 최악의 상황이어서, 자궁이 뒤집어지고 난소가 제멋대로 돌아다닌다나, 아무튼 그래서 갔다가 아가씨가 너무 보고 싶어서 결국 돌아왔고, 그랬더니 벌써 열여섯살이 되어 있었고, 그러니까 처녀가 다 돼버렸고, 그때 마드무아젤 발레리가 아리안이라고 하지 말고 마드무아젤 아리안이라고 부르라고 합디다. 마드무아젤 발레리는 뭔가 지시하면 워낙 빈틈이 없는 사람이었으니까, 나야 도리 없었지 뭐. 그때부터 습관이 됐고, 지금은 마담이라고 부른다우. 아직도 침대에 누워 있을 땐 리리라고 부르기도 하지만. 이번 일이 어떻게 끝날지 모르겠네, 그릇은 내돌리면 깨지는 법인데, 우리 마담의 사랑의 밤을 위해서 내가 깜짝 선물로 가져다놓은 꽃병 보셨우? 내가 직접 빚어서 화덕에 구운 거라우, 도자기 공장에 다닐 때 난 예술품만 만들었거든. 생각이 막 떠올랐으니까. 그런 건 다 타고난 재주 아니겠우, 가졌거나 못 가졌거나 둘 중 하나지.

65

──마담은 어떨 땐 아주 이상하다우, 어느 정도냐면, 그래, 바닷
가재 얘기를 해야겠네, 잠깐만요, 조용히 좀 해봐요, 안 웃곤 못 배
길걸, 그러니까 내가 빠리에서 돌아오는 길에 바닷가재를 들고 왔
는데, 깜짝 선물로, 아주 무겁고 튼실한 놈으로, 기차 타고 오는 내
내 바구니 안에서 꿈틀댔지, 도착한 뒤에 미국식 요리법으로, 그러
니까 산 채로 잘라서 아주 맛있게 요리해주겠다고 했더니, 글쎄 마
담이 두 눈을 질끈 감고 비명을 질러대지 않겠우, 절대 안돼 절대
안돼 얼마나 아프겠어 하면서, 급히 달래느라고 그럼 아무것도 못
느끼게 머리부터 잘르겠다고 했더니, 세상에 누가 자기 머리를 잘
른다고 한 것처럼 비명을 질러댑디다, 내가 워낙 참을성 많고 착한
사람이니까, 그래서 좋아요 그러면 끓는 물에 담글게요 했더니, 참
나 그때 표정을 한번 보셨어야 해, 누가 더러운 누명을 뒤집어씌우
기라도 한 것처럼 하얗게 질려서는 파르르 화를 내더라니까, 왜 이

래요 마담 아리안 늘 이렇게 했어요, 맛있게 먹을라면 산 채로 잡아야 해요, 바닷가재는 원래 그렇게 먹는 거라고요, 머리를 잘르든가 아니면 팔팔 끓는 물에 넣든가, 안 그러면 도대체 어떻게 하겠어요, 병원에서처럼 클로로포름으로 마취할까요? 어차피 아픈 줄도 몰라요, 늘 그래왔으니까, 머리가 잘려도 아무 말 안한다구요, 아무리 말해도 소용이 없습디다, 정말 그때 그 표정을 봤어야 해요, 으르렁대는 호랑이 같았다우, 그리고 그다음부터가 진짜니까 잘 들으시우, 글쎄 살아 있는 바닷가재를 비행기에 태워 니스까지 보내주겠다면서 차를 몰고 나갔잖우, 사례금을 줄 테니 바다에 다시 놓아달라고 한 거지, 조용히 해요, 나까지 웃으면 안되니까, 비행기 운전수야 신이 났겠지, 분명 바닷가재를 받아서는 집에 가져가 미국식으로 요리해 먹었을 테고, 사례금 받은 걸로 좋은 포도주도 한 병 곁들였겠지, 사실 우리 마담은 상류사회 사람이고 늘 올바른 사람이라서, 세상 사람들이 다 자기 같은 줄 안다우, 그러니 사람들이 마담 돈을 가져가는 거지, 그래요, 우리 마담의 애인으로 말하자면, 꽤 높은 관료랍디다, 정치와 관련된 글을 쓰는 사람이라지, 우리 집에 있는 그 수염 기르고 오쟁이 진 남자보다 한참 높은 자리, 마담이 일기 공책에 써놓은 걸로는 그렇다우, 엄청나게 잘생겼고, 공책을 살짝 읽어봤는데, 내가 예의를 모른다거나 호기심 때문에 본 게 아니고, 그런 게 아니라 내가 알고 있어야 하니까, 어떻게 돼가는지 알아야 하니까 봤지, 내 딸이나 마찬가지니까, 마담이 공책을 여행가방 안에 집어넣어 열쇠로 잠그지 않았으니까 어차피 운명 아니겠우, 그게 꼭 내 책임이라곤 할 수 없지, 어떻게 안 읽을 수 있어, 하물며 마담은 욕조에 누워 있는데, 하루에도 몇번이나 목욕을 하는지 아마 늘리 실컨, 미 물고기처럼 물 안에 있는 게 좋은가봅디다,

자유롭고 거칠 것이 없다나, 마담이 말하는 거 들어보면, 내일 저녁
에 그 귀족 양반이 온다니 좋아서 난리인 거지, 왜 그렇게 뜨거운
물에 오래 들어가 있는지 아시우, 난 알지, 같은 여자끼리니까 감정
문젠 내가 잘 알고말고, 그러니까 오늘밤 사랑스러운 그대가 오면
어떻게 밤을 보낼까, 그 생각을 하느라 그런 거라우, 나도 젊어 잘
나갈 때가 있었는데 사랑의 감정을 꼭 마담한테 들어야 아는 건 아
니지, 세상에, 날더러 피곤해 보인다면서 일찍 들어가라고, 4시에
가라고 합디다, 친절한 척하면서, 사실은 내가 빨리 가줬으면 안달
이 났으면서, 마음껏 치장할 시간이 필요해서 연극을 하는 거잖우,
내가 눈치챌까봐, 또 그 사람을 볼까봐, 단둘이 마음 놓고 할 일을
할라는 거지, 불쌍한 디디, 마담 아리안, 이따 저녁에 그분이 오셨
을 때 차를 내가야 할 텐데 다시 올까요, 그러면 더 편하실 텐데, 그
랬더니, 아니야 나의 마리에뜨, 좀 쉬어, 거짓말쟁이 같으니, 그래,
마담 말대로 4시에 일단 집에 가긴 갈 텐데, 쉿, 조용히 해요, 그랬
다가 9시 직전에 다시 올 거라우, 길 건너편에 숨어서 어디 그 아름
답다는 왕자님 한번 봐야지, 정말로 나의 마리에뜨라고 했다우, 어
쨌든 아름다운 감정이니까, 불쌍하기도 하고, 피붙이 하나 없는 아
가씨, 디디가 남자로 빵점이기도 하고.

66

이제 흰색 크레이프 원피스하고 투피스 네벌만 입어보면 된다.
그녀는 원피스의 엉덩이 부분이 약간 헐렁한 것 같다고 말했다. 그
녀가 원하는 바는 사실 원피스가 엉덩이에 딱 붙어서 몸매를 드러
내는 것이었지만, 지체 높은 가문 출신인 그녀는 자기 입으로 그런
말을 하고 싶지 않았고 심지어 알고 싶지도 않았다. 폴크마르가 걱
정 말라고 대답했다. 그 말을 조금도 믿지 않았지만 그녀는 비겁하
게 침묵을 지켰다. 어차피 다시 고치기엔 너무 늦었다.

밝은 회색 투피스는 얼핏 봐도 엉망이었다. 잔뜩 꽂힌 핀들을 뚫
어져라 바라보며 폴크마르가 마지막 손질을 하는 동안 그녀는 일
부러 보지 않기 위해 눈길을 돌렸다. 천박한 아가씨들이나 입을 것
같은 이 이상한 옷은 마리에뜨한테 줘버리겠다고 이미 마음먹은
터라 굳이 공들여 손질할 필요도 없었다.

─진회색이 아주 매력적이네요, 여사님.

재킷은 너무 꽉 끼었다. 그녀는 멍하니 쳐다보기만 했다. 깃 윗부분이 바보같이 넓고 밑부분은 백치같이 좁았으며, 패드가 들어간 어깨는 기성복 가게에서 파는 옷 같았다. 그녀는 이제야 모든 걸 깨달았다. 견본 옷들이 완벽했던 것은 모두 빠리에서 만들어 온 것이기 때문이다. 멍청한 폴크마르는 그걸 보고 똑같이 만드는 것조차 할 줄 몰랐다. 옆에서 폴크마르가 이런 건 다림질만 하면 괜찮아진다고 말할 때, 옷감이 우는 자리를 잡아당겨 딱 이초 동안만 괜찮아지게 만들 때, 그녀는 마음을 놓는 척했다. 실패작이 분명한 투피스 두벌에 대해 고객이 생각할 틈을 주지 않기 위해, 관심을 재빨리 돌려놓기 위해, 폴크마르는 그녀의 몸매가 여신처럼 아름답다고 칭송을 늘어놓았다. 구역질이 날 것 같았다. 이 남자, 여자처럼 가슴이 나오고 땅딸막한 이 남자는 도대체 어쩌려는 걸까.

—이제 시골풍의 리넨 정장 두벌만 입어보시면 끝납니다, 여사님.

그녀는 얌전히 몸을 맡기고 하나씩 입어보았다. 이번엔 플란넬 정장보다 더 엉망이었다. 따져봐야 무슨 소용이 있겠는가. 어차피 몇시간 안에 할 수 있는 일은 없다. 폴크마르란 인간은 정장 투피스에 대해 아는 게 없는 엉터리다. 아, 이 양장점에 오지 말았어야 했다! 그냥 기성복을 사는 게 나았다! 아닌 것 같다고 느꼈을 때 그때라도 그만뒀어야 했다!

—그래요, 맘에 들어요, 고마워요.

폴크마르가 자리를 뜬 뒤 그녀는 자리에 앉았다. 울어봐야 소용없다. 어쨌든 원피스들은, 특히 몇벌은 그런대로 괜찮았다. 투피스들은 완전 실패작이었다. 내일 배달되어 오면 모두 태워버릴 것이다. 아니, 태우려면 복잡하고 괜히 냄새만 날 테니, 차라리 조각내서 정원에 묻어버리는 게 나으리라. 그러면 이 세상에 존재하지 않는 것이 되고, 더이상 떠올릴 일도 없을 것이다. 나중에 직접 빠리로 가서, 필요하다면 정장 투피스 열벌을 주문하자. 그렇다, 열벌을 주문하면 그중 두세벌은 성공하지 않겠는가. 옷을 잘 입으려면 버리는 게 있을 수밖에 없다. 다행히 끈으로 묶는 원피스는 제법 잘 어울렸다. 범포 같은 천인데도 아주 부드럽고 가벼웠다.

─돛단배 원피스. 그녀는 자기가 생각해낸 옷 이름이 좋아서 빙그레 미소를 지었다,

그녀는 돼지 같은 폴크마르의 눈길을 피하기 위해 껴입었던 페티코트, 슬립, 스타킹, 브래지어를 모두 벗었다. 그래, 다 벗을 거야, 오늘은 너무 더우니까, 30도가 넘는 것 같아. 그녀는 그렇게 맨몸에 원피스를 걸쳤다. 앞쪽을 끈으로 묶는 세련된 흰색 원피스였다. 가슴이 초승달 모양으로 넓게 파이고, 여신들의 옷처럼 민소매이고, 주름은 영웅적인 여인의 조각상을 떠올리게 했다. 아, 입고 있으니 기분이 좋다! 그렇다, 안에 아무것도 안 입는 건 좋은 생각이다. 숨이 막히도록 더운 날이 아닌가. 게다가 거리의 사람들은 전혀 모를 테니까 비웃어주는 것도 재미있을 것이다.

그녀는 상자를 열어 조금 전에 산 흰색 샌들을 꺼내 들고 다정한 미소를 지어 보였다. 맨다리에 샌들이라니, 돛단배 원피스와 완벽한 조화가 아닌가. 페티코트, 슬립, 스타킹, 브래지어, 벗은 것은 전부 빈 상자에 넣었다. 벗길 잘했어, 이 상자는 옷을 망쳐놓은 엉터리 재단사한테 벗어놓은 옷과 같이 나머지 주문한 옷을 배달할 때 보내라고 하면 된다. 삼면거울 안에는 돛단배 원피스 차림의 늘씬하고 아름다운 아리안 셋이 서 있었다.

67

돛단배 원피스를 입은 그녀가 젊음의 백색 범선처럼 의기양양하게 거리로 나섰고, 고운 옷감 아래 아무것도 입지 않은 자신의 몸을 생각하며, 그 몸을 애무하는 시원한 산들바람을 느끼며, 성큼성큼 걸음을 옮겼고, 환한 미소를 지었다. 난 아름다워, 모두 알아둬요, 내 눈길을 받지 못하는 당신들 말이에요. 알아두라고요, 그리고 행복한 여인을 봐요. 키가 큰 여인이 기차 시간표를 들고 영광스럽게 걸어갔고, 이따금 걸음을 멈추고 그가 탄 기차가 어디를 지나고 있는지 시간표를 확인했다. 오 사랑한다는 게 이토록 경이롭다니, 산다는 게 이토록 매혹적이라니.

고양이 한마리가 차도를 건너며 자동차에 너무 바짝 다가가자 그녀는 화가 나서 걸음을 멈췄다. 저러면 차에 치일 텐데, 바보 같으니! 나도 차 조심해야 해. 오늘 죽는 건 안되니까, 다치는 것도 안돼. 오늘 그녀는 고귀한 존재였다. 아 오늘 저녁! 그녀가 다시 걸음을 옮겼고, 인도로 올라섰다. 마주 오던 두 남자와 부딪쳤고, 아름다움에 매료된 남자들이 고개를 돌렸지만 이미 그녀는 멀어져 있었다. 이어 다시 한번 부딪친 그녀는 미소 짓는 남자를 보며 생각했다. 저 사람은 내가 행복하다는 걸, 그 누구와도 견줄 수 없는 아름다운 연인에게 가느라 행복하다는 걸 알고 있구나. 그랬다, 모두 그녀를 바라보고, 모두 그녀의 행복을 알고, 모두 그녀의 행복을 응원하고 있었다.

하늘의 구름. 오늘 저녁에 비가 오면 손잡고 정원을 산책할 수 없게 된다. 오 주님, 제발, 오늘 저녁엔 비가 오지 않게 해주세요. 별이 가득한 밤이 되게 해주세요. 오늘 그가 오면, 특별한 것 말고 그냥 차를 내갈 거야. 여행에서 돌아온 형제를 맞는 것처럼. 찻잎 끝이 하얀 맛있는 실론 티를 내가야지. 아니야, 저 구름은 괜찮아, 하얗고 핑크빛 살결을 가진 아기 구름이잖아. 작은 구름아, 부탁해, 더 커지면 안돼, 부탁이야.

보석 가게의 창유리 앞에 선 그녀의 눈앞에 아름다운 여신이 나타났다. 그녀는 자신의 도톰한 아랫입술이 좋았고, 부드러우면서 똑똑해 보이도록 입을 삐죽거릴 때가, 깊은 생각에 잠긴 듯 입 양 끝이 처질 때가, 황금빛 두 뺨이 투명하게 빛날 때가 좋았다. 그리고 뺨 위의 짙은 황금빛 점이, 팔딱거리며 생명의 기운을 들이마시면서 그녀의 순결한 얼굴에 은밀한 아이러니로 활기를 불어넣어주는 콧구멍이 좋았다. 우아하신 아리안이여, 찬양합니다, 주인님이 당신과 함께하십니다. 그녀가 중얼거렸다.

호숫가에 이른 그녀는 고개를 숙여 호수에 인사를 보냈다. 아 그가 내 몸에 기대어 잠들어 있을 때 정말 사랑스럽다. 저기 까페의 테라스에, 사랑은 안하고 신문만 읽고 있는 어리석은 남자들, 휘핑크림을 올린 초콜릿 아이스크림으로 사랑받지 못한 자신을 위로하는 가련한 여자들. 세상에, 저기 납작코 페키니즈를 데리고 가는 저 뚱뚱하고 늙은 여자는 어디에 써먹을까? 공동묘지로 꺼져버리라지!

벌써 3시. 이제 여섯시간 뒤면 그를 볼 수 있다. 빨리 돌아가서 준비를 해야 한다. 그에게 세상에서 가장 아름다운 여인을 바치기 위해서 경이롭도록 아름다워질 준비를 해야 한다. 일주일 뒤, 그러니까 다음 토요일이면 둥글게 턱수염을 기른 남자가 돌아온다. 그녀는 고개를 저었고, 달라붙은 등에가 귀찮은 암말처럼 뛰어갔다. 그 일은 나중에 생각하자. 오늘은 축성식의 날이니까. 어디선가 채찍 소리가 들려오자, 이 세상 모든 말馬의 운명을 책임진 그녀는 전율했다. 돌아보니, 다행히도, 말을 거칠게 다루는 장면이 아니었다. 오히려 주인한테 보살핌을 잘 받는 말이었다. 눈가리개를 안했다는 점도 바람직했다.

귀스따브 아도르 강변길. 산들대는 치마 아래 아무것도 입지 않은 그녀가 푸른빛과 장밋빛으로 펼쳐진 호숫가를 따라 빠르게 걸음을 옮겼고, 이따금 걸음이 일으킨 바람으로 치맛자락이 양쪽으로 휘날렸다. 입술을 살짝 벌리고 다가오는 키 큰 아가씨를 본 인부 두명이 흙 파던 일손을 놓고 멍하니 쳐다보았다. 그녀는 보폭을 벌려 편안히 걸어가면서, 발걸음에 맞춰 봉긋한 가슴을 올렸다 내렸다 하면서, 남자들에게는 눈길 한번 주지 않고 지나갔다. 몸매 좋네, 인부 하나가 말했다. 그녀는 미소를 지었고, 걸음을 재촉했다.

꼬뜨 거리. 풀숲에서 자그마한 꽃들이 반짝였다. 그녀는 눈에 보이는 모든 것이 사랑스러웠다. 스위스는 멋진 나라이고, 저기 풀밭에 있는 암소, 아마도 한배에서 태어났을 세 마리 모두 무척 매력적이다. 귀엽구나, 그녀가 암소들에게 말했다. 오늘 저녁이야! 그녀가 영광의 플라타너스를 향해, 산들바람에 고개 숙인 밀밭 속의 개양귀비를 향해 외쳤다. 집에 들어가면 담뱃불로 팔에 상처를 내서 그에게 증명할 것이다. 봐요, 보라고요, 당신을 위해 내가 고통을 참았어요. 자, 어서.

의기양양하게 내딛는 사랑의 발걸음, 한껏 들뜬 사냥꾼의 발길. 진정 단순하고 행복하고 명확한 것, 바로 오늘 저녁이면 그를 본다. 상상 속에서 그녀는 이미 대천사처럼 검을 들어 그에게 인사를 했고, 그녀의 감사 인사는 비둘기떼처럼 하늘로 날아올랐다. 오 오늘 저녁! 오늘 저녁이면 그의 눈을, 거칠게 몸을 돌려 그녀를 깊고 뜨겁게 바라보는 그의 조급한 눈을 볼 것이고, 그녀는 무방비 상태로 녹아내릴 것이다. 오 오늘 저녁! 오늘 저녁이면 그의 손을 잡고, 감동적일 정도로 고운 그의 손목을 손으로 감싸쥐고, 서로 입술을 맞대고, 이어 가슴을 맞대고, 이어 옷을 벗고, 이어 그의 눈길을 받을 것이다. 오 그가 나를 바라보고 나의 아름다움을 느끼는 순간의 경이로움이라니.

의기양양히게 내딛는 사랑의 발걸음. 오 오늘 저녁, 오 축성의 시간, 곧 그녀 위에 놓일 그의 무게, 축복의 무게, 오 고개 숙여 내려다볼 그의 소중한 얼굴, 잠시 중단되는 동안 두 입술이 맞닿고, 뒤이어 그녀의 환희와 흐느낌. 그의 아내, 그녀는 그의 아내였고, 그를 경배하고 그를 섬기는 수녀이자 하녀이며 여사제였다. 그녀는 자신을 송두리째 그에게 바치면서 행복했고, 그가 자기 안에 들어온 것이, 자기 안에서 행복해하는 것이 행복했고, 그렇게 자기 안에 들어온 연인의 행복으로 더없이 행복해지는, 주인을 섬기는 수녀였다. 오, 사랑을 얻었다, 마침내 사랑을 얻었다. 마침내 빙산 위에 들장미가 피어났도다.

의기양양하게 내딛는 사랑의 발걸음. 빠르게, 풍요롭게, 평온하게, 힘차게, 시바의 여왕에 못지않을 행복 속에 내딛는 걸음. 오 오늘 저녁, 오 그의 마음을 얻고 그의 이야기를 듣고, 그러다 그가 갑자기 입을 다물면 그가 냉정해질까봐 미친 듯이 걱정을 하고, 하지만 그러고 나면 그는 다시 미소를 짓고, 그러면 그녀는 아름다움보다 더 강한 그 매혹적인 모습에 애정을 주체하지 못한다. 오 그의 미소, 오 그의 치아, 오 인간의 아들 중 가장 훌륭한 이여! 이따금 심술궂을 때가 있지만 그래도 상관없다. 당신은 영원히 나의 사랑일 거예요, 그녀가 말했다. 죽음은? 그런 건 몰라! 그녀가 외쳤다.

의기양양하게 내딛는 사랑의 발걸음. 저기 저 덤불이 가슴을 달아오르게 하고, 저기 경찰서도 그렇고, 저기 모종삽처럼 생긴 혀로 새끼를 핥는 암소도 그렇다. 저기 저 숲이 마음을 흔들고, 저기 저 정겨운 계곡이 그렇고, 모든 것이 가슴을 달아오르게 하고, 그녀가 특히 그랬다. 난 너무 아름다워, 그녀가 말했고, 그녀의 발걸음이 더 빨라졌다.

의기양양하게 내딛는 사랑의 발걸음. 그렇다, 너무 아름답다, 다른 여자들을 제치고 그의 선택을 받은 여자니까, 끝이 휘어 올라간 속눈썹이 처음 깜빡이던 그 순간에 선택된 여인, 이 세상에 그 사람보다 더 아름다운, 더 미친 남자가 있을까, 오 노인으로, 더없이 가련한 모습으로 변장하다니, 정말 놀라워라, 오 리츠에서 만난 그날 저녁에 그가 한 말, 심술궂은 진실의 화살들, 그래도 가장 다정하고 가장 슬픈 사람, 오 그의 두 눈, 가장 잘 웃는 사람, 오 그의 입술, 가장 오만하고 가장 다정한 사람, 가장 고독한 사람, 백성 없는 왕.

의기양양하게 내딛는 사랑의 발걸음. 그래그래, 너무 아름다워. 너무 건방졌나? 괜찮아, 건방져도 되는 날이잖아. 못생긴 여자들이나 겸손하라지. 그래, 지나가는 여자 아무나 붙잡고 소리쳐봐! 내 치아는 완벽하다고 소리치라고! 당신 치아를 한번 보여줘, 큰 소리로 외치고, 당신이 사랑하는 남자를 한번 보여줘, 창피해하지 않고 버틸 수 있는지 두고 볼 테니, 소리 지르란 말이야. 멀리서 수탉 하나가 쉰 목소리를 내질렀고, 걸음을 멈춘 그녀는 문득 암탉들이 재채기를 하는지 궁금해졌다. 그녀는 웃었고, 사랑에 빠졌기 때문이었고, 다시 걷기 시작했다.

의기양양하게 내딛는 사랑의 발걸음. 해가 높이 솟아오른 이 시각, 승리한 여인, 조각상의 미소처럼 살짝 벌린 입술, 우월감을 주체하지 못하고 터져 나오는 노래들, 그렇게 그녀가 걸어갔다. 다른 여자들은 뭘 할 줄 알지? 다른 여자들 말이야, 눈썹을 뽑고, 창피한 것을 가리려고 고래 뼈로 살을 댄 브래지어를 하고, 썩은 치아를 때우고, 우울하다고 징징대고, 형편없는 남자들의 마음을 끌기 위해 형편없이 시뻘건 매니큐어를 칠하겠지. 교양 있는 여자처럼 책 얘기에 끼어들고 싶어서 소설을 읽겠지만, 그래봐야 결국은 사교 모임에서 써먹을 수 있게 비평가들이 한 말만 볼 테지. 이 세상에 어떤 여자가 그런 전보를 받아봤겠어? 사랑하는 남자가 보내온, 그대 없이는 살 수 없고 기다림이 길어 죽을 것 같다고 말하는 전보 말이야! 나도 그래요, 나도 죽을 것 같아요, 그녀가 말했다. 그녀는 온몸으로 바람을 느끼기 위해 두 팔을 벌려 앞으로 뛰어갔고, 주체하기 힘든 행복에 비명을 질렀다. 내 사랑하는 여인이여, 그녀가 자기 자신에게 말했다.

의기양양하게 내딛는 사랑의 발걸음, 오늘 저녁을 확신하고 그의 노예가 되는 것이 자랑스러운 키 큰 님프의 커다란 발걸음. 그녀는 경이로운 기쁨에 휩싸여 걸음을 멈췄다. 나는 이제 한 남자의 아내이고, 그의 것이다. 오 한 남자의 아내이고, 그에게 바쳐진, 깨지기 쉬운 제물이 된 여자라는 경이로움. 감사합니다, 신이시여, 그녀가 말했다. 그녀는 나무 앞에서 다시 걸음을 멈추었고, 줄기에서 흘러나오는 송진을 받아 강인한 남자의 냄새, 생명의 냄새를 맡았고, 입술 사이에 대고 있다가 던져버렸고, 알 수 없는 미소를 지었고, 그런 다음 하늘 높이 솟은 태양 아래로 나아가 땀을 흘리며 행복에 젖었다. 생명, 이게 바로 생명이야!

의기양양하게 내딛는 사랑의 발걸음, 아리안의 발걸음, 더운 바람에 흔들리는 밀밭을 따라 내딛는, 여신이 된 아리안의 발걸음. 길

모퉁이를 돌 때 금발을 땋아 내린 처녀 셋이 보였다. 할미새처럼 과감하면서도 불안한 걸음걸이의 아가씨들, 경이로운 본능적 자신감으로 노래를 부르던 스위스의 시골 처녀들은 그녀와 마주친 순간, 위풍당당하게 행복으로 빛나는 그녀의 모습에 눌려, 노래를 그쳤다. 아가씨들은 물결 같은 짙은 금발의 여신에게 말없이 인사를 했고, 여신은 미소를 지으며 지나갔다. 조금 더 걸어간 그녀가 다섯 번째 만난 암소에게 말했다. 오늘 저녁이야! 놀라운 소식을 알아듣지 못한 암소는 계속 풀을 뜯었다. 멍청한 암소 같으니, 그녀가 말했고, 이어 고개를 치켜들고 다시 걸음을 옮겼다.

의기양양하게 내딛는 사랑의 발걸음, 자신보다 위대한 주인님 곁으로 가는 발걸음. 진지한 표정, 후광으로 빛나는 머릿결, 건강한 기운에 취하고 아름다운 날의 기운에 취하고 젊음의 호르몬에 취한 그녀는 온몸 가득 햇볕을 받았고, 주인님과 손을 잡고, 주군의 여인이 되어, 양쪽 옷자락을 날개 젓듯 흔들며 걸었다. 그녀의 옷자락 소리는 신비의 섬을 향해 가는 돛단배 소리였고, 그녀의 사랑은 돛을 부풀게 하는 바람이었다. 걸을 때마다 귓가에 스치는 옷자락 소리가 그녀를 흥분시켰고, 얼굴에, 높이 고개를 든 얼굴에 와 닿는 바람이 그녀를 흥분시켰다.

의기양양하게 내딛는 사랑의 발걸음. 그녀는 자랑스럽게, 어처구니없이 의기양양하게, 경이롭게 걸었다. 그녀의 두 눈 뒤쪽에서는 열광적인 생각들이 공작의 날개처럼 펼쳐졌고, 심장의 피를 먹고 자라난 그 생각들을 하나씩 꺼내보면 눈부시게 아름다울 것이다. 하지만 시간이 없었다. 단장을 하러, 자랑스럽고 자신만만하게 사랑하는 연인을 맞으러 가야 했다. 그녀가 걷는 동안 황금빛 노래들, 아리안의 자매들, 행복하고 더없이 가볍고 봄의 순결을 간직한 노래들이 그녀를 따라왔다. 오, 키 큰 풀들 사이에서 춤추는 흰 꽃들이여, 너무도 사랑스러운, 스스로의 아름다움을 의심하지 않는 평온하고 우아한 노래들이여.

의기양양하게 내딛는 사랑의 발걸음. 그녀는 존엄하게, 먼 옛날의 자매들, 지금은 땅 밑에 잠들어 있는 수많은 자매처럼 사랑에 이끌려 걸음을 옮겼고, 그렇게 나아가는 그녀는, 사랑에 이끌려 영원히 하늘의 궤도를 도는 수많은 별이 그렇듯이, 죽음을 넘어선 존재였다. 미소가 사라진 엄숙한 얼굴의 아리안, 그녀의 걸음을 따라오는 천상의 음악, 사랑이여, 시작된 사랑이여.

68

 그녀가 정원 잔디에 누워 전보를 다시 읽는 동안, 벚나무에서 어
린 새들이 함께 모여 노는 초등학생처럼 신나게 조잘댔고, 지붕 위
에서 티티새 한마리가 도시보다 시골이 훨씬 좋다고 읊조렸고, 그
녀 앞에 내려앉은 어린 참새 한마리가 날개를 파르르 떨며 먼지로
목욕을 했다. 오늘 저녁 9시에 그이가 올 거야, 그녀가 포동포동한
어린 새에게 소식을 알렸고, 어린 새는 아무 반응이 없었다. 빠리에
도착하자마자 나와의 약속 시간을 다시 확인해줄 생각을 하다니,
무척 바쁠 텐데. 지극히 중요한 임무, 분명 비밀스러운 임무를 맡았
을 거야. 아주 중요한 사람이란다, 그녀가 참새에게 설명했다. 먼지
목욕으로 기분이 좋아진 참새가 몸을 일으켰고, 고개를 오른쪽으
로 살짝 기울인 채로, 호의적으로, 주의 깊게, 그녀를 바라보며 말
뜻을 이해하려 애썼다.
 ──그대가 나이 주군인은 선프하노라.

불경스러운 말을 내뱉는 쾌감을 맛보기 위해, 행복했기 때문에, 그녀는 충성 맹세를 매번 다르게, 영어로, 이딸리아어로, 부르고뉴 방언으로, 노망난 노파의 목소리로, 계속 바꿔가면서 반복했다. 그녀는 하품을 했고, 마지막 남은 성냥으로 담배에 불을 붙였다. 쓸만해, 이 프랑스 성냥, 아무 데나 긁어도 켜지네. 싸부아의 농부들처럼 구두 깔창에 그어도 돼. 긁고 나면 코를 찌르는 냄새도 기분좋아. 다음번에 안마스에 가면 한다스 사와야지.

아니, 담배는 안돼, 오늘밤 9시에 담배 냄새가 나면 안돼, 그건 안돼. 그녀는 담배를 던져버린 뒤 자기가 암소라고 이야기를 지어냈고, 정말 암소라고 믿기 위해 소 울음소리를 냈다. 그런데 곰곰 생각해보니 암소보다 암소의 친구가 나을 것 같았다. 아주 착하고 깨끗하고 얌전한 얼룩 암소, 이름은 플로라, 내가 어디를 가든 따라다닐 것. "자, 내 옆에 앉아서 천천히 되새김질을 해." 그녀는 자기 무릎을 암소의 이마인 듯 토닥거렸고, 뿔이 만져지지 않는 것은 아직 어려서 그렇다고 했다. "있잖아, 플로라, 오늘 저녁에 그이가와." 그녀는 다시 하품을 했고, 풀잎 하나를 뜯어 먹었다. 아, 좀 얌전히 있지, 어느새 일어나서 풀을 뜯으러 가다니! "플로라, 당장 이리로 와! 자, 이리 와, 얌전히 있으면 내일 식물원에 데려가줄게. 야생화도 보여주고, 가서 공부 좀 하자."

플로라를 진정시키기 위해 그녀는 모차르트의 노래를 이딸리아어로 불러주었고, 싸부아 출신이니 이딸리아어를 할 줄 알지 않느냐고 물었다. 아니 못해, 암소가 대답했고, 그러자 그녀는 보이 께 싸뻬떼 께 꼬자 에 아모르는 사랑이 무엇인지 아는 그대들이라는 뜻이라고 설명해주었다. "넌 사랑이 뭔지 알아? 몰라? 불쌍한 암소로구나. 난 알지. 자, 그만 가봐, 이 정도면 볼 만큼 봤어. 이제 난 준비해야 해."

작은 거실로 온 그녀는 그가 준 꼬망되르 훈장의 끈을 목에 묶고 전신 거울 앞에 서서 거수경례를 했고, 빙글빙글 돌다가 갑자기 몸을 낮춰 돛단배 원피스를 펄럭였다. 이어 남은 초콜릿이 있는지 보려고 부엌으로 갔다. 딱 한판이 남아 있었다. 작은 거실로 돌아온 그녀는 초콜릿을 입에 넣고 녹여가며 먹기로 했지만, 곧 잊어버리고 이분도 안돼서 삼켜버렸다. 할 수 없지, 그녀가 경쾌하게 말했고, 이어 오늘 저녁 시간을 미리 음미하기 위해 소파에 누웠다. 4시 30분. 9시에 올 테니까, 네시간 삼십분이 남았다. 이백칠십분, 이백칠십번의 기다림. 이백칠십분을 온전히 쓰도록 자세하게 나눠서 준비해야겠다. 그렇다, 한가지에 몇분씩 배정해서 행동 계획을 세우자. 목욕과 닦기. 샴푸 한 다음 드라이어로 말리기. 멍청한 여성 주간지에 소개된 새로운 성분의 마스크팩. 작은 거실과 현관의 상태를 이것저것 확인하기. 옷을 입어보고, 비교하고, 잘 따져보고, 아닌 것을 하나씩 지워가며 모든 변수를 폭넓게 고려해서 최종적으로 선택하기. 조금 전에 배달된 폴크마르의 옷 중에서 몇벌은 쓸 만했다. 필요하다면 목욕을 한번 더 할 수도 있다. 그밖에 그냥 멍하니 시간을 보내기도 하고, 거울을 보기도 하고, 미소 연습과 표정 연습, 빗질, 이런저런 노래 부르기, 기쁨으로 일그러진 표정 지어보기 등 여러가지 준비해야 하고, 예상하지 못한 일이나 불상사가 생길 가능성도 있다.

전보 뒷면에 연필로 행동 계획을 쓰고 나서 더해보니 준비에는 모두 이백삼십분이 필요했다. 지금 몇시지? 4시 35분. 그가 올 때까지 이백육십오분이 남았다. 결국 삼십오분 동안 할 일이 없다. 할 일이 배정될 다른 시간과 달리 그 삼십오분은 진짜 기다림이다. 삼

십오분이면 그리 길지 않다. 계획을 참 잘 짰다. 이런, 남편의 편지
는 아직 열어보지 않았다. 최소한 제일 마지막 것은 읽어야 하는데.
혹시 모르니까.

긴 편지는 브뤼셀의 판오펄 저택에서 보낸 8월 22일 수요일 자
였다. 그녀는 여기저기 건너뛰며 몇 문장씩 훑어나갔다.

"사랑하는 나의 리아누네뜨, 몇시간 전에 브뤼셀에 도착했고, 친
절하게도 판오펄 부부가 저택에 으리으리한 방을 마련해줘서 짐을
풀었어. 지금은 제1제정 양식의 진품 테이블에서 당신에게 편지를
쓰고 있지." 됐어, 다음. "외교 임무를 수행하는 길고 긴 여행이 이
제 막바지에 이르렀네. 어제만 해도 예루살렘에 있었는데! 비행기
덕분에 이젠 아무리 먼 곳이라도 문제 될 게 없어." 그래, 다음. "여
보, 예루살렘으로 다정한 전보를 보내줘서 고마워. 솔직히 당신이
하루 종일 무얼 하고 지내는지 자세히 얘기해주는 긴 편지였으면
더 좋았겠지만, 나의 리아누네뜨가 글쓰기를 싫어한다는 걸 알고
있으니까." 맞아, 다음. "지난번엔 편지 쓸 때마다 내가 4주 동안 팔
레스타인에서 뭘 했는지 자세히 말해줬는데, 최근 며칠은, 그러니
까 공적인 임무가 너무 많아서 정신없이 바빴고, 그래서 일주일에
세번 편지를 쓰겠다는 약속을 못 지켰지, 편지 못해서 미안해. 그때
얘기만 더하면 되는데, 아니야 생각해보니 가장 최근에 있었던 일
들은 지금 말하지 않는 게 좋겠어. 내 임무의 절정이었거든. 그러니
까 어마어마한 두가지 영광을 팔레스타인에서 누렸어. 첫째, 고등
판무관 각하와 함께 작금의 사태에 관해 광범위한 검토를 했고, 둘
째, 각하의 관저에서 점심식사를 했어. 그렇게 큰 영광에 대해 하
나하나 말하지 않고 참는 게 정말 힘들지만, 나중에 당신하고 같이

앉은 자리에서 직접 얘기하면서 그 기쁨을 함께 누리고 싶어. 괜히 지금 말해버리면 김이 빠지잖아. 글로 쓰면 분위기를 살려서 자세히 전하기도 힘들고. 그러니까 그 두가지 영광은 내가 가서 자세히 말해줄게. 이제 내 임무는 마지막 단계야. 특히 조심스러운 단계지. 우리 일이라는 게 어떤 경우에도 관계된 나라들이 민감하게 받아들일 수밖에 없는 사안을 건드리면 안되니까." 됐고, 다음. "앞의 얘기 때문에 당신이 너무 지루하지 않았으면 좋겠어. 나의 투쟁과 나의 희망에 대해서 내 아내, 내 삶의 동반자가 아니면 누구한테 얘기할 수 있겠어." 불쌍한 사람, 다음. "사랑하는 나의 아내, 당신이 많이 그리워, 나를 위해 준비된 공식적인 배려가 그토록 많았는데 당신이 함께 누리지 못해서 속상했어. 당신도 힘들지? 몇주 동안이나 혼자 지냈으니까." 됐어, 다음. "내가 돌아갈 때까지 우선 내 얼굴만이라도 볼 수 있게 런던에서 찍은 사진 한장 같이 보낼게. 옆에 있는 젊은 사람은 벨기에 공사관의 일등 서기관 베르 남작이야. 그 집에서 점심식사를 했는데, 아주 멋진 사람이었지." 다음. "그러니까 나의 무스메[45], 나의 그대, 조금 전에 말한 대로 사교 문제도 있고 또 가족 문제도 있어서, 무엇보다 임무를 마무리해야 해서, 아쉽지만 열흘 더, 그러니까 8월 31일 금요일까지 브뤼셀에 있어야 해. 나의 리아누네뜨를 만나는 행복은 9월 1일 토요일로 미룰게. 가서 내가 얼마나 대단한 일을 했는지 기쁘게 얘기해줄게. 내 입으로 잘난 척하기는 그렇지만, 제대로 금의환향할 거거든." 다음. "여보, 우리가 헤어져 있는 시간이 곧 끝날 거라고, 이제 재회의 크나큰 기쁨이 기다리고 있다고 생각해봐. 더없는 행복의 시간을

---

45 일본어로 '처녀' '아가씨'라는 뜻.

기다리면서, 남자다운 이 품에 당신을 꼭 껴안아줄게."

그녀는 사진에 눈길 한번 주지 않은 채로 편지와 함께 서랍에 던져버렸다. 지금 브뤼셀로 전화를 걸어서 다정한 말을 건네줄까? 아니다, 그를 맞이할 준비와 그런 일을 동시에 한다는 것은 너무도 끔찍하다. 차라리 내일 전보를 보내는 게 낫다. 다른 편지도 읽어볼까? 너무 많다. 그녀는 서랍을 열고 사진을 꺼내 쳐다보았다. 둥근 머리의 남편은 가엾게도 젊은 외교관 곁에서 한껏 흡족한 얼굴이다. 선량한 그의 눈길이 끔찍하다. 집에서 자기를 애타게 기다리고 있으리라 의심하지 않는 그 철석같은 믿음이 끔찍하다. 그녀는 사진을 다시 서랍 속에 넣었다. 어쨌든 남편은 일주일 뒤에 돌아온다. 그러니까 쏠과 함께 행복한 일주일을 보낼 수 있다. 그다음은 그때 가서 생각해보자. 오늘은 더 생각하지 말자.

욕실에 들어간 그녀는 칫솔에 치약을 짠 뒤 정성껏 양치질을 시작했고, 잠시 고개를 숙이고 시간표를 봤다. 십분 뒤면 기차가 부르에 도착한다. 좋아, 시간 넉넉해. 자, 가자! 적어도 오분 동안은 구석구석 양치질을 할 것. 그때 그녀가 갑자기 칫솔을 뺐다. 기차가 탈선을 하기도 하고 승객들이 차축 밑에 깔려 다치기도 한다던데! 그녀는 입을 헹굴 틈도 없이 치약 거품 때문에 알아듣기 힘든 목소리로 전능하신 신에게 기도를 시작했다.

— 전닝하신 주님, 내일 기차덜이 전부 버서지고, 언하시면 사람덜이 죽어도 상관업써여, 하지만 오널은 아무 일 업게 해저세여. 제발여. 너머도 사랑하넌 주님, 그녀는 너무도라는 아부의 말까지 덧붙였다. (입을 헹군 뒤에도, 사실 모든 기도가 그렇지만, 사심 가

득한 기도를 이어갔다.) 절 위해 그렇게 해주세요, 주님, 이제는 여성적인 매력을 더한 부드러운 목소리였다. 제가 주님을 얼마나 사랑하는지 아시잖아요. 그러니, 제발, 오늘 저녁엔 아무 일 없이 지나가게 해주세요, 그러실 거죠? 주님, 제 벗이, 제 벗이 탄 기차를 지켜주세요. 하느님한테 말할 때는 왠지 벗이라고 부르는 게 좋을 것 같았다. 그렇게 그녀는 수줍고 얌전하게 기도를 마쳤다. (그런 다음 다시 일어서서 한 손으로 코를 움켜쥐고 목사의 말투를 흉내 냈다.) 사랑하는 형제자매 여러분, 이제부터 난 제법 풍만한 가슴과 함께 욕조로 들어가겠습니다. 그전에 괜찮으시다면, 잠시 그 사람 사진을 한번만 더 보겠습니다, 그러나 그 모습에 익숙해지지 않도록, 그래서 마음을 흔드는 참신함이 사라지지 않도록, 딱 오초만 보겠습니다. 자, 됐습니다, 이제 그만. 지금부터는 오늘 온 전보를 잠시 읽어봅시다. 기분이 좋아지니까. 뭐라고 쓰여 있는지 한번 볼까요.

그녀는 녹색 종이를 펼치고 연극배우처럼 큰 소리로 읽어나갔다. 끝부분에 나오는 놀라운 단어가 벼락처럼 그녀의 마음에 꽂혔다. 오 기쁨이여, 오 영광이여, 하늘에서 하프 켜는 대천사들의 날개 아래 아기 천사들이 미친 듯이 노래 부른다! 오 경이로운 이여! 그가 전보의 끝인사에 당신의, 라고만 썼다! 당신의, 그 말 말고는 아무것도 없이! 너무도 아름답지 않은가! 돌연 그녀가 눈썹을 찌푸렸다. 이 당신의, 라는 말을 그가 별생각 없이, 영국 은행가가 편지 끝에 유어스인가 뭐 그렇게 쓰는 것처럼 쓴 걸까? 아니, 아니다, 그렇지 않다, 분명히 일부러 쓴 거다! 이 말은 확실한 의미가 있다. 그가 그녀의 것, 오로지 그녀의 것, 그녀의 소유물, 그녀의 재산이라는 뜻이다. 당신의, 그녀가 중얼거렸고, 힘껏 숨을 들이마셨다. 이제 목욕할 것. 따뜻한 물을 받을 것.

— 빨리 해, 서두르라고, 멍청아, 그녀가 수도꼭지에게 말했다.

그녀는 욕조 옆에 놓인 등받이 없는 작은 의자에 사진, 전보, 기차 시간표, 멕시코 모자를 쓴 작은 곰 인형, 그리고 아버지의 유품인 손목시계를 얹어놓았다. 그러고는 전보와 기차 시간표에 입을 맞췄다. 어차피 보고 비웃을 사람도 없지 않은가. 수녀들은 이런 것 안 좋아하겠지, 할 수 없어, 맘대로 하라지! 물을 만져 온도가 적당한 것을 확인한 그녀는 꼬망되르 훈장의 끈을 풀고 돛단배 원피스를 벗었고, 욕조로 들어가 누운 뒤 편안한 기분으로 긴 숨을 내쉬었다. 이어 한 발을 물 밖으로 꺼내서 다섯 발가락을 학교에서 돌아오는 다섯명의 소년이라 하고 이리저리 움직였다. 자, 빨리빨리 씻어, 그녀가 명령하자 다섯 소년이 물속으로 들어갔다. 그런 다음 그녀는 바다에서 헤엄치듯 두 팔을 휘저었다. 그러고는 손바닥으로 욕조 바닥을 쳐서 수포를 일으켜 그 수포들이 허벅지 사이로 올라오며 애무해주는 것을 즐겼다. 그다음 다시 한 발을 꺼내 발가락을 움직였고, 가만히 있으라고, 얌전히 목욕하라고, 이제 다섯이 손잡고 빨리 학교에 가라고 했다.

— 점수 잘 못 받아 오면 혼날 줄 알아!

이제 구석구석 비누칠하기. 아니, 지금 바로 안해도 된다. 시간 넉넉하니까 우선 부드럽게 물에 적시기. 그녀는 푸른 물 위에 손바닥을 대고 살살 노를 저어 태양 주위의 원 같은 물결을 일으켰고, 그녀의 눈에 그 작은 물결이, 곧 두 사람이 함께 가게 될, 분명 그럴 것이다, 그 바다의 물결, 그 진짜 물결의 어린 형제 같은 욕조 속의 물결이 아름다웠다. 이어, 다른 일거리를 찾아서, 담청색의 귀여운 앵무새 두마리를 수도꼭지에, 하나는 너무 뜨거워서 발을 델 수 있으니 안되고, 찬물 꼭지 위에 앉혔다. 츳, 츳, 어린 새들아, 편안하지? 행복하지? 나도 그래, 너무, 오 너무, 정말이야! 그녀는 갑자기 진지해진 표정으로 다가올 아름다운 저녁을 경배했고, 성스러운 이름을 연인의 이름으로 바꾸어 부르자니 한순간 마음에 걸리긴 했지만, 그대로 성신강림 성가를 불렀다.

오 믿음 충만한 내 영혼이여
자랑스럽고 기쁘도다,
하늘의 왕께서 너에게 오시리라,
쏠랄이 네 곁에 있도다.

이제 중요한 일을 해야 한다. 그녀는 일어서서 두 다리를 벌렸고, 노래하다가 휘파람을 불다가 했다. 그녀가 이따금 확인한 시계와 시간표는 조금 뒤엔 모두 물에 젖었다. 이어 몸을 깨끗이 닦는 중요한 일을 시작했고, 눈썹을 찌푸린 채 정성스럽고도 치열하게 비누칠을 한 뒤 몸을 물에 담갔고, 다시 일어서서 다시 비누칠을 했고, 각질 제거용 돌로 두 발을 세게 문질렀다. 죽음을 피할 수 없는 여인은 너무도 열심히, 혀를 살짝 내민 채로, 일에 몰두한 장인처럼, 완벽한 상태에 이르기 위해 진정 열심히 작업에 임했다.

—휴, 사랑하는 게 사람 진을 빼는 일이네. 그녀가 비누 거품 가득한 물속에 다시 몸을 담그며 말했다.

그녀는 각질 제거용 돌이 물 위를 항해할 수 있도록 입김으로 밀어준 뒤 욕조의 마개를 뺐고, 다시 깨끗한 물을 받은 다음 스스로에게 상을 주기 위해 방향염을 부었다. 그렇다, 미치도록 좋은 향내가 나야 한다. 가톨릭교도들이나 하는 일이라 해도 어쩔 수 없다.

다시 욕조에 누워 달콤한 관능에 젖은 그녀는 바보같이 목욕을 너무 일찍 하고 있음을 깨달았다. 그가 올 때는 이미 완벽함의 정점에서 몇시간이 흐른 뒤일 테고, 완전무결한 상태가 그만큼 무너져 있을 것 아닌가. 맙소사, 이따 다시 생각해보자.

— 당신의.

그녀는 이 세상에서 가장 아름다운 말이 귓가에 울리도록 눈을 감았고, 억양을 바꿔가며 말해보았고, 자신의 벗은 몸, 욕조의 물이 기분 좋게 간지럽히는 몸을 응시하면서, 물리도록 그 말을 되뇌고 또 되뇌었다. 단조로운 선율을 알아들을 수 없는 소리로 웅얼거리면서 단단하고 뜨거운 자기 가슴을 두 손으로 들어 올렸고, 젖꼭지를 살며시 건드려보았고, 한숨을 내쉬었고, 기운을 내기 위해 더운 물을 틀었다. 그녀가 수도꼭지 위에 앙증맞게 앉아 있는 충성스러운 두마리 앵무새에게 미소를 지어 보이자, 앵무새들은 작은 발을 하나씩 들어 올리면서 발가락의 긴장을 풀기 위해 체조를 했다. 그녀는 눈을 감았고, 온몸의 긴장이 풀리면서 몽상에 빠져들었다.

69

주네브에서 욕조에 누운 아내가 몽상에 젖어 있는 동안, 아드리 앵 됨은 바젤 역에서 일등칸 기차의 창틀에 팔을 괴고 거물 인사가 된 기쁨을 만끽했다. 건너편 완행열차에 탄 초라한 승객들이 창 너머로 바라보는 눈길을 느끼며, 그는 호화로운 여행이 일상이 된 태평한 상급자의 표정을, 심드렁하고 권태로운 대귀족 나리 같은, 바이런과 딸레랑[46]을 섞어놓은 듯한 표정을 지어 보였다.

처량한 네번의 종소리가 출발을 알리자 덜컹거리는 쇳소리가 났고, 기관차가 작별의 긴 외침을 내질렀다. 이어 몸서리치듯 몸을 떤 기차가 망설이듯 덜컹거렸고, 마지막으로 흔들리더니 이내 가쁜 숨을 내쉬며 마치 배운 것을 열심히 복습하는 거대한 덩치의 학

---

46 Charles-Maurice de Talleyrand(1754~1838). 프랑스의 정치가, 외교관. 나뽈레옹 전쟁 이후 빈회의에 프랑스 대표로 참석했고, 영토 분할을 둘러싼 승전국의 분열을 틈타 프랑스가 이전의 국경을 유지할 수 있게 했다.

생처럼 부지런히 달려 나갔다. 부러움의 시선으로 쳐다보던 눈들이 시야에서 사라지자 아드리앵 됨은 자리에 앉아 시간표를 뒤적였다. 다음 역은 들레몽[47], 17시 50분. 완벽하다. 그다음은 비엔[48], 그다음은 뇌샤텔, 그다음은 로잔, 그리고 20시 45분이면 드디어 주네브. 택시를 타면 십분이면 꼴로니에 도착할 수 있다. 그러니까 늦어도 저녁 9시면 그녀를 힘껏 안아줄 수 있다.

그는 두 손을 힘껏 비볐고, 기쁨에 젖은 눈길로 주위를 돌아보았다. 일등칸이 꽤 좋군. 참, 잊지 마, 알지, 주네브에 도착하기 십오분 전에, 그러니까 니옹[49] 지나고 조금 있다가 화장실에 가야 해. 얼굴을 좀 매만지고 손톱도 다듬고 수염도 정돈하고, 재킷, 특히 비듬이 많은 목 주위를 잘 솔질하고, 한마디로 보여줄 만한 상태가 돼야 해. 구두 광 내는 건 의자의 벨벳으로 하면 되겠군. 물론 그러면 안 되는 거지만, 뭐 어때. 땅, 땅, 아프리카 아랍인이여, 날 못 봤고, 못 잡았지![50] 리아누네뜨는 내가 일주일 뒤에나 오는 줄 알고 있으니 깜짝 놀라겠지? 제대로 놀래주는 거야, 안 그래? 그는 끝을 뾰족하게 모은 혀로 입술을 훑으면서 놀라 입을 다물지 못할 아내의 아름다운 얼굴을 떠올렸다. 시간도 좀 때우고 즐거움도 미리 음미할 겸, 그는 아내를 만나 키스한 뒤 할 말을 나지막한 목소리로 연습했다.

—이해하지, 여보, 도저히 참을 수가 없었어. 어제, 갑자기, 더이상 못 기다리겠더라고. 어떡해, 당장 싸베나[51]로 달려갔지. 그런데

47 스위스 서북부에 위치한 쥐라주의 주도.
48 스위스 베른주의 도시로, 독어권과 프랑스어권의 경계에 위치해 있다.
49 주네브 호수에 접한 스위스 보주의 도시.
50 프랑스의 군가로, 알제리 보병들이 부르던 노래이다.
51 SABENA(Société Anonyme Belge d'Exploitation de la Navigation Aérienne). 당시의 벨기에 국영 항공사.

하필이면 비행기에 남은 좌석이 하나도 없는 거야. 공무 수행 중이라고 해도 안 통하고, 방법이 없었어. 이미 만석이라는데야 뭐 어쩔수 없었지. 결국 오늘 아침에 출발하는 기차를 타기로 한 거야. 당신한테 전보를 보내야겠다고 생각하긴 했는데, 놀래주면 더 좋을 것 같길래 그냥 떠났어. 알지? 좋지? 리아누네뜨? 안 그래? 이 정도면 진짜 깜짝 선물이지? 안 그래? 사실은 그르느라 엄마랑은 좀 안좋았어. 할 수 없지 뭐, 석달이나 떨어져 지낸 배우자를 만날 권리가 있잖아! 당신도 좋지? 안 그래? 기다려봐, 당신 선물 보여줄게.

그는 하품을 했고, 거창한 이름들을 중얼거려보았다. 아드리앵됨 남작, 됨 백작, 됨 후작 장군. 그는 더 크게 하품을 했고, 무료함을 달래줄 다른 일을 찾아 자리에서 일어섰다. 차창으로 다가가서창을 내린 뒤 고개를 내밀었지만 거센 바람 때문에 눈을 뜨기 힘들었고, 그르느라 그의 얼굴은 준엄하고 통찰력 있는 인물의 얼굴로변했다. 차창 밖으로 전선들이 올라갔다 내려갔다 멀어지며 같은간격으로 줄지어 지나갔고, 전봇대들이 흰 찻잔처럼 생긴 물건을매단 채로 내려갔다 올라갔다 했고, 구부정하게 등을 굽힌 나무들이 영화관 스크린에서처럼 빠르게 달려가 멀리 원반 모양의 신호기에서 나오는 초록색 불빛을 향해 사라졌고, 갑자기 환해지는 반대편 철로 위로 가로놓인 침목 사이의 자갈들이 미처 눈으로 확인할 수 없을 만큼 순식간에 지나가버렸다.

기관차가 미친 듯이 절망의 절규를 쏟아내는 동안, 그는 다시 객실로 돌아와 붉은 벨벳 의자에 앉았고, 안도의 한숨을 내쉰 뒤 아내를 생각하며 미소를 지었다. 그녀의 가슴은 정말 아름다워, 대리석 같지. 보면 놀랄걸. 두고 봐, 오늘 저녁에 마음껏 누릴 테니까. 그래, 들어가자마자 키스를 하고, 힘껏 안아주고, 곧장 침대로 가야지. 그녀의 방이든 내 방이든! 아냐, 그녀의 방이 낫지, 침대가 더 크니까. 빨리 옷을 벗기고, 눕히고, 자, 돌격! 거친 공격을 하는 거야! 사실 여자들은 그런 걸 좋아하지. 그렇잖아, 자그마치 석달 동안이나 못했는걸, 더이상 못 참아! 끝나고 나면 일어나서 파이프 담배를 피울 거야. 아내와 관계를 하고 나서 담배 피우는 게 참 좋아. 그런 다음에 선물 가방을 열어야지! 보나 마나 감동적인 장면이 펼쳐지겠지! 그녀가 손뼉을 칠 거야, 너무 좋아서! 그런 다음에는 출장 얘기를 들려주자. 고등판무관 각하를 접견한 얘기부터. 고등판무관 그리고 육군 원수이기도 한데, 점심식사 초대를 받아 그 관저에 갔었으니까. 그런 다음엔 고관대작들하고 찍은 사진들을 보여주고, 그래, 아리안은 신이 나서 듣겠지. 남편이 자랑스러워서.

─궁금하지? 안 그래? 귀여운 그대, 이번에 내가 일을 아주 잘 해냈어. 하는 일마다 성공이었지! 그중에서도 특히 좋았던 건, 그냥 단순한 고위 공무원이 아니었다는 거야, 그러니까 난 차원이 달랐다니까. 얘기 중에 문학적 견해를 슬쩍 끼워넣고, 라틴어 문장들도 인용했지. 한마디로 사교계 인사의 품위를 보여준 거야. 그래, 좋아, 시리아에서 무슨 쾌거를 이뤘는지 다 들려주고, 제일 마지막에 제일 센 거, 그러니까 팔레스타인 건을 알려주자. 그게 절정이니까. 아리안이 놀라 나자빠질지도 모르겠군. 우선 고등판무관실과 접촉한 얘기로 시작해서, 자료 수집한 얘기, 내가 묵는 호텔에 사람들을 초대한 얘기, 이런 걸로 나아가야지. 아리안한테 잘 설명해 줘야 하는데. 정말로 멋졌어, 그래, 여보, 내가 묵은 호텔 말이야. 킹 데이비드 호텔, 최고급이지, 그야말로 일류 호텔. 호화 호텔에서 스위트룸이라고 부르는, 그야말로 없는 게 없는 방이었어. 응접실이 따로 있고, 침실에 최신 시설이 완비된 개인 욕실까지 있었다니까.

스위트룸에 묵게 되면 누군가 높은 사람이 찾아왔을 때 굳이 공용 접견실로 내려갈 필요가 없어서 참 좋아. 그냥 방에서, 개인 응접실에서 맞이할 수 있으니까. 그 차이를 알겠지? 완전 달라지는 거야. 비로소 거물이 되는 거라고. 정말이야, 킹의 스위트룸에 머물면 비로소 거물이 되었음을 제대로 느낄 수 있지! 그래, 거기, 신분이 높은 사람들은 다 그냥 킹이라고 불러, 습관이지 뭐. 당연히 욕실에 W.C.가 딸려 있지. 편리해, 복도에 나갈 필요가 없으니까. 개별 W.C., 난 정말 필요하거든. 외교관이냐 아니냐에 달려 있는 거야, 안 그래? 특히 내 소화 기능이 썩 좋지 않았다는 점에서 더 그렇지. 저녁마다 그렇게 기름지게 먹으니까. 그렇잖아, 밤에 서너번이나 복도에 나가야 했다면 얼마나 짜증스러웠겠어. 정말 힘들었을 거야. 그래, 소화 기능 문제에 관해서는 내일 차분히 얘기하도록 해, 어떤 대책을 마련할지도 생각해보고. 일단 내일까지 보고 차도가 있는지 확인해볼게. 벌써 좀 나은 것 같아. 분명히 많이 좋아졌어. 오늘은 세번밖에 안 갔거든. 어제는 자그마치 일곱번이나 갔는데! 그런데 있잖아, 킹에서 묵는 내 방, 그래, 스위트룸, 그거 도면으로 그려 보낸 거 그럴싸했지? 안 그래? 사실은 아주 힘들었어. 치수를 다 재고, 축척 비율을 맞추고, 하루 종일 붙잡고 있었다니까. 그래, 얘기하다보니 마지막에 예루살렘에 머물 때가 생각나네. 단언컨대, 그때가 내 출장의 백미였어. 어디 한번 생각해보시죠, 아드리앵 됨 부인. 그대의 나리가, 그대의 주인이 영광스럽게도 고등판무관 각하를 독대했다는 것 아닙니까! 그곳에선 가장 중요한 인물이랍니다, 육군 원수이고, 잘 기억해요, 영국군에서 제일 높은 계급이니까요. 세상에, 자그마치 삼십분 동안이나 접견을 했으니! 그것도 우호적인 분위기에서! 아니 정확히 말하자면, 우호적이라기보다는 정중했지. 고등판무관 각하가 무척 친절했고, 내 기능에, 당연히 소화 기능 말고 내가 맡아 하고 있는 일에 관심을 보였지, 위임통치국이 하는 일에 대해 질문도 했고. 정말 좋았어. 푹신한 의자에 편안히 앉아서, 말하자면 일대일로 대등하게 대화를 나눴지. 고등판무관 각하가 우리와 긴밀한 협조를, 영어로 클로즈 코오퍼레이션을 원한다는 의견을 피력했고, 국제연맹이 하고 있는 인도적이고 힘겨운 사업들에 경의를 표했고, 또, 잘 들어, 아주 중요하니까, 왜 그런지는 곧 알게 될 거야, 그러니까 나더러 존 경에게 안부 인사와 경의 등등을 전해달라고 한 거야. 한마디로 성공적이었지. 잘난 척하려는 게 아니고, 내가 제대로 감명 깊은 인상을 남긴 거야.

욕심에 취한 기차가 급하게 달려 나가다가 한순간 균형을 잃고 흔들리며 갑작스러운 절망의 외침을 내질렀고, 그렇게 날카로운 공포에 휩싸인 것처럼 미친 듯한 비명을 내지르며 거센 진동과 함께 터널 안으로 빨려들었다. 그 순간, 반쯤 열려 있던 차창 위로 흰색 눈까풀이 덮이면서 수증기가 밀려 들어왔고, 인간의 제물로 바쳐진 자갈과 쇠가 내지르는 반항의 절규가 터널의 습기 찬 시커먼 벽에 부딪치며 메아리쳤다. 분노에 휩싸인 그 순교자들이 포효하며 내지르는 욕설에 몸집 큰 악당 같은 기차는 겁을 먹은 듯 속도를 주체하지 못해 비틀거리면서 달려 나갔다. 터널이 끝나갈 무렵 연기에 싸인 벽을 흔드는 메아리를 남기며 분노의 함성이 수그러들기 시작했고, 곧이어 하얀 증기가 갑자기 퍼져나가면서 터널의 벽도 분노의 함성도 완전히 사라졌다.

암흑과 지옥을 벗어난 기차는 어색해하며, 조급해하며, 평화로운 들판으로 들어섰고, 평온을 되찾아 다시 원래의 리듬으로, 다시 만난 초목과 풀 향기를 뚫고 달렸다. 소음이 가라앉고 기차의 진동이 부드러워지자, 아드리앵 됨은 좌석의 붉은 벨벳을 쓰다듬었고, 자기 옆에 옷을 벗고 누운 아내를 떠올리며 미소 지었다.

— 이제 이번 임무의 절정이었던 일을 얘기해줄게. 그러니까 접견을 한 바로 그날 저녁에 고등판무관 각하가 일부러 사람을 보내서는 관저에서 열리는 점심식사 초대장을 전달한 거야. 내가 맘에 들었다는 분명한 증거지. 그것도 다음 날, 그러니까 일요일 초대였어! 내가 알기로 영국인들한테 일요일 점심 초대는 특별한 대우거든. 화려한 판지에 대영제국의 공식 문장이 황금빛 돋을새김으로 박혀 있는, 아무튼 최고급 초대장이었고, 정중히 청합니다 어쩌구 하는 말들이 영어로 쓰여 있었고, 당연히 내 이름은 인쇄된 게 아니라 손으로 쓴 거였어, 끝을 둥글린 아주 멋진 글씨체였지, 당신한테 보여주려고 가져왔어. 두고 봐, 정말 기품 있는 글씨니까. 당연히 내 성뿐 아니라 이름까지 있었지. Esq.[52]도 붙어 있고. 그래, 계속할게. 그러니까 난 쫙 빼입고서 다음 날 13시 정각에 관저로 갔지. 경비대의 하사관한테 입장권을, 그러니까 초대장을 보여줬더니, 그가 재빨리 자세를 고쳐 서더니 아주 정중하게 인사하며 들여보내더군. 난 태연한 척 계단까지 갔지. 그런데 거기서, 제일 중요한 얘기니까 잘 들어, 글쎄 보초 둘이 날 향해 받들어총을 하는 거야! 어떠십니까, 우리 여사님, 사람들이 당신 남편에게 어떤 경의를 표했는지 이제 아시겠습니까? 아, 당신도 같이 봤어야 하는데! 아니, 봤었어야 하는데가 맞나? 으리으리한 계단을 올라가니까 부관 하나가 다가와서는 그야말로 웅장한 응접실로 안내하더군. 그리고 내가 들어오는 걸 본 고등판무관 각하가 일어섰지. 아까 말한 대로

----

52 영국에서 성(姓) 뒤에 붙여 '귀하'를 뜻하는 경칭 Esquire의 약자이다

육군 원수이기도 해. 히즈 엑설런시 필드 마셜 로드 플러머. 이어서 셰이크 핸드, 난 고개를 살짝 숙였지, 영광에 감사드립니다 어쩌구 하면서. 물론 흥분한 기색은 숨기고 의전에 익숙한 젊은 외교관처럼 굴었어. 내가 들어오고 조금 뒤에 레이디 플러머가 들어왔고, 난 당연히 레이디의 손에 입을 맞추며 인사를 했어, 허리를 숙이고 말이야. 모든 게 성공적이었어. 그런 다음 스터프트 올리브[53]를 곁들여 칵테일을 마시면서 정치, 경제, 사회 분야의 다양한 주제들에 대해 대화를 나눴지. 마침내 급사장이 와서 레이디 플러머에게 마님을 위한, 영어로 허 레이디십을 위한 식사 준비가 다 됐다는 거야. 그리고 다 같이 식당으로! 그때 내가 재빨리 레이디 플러머에게 내 팔을 잡으라고 내밀었고, 결국 내가 앞장서게 된 거야! 사실은 좀 전에 날 안내했던 부관이 귀띔해줬거든. 행운이었어. 세상에, 영국 육군 원수의 부인과 나란히 식당에 발을 들여놓는 장엄한 모습을 당신도 봤어야 하는데! 정말 으리으리한 식당이었어. 하인들도 완벽했고. 키가 2미터나 되는 아랍인 하인들이 눈부신 흰색 젤라비[54]를 입고 허리엔 붉은 실크 띠를 두껍게 맸더군. 식탁 위에는 대영제국의 문장이 새겨진 크리스털 식기들이 반짝이고! 상류사회의 위력이 고스란히 느껴졌달까! 솔직히 말하면, 감동적이었어. 다 상세히 적어놨으니까 내일 읽어줄게, 전부 다, 식사 동안 내가 어떻게 하고 있었는지, 다른 손님들이 누가 왔었는지까지. 사실 하나같이 최고 거물이었거든. 그러면 뭐해, 레이디 플러머는 내 팔짱을 끼고 들어갔는데! (그는 혀끝을 뾰족하게 모아 내밀었다가 곧 다시 집어넣었다.) 그래, 어떤 음식이 나왔는지도 적어놨으니까, 내일 얘

---

53 올리브 씨를 빼고 서양고추를 끼워넣은 것.
54 북아프리카 남자들이 입는 원피스 형태의 전통 복장.

기해줄게, 무슨 얘기를 했는지도, 당연히 영어로 했지, 잘난 척하는 것 같아서 내 입으로 말하긴 좀 그렇지만, 재치 넘치게 얘기를 이어갔어. 물론, 그러면서도 신중했고. 라틴적인 기지에 외교적 처세를 더했달까! 그것도 레이디 플러머의 오른쪽에 앉아서! 그래, 전부 내일 얘기해줄게, 완벽하게 다 적어 왔어. 킹으로 돌아오자마자, 아직 기억이 생생할 때 적어야 하니까, 곧바로 기록해뒀거든. 한가지만 더 말할게. 다음 날 점심은 그날 본 그 부관하고 먹었어. 아주 매력적인 장교더라고. 작위 있는 명문가 혈통에 이튼, 옥스퍼드 출신이니까. 프랑스어도 아주 잘하고 문학적 소양도 높더군. 그래서 다음 날 킹으로 점심 초대를 했지. 처음부터 끝까지 샴페인을 곁들인 자리로! 이런저런 얘기를 하다가, 지나가는 말로, 정말 아무 생각 없이, 비행기 자리를 구하려는데 일주일이나 기다려야 하는 짜증스러운, 아니 곤란한 상황이라고, 당연하지, 그렇게 말했지. 그랬더니 그 사람이 알 듯 말 듯 애매한 미소를 짓더라고, 그래, 왜 그, 조심스럽게 긴가민가한, 영국 귀족 특유의 미소 있잖아. 다음 날에야 그 미소의 의미를 알 수 있었지. 그가 킹으로 전화를 했는데, 잘 들어, 고등판무관용 좌석 중에서 하나를 써도 된다고, 당장 그날 저녁에 출발하는 비행기 좌석을 쓰라는 거야! 상상이 가? V.I.P., 베리 임포턴트 퍼슨을 위한 자리인데. 이것만 봐도 영향력 있는 사람들을 많이 알면 사는 데 큰 힘이 되리라는 걸 알겠지? 인맥 없이, 연줄 없이 할 수 있는 건 아무것도 없으니까. 그래, 더 상세한 얘긴 내일 할게. 참, 그런데 여보, 내가 보낸 편지들은 잘 가지고 있지? 내가 다닌 지역들의 특징을 자세히 설명해놨잖아, 그걸 출장 보고서 작성할 때 참고하면 좋을 것 같아. 아주 좋지, 아주 괜찮아. 접견이 끝날 때마다 적어둔 것들이 있고, 거기다 최종적으로 그 내용까지 보충할 거야. 출장 보고서를 아주 정성 들여 쓸 생각이거든. 두 말할 필요도 없지. 누구나 한마디씩 하게 될 만한 훌륭한 보고서가 될 거야. 내 말 믿어도 좋아! 중간중간 과장도 필요하겠지, 원래 그렇게 살을 붙이는 거야. 사실 행정절차대로라면, 난 보고서를 베베한테만 제출하면 돼. 더 위로 올려 보낼지 말지는 베베가 결정할 일이고. 그러니까 의전 규칙에 따르면 보고서 제일 앞에 베베 이름만 쓰면 돼. 하지만 난 베베를 너무 잘 알지. 베베는 원래 부하 직원이 두각을 나타내는 꼴을 못 보거든. 특히 경쟁자다 싶으면 더 심하고. 내가 보고서에 베베 이름밖에 안 썼다간 내 능력이 드러나는 게 싫어서 보나 마나 그대로 묻어버릴 거야. 절대 상급자들에게 보고하지 않겠지. 그대로 깔아뭉갤 거라고! 내가 누구야? 그 정도야 다 생각해봤지. 곰곰 따져보고 나서 어떤 결론을 내렸는지 알아? 까짓 베베 따위 무시하고 보고서를 제일 높은 곳으로 보낼 거야. 물론 직급 단계를 밟아서. 그러니까 보고서 위에 베베 이름을 쓰고, 그런 다음에 위임통치국을 관장하는, 나와 친구가 된 쏠랄의 이름을 쓰고, 그다음에 존 경의 이름까지! 그래, 여보, 존 경의 이름까지 말이야. 바로 그거야! 어때, 좋은 생각이지? 안 그래? 당신은 출장 보고서를 존 경한테 제출하면 안되는 거 아니냐고 말하고 싶겠지, 규칙상으론 존 경한테까지 제출할 필요가 없으니까! 하지만 난 베베가 난리를 치더라도 대답할 말까지 준비했어! 예외적인 경우라고 하면 돼! 그래, 다른 사람도 아니고, 영국군 원수이자 팔레스타인 주재 고등판무관이고 K.C.M.G.[55]이면서 C.B.[56]인 플러머 경

---

55 Knight Commander of St Michael and St George(성 마이클, 성 조지 훈장). 영국연방과 외국과의 관계에서 공적을 세운 외교관에게 수여되는 영국의 기사단 훈장.
56 Companion Bath. 영국의 기사단 훈장인 바스 훈장. 기사로 임명되기 전날에 밤

이 존 경한테 안부를 전해달라고 직접 말했으니까! 난 그걸 전해야 할 의무가 있잖아! 내 멋대로 어떻게 할 수 있는 일이 아니라고! 그렇게 출장 보고서를 최고 상사한테 제출할 자격이 생기는 거야! C.Q.F.D.![57] 베베도 그 생각을 할 테니 결국 아무 말도 못할 거야. 보나 마나 겁이 나서라도 멋대로 무시하지 못하겠지! 플러머 경이라니까, 알겠어?

그는 하품을 하고 자리에서 일어선 뒤, 이마를 창유리에 가져다 댔다. 비탈길 위에서 말 한마리가 처량하게 풀들에게 무엇인가를 묻고 있었고, 잠시 후 무릎 위에 아기를 안고 문 앞에 나와 앉은 계집애가 보였고, 이어 다시 벽이 나타나더니 흔들리는 기차 곁에서 성난 바다같이 으르렁대다 지나갔고, 이어 건초 더미가 나타났다 사라졌고, 이어 쇠스랑을 어깨에 얹은 농부 하나가 울타리 앞에 마네킹처럼 꼼짝 않고 서 있었고, 이어 화물열차 하나가 지저분한 차량들을 끌며 지나갔다.

그는 다시금 자리에 앉아 하품을 하고 자기 손톱을 물끄러미 바라보았다. 주네브에 도착하기 십분 전에 한번 다듬어야 한다. 그가 A급 직원이 되었으니 그동안 여러 곳에서 아내를 초대했을 것이다. 이제 A급이니까. 문제는 그녀의 성격상 칵테일파티 초대에 응했을까 하는 것이다. 편지에는 아무 얘기도 없었다. 카나키스 부부만 해도 우리가 초대했으니 답례로 초대하려 했을 텐데, 그에 대해서도 말이 없었다. 카나키스는 내가 돌아오기를 기다리고 있을지 모른다. 어쨌든 사무차장은, 자기가 날 초대했으니, 우리도 답례로

을 새우며 단식과 기도와 목욕(bath)을 했던 의식에서 유래한 이름이다.

57 ce qu'il fallait démontrer. 프랑스어로 '이것이 증명되어야 할 것이었다'라는 뜻으로, 수학에서 증명을 마칠 때 사용한다.

초대해서 저녁식사 자리를 마련하고, 그렇게 관계를 이어가는 거다. 무엇보다도 꾸물대면 안된다. 아빠와 엄마가 주네브를 떠나 있는 틈을 이용해야 한다. 차장은 분명 초대에 응할 것이다. 자기가 먼저 우리를 초대했으니까. 잘나가는 페트레스코 부부도 빨리 초대해야 하는데. 차장이 온다고 넌지시 알려주면 절대 사양하지 않겠지. 아니, 아니다, 페트레스코는 안된다. 경쟁자는 빼는 게 낫다. 자기 잘난 맛에 사는 페트레스코는 보나 마나 쉬지 않고 혼자 떠들어댈 것이다.

기차의 차장이 감정이 담기지 않은 기계 같은 목소리로 다음 정거할 역을 알리며 지나갔다. 5시 45분. 이제 오분 뒤면 들레몽이고, 세시간 뒤면 주네브다! 어쨌든 내 아내니까, 뭐 어떤가. 세상에, 자그마치 석달 동안 한번도 못했는데! 사실 베이루트에서는 유혹도 있었지만, 그는 원래 매춘부와 하는 걸 좋아하지 않았고, 더구나 자칫하면 고약한 병에 걸릴 수도 있으니 내키지 않았다.

— 정말 하고 싶어 미치겠어. 장담컨대 오늘밤엔 부부간의 성적 의무를 절대 외면하지 않을 거야! 매트리스의 스프링이 들썩거릴 테니 두고 봐! 그래, 집에 가자마자, 공격적으로, 거침없이 접근 작전을 펼쳐야지. 그녀가 내켜하지 않는다 해도, 그녀는 원래 그렇잖아, 욕구가 없는 게 아니고 내색하지 않으려는 거야, 수줍어서, 정숙한 여자들의 조심성이라고 할까, 그렇다니까, 귀족 가문의 기품이기도 하고, 남이 들으면 기분 나쁠지 모르겠지만, 다른 아내하고 내 아내는 완전히 다르잖아. 아니, 밖을 내다보면 안돼, 비코즈because 매연이 심하니까. 조만간 스위스에 전기로 가는 기차가 생긴다던데, 그러면 좀더 깨끗하겠지. 더러워질 염려가 없을 거야. 완벽해, 그래, 완벽해.

5시 47분. 그녀가 있는 곳으로 이분 더 다가갔다. 9시에는 꼴로니에 도착할 것이다. 9시 15분에는 옷을 다 벗은 아리안 곁에, 오로지 그만을 위해 준비된 그녀 곁에 있을 것이다. 5시 48분. 일분 뒤면 들레몽이다. 자, 이봐, 좀 서두르지 그래? 그가 기차에게 말했다.

70

6시야 시간 넉넉해 당신의 당신의 오 내 사랑 어째서 지금 나와
같이 목욕을 하지 않는 거죠 이 따뜻하고 감미로운 물속에 함께 있
으면 정말 좋을 텐데 둘이 같이 눕기엔 좀 좁긴 하지만 그래도 괜
찮아요 방법이 있거든요 아담 이래 오랫동안 써먹은 방법이죠 맞
아요 나도 알아요 이미 말했잖아요 욕조에 같이 들어와요 내 생각
에 이브는 인류 최초의 백치 여인이에요 아무도 나의 아담을 이해
하지 못해 얼마나 멋진 남자인지 아무도 몰라 하면서 내가 당신 사
랑하는 그대를 두고 하는 말과 똑같이 말해 암탉들도 재채기를 하
는지 궁금해 가끔 할 수도 있잖아 암탉이라고 감기에 걸리지 말라
는 법은 없지 30년 후에 내가 아니 그건 끔찍해 할 수 없지 오늘 저
녁 일은 아니니까 아직 시간이 있어 그가 잠들었을 때 나약한 남자
일 때 난 솟구치는 사랑으로 미칠 것 같아 그의 얼굴 그 남성적 아
름다움 위로 눈이 부시도록 우아한 광채가 퍼져나가 너무도 가느

다란 그의 손목을 볼 때도 미칠 것 같아 문득 내가 그를 너무 많이 사랑한다는 게 싫어져 무슨 얘기 하던 중이었지 아 그래 당신의 당신의 난 지금 당신이 말한 그 당신의 속에 웅크리고 있어요 날 못 만났더라면 엘리자베스 밴스테드에게 당신의라고 써서 전보를 보냈겠죠 그 여자 입안에서 이가 다 빠져버렸으면 좋겠어 아니야 아무리 그래도 이가 하나도 없는 건 너무 흉해 그냥 두개 아니 앞니 하나 그러니까 좀 흉해질 만큼만 없어지면 좋겠어 난 내 모습이 좋아 내 모습을 보는 게 좋아 날 갖고 싶어 그이가 아니었다면 다른 남자였겠지 혹시 그 다른 남자가 탐험가였다면 난 아마존에 아니면 초파리에 열광했을 거야 혹시 생물학자였다면 아니야 말도 안 돼 그이밖에 없어 오로지 그이뿐이야 그렇게 믿어야 해 종교적 신념이지 가톨릭교도들은 자신이 믿고 있는 것들이 정말 있다고 믿는 걸까 남성명사와 여성명사가 같이 올 때 왜 꼭 형용사는 남성형이 되는 걸까 옳지 않아 바다와 호수가 아름답다고 말할 때 왜 아름답다를 여성형으로 쓰지 못하는 걸까[58] 왜 신은 남성형일까 역시 옳지 않아 난 정말 불쌍해 조금 전 비누칠하는 동안 난 온통 주인의 마음에 들 생각뿐인 노예였어 옳지 않아 여자들의 운명 항상 기다리고 기대하고 준비하는 것 그들이 그 멍청한 자들이 우리보다 나은 게 뭐가 있는데 왜 우리는 불쌍하게도 예쁜 척 우아한 척 약한 척 정숙한 척 해야 하고 기다려야 하고 받아줘야 하냐고 그 사람은 제멋대로인데 7시 22분에 주네브에 도착하는데 9시에 오겠다니 나한테 잘 보이기 위해서 그런다나 그래 한시간 동안 목욕을 한다고 쳐 면도도 정성껏 하고 그런 거 보면 당신은 좀 여성스러워요

---

58 프랑스어로 '바다'(la mer)는 여성명사이고 '호수'(le lac)는 남성명사이다.

거울을 힐끗거리는 모습도 여성스럽고 당신은 거울을 좀 많이 보죠 그건 약점이에요 알아요 그대 당신은 너무 아름다워요 긴 실내 가운을 입고 있으면 무대에 오른 배우 같아요 그래요 그대 우리 여자들은 그래요 당신들의 노예 우리는 아무 말 안하고 그냥 황홀해 하며 흥분한 척하죠 하지만 다 보고 있답니다 우린 마음이 너그럽죠 무슨 말인지 알겠나요 스딸린이라는 사람은 늘 힘들 것 같아 직접 모든 걸 관장해야 하고 모두를 의심하고 염탐하게 시키고 죽게 만들고 그 모든 것이 명령하는 쾌락을 위해서라니 차로 바래다줄 때 헤어지기 전 난 항상 그의 소매 끝에 입을 맞춰 날렵하게 재단된 그 아름다운 실크에 힘에 대한 숭배 죽일 수 있는 힘에 대한 숭배 어때요 당신한테 배운 걸 잘 알고 있죠 그가 내 등에 채찍질을 했으면 좋겠어 세차게 등에 채찍 자국이 나고 그 자국을 따라 살이 붉게 부어올랐다가 허옇게 되도록 내가 그의 것이라는 징표로 아파서 고통의 비명을 질렀으면 제발 그만하라고 애원했으면 하지만 그는 계속해 그래요 더 더 때려요 내 사랑 등 아래쪽도 때려요 그래요 아주 아래쪽 허리 아래 제일 아래 그래요 됐어 거기를 아주 세게 우선 오른쪽 뺨부터 때리고 그런 다음에 왼쪽 뺨도 난 정숙한 여자라 오른쪽 뺨 왼쪽 뺨이라고 불러 등 아래 있는 특별한 뺨이지 세게 때려요 제발 아주 세게 피가 나도록 오 고마워요 고마워요 그대 욕조로 들어와요 난 당신의 땅이고 당신은 나의 주인이고 내 몸을 경작하는 농부예요 내 몸에 고랑을 내줘요 그래요 깊이 내줘요 더 더 농부가 땅을 갈 때 생각 같은 건 안하는 게 좋죠 특히 욕조 안에서 아니 암탉들은 재채기를 안할 것 같아 내 머리는 아직까지 한 군데가 말랑말랑해 갓난아기들의 숫구멍 나에게 그곳은 여전히 여성적이야 나더러 절대 역으로 마중 나오지 말래 면도를 제대로 못

했다면서 깔끔한 모습을 보여주고 싶다고 당신은 언제나 아름다운
데 심지어 지나치게 아름다운데 내가 없을 때 아무리 늦어도 8시
이십분 전이면 리츠에 올 거야 8시 이십분 전에 전화를 걸어볼까
아니야 전화 목소리를 듣는 건 살짝 만나는 거나 마찬가지야 9시
에 그가 들어설 때 한번에 만남의 놀라움을 온전히 누려야 해 한순
간에 눈길 그리고 나머지까지 한꺼번에 보는 기쁨이 사라지면 안
돼 괜히 미리 전화를 걸면 마법처럼 짠 하고 나타나는 순간의 감동
이 줄어들잖아 맛있는 과자를 한입 미리 맛보는 거나 마찬가지야
나에게 사랑 얘기를 해줘요 다정한 말들을 또 해줘요 멍청이 그래
도 그게 좋아 하품하고 싶어 그럼 하품을 해 오 오 오 내 손으로 만
지면 느낌이 그대로 안 나 성가신 천사들 쎄자르 프랑끄[59]의 노래를
불러 날개 달고 거세된 남자들 어깨에 날개가 달린 그곳은 생각만
해도 역겨워 하늘에 가서도 난 절대 못 만질 것 같아 부드러우면서
단단하겠지 닭 요리할 때 자르기 힘든 곳 천박한 앙뚜아네뜨 우리
집에서는 레리 고모가 거실에 들어서면 그리 삼촌이 늘 일어섰는
데 고모가 나가려 하면 가서 문을 열어줬고 그러면 고모는 어크날
리지먼트 혹은 어프리시에이션이라는 걸 했지 가벼운 미소 혹은
조용히 고맙다는 말 앙뚜아네뜨는 카나키스 부부가 저녁식사 하러
온 날 무슨 말을 할지 몰랐어 카나키스와 디디가 계속 모르는 책
얘기만 하니까 자기는 뭔가 재미있는 걸 하고 있다는 듯 일부러 재
치 있는 표정을 지으며 혼자 생각에 빠진 경박한 후작 부인처럼 접
시 위에 고개를 박고 포크질을 했어 내가 말을 안하고 있는 건 우
아한 생각에 빠져서야 뭔가를 깊이 생각할 땐 이마를 유리창에 대

59 César Franck(18??~??). 벨기에 출신의 프랑스 작곡가이자 오르간 연주자.

게 되잖아 현실에서도 정말 그럴까 그냥 소설 속 인물들만 그런 걸까 알았어요 카프카 씨 당신은 천재예요 하지만 제발 당신의 그 천재성을 길게 펼쳐놓지는 말아요 30페이지면 충분하니까 그 정도면 당신의 따분한 천재성을 충분히 깨달을 수 있다고요 사람들이 차마 말은 못하죠 두려움에 눌려 있으니까 그 사람 눈썹을 매끈하게 다듬어주고 재킷 속으로 손을 집어넣어 몸을 빼지 못하게 등을 부둥켜안고 온몸으로 느낄 거야 그 사람은 한순간 갑자기 기분이 바뀔 때가 있어 그렇게 그가 냉정해지면 난 사랑을 잃을까봐 떨어 난 그의 아름다운 연인인데 그가 전보에 그렇게 말했는데 카프카 씨 당신이 하려는 말 잘 알겠어요 잘못도 안했는데 느껴지는 죄의식이잖아요 하지만 당신은 그걸 너무 많이 보여줘요 그래서 단조로워요 죄 없는 죄의식은 유대적인 주제인데 유대인의 비극 그러니까 난 주군의 여인 지갑 안에 넣어두라고 해야지 사고가 났을 때 연락처라고 어떡해 맞아 내 이름은 됨이잖아 모두들 린드버그[60]라는 사람을 칭송하느라 난리지 그래봐야 날아다니는 택시를 모는 운전수일 뿐인데 결국 조종간을 만질 줄 아는 것뿐이잖아 나의 쏠을 칭송하고 재능과 천재성을 인정하는 것 빼고는 전부 짜증스러워 사랑에 빠진 어리석은 여자들은 원래 다 이럴 거야 모두 나의 아담 나의 또또 나의 노노 이렇게 말하겠지 그리고 아무도 그 사람을 이해하지 못한다고 나만이 그를 이해한다고 말하겠지 아 천재적이야 나의 아담 나의 또또 나의 노노 사랑에 빠진 어리석은 수많은 여자 프루스뜨가 정말 좋은데 노아유라는 여자에게 아첨하는

---

60 Charles Lindbergh(1902~74). 미국의 비행기 조종사로 1927년 최초로 뉴욕주 롱아일랜드에서 빠리까지 단독 비행에 성공했다.

요란한 칭송은 너무 속물스러워 오리안 바쟁 빨라메드[61]같이 귀족적인 이름들을 넋 놓고 좋아하면서 빨아대고 핥아대는 것도 그렇고 어떡하지 남편한테 편지를 별로 안 썼어 그래도 이왕 쓴 건 아주 상냥하게 썼잖아 천재들은 천재성이 곧 끈기라는 걸 알아 멍청한 사람들이나 타고난 재능이라고 생각하지 같이 가서 그의 암고양이 무덤에 꽃을 놓아줘야지 완벽하게 빼입은 쏠 앤드 히 해즈 베리 굿 테이블 매너스 리츠에서 만난 그날밤에 내가 준 담뱃갑을 눈썹 흉터에 대고 눌렀어 분명 전에 내가 유리잔을 던진 걸 용서하겠다는 뜻이야 그 남자가 무서웠던 걸 어떡해 특히 어느 한가지가 그랬어 지금은 전혀 아니야 내가 그에게 던진 그 두마디를 속죄하기 위해 유대교인이 되어야 할까 그가 옳아 어떻게 우리 같은 지성인이 그런 말도 안되는 것들을 믿을 수 있을까 죽음의 공포 때문에 바보가 된 거야 오 끔찍한 노인으로 꾸미고서 사랑을 구하러 오다니 너무도 아름답고 너무도 고귀해 그가 말했던 브라질 연회 눈까풀이 한번 깜빡이던 순간에 날 사랑하게 된 그때 내 드레스가 너무 아름다웠다지 똑같은 걸 준비할까 오 오 욕조 안 따뜻한 물속에서 몸이 얼어붙어 제발 그만 그래 오늘 저녁 그가 오면 속마음을 너무 드러내지 않도록 해봐 한동안 가까이 가지 말고 사랑스러운 하지만 조금 냉정한 모습으로 있어 그래야 그가 불안해하지 먼 곳의 공주님처럼 행동해야 해 얘기를 하는 그가 알 수 없는 불편함을 느끼게 될 표정으로 듣는 거야 대답할 땐 왠지 잘은 모르겠지만 아무튼 피곤해 보이게 하고 그렇게 십오분쯤 불안하게 만들고 나서 돌연 열정적이 되는 거야 아니면 대문을 열어둘까 나를 찾아 들어서며

---

61 모두 프루스트의 『잃어버린 시간을 찾아서』에 등장하는 인물이다.

황후처럼 거만하게 앉아 있는 내 모습을 보도록 일어서지 않고 손만 내밀어 그가 입을 맞추게 하는 거야 그의 얼굴을 앉아서 보면 덜 감동적일 텐데 아니면 정원을 산책하고 있을까 거실에 들어온 그가 아무도 없어서 당황해할 때 아무렇지도 않은 듯 들어서게 아니야 난 그렇게 못할 거야 보나 마나 흥분해서 쫓기는 오리 꼴로 달려올걸 그러다 발이 엉켜 넘어지기나 하고 결론은 그냥 그가 들어오면 바로 달려가서 그의 품에 안기고 눈꺼풀을 내리고 격렬한 키스를 퍼붓는 걸로 리즈에서 함께 보낸 첫날 저녁에 이미 겪은 그 지독한 키스 예기치 못한 키스 깊숙한 키스였어 소파 위에서 끔찍해라 알지도 못하는 남자와 함께 처음 키스하면서 너무 놀랐어 키스는 그냥 입술에다 하는 건 줄 알았으니까 소설들이 좀더 분명하게 말해줬어야지 그냥 열정적인 키스 어쩌고저쩌고 그렇게만 얘기하고 자세한 방법은 절대 말 안해줬는걸 그렇게 할 수도 있다는 걸 영원히 모를 뻔했잖아 난 그냥 입술끼리 닿고 마침표 찍고 끝인 줄 알았지 세상에 그게 아니야 입을 벌리고 느낌표 세개 그러고 나면 들쑤시고 혀들이 엉키고 구약성서에 나오는 것처럼 말이야 누구라도 말해줬으면 언젠가 내 것이 아니 차마 어디인지 말 못하겠어 남자의 것 생각도 못했어 그런 말 하는 여자는 미친 줄 알았어 그 사람만 그런 식으로 하는 걸까 다른 사람들도 다 그렇게 하는 걸까 아빠와 엄마도 그랬을까 아니야 그 사람이 만들어낸 걸지도 몰라 처음엔 창피했어 그의 것이 섞였다는 말은 못하겠어 창피했어 하지만 계속했어 미친 듯이 그 내밀함이라니 서로 알지 못하는 신사와 숙녀가 불쑥 서로 입안을 뒤지고 입안을 헤집고 그러니까 서로의 것을 먹고 그래 창피해서 혼났어 그런데 정말 조금 지나니까 창피함이 가셨어 오히려 멋졌어 레리 고모가 내 모습을 봤으면 어땠을까 나중엔 그 사람 못지않게 잘했지 미리 배운 적도 없는데 나 같은 사람은 한번 해보면 다 아니까 첫날 저녁부터 키스를 수없이 했어 전부 오백번쯤 모두 달콤했어 쯧 아리안 제발 아니 난 어느새 물속의 물고기가 되었고 몇킬로미터 깊은 곳까지 헤엄쳤어 정말 감미로웠고 하지만 나중에 혼자 생각해보면 살짝 웃음이 나오기도 해 멍청이처럼 입속이 요동치잖아 키스 이름을 세관에 신고할 게 없나요로 해야 할 것 같아 정신 나간 세관원이 여행객의 가방을 급하게 뒤적이는 것 같으니까 닥치는 대로 황급하게 뒤지니까 내 성격은 조금 이상해 진지할 때도 장난스러운 게 좋아 그래서 정신 나간 초조한 세관원이 급하게 휘저으며 밀수품이 없는지 확인하려고 가방을 뒤지는 것 같은 키스라는 말이 나와 내가 이런 말 하고 있는 걸 그가 듣는다면 난 그대로 죽어버릴 거야 그와 같이 있을 땐 난 지금과 달라 시적이야 지금이 나이듯이 그것도 나야 뜨거운 물을 조금 더 틀어줘 그렇게 땅속 깊숙이 파고드는 키스가 흔한 건지 다른 사람들도 그렇게 하는지 궁금해 꽤 힘든데 예를 들어 왕비와 왕 말이야 우린 잘하지만 다른 사람들은 아닐 텐데 잘하려면 우선 둘 다 아름다워지 예를 들어 앙뚜아네뜨가 그런다고 생각해봐 정말 끔찍하잖아 뭐라고 부를까 먹는 키스 세관 키스 동굴 키스 바닷속 키스 과일 키스 그래 과일 키스가 좋겠어 사랑에 빠지면 전부 순수하니까 어린 처녀 애들이 그렇게 생각하잖아 첫날 저녁 어두운 곳에서는 정말 거북했어 그가 내 목 위로 그래 조금 더 아래로 고개를 숙였을 때 너무 무서웠어 지독하게 아름다웠어 소파 위에 책들을 잘 놓아둬야 해 여기저기 아무렇게나 놓여 있는 것처럼 하나는 기다리는 동안 읽고 있었다는 듯이 펼쳐놓고 몽떼뉴의 수상록이 좋겠네 아니야 맥 빠진 학교 선생 같을 거야 차라리 카프카가 낫겠어 책 내용에 대해 몇마디 물어보면 곧바로 내가 몇페이지밖에 안 읽었다는 걸 알아차리겠지 당장 카프카 책을 전부 읽어야겠어 하이데거하고 다른 지루한 사람들 책도 사고 철학사 책도 읽고 이제 교양을 좀 쌓을 때가 됐지 왜 자꾸 우리의 첫날 저녁 얘기가 하고 싶어질까 그래 첫날 저녁 얘기를 해볼까 리츠의 거실에서 그가 나에게 잘 가라고 말했고 그때 내가 갑자기 러시아의 여주인공처럼 비굴할 정도로 정중하게 인사를 했어 나스따샤 필리뽀브나[62] 그리고 그의 손에 입을 맞췄지 눈을 감고 그 순간을 떠올려봐 그래 그가 나지막하게 신께 영광이라고 했어 굉장히 진지할 때 하는 말이잖아 그 사람도 그랬던 걸까 아니면 정말로 신을 믿는 걸까 아무튼 내가 그 사람 손에 입을 맞춘 건 정말 그러고 싶어서였어 죽음 이후의 삶은 존재하지 않는 걸까 지친 신자들은 영원히 아무것도 알지 못할 거야 그 사람들은 정말 운이 좋아 아니야 바보 같다는 말은 그 사람이 한 게 아니야 그는 지나치게 정중해 건방져 바보 같다는 건 내 말이야 취소해야지 지나치게 정중한 인사는 하지 말걸 그랬어 하지만 내 사랑 난 비웃으려는 게 아니에요 내가 원래 그렇게 말해요 알겠어요 미치도록 존경하는 것을 두고도 그런 식으로 말한다고요 혼자 있을 땐 내가 그래요 받아들이든지 말든지 당신 맘대로예요 아 제발 받아들여줘요 부탁이에요 알겠죠 수줍어서 그런 거라고요 그런 다음에 리츠의 무도실로 내려가서 춤을 췄어 그 사람은 내가 너무 아름다워서 겁이 날 정도라고 했어 자기 영혼이 끝이 휘어 올라간 나의 긴 속눈썹에 걸려 붙잡혔다고도 했고 유혹하려는 말이지 아 사실 남편이 선물한 담뱃갑인데 받은 지

62 도스또옙스끼의 소설 『백치』의 여주인공.

얼마 되지도 않은 걸 그에게 주면 안되는 거였는데 남편한테 받았다는 걸 깜빡 잊었어 뭐 일단 나한테 선물한 거니까 내 것이긴 하지만 내 맘대로 할 권리가 있잖아 불쌍한 디디 리츠 이후에 일어난 일은 디디에게는 너무도 끔찍하지 그 사람 차를 타고 이곳으로 왔어 황색인종 운전기사 흰색 제복 그리고 파란색 롤스로이스 어마어마하게 큰 차였어 난 그런 건 아무렇지도 않아 참 이상하게 그는 운전을 못해 하기야 가마를 타고 다니는 게 더 어울릴지 몰라 내 마음속에 넣어둔 여자를 꺼내서 바라보고 다시 접어 집어넣어 접어서 내 안에 넣어둔 여자 사랑해 바르바라라면 그런 말을 안했을 거야 심술궂은 사람이지만 사실은 착해 다른 사람들은 반대야 착하지만 사실은 심술궂어 왜 그런 생각을 했을까 바르바라를 향한 열정 사실 무의미해 감상적이라 괜히 아양 떨어보는 거야 끔찍해 바르바라는 죽었어 그녀의 추억을 망치면 안돼 바르바라라면 개코원숭이 거미 얘기 같은 건 안했을 거야 바르바라와 함께 난 늘 여자다웠고 애교를 부렸어 조금 있다가 끝이 휘어 올라간 눈부시게 아름다운 이 속눈썹을 좀 봐야겠어 조심해 허리띠 장갑 핸드백 같은 걸 사면서 전체와 어울리는지 확인도 안하고 무턱대고 고르면 안돼 귀찮긴 하지만 구약성서를 다시 읽어볼 것 리본을 단 핑크색 동물 정원사의 아내가 아이를 데리고 있어 흰 고양이와 있는 아가씨 뜨거운 물 좀 줘요 날 찾지 말아요 이미 찾아낸 게 아니라면 말이죠 이러면 사람들은 경탄하지만 내가 보기엔 깊이가 없어 오히려 멍청해 그냥 눈속임일 뿐이야 진실이 아니라고 어린 소녀 뤼실이 아프리카의 거대한 숲속에서 혼자 텐트 안에 들어가 있어 빨간색과 녹색의 세로 줄무늬가 있는 예쁜 잠옷을 입고 그애 친구인 아주 작은 재규어 한마리가 침대 속에 탕파를 데워 넣어줬어 재규어의 암고양이는 이름이 띠미가 아니라 푸플이야 아기는 푸플롱일 거고 바지를 입고 뛰어다니는 푸플롱을 만난 적이 있어 나팔 총을 입에 대고 부는 야생의 어린 양을 만나고 아무리 그래도 나한테 넋 나간 눈길이라고 하다니 무례해 그런데도 난 잠시 뒤에 춤을 추면 서 비굴하게 넋 나간 눈길을 하고 황홀해했어 무례한데 사랑스러 워 유리잔을 던진 것도 사과해야 해 그땐 그 사람인 줄 몰랐잖아 할 수 없지 이미 그래버렸는걸 제일 뛰어난 장수들도 실수를 하는 데 뭐 자 어서 사라져 리스트 세드 수니스트 멘디드[63] 리츠 다음엔 이곳의 작은 거실에서였지 함께 하늘을 날고 난 꿈속에 떠다니고 성가를 훌륭하게 연주했고 마치고 나서 예쁘게 그를 돌아보았어 매력적이고 심각하고 진지하게 그는 감명했지 느낄 수 있었어 그 냥 세탁소에 보내는 건 안돼 그 골목에 스웨이드 가죽을 전문으로 세탁하는 데가 있으니까 난 피아노 칠 때 몸을 너무 많이 움직여 등 아래쪽까지 전해져 더 조심해야 해 거들을 입는 게 좋을까 통통 한 게 덜 드러나도록 말이야 아니 그건 너무 갑갑해 혈액순환에도 안 좋고 그리고 그가 껴안을 때 손이 조금 조금 아래로 내려가게 되는데 그러니까 가끔 매번은 아니지만 아무리 그래도 그의 손이 거들의 고무 섬유에 닿게 할 수는 없어 그를 그렇게 맞이할 수는 없어 오 그래 조금 통통하면 어때 그것도 여자 몸의 일부인걸 남자 들은 그것도 좋아해 그러니까 그래 엉덩이를 난 사실 내가 보기에 도 아름다워 특히 가슴이 더 그래 내 가슴은 대리석 같아 대리석 같다는 말은 천박해 혼자 있을 땐 조금 천박해져도 괜찮아 멋져 쏠 랄은 나의 지고한 연인 오 놀라운 사랑 느낌표 다정한 형제처럼 날

---

63 Least said soonest mended. 말이 적을수록 좋다는 의미의 영어 표현.

사랑해 오 놀라운 사랑 지금도 느낌표 친척도 친구도 다 떠나고 오직 그 사람뿐이야 그의 매력 난 절대 그를 싫증 내지 않아 오 놀라운 사랑 느낌표 세개 그러니까 이제 첫날 저녁의 소파 그러니까 성가 연주가 끝난 뒤의 소파 그와 나 소파 위에 그는 남자이고 나는 여자이고 남자 그래 여자 그래 그는 흰색 턱시도를 입고 날렵하고 흐트러진 검은 머릿결 맑은 눈빛 최소한 1킬로미터 넓은 어깨 나는 앞에 앉아서 너무도 아름답고 그가 다가오고 나도 다가가고 잠깐만 이제 정말 제대로 떠올려야 해 우선 겉으로 그런 다음 약간 안으로 그런 다음 깊숙이 난 눈을 감고 곧이어 익숙한 여자처럼 마치 평생 동안 그것밖에 안한 여자처럼 그런 다음 흥분하고 좋아하고 더 하고 싶고 다시 시작하고 극적인 두 입이 경이로우리만치 서로를 괴롭히고 미친 듯이 서로를 탐하고 바다 밑처럼 깊은 곳에서 잇 워즈 글로리어스 다 끝나면 다시 시작하고 하지만 옛날에 그 사람 이전에 영화 속에서 남자의 손이 여자의 목 위에 그녀는 황홀경에 빠져 눈을 감고 난 절대 저렇게 못할 거라고 저러면 웃음이 날 거라고 생각했어 그래 정말이야 웃음이 안 나왔는데 여자가 남자를 좋아하는 건 참 신기해 우리의 키스 그건 타락한 관능이 아니었고 지금도 아니야 그러니까 우리의 사랑 내가 그이고 그가 나이도록 조심해 오늘밤 그를 너무 늦게까지 잡아두면 안돼 새벽 1시까지만 이제 그의 건강은 내 책임이야 내가 챙겨야 해 관능의 쾌락 같은 건 상관없어 중요한 건 그가 내 사랑을 알고 내가 그의 사랑을 아는 거야 키스는 꼭 필요하지만 육체적이기만 해서는 안돼 바로 오 오 오 우리의 영혼이 서로를 찾고 서로에게 파고들어 그런 다음에 어둠속에서 다른 것으로 그가 몸을 숙이고 드디어 그래 내 가슴 그의 사랑이 감미로워 그냥 쾌락이 아니야 담배를 피울 때 그는 중지와 약지 사이에 끼워 나도 그렇게 하지 오 좀 솔직해질까 그래도 쾌락이 있었잖아 어둠속에서 정복되었고 감미로운 수치심이 밀려왔고 그다음엔 수치스럽지 않았어 나는 그가 하자는 대로 녹아서 은혜 입은 원주민 여인처럼 물론 그 어느 것도 예상하지 못했어 첫번째 저녁에 이미 깊숙이 파고드는 키스 그리고 어둠속에서 그것 내가 그대로 받아들인 건 절대적 믿음이 있었기 때문이야 따라오는 사람을 피하며 얼굴을 찌푸리는 요정처럼 수줍은 척한 건 편하지 않았다는 증거야 사실 지금까지 그래 난 남편한테 능욕당하는 처녀였으니까 S가 살짝 범할 때 가만히 있었던 건 연민 때문이었어 우정 때문에 존경심 허영심 그리고 누가 나를 욕망한다는 사실이 좋았던 멍청한 자만심 오 쏠 S하고 있었던 그 비통한 사건을 말하지 않은 걸 용서해줘요 당신 아닌 다른 남자를 사랑했다고 생각하지 말아요 난 당신 외에 그 누구도 사랑하지 않았어요 난 당신의 아가씨이고 처녀예요 난 오로지 당신하고만 S는 아무것도 아무것도 정말 아무것도 아니었는데 그건 불행한 결혼 생활 때문에 일어난 실수였고 당신이 날 경멸하는 건 싫어요 억울해요 당신을 잃고 싶지 않아요 영원히 저녁마다 매 순간 나의 주군인 당신과 함께 그러니까 죽는 건 상관없어 오 내 손으로 만지면 그가 만질 때 같은 느낌이 안 나 영혼이 개입된다는 증거야 영적이고 정신적인 것도 들어 있다는 증거 그가 하는 것과 똑같이 하려면 그래 내 목이 더 유연하게 구부러져야 해 기린처럼 기린은 왜 그렇게 목이 길까 적이 오는 걸 멀리서부터 알아챌 수 있겠지 왜 그렇게 목이 길어진 걸까 아마 우연이었을 거야 몇가지 종의 기린이 있었고 그중엔 목이 짧은 것도 있었을 텐데 목이 짧은 것 그래 목이 짧은 기린들 그런 기린들은 적이 다가오는 걸 제때 보지 못했겠지 사자한테 잡아먹힌 거야 그래서 모두 사라진 거야 목이 긴 기린들만 살아남았고 그게 아니면 서서히 길어진 걸까 두려움이 목을 잡아당겨서 매일매일 조금씩 길어진 걸까 어머니에게서 딸에게로 전해지면서 그렇게 점점 더 나오는 상관없는 일이야 다시 행복했던 첫번째 저녁으로 돌아가서 다행히 난 거들을 안 입어 그걸 입었더라면 너무 힘들었을 거야 특히 첫번째 저녁에 엉망이었겠지 우선 풀어야 하고 건강검진 받을 때처럼 벗어야 하고 아무튼 내려야 하고 번거롭잖아 그게 다 될 때까지 기다려야 했을 거고 그러는 동안 난 죽고 싶을 만큼 창피했을 거야 그랬다면 분명 옷 벗는 순간이 저속하고 거칠었을 거야 얼마나 부드럽게 내가 미처 깨닫기도 전에 다 끝났는데 거들을 안 입었기 때문이지 그래 조금은 비현실적이었어 다행히도 어두웠지 세상에 고상한 얘기들만 하고 싶은데 겨우 거들 얘기나 하고 있다니 얼마나 경건했는데 이웃 간의 진정한 사랑이란 게 바로 그런 모습일 거야 내가 일어서서 윗옷 매무새를 만질 때 다행히 그가 쳐다보지 않았어 봤다면 난 모멸감을 느꼈을 거야 어쨌든 그는 나보다 커 좋아 원래 그래 꼭 그래야 해 점점 더 동네 가게 아가씨가 되는 것 같아 고개를 들어 그를 바라보는 게 내가 더없이 미천하게 느껴지는 게 좋아 어쩔 수 없어 여자들은 다 그래 그냥 단어만 바뀌는 거야 말해봐 그 사람이 잘생긴 걸까 벨베데레의 아폴론도 그 옆에 서면 대단치 않을걸 그는 착해 하지만 심술궂어 그래서 멋있지 이런 리츠에서 그가 주의를 많이 줬는데 할 수 없어 그의 잔인한 미소가 내 마음을 행복으로 휩쓰는걸 대리석 얼굴은 비굴하게 아양을 떨게 만들어 우리에게 관심을 가져주길 사람으로 변하길 1미터 85센티 이스라엘인들 나는 이스라엘인들이 아주 작은 줄 알았어 신체의 크기는 정신의 크기의 반영이지 굉장

히 잘생겼어 하지만 아름다운 소년 같은 그런 아름다움이 아니고
영혼의 고귀함을 담은 아름다움이야 국제연맹에서 일하는 여자들
전부가 그 사람을 보며 넋을 잃는다고 했어 누가 그런 말을 했지
그래 남편이 그랬어 그가 지나가면 여자들이 다 쳐다본다고 음탕
한 여자들 목마른 암캐처럼 혀를 내밀겠지 정숙한 여자라면 보고
싶어도 눈 감고 참았어야지 불쌍한 여자들 남편이 그 모양이니 어
쩔 수 없겠지 걸스카우트 시절에 사전을 뒤져가며 단어들의 뜻을
찾아봤어 예를 들어 교미 같은 거 하지만 그래도 별로 배우지는 못
했어 어차피 중요한 핵심만 설명되어 있고 세부적인 것들은 안 나
오니까 당신 이전에는 그런 키스를 단 한번도 못해봤어요 당신은
수많은 여인과 해봤겠죠 날 만날 때까지 기다렸어야지 그 생각을
하면 마음이 아프지만 동시에 자랑스러워요 여자들이 모두 당신을
사랑했다는 거고 어차피 그 여자들한테는 다 끝난 일이니까 배꼽
바로 위쪽을 불에 지져서라도 두 단어를 내뱉은 벌을 받아야 할까
아니야 혹시 모르잖아 절대 보일 리 없는 그런 자리여야 해 그러니
까 발바닥을 성냥불로 지질까 걸어다닐 때 아프겠지만 눈에 띄지
는 않겠지 이스라엘 남자에게 반하다니 꼭 나에게 일어날 일이었
어 다섯세기 동안의 프로테스탄티즘이 이렇게 되다니 조심해 오늘
저녁에 오른쪽 옆얼굴을 보여야 해 그쪽이 더 예쁘니까 하지만 그
이가 내 왼쪽에 앉으면 어떻게 하지 그래 왼쪽 귀가 잘 안 들린다
고 오른쪽에 앉으라고 하자 말도 안돼 미쳤어 불구자 행세를 하다
니 그건 아니지 아니야 그가 왼쪽에 앉거든 그냥 담배 가지러 가는
척 일어서서 다시 앉을 때 위치를 잘 잡아봐 그래서 그가 오른쪽에
오게 하면 돼 간단하고 우아한 방법이잖아 난 왜 이리 멍청할까 혼
자 있을 땐 야비한 여자 꼭 그런 식으로 말해 야비한 여자 하인이

라고 하지 않고 꼭 신하라고 해 벽난로에 장작을 미리 넣어둬 날씨가 쌀쌀해질지 모르니까 그리고 전등은 꺼 둘이 함께 어둠속에서 바닥에 앉아야지 흔들리는 희미한 불길이 내 얼굴 위에 황금빛 그림자를 드리우고 치맛단을 끌어내리고 난 그 사람이 자기 삼촌을 많이 좋아해서 좋아 마음이 놓여 그 사람의 삼촌이 그를 축복해주는 게 좋아 성경에 따른 일이겠지 난 감동했고 자랑스러워 키스를 하다 잠시 쉴 때 아마 이백번쯤 하고 나서였을 거야 난 그가 들려주는 삼촌 얘기에 탄복했어 그러면서 이젠 더 하고 싶지는 않은 걸까 생각했어 하지만 다시 시작됐지 미친 듯이 그 사람과 함께 교회에 갈 거야 손잡고 갈 거야 미용실에 들렀어야 했는데 난 파란 가운을 걸치고 짙은 화장을 한 여자들과 마주하는 게 싫어 그 여자들이 날 더 망쳐놓을 수도 있고 거실에 포도와 복숭아 가져다놓는 거 잊지 마 왜 필요하냐고 그래 이따가 폴크마르가 보낸 옷들을 입어봐야지 제일 괜찮은 네벌을 골라서 다시 입어보는 거야 그거 네벌만 따로 해서 그중에 두벌을 고르고 또 고른 두벌을 비교해서 제일 좋은 거 하나를 찾아야지 괜찮은 게 하나도 없으면 어쩌지 그래도 돛단배 원피스가 있잖아 가슴이 충분히 파였어 그러니까 상황이 꼬이지 않게 그래 그러길 바라야지 그래 여자는 원래 만반의 준비를 갖춰야 해 하지만 내 잘못은 아니야 내가 자살을 시도한 다음에 그가 그래 그가 결혼하자고 집요하게 매달렸고 내가 약해진 틈을 이용했어 내가 온전한 상태가 아니었을 때 그러니까 내 동의는 무효야 그이와 함께하는 건 숭고해 그러니까 심리적인 것이 개입되는 거지 심리적인 것이 낀 키스는 달콤하면서도 마음이 불안하지 않아 하지만 솔직해져봐 제삼자의 눈으로 보면 굶주린 듯 파고들며 정신없이 휘젓는 두 입이 아무래도 우습고 혐오스러울 거야 게

걸스러워 입속에 입 두 혀가 지치지 않고 꼬여서 서로 파고들지 얽히고 싶지만 그러지 못하는 풋내기 여자처럼 그래도 계속 이어가고 깊이 요동치고 찾아다니고 그래 그러니까 바쁜 심지어 정신 나간 세관원이 황급히 가방을 뒤지듯이 헤쳐놓고 엉망진창으로 만들어놓고 이제 됐어 이제 세관원은 필요 없어 세상에 난 어떤 여자인걸까 난 나의 주인님을 숭배해 그런데 지금 물속에서 불경스러운 말을 내뱉고 있어 난 타락한 여자야 정말로 내가 한 말들은 너무 추악해 과일 키스는 절대적으로 고결해 사실 그대여 맹세할게요 난 그 키스를 경건하게 받아들인답니다 그리고 온 영혼을 다 담은 키스를 하죠 오늘 저녁에 그이가 오면 고결한 키스가 수없이 소파 위에서 그가 몸을 숙이고 나를 껴안고 온갖 종류의 과일 맛 나는 고결한 키스들이 시작될 거야 격정적으로 복숭아 갑자기 달콤하게 산딸기 그런 다음 다시 달아올라 다시 사랑의 분노가 타올라 그러면 이리저리 튀는 파인애플 조급한 살구 혼란스러운 포도 격정적인 배 악마 같은 사과 그리고 갑자기 친절하고 느릿한 체리와 딸기 너무 부드러워 너무 부드러워 오 영혼의 형제여 오 자니스탄의 잔이여 난 더 못하겠어 입을 벌리고 가만히 있어 여전히 성스러운 소파 위에서 그런 다음 잠시 멈추고 그러면 난 감미롭게 탈진한 난 그의 어깨에 머리를 기대 감상적이 된 귀여운 여자처럼 그런 다음 그의 팔에 안길 거야 난 점점 더 바보 같고 약하고 보살핌 받는 여자가 될 거야 마침내 완벽한 행복 다시 내 입술이 그의 입술에 닿아 촉촉하게 수세기 전부터 이어져온 오블 가문인데 그런 다음 그가 날 정말로 꽉 껴안아 남자와 여자가 완전히 닿는 거야 난 더이상 참을 수가 없어 그가 빨리 내 옷을 벗기길 그리고 날 바라보길 난 그가 벗은 내 몸을 보는 게 좋아 너무 좋아 그가 마음대로 하도록 가만히 있어 내 입에서 그의 영지에서 오 그래 다른 곳도 그의 영지야 그의 소유지 그의 정원 그가 어서 시작하길 갈망하고 그가 알아차리고 그러면 다른 게 시작돼 그가 내 상체 위로 몸을 숙이고 아니 내 한쪽 슴가 위로 그래 슴가라고 부를 거야 맞아 난 제대로 부르기 거북한 단어는 거꾸로 불러 난 조심스레 몸을 내맡긴 왕비가 돼 나를 향한 경의를 받아들이고 너무 좋아 그에게 애원해 오래 오래 오른쪽 그다음 왼쪽 그다음 오른쪽 그리고 난 감사하는 마음으로 헐떡거리고 기품 있게 가르랑거리지 희미한 소리로 고맙다고 하고 그를 살짝 애무해 내 사랑 그의 숭고한 머릿결을 흐트러뜨리면서 좋았다고 정말 좋았다고 말하려고 그리고 세상에 계속해달라는 뜻으로 아 난 너무 미숙해 갑자기 더 못 참겠다고 축성식을 해달라고 말해 난 제단 위에 누운 고결한 제물 그래 그의 좁은 정원 그가 들어와서 계속 머물렀으면 난 그를 내 숨속에 빨아들여 오 가지 말아요 내 사랑 당신을 섬기는 여사제 안에 머물러요 오 그가 내 안에 있을 땐 말해도 창피하지 않아 그는 너무도 아름답고 너무도 고귀하니까 그래그래 그가 내 안에 있을 땐 영원이야 오 그가 그가 내 안에서 스스로를 풀어놓을 때 박동과 함께 풀어놓을 때 난 내 안에서 느껴 그를 바라봐 그 순간은 영원이야 어느 가을날 저녁에 암에 걸려 죽는다 해도 상관없어 그가 내 안에서 기뻐할 때 난 영원히 살게 되니까 괜찮아 오 내가 그에게서 얻는 즐거움보다 내가 그에게 주는 즐거움이 더 중요해 오 내 사랑 내 안에서 좋다고 말해요 오 그대로 있어요 더 있어요 이젠 더 하지 말아요 더 하면 안돼요 더 하면 불쾌해져요 아니 불쾌한 건 절대 아니에요 내 사랑 그렇지만 참기 힘들어요 이해해줘요 물속에 있을 땐 더 그래 물은 집요한 공모자야 오 그대여 내 안에 와서 행복을 누려요 제발 아니 이제 정말 그만해요 정말 대화 주제를 바꿔요 저기 수도꼭지 위에 앉은 두 아이 때문에라도 이제 그만해요 나이에 안 맞는 걸 배울지도 모르잖아요 그대 날 경멸하지 말아요 내가 일부러 그러는 게 아니니까 정말이에요 나 자신이 이렇게까지 육체적이라는 게 창피해요 옛날엔 이렇지 않았는데 그에게 얘기할 때 이렇게 말해야겠어 아니야 그건 안돼 육체적이라는 게 나쁘지 않다고 말해줘요 사랑이라는 종교로 인한 것일 땐 오 오 오 단조로운 선율로 신음하면서 놀랍도록 아름다운 젊은 여인이 가슴을 들어 올려 젖꼭지를 살며시 어루만지면서 아니 느낌이 전혀 달라 세상에 그녀가 격렬한 분노에 사로잡혀 외쳐 그가 없다는 것 때문에 분노로 치를 떨어 커다란 방향 비누를 삼켜 그래 검은 도마뱀이 되어서 그게 더 멋있어 그래 얘기하다가 빠스깔과 칸트의 유사점을 언급해봐 내가 요즘 뭘 읽고 있는지 알 수 있게 해야지 승마를 다시 시작할 거야 내가 말 타는 걸 보여줘야 해 그리스로 크루즈 여행을 갈까 난 흰색과 푸른색 옷을 입고 뱃머리에서 몸을 기울이고 그는 내 옆에서 넋 놓고 날 바라보고 내 눈길은 먼 곳을 향하고 오 오 오 그를 바라볼 때 난 식민지를 지배하러 온 정복자 앞의 원주민 같아 아니 머리를 길게 땋아 내리고 신발도 안 신고 자기 남자를 우러러보는 루마니아의 농부 아낙 같아 이렇게 하면 좋아 코를 막고 가루 설탕을 삼켜 그래 내 사랑 딸꾹질이 나요 우리처럼 아름다운 여자들도 혼자 있을 땐 원죄 때문에 그가 정말로 그렇다고 했는걸 오 난 잘 모르겠어 인간이 동물에서 왔기 때문일까 그래서 죄의식이란 거 난 어차피 상관없어 하지만 관심이 많은 척해야지 그가 내 어릴 때 사진을 달라고 했을 때 정말 하녀처럼 허겁지겁 달려가서 앨범을 가져왔어 다리를 드러낸 열두살의 내가 양말만 신고 영국 친구들과 찍은 사진이 난 정말 좋아 아빠가 미남이라고 성격이 꼼꼼한 명상가 같다고도 했지 난 그에게 설명해줬어 내가 새끼손가락에 끼고 있는 오블가의 문장 반지는 원래 아빠 것인데 줄인 거라고 그는 아빠의 반지에 입을 맞춰 나를 사랑해도 되냐고 허락을 구한다면서 너무 멋진 회색 플란넬 슈트 귀족 같은 그는 뭐든지 잘 어울려 다트 라인이 없어 흰색 물방울무늬의 검은 넥타이 양장점의 재단사들은 완벽하게 해낼 때가 없어 정확하지가 않아 허리를 너무 강조해 다음번에 양장점에서 옷을 맞출 때는 용기를 내서 절대 딱 맞게 하지 말라고 할 거야 그래 정말 고귀한 귀족 같아요 난 당신이 무섭지 않아요 그대 어제저녁에 침대에 누워서는 당신을 바보라고 했죠 하지만 당신은 알아야 해요 그대 당신은 좀 무서워요 그래서 당신을 욕하면 기분이 좋아요 어릴 때 장난감 가게 앞을 지날 때 난 마법의 동작을 해봤죠 집에 돌아가면 내가 고른 인형들이 와 있을지 모른다고 생각하면서 이제 헝가리 백작 부인도 없고 밴스테드도 없어 잘 없어졌지 어릴 때 본 마술 얘기를 들려주고 싶었는데 그가 떠나던 날 하지만 그가 다가왔을 때 말할 수가 없었어 이미 다른 게 내 입을 차지했으니까 그러니 말할 수가 없잖아 그와 함께 밤이면 난 너무 열정적이 돼 그가 날 나쁘게 생각할까봐 의학적인 용어들로 진단할까봐 겁이 나 그가 아주 정중할 때 키스할 때 내 손에 거기 말고 그래 그러니까 그러면 의식은 자랑스럽지만 무의식은 그렇지 않아 백작 부인은 헝가리에서 돌아오지 않을 거야 우리가 서로 정중하게 말하는 건 때로 더 친밀하게 말을 놓는 순간들을 제대로 만끽하기 위해서야 이따금 그가 쳐다보면 내 젖꼭지가 곤두서서 곤란해져 옷을 입고 있어도 보일 것 같아 옷을 뚫고 나와버릴까봐 겁이 나 세상에 어떻게 내가 이렇게 여자가 되어버린 걸까 어

떤 부분은 난 정말 남자가 되고 싶어 하지만 나머지는 그대로 여자
이고 싶어 엉덩이 가슴 완벽한 존재일 테지 아니야 아니야 이대로
가 좋아 아무것도 바꾸면 안돼 남자는 남자로 여자는 여자로 그냥
둬 내가 정말 싫은 건 내가 너무 비굴해진다는 거야 러시아식의 그
지나치게 정중한 인사 때문에 시작됐어 그 인사가 이후 우리의 관
계를 결정해버렸어 난 정말 싫어 하지만 그러면서도 좋아 이상해
난 그 사람과 함께 있으면 사랑에 빠진 다정한 여자가 되어버려 그
래 연기를 해 하지만 진심이야 그는 나의 신이야 한순간 환하게 기
뻐하며 새로 산 면도솔을 나에게 보여줘 그러면 난 마음속 깊은 곳
으로부터 그의 엄마가 돼 난 그대로 녹아내려 오 그가 떠나기 전날
밤 오 순수한 여인을 원하는 대로 바꿔놓을 수 있어 그녀가 사랑에
빠진다면 말이야 우리에게 진정한 도덕 같은 건 없어 난 알아 만일
그가 원하는 것이 내가 금지된 일을 하는 거라면 그게 뭔지 몰라도
지옥에서 온 것처럼 사악해지길 바란다면 난 그렇게 할 거야 난 알
아 과일 준비하는 거 잊지 마 그가 들어오기 직전에 복숭아 한입
깨물어야지 깊숙한 키스를 하려면 꼭 필요하니까 그가 온 다음에
도 깊은 키스 사이에 복숭아를 깨물어야 해 재미있기도 하고 여자
의 사소한 변덕 같은 거랄까 기쁘게 장난스럽게 사실은 상대를 자
극하는 상큼함이 필요하고 내 안에 있는 정원의 향을 유지하기 위
해서야 아니야 복숭아는 관둬 복숭아는 번거로워 껍질을 벗겨야
하고 손가락에 묻을 수 있고 성가시잖아 조각을 흘릴지도 모르고
그러면 괜히 눈치챌 거고 체면이 구겨질 거야 차라리 이따금 포도
알을 하나씩 삼키는 게 낫겠어 표도 덜 나고 모르게 살짝 입에 넣
기도 쉽고 어 6시 25분이네 꼬시 판 뚜떼⁶⁶ 예쁘게 생긴 남자 여자
가 사중창을 부르는 모습은 그다지 좋지 않아 급료를 받아 들면 마

리에뜨는 특별한 생기가 돌아 호의 같은 거 생명력 같은 거 마리에
뜨가 탐욕스러운 건 아니야 그냥 돈을 받는 게 재미있는 의례이고
매혹적인 제의인가봐 마리에뜨가 페인트칠하는 인부들한테 잔소
리를 쏟아내는 이유는 살짝 환심을 사려는 거고 프롤레타리아 여
자들 특유의 교태 같은 거야 매번 오 저 사람들은 왜 저러는 걸까
로 시작하지 내가 루마니아 농부 아낙처럼 머리를 땋아 늘어뜨린
모습을 그이도 분명 좋아했을 거야 비스킷은 말고 차만 내갈 거야
그럴 만한 이유가 있어 할 수 없잖아 이유를 말해줄게 비스킷을 먹
으면 입안에 부스러기가 남을 수 있잖아 그랬다가 그 부스러기가
깊은 키스를 할 때 그의 혀에 닿으면 어떡해 난 더이상 그를 쳐다
볼 수 없을 거야 난 지나칠 정도로 현실주의자거든 어쩔 수 없어
난 그를 섬기는 여사제니까 오 사랑하는 그대 지난번에 페넬로페
카나키스의 집에 갔을 때 그러니까 난 오로지 당신에 대해 얘기하
고 싶어서 간 건데 그래도 의심을 사면 안되니까 당신 험담을 했답
니다 오 그대 내 입으로 그대가 오만하고 불쾌하고 잔인한 사람이
라고 했죠 그랬더니 고약한 페넬로페가 자기 생각도 마찬가지라더
군요 목을 졸라버리고 싶었어요 잠시 냉랭한 대화를 나누다가 몇
분 만에 나와버렸죠 그런 다음에는 씨지스몽드 드 엘레르의 집에
가서 똑같이 해봤어요 당신에 대해 너무도 얘기하고 싶었거든요
이번엔 당신이 사람들 말처럼 잘생기지는 않았다고 했더니 씨지스
몽드 부인이 목청을 높이면서 당신 칭송을 늘어놓더군요 분명 알
수록 괜찮은 여자예요 따뜻한 물 좀 더 줘 부탁이야 고마워 그대여

....
64 이딸리아의 시인 로렌쪼 다 뽄떼(Lorenzo Da Ponte, 1749~1838)의 대본을 바탕
으로 한 모차르트의 오페라. 이딸리아어로 '여자란 모두 똑같이 행동한다' '여자
는 다 그렇다'라는 뜻이다.

내가 어제저녁 교회 안의 어두운 구석에서 어떻게 당신을 내 곁에 잡아뒀는지 그리고 어떻게 신나는 푸가를 들으면서 우리 가슴이 함께 부풀어올랐는지 말해줄게요 성가의 선율이 무거워질 때면 우린 함께 고개를 숙였죠 그런 다음엔 불을 밝히지 않은 곳으로 나왔고 천천히 걸었어요 그대는 오르간과 하느님에 대해 말했고 난 그대의 말을 들으며 그대를 사랑했고 라디오에서는 목사님이 당신의 왕국이 다가오고 있다고 했고 난 당신이 돌아올 시간을 기다리며 아멘이라고 했어요 당신 방에 사람이 많이 모였던 그날 저녁을 기억하나요 난 다른 사람들과 마찬가지로 초대받은 손님이었죠 당신과 모르는 사람인 척하며 하지만 조금 있으면 옷을 벗고 함께하리라는 걸 알면서 그렇게 격식을 차려 대화를 나누는 게 어쩌나 감미롭던지 우리의 눈은 다정하게 서로에게 말했죠 난 다른 사람들이 알아채지 못하게 뾰로통하게 입을 내밀어 키스를 보냈어요 나한테 담배를 권하는 당신의 손이 내 손을 스치는 것도 좋았고 그날 모인 수많은 부부 사이에서 우린 선택받은 존재였어요 작별 인사를 할 때 이따가 손님들이 다 떠나고 나면 다시 돌아올 거면서 일단 헤어지는 인사를 하는 게 좋았어요 오 꽉 안아줘요 난 온전히 당신 거예요 온전히 이봐 거기 여자 조용히 좀 있지 끔찍한 드뷔시의 음악이 희미해져 끔찍한 이베뜨 길베르[65]의 오래된 음반이야 r 발음을 굴리면서 한마디 한마디를 끊어서 소리 내지 단어 하나하나에 어리석은 영적인 운명을 부여해 혹시 감기에 걸리더라도 그에겐 얘기 안할 거야 나의 위엄을 잃을 수는 없잖아 그냥 전화를 걸어 좀 혼자 있고 싶다고 해야 해 아니야 전화보다 편지가 나아 그래야 코

----

65 Yvette Guilbert(1865~1944). 프랑스의 가수, 배우.

가 꽉 막힌 목소리를 못 듣지 미안하지만 좀 혼자 있고 싶다고 하면 그는 힘들어하겠지 그러면 날 더 사랑할 거고 감기에 걸린 그래서 그를 보지 못하는 불행이 오히려 도움이 될 거야 또다른 좋은 수가 있어 리츠에 만나러 가기로 해놓고 약속 시간 직전에 전화를 걸어 오늘 저녁엔 못 가겠다고 하든지 늦게 도착하는 거야 늦게 갈 수밖에 없도록 나가기 직전에 목욕을 한번 더 해야지 오 그러면 그가 얼마나 힘들어할까 당신이 일하는 모습을 보고 싶어서 내가 국제연맹의 어느 위원회에 가봤던 그날을 기억하나요 영어로 말하는 당신의 모습은 너무도 훌륭했어요 기억하나요 난 사랑의 말을 적어 쪽지를 전했죠 당신은 그걸 읽었고 준엄하고 냉정한 표정이었고 난 당신의 그런 표정이 미칠 듯이 황홀했어요 하지만 그런 다음 당신이 존 경한테 말할 땐 상냥하더군요 그래서 생각했어요 그래그래 저 사람도 상냥한 척할 줄 아는구나 그래그래 저 사람도 상사가 있구나 바로 저 남자 그런 다음에 당신이 말했고 사람들이 박수를 쳤죠 난 저 사람은 내 남자라고 저기 저 돌같이 차가운 얼굴은 오로지 나만을 위한 거라고 혼자 말했어요 갑자기 말도 안되는 생각도 떠올랐답니다 각 나라의 대표단이 모두 보는 앞에서 다가가 볼까 그래서 과일 키스를 해달라고 할까 어쨌든 저들 모두 그러니까 저렇게 잘 차려입고 저렇게 심각한 표정을 짓고 있는 사람들 모두 밤에는 똑같겠지 그래 맞아 그가 나와 함께 있지 않을 때도 난 그를 사랑해 더 많이 사랑해 사실 그가 곁에 있으면 살짝 거북해 마음대로 그를 사랑할 수 없으니까 그가 있으면 분위기가 금방 관능적이 되기도 하고 그러면 난 조금은 그를 잊게 돼 몸이 얼 것 같아 따뜻한 물 좀 더 줘 고마워 이제 됐어 그 사람에게 편지를 쓰기 전에 미리 글씨 연습을 해 크기와 모양이 다른 글씨체를 몇가지 써

보고 그런 다음 종이에 흠이 안 나도록 오른손 아래 압지를 대고 왼손으로는 나의 풍만한 가슴 한쪽을 잡고 옷의 목 부분을 향해 고개를 숙이고 더운 기운 속에서 올라오는 맨살 냄새를 맡으면서 이런 거 그이에게 얘기하면 안돼 여자는 정숙하지 못한 말을 하면 안되니까 특히 대낮에는 그대여 관능적인 것들에 너무도 열정적으로 끌리기는 하지만 그래도 나에게 그런 건 부수적이라는 사실을 알아줘요 아니야 그이에게 말하면 안돼 기분이 상할지도 몰라 그대여 이번 주말에 우시에 함께 가요 보리바주[66] 호텔로 가요 날 이해할 수 있죠 난 우리 고모의 조카로 살았잖아요 그렇게 화려한 호텔은 별로 가본 적이 없어요 기억하고 있겠죠 난 이제 그런 삶이 필요해요 그때 내가 의기양양하게 걸어가며 말했잖아요 그래 언제나 그와 함께 호텔에 살면서 아무도 만나지 않는다면 얼마나 좋을까 언젠가 거리를 걷다가 멀리서 그를 보았을 때 난 재빨리 맞은편 인도로 건너갔어 내 모습이 완벽한지 자신이 없었기 때문에 오 우시에서 함께 보낸 그날밤 그가 목욕을 하는 동안 침대에 누워 기다리며 난 신음했어 빨리 오라고 애원했어 몸이 달아올라서 기다리는 여자 정숙하지 못한 여자 내 모습이 너무 당황스러웠어 자기 남자가 빨리 오기를 기다리는 여자 기다리는 동안 자기 몸을 바라보며 흡족해하는 여자 오 그가 나를 안으면 난 그에게 말해 난 당신의 하녀예요 당신의 여자예요 오 난 행복을 주체하지 못하고 눈물을 흘려 얼이 빠진 놀라운 여자가 돼 말해봐요 그대 당신이 말을 타고 왔던 날 돌아가려 할 때 내가 말의 등자를 붙잡았죠 십자군 전쟁을 위해 떠나는 남작의 아내처럼 그대 말해봐요 새벽 3시에 헤어져

[66] '아름다운 호숫가'라는 뜻.

리츠에 막 도착한 당신한테 전화를 걸어서 제발 와달라고 했던 일을 기억하나요 정말로 당신이 열정에 휩싸여 돌아왔죠 나도 말을 잘 타는데 당신한테도 보여줘야 하는데 아마 입을 못 다물 정도로 놀랄걸요 날 당신 마음대로 해도 돼요 등에 채찍질을 해도 되고 더 아래를 때려도 돼요 하지만 자국이 오래 남는 건 안돼요 내가 다 벗고 있을 때 그가 바라보는 게 좋아 이따금 혼자 있을 때 그가 강제로 날 갖는 상상을 해 아니면 내가 사슬에 매여 있고 그는 남자의 흥분에 사로잡혀 있고 난 그를 벗어날 수 없어 그는 나에게 최후의 능욕까지 안겨 난 남자의 흥분이 하나도 안 이상해 난 그런 게 정말 좋아 어쩜 이렇게 끔찍한 말을 하는 걸까 널 경멸할 거야 아니 경멸하지 마 정말이 아니란 말이야 그냥 생각만 하는 거야 난 순결하고 성가 부르기를 좋아하고 내 신앙의 주인인 성스러운 당신의 존재를 갈망해요 무한히 약한 내가 당신 없이 무엇을 할까요 매일 매시간 나에게로 와요 나의 쏠랄 내 곁에 있어요 있어요 보리바주 호텔에서 아침에 면도를 한 뒤 함께 아침을 먹으러 갔어 너무 멋졌어 한쪽 귀 뒤로 면도 거품이 조금 남아 있는 모습이 왠지 측은했어 내가 그의 가운을 벌렸어 윤기 흐르는 구릿빛 가슴 날렵한 허리 맑고 아름다운 두 눈 어떡해 세상에 7시가 다 돼가네 빨리 나가서 몸을 말려야 해.

71

―자, 나가자, 작은 거실에 가서 입어봐야지!

목욕 가운을 입고 라피아야자 샌들을 신은 그녀는 폴크마르가 보내 온 상자 여덟개를 발로 차서 계단 아래로 내려보냈다. 7시 25분이고, 그가 탄 기차가 도착했고, 몇분 뒤면 리츠에 도착할 것이다. 그런데 1층으로 내려온 그녀는 어차피 제일 아름다운 돛단배 원피스가 처음 입었을 때와 똑같이 새것 같은데, 이렇게 시간이 촉박한 와중에 굳이 다른 옷들을 입어볼 필요가 있을까 망설였다. 그렇다, 오늘 저녁엔 돛단배 원피스를 입고, 다른 옷들은 모두 내일, 그러니까 아침에 정신이 맑을 때 차분히 입어보자.

―알았지? 알았어, 그런데 호텔에 전화해서 딱 일분만 목소리를 들어보면 안될까? 그래, 그냥 전화할래! 안돼, 그러면 안돼, 정신 차려, 아까 설명했잖아, 그래봤자 괜히 감질만 나지, 벼락처럼 강렬하게 맞이하는 재회의 기쁨이 사라진다고. 그러니까 좀 참아,

그냥 버티고, 저 조잡한 폴크마르 옷들이나 다시 올려놔.

그녀는 우선 상자 네개를 머리에 이고 계단을 올라가며 자신이 거대한 피라미드를 쌓아 올릴 벽돌을 이고 가는 고대이집트의 노예라고 상상했다. 2층까지 올라간 그녀는 지방색도 살릴 겸, 또 진짜 노예, 알몸의 누비아 여인이 될 겸 가운과 샌들을 벗었다. 피라미드 공사장을 오르다가 우연히 마주친 파라오가 그녀의 자태에 반해 불같은 사랑에 빠지고, 그녀에게 자기의 아내가, 상이집트와 하이집트의 왕비가 되어주지 않겠냐고 묻는다. 그녀는 감사 인사를 하고, 생각해보겠다고, 조금 있다가, 목욕 한번, 깨끗한 물에 목욕 한번만 더 하고 나서 대답하겠다고, 그래, 아무 향 없는 물로, 조금 전에 욕조에 푼 방향염이 너무 강했으니까, 그렇게 한번만 더 하고 나서 대답하겠다고 말한다.

그녀는 방으로 들어가 상자를 내려놓은 뒤 급히 손거울을 찾아 들고 자기 모습을 확인했다. 다 괜찮다. 자기 손에 입을 맞추고, 대답을 들을 생각으로 뒤따라온 파라오에게 미소를 지어 보이고, 드디어 대답했다. 생각해보니 청혼을 받아들이지 못하겠어요. 누비아 여인으로 남은 그녀는 이어 나머지 상자들을 가져오기 위해 다시 내려갔다. 조금 전 허풍쟁이 람세스한테 자신은 이미 이스라엘의 아들이며 이집트의 재상인 요셉에게 마음을 주었다고 대답했어야 하는데. 다시 올라가서는 그렇게 설명하기로 마음먹었다.

차창 앞에 선 아드리앵 됨은 기차의 흔들림에 몸을 내맡겼고, 이 기차가 자기를 위해, 자기를 주네브의 안락한 삶으로 실어다주기 위해 애쓰고 있다고 생각하자 흐뭇해졌다. 그는 차창 밖으로 녹색 들판이 스쳐가는 광경을, 밀밭이 순식간에 회오리바람 속으로 사라지는 광경을 멍하니 바라보았다. 철로 변의 나무들이 드러눕고 전신주의 전선들도 한순간 치솟았다가 곧바로 내려앉았다. 차창을 내리자 축축한 풀 냄새가 객차 안으로 밀려들었다. 이어 경계석들이 줄지어 지나갔고, 깊숙한 비밀을 간직한 숲이 사라졌고, 불빛에 반짝이던 강물도 모습을 감췄다. 건너편 철로 위 반대 방향에서 달려오던 기관차가 욕망으로 번득이는 거친 숨결로 더운 기운을 쏟아냈고, 객차가 한칸씩 스쳐갈 때마다 환한 빛이 나타났다 사라졌다. 잠시 후 번들거리는 네줄의 철로가 오른쪽으로 급커브를 그렸고, 놀란 기차가 큰 원을 그리며 회전했다. 시속 120킬로는 되겠군, 아드리앵이 생각했다. 그러고는 준비 중인 소설에 써먹을 느낌을 즉석에서 기록하기 위해서, 용지를 뺐다 끼웠다 하는 노트와 샤프펜슬을 꺼내 들었다. 그는 끝없이 사라지는 경치를 보다 예리하게 관찰하기 위해 눈을 살짝 감았고, 한참 후 기차가 현기증 날 만큼 빠른 속도로 달린다고 기록한 뒤 아름다운 수첩을 닫았다.

그는 차창을 올려 닫고 나서 복도로 나갔다. 일등칸에는 사람이 보이지 않았다. 말 한마디 나눠볼 사람도 없었다. 그는 두 손을 주머니에 넣은 채로 하품을 했고, 그런 자세로도 균형을 잡을 수 있다는 데 뿌듯해했고, 노래를 흥얼거렸고, 시간을 보내기 위해 화장실에 갔다가 다시 나왔고, 그의 자리로 온 웨이터에게 미소를 지어 보였고, 웨이터가 종을 흔들며 1차 저녁식사가 준비됐다고 말하자 자기는 2차 때, 그러니까 로잔과 주네브 사이에서 먹겠다고 했다. 그래야 좀더 배가 고프니까, 친절한 설명도 덧붙였다. 그렇죠, 웨이터는 승객에게 대답한 뒤 백혈병을 앓는 딸 생각을 되씹으며 멀어져 갔다. 좀 이상한 사람이로군, 아드리앵이 생각했다. 이어, 뭐라도 할 일을 찾아야 했기에, 객차 사이의 주름 잡힌 연결부, 기름 냄새가 나는 그곳을 비틀거리며 지나서 삼등칸 승객들을 관찰하러 갔다. 마늘과 오렌지 냄새가 풍기는 통로를 지나는 동안 그는 딱딱한 의자 위에 햄과 삶은 달걀을 수북이 쌓아놓고 먹고 있는 불쌍한 인간들을 동정하며 도덕적 쾌감을 느꼈다. 슬픈 일이야, 행복한 아드리앵이 한숨을 내쉬었다.

돛단배 원피스를 입고 흰색 샌들을 신은 그녀는 엄숙한 분위기를 위해 작은 거실의 덧창을 닫은 뒤 커튼을 쳤고, 갓이 달린 램프를 켜서 작은 원탁에 놓았고, 손거울을 들고 빛의 방향이 괜찮은지 확인했다. 결과가 전혀 만족스럽지 않았다. 빛이 너무 밑에서 비추는 바람에 얼굴이 이상하고 눈썹도 지나치게 짙어 보였다.

── 꼭 일본 가면 같네.

이번에는 램프를 피아노 위에 얹고 자리에 앉아 다시 거울을 든 그녀는 또다시 불만스러운 뾰로통한 표정을 지었다. 얼굴 절반만 빛을 받는다. 그리스 가면 같다. 저기 높이 올려볼까? 책장 위에 램프를 올려놓을까? 다시 자리에 앉아 세번째 확인을 하니 이번에는 마음에 들었다. 간접조명같이 부드러운 빛을 받아 얼굴이 조각상처럼 고르고 조화로웠다. 후, 됐어. 하지만 그이가 와 있을 땐 전신 거울을 마주 보고 소파에 앉는 게 낫겠어. 그녀는 소파로 자리를 옮겨 확인해보았다. 그래, 아주 좋아. 이렇게 하면 표 안 나게 거울로 내 모습을 볼 수 있어. 그러면 얼굴이 괜찮은지, 옷의 주름이 흐트러지지 않았는지 간간이 확인하고, 필요하다면 매무새도 고칠 수 있지. 전신 거울을 내려다놓으라고 한 것은 정말 좋은 생각이었다. 그리고 그 사람이 그러려면, 그래, 그러자면 곁으로 다가올테니까, 사이에 잠시 멈출 때 살짝 거울을 보면서 머리를 매만지고 이런저런 다른 것도 할 수 있어.

— 다른 이점도 하나 더 있지. 요령껏 곁눈질을 하면 키스하는 장면도 볼 수 있어. 정말 달콤하겠지, 안 그래?

그녀는 거울 속 자기 모습을 힐끔거리면서 정념의 열기에 휩싸여 치마를 무릎 위까지 걷어 올렸고, 그를 향해 입술을 내밀었다. 이어 자세를 바로잡고 손뼉을 쳤다. 됐어! 이제 얼마 안 남았어! 이제 자신이 그가 되어서, 이따가 자신의 모습이 그의 마음에 들지 객관적으로 보기로 했다. 그녀는 일어서서 전신 거울로 다가가 거울 속 자기 자신에게 미소를 지어 보였고, 조금 있으면 그가 감탄하며 바라보게 될 얼굴을 음미했다. 이어 장난처럼 가늘게 사팔눈을 떠보았고, 대비되는 모습을 즐기기 위해, 우스꽝스러운 장난이 끝난 뒤 다시 아름다워지는 모습을 즐기기 위해, 일부러 흉한 표정을 지어보았다. 그러고 보니 그가 꼭 필요한 것은 아니었다. 지금 이 순간 그녀는 혼자인데도 행복했다.

— 그래, 그렇긴 해. 하지만 그건 지금 그가 리츠에 와 있기 때문에 가능한 거지.

그녀는 차가운 거울 표면의 자기 입술에 대고 입을 맞췄고, 자기의 아름다운 눈썹을 바라보면서 그곳에는 입을 맞출 수 없음을 안타까워했다. 조금 있다가 그이가 할 테지. 오 그이가, 그 사람이! 너무도 큰 행복에 덜컥 겁이 난 그녀가 자기 뺨을 꼬집어보았다. 이어 머리카락을 당겨보고, 소리를 지르고 팔짝팔짝 뛰었다. 키스, 사랑의 결실인 키스! 그녀는 전신 거울 앞으로 돌아가서 혀를 내밀고는 쭈뼛거리며 거울에 가져다 댔고, 수치심이 들자 곧바로 집어넣었다. 그런 다음 기지개를 켰다.

— 아! 그이가 빨리 왔으면!

이제 중요한 일들이 남았다. 검사를 시작하자. 장미꽃은 문제없다. 전부 붉은색, 열두송이씩 세다발, 충분하다. 더 많으면 비굴해 보일지 모른다. 그녀는 검지로 작은 원탁을 훑었다. 먼지는 없다. 이제 온도계, 22도, 가장 이상적인 온도, 그러니까 그걸 하기에 좋은 온도. 그녀는 소파 표면의 움푹 들어간 곳을 매만져 평평하게 하고, 피아노 뚜껑을 열어 보면대에 모차르트 쏘나따를 펼쳐놓고, 잡지꽂이를 살펴보았다. 됐어, 괜찮은 것들만 있어. 『보그』와 『마리끌레르』는 부엌에 치워놨지. 이젠 지적인 분위기를 보강해야 해. 그녀는 빠스깔의 『빵세』를 피아노 위에 얹어놓고, 소파 위에는 스피노자의 책을 펼쳐놓았다. 이 정도면 기다리는 동안 진지한 책을 읽고 있었다고 생각할 거야. 아니야, 이건 별로야, 거짓말이잖아. 더구나 스피노자 책을 꺼내놓은 건, 설사 펼쳐놓지 않는다고 해도, 너무 위험하다. 그녀는 스피노자에 대해 별로 아는 게 없다. 안경알 가는 일을 했던 사람이라는 것과 범신론을 주장했다는 것뿐인데, 그 정도로는 턱없이 부족할 것이다. 괜히 그가 스피노자 얘기를 꺼내기라도 하면 할 말이 없다. 그녀는 『에티카』를 다시 서가에 꽂았다.

또 뭐가 있지? 그녀는 담뱃갑들을 작은 원탁 위 싱싱한 포도가 담긴 과일 바구니 옆에 정돈했다. 영국 담배, 미국 담배, 프랑스 담배, 이집트 담배, 그가 고를 수 있도록 했다. 처음에는 뚜껑을 열어놓았다가 곧바로 닫아버렸다. 열어놓는 건 너무 노골적이다. 그를 위해 준비했다는 게 너무 표가 난다. 됐어, 여긴 끝. 다시 한번 돌아본 뒤 그녀는 자리를 옮겼다.

현관은 어떻게 해야 할까? 레리 고모가 쓰던 작은 카펫을 가져다 깔까? 아니다. 그러자면 지하실로 가지러 가야 하는데, 그건 위험하다. 손톱이 긁힐지도 모르고, 옷이 더러워질 수도 있고, 계단 상태가 좋지 않으니 잘못하면 발을 삘 수도 있고, 아무튼 위험이 너무 많다. 오늘 저녁에 다리를 절고 있을 수는 없지 않은가. 제일 간단한 방법은 그가 초인종을 누를 때 현관에 불을 켜지 않는 거다. 어두우면 됨 식구의 물건들이 보이지 않을 테고, 재빨리 작은 거실로 안내하면 된다.

어떡해! 향 안 풀고 목욕을 한번 더 해야 한다는 걸 잊었어! 벌써 7시 42분인데! 가능하기는 하지만 좀 빠듯하다. 속전속결로, 전투 계획을 세워서, 서둘러! 60 셀 때까지 비누칠, 아니, 55까지! 56에서 66 사이에 헹구기! 67부터 80까지 닦기!

— 자, 갑시다, 내가 씻겨줄 테니, 내 손 잡아요.

아드리앵은 자신이 A급 직원임을 실감하며 자기 자리로 돌아왔다. 다시 벨벳 의자에 앉아 하품을 하고, 아내를 떠올리며 미소를 지었고, 그럴 필요가 없었지만 손목시계의 태엽을 감았다. 19시 45분. 이제 십오분 뒤면 로잔이다. 그는 공짜로 주어진 사치를 최대한 누리기 위해, 양 끝에서 고정한 긴 베개 모양의 중앙 쿠션에 머리를 기댔다. 이런 이런, 페르메일렌은 일등칸을 한번도 못 타봤을 텐데! 불쌍한 페르메일렌, 이번에 연락하는 걸 잊었군. 만났더라면 신나게 출장 얘기를 들려줬을 텐데! 귀하신 아드리앵 됨은 스스로 아무것도 안해도, 아무 걱정 없이 가만있어도, 마치 우주를 지배하는 작은 왕처럼 편안히 있어도 알아서 수고를 해주는 기차가 좋았다. 두 눈을 감고, 쿠션에 기댄 머리를 가볍게 끄덕이며, 나지막한 목소리로 내일 쓸 편지를 준비했다.

— 사랑하는 엄마, 다정한 키스를 보내며 부탁할 테니, 주네브

로 돌아가는 일정을 갑자기 앞당겼다고 너무 속상해하지 마세요. 브뤼셀에서의 외교 임무가 어제 끝났는데, 홀로 기다리며 지쳐 있을 아내를 일주일이나 더 혼자 두는 건 옳지 않잖아요. 그러니 엄마, 엄마의 아들 디디에게 웃어주세요. 참, 브뤼셀을 떠나오면서 좋은 사람을 하나 사귀었어요. 기차에서 같은 칸에 탄 멋진 신사인데, 처음 보는 순간 괜찮은 사람이라는 걸 느꼈죠. 안 보는 척하면서 그 사람 여행 가방 손잡이에 달려 있는 명함을 보니 외무부의 사무국장 라위스뤼카스 부르하버였어요. 판오펄 씨보다 높은 거죠. 역시 내 직감은 틀리지 않아요. 눈에 띄지 않는 작은 것으로도 높고 고상한 사람을 알아볼 수 있죠. 내가 먼저, 담배를 피워도 방해되지 않겠냐고 물어보면서, 그런 사람 앞에서 파이프를 입에 물고 있기 좀 조심스러우니까, 그 핑계로 말을 걸었어요. 대화는 아주 좋았고요. 바로 이런 일 때문에 일등칸을 탈 필요가 있죠. 교분을 나눌 만한 사람들을 만날 수 있잖아요. 처음엔 조심스럽게 대답하더니, 내가 자기하고 사회적으로 견줄 만한 지위에 있는 판오펄 씨의 집에서 묵었다는 얘기를 듣고부턴 태도가 눈에 띄게 달라졌어요. 내가 어느 정도 지위의 사람인지 파악하고요. 당연히 임무를 띠고 긴 출장을 다녀오는 길이라는 것도 넌지시 알렸죠. 그렇게 앞에 앉은 사람이 자기와 같은 계층에 속한다는 걸 알게 된 다음엔 친절해진 거죠. 국제 정세나 문학 같은 주제들에 대해 유쾌한 대화를 나눴어요, 아주 즐거웠죠. 워낙 세련된 사람이기도 했고, 베르길리우스를 읽었고, 그리스어 원전을 인용할 줄 알고, 그러면서도 농담을 싫어하지 않았거든요. 예를 들어 스위스에 사는 얘기를 하다가 그뤼예르에는 구멍 같은 집들이 비싸지 않고 괜찮은 게 많다고 하더라고요. 그뤼예르 치즈 구멍 말고요.[67] 같이 크게 웃었죠. 안타깝게도 룩

셈부르크에서 내리더군요. 짧은 시간에 공감을 나눈 사람이 멀어지는 걸 보면서 좀 아쉬웠어요. 대사와 같은 급이고, 9월에 열릴 총회에 벨기에 대표단의 부대표 자격으로 참석한다는데. 판오펠 씨는 겨우 기술 자문관이잖아요. 어쨌든 명함을 교환했고, 9월에 주네브에 오면 저녁 만찬에 초대할 테니 꼭 참석해달라고 했어요. 그러겠다고 했고요. 문제는 우리 집 손님방이에요. 조금 더 넓으면 좋을 텐데, 아니 상태만 좀 괜찮아도 좋을 텐데, 아쉬워요. 손님을 위해 방을 내주는 건 개인적으로 인맥을 쌓는 아주 좋은 방법이거든요. 손님들에게 내어줄 방만 있으면 부르하버 씨한테 우리 집에서 묵으라고 청할 수 있을 테고, 그러면 정말 친해질 수 있거든요. 아니, 우리도 카나키스네처럼 그런 방이 두개면 좋겠어요. 그러면 부르하버 씨와 판오펠 씨가 같이 묵을 수도 있잖아요. 이 얘기는 나중에 다시 해요. 판오펠 부인께 존경을 담아 경의를 표하며 매력적인 환대에 깊이 감사드린다고 꼭 전해주시고, 판오펠 씨한테도 정중한 인사를 전한다고 해주세요. 존경을 담아 경의를, 매력적인 환대에, 정중한 인사를, 전부 그대로 옮기셔야 해요. 원래 민감하게 챙기는 표현들이거든요. 그리고 이 편지는 다른 사람 눈에 안 띄게 잘 치워주세요, 꼭이요. 부르하버 씨하고 판오펠 씨하고 누가 더 높은지 비교해놨는데, 혹시라도 판오펠 씨 귀에 들어가면 기분 나빠할 수 있잖아요. 그래도, 다른 얘기 하다가 도중에 무심코 나온 얘기처럼, 제가 부르하버 씨와 인사를 나눴다는 걸 판오펠 씨가 알게 해주시고요.

그는 입을 크게 벌려 하품을 했고, 시간을 보내기 위해 자리에서

---

67 그뤼예르 치즈는 구멍이 많이 나 있고, 프랑스어의 '구멍'(trou)이 동물의 굴, 초라한 집을 뜻하는 데서 비롯한 말장난이다.

일어서서, 비틀거리며 복도로 나가 이마를 창유리에 댄 채 바깥 경치를 바라보았다. 전신주들이 하나씩 스러졌고, 부드러운 석양빛을 받은 풀들, 아직은 옅은 파란색의 하늘을 향해 솟은 산들이 지나갔다. 그는 눈을 감고 위장에 문제가 없는지 확인하기 위해 배를 눌러보았다. 괜찮다. 하지만 식당 칸에는 가지 않는 게 낫겠다. 점심때 먹은 전채가 아직 다 소화가 안됐다. 유감이로군, 저녁을 먹다 보면 시간이 잘 갔을 텐데. 집에 가서 좀 가벼운 걸로 먹어야지. 홈, 스위트 홈 어게인.

— 잘 있었어, 여보? 어때? 날 보니까 좋지?

어떡해! 8시 9분이야! 그녀는 벌떡 일어섰고, 급히 숫자를 세면서 비누칠을 했다. 그런데 56에서 후다닥 따뜻한 물속으로 들어가 첨벙 주저앉는 순간, 욕조의 더운물이 튀어 올랐다. 그녀는 재앙의 광경을 보지 않기 위해 눈을 감아버렸다. 잠시 후 마음의 준비를 한 뒤, 조심스럽게, 겁에 질려서, 작은 의자 쪽으로 조금씩 고개를 돌리며 눈을 떴다. 돛단배 원피스가 비눗물에 흠뻑 젖어버렸다! 아름다운 돛단배 원피스의 명예에 흠집이 났다! 끝이다, 이제 저 원피스는 끝났다! 세상에, 물속에 그렇게 급하게 들어갈 필요가 없었는데, 삼초만 시간을 더 써서 천천히 우아하게 들어갔으면 되는 건데! 오, 기적이 일어나 시간을 되돌릴 수 있다면, 일분만 되돌릴 수 있다면, 몸을 헹구기 전으로 돌아가서 물속에 얌전히 들어갈 수만 있다면!

— 형편없는 물 같으니!

그녀는 억지로 흐느끼며 형편없는 물을 향해 발길질을 했다. 어떡하지? 빨리 옷을 빨아서 헹구고 다림질을 할까? 말도 안된다. 저어도 세시간은 말려야 다림질을 할 수 있지 않은가! 아니, 다 끝나지는 않았다. 폴크마르가 보내온 다른 옷들이 있다. 물을 줄줄 흘리며 욕조에서 나온 그녀는 싸워 이기리라, 사랑을 구해내리라 굳게 다짐했다.

옷도 안 입고 물기도 닦지 않은 채 방으로 온 그녀는 폴크마르가 보내온 원피스와 투피스들을 꺼냈고, 거추장스러운 포장 상자들은 창밖으로 던져버렸다. 할 수 없지, 상자 때문에 오늘은 정원엔 나가면 안돼. 어떡해, 전신 거울이 이제 여기 없는데. 욕실에 가서 입어봐야겠네. 작은 의자에 올라서서 거울을 봐야지. 그녀는 주섬주섬 옷들을 챙겨 들고 욕실로 달려갔다.

투피스 네벌은 볼 것도 없었다. 모두 엉망이다. 자, 꺼져! 그녀가 한벌씩 욕조에 던져넣자 물기를 먹은 옷들이 하나씩 가라앉았다. 이제 남은 옷을 다시 하나씩 입어보며 등받이 없는 작은 의자에 올라가 거울을 보았다. 흰색 크레이프 야회복은 너무 헐렁했다. 폴크마르한테 몇번이나 얘기했는데, 멍청이 같으니. 꺼져! 그녀가 절망으로 일그러진 야릇한 미소를 지으며 옷을 던졌다. 이어 나무 단추가 달린 캐주얼한 원피스, 입어볼 필요도 없다. 새로 맞춘 옷들 중에 제일 엉망이라는 걸 마지막 가봉 때 이미 알았지만 비겁해서 아무 말도 못했다! 양장점에서 그녀는 비겁했다. 시청에서 이 사람을 남편으로 삼겠냐는 물음 앞에 비겁했던 것처럼. 남편도 엉터리고, 옷도 엉터리다! 너무 짧은데다 옷감도 이상하고 거칠고 흉하고 무거워, 입고 있으면 땀이 날 것 같다. 자, 꺼져! 이제 검은색 벨벳, 마지막 희망이다. 세상에, 끔찍해라! 멍청한 자루 같고, 게다가 똑바로 섰을 때도 앞트임이 벌어진다! 고개를 숙였을 때 벌어지는 것은 원래 그렇다 치자. 하지만 서 있을 때는 다르지 않은가! 돌팔이 폴

크마르 같으니! 달려가서 코를 한점 한점 잘라내리라! 칼질 한번
할 때마다 옷 하나씩 보여주면서! 자, 꺼져! 검은색 벨벳도 물속으
로! 그녀는 자기가 던진 옷이 이미 던져진 옷들과 함께 욕조 바닥
으로 가라앉는 모습을 지켜보았다. 잘했어. 세상에, 8시 25분이야!

── 침착해. 원래 있던 옷들을 보자.

그녀는 방으로 돌아가 리츠에서 입었던 흰색 드레스를 옷장에
서 꺼냈다. 절대 안된다. 오래된 티가 났고, 다 구겨졌다. 세상에, 지
난 몇주 동안 세탁하고 다림질해놓았으면 되는 건데! 마리에뜨는
어쩌자고 이런 것도 안 챙겨놓았을까! 할 수 없다, 흰색 리넨 치마
하고 세일러 블라우스를 입는 수밖에. 아니, 너무 형편없다. 그토록
많은 옷을 새로 주문했고 그토록 많은 주식을 팔았으면서, 지금 와
서 저녁 9시에 아침에나 입을 옷을 입을 수는 없다! 그녀는 다시 옷
장으로 달려가 마구 뒤졌다. 침착해, 침착해. 그래, 녹색 드레스! 낡
긴 했지만 입을 수 있어!

다시 욕실로 돌아가 의자 위에 올라선 그녀는 벌거벗은 몸 위에
녹색 드레스를 대보며 이리저리 살폈다. 하지만 녹색 때문에 얼굴
이 레몬처럼 창백해 보였다. 불행에 짓눌린 그녀는 죄지은 옷을 처
형하는 것도 잊은 채 그대로 들고 방으로 돌아왔고, 침대 협탁 앞
에 꼼짝 않고 서 있었다. 쏠랄의 얼굴을 보지 않기 위해 사진을 돌
려놓았고, 담배에 불을 붙였다가 곧바로 꺼버렸다. 폴크마르 포장
상자에 묶여 있던 끈 하나가 눈에 띄자 그것을 주워 끊어버리려고
잡아당기고 비틀고 신경질적으로 꼬아댔다. 8시 30분. 끝이다, 다
끝났다, 입을 옷이 없다. 잠시 후면 그가 초인종을 누를 텐데 문을
열어줄 수 없을 것이고, 그는 가버릴 것이다. 재앙을 눈앞에 둔 그
녀는 끈을 잡아당겼고, 자신의 불행을 잡아당겼다. 끝이야, 끝, 다

끝났어, 자기 불행에 마법을 걸려는 듯, 다독거려 가라앉히려는 듯, 그녀는 주문을 외우듯 읊조렸다. 그러고는 녹색 드레스를 주워 들어 한쪽 끝을 이빨로 물고 옷감을 잡아당겼다. 드레스는 신음 소리를 내며 찢어졌다.

─아주 잘했어, 바보, 멍청이, 형편없는 계집애! 그녀는 스스로에게 증오심을 쏟아부으며 가시 돋친 소리를 내질렀다.

이어 들고 있던 드레스를 놓은 뒤 발로 찼고, 포장 끈을 재차 주워 들고는 넋이 빠진 사람처럼 음울한 놀이를 다시 시작했다. 끈을 이리저리 괴롭혔고, 자신의 불행을 덮어버릴 말들을 횡설수설 더듬거렸고, 이 모든 일을 벌인 하늘을 향해 주먹질을 했고, 그런 다음 침대에 몸을 던졌다. 끝이다, 이제 다 끝났다, 입을 옷이 하나도 없다.

─형편없는 계집애, 형편없는 하느님!

그때, 그녀가 갑자기 몸을 일으켜 후다닥 침대에서 내려오더니, 열쇠를 하나 찾아 들고 밖으로 튀어 나갔다. 그러고는 어릴 때처럼 계단 난간에 걸터앉아 미끄럼을 타고 내려갔다. 살갗이 나무 난간에 닿는 느낌이 옷을 입고 있지 않음을 상기시켰다. 할 수 없지, 이 시간엔 밖에 아무도 없어. 그녀는 폴크마르의 상자가 널려 있는 정원을 재빨리 가로질러 혼자만의 몽상에 젖는 거처로 달려 들어갔고, 옷장을 열어 엘리안의 원피스와 샌들을 꺼낸 뒤 노란 달빛을 받으며 재빨리 뛰어나왔다.

그녀는 전신 거울 앞에 서서 눈을 감은 채로 엘리안의 향취가 남아 있는 실크 원피스를 입었다. 그러고서 눈을 뜨는 순간, 전율했다. 돛단배 원피스보다 훨씬 잘 어울렸다! 찬란하게 아름답고, 마치 그리스의 조각상 같았다! 이제 황금빛 샌들을 신어보자! 그녀는 숨을 헐떡이며 샌들의 끈을 묶었고, 자기의 두 다리, 우아하게 주름 잡힌 원피스와 잘 어울리는 맨다리를 향해 미소를 지었다. 오 사모트라케의 니케여, 오 승리여, 오 순결의 날개를 파닥이며 하늘을 나는 새여!

그녀는 전신 거울 앞에 서서 자신의 새로운 영혼을, 너무도 순결하고 너무도 하얀 실크 원피스를 바라보며 경탄했고, 너무도 아름다운 주름을 감상하느라 몸을 이리저리 움직여보았다. 오 사랑하는 이여, 오 난 오로지 그대만을 섬겨요! 사랑하는 이를 기쁘게 할 수 있다는 생각에 흥분한 그녀가 이전에 다른 여인의 아름다운 몸, 이제는 땅속에서 썩어가는 여인의 몸을 가렸던 옷을 걸친 자기 자신을 향해 미소를 지었다. 전신 거울 앞에 선 우스꽝스러운 젊음이여, 그녀는 다시 한번 성신강림 성가를 불렀고, 왕이 오실 성스러운 순간을 노래했다.

차장이 곧 니옹에 도착한다고 알리자 아드리앵은 차창을 내리고 고개를 내밀었다. 노동자가 사는 집들이 나타났고, 창가에서 어린 소녀 하나가 손을 흔들며 인사를 했다. 기관차는 신경질적인 함성을 길게 내지르면서 화재가 일어난 듯 뜨거운 증기를 토해냈다. 번들거리는 철로들이 여러갈래로 갈라졌고, 기다림과 외로움에 지친 화물차들은 꼼짝 않고 서 있었다. 기차가 역구내로 들어섰고, 움직임이 약해지며 증기를 내뿜었다. 긴 한숨, 앞쪽에서 뒤쪽으로 이동하는 거센 진동과 함께 드디어 기차가 멈춰 섰고, 그 순간 철로는 흠씬 두들겨 맞은 개의 울음 같은 소리를 냈다. 니옹, 밖에서 짙은 우수에 젖은 목소리가 단조롭게 말했다.

그는 자리에서 일어섰고, 차창을 더 내리고는 아두의 미소를 지었다. 20시 30분. 정시 도착이다. 브라보. 스위스 철도는 완벽하다. 기차가 정시에 도착하면 참 좋다. 자, 지금 니옹이니까 주네브 전의 마지막 역이다. 이십분 뒤면 주네브. 기차가 출발하면 곧장 화장실에 가서 단장을 해야 한다. 옷을 솔질하고, 비듬을 털고, 머리도 매만지고, 손톱도 박박 문지를 것.

기관차가 미친 여자의 비명 같은 굉음을 내지르자 바퀴들이 신음했고, 몇차례 불규칙한 짧은 진동과 함께 잠시 뒤로 물러났던 기차가 첫소리를 내며, 드디어 작심한 듯 앞으로 달려 나갔다. 20시 31분, 정시 출발이다. 20시 50분이면 주네브 꼬르나뱅 역에 도착할 것이다! 택시를 타고 꼴로니까지 십분! 그는 두 손을 마구 비볐다. 21시, 그러니까 29분 뒤면 아내가 기다리고 행복이 기다리는 곳에 도착한다! 그렇다, 내일 아침에는 아내를 위해 침대로 차를 가져다줄 수 있다!

─안녕, 예쁜이. 그가 아내를 위해 단장을 하려고 화장실로 가면서 중얼거렸다. 잘 잤어, 예쁜이? 잘 쉬었고? 우리 예쁜이 마시라고 맛있는 차를 우려 왔지!

72

그녀는 물속에 잠긴 옷들을 외면한 채 완벽할 때까지 빗질을 계속했다. 처음엔 크고 대범하게, 이어 작고 섬세하게, 조심스럽게, 치밀하게, 신비로운 손길과 미세한 애무로, 무한히 세심한 완벽성, 오로지 여자만이 그 적절성과 유용성을 이해할 수 있는 절대적 완벽성을 추구했다. 표정을 바꿔가며 미소를 지었다가, 뒤로 물러섰다가, 눈썹을 찌푸렸다가, 탐색하는 눈길로 멀리 쳐다보았다. 마지막으로 객관적인 평가를 마친 뒤 무척 매혹적이라는 판단이 서자, 마침내 영혼과 운명에 대해 자신감을 되찾은 그녀가 욕실을 나섰다.

하지만 작은 거실에서 한번 더 새로운 검사가 기다리고 있었다. 바로 그곳에서, 그곳의 조명 아래서 그가 그녀를 바라볼 터이기 때문이다. 8시 30분, 시간은 넉넉했다. 그녀는 전신 거울 앞에 서서 완벽하지 못한 무엇인가가 있는지 하나하나 살폈고, 깊고 내밀한 눈으로 자기 얼굴을 살폈다. 그렇게 심문이 끝나고 마침내 그녀는 무죄방면되었다. 전부 다 좋고, 더 손볼 것이 없다. 입술도 아름답고, 코도 번들거리지 않고, 교묘하게 매만진 머리카락도 자연스럽고, 단단하게 박혀서 반짝거리며 웃음 짓는 서른두개의 치아도 눈부시게 하얗고, 가슴, 없어선 안될 중요한 가슴도 제자리에, 하나는 오른쪽에 또 하나는 왼쪽에 잘 있다. 코가 좀 튀기는 하지만, 그녀의 매력이라 할 수 있다. 사실 그 사람도 코가 크다. 그녀는 앞머리를 매만졌고, 매만진 머리가 자연스러워 보이도록 다시 고개를 저었다. 그런 다음 왼쪽 샌들은 그대로 바닥을 딛고, 오른쪽은 안쪽이 카펫에 닿고 바깥쪽이 잘 보이도록 기울여보았다. 그 자세가 괜찮을 것 같아서, 그러고 있을 때 원피스가 잘 어울리는지, 너무 길지도 짧지도 않은지 확인했다.

─축하해, 마침내 그녀가 자기 자신을 향해 고개 숙여 인사했다.

그녀는 여전히 거울을 보면서 감미로운 미소를 지어보았고, 그 미소가 맘에 들었다. 이어 손거울을 챙겨 들고 다시 전신 거울로 등이 괜찮은지 살폈고, 전부, 특히 허리 아랫부분이 완벽한지 확인했다. 옆모습 보일 때 조심해! 늘 오른쪽을 보일 것.

─자, 이제 서둘러! 그녀는 미친 듯이 탄성을 질러댔다. 빨리 와, 이봐, 거기, 그래, 당신 말이야, 쏠랄, 맞아, 대단할 것도 없는 남자!

그녀는 불경스러운 말을 내뱉는 기쁨을 만끽했고, 놀라움의 미소를 가리기 위해 한 손을 입에 가져다 댔다. 이어 한번 더 앞머리를 매만진 뒤 완전무결한 상태를 위한 마지막 조치를 취했고, 그런 다음 전신 거울 앞을 왔다 갔다 하면서 움직이는 자기 모습을 곁눈질로 확인했다. 죽은 엘리안의 옷은 그녀의 엉덩이 윤곽을, 예전엔 스스로 그토록 창피해했던 그 화려한 엉덩이를, 라일락 향기 나는 우아한 치골궁의 곡선을 드러냈다. 좀 그런데, 너무 많이 드러나, 너무 많이 보여. 할 수 없지. 그 사람은 뭐든지 다 볼 권리가 있으니까.

— 어디 한번 볼까? 그의 눈에 어떻게 보일지 궁금하니까 조금만 보는 거야. 그 사람한테 볼 권리가 있다면 난 주인인데 왜 안되겠어?

잠시 뒤 그녀는 다시 점잖은 자세를 취했고, 온도계를 한번 더 확인했다. 완벽했다. 난방을 할 필요가 없어서 아주 좋다. 따뜻한 기운 때문에 볼이 빨개질 수 있기 때문이다. 이제 정원을 산책하면서 오늘에 어울리는 생각들을 떠올려볼까? 아니다, 괜히 걸어다니면 얼굴이 이상해질 수 있다. 그냥 앉아서 가능한 한 움직이지 말고, 흐트러지지 않게 해야 한다.

그녀는 안락의자에 앉았다. 자신이 여전히 아름다운지, 피부에 문제가 생겨 혹시라도 뭐가 나지 않았는지 확인하기 위해 손거울을 찾아 들었다. 열기 때문에 번들거릴까봐 늘 신경이 쓰이는 코를 특히 잘 살폈고, 포즈를 취한 초등학생 모델처럼 얌전히, 똑바로, 완전한 준비가 흐트러지지 않도록 숨도 제대로 못 쉬면서, 꼼짝 않고 앉아 있었다. 성스러운 우상, 하지만 당장이라도 깨질 듯이 위태로운 우상, 사방에 위험이 도사리고 있는 듯, 그녀는 고개를 돌리지 못한 채로 눈만 힐끗거려 작은 괘종시계를 확인했다. 이따금 매력적으로 입술을 내밀면서, 그 모습도 손거울로 바라보았다. 치마의 주름을 다듬기도 하고 손가락으로 머릿결을 매만지기도 했지만, 그런 뒤에도 별 차이는 없어 보였다. 손톱을 살폈고, 혹은 황금빛 샌들을 사랑스런 눈길로 바라보았고, 혹은 다른 주름을 또 가다듬었고, 혹은 좀더 은은한 미소를 지었고, 혹은 치아를 다시 점검했고, 혹은 몇시인지 확인했고, 그렇게 완벽한 아름다움이 줄어들까봐 불안에 떨며 기다렸다.

— 조명이 별로네. 너무 선명해. 전등갓이 흰색이라서 그래. 얼굴이 벌써 불그레해졌을 거야. 그가 올 때쯤이면 더 심해질 텐데, 잔뜩 먹고 난 싸부아의 과부 같을 거야.

그녀는 밖으로 나가 빨간색 실크 스카프를 가져와서 전등갓에 감았다. 안락의자에 올라서서 둘러보니 마음이 놓였다. 조명이 괜찮다. 신비롭고 부드럽다. 그녀는 다시 자리에 앉아 손거울을 들었고, 거울 속 자기 모습에 흡족해했다. 조명을 바꾸니 얼굴의 붉은 기운이 사라지고, 깨끗하고 창백한 비취 같았다. 그렇다, 신비로운 명암법, 레오나르도 다빈치의 그림. 8시 40분. 이십분 남았어, 그녀가 흥분으로 가쁜 숨을 내쉬며 중얼거렸다. 조금 일찍 오면 좋을 텐데. 지금 정말로 완벽한 상태인데. 좀 진정되게 담배라도 피울까? 아니야, 치아의 윤기가 사라질 수 있어. 과일 키스를 할 때 담배 냄새를 풍길 순 없잖아. 그가 초인종을 누르면 문을 열러 가기 전에 재빨리 포도를 한알 혹은 두알 먹을 것. 그러면 입에서 달콤한 맛이 날 것이다. 깊은 키스를 위해 필수적인 일.

— 그이가 들어온 다음에도 이따금, 몰래, 포도 한두알을 입에 넣어야 해. 아예 모르게 하면 좋고, 아니면, 입안을 다시 상큼하게 하려는 거지만, 그냥 별생각 없이 먹는 것처럼 보이게 하는 거야. 이렇게까지 하다니 너무 초라해, 맞아, 하지만 어쩌겠어, 난 여자야, 현실주의자이고. 그가 온전히 상큼한 맛을 느끼게 해야만 해. 난 흥분하면 입이 조금 마르거든. 그 사람은 포도의 상큼한 맛이 나한테서 난다고 생각하겠지. 원래 그렇게 놀랍도록 상큼하다고. 그렇다, 모든 일에 신경을 써야 한다.

담뱃갑을 모두 닫아놓으면 꼭 담배 가게 같을 것이다. 모두 열어놓으면 그것도, 당연히, 별로다. 그러니까 두갑만 열어놓을 것. 비굴해 보이지는 않도록. 그래, 맞아, 아주 좋아, 좀더 활기차고 좀더 친밀한 분위기야. 이제 중요한 문제가 남았다. 그를 처음 맞이할 때 어떻게 할까? 대문에 나가서 기다릴까? 아니, 너무 조급해 보이고 하녀 같다. 초인종을 누르길 기다렸다가 가서 열어줄까? 그래, 그런데 그다음에는? 그녀는 자리에서 일어섰고, 다시 한번 전신 거울 쪽으로 다가가서 사교적인 미소를 지으며 손을 내밀었다.

—어서 와요, 잘 지냈어요? 그녀가 최대한 목젖을 울리는, 최대한 귀족적인 목소리로 말했다.

아니야, 꼭 기운찬 걸스카우트 같아. 더구나 잘 지냈어요라니, 그런 메마른 말이 어디 있어. 그냥 어서 와요 하면서 끝에 요 소리만 길게 늘일까? 야생적이면서도 감미롭게, 조금은 관능적으로. 어서 와요, 그녀가 다시 말해보았다. 아니면, 무슨 말을 해야 할지 모른다는 듯이, 말없이 그냥 두 손을 내밀고, 곧장, 상처 입은 새처럼 그의 품으로 달려들까? 그래, 나쁘지 않다. 하지만 처음 생각한 대로 어서 와요, 잘 지냈어요 이렇게 물어보면 좋은 점이 있다. 잘 지냈냐고 묻는 사교계 관습에 맞는 인사, 그리고 곧장 그의 품에 안겨서 포도 맛이 사라지기 전에 거친 키스를 하는 것, 두가지의 충격적인 대조가 매력적이지 않은가.

—아니야, 여성스럽지가 않아. 그가 먼저 하도록 기다려야 해.

왼쪽 샌들에 뭐가 묻은 것처럼 보이자 그녀는 손가락에 침을 묻혀 문질렀고, 다시 손거울을 들어 콧구멍을 확인했고, 콧구멍을 살짝 벌렁거리며 그 모습도 예쁜지 살폈고, 머리카락을 열두올쯤 오른쪽으로 넘겼다. 그래, 이 조명은 너무 어두워, 내 모습이 잘 안 보일 거야. 조명이 너무 붉어, 답답하고, 탁하고, 모호해. 전등갓에 실크 스카프를 두겹으로 감았기 때문이다. 한겹으로 감아야 한다. 그녀는 다시 안락의자 위에 올라서서 스카프를 한겹으로 감았다. 깡깡 춤을 추는 싸구려 까페 같지 않고 점잖은 조명이 되었다.

9시 구분 전. 그녀는 장미 몇송이를 보기 좋게 다시 꽂았고, 그중 시든 한송이는 꺼내서 서랍에 넣어버렸다. 이어 꽃병 하나는 자리를 바꾸었고, 소파에 너무 가까이 있어서 떨어질 위험이 있는 꽃병은 조금 떼어놓았다. 9시 칠분 전. 그녀는 포도를 두알 깨물었고, 입술을 촉촉하게 적셨다. 준비 끝.

이제 육분 남았다. 조금 전에 뭔가를 생각했는데, 그게 뭐였더라? 그래, 새로 산 카펫에 대해 아무 말도 하지 말 것. 그를 위해 일부러 번거로운 일을 벌였다는 인상을 주지 말 것. 이곳을 감미롭고 황홀하게 느끼되 그 이유를 알지 못하게 할 것. 그렇게 하면 체면을 잃지 않을 것이다. 새 카펫이라는 걸 알아차린다 해도 대수롭지 않게 반응하면 된다. 어때요? 괜찮죠?

이런, 담뱃갑이 전부 꽉 차 있다니. 자기를 위해 일부러 준비했다는 것을, 일부러 샀다는 것을 눈치채면 안된다. 사소한 것까지 배려했다는 사실을 지나치게 아브비어슬리 보여주는 건 안된다. 그녀는 다섯갑을 절반 정도 비웠다. 이걸 어디다 놓지? 아, 9시 사분 전, 이제 곧 그가 올 것이다! 그녀는 꺼낸 담배를 모두 소파 밑으로 던졌다. 아냐, 이건 아냐, 혹시 안락의자에 앉으면 다 보일 텐데! 그녀는 치맛자락을 구겨지지 않게 접어 올리고는 바닥에 무릎을 꿇고서 떨어진 담배를 하나씩 주워 들었다. 정원에 던질까? 아니다, 언제고 정원에 나가게 될 텐데 그의 눈에 띄지 않겠는가. 3층에 숨기자! 그 순간 시원한 기분을 느꼈고, 팬티를 입지 않았다는 것을 깨달았다. 그녀는 두 손에 담배를 들고 계단으로 달려갔다! 맨날 팬티를 잊어버려, 이런 멍청이 같으니. 다음부터는 방문 손잡이에 팻말을 매달아서 팬티라고 쓰고 의문부호를 붙여놓으리라 다짐했다.

3층에 올라선 순간 그녀는 전율했다. 심장의 피가 솟구쳐 오른 것처럼 얼굴이 벌게졌다. 현관에서 초인종이 울린 것이다! 그녀는 담배를 욕조에 던졌고, 방으로 달려가 팬티를 찾아 들었고, 팬티 때문에 시간을 허비하겠다고 중얼대느라 시간을 허비했다. 할 수 없지, 팬티는 포기!

2층의 층계참까지 내려온 그녀는 갑자기 돌아섰고, 욕실의 거울을 한번 더 보기 위해 다시 올라갔다. 아, 하필이면 지금 코가 번들대다니! 파우더가 어디 있지? 할 수 없지, 탤컴파우더[68]를 쓰는 수밖에! 그녀는 파우더를 찍어 코 주변에 발랐고, 광대로 변해버린 얼굴을 보고는 수건을 들어 탤컴파우더를 닦아냈다. 그 순간 다시 초인종이 울렸다. 잠깐만 기다리라고 소리를 지를까? 안된다, 소리를 지르는 순간 마법이 깨질지도 모른다.

몇단씩 건너뛰며 계단을 내려올 때 그녀는 자기 오른손에 핑크색 팬티가 들려 있다는 것을 깨달았다. 그대로 달려가 책장 속에, 스피노자 책 뒤에 팬티를 쑤셔넣었다. 왜 빨리 안 여냐는 듯 초인종 소리가 조급하게 울렸지만, 그녀는 마지막으로 전신 거울 앞에서 한번 더 점검을 했고, 제대로 확인하기 위해 차분해지려고 애썼다. 큰 문제는 없었다. 봐줄 만했다.

— 됐어요, 이제 갈게요. 그녀가 중얼거렸다.

---

68 활석 가누에 붕산, 향료를 섞은 화장품. 무로 땀띠분으로 쓴나.

그렇다, 초인종 소리가 계속 난다는 건 그가 그냥 가지 않았다는 뜻이다. 그녀는 취기에 빠진 다리로 기적의 문을 향해 달려갔고, 성스러운 미소를 지으며 문을 열었고, 뒷걸음쳤다. 문 앞에는 여행 가방을 들고 지팡이를 겨드랑이에 낀, 턱을 빙 둘러 기른 수염, 자개가 장식된 안경 그리고 선량한 미소의 아드리앵 됨이 서 있었다.

73

　바로 그날 저녁, 됨가의 저택 근처에서 망주끌루, 쌀로몽, 마따띠아스가 풀밭에 앉아 말없이 미까엘을 쳐다보고 있었고, 반짝거리는 장식이 달린 옷에 은세공 탄띠를 두른 미까엘은 한쪽 다리를 깔고 건초 더미에 기대앉아 물담배를 피우고 있었다. 둥근 지붕처럼 생긴 꼭대기에서 목탄이 지글거리며 황금빛 수연통이 꾸르륵댔다. 기다리다 지친 망주끌루가 입을 열었다.

　─그러니까 미까엘, 오 해악을 초래하는 인간이자 우리 영혼을 파괴하는 도살자여, 오 괴물이여, 레비아단[69]의 후손이여, 오 아무도 몰래 백한명의 사생아를 낳아 퍼뜨린 자여. 이제 말하라, 우리가 이 단조로운 자연 속에 왜 와 있는지, 무엇을 위해 저기 저 장작불에 의지한 채 이러고 있는지 말이다. 그대가 그렇게 술탄처럼 눈

----

69 성경의 욥기에 나오는 바다 괴물.

을 감고 물담배만 피워대고 있으면 우리가 마냥 우리 운명을 감내하리라 생각하는가? 자, 이제 영국인 같은 그 음흉한 침묵을 떨치고 설명해보라! 비밀 임무는 무엇이며, 도대체 그대는 무슨 음모를 꾸미는 것인가? 우리는 지금 밤 10시 15분에 보름달 아래서 무엇을 하는 중이며, 아무런 설명도 없이 저기 나무에 매어놓은 위험한 백마 두필은 무엇을 위함인가?

　─그리고 저기, 안에 달린 증기기관의 힘으로 가는 저 마차는 왜 돌려보내지 않았지? 마따띠아스가 물었다. 그의 팔 끝에서 번들거리는 갈고리는 전조등을 끈 채 기다리는 택시를 가리켰다. 혼자 움직이는, 하지만 돈을 잡아먹는, 시계가 똑딱일 때마다 요금이 올라가는 저 마차 말이야. 여기까지 우리를 실어 온 운전수를 돌려보내지 않고 계속 기다리게 하다니, 도대체 무슨 듣도 보도 못한 미친 짓이냐고. 우리가 발이 없는 것도 아닌데! 어쨌든 잘 알아둬, 얼마씩 나눠 내야 할지 모르지만, 다 해서 얼마가 나올지 모르지만, 난 저 빌어먹을 시계가 움직일 때마다 쉬지 않고 올라가는 스위스 돈을 한푼도 안 낼 거니까!

　─자, 미까엘, 이제 뚜껑을 열라, 비밀을 꺼내놓으란 말이다! 망주끌루가 단호하게 말했다.

　─그래요, 말해봐요, 미까엘. 영문도 모르고 기다리자니 너무 힘들어요! 쌀로몽이 애원했다.

미까엘이 거절의 뜻으로 눈을 감았고, 눈을 다시 뜬 뒤 수연통에 목탄을 새로 집어넣었다. 그러고는 연기를 깊이 빨아들였다가 조금씩 내뿜었고, 대영주 같은 거만한 자태로 연기를 응시했다.

　─말하라, 우리가 이미 한참 전부터 그대에게 요구했으니, 어서 말하란 말이다! 망주끌루가 목소리를 높였다. 정녕 내가 죽길

원한다면 솔직하게 그렇다고 말하라! 내가 모르고 있는 걸 다른 사람은 아는 이런 상황에서 내가 오랫동안 버틸 수 있으리라 생각하는가?

— 나는 어쩌고요, 난 그나마 더 모르잖아요! 쌀로몽이 가벼운 몸짓을 섞어가며 말했다. 난 정말 억울해요. 내가 아는 거라곤, 그래, 오늘 아침만 해도 아테네에 있었는데, 여기 있는 사랑하는 사촌들과 함께 우리의 고향 섬, 세상 그 어느 곳과도 비길 데 없이 아름다운 케팔로니아로 돌아가기 위해, 역시 그 누구와도 비길 데 없이 아름다운 사랑하는 아내 곁으로 가기 위해, 수없이 많은 나라를 여행한 뒤 이제야 아내를 안아줄 수 있다는 기쁨에 젖어서, 그렇게 아테네의 피레우스항에서 배에 오를 채비를 하고 있었는데, 갑자기 영혼의 조카를 향한 애정을 주체하지 못한 우리의 쌀띠엘이 쏠랄 경을 다시 보고 싶어 했고, 결국 애정이 넘치는 그 삼촌의 뜻에 따라 우리 모두 공기와 바람을 가르며 돌아왔죠! 불쌍한 쌀로몽, 하라는 대로 해! 하라는 대로 하라고, 불쌍하기도 해라, 아내를 만나는 기쁨 따윈 포기하라고!

— 말을 제법 잘하는군, 꼬맹이, 망주끌루가 말했다. 하지만 혹시나 해서 얘기하는데, 그대의 아내는 이가 다 빠져버려서 아름답고 단단한 건 하나밖에 안 남지 않았는가. 뭐, 그렇다 해도, 흥미로우니 계속 얘기해보라.

— 그러니까 마치 꽃을 꺾듯이 날 그대로 낚아챘고, 하물며 회당에서 아침기도를 올릴 틈도 없이, 바로 그날로, 목숨을 걸고 날아다니는 기계를 타고 황급히 주네브까지 왔죠! 그래놓고 이렇게 어두컴컴한 들판에서, 쌀쌀한 밤공기를 쐬다가 목감기에 걸릴지도 모르는데, 가련하게 버림받은 인간처럼 영문도 모른 채 이러고 있

게 하다니! 아 미까엘! 나와 같은 조상의 피를 받은 나의 사촌, 오 나와 같이 쏠랄이라는 이름을 가진 이여, 이러다가 나도 죽음의 천사 품에 쓰러질지 몰라요! 오! 나의 무지를 불쌍히 여기고 제발 설명 좀 해줘요!

쌀로몽이 두 손을 모으고 고개를 들어 미까엘을 바라보았고, 미까엘은 그래봐야 소용없다는 뜻으로 하품을 했다.

—조용히 하라, 망주끌루가 쌀로몽을 밀쳐내며 말했다. 숟가락 끝에 묻은 찌꺼기, 마까로니 꽁다리 같은 꼬맹이여, 좀 조용히 하란 말이다! 그리고 그대, 미까엘, 내 말 잘 들으라! 왜 보통 때와 달리 오늘은 이렇게 지독하게 구는가? 나를 좀 봐달라는데 그것이 그리 힘들단 말인가? 런던에서 무슨 귀족 혈통이라던 그 잔인한 여자가 떠안긴 슬픔과 고뇌 때문에 내가 얼마나 힘들었는데, 그것만으론 부족하단 말인가? 빌헬름 텔의 조국에 열 발가락을 다시 디딘 이후에도 이미 충분히 고통을 겪지 않았는가 말이다. 오늘 오후에 허공을 마구 옮겨가는 그 날아다니는 탈것에서 내렸을 때 우리의 사랑하는 사촌 쌀띠엘에게 갑자기 심한 황달이 찾아왔고, 그래서 주네브에서 제일 훌륭하다는, 그 멍청한 의사에게 치러야 했던 어마어마한 진료비는 제쳐두고 하루 입원비만 50프랑이나 되는 병원에 데려다놓아야 했던 고통을 치른 것으로도 부족하단 말인가?

—하물며 그 불쌍한 삼촌은 조카가 걱정하지 못하도록 절대 알리지 말라고 했죠. 쌀로몽이 끼어들었다. 갑자기 일이 생겨서 혼자 아테네에 남아 있는 걸로 하라고. 진정으로 아름다운 일이죠!

—쓸데없는 입은 다물라! 새끼발가락의 발톱, 아니 발톱에 낀 때 같으니! 망주끌루가 쌀로몽을 윽박질렀다. 말을 더 잘하는 자가, 말을 더 잘할 힘이 있는 자가 말할 테니 중간에 끼어들지 말라!

이제 내가 가슴에 손을 얹고 하던 얘기를 이어가겠노라. 그래, 내가 어떤 고통을 겪어야 했는지 얘기하는 중이었지. 오 미까엘이여, 벵골의 맹호여, 다시 한번 묻노니, 정녕 내가 이미 겪은 고통으로는 충분하지 않단 말인가? 저녁 8시가 돼서야 겨우 쌀띠엘의 조카를 만나고, 쌀띠엘이 명령한 대로 그의 삼촌은 아테네에 남아야 해서 오지 못했다는 영웅적인 거짓말을 전해야 했을 때, 그때 내가 얼마나 큰 모멸감을 감내해야 했는지 모르는가? 하물며 쌀띠엘의 조카가 우리를, 그러니까 나와 마따띠아스와 쌀로몽을 내보내고 그대 미까엘하고만, 도저히 믿을 수 없는 일이지만 아무튼 그대하고 단둘이서만 방에 남았을 때, 그렇게 황당하게 쫓겨났을 때, 실로 부당한 굴욕감으로 내 마음이 시커먼 진흙탕이 되었을 때, 그래서 이 자리에 있는 나의 사촌들과 함께 통한의 눈물을 흘리고 모멸감을 씹을 때, 물도 나오지 않는 호텔 방에 처박혀서 그대가, 우리의 형제가 곧 돌아오기를 기다려야 했을 때! 심지어 장까지 미리 봐뒀는데, 내 것뿐 아니라 그대 것까지, 마실 것하고 이런저런 맛있는 걸로, 자정까지 여는 테살로니키 출신 유대인의 식품점에 가서 사놓았는데, 그것도 아낌없이 통 크게, 난 원래 돈에 연연하지 않으니까, 죽음이 늘 내 곁에 있으니까, 경련이 일고 숨이 차고 가슴을 할퀴고 헐떡거리는 단말마의 고통을 겪곤 하니까, 그래서 금화 따위에는 아랑곳하지 않으니까, 세리아팀, 프리바팀,[70] 미리 만들어 파는 음식을 전부 긁어 왔는데! 마르세유에서 막 실어 온 오징어를 내 눈앞에서 자글자글 튀긴 것도 있고! 그 바삭거리는 오징어튀김이 오 용감한 이들이여 부르면서 제발 자기를 먹어달라고 소리쳤

70 라틴어로 각각 '연이어' '사적(私的)으로'를 뜻한다.

는데! 그런데도, 아무리 배가 고파 죽을 것 같아도 동족의 의리를 발휘해서 그대와 같이 먹으려고 기다리기로 한 나의 넓은 마음이 정녕 아무것도 아니란 말인가! 네번째이자 마지막으로, 9시 15분쯤 그대가 겨우 호텔로 돌아왔을 때, 아무것도 먹지 못해 허기지고 아무것도 알지 못해 탈진한 상태였음에도 우아하게 호의를 담아 조심스레 왜 이렇게 늦게 돌아왔는지 이유를 물었는데, 그대는 쌀띠엘의 조카와 잠시 산책을 다녀왔다는 대답으로 다시 한번 나의 위세와 영향력과 명예를 땅에 떨어뜨렸고, 더구나 상세한 내용은 한마디 언급도 하지 않음으로써 나의 위신을 깔아뭉개지 않았는가! 오 나에게 이런 대우를 하다니! 오 무덤에 누우신 나의 어머니여, 어찌하여 절 낳으셨나이까?

망주끌루는 위대한 비극 배우가 된 듯 고뇌를 떨치기 위해 땀에 젖은 이마를 한 손으로 닦았다.

—아, 정말 말을 잘하시네요, 역시 학자는 다른가봐요. 쌀로몽이 말했다.

—나도 모르는 바 아니니, 연설을 계속하겠노라. 오 미까엘이여! 도대체 무슨 일이 일어난 건가? 우리에게 비밀 임무를 수행해야 하니 따라오라고 하고는, 나의 간청에도 불구하고, 그대는 계획을 실행에 옮기는 자리에 가서 다 설명해주겠다면서 잔인하리만치 단호하게 입을 다물었지! 그래도 난 그대의 뜻을 따르지 않았는가! 심지어 겸허하게 고개까지 숙이면서! 그렇게 그대가 단장을 마치기를 기다렸는데! 깨끗이 씻고, 멍청한 사랑 노래를 부르며 향수를 뿌리고, 염색한 콧수염에 헝가리산 포마드를 바르고, 그런 다음 우스꽝스럽게 생긴 가는 철망 같은 걸 귀에 걸어 한참 동안 콧수염을 고정하는 짓까지!

─좀 진정해요, 제발, 어차피 내 귀엔 아무것도 안 들려요. 미까엘이 말했다.

─감정이 격앙되었으니 어쩔 도리가 없지 않은가! 망주끌루가 응수했다. 그래서 식량을 싸 들고 따라나섰는데! 비밀을 듣고 난 뒤에 화기애애하게 나눠 먹으리라 기대하면서!

─나도 다 아는 얘기인데, 쓸데없이 뭣 하러 또 해요?

─이런 걸 서두라고 하지, 시동을 걸어야 하니까. 연설에 있어서 필수적인 부분이며 유창한 언변의 골수이자 웅변술의 기본 구조인 것을! 그러니까, 그대를 따라나선 우리는 자기 멋대로 아무 데나 갈 수 있다는 그 탈것에 실려 여기까지 왔지. 여전히 손도 대지 못한 먹거리를 챙겨 들고, 하물며 난 런던에서 구한 항해용 망원경까지, 거추장스럽긴 하지만 우리의 이 야간 탐험이 어떤 성격의 것인지 알 수 없으니 혹시라도 쓰일지 모른다는 생각에 챙겨 왔는데! 성품이 강직한 나에게는 당혹스러운 일이었지만, 적당한 때가 되면 설명해주겠다는 그대의 약속을 믿고 모든 걸 감내했는데! 뭐가 뭔지 아무것도 모른 채로, 무엇보다도 석유의 힘으로 굴러간다는 저 탈것이 우리를 벨뷔라는 곳, 그러니까 그대의 설명에 따르자면, 그래, 그대는 다 알고 있지, 그렇지, 이제는 기가 막혀서 헛웃음까지 나오는군, 그래, 그대는 쌀띠엘의 조카가 어떤 상황에 처해 있고 어떤 사건이 일어났는지 알고 있으니까, 그래, 다시 말하자면, 그의 별궁이 있다는 곳으로 무작정 우리를 끌고 갔지. 거기서, 잠든 하인을 깨워서 높으신 우리 나리의 쪽지를 건네주며 마구간을 열게 하고, 입은 여전히 걸어 잠근 채로, 너무도 멋진, 연유는 알 길 없는 말 두 필에 안장을 올렸지. 우리가 어리둥절해서 쳐다봐도 아랑곳 않고, 입을 꾹 다물고, 설명을 갈구하는 나에게 한조각 연민조

차 없이, 말 한필은 고삐를 잡고 또 한필에는 직접 올라타더군. 오 그대 이교도여, 그러고는 빌려 온 차를 모는 자한테 명했지, 우리를 싣고, 그대의 수연통을 싣고, 지금 이곳까지 앞장서 가라고! 좋아, 그렇다 치고! 이제 내가 뿔피리를 불며 때가 왔음을 알리니, 그대 어서 맹세를 지키라! 자, 설명하라! 내가 지금 여기서 무엇을 하고 있는 건지 말하라! 그대의 음모에 대해 아무것도 모른 채로, 전권 공사보다 쓸모없고 대사보다 하잘것없는 존재가 된 나를 위해 당장 말하라! 나의 고통을 구구절절이 알려주는 이토록 진실한 이야기를 듣고 나서 마음이 흔들리거나 약해지지 않고 바뀌지 않을 수는 없으리라!

망주끌루는 눈을 감았고, 결승점까지 달려온 주자처럼 긴 숨을 내쉬었다. 그러고는 단호한 손길로 쌀로몽에게 요구해 받아 든 손수건으로 두갈래 턱수염을 닦았고, 프록코트를 살짝 벌려 잿빛 털이 수북한 가슴 위로 물처럼 흘러내리는 땀까지 닦은 뒤 손수건을 주머니에 넣었다. 이어 훌륭한 연설을 해냈다는 생각에, 더구나 사촌들이 입을 다물지 못하고 쳐다보는 모습에 흐뭇해하며 팔짱을 꼈고, 호인 같은 온화한 미소를 띤 표정으로 고개를 돌려 미까엘을 쳐다보았다.

— 나의 주요 논거를 지극히 간략하게 정리했으니, 사나운 공격을 끝내고 결론으로 넘어가야 할 터, 이젠 어조를 바꾸어 다정하게 말하겠노라. 내가 진심으로 좋아하는 그대 미까엘이여, 오 고귀한 혈통을 이어받은 후손이여, 애정을 가득 실은 나의 요청에 응답하여, 내 사랑스러운 자식들에게서 아버지를 앗아가는 일이 없게 하라! 수수께끼를 풀지 못하면 그것이 뇌로 올라와 뇌수막염이라 불리는 치명적인 문제를 일으킨다는 것을 정녕 모르는가? 그렇게 되

면 사랑하는 아버지를 잃을 어린 고아들은 어쩌란 말인가? 오 아이들이 울고, 오 오열하고, 오 전율하리라! 그러니 그대여, 원한다면 저기 둘은 그냥 두고 나하고만 저쪽으로 가서, 단단한 믿음과 애정을 바탕으로 마음을 터놓고, 그렇게 다정하게, 비밀 임무에 대해 단둘이 이야기를 나누어볼 의향이 있는가? 그러면 그대는 나의 조언을, 나의 번득이는 머리를 이용할 수 있고, 나는 마침내 아름다운 비밀을 손에 넣게 되리라. 그대와 실컷 그 얘기를 나누면서 목구멍에 기름칠하고 혀를 달콤하게 할 수 있으리라! 물론 비밀은 화기애애한 우리끼리만 나눌 터이니, 맹세하노라, 나 혼자만 알고 무덤 속에 들어갈 때까지 그 누구한테도 발설하지 않으리라! 이제, 내 말을 들으라, 오 힘 있는 자의 앞잡이여, 나는 50년 넘게 그대의 벗이었고 사촌이었으며, 무한한 애정으로 그대를 사랑했는데, 그런데도 그대가 나한테조차 우리가 이 밤중에 왜 여기 와 있는지, 저 말들은 왜 끌고 온 건지, 자동차는 왜 안 돌아가고 계속 기다리는지, 나한테만이라도 말해주기를 거부한다면, 그대, 알아두라, 우선, 나는 호기심에 짓눌려 숨이 끊어지고 말리라! 진정으로 유감스러운 그런 사태가 기필코 일어날지니, 그대에게는 나로 하여금 한창나이에 죽음을 맞게 할 권리가 없음을 잘 알아두라! 또 이것도 알아두라, 아비시니아[71]의 사자여, 내 혼령이 기필코 그대의 피를 엉겨 붙게 만들 터이니. 또 익명의 편지 두 통을 써서, 한 통은 케팔로니아 세관 경비대장한테 보내 그대가 저지른 밀수를 알릴 것이고, 나머지 한 통은 우리 고향 섬의 검찰총장, 그 기독교도한테 보내서 그대가 그자의 딸과 정분난 일을 알리고 말리라. 그대는 결국 교수대로

---

71 옛날 유럽인들이 에티오피아를 부르던 이름.

갈 터이고, 나는 사탕을 빨면서 그대 머리가 잘리는 것을 바라볼 터! 그리고 마지막으로 한가지 더 알아두라! 난 앞으로 죽기 전에 다시는 그대와 말을 섞지 않으리라! 그러니 말하라, 우리는 여기서 무엇을 하고 있는가? 세계의 종말도 아니고 이 알 수 없는 일이 도대체 무엇인가!

— 빨리, 어서 말하지 그래? 마띠아스가 거들었다.

— 비밀이 있으면 알고 싶어지는 것이 인간의 본성이잖아요. 쌀로몽이 거들었다.

상식적인 설명으로 상황을 요약해낸 작은 체구의 쌀로몽은 문득 건강을 지켜야겠다는 생각이 들었다. 그는 소중한 목을 보호하기 위해 자그마한 양털 외투의 깃을 세웠고, 혹시라도 밤의 냉기 때문에 잇몸 염증이 악화되지 않도록 투아레그족[72] 같은 모습으로 커다란 손수건 두개를 가로로 묶어 주근깨 가득한 얼굴을 감쌌다. 이렇게 지상에서의 수명이 단축되지 않도록 조처를 마친 뒤, 이제 흥미로운 사건이 어떻게 전개될지 궁금해하며 기다렸다. 얌전히 뒷짐을 지고 입가에는 사랑스런 미소를 띠고 있었지만, 주위의 풀과 그속에 숨어 있을지도 모르는 독사들을 살피는 것도 잊지 않았다.

— 차라리 날 죽이라, 망주끌루가 무릎을 꿇었다. 내 목을 조르라, 아 미까엘이여, 이제 말하라! 그래, 내 목을 그대에게 내어줄 테니 뜻대로 하라! 그가 여전히 무릎을 꿇은 채로, 턱을 높이 들고 목을 내밀면서 말했다. 내 목을 조르라, 벗이여, 목을 조르란 말이다, 하지만 비밀은 꺼내놓으라! 비밀을 알지 못해 머리가 어지럽고 혈관 속에 식초가 흐르는 것 같도다! 젖먹이 때 죽은 내 자식들보다

---

72 사하라사막의 유목민.

도 더 기운이 없단 말이다! 오 미까엘이여, 그대의 사랑하는 벗이 이렇게 무릎을 꿇고 청하는 것을 외면하지 말라!

망주끌루는 격정 어린 간절함으로 몸을 떨었고, 간청하는 자세로 기도하듯 두 손을 모으며, 제물로 바칠 목을 내민 채로, 어째서 자신이 이런 희생을 해야 하는지 알지 못한 채로, 자기를 바라보고 있는 세 사람의 반응을 살폈다. 한동안 침묵이 흐른 뒤 미까엘이 일어나 넓은 허리띠에 꽂혀 있던 금세공 단도를 꺼내더니 손톱에 대고 날의 상태를 확인했다. 이어 날이 선 단도를 사촌들에게 내밀며 말했다.

─동지들이여, 이건 아주 질 좋은 날이고 끝은 아주 뾰족합니다. 내가 혼자 무엇을 하는지 비밀을 엿보려는 목적으로 따라온다면, 누구든지 그 배가, 배 속 기름이 이 칼의 맛을 보게 될 겁니다. 그러니 혹시라도 여러분 중 누가 그런 의도를 가지고 있다면 하나이신 우리 신의 가호부터 빌고 따라오길!

미까엘은 단도를 다시 칼집에 집어넣었고, 금장 끈이 달린 저고리에서 두번 접힌 종이를 꺼내서 경건하게 입을 맞추었다. 수수께끼는 더욱 커졌고, 사촌들의 호기심은 더 강렬해졌다. 미까엘은 여자를 유혹하러 가는 남자처럼 몸을 좌우로 흔들며, 종이를 쥔 손을 앞뒤로 흔들며, 넓고 높은 뙴가의 저택을 향해 나아갔다. 주먹을 움켜쥔 망주끌루가 거친 저주의 말을, 백살까지 살라고, 하지만 장님으로, 그가 세상에 내놓은 사생아들한테 구걸이나 하면서 살라고 저주의 말을 쏟아냈다.

74

─내 임무의 제1부를 완수했으니, 이제 비밀을 알려드리죠. 사
촌들이 기다리는 곳으로 돌아온 미까엘이 말했다. 하지만 그전에,
망주끌루, 마실 것 좀 줘요.

─당장 대령하지! 망주끌루가 목소리를 높였다. 나의 소중한
벗이여, 즉시 실행에 옮기고말고!

망주끌루는 재빨리 송진 향 나는 포도주를 따서 사촌들이 내미는
잔을 하나씩 채웠다. 쌀로몽은 미까엘의 이야기를 제대로 음미하기
위해 조금 전 잇몸 염증 때문에 목에 둘렀던 손수건을 풀고 외투도 벗
었다. 하지만 자기는 목이 약하기 때문에 조심해야 한다면서 19세기
에 중산층 아가씨들이 쓰던 몽골의 염소 털로 만든 목도리를 둘렀다.

─이제 내 목은 안전해요. 아 우리의 용사여! 얘기해봐요. 쌀로
몽이 말했다.

─자, 미까엘이여, 이제 빨리 쏟아내길, 안 그러면 내가 죽고 말

지니! 난 지금 인내심의 한계에 초조하게 서 있고, 여기 이 광주리에 담긴 산해진미마저 잊을 정도이니! 빨리 말하라! 호기심을 해결한 연후에 함께 저녁을 먹으리라! 망주끌루가 외쳤다.

— 안돼요, 먼저 먹읍시다. 미까엘이 말했다.

— 설마 또다시 약속을 어기려 하는가?

— 살아 계신 신의 이름으로 맹세해요!

— 오, 이토록 큰 기쁨이라니요! 쌀로몽이 탄성을 내질렀다. 오! 내 마음이 얼마나 기쁜지! 디저트를 먹을 때 비밀을 말해주면 되겠네요!

— 아니, 디저트까지 끝난 뒤에 할 거야. 미까엘이 대답했다.

— 디저트 끝나고, 좋아요! 쌀로몽이 외쳤다. 오 나의 소중한 사촌들이여, 디저트를 먹고 나서 그 멋진 비밀을 알게 되면 마침내 우리의 영혼이 화사해지겠군요! 드디어 혀도 호강을 누릴 수 있고! 쌀로몽이 작은 두 다리를 정신없이 흔들며 가느다란 목소리로 외쳤다.

— 꼭 요람에 누워 신이 난 아기 같군. 미까엘이 말했다.

마지막 기다림의 시간 동안 망주끌루는 더할 나위 없이 친절했고, 자진해서 급사장이 되었다. 그는 맨몸인 상반신에 걸치고 있던 프록코트를 벗어 풀밭에 식탁보로 깔았고, 털이 수북한 가슴을 드러낸 채로 전례를 집행하듯 두 광주리에서 음식을 하나씩 꺼내 들며 이름을 불렀다.

— 뿌따르그[73] 여덟조각, 이건 배타적 소유권에 의해 절반은 조건 없이 내 거! 이의 있습니까? 가결! 바삭바삭한, 하지만 씹기엔

----

73 어류의 알을 소금에 절여 말린 프랑스 프로방스 지방의 음식.

조금 질긴, 그래서 더 매력적인 오징어튀김 열두개! 내가 최고로 좋아하는 것이므로 여덟개는 내 거! 식용유와 튀긴 양파를 넣고 온종일 삶은 달걀! 그렇게 삶으면 맛이 잘 밴다고, 우리와 같은 신을 섬기는 식품점 주인이 나한테 장담했으니! 오 신이시여 그를 축복하소서, 아멘! 같이 곁들일 토마토, 피망, 굵은 올리브, 생양파! 향좋은 치즈가 들어간, 제발 좀 먹어달라고 간청하는 도넛! 고기와 생선을 다져 넣은 파이 스물여덟개! 아주 굵직굵직하지! 고기와 야채를 다져 넣은 거위 목 요리도 사랑스럽게 먹어줘야 하고! 철저하게 우리의 율법에 따라 준비된, 진정 소중한 소고기 소시지! 죄 없는 새끼 염소 불고기는 손으로 먹으면 되고, 곁들일 필래프는 동글동글하게 빚어서 목구멍 깊숙이 밀어넣을 것! 그리고 송진 향 포도주 여섯병, 그중 두병은 내 거! 마무리로, 만족스런 트림을 위한, 달콤하고 쫀득거리는 꿀 도넛, 로쿰, 참깨 누가! 그리고 끝으로, 주전부리용으로, 구운 호박씨와 튀긴 병아리콩, 포도주와 함께할, 비밀을 얘기하는 동안 씹기 안성맞춤일 짭짤한 땅콩! 자, 여러분, 식사합시다! 모두 식사 개시!

숯 굽는 장작 더미 근처 풀밭 위에 둥글게 모여 앉은 용자들은 떠들썩하게 씹고 서로를 향해 미소를 지으면서 배가 꽉 찰 정도로 실컷 먹었다. 화기애애한 시간이 끝나자 미까엘은 터키식으로 책상다리를 하고 앉아 허리에 차고 있던 탄띠를 풀었고, 발이 편하도록 가죽 신발을 벗은 뒤 양발을 비볐고, 마침내 목소리를 가다듬었다.

─그대들의 인생과 운명에 비밀의 베일이 벗겨지는 순간이 왔도다! 미까엘이 선언했다.

─시작합니다! 쌀로몽이 외쳤다.

─조용히 하라, 오 완두콩만 한 그대! 망주끌루가 쩌렁쩌렁한

목소리로 외쳤다. 그 수다스러운 혀는 암에나 걸릴지니!

— 말 그만하고 조용히 듣자는 거였잖아요! 쌀로몽도 지지 않았다.

— 그 멍청한 입 좀 꽉 잠그라! 망주끌루가 다시 윽박질렀다. 자, 모두 들을 준비가 되었으니, 그대 미까엘이여! 이제 그대의 진귀한 말을 전하라!

— 먼저 한가지만 물어보죠. 오 망주끌루, 왜 그대는 낮이나 밤이나 입속에서 뭔가를 씹고 있죠?

— 비타민이지. 그리고 덧붙이자면, 자주 찾아오는 절망이 위로를 필요로 할 때 씹는 것이라. 나에게 있어서 먹는 것은 육체의 욕구라기보다 정신의 욕구이니! 자, 이제, 오 용맹스러운 자여, 비밀의 문을 열라! 아름답게 장식된 고상한 말들을 펼쳐놓으라! 돌격!

— 좋아요. 마침내 미까엘이 비밀의 뚜껑을 열었다. 오늘 아침에 우리는 아테네에 있었고, 그런데 우리가 존경하는 쌀띠엘이 뜬금없이 훌륭하신 조카의 얼굴을 보고 싶어 하는 바람에 얼떨결에 그 날아다니는 장치를 타고 돌아오게 됐죠.

— 난 죽는 줄 알았어요. 쌀로몽이 거들었다.

— 오, 콧수염 단 호색한이여, 도대체 무얼 하겠다는 것인가? 그대만큼이나 우리도 다 알고 있는 일들을 뭣 때문에 다시 얘기하는가? 망주끌루가 분노했다. 그래서 뭐냔 말이다! 저기 말 두필 그리고 석유의 힘으로 가는 자동차 한대와 함께 우리가 왜 이곳에 있는지 그 이유나 말하라!

— 잠깐, 잠시만 기다려요, 미까엘! 쌀로몽이 끼어들었다. 아직 시작하면 안돼요, 생리적 욕구 좀 금방 해결하고 올게요.

— 때도 못 가리는 방광 역시 암에 걸릴지니! 비밀이 공개되려

는 이 찰나에 훼방을 놓다니! 망주끌루가 비명 같은 외침을 내질렀다.

— 난 예의를 차리는 사람이라 조금 멀리 가서 하겠지만, 눈 깜빡할 사이에 돌아올 겁니다! 이렇게 말한 뒤 쌀로몽은 우아한 동작으로 몸을 숙여 인사하고는 자리를 떴다.

— 무례한 자 같으니, 하물며 중요하지도 않은 자이니까 신경 쓰지 말고 바로 시작하라! 망주끌루가 말했다.

— 기다려야죠. 비밀의 뚜껑을 여는 즐거움을 빼앗을 순 없어요. 미까엘이 말했다.

그러면서 미까엘은 심심풀이로 발가락을 요리조리 움직이며 사랑 노래를 흥얼거렸다. 마따띠아스는 송진을 씹으며 연필을 들어 돈 계산을 했고, 낙심한 망주끌루는 그 커다란 맨발가락을 돌리며 무료함을 달랬다.

— 자! 이제 됐어요! 돌아온 쌀로몽이 만족스럽게 외쳤다. 정말 빨리 왔죠? 그렇죠, 여러분? 호텔에서 레모네이드를 많이 마셔서 어쩔 수 없었어요! 어찌나 맛있던지! 아내한테도 좀 가져다주려고요! 아, 나의 벗들이여, 이제 깃털만큼 가볍고 편안하네요! 조금 전에 저기 나무 뒤에 혼자 있을 땐 등 뒤가 얼마나 무섭던지, 귀신이 나올 것 같더라니까요! 이제, 신의 가호 아래, 다 끝났어요! 이제 사랑하는 사촌들과 함께 있으니 하나도 안 무섭네요!

— 자, 우리가 추앙하는 앞잡이여, 이제 말하라! 망주끌루가 외쳤다. 감미로운 말을 내뱉으라! 우리의 귀가 모두 활짝 열려 있으니!

— 오 아기 염소 같은 나의 벗들이여! 미까엘이 이야기를 시작했다. 내 얘기를 듣기 위해 귀를 기울인 그대들이여! 오랜 세월 함

께한 친우들이여! 그대들이 알아야 할 것은 바로 이 모든 일이 연애 사건으로 인한 것이며, 우리의 훌륭하신 쏠랄 나리가 지금 사랑의 열정과 불장난에 빠져 있다는 사실입니다!

— 여자가 아름다운가요? 쌀로몽이 물었다.

— 먹음직스러운 수박 같은 여인이지. 미까엘이 대답했다.

쌀로몽은 조금도 의심 없이, 경탄이 가득 담긴 두 눈을 반짝이며 혀로 위아래 입술을 훑었다.

— 아라비아의 진짜 장미 같고 보름을 하루 앞둔 환한 달 같은 여인이로군요! 쌀로몽이 말했다. 우리 나리가 그 여인과 결혼하면 되겠네, 두고 봐요, 내 말대로 될 테니!

— 그럴 수 없네, 남편이 있는 여자거든. 미까엘이 말했다. (미덕에 어긋나는 상황에 증오심이 솟구친 쌀로몽의 머리카락이 곤두섰다.)

— 좋아, 열정에 빠져 있다 치고, 그 열정이 저기 저 두필의 말과 시끄럽게 부릉거리는 자동차하고 무슨 관련이 있는가? 망주끌루가 물었다. 그리고 조금 전에, 우리가 따라오면 일본식으로 배를 갈라버리겠다고 협박해놓고서, 그대 혼자 저기 있는 바로 저 집 쪽으로 가서 뭘 한 건가?

— 영예롭게 받든 지시 사항에 따라서 임무의 제1부를 완수했죠. 미까엘이 말했다. 사건들을 순서에 따라 제자리에 등장시켜야 하니까, 그건 조금 있다 설명하도록 하죠. 어쨌든 이건 매력적인 여자와 함께하는 침대 이야기이고, 오쟁이 진 머저리 같은 남편이 등장한다는 걸 알아둬요. (쌀로몽은 두 손으로 귀를 막았지만 소리가 안 들릴 정도로 꽉 막지는 않았다.)

— 이미 말한 것 아닌가! 망주끌루가 말했다. 그다음 얘기를 하

란 말이다! 뻐기지 좀 말고!

— 각별한 우정의 특권으로 호텔에서 단둘이 마주 앉았을 때 우리의 쏠랄 나리가 고백하길, 오늘 저녁 9시에 그 감미로운 여인과 은밀히 약속이 있다더군요. 그래서 나도 같이 가게 해달라고 졸랐죠. 난 원래 그런 일을 무척 좋아하니까. 사실 이전에도, 그러니까 우리 나리가 더 젊었을 때 영사의 아내, 그 위아래도 길고 옆으로도 넉넉하던 여인을 낚아채는 일을 도와준 적이 있답니다!

— 그래서 어쨌다는 것인가! 망주끌루가 목소리를 높였다.

— 나리의 눈을 보니 내 말을 들어줄 것 같았죠. 원래 내 청을 잘 거절하지 못하니까요. 결국, 영광스럽게도, 같이 가도 된다는 허락을 받았답니다. 그래서 믿을 수 없이 빨리 굴러가는 그 기다란 흰색 차를 타고 9시 조금 넘어 이곳에 도착했고요. 저기 가까운, 지금은 나무들에 가려서 안 보이는 문까지 같이 갔죠. 나리가 문에 달린 그 소리 나는 걸 막 누르려고 하는데 바로 그때 문이 열리면서 그녀가, 앞뒤로 나올 데는 다 나온, 사실 꼭 필요한 일이죠, 아무튼 그 여인이 나오더라고요. 난 콧수염을 말아대며 아름다운 여인에게, 그래요, 정말 파샤[74]의 여인처럼 곱더군요, 그녀에게 열정적인 눈길을 몇번 보냈고, 그런 다음엔 조심스럽게 뒤로 물러나 있었답니다. 아주 멀리는 아니고, 눈으로 보고 귀로 들을 수 있는 자리였죠. 물론 장님에 귀머거리인 척하고 있었지만요. 우선 둘이 키스를 하더군요. 내가 보기에 그건, 물론 확실히 보증할 수는 없지만, 입안에서 혓바닥이 오가는 이른바 쌍방 프렌치 키스의 범주에 속하는 거였어요. 그런 다음에 눈부시게 아름다운 여인이 뭔가를 말

---

74 옛 터키에서 고관에게 붙이던 칭호.

했고, 설명했고, 난 그걸 다 들었답니다. 아, 여러분, 그녀의 목소리가 어찌나 아름답던지 흡사 음악의 선율 같더군요!

— 천상의 선율 같은 그 목소리로 무슨 얘길 했는데요? 귀를 막고 있던 쌀로몽이 물었다.

— 그 교활한 여인이, 아름다운 여인들이 으레 그렇듯이, 사탄의 딸처럼 사악한 그녀가 말하길, 말이 없어도 달리는 마차 소리가 밖에서 나는 걸 듣고 자신이 온 영혼과 육신을 다해 사랑하는 연인이 오는 것을 알았고, 집 안에 있는 꼴 보기 싫은 남자한테는 마실 것을, 그러니까 이방인들이 '차'라고 부르는 것을 준비해 오겠다고 하고서 부엌으로 가는 척 우리가 들어선 정원으로 달려왔다더군요. 내가 안 듣는 척하면서 들은 바에 따르면 그랬어요. 미까엘은 잠시 이야기를 멈췄고, 귀를 쫑긋 세운 채 듣고 있는 사촌들의 긴장을 더 끌어올리기 위해 성냥을 꺼내 이를 쑤셨다.

— 알았으니, 어서, 계속하라, 이런 제기랄! 망주끌루의 목소리가 험악해졌다. 계속하라, 지금 내 몸이 달군 석쇠 위에 올라선 것 같노라!

— 좋아요, 그러니까 키스를 한번 더 했고, 그 키스가 어떤 종류의 것이었는지는 어두워서 확인할 수 없었지만 아마도 혀를 3분의 1쯤 집어넣은 뒤 섞어버리는 키스였을 겁니다. 그런 다음 그 아름다운 여인이 말했죠. 내일 틈을 봐서, 집 안에서 송진과 역청처럼 딱 들러붙어 있는 끔찍한 남자의 눈을 피해 움직일 수 있을 때 연락을 주겠다고. 사람을 보내서 언제 비단 침대에 함께 누워 서로의 몸을 마음껏 즐길 수 있을지 알려주겠다고. (쌀로몽이 다시 귀를 막았다.)

— 그 사탄 같은 여인이 정말 그렇게 말했다는 건가? 망주끌루

가 물었다.

—아니죠, 그 여인은 지극히 정숙하고 시적인 말을 사용했지만, 내가 그 여인의 머릿속을 아니까, 그 깊숙한 곳에 들어 있는 걸 대신 말해주는 거죠. 아, 나의 사촌들이여, 밤의 여흥에 필요한 것을 모두 갖춘 남자에게 유럽 여인들은 진정 훌륭한 보고寶庫랍니다!

—일반적인 고찰은 필요치 않으니! 망주끌루가 외쳤다. 개별적 이야기를 계속하라!

—그런 다음 그녀는 내가 누구인지 물었고, 우리 나리께선 나더러 다가오라고 하더니 자기의 광신자이자 심복이라고 소개했죠.

—그대 오늘 말을 꽤 잘하는군. 망주끌루가 말했다.

—내 혀에 젊음의 향기가 되돌아왔으니까. 어쨌든, 그렇게 소개를 받은 나는 무릎을 꿇어 그녀의 옷자락에 입을 맞췄고, 그랬더니 여인이 매혹적인 미소를 건네더군요. (쌀로몽이 귀에 대고 있던 손을 내리며 한숨을 쉬었다.) 맞아요, 아마도 내 넓은 어깨와 입고 있는 제복의 자수 장식이 인상적이었는지, 호의가 가득한 미소였죠. 여러분도 이걸 알아둬야 해요. 유럽 여자들은 정력적으로 보이는 남자한테 맥을 못 춘답니다. 그건 탄탄대로를 보증해주는 징표니까. 간단히 말하도록 하죠. 우아한 여인의 입에서 고상한 문장들이 이어진 뒤, 연인은 헤어졌죠. 이것도 알아두는 게 좋을 텐데, 유럽 여인들은 입으로 고결하고 덕스러운 말을 내보냄으로써 육체의 욕망과 근질근질함을 감추는 걸 아주 잘한답니다.

—생각했던 것보다 그대 통찰력이 좋군. 망주끌루가 말했다.

—내가 그 방면에 좀 능하니까요. 미까엘이 말했다. 그렇게 우리는 나리의 호화 호텔로 돌아왔고, 그때 내가 나서서 그런 일에 무엇 때문에 인내심을 발휘하느냐고 정중하게 힐책했지요. 남자

의 명예를 저버리지 말라고 일깨우면서! 땅콩 크림같이 고소한 여인, 그토록 따끈따끈하고 달콤한, 하물며 필요한 동그라미 네개를 제대로 갖춘 여인인데, 어떻게 당장 맛보지 않고 내일까지 기다릴 수 있느냐고 했죠. 한걸음 더 나아가, 나한테 맡겨만 준다면, 내가 나서서 훌륭한 가문의 사랑스러운 여인을 유괴해 오겠다고 했어요. 나리는 가만히 기다리라고, 내가 알아서 처리하는 영광을 달라고 했죠. 이런 건 다 내 일이라고, 날 젊게 만들어주는 일이라고도. 결국 내 주장이 받아들여졌고, 뜻대로 하라고, 심지어 여러분도 함께 가도 좋다는 허락을 받은 겁니다. 사랑하는 여인에게 전할 편지 한장을 들고. 참으로 큰 은혜이지요! 그래서 조금 전에 내가 여인이 머저리 같은 남편의 얘기를 억지로 듣는 척하며 애쓰고 있는 방의 창가로 갔던 거고요. 그 작자는, 미련한 황소 같으니, 응당 남자와 여자 사이에서 가장 중요한 과업을 완수해야 할 마당에, 쓸데없이 심각한 얘기만 떠들어대고 있더군요. 예를 들면, 멍청하게도, 국장들과 장관들을 만나러 다니면서 무슨 대화를 나눴는지 말이에요. 돈은 이미 많고 더 견고한 것을 갈망하는 여자들로서는 아무런 관심도 없는 주제인데. 덧창의 틈새로 보니 여자는 나오는 하품을 참느라 입을 닫은 채 입술을 깨물고 굳은 표정으로 억지 미소를 짓더군요. 머저리 같은 남자는 옆에서 열과 성을 다해 고위 관료들 얘기만 늘어놓고요. 그러다 갑자기 말을 멈추더니, 세상에, 뻔뻔스럽게 고백하기를, 창자에 문제가 생겨서 급히 변소에 다녀와야 한다는 겁니다. 그런 욕구는 늘 숨겨야 하는 건데, 그것만큼 아름다운 여인의 사랑을 식혀버리는 게 어디 있다고! 정력도 부족하고 어리석기 이를 데 없는 남자가 그렇게 방을 나가는 것을 확인하고 내가 창문을 두드렸고, 문을 연 여인은 이미 연인에게 소개를 받은 얼굴이니 날 보고도 놀라지 않더군요. 난 한쪽 무릎을 꿇고 편지를 건 넸죠. 오늘밤 도농이라 불리는 화려한 장소로, 쏘르베를 맛보고 춤을 추는 곳으로, 춤은 원래 중요한 과업을 위한 준비로 아주 좋으니까, 그러니까 그곳으로 안내할 권한과 임무를 나에게 부여한다는 내용의 편지 말이에요.

― 말도 안돼! 겨우 쏘르베 하나 먹자고 이런 일을 벌이다니! 마따띠아스가 투덜거렸다.

― 그 쪽지엔 여러분 세 사람 얘기도 있었어요. 그녀가 여러분을 처음 보고 너무 놀라면 안되니까 미리 말해주려는 거였겠죠.

― 내 얘긴 뭐라고 했지? 망주끌루가 탐욕스러운 눈으로 물었다.

― 나름의 천재성을 지닌 사람이라고. 나로선 아주 놀라운 말이었지만요.

― 나름의라는 말은 뭣 때문에 붙였는가? 망주끌루는 버럭 화를 냈다. 할 수 없지, 후세가 판단하리라. 그리고 그 말이 놀랍다니, 오 황소같이 멍청한 지능이로다, 그대는 영원히 그 꼴로 살라!

― 나는요, 내 얘긴 뭐라고 했어요? 쌀로몽이 물었다.

― 조용히 하라! 망주끌루가 외쳤다. 말할 권리를 가진 자가 말하도록 하라! 그래, 쪽지를 읽고 나서 여자가 뭐라 했지?

― 은은한 목소리로 대답한 바에 따르면, 내가 헌신하는 마음으로 들은 바에 따르면, 오늘밤 우리 나리를 만나러 가긴 할 텐데, 언제 다시 홀로 있게 될지 알 수 없기 때문에 정확히 몇시가 될지는 모르겠다는 거였죠. 홀로 있게 된다, 그래, 그렇게 말했어요, 너무도 우아한 표현이니 우리 함께 칭송합시다! 다른 여자 같으면 머저리 같은 남편을 언제 치워버릴지 모르겠다고 했을 텐데. 혹은 가증스러운 남편이 코를 고는 걸 보고 곧장 빠져나가겠다고 하거나. 그

녀는 제대로 교육받은 여인이니까요. 게다가 정원에서 두 사람이 얘기할 때 들었는데, 우리 나리하고 같이 침대에 누워 요분질하고 주된 과업을 행하는 그런 사이면서도, 줄곧 정중한 존댓말을 쓰더군요. 왕가의 여인이나 공작 부인같이 고귀한 혈통의 여자들은 원래 그렇죠. 침대에서는 열정적으로 움직이고 격하게 흔들어대지만, 침대 밖에서는 더없이 단정하고 예의를 갖추는 것. 나에게 답을 전한 이후에도 키스를 받기 위해 손을 내밀더라니까요. 나는 한 손을 주먹 쥐고 허리에 얹은 채로, 열정적인 눈길로 한번 쳐다본 뒤에, 그 자리를 물러났지요. 자, 쌀로몽, 이제 술을 따르라!

용자들은 둥글게 모여 앉아 잔을 비운 뒤 짭짤한 땅콩을 입에 넣었다. 침묵이 내려앉은 존엄한 밤에 땅콩 씹는 소리가 울려 퍼졌고, 어디선가 들려오는 나이팅게일의 울음소리에는 아무도 귀를 기울이지 않았다.

75

—그럼 저 말들은 왜 필요하죠? 땅콩이 바닥났을 때 쌀로몽이
물었다.

—하나는 여인이 탈 거, 하나는 내가 탈 거. 미까엘이 대답했다.

—뭣 하러 말을 타는데요?

—오 무지한 자여, 무지한 자의 아들이여, 애정 문제로 여인을,
특히 결혼한 여인을 유괴할 때 말이 아니라 다른 것에 태웠다는 얘
기를 들은 적이 있는가?

—난 몰랐어요. 쌀로몽이 말했다. 그래요, 이제 알아두면 되잖
아요. 화 좀 내지 말아요.

—말에 태우자고 내가 제안했더니 우리 나리께서도 흡족해하
셨지.

—난 안 그래, 전혀 흡족하지 않아. 마따띠아스가 말했다. 단언
컨대, 쌀띠엘의 조카는 제정신이 아니야. 그렇게 높은 자리에 앉아

그토록 많은 달러를 쌓아두는 사람이 어쩌자고 그러지? 정신이 나간 거야!

─그대 마따띠아스는 얌전하게 절제하며 사는 사람이죠. 하지만 별로 멋있어 보이지 않는걸요. 미까엘이 응수했다.

─그렇다면 저 뒤에 있는, 저 연기 나는 마차는 뭣 때문에 온 거죠? 쌀로몽이 물었다.

─혹시 여인이 말은 싫다고 할 수 있으니까.

─맞아요. 쌀로몽이 다시 말했다. 예의상으로도 그렇고, 그 여인이 자기 뜻대로 선택하게 하는 게 옳죠. 아름답다고 했죠?

─핑크빛 비누 같지. 게다가 내가 보기에 허리는 삶은 이딸리아 마까로니처럼 단단하면서도 유연해. 허리를 아주 제대로 놀릴 걸. 앞쪽 뒤쪽 모두 암코끼리보다 나아 보이더군. 엉덩이는 솜털을 채워넣은 이불처럼 폭신폭신하겠고! 아, 역시 우리 나리는 여자를 고를 줄 안다니까! 침대 위에서 같이 즐기기 더없이 좋을 여자야! 파샤의 여인, 꿀 도넛 같은 여자! 그 입은 네겹 아라베스끄 문양으로 뒤엉킨 키스에 안성맞춤이지! (뒤로 물러앉는 쌀로몽의 머리카락이 곤두섰다.) 게다가 조금 전에 덧창 틈으로 엿볼 때 그 형편없는 남편도 봤는데, 코를 보니까 정력이 약하겠더군요. 그러니 그녀가 싫어할 수밖에. 여자들이 코 큰 남자를 좋아한다는 건 다 알려진 일이지요. 코는 정력의 징표이고, 크기를 말해주니까. 다들 걱정할 것 없어요. 나리의 여인은 조만간 우둔한 소 같은 남편을 떼어내고 엉덩이를 흔들며 이리로 올 테니! 여자라는 족속에 대해 잘 아는 내 말을 믿어봐요.

─짝짓기를 좋아하는 아내라면, 어차피 그 남편이 막는 것은 불가능하리니! 망주끌루가 즉석에서 생각해낸 구전을 읊었고, 그

러면서 자신의 재능이 흐뭇해 미소를 지었다. 송진을 씹던 마따띠아스는 넌더리를 내며 뱉어냈고, 쌀로몽은 아름다운 여인을 향한 경탄과 십계명을 향한 경외심 사이에서 이러지도 저러지도 못한 채로 양손으로 머리를 움켜쥐었다.

—어찌나 대단한 수박이던지! 미까엘이 자기 콧구멍에서 나와 굽이굽이 공중을 떠가는 연기를 음울한 눈길로 바라보며 한숨을 내쉬었다.

—수박인지 뭔지 그건 관심 없어. 마따띠아스가 말했다. 하지만 그놈의 수박 때문에 증기로 가는 저 마차의 삯을 재는 시계가 계속 가고 있단 말이야. 끌어주는 말 없이 지옥의 소리를 내며 가는 저 탈것을 모는 이방인의 돈주머니로 스위스프랑이 쏟아져 들어가고 있다고! 세상에, 아, 저렇게 좋은 직업이 있다니! 아무것도 안하고 핸들 앞에 앉아서 기다리기만 해도 일분 일분 지날 때마다 돈이 들어오다니!

—그 여자한테 올라타면 최고로 감미로울걸요. 침대에서 뒹굴고 즐기기에 더 좋은 여자를 찾을 수 없을 정도죠! 미까엘이 꿈꾸듯 말했다. 그 여인을 보고 있으면 언젠가 케팔로니아 펠리스 호텔에서 만났던 빨간 머리 여자가 떠올라요. 어느 한가지 일에는 아주 완벽한 여자였는데, 단 한가지 결점은 바로 그 한가지 일을 하는 동안 영어로 말한다는 거였죠.

—그래봤자 이미 한 남자의 아내잖아요. 쌀로몽이 미까엘의 말을 끊었다. 그런데 어떻게 다른 남자와 춤을 추려고 쏘르베 파는 곳으로 따라나설 수 있죠?

—유럽 여자들은 원래 그래. 미까엘이 말했다. 아, 나의 벗들이여, 오쟁이 진 유럽 남자들한테 초롱 하나씩 들고 서 있게 한다면,

오 하느님 맙소사, 온 세상이 환하게 빛날 텐데!

— 철학은 때려치우라. 망주끌루가 하품을 했다. 혹시 땅콩 남은 것 나한테 줄 사람 있는가?

— 아니, 틀렸어요. 쌀로몽이 외쳤다. 난 확신해요, 그녀는 절대 남편을 버리고 따라오지 않을 거예요! 그토록 아름다운 여인이라면 분명 덕스럽기도 할 텐데! 결혼한 여자가, 세상에 말도 안돼, 다른 뭐가 더 필요하다고 그러겠어요?

— 달콤한 잼 같은 정력이 필요하지. 미까엘이 말했다.

— 으, 으, 으. 쌀로몽이 신음했다. 어째서 나한테 이런 일이 일어나는지! 내가 도대체 왜 이런 말을 듣고 있어야 하는지! 오늘 이미 내 영혼이 입으로 빠져나올 만큼 하늘 높이 날아왔는데, 그걸로 모자라요? 으, 으, 으!

— 그 으으으거리는 짓 좀 그만두라. 귓속에 자꾸 벌레가 기어다니는 것 같으니. 망주끌루가 말했다.

쌀로몽은 더이상 참을 수가 없었다. 하늘을 날아 여행하는 것을 받아들였고, 타고 오는 내내 눈을 감고 시편을 낭송했고, 그렇게 두 시간 동안 조종사가 갑자기 기절할까봐 아니면 비행기 날개가 떨어져 나갈까봐 창자가 꼬이는 것 같고 정말 죽을 만큼 힘들었다. 그런데 그 모든 일이 고작 이런 꼴을 보기 위해서였다니! 그 옛날 바빌론에서보다 더 심각한, 더 끔찍한 얘기를 듣기 위해서였다니!

— 하지만 그러면, 불쌍한 남편은 아내를 잃게 되잖아요! 결국 즐거움과 신앙을 잃는 거고! 쌀로몽이 자그마한 두 손을 벌리고 물었다.

— 그자가 죽든가 말든가! 미까엘이 초승달처럼 둥근 수염의 양끝을 매만지며 말했다. 그게 바로 남편들이 감당해야 할 몫이지.

— 말도 안돼요! 쌀로몽이 외쳤다.

— 혹시라도 남편이란 작자가 그 매혹적인 여인을 힘들게 하면, 내가 그 뿔[75]을 뽑아서 아무짝에도 소용없는 아랫배에다 쑤셔넣어 주겠어!

— 수치스러운 줄 알아요, 천박한 인간 같으니! 난 정절을 지지해요! 이상 끝! 더이상 할 말 없어요! 이제 난, 나의 힘이자 나를 지켜주는 보루인 영원한 신, 성스러운 신의 품 안에 머물 거예요! 정말이에요! 우리 나리의 처신은 옳지 않아요! 그토록 지혜로운 이가, 대제사장의 아들이며 아론의 후손인 이가 어째서 그런 일을 하는 걸까요? 오 나의 벗들이여, 결혼을 하고 정절을 지키고, 이 세상에 이보다 더 아름다운 일이 있나요? 아내를 바라보고, 빙그레 웃어주고, 그러면 후회할 일이 없고, 하느님도 다 알아주실 텐데! 고민거리가 생기면 집으로 돌아가 아내에게 털어놓고, 그러면 아내가 힘을 주고, 걱정하지 말라고, 바보같이 왜 그러냐고 말해줄 텐데! 그러고 나면 마음이 풀리기도 하고, 그렇게 두 사람이 함께 곱게 늙어가면 되는데. 그런 게 바로 사랑인데. 더 아름다운 게 뭐가 있죠? 오 나의 벗들이여, 어디 한번 말해봐요.

— 게다가 불륜에 빠지면 돈 들여 꽃다발까지 사야 하지. 마따띠아스가 끼어들었다.

— 그나마 조카가 무슨 죄를 저지르고 있는지 쌀띠엘이 모르는게 다행이네요. 쌀로몽이 말했다. 하느님이 쌀띠엘을 이곳에서 떼어놓기 위해 황달을 내리신 게 분명해요.

— 쓸데없는 소리! 미까엘이 단호하게 말했다. 우리 나리가 하

---

75 프랑스어와 영어로 '오쟁이 진 남자'를 뜻하는 단어 cornu와 cornuted에는 '뿔이 달린'이라는 의미가 있다.

는 일은 무조건 옳아! 미덕이란 어차피 코가 작은 작자들을 위한 것이니까! 심지어 난 내가 나리였으면 얼마나 좋을까 싶은걸! 진정 재스민의 숨결이며 수탉의 눈처럼 건강한 여인이여!

— 그리고 영국 전함보다 도도하겠군. 아름다움에 관한 이야기에 끼어들 겸, 무료함도 달랠 겸, 망주끌루가 나섰다.

— 버찌처럼 상큼하죠. 쌀로몽도 조금 전까지 자기 입으로 한 말을 잊고 덩달아 한마디 보탰다.

— 배가 안 고파도 먹고 싶어지는, 오이하고 같이 먹으면 좋을 것 같은 그런 뺨을 가졌고. 망주끌루도 지지 않았다.

— 내가 보기에 그 여자는 수탉의 눈도, 버찌의 상큼함도 아니야. 마따띠아스가 말했다. 그리고 난 오이는 뺨 같은 것 없이 그냥 먹는 게 좋아. 중요한 건 이러다 자칫하면 교수대에 올라갈 수 있다는 거라고.

— 그렇지, 남편이 총을 들고 따라올 수 있으니까. 망주끌루가 쌀로몽더러 들으라고 말했고, 그러자 쌀로몽은 벌떡 일어나 테니스 바지를 털더니 염소 털로 안감을 댄 작은 외투를 허겁지겁 챙겨 입었다.

— 여러분, 난 한기가 드는 것 같고 머리까지 아파요. 그만 일어나서 호텔로 돌아가야 할 것 같아요.

— 오 겁쟁이 햇병아리! 미까엘이 외쳤다.

— 맞아요, 난 겁쟁이고 겁쟁이인 게 부끄럽지 않아요! 용기를 낸 쌀로몽이 두 주먹을 움켜쥐고 응수했다. 난 내가 옳다고 생각해요. 두려움이 위험을 알려주고 살 수 있게 해주니까요! 사는 것보다 더 매력적인 게 뭐죠? 그래요, 나의 벗들이여, 이미 말한 대로, 난 살 수만 있다면 감옥에서라도 영원히 살 거예요! 그리고 미

까엘, 이거 알아둬요, 겁쟁이들이 사실은 늘 친절하고 선량하고 하느님 보시기에 흡족한 사람들이라는 걸. 황소만 한 덩치에 권총들을 주렁주렁 매단 그대는 회교도하고 똑같아요. 알겠어요? 그리고 내가 그대 못지않게 용감하다는 것, 하지만 다른 방법이 없을 때만 그렇다는 것도 알아둬요. 이제 천박한 미까엘에게 해야 할 대답을 마쳤으니, 나의 사촌들이여, 두분을 두고 나 먼저 갑니다. 시내로 돌아갈 거예요. 이 들판에 있는 것보다 그게 낫겠어요.

그 순간 미까엘이 다정한 손길로 그를 덥석 붙잡아 끌어안았고, 쌀로몽 역시 이 자리를 벗어나기는 불가능하다는 것을 깨닫고 결국 포기했다. 이미 자정이 지난 이 시각에 유령이 들끓는 이 돌밭에서 어디가 어딘지 어떻게 안단 말인가. 하지만 적어도 몸을 숨길 필요는 있었다. 남편이 상황을 깨닫고, 춤추고 쏘르베를 먹으러 가는 아내를 잡으러 총을 들고 따라올 수 있지 않은가! 맞아, 제길, 어떻게든 숨어야 한다. 유탄이 어디로 튈지 모르니까! 결심이 서면 곧장 실천할 것! 그는 잘린 나뭇가지 아래로 기어가 사촌들이 기대앉은 건초 더미 옆으로 갔고, 미까엘에게 나뭇잎으로 자기를 덮어달라고 했다. 그렇게 숲의 일부가 된 다음에야 비로소 마음의 안정을 되찾았다. 하지만 몇분간의 침묵이 흐른 뒤 나뭇잎 더미 아래서 다시 나지막한 목소리가 새어 나왔다.

─오 야곱의 하느님이시여, 우리의 쏠랄은 왜 우리 민족의 여인을 사랑하지 않는 겁니까? 집안의 여왕이며, 안식일이면 방향 기름을 머릿결에 바르는 우리 민족의 여인을? 이방인 여인들에겐 뭐가 더 있기에 그럴까요?

─시를 낭송해준다지. 망주끌루가 빈정거렸다.

─신기하네요, 나도 그렇게 생각했었는데. 잠시 상념에 젖어

있던 쌀로몽이 작은 목소리로 말했다.

— 하지만 남자가 병이 나면 시 낭송도 끝나는 것을! 망주끌루가 말했다. 몸이 아플 땐 시가 싫어지는 법이니! 그때 이방인 여인들은 손가락 두개를 입에 넣고 휘파람을 불지. 호텔 급사가 달려오면, 저 시체를 빨리 내가라! 내 눈앞에서 치워버리라! 하고 외치고! 두고 보라! 이방인 여인들의 처신이 필시 그러할지니!

— 그래요, 하지만 병이 안 났을 땐 그보다 감미로운 것이 어디 있겠어요? 쌀로몽이 은신처 밖으로 몸을 내밀며 말했다. 하루 종일 시를 낭송해주는 여인이라니 너무 아름답잖아요! 그는 작은 두 주먹을 불끈 쥔 채로 하늘을 올려다보며 낭송하듯 말했다. 아침에 일어나자마나 영혼의 위장이 복숭아 주스를 맛보듯 시 낭송을 듣는다니!

— 그런데 망주끌루! 그 시체하고 휘파람 얘기는 검증된 사실인가요? 그냥 지어낸 거죠? 미까엘이 물었다. 뭐, 물론, 쏠랄 나리야 다행히도 병이 나지 않았지만, 그래도 언젠가 허리가 아프게 될 텐데, 그 여인이 찜질을 해줄까요?

— 찜질이 뭐가 중요하다고 그래요? 쌀로몽이 외쳤다. 그건 하나도 안 중요해요. 단지 내일 아침 내가 일어날 때. (하지만 그는 자신이 살구 주스 장수 쌀로몽일 뿐임을 떠올리고는 입을 닫았다.)

— 오 인간의 머리를 한 개미 같으니! 그렇게 좋으면 시를 낭송하다가 휘파람을 부는 그 여자를 쏠랄 나리한테서 빼앗아보라! 망주끌루가 말했다.

— 난 키가 너무 작아요. 쌀로몽이 그 일이 불가능한 이유를 설명했다. 그녀가 날 원하지 않을 거라고요. 무슨 말인지 알겠어요? 히느님은, 오 축복받으소서, 그냥 당신 뜻대로 피조물은 만들었단

말이에요.

─도대체 다들 뭐가 그렇게 즐겁다고 그놈의 사랑 타령이지? 마따띠아스가 심드렁하게 말했다. 차라리 풍성한 연말 결산 얘기를 하는 게 낫지.

─뭐가 그렇게 즐겁냐고요? 미까엘이 공격적으로 물었다. 정말 몰라요? 오 초라한 알들이여, 수정 능력 없는 아버지의 씨에서 태어난 아들들이여! 오늘밤 뜨겁게 달아오른 연인에게 어떤 즐거움이 기다리고 있는지 정말 모른단 말인가요? 오 어리석은 노새 같으니! 춤을 추다보면 몸이 활활 타오르고, 이어 호화 호텔로 가서 진탕 즐긴다는 걸 정말 몰라요? 그녀는 눈가를 파란색으로 칠하고, 자연 상태의 알몸으로, 실크로 싸인 침대 위에 누워서, 나뭇가지에 쌓인 눈처럼 하얀 젖가슴, 매혹적인 향내를 풍기며 도발적인 네개의 포물선을 그리는 그 가슴으로, 그렇게 황금빛 술로 장식된 시트 위에서 기다리고, 그러면 우리의 나리가…….

─안돼요! 그다음은 말하지 말아요! 쌀로몽이 비명을 질렀다.

─그러면, 침이 가득한 키스를 하고 즐거운 장난을 주고받은 뒤에, 우리의 나리 역시 몸을 가릴 것이라고는 두 손밖에 없는 상태로 침대에 누울 거고, 끝내주는 몸매로 평판이 자자한 그녀가 후끈 달아오르고, 영혼의 연인의 몸을 가리고 있는 그 손을 웃으면서 치워버릴 거고, 그렇게 해서, 황홀경에 빠진 환한 미소를 지으며, 남성의 풍요로움을 관찰하고 음미할 테지! (분노를 참지 못한 쌀로몽이 싸울 자세를 잡더니 준비가 다 됐다는 듯 작은 주먹을 빙빙 돌렸고, 그런 다음 미까엘의 옆구리를 마구 때렸다. 하지만 미까엘은 쌀로몽의 주먹질에도 별 느낌이 없는지 그대로 말을 이었다.) 그리고 그 얼간이 같은 남편에 비해 어떤 한 부분이 훨씬 더 크다

는 것을 확인하면서 나리를 좋아하고 존경할 거고, 영혼이 환희에 젖겠지! (전의를 상실한 쌀로몽은 싸움을 중지하고 머리를 건초 더미에 쑤셔박았다.) 왜냐하면 바로 그 어느 부분이 여자에겐 생명 이고, 낮과 밤의 목표니까! 아마도 그 부분에 있어서 남편이 아내 를 만족시키지 못했을 거고, 그게 바로 영혼을 휩쓰는 파도, 그러 니까 기분 상하고 다툼이 일고 멸시하고 결국 이혼에 이르는 파도 의 비밀일 테니까! 하느님이 나처럼 만든 남자도 있지만, 작게 만 든 남자들도 있으니까! 밀랍이 그렇듯이 손길이 갈수록 더 흐물거 리는 그런 비참한 남자들! (쌀로몽은 어쩔 줄 몰라 하며 도망갈 곳 을 찾아 허둥댔고, 결국 몸의 절반이 건초 더미 안으로 사라졌다.) 그렇지, 그렇게 강하고 힘찬 걸 보았으니 좋아서 달아오르고 신이 나서 손뼉을 치겠지. 그게 들어오고 파고들고 뚫고 가고 다시 들어 오고 나가고 또다시 들어오고, 그렇게 격렬하게 한참 동안 남자와 여자 사이의 전투가 벌어지고, 다정한 그녀가 순순히 몸을 맡기고, 남자를 찾아 리듬에 맞춰 허리를 돌리고, 남자는 여인이 땀에 흠뻑 젖어 허리를 돌릴 때마다 쾌락을 누리고. 그러다 잠시 휴전을 하고, 그래, 잘 먹어야 하고 더 잘 마셔야 하니까. 잠시 후 매혹적인 전쟁 이 다시 시작되고, 지치지 않고 왔다 갔다 하고, 빼면 절망하고 넣 으면 황홀해하고, 그렇게 새벽까지 이어지겠지. 피가 흐를 때까지. 피가 난다는 건 중요한 신호거든, 감식 전문가들은 잘 아는 신호! 그건 더없이 강한 남자라도 더이상 계속할 수 없다는 뜻이지!

— 계속하라, 오 미까엘이여. 망주끌루가 말했다. 이번 주제가 그대에게 실로 풍성한 영감을 주고, 지금껏 본 적 없는 달변의 재 주를 부여하는구나. 경의를 품고 듣겠노라.

— 아니, 저 시커먼 인간더러 제발 그만 좀 하라고 해요! 쌀로몽

이 악을 썼다.

　—이제 더 할 얘기는 단 하나예요, 망주끌루. 그건 바로, 완벽한 사랑의 이 밤에 우리의 나리가 그녀를 뒤흔들고 감미로운 난폭함으로 몰아붙여야 한다는 것! 죽음을 피할 수 없는 우리의 삶에 단 하나 존재하는 진실은 바로 여자에게 올라타는 것뿐, 나머지는 모두 허울뿐이니까. 인간은 그저 속눈썹이 한번 깜빡이는 동안 살 뿐이고, 그 이후로는 영원히 썩어가니! 하루하루 살아가는 것이 결국은 소리도 감각도 없이 드러누워 곰팡이 슬게 될 땅속의 구멍, 그곳을 향해 한걸음씩 다가서는 것일 뿐이니! 그나마 벗이라고는 밀가루나 치즈 속에서 꿈틀거리는 그 허연 벌레들뿐, 서서히, 확실하게, 우리 몸의 모든 구멍으로 들어와서 몸을 파먹고 살 그것들. 나의 사촌들이여, 그래서 나는 나에게 주어진 살아 있는 시간 동안에 저녁마다 올라탄답니다. 남자로서 책무를 완수하고 평온히 죽음을 맞이하기 위해서. 그래요, 잘 알아둬요. 그게 여자들이 우리한테 바라는 거고, 짧은 삶을 사는 동안 추구하는 유일한 목표라는 걸. 여자들 머릿속엔 오로지 그 생각밖에 없다는 걸. 그리고 우리가 여자들을 위해 일하고 여자들을 만족시키는 것 또한 신의 뜻이라는 걸. 하느님은 그 일을 완수하라고 우리를 창조하시고 길러내셨다는 걸. 우리가 고기를 먹고 싶고 포도주를 마시고 싶고 잠을 자고 싶은 건 그 고기, 그 포도주, 그 잠이 튼실한 정자를 만들어주기 때문이고, 우린 우리를 기다리는 가련한 여자들에게 바로 그것을 줘야 한다는 걸. 나의 나리이자 나의 사촌들이여, 오늘밤 난 올라타기를 할 계획이 없으니 결국 나의 의무와 책무를 행하지 못하는 거고, 솔직히 말하면, 그래서 굉장히 우울하답니다. 이 뜨거운 밤에 무수히 많은 여인이 남자가 다가오길 기다리고 있을 텐데! 어디로 가면

그 여자들을 찾을 수 있을까요?

—그대의 연설은 형식은 아주 그럴싸하지만 그 내용에 대해서는 분명하게 유보적인 입장을 취할 수밖에 없도다. 망주끌루가 말했다. 딱 한군데, 그러니까 영원히 썩어간다는, 아주 적절하고 정확하고 올바르고 합리적인 구절은 마음에 들지만.

—정말이랍니다, 나의 든든한 벗들이여. 미까엘이 말했다. 여자는 모두 남자가 올라타기를, 오로지 그것을, 그것도 오래 해주기를 갈망한답니다. 왕가 혈통의 여인이라 해도 마찬가지죠!

—거짓말! 쌀로몽이 건초 더미 속에서 악을 썼다. 모두 순결한 여인이에요!

—그래봐야 다 엉덩이를 달고 있지! 미까엘이 응수했다.

—거기에 다른 것도 딸려 있고! 망주끌루가 히죽거리며 덧붙였다.

—추잡한 비방 그만둬요! 쌀로몽이 외쳤다. 둘 다 너무 천박해요! 창피한 줄 좀 알아요! 둘 다 눈이 멀어버리라지!

—오 꼬맹이, 내 말 잘 들어! 왕이 왕비한테 어떻게 하는지, 왕비를 요리조리 돌려가며 어떻게 하는지 전부 말해줄 테니까. 잘 들으라고! 미까엘이 말했다.

—간교한 인간, 꺼져요! 쌀로몽이 건초 더미에서 뛰쳐나와 발을 구르며 악을 썼다. 더이상 못 참겠어. 다들 내가 만만해서 함부로 대하는 거죠? 이젠 안 참아요! 오늘 아침엔 날아가는 기계를 타게 만들어놓고! 오후에 호텔에선 망주끌루가 날 붙잡고 나중에 어떤 병에 걸릴지, 몸 위쪽 아래쪽 가운데 전부에 걸쳐서 이 병 저 병 나열하면서 장난을 쳤다고요! 외과 의사들이 어떤 수술을 할지, 그러다가 내가 결국 어떻게 죽게 될지, 죽기 직전에 어떻게 인상을

쓸지 떠들면서! 이러면 안되는 거잖아요! 내가 지금까지 얼마나 친절하게 잘해줬는데! 지금 이건 더 심해요! 파렴치한 미까엘은 우리의 하느님이 멀리하는 난잡한 얘기들을 줄줄이 늘어놓고! 도대체 내가 뭘 어쨌다고 이렇게 고약하게 구는 거죠? 내 말 들어봐요, 오 미까엘, 오 천박한 자, 오 얼굴 시커먼 자, 오 우리 성스러운 나라의 일원이 될 자격이 없는 자, 오 이스라엘의 이름을 더럽히는 자! 내 말 잘 들어요, 그 추잡한 말을 계속한다면 난 지금이 아무리 캄캄한 밤중이라 해도 이곳을 떠날 거고, 심연처럼 어디가 어딘지 알 수 없는 곳이라 해도, 나무 뒤에 강도가 숨어 있다 해도, 그래도 갈 거예요. 강도의 칼에 찔려 죽어도 할 수 없죠. 그럴지언정 더이상 이 천박한 말들을 듣고 있을 수는 없으니까! 이 세상의 미덕과 아름다운 관습과 아내들의 정절이여 영원하라! 이 짜증과 분노를 나는 더이상 감내하지 않으리니! 그리고 이거 전부 쌀띠엘한테 얘기할 테니 두고 봐요! 쌀띠엘이 그대의 수치를 일깨워주고, 그대를 저주할 테죠! 날 원망하지 말아요! 성스러운 힘을 지닌 쌀띠엘의 저주는 진짜로 효과가 있다는 거 알고 있죠? 그대가 앞으로 우리의 회당에 발을 들여놓으려 한다면 내가 채찍을 휘둘러 쫓아낼 테니 두고 봐요!

─오 꼬맹이 같으니. 미까엘은 이야기를 멈춘 채 풀을 뜯었고, 그런 다음 미소 띤 얼굴로 추억을 떠올리며 풀을 씹다가 다시 입을 열었다. 오 덕스러운 자여, 그렇게 분노하다니, 내 하나 물어보자. 그대는 자식을 어떻게 만든 거지? 어떤 기적이 일어났기에 자식들이 그대 아내의 배 속에 나타난 거지?

─불을 끄고 하잖아요. 얼굴이 벌게진 쌀로몽이 눈을 내리깔고 대답했다. 그리고 하느님이, 오 신이여 축복받으소서, 하느님이 우

리한테 자손을 만들어 번성하라고 하셨잖아요. 그러니까 그건 우리의 의무죠. 그리고, 그건, 그러니까 올바른 거라고요, 결혼한 사이니까.

한참 동안 침묵이 이어졌다. 밤이 깊어가면서 이따금 하품 소리가 나기도 했고, 그렇게 시간이 흐른 뒤 망주끌루는 더이상 재미있는 토론거리도 없고 먹을 것도 없으니 허파의 기능을 개선하기 위해 이교도 여인이 올 때까지 잠시 눈을 붙여야겠다고 선언했다.

풀 위에 드러누운 그는 실크해트를 벗어 독사한테 물리지 않도록 커다란 두 발을 덮었고, 곧 잠이 들었다. 꿈속에 나타난 영국 여왕이 그의 머리에 장미 관을 씌워주며 귀에 대고 속삭였다. 짐의 남편이 정원을 어슬렁거리다가 버킹엄궁의 중앙 발코니에서 떨어진 화분을 머리에 맞고 쓰러졌으니 이제 그대가 그 자리를 이어받으라.

76

　—그러니까, 지금 밤 12시 10분인데 방탕한 여인, 악마들의 우
두머리인 벨리아르[76]의 딸은 오지 않고, 저기 돈 잡아먹는 자동차는
끔찍이도 줄기차게 기다리고 있네. 마따띠아스가 말했다. 내가 마
지막으로 관찰한 바로는, 그래 저기 돈 세는 시계에 따르면, 우린
이미 42헬베티아[77]프랑을 내야 하는데! 그 여자를 돌로 쳐서 쫓아
버려! 너무 비정한 여자잖아! 십팔금으로 42프랑이라니! 8탈러[78]보
다 많은 돈인데!
　—그건 상관없어요, 우리 나리가 두둑하게 줬으니까. 미까엘이
말했다.

---

76 유대교의 외경에서 사악함, 거짓말, 범죄의 악마를 지칭한다. 기독교에서도 상
　냥한 태도로 사람들을 유혹하여 타락의 길로 끌어들이는 악마로 그려진다.
77 켈트인의 일파인 헬베티족이 살던 지역으로, 현재의 스위스에 해당한다.
78 15세기에 독일에서 주조된 은화로 19세기까지 유럽에서 사용되었다.

─난 돈이 나가면 무조건 마음이 아프단 말이야. 다른 사람의 돈이라 해도 마찬가지라고. 마따띠아스가 말했다.

─내 보기에 마따띠아스는 숨이 끊어지는 순간에도 죽고 나면 세금을 안 내도 된다는 걸 기뻐할 자이다! 망주끌루가 말했다. 양념을 절대 쌓아두지 않는 이유도 알고 있으니! 언제 갑자기 죽음의 천사 품에 안기게 될지 모르는데, 부엌에 소금이나 후추가 남아 있으면 낭비가 되기 때문 아닌가. 돈 주고 샀는데 물건은 쓰지 못했으니! 그런데 미까엘, 이 일에서 난 어떤 역할을 맡는가? 어째서 그 이교도 여인과 교섭하는 일을 내가 맡지 않은 것인가?

─우리 나리께서 말끔한 외모에 여자를 꾀는 일에 전문적인 자의 도움을 받기를 원하신 걸, 내가 어쩌겠어요?

─그렇다면 혹시라도 잘못될 경우 나의 명예에 오점을 남길 위험이 있는 이 일에 참여하면서 나는 무엇을 얻는단 말인가?

─우리 나리가 잔뜩 쥐여주실 테죠.

─그렇다면, 명예를 잃는 것을 감내하고 나도 참여하겠노라. 망주끌루가 말했다. 사실 명예라고 해봐야 사람들이 무슨 말을 할지 전전긍긍하는 경멸스러운 두려움에 지나지 않는 것이니! 그것이 바로 꼬르네유[79]의 비극이 어느정도 희극적이 되는 이유인 것을! 하지만 알아두라. 혹시 여행 가방을 옮겨야 하는 일이 일어난다면, 지식인으로서 품위에 어긋나는 그런 일은 난 하지 않을지니!

그런 다음 망주끌루는 하품을 했고, 양손 마디를 꺾어 우두둑 소리를 냈고, 혹시라도 남편이 공격해 올 경우를 대비해 참호를 파야겠다는 생각을 했다. 하지만 남아 있는 참깨 누가를 발견하는 순간

---

79 Pierre Corneille(1606~84). 프랑스의 극작가로, 명예를 주제로 한 비극「르 씨드」(Le Cid)가 대표작이다.

다시 낙관적이 된 그는 맨발을 흔들어 박자를 맞추면서 굵고 낮은 목소리로 시편을 낭송했다.

──아무리 그래도, 정말 아무리 그래도 이건 옳지 않은 일이에요. 쌀로몽이 코를 비비며 말했다. 처녀였다면, 설사 부모 동의 없이 결혼하려 해도, 좋아요, 받아들일 수 있어요! 하지만 결혼한 여자잖아요!

──그 여자가 늙은 고모인가한테 유산을 받았다 한들 합법적인 결혼이 아니니 한푼도 손대지 못할 텐데. 마따띠아스도 거들었다.

──나한테 소송을 맡기면 될 터! 망주끌루가 말했다.

──그럼 다 먹어치울 거면서! 미까엘이 말했다.

기분이 좋아진 망주끌루가 히죽거렸고, 장난하듯 손가락으로 수염을 말았다. 그렇다, 아마도 그럴 것이다, 다 먹어치울 것이다. 훌륭한 변호사는 원래 그런 것 아닌가. 다시 무료해진 그는 핏줄이 드러나고 털이 수북한 자기 손을 쳐다보았고, 문득 우울해져서 하품을 했다. 하찮은 짐승이나 뜯어 먹을 이 풀 위에 쭈그려 앉아 도대체 무엇을 하고 있단 말인가.

──차라리 쏠랄 나리가 그 남편과 함께, 친절하게, 친구 대 친구로 같이 여행을 떠나보는 건 어떨까요? 쌀로몽이 말했다. 기분 전환도 하고, 올바르게 시간을 보내는 거죠. 난 지금 선량한 이스라엘인으로서 말하는 거예요. 여자가 꼭 필요한가요? 쌀로몽은 자신의 말이 논리적인지에 대해서는 아무 생각도 없이 되는대로 늘어놓았다.

──제법 말이 되는 소리를 할 때도 있군. 오, 누에콩만 한 자여. 망주끌루가 말했다. 냄새나는 치즈를 써서 그 여인을 미덕의 길로 안내하면, 그렇게 도덕적인 공덕을 쌓아보면 어떠할까?

— 도대체 머릿속에 무슨 생각이 들어 있죠? 쌀로몽이 화를 냈다. 그녀가 겨우 치즈 한조각 때문에 영혼으로 받아들인 소중한 연인을 버리겠어요? 그토록 아름답고 훌륭한 나리보다 빠르마산 치즈 혹은 테살로니키의 맛있고 짭짜름한 치즈를 더 좋아할 거라고?

— 그저 수사학적 비유 아닌가. 망주끌루가 우월감을 풍기는 나른한 태도로 말했다.

— 단언컨대 그 여인이 쌀띠엘의 조카를 잊게 만들려면 뭔가 멋지고 수익성이 좋은 상업적 거래, 아니 은행거래, 그러니까 뉴욕을 거친 외환 거래에 관심을 돌리게 해야 해. 마따띠아스가 말했다.

— 내가 조금 전 하려던 말이 바로 그것이니! 망주끌루가 외쳤다. 오 마따띠아스, 오 빨간 머리여, 내 입의 침 속에 고여 있는 말을 그대가 앗아갔구나! 상업적 거래, 맹세하노니, 조금 전 내가 말한 냄새나는 치즈가 바로 그것이었도다! 아니, 진실이니 굳이 맹세할 필요도 없지! 오 유구하고도 방대한 나날 동안 애정을 나누어온 나의 동료들이여, 이제 우리가 해야 할 일을 말할 터이니 잘 들으라! 교활한 여인이 계피 기름을 바르고 하늘거리면서 새끼손가락을 치켜들고 나타나거든, 우리가 일장 훈시를 해주고, 죄악을 부르는 그 하늘거리는 몸에 대해 수치심을 느끼게 해주리라! 내가 나서서 처음엔 선지자의 예언으로 꾸짖고, 그런 다음에 사탄 같은, 하지만 다정한 미소를 띠고, 수염을 어루만지면서, 고개 숙여 인사하며, 아버지의 정이 실린 다정한 어조로, 신뢰를 얻기 위해 영국식 억양을 섞어서, 함께 주식회사를 세워 신문을 발행하자고 제안하리라! 광고는 한줄에 1쑤만 받고, 그 대신, 흥미로운 광고가 가득할 테니 신문은 한부에 5프랑씩 받도록 하고! 당연히 그 여인이 자본을 대고 나는 아이디어를 내고, 그러니까 이익의 50퍼센트가 내 몫이 되

고, 20퍼센트는 여러분의 몫, 나머지 30퍼센트가 그 여인과 남편의 몫이 될 터! 연인 앞에서 그리고 니스의 종려나무 세그루 앞에서 시를 낭송하는 것보다 그렇게 되는 게 훨씬 낫지 않은가! 인생이란 그런 것을! 혀의 3분의 1을 밀어넣고 뒤섞는 그 불쾌한 키스 따위는 집어치우길!

──나쁘지 않은 생각이로군요. 마따띠아스가 팔에 달린 갈고리로 염소수염을 문지르며 말했다. 그리고 망주끌루, 내 생각엔 광고가 수익을 낼 때마다 신문사가 10퍼센트를 가져오는 걸로 하면 그 여인이 좀더 관심을 보이지 않을까요?

푸르스름한 달빛 아래 마따띠아스와 망주끌루는 풀밭에 앉아 그 문제에 대해 한참 동안 토론을 했고, 결국 5퍼센트로 절충했다. 좋아, 결정되었도다, 망주끌루가 선언했다. 이교도 여인이 오는 대로 내가 나서서 도덕적 논거를 들이대며 설득한 뒤 우리 생각을 전달할 터이니, 그녀는 분명 설복당하고 말리라! 결국 모두에게 좋은 일이 될 터! 멍청하게 사랑의 도피를 떠나기보다는 용자들과 함께, 남편과 함께, 또 그녀가 정 원한다면 우리 나리도 함께, 다 같이 신문사를 차릴 것이니! 전화기를 놓고 상단에 회사의 이름과 주소를 박은 편지지를 만들고, 어처구니없는 애정 행각 따위는 집어던지고! 혹시라도 신문사가 손해 볼 경우 그건 남편이 떠안는 걸로 하고, 정조 관념 없는 여인이 시를 너무도 좋아한다니 전화기는 흰색으로 하고! 또 뭐가 필요한가? 그녀를 이사회의 의장으로 임명하고, 신문사 편지지 상단에 그녀의 이름을 새겨넣는 것도 괜찮을 터. 어차피 서명은 나만 할 수 있도록 할 것이니! 그리고 또, 그녀를 설득해서 냉동차를 하나 사고, 그걸 유럽의 여러 나라에 임대하리라! 돈을 제대로 긁어모으리라! 옆에서 쌀로몽도 쭈뼛거리며 하지만 열정적으로 자신의 생각을 보탰다. 여인에게 신문사 광고를 시로 내는 걸 제안해보라고, 그러면 기분 전환도 되고 사랑의 희열을 조금이나마 대신할 수 있지 않겠냐고 했다. 여심 전문가인 미까엘은 무지한 사촌들이 떠드는 동안 노래를 흥얼거리고 하품을 했다.

— 시를 좋아하는 여인이 쌀띠엘의 조카를 포기하면 내가 뭘 할 건지 아는가? 망주끌루가 말했다. 전보를 쳐서 내 두 딸을 불러들일 것이니! 그리고 그에게, 매혹적인 미소를 지으면서, 둘 중 하나를 골라 합법적인 아내로 맞으라고, 어느 쪽을 고르든 상관없다고, 내 딸 중에서 하나를 고르기만 하면 된다고 말하리니! 그러면 난 장인 자격으로 국제연맹에서 알짜배기 자리를 얻게 될 터! 여러분 모두 내 사무실에 놀러 오면, 모자를 비스듬히 쓰고 전화기를 귀에 대고 아주 활기차게 여기저기 명령을 내리는 내 모습을 보게 될지니! 내 사무실은 사위 사무실 바로 옆에 있을 거고!

— 너무 바보 같은 생각 아니에요? 미까엘이 물었다. 우리의 쏠랄이 더할 나위 없는 침대의 연인을, 젊고 나긋나긋하고 온몸에 바람직한 곡선을 갖춘 여인을 그렇게 쉽게 포기할 것 같아요? 그리고 그대의 딸들을 데려와봐야 이쑤시개로도 안 쓸 거라는 거 몰라요?

즉시 설복당한 망주끌루가 한숨을 내쉬었다. 그렇다, 정말이었다. 앙디브[80] 이파리처럼 키만 껑충한 두 딸은 까탈스럽기 그지없고 정말이지 넌덜머리가 났다. 할 수 없지. 국제연맹의 잘나가는 자리를 얻는 일은 포기할 수밖에. 두 딸이 더없이 멍청하고 철부지 어린애나 다름없는 것을 어쩌겠는가! 그 순간 그의 얼굴에 미소가 번졌다. 그의 영혼이 귀여운 세 아들을 향한 것이다. 그는 언젠가 아

---

80 작은 배추처럼 생긴 꽃상추의 일종.

들들이 엄청난 백만장자가 되고 모든 빠리 사람의 사랑을 한 몸에 받게 되는 꿈을 꾸었다. 오! 아들들에게 아무것도 요구하지 않으리라, 돈 좀 보태달라는 말도 절대 하지 않으리라. 자기들끼리 마음껏 달러를 쓰라지. 그가 원하는 것은 단 하나, 그러니까 세 아들 모두가 결혼하는 걸, 기다란 자동차를 타고 식을 올리는 걸 보고, 그런 다음 평화롭게 죽음을 맞이하는 것뿐이었다. 그래, 나의 고운 진주들이여, 그가 중얼거렸고, 나오지도 않는 눈물을 닦았다. 그러고 나니 배가 고팠다.

　—쌀로몽이여, 혹시 선의를 베풀어 나에게 건네줄 짭짤한 땅콩 같은 것 남아 있지 않은가? 망주끌루가 물었다.

　—어쩌죠? 남은 게 없는데. 아까 다 줬잖아요.

　—그렇다면 죽어버리리라. 망주끌루가 다시 하품을 했다.

　—거짓말하지 말아요. 쌀로몽이 빙그레 웃었다. 날 좋아한다는 거 모를까봐요. 작년에 내가 병이 나서 열이 41도까지 오르고 다 죽게 됐을 때 밤새도록 곁을 지켰고, 심지어 울기까지 했잖아요. 눈물을 봤는걸요! 그러니까 말 좀 해줘요. 뭐든지 다 알잖아요. 사랑의 화살에 맞았다는 걸 품행 단정한 아가씨에게 깨닫게 해주려면 보통 어떻게 하죠?

　—일반적으로 편지를 써서 수령 확인이 되는 등기우편으로 보내지.

　—편지엔 뭐라고 쓰고요?

　—일반적으로 이렇게. 아름다운 여인이여, 기쁘게도 오늘 이 편지를 통해 그대에게 알리노니, 그대의 정숙한 행실과 분별 있는 생각에 매혹당한 이몸이 오늘 저녁 모든 일을 다 제쳐둔 채 사랑의 불길을 들고 그대의 자택으로 찾아가겠소이다.

— 나쁘지 않네요. 쌀로몽이 말했다. 하지만 나라면 온 영혼을 바쳐서 명예를 다 걸고 사랑한다고 말하겠어요.

— 그럼 콧방귀도 안 뀌지. 미까엘이 말했다.

— 그렇지 않아요, 아가씨들은 원래 올바른 사람이 존중해주면 좋아하니까 나한테 매력을 느낄 거예요. 결론을 얻은 쌀로몽이 일어섰고, 도망치듯 사라졌다. 소변 한번 더 보고 올게요.

— 망주끌루, 편지 끝에 뭐라고 쓴다고 했죠? 미까엘이 물었다.

— 사랑의 불길을 들고 그대의 자택으로 찾아가겠소이다.

— 그래요, 원래는 그렇죠. 하지만 여자가 결혼을 했을 때는 얼간이 같은 남편 모르게라고 덧붙여서 웃게 만들어야 해요. 그 말에 웃으면 이미 정복당한 거예요. 그렇다 치고, 사실 편지가 무슨 소용이 있겠어요. 그냥 식사 자리에 초대해서 소금에 절인 음식과 매운 고추를 곁들인 농어 요리를 먹이면, 어차피 디저트가 나오기도 전에 사랑의 불길이 타오를 텐데.

— 애석하게도 그대의 말이 틀리진 않는다. 망주끌루가 말했다. 생선 그리고 소금에 절인 음식은 사랑을 불러오지. 비너스가 바닷물 속에서 태어났다는 말도 있고. 의학적 시에 관한 이론을 쓰면서 내가 이미 한 말이로다.

— 아니면, 그 앞에서 은화 1에뀌[81]를 입에 물고 이로 잘라 보이는 방법도 있죠. 미까엘이 말했다. 그러면 반하지 않겠어요? 아니면 같이 춤을 추면서 내 신체 기관의 어느 한 부분에서 일어나는 효과를 통해 내가 좋아하고 있다는 걸 알게 할 수도 있고. 여자들은 기분 나빠하지 않을걸요. 입으로 우아한 말, 무한한 경의를 담은

<hr>

81 19세기에 사용되던 5프랑짜리 은화.

말을 같이 해주기만 한다면.

순간 망주끌루는 미까엘의 두툼한 입술이 눈에 거슬렸다.

—그대는 아랍 혈통이 분명하다. 이제 조용히 하라! 우리의 꼬맹이가 돌아오고 있으니.

—새벽 1시예요. 마따띠아스가 알렸다.

더이상 참지 못한 마따띠아스는 벌떡 일어나 상식적인 인간이 감내할 수 있는 범위를 넘어섰다고, 헬베티아프랑으로 쉬지 않고 올라가는 돈을 낼 생각을 하면 몸이 장작불 위에서 타들어가는 것 같다고 화를 냈다. 마따띠아스는 미까엘한테서 꼭 갚겠다는 약속을 받은 다음에야 택시 운전수에게 가서 불만 가득한 얼굴로 미터기에 찍힌 요금을 건네주었고, 운전수의 영혼이 파멸의 길로 떨어질 때 뼈가 부러지기를 기원했고, 그러다가 운전수 앞에서 뜬금없이 직계와 방계 가리지 않고 자신의 여자 친척들의 행실에 대해 늘어놓았다.

77

망주끌루는 다시 프록코트를 입고 위험 따위는 아랑곳없이 1미
터 높이로 쌓인 건초 더미에 올라앉아 망을 보고 있었다. 때로는
한 손을 보안경처럼 눈 위에 대고 살폈고, 또 때로는 항해용 망원
경으로 지평선을 바라보며 여인이 배에 올라탔다는 소식을 알릴
순간을 기다렸다.

─육지다! 그가 갑자기 숨이 막힌 듯한 목소리로 외쳤다.

그러자 미까엘이 말 두필을 매어놓은 숲으로 달려갔고, 망주끌루
는 알 수 없는 흥분에 사로잡혀 조심스레 건초 더미에서 내려왔다.
결국 사랑은 존재하는군. 그는 마음속으로 말했다. 늘씬하고 아름
다운 형체 하나가 그들이 있는 곳으로, 행복이 기다리는 곳으로, 행
복에 이끌려 나긋나긋하게, 사랑의 행복을 향해 다가오고 있었다.

─일동 차렷! 망주끌루가 명령을 내렸다. 그는 마음을 비우기
위해, 최상의 컨디션과 물질적인 근심을 벗어던진 언변을 유지하

기 위해 방귀를 뀌었다.

마따띠아스는 불륜을 저지르는 사악한 여인과 어울리고 싶지 않아서 멀찌감치 물러나 있었고, 소심한 쌀로몽은 하얗게 질린 얼굴로 명령에 따라 차렷 자세로 꼼짝 않고 서 있었다. 마침내 그녀가 용자들이 기다리는 곳까지 다가와 젊음의 조각상 같은 자태로 그들 앞에 섰을 때, 얼굴이 벌겋게 달아오른 쌀로몽은 허둥지둥 허리를 깊이 굽혀 인사했고, 그런 다음 용기를 내어 중얼거렸다. 귀하신 분을 뵙게 되어 영광입니다. 망주끌루는 호의적인 눈빛으로 한 손을 가슴에 얹고 고귀한 자태로 나아갔고, 그러면서 그녀의 팔에 걸쳐진 담비 모피 외투의 가격을 가늠해보았다.

— 삐나스 볼프강 아마데우스 쏠랄 경입니다. 그가 팔을 길게 뻗어 모자를 벗으며 자기소개를 했다. 필명은 망주끌루이고, 세련된 젠틀맨이고, 비누칠을 자주 하고, 인류의 벗이자 쏠랄 나리의 친척이오며, 그분이 생후 여드레째 되는 날 바로 내 무릎에 안겨 할례를 받았고, 물론 외설적인 암시를 하려는 건 아님을, 그런 건 본인의 뜻과 전혀 다름을 알아주시고, 쏠랄의 이름으로, 무언의 아니 원하신다면 암묵적인 권한 위임을 통해 대신 맞이하오니, 아가 6장 10절을 빌려 열정적으로 환영하오니, 아침 빛같이 뚜렷하고 달같이 아름답고 해같이 맑고 깃발을 세운 군대같이 당당한 여자가 누구인가? 요약하자면, 하우 두 유 두? 본인은 삐나스 경, 다시 한번 알려드리오니, 명예로운 젠틀맨이고, 생각하는 갈대이며, 이스라엘에서는 귀족이고, 보통 때는 사교계의 연미복 신사이지만 오늘 저녁은 추운 바깥에 나와 있어야 하니 프록코트 차림이며, 이전엔 대학 학장이었고, 젊었을 때부터 결핵을 앓는 몸으로 바삐 돌아다녔으니! (그는 일부러 발작적인 기침을 한 다음 빙그레 웃으며 자

신의 기침에 대해 설명했다.) 나의 말이 진실임을 증명하는 증거인 것을! 게다가, 추신으로 한가지 덧붙이자면, 수년 전부터 굶주림에 죽어가는 올망졸망한 자식이 열둘이나 있으니! 한마디로 말해서, 아버지로서는 불행하고 남자로서는 고통을 선고받은 인간인 것을!

이렇게 말한 뒤 그는 모자를 벗어 들고 팔을 길게 뻗어 정중하게 인사했다. 그녀는 자기 앞에 선 너무도 희한한 두 남자의 모습에 홀린 듯했다. 맨발에 키가 크고 음험해 보이는 남자, 그리고 풀 속에서 벌레라도 찾는 듯 몸을 굽히고, 아마도 그런 자세가 올바른 것이라 믿으며 서 있는 포동포동한 남자, 그녀는 두 남자를 번갈아 쳐다보았다.

─존귀하신 마님, 마음 푹 놓으소서. 망주끌루가 다시 말했다. 오늘 함께 춤추는 매혹적인 장소에서 이루어질 소중하고 영예로운 만남과 관련하여 그 어떤 근심거리도 마님을 힘들게 하는 일은 없을지니. 콧수염을 기른 우리 부하가 존귀하신 마님을 위해, 마님의 영혼이 갈망하는 그곳으로 모셔 가기 위해, 말을 사용하는 운송 수단, 아니 보다 정확히 말하면 말이라는 운송 수단을 구하러 갔으니, 마음 놓으소서, 곧 춤을 출 수 있고 쏘르베도 마음껏 드실 수 있으리니! 따라서 조금도 급할 게 없사옵고, 인생에서 가장 중요한 단 한가지, 즉 선을 베풀 일이 있으니, 불쌍한 자들에게, 한편으로 내 마음을 아프게 하지만 또 한편으론 저 역시 그 일부가 되는 그 가련한 인간 부류에게 자비를 베풀어주소서.

말을 마친 망주끌루는 얌전하게, 하지만 의연하게 기다렸고, 슬그머니 뒤로 물러나 조금 멀찍이 선 쌀로몽은 여전히 풀 위로 몸을 숙인 채로 정체를 알 수 없는 작업을 계속하고 있었다. 여인에게서 아무런 응답이 없고 팔을 뻗어 내민 실크해트에 돈이 들어오지 않자, 이방인 여인의 마음을 녹이기가 쉽지 않으리라 판단한 망주끌루는 연민을 얻기 위한 전략을 변경하기로 했다.

— 아름다운 밤이잖습니까? 진정 벨벳같이 부드러운, 우리의 마음을 우수에 젖게 만드는 밤 말입니다. 이렇게 된 김에, 눈치껏, 법도에 맞는 경의를 담아, 부인께서 맛있는 쏘르베를 드시고 즐겁게 춤을 추실 수 있기를, 다시 말해 진정 마음이 갈망하는 모든 기쁨을 누리시기를 진심으로 기원합니다. (그는 감정을 실어 속삭이듯 말했다.) 젊은이들이야 당연히 감미로운 희열을, 합법적이든 그렇지 않든, 무조건 누려야 하죠. 제가 부인의 아버지가 된 마음으로 말씀드리오니, 전 모든 걸 받아들이고 이해할 수 있습니다. 더구나 눈앞에 이렇게 절정의 젊음이, 파라오의 마차를 끄는 암말, 아니 잣을 가득 채워넣은 싱싱한 거위 목에 비견할 만한 절정의 아름다움이 서 계시니 제 마음이 넓어지는군요. (그녀는 웃음을 참기 위해 입술을 깨물었다.) 제가 그동안 관찰한 바, 우아함과 아름다움은 항상 너그러운 마음과 함께 다니는 법이지요. (그는 기침을 했고, 기다렸다. 왜 아무 말도 안하고 내 얼굴만 빤히 쳐다보는 거지? 그는 다시 전략을 바꾸어 애국심을 건드려보기로 했다.) 아, 고귀하신 부인, 부인의 조국인 주네브에 머물게 된 것이 얼마나 큰 행복인지요. 주네브는 저의 세번째 아니 네번째 조국이며, 저는 선행을 베푸는 본성을 지닌 주네브 사람들을 무척 존경한답니다! 쎄르베뚜스[82]에게 가한 것처럼 일시적으로 불미스러운 일이 있기도 했지만, 어쩌겠습니까, 에라레 후마눔 에스트![83] 그런

---

82 Michael Servetus(1511~53). 에스빠냐의 의학자, 신학자. 종교개혁 시대에 삼위일체 교리를 반대한 이유로 로마교회와 개신교로부터 배척당했고, 1553년 10월 27일에 주네브 시의회의 결정으로 화형당했다.

83 Errare humanum est! '실수는 인간적인 것이다'라는 뜻의 라틴어.

건 싹 지워버립시다! 다시 선행을 베푸는 본능으로 돌아와서, 예를 들면 주네브에서 창설된 적십자는 너무도 아름답잖습니까! 눈물이 날 정도죠! 인테르 아르마 카리타스![84] 진실로 고귀한 경구가 아닌가요? 그럼에도 불구하고 제 의견을 덧붙이자면, 박애는 평화 시에도 똑같이 실천되어야 합니다! 고귀한 벗이여, 이제 제 패를 모두 보여드리겠습니다. 황달로 앓아누운 쏠랄의 삼촌 쌀띠엘을 버려두고 온 것도 솔직히 고백하죠. 제가 굳이 편리한 도시의 환경에서 멀리 떨어진 이곳까지 온 것은, 물론 부인께 경의를 표하려 함이었지만, 또한 명예로운 인간으로서 고백하건대, 돈이 떨어져 극심한 고생을 겪고 있는 상황에서 정당한 이득을 얻을 수 있으리라는 희망 때문이었습니다!

그는 이교도 여인이 얼른 이해하지 못할까봐 정당한 이득이라는 두 단어를 특히 강조하며 말했다. 그런 다음 실크해트를 다시 쓴 뒤, 맨발을 벌리고 팔짱을 낀 채 서서 기다렸다. 인색한 여인이여, 이제 결심을 할 터인가? 바로 그 순간, 미까엘이 말 두필의 고삐를 끌고 나타났다. 그는 망주끌루를 밀쳐내고 아름다운 여인 앞에서 한쪽 무릎을 꿇고는 그녀의 치맛자락에 입을 맞췄다. 그런 다음 다시 일어서서 그녀의 허리를 잡더니 필요한 만큼보다 더 세게 두 팔에 힘을 주며 받쳐 올렸다. 그녀는 두 다리를 한쪽으로 모은 자세로 흰 말 위에 올라앉았다.

— 미안해요, 지금 가지고 있는 돈이 없어요. 그녀가 망주끌루에게 빙그레 웃으며 말했다.

---

84 Inter arma caritas! '전쟁 가운데서도 박애를'이라는 뜻의 라틴어. 전시에 인도적 치인에서 저군과 아군의 구별 없이 부상자를 구호할 목적으로 설립된 적십자의 표어이다.

— 괜찮습니다, 고귀하신 부인! 망주끌루가 힘차게 외쳤다. 환어음이나 약속어음 같은 유용한 지불수단이 있지 않습니까! 필요한 종이와 연필도 제가 모두 가지고 있습니다! 그가 한 손을 여인의 담비 코트에 얹고 부드럽게 매만지며 다정한 눈길로 말했다. 사실 지금 제 불쌍한 딸들이 추위에 떨고 있고, 그 아이들의 뻐드렁니 부딪치는 소리가 뽀데스따[85]의 성채에까지 들릴 지경입니다. 불쌍한 딸들은 늘 따뜻한 옷 한벌을 갖고 싶어 했고, 심지어 꿈을 꾸며 잠꼬대를 하기도 했습니다. 그러니, 선행을 베푸시는 고귀한 부인이시여, 주먹을 펴 손에 쥔 것을 나눠주신다면, 제 딸들이 바치는 축복을 받으실 것이고, 하느님께서도 백배로 갚아주실 겁니다. 그가 재빨리 담비 코트를 움켜쥐며 말했다. 하지만 미까엘이 다시 빼앗아서 말 위에 앉은 여인에게 돌려주었다. 그러자 망주끌루가 외쳤다. 담비 코트를 빼앗아 가는 방해꾼이여, 저주받으라! 그대 할머니의 음탕한 유골에 저주 있으라!

말 위의 여인은 말의 목덜미를 쓰다듬고 고삐를 확인한 뒤, 모피 코트를 다시 망주끌루에게 건네주었다. 망주끌루는 한 손을 가슴과 입술에 차례로 가져다 대며 감사 인사를 했고, 수연통을 옆구리에 낀 채 다른 말에 올라앉은 미까엘에게 장난스러운 윙크를 보냈다. 그때 쌀로몽이 양손에 개양귀비 꽃다발을 들고 돌풍처럼 달려와서는 숨을 헐떡이며 여인에게 바쳤다. 그러더니, 놀라 멍하니 있는 망주끌루와 미까엘 앞에서, 흥분으로 숨도 제대로 못 쉬는 목소리로, 이제껏 지은 고운 시 한편을 낭송했다. "당신의 영혼을 닮은, 오 부인이시여, 이 매력적인 꽃들을"이라는 구절이 있는 시였다.

---

85 중세 이딸리아의 일부 도시 및 프랑스 남부를 통치하던 행정관.

시 낭송이 끝나자 양가죽 외투를 입은 귀여운 남자는 말 위의 여인이 내려주는 상을 받기 위해 까치발로 섰다. 그녀가 몸을 굽혀 그를 들어 올렸고, 힘껏 키스를 했다. 쌀로몽은 자신이 하늘을 날고 있다고 믿었다. 땅으로 내려온 그는 어디론가 도망치는 사람처럼, 서커스의 망아지처럼 빙글빙글 돌면서 달아오른 흥분을 마음껏 발산했다. 그동안 미까엘이 앞장을 섰고, 백마에 앉은 아름다운 여인은 몹시 기뻐하며, 너무 커서 두려울 정도의 큰 기쁨으로 탄성을 지르며, 고삐를 놓고 두 팔을 크게 벌린 채로, 긴 기쁨의 찬가, 젊음의 성가를 부르며, 어둠속으로, 밤속으로 사라져 갔다.

그때까지도 깡충거리며 뛰어다니던 쌀로몽이 자랑을 참지 못하고 탄성을 질렀다. 나에게 키스를 했어요, 나한테만. 다른 사촌들한테는 아무것도 안해주고! 다들 멍청하긴, 아무것도 모르죠? 난 이미 한시간 전부터 그 순간을 준비했다고요. 손가락으로 음절 수를 세어가며 아름다운 시를 지었죠! 그는 두 팔을 들어 올린 채 짧은 두 다리를 흔들며 달렸고, 숨을 헐떡이면서 쌀로몽이 승리자라고, 쌀로몽은 키스를 받았다고 목청 높여 외쳤다. 망주끌루는 어깨에 걸친 담비 코트를 팔라는 마따띠아스의 제안을 거절했고, 자기 일에 딴지를 걸어 방해한 미까엘에게 손해배상을 청구할 방법을 궁리했다.

— 봤어요? 망주끌루? 나한테 키스를 했어요! 하늘을 나는 듯 했던 기쁨이 한숨 가라앉자 쌀로몽이 말했다.

— 세살배기 아이한테 하듯이 했지. 나라면 수치스러웠을 터! 망주끌루가 대꾸했다.

하지만 그 순간 망주끌루의 마음속에서 사랑의 불길이 타오르기 시작했다. 그는 어깨에 걸치고 있던 신 담비 코트를 입술에 가져다 대고는 초점 잃은 눈으로 열정적인 키스를 퍼부었다. 외투를 향해 다정한 말을 중얼거렸고, 이걸로 어린 자식들이 입을 예쁜 코트 세벌을 구하리라 다짐하며 꽉 껴안았고, 큼지막한 두 발을 이리저리 옮기고 굽혀가며 함께 왈츠를 췄다. 달빛 아래서, 놀란 눈길로 쳐다보는 사촌들 앞에서, 모피 코트와 함께, 망주끌루는 한참 동안 옷자락을 휘날리며 뱅글뱅글 돌았고, 우아하게 돌다가 뛰어올라서는 허공에서 두 맨발을 부딪었다.

78

7시에 잠에서 깨어난 그는 기지개를 켰고, 집에 돌아왔다는 기쁨에 미소를 지었다. 호텔 침대보다 편안한, 말하자면 친구 같은, 완벽한 청결이 보장되는 침대가 좋았다. 홈, 스위트 홈 어게인. 더구나 바로 옆에, 정말 몇미터 너머에 아내가 있지 않은가! 세상에, 아내가 곁에 있다! 이제 곧 아내를 볼 터이고, 둘이 마주 앉아 친구처럼 편안히 대화를 나눌 것이다. 그렇다, 오늘도 아내에게 출장 얘기를 해줄 것이다.

―자넨 못 봤지? 내 출장에 관해 아내가 어찌나 관심을 보이던지. 면담이 어땠는지, 특히 고등판무관 각하를 접견할 때 어땠는지, 이것저것 묻더라니까. 고등판무관 각하, 그러니까 육군 원수이기도 한데, 어때, 자넨 그 정도 인물은 한번도 본 적 없지? 안 그래? 그것 말고도 내가 출장 중에 동 쥐앙을 주제로 소설을 쓰기 시작해서 벌써 3장까지 전부 40페이지를 썼다고 했더니, 글쎄, 그걸 읽어

달라는 거야. 실내용 실크 가운을 입고 원고를 읽는 내 모습을 자네가 봤어야 하는데. 그래, 집에 오자마자 실내 가운으로 갈아입었거든. 그래, 그렇다네, 페르메일렌, 빠리에서 샀지, 까스띨리오네 거리의 쎌카[86]에서. 그래, 최고급 매장이지, 자네가 봤어야 하는데. 난 그렇게 최상급 실내 가운을 입고 글을 읽었다네. 꽤 자연스럽고 유쾌하게, 말하자면 위대한 문인의 풍취를 자아내면서 말이야. 그녀는 날 우러러보면서 내 입술에서 나오는 말 하나하나에 관심을 기울였고. 열심히 들었고, 흥분한 것도 같더군. 아, 그래, 이 세상에 진정한 것은 오로지 결혼뿐이라네. (그는 높고 짧은 소리로 몇차례 하품을 했고, 홈 스위트 홈 어게인을 다시 흥얼거렸다.) 그거 알아, 리아누네뜨? 내가 수집한 자료가 자그마치 200킬로그램이라니까! 어때, 놀랍지? 이 모든 걸 쏠랄 씨도 알아야 하는데 말이야. 그래서 내 계획이 뭔지 알아? 보고서에 부록을 붙일 생각이야. 그동안 모은 자료를 하나도 안 빼고 전부 첨부하는 거지. 기본 행간만으로도 분량이 굉장할 거야. 물론 쏠랄 씨가 그걸 다 읽진 않겠지만, 일단 분량만으로도 효과가 있지. 자료들은 당연히 사무국에 보내놨으니까 혹시 당신도 보고 싶으면 국제연맹으로 한번 나와. 다 보여줄게. 그리고 말이야, 사진도 아주 많이 찍었거든. 날 맞이하느라 일부러 원주민 춤을 공연한 것도 찍었고, 고위 관계자들하고 찍은 것도 있어. 전부 보여줄게. 참, 빠리에서 찍은 것도 한장 있는데, 거기 보면 식민성의 과장 하나가 상냥하게 내 팔을 잡고 있지. 제법 잘나가는 사람인데, 정말이야, 꽤 괜찮은 사람이야. 조만간 전격적으로 국장에 발탁될 것 같아. 그 사진도 보여줄게, 당신

---

[86] 19세기 말 미국에서 설립된 고급 남성 의류 업체로, 1920년대에 빠리 중심가에 매장을 열었다.

도 좋아할 거야. 사실 라뻬루즈[87]에서 점심식사를 같이하면서 둘 다 좀 취했었거든. 아무튼 따로 앨범을 만들어서 이번 출장 때 찍은 사진들을 붙여놔야겠어. 한장 한장 밑에다 흰색 잉크로 설명을 쓰고, 날짜도 적어서. 오브 코스, 그렇지? 내 소설 완성된 3장까지 괜찮았지? 혹시라도 지적하고 싶은 게 있으면 망설이지 말고 말해줘, 나한테도 좋은 일이니까. 나라고 절대 틀리지 않는 건 아니잖아. 40페이지면 제법 많이 썼지, 안 그래? 아직도 200페이지 정도 더 필요해. 단어로 치면 전부 4만개, 벌써 계산해봤지. 내 생각에 4만 단어 정도면 소설 한권에 딱 맞는 것 같아, 넘치지도 모자라지도 않고. 제목은 '쥐앙'으로 할 거야, 처음엔 '동 쥐앙'으로 할 생각이었는데, 그냥 '쥐앙'으로 하는 게 더 독창적일 것 같아, 동 쥐앙은 너무 흔하니까. 그래서 말인데, 아무리 생각해도 쏠랄 씨를 최대한 빨리 초대해야 할 것 같아. 이번 출장에 대해 얘기할 수 있는 기회잖아. 마주 앉아 얘기하는 게 보고서로 제출하는 것보다 훨씬 좋지 않겠어? 생동감도 있고, 또 보고서를 제대로 읽었는지 확인해볼 수는 없지만 만나서 얘기하면 어차피 내가 하는 말을 안 들을 수 없으니까. 당신도 그렇게 생각하지? 다시 소설 얘기로 돌아와서, 당신이 특히 사전 경멸에 대한 구절 그리고 동 쥐앙이 여자를 유혹할 때 왜 분노에 휩싸이는지 설명하는 구절이 마음에 든다니, 나도 정말 기뻐. 나도 특별히 좋아하는 주제들이거든. 오래전부터 머릿속을 떠나지 않던 것들이야. 그래, 정말 기뻤어. 사실은 말이야, 내가 소설을 쓰는 건 당신을 위해서야. 그래, 이번 소설은 제대로 성공할 것 같아. 이제 빨리 지부로 자리를 옮기는 일만 남

---

87 빠리의 고급 레스토랑.

왔어. 멋진 동네 넓은 아파트에 살면서 손님을 많이 초대하고 인맥도 엄청나게 쌓는 거지. 그러다보면 페미나나 앵떼랄리에[88]도 노릴 수 있고. 무슨 말인지 알겠지? 사람들을 사귀고, 우호적인 관계를 맺고, 그게 결국 모든 일의 관건이야. 이봐, 여보게, 페르메일렌, 아내에게 차를 대령해야 하니까 이제 그만 일어나야겠네. 하지만 조심해야 한다네, 시끄럽게 하면 안되거든. 차가 다 준비되기 전에 아내가 깨면 안돼. 아내는 모닝 티를 무척 좋아한다네. (그는 꿈꾸는 듯한 표정으로 은은한 미소를 지었다.) 사실 영국제는 전부 좋아하지. 영국에서 지낼 때부터의 습관이랄까. 아내는 3년 동안 옥스퍼드를 다녔거든. 상류사회의 아가씨들만 가는 아주 근사한 대학이지. 자네 아내와는 다르지, 안 그래? 모닝 티가 어떤 의미인지 설명을 들어보게. 그러니까 잠을 깨기 위해서 마시는 차인데, 난 늘 찻주전자에 준비한다네. 아내가 한잔 더 마시고 싶어 할 때가 있고, 함께하는 즐거움을 누리려고 나도 마시기도 하니까. 차를 아주 진하게 타서 우유를 조금 넣고, 설탕은 안 넣지. 영국식이라네. 브렉퍼스트는 조금 있다가, 일단 목욕부터 하고 나서 그다음에. 세련된 계층에서는 원래 그렇게 한다네. 내 아내는 자네 아내하고는 다른 부류니까 말이야. 물가가 올랐다고 우는소리를 하거나 양말이나 꿰매는 그런 부류가 아니지. 정말 매력적인, 한편의 시 같은 여자라네. 자, 다 알겠지? 그럼 이제 일어나야지! 하나, 둘, 셋, 기상!

그는 삐거덕거리는 가운데를 피해 난간 가까이를 밟아가며 조심스레 계단을 내려왔다. 1층에서 현관에 걸린 자신의 레인코트를 향해 윙크를 했다. 아, 아름다운 삶이 시작되는구나! 부엌으로 들

---

88 페미나와 앵떼랄리에는 각기 1904년, 1930년에 창설된 프랑스의 문학상이다.

어간 그는 곧장 주전자를 불 위에 얹었고, 두 손을 비비며 모차르트의 곡조를 흥얼거렸다.

사랑의 사원에서,
감미로운 혼인 맹세로,
우리 운명의 길을
아름답게 만들어줘요.

그렇지, 혼인 맹세를 했지! 안녕 예쁜이, 잘 잤어? 예쁜이, 잘 쉬었고? 우리 예쁜이 줄 맛있는 차 가지고 왔지! 그는 자기가 가져다주는 차를 미처 잠이 다 깨지 않은 채 아기처럼 홀짝거리는 아내의 모습이 무척 좋았다. 아내가 컨디션이 괜찮아 보이면, 차를 마신 뒤에 다시 잘 게 아니라면, 잠시 아침 산책을 하자고 해야겠다.
　── 이봐, 리아누네뜨, 퍼스트 클래스로 훌륭한 생각이 났어. 날씨가 기가 막히게 좋잖아. 내가 뭘 하자고 할 것 같아? 모르겠다고? 좋아, 말해주지. 오늘 아침엔 꾸물대지 말고, 9시쯤, 차를 타고 나들이 갈까? 싸부아로! 당신 생각은 어때? 딸루아르[89]에 가면 아주 유명한 레스토랑이 있거든. 미슐랭에서 별 세개를 받았다는군. 어때, 상당하지? 사실은 정계 거물들이 모이는 곳이야. 브리앙, 슈트레제만,[90] 뚜띠 꽌띠.[91] 아주 멋진 곳이지. 까짓, 우리도 가서 폼 나게 먹어보자고, 알겠지? 어때, 구미 당겨? 아니, 조심해, 구미 당겨가 아니라 마음 있어? 라고 물어볼 것. 혹시 모닝 티를 마신 뒤에

---

89 프랑스 동부 스위스 국경 지역인 오뜨사부아 지방의 도시.
90 Gustav Stresemann(1878~1929). 독일의 정치가.
91 '모든 사람'이라는 뜻의 이딸리아어.

좀더 자겠다고 하면, 할 수 없지, 나들이는 다음에 하는 수밖에. 이런, 물이 끓는군! 우선, 규칙대로 찻주전자에 물을 부어 데우고 나서 물을 버려. 자, 됐어. 브라보, 훌륭해. 그다음엔 다시 물을 끓일 것. 100도, 그래 정확히 말합시다, '쌍띠그라드'가 아니라 '쌍떼지말' 온도로[92] 100도로 끓인 물이 필요하니까. 좋았어! 이제 차를 큰 스푼으로 두번 넣고, 아니, 세번 넣자, 우리 집에선 절대 아끼지 않는답니다! 그러고 나서 재빨리 물을 부을 것. 그러고 주전자 싸개를 덮어놓고 규칙대로 칠분 동안 기다리는 거지. 자네 그거 아나? 아내가 내 출장에 어찌나 관심이 많은지 내 얘기를 들을 때의 그 표정을 자네도 봤어야 하는데. 우리끼리라서 하는 말이지만, 사실 난 그보다는, 내가 진짜 하고 싶었던 건, 그래, 몇달 동안 못했으니까, 부부간의 의무를 저버릴 수 없으니까, 정말이네, 하지만 육체관계라는 게 말이야, 그래, 막 접근 작전을 시작하려는데 아내가 오늘밤엔 아니라고, 상냥하지만 분명하게 말하더군. 오 나쁜 의도는 아니라네. 내가 예고도 없이 일주일이나 먼저 오는 바람에 놀란 거지. 그래, 많이 놀랐을 거야, 8월 31일에나 오는 줄 알고 있었으니까. 그런데 내가 예고 없이 나타나니까 갑자기 기운이 빠지고 심한 두통이 왔나봐. 그러니 그걸 하기엔 아무래도, 그러니까, 관계를 갖기에는, 어쩔 수 없지 뭐, 참아야지. 그래, 난 이해할 수 있네, 이제 알 것 같아. 북도 치고 나팔도 불고 그렇게 돌아왔어야 하는데, 그냥 들이닥쳤으니. 좀 거친 방법이었어. 난 아내가 좋아할 줄 알았는데, 깜짝 선물로 말이야. 아내가 원래 신경이 예민하고 약하다는 걸 미처

---

92 centigrade는 일반적인 섭씨온도를 가리키는 옛 용어이고, 19세기에서 20세기 초까지 학계에서는 각도 단위인 gradian과 분명히 구별하기 위해 centésimal이라는 용어를 사용했다.

생각 못했어. 사실 굉장히 섬세한 사람이거든. 자넨 짐작도 못할 거야. 아내로선 원래 정해진 날까지 기다리는 편이 나았을 테지. 뭐, 그래도 오늘은 두통이 사라졌을 테고, 그러면, 그래, 두고 봐! 침대가 들썩거리게 해주겠어! 어쨌든 예고 없이 들이닥친 걸 원망할 만도 한데, 아내는 전혀 그런 내색을 안했다네. 오히려 아주 상냥했지. 싫은 소리도 안하고. 이것저것 물으면서. 제일 감동적인 게 뭔지 아나? 글쎄, 8월 31일을 대비해서 예행연습까지 했다는군. 아름다운 옷, 꽃, 붉은 조명, 8월 31일을 대비해서 다 미리 준비해본 거야. 아내 말로는 리허설이었다나. 사랑의 힘이 아니고서야 어떻게 그런 게 가능하겠나? 그 정도로 시적인 생각을 해낼 사람은 이 세상에 내 아내뿐일걸. 그게 다가 아니야, 아내가 쓰는 작은 거실을 날 위해서 다 고쳐놨더라고. 벽도 새로 칠하고. 진정 사랑의 힘이지. 앞으론 손님을 초대할 때 작은 거실을 쓰는 게 좋을 것 같더군, 큰 거실보다 훨씬 낫겠더라니까. 작은 거실로 가시죠, 사무차장님, 분위기가 좀더 친밀하거든요. 카나키스도 보면 놀랄걸? 차장을 초대할 때 카나키스도 같이 불러야겠어. 그 정도면 내실이라고 하는 게 낫지 않을까? 작은 거실이라는 말보다 더 멋지잖아. 안돼, 무슨 소리! 카나키스는 안돼, 정신 나간 짓이야! 차장하고 개인적 친분을 맺을 기회를 마련해주다니, 경솔한 짓이야. 그냥 차장만 초대하자. 잘나가는 사람 몇명쯤 같이하는 것도 좋지만, 모두 외부 사람이어야 해. 직원들 중에서 초대했다간, 비열한 작자들, 보나 마나 얼씨구나 앞다투어 차장을 자기 집에 초대하려고 난리일걸. 그런데 말이야, 리아누네뜨, 깜빡 잊고 말 안한 게 있어. 어제저녁에 로잔역에 정차할 때 『주르날 드 주네브』를 샀거든. 글쎄 신문에 뭐가 났는지 알아? 페트레스코 부부가 교통사고로 죽었대. 건널목에서 그랬다네. 일전에 카나키스 부부 초대할 때 같이 안 부르길 잘했어. 기껏 친분을 쌓았는데 죽어버리면 아깝잖아. 그렇게 금방 끝나버리면 안되지. 어쨌든 A급 직원 자리가 하나 빈다는 소리인데, 과연 누구한테 돌아갈까? 생각나는 사람이 있긴 한데, 아마 맞을 거야, 뭐, 두고 보면 알겠지. 이런, 이러고 있을 때가 아니지! 시간 허비하지 말고 빨리 올라가서 아내의 마음을 사로잡아야지! 아내를 볼 생각을 하니 가슴이 살짝 두근거리는걸, 아니 심장이 제대로 쿵쾅거려.

깨끗한 잠옷 차림으로 머리에 반들반들하게 포마드를 바르고 빗으로 수염을 단정하게 정돈하고 손톱을 잘 갈아 다듬은 뒤, 아드리앵 됨은 다시 부엌으로 가서 마리에뜨의 거울에 자기 모습을 비춰보며 감탄했다. 멋진 왕자님이로군. 이제 어떤 전략을 취할지 궁리해볼 것.

─자, 어디 한번 정책 검토를 시작해볼까? 우선 아내의 방으로 들어가야지, 그래. 아직 자고 있으면, 사실 인간적 관점에서 예측할 때 그럴 확률이 높지, 그러면 살며시 다가가서 다정한 키스로 깨워야지. 머리를 어디로 향하고 있느냐에 따라서 이마에 할 수도 있고 뺨에 할 수도 있겠지. 아니, 입술이 될 수도! 포르투나 아우다케스 유바트![93]

그는 문득 짓궂은 생각이 떠올라 빙그레 웃었다. 그렇다, 아빠가 엄마한테 했던 연극을 그대로 해볼까? 우선 키스를 하고, 심각한 표정을 짓고, 카밀레 차의 효능에 관한 기사를 읽었다고, 그래서 일부러 그냥 차 대신에 카밀레 차를 준비했다고 말하는 거다. 그녀는 보나 마나 얼굴을 찌푸릴 테고, 하지만 내가 준비해 간 것이 카밀

---

93 Fortuna audaces juvat! '운명은 대담한 자에게 미소 짓는다'는 뜻의 라틴어.

레 차가 아니라 그냥 차라는 걸 알게 될 테고, 나와 함께 웃을 것이다. 아니, 이건 아니다, 별로 재미없을 것 같다. 그냥 평소대로 정직하게 말하자. 차 가져왔어, 우리 예쁜이가 마실 맛있는 차, 모닝 티! 좋아, 가결!

3층 복도에서 쟁반을 바닥에 내려놓고 살며시 노크를 한 그는 응답이 없어도 별로 놀라지 않았다. 아리안이 깊이 잠들었나보다. 그렇다면 요령껏 살살 깨워야 한다. 이마에만 살짝 키스를 할 것. 그는 다시 쟁반을 챙겨 들고 한쪽 팔꿈치로 손잡이를 밀어 천천히 문을 열면서 차를 가져왔다고, 예쁜이가 마실 맛있는 차가 왔다고 말했다. 그 순간 말끔하게 정리된 침대 위에 놓인 두번 접힌 종이 한장이 눈에 들어왔다. 쟁반이 그의 손을 벗어났고, 차가 카펫 위로 흘렀다. 그는 종이를 펼쳤고, 오줌이 아름다운 줄무늬 잠옷을 적셨다.

79

덧창이 닫힌 작은 거실 안, 그는 소파에 앉아 머리카락을 손가락에 감았다 풀었다 했다. 저 꽃, 저 담배, 모두 그자를 위한 거였다. 그래, 분명히 그렇다. 둘이서 이 소파에 앉았을 테고, 저기 앞에 놓인 전신 거울이 모든 걸 지켜봤으리라. 세상에, 어떻게 그럴 수 있단 말인가. 나와의 결혼을 받아들였으면서, 그래놓고 왜? 날 위해 영양제를 사오기도 했으면서, 식탁에 마주 앉아 나에게 잊지 말고 챙겨 먹으라고 말해주기까지 했으면서, 그래놓고 왜?

그는 일어나 작은 거실을 나섰고, 현관을 배회했고, 벽에 걸린 레인코트 옷깃을 어루만졌고, 걸음을 멈추고 기압계를 보았다. 여행하기 좋은 날씨였다. 그들은 아마도 사랑의 나라 이딸리아로 떠났으리라. 사랑의 사원에서 감미로운 혼인 맹세로 우리 운명의 길을 아름답게 만들어줘요. 그는 흥얼거리며 부엌으로 들어섰다.

식탁 앞에 앉은 그는 편지를 펼치고, 뿔나팔처럼 말았다가 다시

펼치고, 말았던 흔적을 없애려고 매만졌다. 불현듯 어렸을 때 정성
껏 공책 표지를 싸던 기억이 떠올랐다. 앞날에 어떤 일이 기다리고
있는지 모르던 시절. 그는 입을 조금 벌린 채로 고개를 들었고, 이
쪽 벽에서 저쪽 벽까지 걸쳐놓은 철사 줄을 보았다. 완벽하게 똑바
르군, 아주 제대로 했어. 내가 했지. 하지만 이제 다시 기쁜 마음으
로 저 줄을 쳐다볼 수 없으리라.

식탁에 비스킷이 놓여 있었다. 한꺼번에 두개를 입에 넣고 천천
히 씹었다. 과자가 걸쭉해지자, 마치 입안 가득 불행을 씹는 기분이
었다. 이어 그는 검지로 냉장고를 가리켰다. 결혼 초 어느 토요일
오후에 둘이서 함께 고른 것이다. 상점을 나서면서 그녀가 먼저 팔
짱을 꼈고, 그렇게 그날 그들은 남편과 아내로, 팔짱을 끼고 산책
을 했다. 그런데 지금 그녀는 다른 남자와 함께 있다. 다른 남자가
그녀의 몸에 손을 댈 거고, 그녀는 가만히 받아들일 것이다. 하지만
여전히 나의 아내인데! 여전히 내 성을 따라 될 부인인데! 그는 다
시 편지를 뿔나팔처럼 말고, 펼치고, 소리 내서 읽었다.

일요일 아침, 6시. 여보, 아무것도 모른 채 잠들어 있는 당신을
생각하면 마음이 아파요. 당신처럼 착한 사람이 나로 인해 고통
을 받는 것도 끔찍해요. 조금 전에, 그 사람을 기다리게 하고 다
시 이곳으로 온 건, 당신한테 직접 이야기하고 설명하기 위해서
였어요. 하지만 막상 당신 방문 앞에 서니 용기가 나지 않았어
요. 어제저녁에 진실을 숨긴 걸 용서해줘요. 너무 당황해서 정신
이 없었어요. 그 사람도 여행에서 돌아오는 날이었고, 당신이 집
에 왔을 때 난 그 사람을 기다리고 있었어요. 이 글을 좀 길게, 나
로선 정말 어쩔 수 없는 상황이라는 걸 당신이 이해할 수 있도록

길게 쓰고 싶었어요. 하지만 그 사람한테 금방 돌아오겠다고 약
속했어요. 곧 기차를 타야 하거든요. 9시에.

조금 전 집으로 들어설 때 현관 복도에 걸려 있는 당신 레인코
트를 봤어요. 왠지 가슴이 뭉클하더군요. 옷깃을 어루만졌죠. 가
운데 단추가 달랑달랑하길래 다시 달았어요. 당신을 위해 무언
가를 한다는 게 아직 좋았어요. 냉장고도 열어봤어요. 오늘 먹을
건 다 들어 있어요. 차가운 그대로 먹지 말고 꼭 데워 먹도록 해
요. 내일부터 다시 일을 시작하고, 동료들과 같이 점심을 먹어요.
저녁에도 혼자 있지 말고 친구들 집에 놀러 가고, 무엇보다 부모
님한테 전보를 보내 즉시 돌아오시게 해요. 날 용서해줘요. 하지
만 나도 행복해지고 싶어요. 그 사람은 내 인생에 단 하나뿐인
사랑, 내가 처음으로 찾은 사랑이에요. 그곳에 가서 다시 편지
보낼게요.

아리안

그는 일어섰고, 냉장고를 열어 치즈 파이를 꺼내 들었고, 차가운
그대로 깨물었다. 그 사람도, 그 사람을, 그 사람한테, 그 사람은. 이
세상에 오로지 그자밖에 없다는 듯 말하다니. 친절하게도 9시에 떠
날 거라는 얘기까지 하다니. 역에 전화를 걸어 9시 기차가 어디로
가는지 물어볼까? 아내가 어디로 가는지, 누구와 함께 가는지 알
권리조차 없다니. 정 떠나야 했다면, 최소한 상대가 누구인지는 말
해줬어야 하지 않는가. 파이는 아무 맛도 나지 않았다. 어떻게 뻔뻔
스럽게 여보라고 부를 수 있단 말인가.

그는 사태를 냉정하게 판단하려고 애쓰며 눈썹을 치올렸고, 가
스 밸브를 열었다 닫았고, 아내와 팔짱을, 그녀가 먼저 팔짱을 끼고

함께 걷던 그날처럼 한쪽 팔꿈치를 둥글게 하고 집 안 곳곳을 돌아다녔다. 기억을 더 잘 되살리기 위해 팔꿈치를 더 멀리 내밀었고, 다시 눈썹을 치올렸다. 그렇게 모욕당한 약자로서, 정의를 수호하는 품위를 간직한 채, 발을 끌면서 걸었다. 잠시 뒤 의자 위에 차곡차곡 개어놓은 빨래 앞에서 걸음을 멈춘 그는 세탁 목록표를 훑어보았다. 침대나 식탁용 빨래뿐이다. 아내의 물건들은 함부로 세탁할 수 없는 옷감이라 마리에뜨가 직접 빨았다. 그는 목록을 하나하나 확인하며 빨래를 세어본 뒤 장 속에 정리해 넣었다. 침대 시트 여섯장, 보름치로는 너무 많다. 그자 때문이다. 그 사람도, 그 사람을, 그 사람한테, 그 사람은. 보나 마나 매번 흠 없이 깨끗한 시트를 준비했을 것이다. 그래도 그렇지, 어떻게 내 집에서, 엄마가 선물로 준, 엄마의 결혼 선물인 시트 위에서 그런 짓을 할 수 있단 말인가. 엄마가 제대로 좋아하시겠군. 저기 저 철사 줄은 정말 팽팽하게 잘 달았는데. 나사로 고정하는 새 장치는 톱니로 하던 예전 것보다 기능이 좋았다.

그는 성냥을 켜서 식탁에 올려놓았고, 막 꺼지려는 찰나 다시 주워서 거꾸로 들어 불길을 살려냈다. 이겼다, 그녀는 돌아올 것이다! 아니, 성냥불이 다시 켜진 것조차 운명의 심술임을, 희망을 가져봤자 어차피 이루어지지 않을 것임을 그는 잘 알고 있었다.

— 지금 이 순간부터 더이상 신경 쓰지 않는다!

그는 찬장 문을 열어 선반 위에 가지런히 놓인 잼 병을 살폈다. 당분간 이 여인들과 함께 지내야겠군. 모두 거실로 갑시다. 완벽해, 약간의 유머가 필요하지. 복숭아 잼, 너무 달아. 자두 잼, 너무 평범해, A급 직원에게 어울리지 않아. 앵두 잼? 좋아, 약간 시기는 하지만 제법 맛있지. 만장일치로 앵두 잼으로 선정. 이제 그대들을 먹어드리죠. 그래, 심각하게 생각할 것 없어. 아무리 힘들어도 버텨내야 해. 그는 힘을 내기 위해 한 발로 바닥을 굴렀고, 「까르멘」에 나오는 '투우사의 노래'를 흥얼거렸고, 잼을 걸러내기 위해, 그러니까 국물은 두고 앵두만 골라내기 위해 포크로 덜었다. 행복해지고 싶다고? 웃기지 말라고 해!

— 어때, 봤지? 난 지금 잼을 먹고 있어.

그는 잼 그릇을 밀어놓고는 통조림 하나를 꺼내 뚜껑을 땄다. 캠핑 가서 쓰기 편하겠군, 완전히 밀봉되어 있으니까. 그래, 그나마 나에게 남은 것이 있구나. 견고한 것, 나를 속이지 않는 것. 양고기 어깨 살을 발라내서 다진 게 한통에 20프랑이라니, 지나치네. 이 사람아, 좀 심했어. 그는 정육점 계산서에 느낌표 두개를 표시한 뒤 몽당연필을 주머니에 넣었다. 어깨 살이 맛있었다, 부드럽고. 기름기가 약간 많긴 했지만. 그 사람도, 그 사람을, 그 사람한테, 그 사람은. 마리에뜨가 와 초인종을 눌렀을 때 그냥 돌려보내길 잘했다. 보나 마나 그 늙은이도 한편일 것이다.

— 옷 입고 밖에 나가보자.

산책을 하고 시내에서 점심을 먹는 거다. 투우사여, 자세를 잡으라. 그렇다, 집 밖으로 나가자. 프레스꼬[94] 슈트를 입고 파란 넥타이를 매는 거다. 그녀는 넥타이를 매주고 나서 그의 한쪽 뺨을 살짝 두드리곤 했다. 그녀는 어제 내가 아닌 다른 남자를 기다리고 있었다. 그것도 모르고 얼간이같이 소설 원고를 읽어주다니! 페인트칠을 새로 하고, 새 카펫을 깐 것도 모두 그자 때문이었다. 카펫이 적어도 3000프랑은 하겠던데. 그 많은 돈을 날려버리다니! 그는 지금

---

94 오톨도톨한 촉감의 여름 양복용 모직.

껏 한번도 그녀의 발가벗은 몸을 본 적이 없었다. 어쩌다 그런 순간이 오면 그녀는 거북해하며 곧 몸을 가렸다. 다른 남자와는 그러지 않았겠지. 발가벗은 채로 그자의 어느 곳을 만졌을 테고, 그러는 게 싫지 않았겠지.

— 매춘부가 아니고 뭐야.

하지만 그건 아니다. 그녀는 매춘부가 아니다. 그녀는 좋은 여자다. 그래서 더 끔찍하다. 멀쩡한 여자가 다른 남자와 그런 추잡한 짓을 하다니. 곧장 택시를 타고 역으로 가서 9시 기차가 몇번 플랫폼에서 떠나는지 알아볼까? 달려가서 혹시라도 두 사람의 가방을 차창 안으로 실어주면, 남편의 착한 마음씨에 그녀가 연민을 느낄지도 모르지 않는가. 절대 아무 말도 하지 않을 것이다. 글썽이는 눈물로 반짝이는 눈, 보는 순간 마음을 흔드는 그런 눈으로 쳐다보기만 할 것이다. 그러면, 어쩌면, 그녀가 기차에서 내릴지도 모르지 않는가. 아드리앵, 여보, 가지 않을래요, 당신에게 돌아갈래요. 그가 중얼거렸다.

아니다, 그녀는 돌아오지 않을 것이다. 그자는 분명 요령 좋은 남자일 것이다. 정부니까. 질투심도 불러일으켰겠지. 하지만 나는 늘 정직했다. 언제나 진심 어린 애정만을 쏟고 배려해주었다. 그래서 이런 벌을 받다니. 그렇다, 진심 어린 애정, 오쟁이 진 머저리의 애정, 머저리의 배려. 그는 마리에뜨의 작은 거울 앞에서 코를 후볐고, 손에 묻은 것을 쳐다보다가 뭉쳐서 던져버렸다. 이런 게 이제 무슨 상관이람? 오쟁이 진 남편이니까 이래도 상관없지 않은가. 위층에 올라가자. 젖어서 찬 기운이 느껴지는 잠옷 바지부터 벗어야겠다. 아마도 피렌쩨의 아르노 강가, 그들이 신혼여행을 갔던 그 호텔로 향할 것이다. 그때와 같은 방을 잡을지도 모른다. 그녀는 남자의 손길을 거부하지 않을 것이고, 아무렇지도 않게 남자를 어루만질 것이다. 그는 눈썹을 치올렸다. 아내를 정말 철석같이 믿었는데! 그곳에 가서 다시 편지를 하겠다니! 집을 떠난 이후 그자와 추잡한 짓을 몇번이나 했는지 말해주기라도 하겠단 말인가! 레인코트를 보며 가슴이 뭉클했다니! 이제 난 죽을지도 모르는데, 그런데도 모른 척했으면서. 됐어, 이제 그만.

— 올라가서 옷 갈아입어, 명령이야.

방으로 올라온 그는 흐트러진 침대 앞에 무릎을 꿇고 아내를 돌려달라고 기도했고, 일어서서 자기 두 손을 쳐다보았다. 물론 그의 기도는 소용이 없을 것이다. 그도 잘 알고 있었다. 그는 침대 옆 협탁으로 다가갔다. 손목시계가 놓여 있고, 그 옆 오래된 은테 액자 속에서 그녀가 미소 짓고 있었다. 그는 사진을 돌려놓았다. 골동품상에서 이 액자를 찾아냈을 때 얼마나 좋아했던가! 빨리 아내에게 보여주고 아내의 사진을 넣기 위해 서둘러 집으로 돌아왔는데! 8시 15분. 그는 시계를 찼다. 아내가 지금 어디에 있는지 그것만이라도 알 수 있다면, 전화를 걸어서 제발 출발을 늦추라고, 함께, 그저 친구로서 한번만 얘기해보자고, 기다려달라고, 정말 그 남자 없이는 살지 못하겠는지 한번만 더 생각해보라고 애원할 것이다.

— 기다려, 여보. 정말로 그 남자 없이는 살 수 없는지 한번만 더 생각해봐.

조금 전에는 더웠는데, 지금은 추웠다. 그는 잠옷 위에 외투를 걸쳤다. 아, 바지가 빨리 말랐네, 안 갈아입어도 되겠어. 그는 옷장 거울에 비친 자기 모습을 바라보았다. 수염이 턱을 감싼 초라한 얼굴. 지나치게 둥근 얼굴, 남편의 얼굴. 그는 협탁 서랍을 열어 자동권총을 꺼내 들고 거기 새겨진 글자를 읽었다. 국영 병기창, 에르스

딸,[95] 벨기에. 그는 힘없이 권총을 외투 주머니에 밀어넣었다. 언젠가 아침에 모닝 티를 가져다주면서 이 권총을 보여줬더니 아내는 무섭다고 했다. 우리처럼 시내에서 멀리 떨어져 살려면 이런 게 꼭 필요해, 여보. 아내는 그래도 조심하라고, 살살 만지라고 했다. 그때만 해도 아내는 나를 아낀 것이다. 좋았던 시절, 모닝 티를, 맛있는 차를 아내에게 가져다주던 시절. 우리 예쁜이 줄 맛있는 차야! 언젠가 아내는 차를 받아 들며 윙크를 하기도 했다. 별다른 이유 없이, 그들이 서로 친구임을, 마음이 잘 통하는 사이임을 말하기 위해서. 그는 옷장 거울 앞에 두 손을 모으고 서서 아빠의 오래된 음반에서 흘러나오던 노래를 떠올렸다. "돌아와요 그대, 난 너무 고통스러워요, 우리의 잃어버린 행복을 되찾고 싶어요, 돌아와, 돌아와, 제발 돌아와요."[96] 나지막한 목소리로 후렴을 부르는 동안 돌아와달라는 애원에 가슴이 뭉클해졌다.

잠시 뒤 그는 다시 욕실로 갔다. 아내를 위해 따로 만든 욕실이었다. 4000프랑을 들였다. 자기 방에 딸린 욕실을 갖고 싶어 해서 일부러 만들지 않았는가. 프라이버시가 필요해요, 그녀가 했던 말이다. 아내는 버릇처럼 늘 영어 단어를 섞어 썼다. 왜 욕조 속에 옷과 담배가 가득 담겨 있는 걸까? 알 길이 없다. 어쨌든 아내의 것이다. 아내의 방에도 옷 하나가 찢어진 채로 바닥에 널브러져 있고, 역시 이유를 알 수 없다. 내가 피렌쩨에서 사준 옷이다. 그날 아침 날씨가 좋았고, 그는 아내와 함께 호텔을 나섰고, 그녀가 그의 손을 잡았다. 바로 그 손이, 오늘 저녁, 침대에서. 어떻게 그럴 수가, 맙소사, 그녀는 여전히 아드리앵 됨 부인이 아닌가. 도덕적인 차원에서

<hr>

95 벨기에 리에주주(州)의 도시.
96 띠노 로시(Tino Rossi, 1907~83)의 노래 「돌아와」(Reviens)의 가사.

절대 그 이름으로 된 여권을 사용할 권리가 없다. 그녀의 성이 남자의 성과 같지 않다는 걸 알고 호텔 직원들이 무슨 생각을 할까? 아, 그는 자기가 이 욕실에 왜 들어왔는지 잘 알고 있었다. 아내의 물건을 보기 위해, 아내와 함께 있기 위해서였다. 저기 아내의 칫솔이 있다. 그는 칫솔을 들어 코에 가져다 대고 냄새를 맡았고, 입을 벌려 양치질을 하고 싶은 유혹을 간신히 억눌렀다.

—내가 욕먹을 만한 짓을 한 것도 없는데.

생리가 시작되면 아내는 굉장히 날카로워졌다. 그럴 때면 그는 기분을 맞춰주기 위해 무진 애를 썼다. 그래, 여보, 당신 맘대로 해, 당신 생각대로 할게. 우리 예쁜이가 많이 아픈가? 내가 뭘 해줄까? 아스피린 가져올까? 탕파 준비해줄까? 아내는 그때를 용龍의 날이라고 불렀다. 매번 아내는 도무지 알 수 없는 존재가 되었고, 약간 겁이 날 정도였다. 그는 그녀의 고통을 존중했고, 연민을 느끼기도 했다. 그자는 전혀 신경 쓰지 않을 텐데, 돌봐주지도 않을 텐데. 그자는 정부일 뿐이니까. 난 고무 탕파를 덥혀서 가져다줬고, 바람을 한번 빼고 나서 마개를 잠가주었는데, 자, 됐어, 여보, 이제 배에 대고 있으면 좋아질 거야. 나흘째 되는 날이면 아내가 더이상 아파하지 않았고, 그러면 그도 기뻤다. 어쩌면 그때 내가 너무 귀찮게 신경을 쓰고 챙긴 것이 아내는 싫었던 걸까? 어디가 아프냐고, 배와 머리 중 어느 쪽이 아프냐고 자꾸 묻는 게 귀찮았던 걸까? 사실 몰라서 물은 게 아니고, 챙겨주느라 일부러 물은 것이었다. 그자는 아내가 그런 상황이 되어도 아무것도 묻지 않을 테고, 예쁜이라고 부르지도 않을 것이다. 그런데도 아내는 그자를 존경했고, 그자를 사랑했다. 간호사처럼 옆에 붙어서 지켜준 남편은 무시하면서. 어쩌면 아내는 배가 아프다는 걸 내가 아는 게 싫었던 걸까? 그 순간 그

는 너무도 많은 것을 깨우쳤다. 이제야 얼간이를 벗어나다니. 아내
는 어찌나 급하게 떠났는지 칫솔도 빗도 파우더도 챙기지 않았다.
피렌쩨에서 새로 사겠지. 서로 손을 잡고 약국에 들러서. 이전에 아
내는 파우더를 쓰지 않았다. 분명 그자 때문에 쓰기 시작했을 것이
다. 사무국에서 모두들 쑥덕거릴 텐데! 동료들의 시선은 어떻게 한
단 말인가! 아마도 키가 큰 남자겠지. 둘은 어디서 만난 걸까?

세면대 거울 앞에서 그는 빗을 들었고, 정성껏 가르마를 탔다가
곧 흐트러뜨렸다. 역으로 달려가서 제대로 싸워볼까? 하지만 분명
그자가 힘이 더 셀 테고, 그는 안경만 깨지고 결국 웃음거리가 될
것이다. 하지만 그런 내 꼴을 보고 아내가 연민을 느낄 수도 있고,
그래서 기차가 출발하기 직전에 뛰어내릴 수도 있지 않을까? 그는
파우더를 욕조에 쏟아부었고, 칫솔 손잡이를 부러뜨렸다. 배반을
저지른 타락한 여자여, 그가 중얼거렸다. 이제 그만, 이제 내려가자.

다시 부엌으로 온 그는 바깥 공기가 용기를 실어다주리라는 희
망을 품고서 덧창을 열었고, 우유 배달부가 창틀에 놓고 간 병을
가져와 우유를 냄비에 부은 뒤 가스 불을 켰다. 언젠가 기침을 하
는 아내를 위해 달걀술[97]을 구해 왔을 때, 아내는 그에게 귀엽다고
했고, 그는 무척 뿌듯하고 좋았다. 귀엽지만 오쟁이 진 남자. 오쟁
이 진 남자들은 다 귀엽다. 귀여운 남자는 모두 오쟁이 진다. 사랑
하는 그 남자한테는 귀엽다는 말을 한 적이 없겠지.

그는 창밖을 내다보았다. 정장을 빼입은 남녀가 입으로 추잡한
짓을 하고 있었고, 그러고 나서는 웃었다. 이봐, 조금만 기다려봐,
너도 곧 오쟁이 지게 될 테니. 그는 연인을 보지 않기 위해 고개를

---

97 우유에 크림, 설탕, 달걀 등을 섞어 맛을 내고 브랜디나 위스키 같은 알코올을
　첨가한 음료.

돌렸고, 우유가 흘러넘친 것을 보고 불을 껐고, 냄비의 우유를 천천히 개수대에 흘려보냈다. 아내는 그의 레인코트 단추를 다시 달아놓았고, 그래놓고 키스를 하기 위해 그리고 남은 다른 짓을 하기 위해 그를 두고 가버렸다. 가운데 단추 좀 달아놓았다고 잘난 척하다니. 내일 다른 단추가 떨어지면 그게 무슨 소용이란 말인가.

개수대에 선 그는 불행을 씻어내는 기분으로 비누칠을 하며 손을 씻었다. 내일, 월요일, 일을 다시 시작하고, 출장 건에 대해 구두보고를 하고, 진가를 인정받고, 사무차장을 만나는 거다. 이제 나에게 남은 것은 야망뿐이다. 그는 과일 그릇에서 호두 하나를 꺼내 이로 깨물고는 부엌을 나섰다. 현관 벽에 걸린 레인코트 앞에서 걸음을 멈췄고, 가운데 단추를 잡아당겨 떼어버렸다.

─올라가자, 목욕을 하자.

하지만 정작 위층으로 올라간 그는 아내의 방을 노크한 뒤 안으로 들어갔다. 둘이서 담소를 즐기던 방, 아내를 위해 차를 들고 들어가던 방. 바닥에는 녹색 원피스, 찻주전자, 잔 두개, 포장 끈, 구두가 있고 곰 인형이 다리가 위로 오게 널브러져 있었다. 아내는 이 곰을 빠트리스라고 불렀다. 언젠가 차를 가져왔을 때 빠트리스를 품에 안고 있었다. 데리고 잔 것이다. 이런, 구두 골을 안 집어넣었네. 꼭 넣어야 구두 모양이 산다고 그렇게 얘기했는데. 바닥에는 아내의 선글라스도 있었다. 저 선글라스를 쓰면 아내는 신분을 감추고 외출한 스타 같았고, 그런 아내의 모습이 그는 늘 자랑스러웠다. 머리맡의 협탁 위에는 장화를 신은 작은 곰 인형 하나가 있었다. 못 보던 것이다.

안락의자에는 어제저녁 아내가 입었던 원피스가 놓여 있었다. 그는 옷을 펼쳐놓고 주름을 매만졌다. 차라리 나한테 털어놓지, 날 믿고 그냥 다 말하지. 그러면 다른 남자를 계속 만날 수 있게 해줬을 텐데. 그러면 적어도 아내가 떠나지 않고 내 곁에 남을 수 있었으리라. 그러면 나는 아내를 매일 볼 수 있고, 그녀는, 물론 매번은 아니겠지만, 집에서 밥을 먹을 것이고, 저녁에 퇴근하면, 거의 대부분은, 아무래도 이따금은 아닐 때도 있겠지만, 그래도 아내를 볼 수 있었을 것이다. 당사자 세 명을 제외하고는 아무도 모르도록 했을 텐데. 그는 아내의 옷을 어루만졌고, 아내의 옷을 향해 말을 건넸다.

— 여보, 말하지 그랬어, 내가 다 알아서 해결했을 텐데.

9시 사분 전. 그는 덧창을 열어 창밖을 내려다보았다. 거리에는 아무도 없었다. 그녀를 태우고 돌아오는 차도 없었다. 그는 고개를 돌렸다. 바닥에 뒹구는 신발을 힘없이 차버렸고, 끈을 주워 들고는 다시 창가로 다가갔다. 9시 삼분 전. 이미 기차에 올라타고 자리에 앉았을 테고, 짐 가방도 선반에 올려놓았을 것이다. 고급 가방들일 테지. 장갑을 끼고, 우아하게, 행복한 모습으로 그자 곁에 앉아 있겠지.

창가에 선 그는 끈을 이리저리 주무르며 꼬았다 풀었다 했고, 이어 세게 잡아당겼다. 텅 빈 거리와 텅 빈 하늘을 번갈아 바라보았다. 2층의 시계가 9시를 알렸다. 기차는 움직이기 시작하고, 그녀를 그에게서 영원히 빼앗아 가고 있다. 끝났다, 이제 다 끝났다.

— 끝났고, 끝났으며, 끝나버렸고, 완전히 끝이다. 그가 중얼거리며 끈 양쪽을 당겼고, 중얼거리며 끈을 끊으려고 안간힘을 썼다. 끝났고, 끝났으며, 끝나버렸고, 완전히 끝이다. 그가 쉼 없이 중얼거렸다. 슬프게도, 아무리 불행한 상황이라 해도 무엇이든 해서 구슬픈 시간을 보내야 했다. 끔찍하게도, 끈을 잡아당기면서, 멍청한 말을 내뱉으면서, 그렇게라도 시간을 보내야 했다. 불행을 견뎌내기 위해, 계속 살아가기 위해, 어떻게든 시간을 보내야 했다.

80

그는 외투를 입고서도 덜덜 떨면서 하루 종일 집 안을 방황했다. 계단을 올라갔다가 내려왔다가, 이 방 저 방 들어갔다가, 불을 켰다가, 서랍을 열었다가 닫았다가, 혼자 있지 않기 위해 거울을 쳐다봤다가, 불을 껐다가, 방 밖으로 나갔다가, 아빠 방에서 아무 책이나 들고 나와 계단에 쭈그려 앉아 읽다가, 벌떡 일어섰다가, 다시 이 방 저 방 돌아다니다가, 잘 잤어 여보 혹은 잘 자 여보 인사를 하다가, 노래를 흥얼거리다가, 때로는 싱긋 웃다가, 그러다 중얼거렸다. 나는야 오쟁이 진 머저리, 방황하는 머저리.

저녁 9시, 그는 아내의 방으로 들어가 옷장 문을 열었고, 교수형 당한 여자들처럼 허공에 늘어져 있는 옷들을 멍하니 바라보다가, 몸을 숙여 냄새를 맡았다. 지금쯤 피렌쩨에 있겠지. 이미 다른 남자와 침대에 누워 있을지도 모른다. 마음이 급할 테니까. 사실 지금까지 아내는 단 한번도 그를 원한 적이 없었다. 늘 이런저런 이유를 늘어놓으며 안된다고 했고, 피곤하다고 혹은 머리가 아프다고 했다. 그는 눈썹을 치올렸고, 라디오를 틀었다. 윤기 흐르는 목소리가 고통은 인간의 영혼을 풍요롭게 한다고 가르쳤다. 아, 그렇구나, 오늘이 일요일이야. 그는 라디오를 껐고, 서랍에서 작은 손수건들을 꺼냈다. 그녀는 이걸로 앙증맞게 코를 풀었는데. 그는 옆으로 지나가다가 발에 걸린 곰 인형을 주워 들었다.

　—자, 화장실에 가자. 똥이 마렵네.

　곰 인형 빠트리스의 손을 잡고 내려온 아드리앵은 욕실로 들어갔다. 세라믹 세면대 맞은편 흰색 래커를 칠한 낮은 의자에 곰 인형을 내려놓고, 함께 있으라고 아빠의 책도 같이 놓았다. 그런 다음 마호가니 질감을 흉내 낸 변좌를 내렸고, 외투 자락을 양옆으로 젖히고 바지 끈을 푼 뒤 자리에 앉았다. 왜 똥이 다른 날보다 늦게 마려운 걸까. 보통은 늘 규칙적으로, 아침에 일어나자마자였는데. 감정적인 충격 때문에 늦어졌을 것이다. 여행 중에도 변비가 잘 왔으니까. 결국 습관이 깨진 것이다. 좋아, 그녀가 아예 존재하지 않았던 것처럼 살면 돼. 그는 곰 인형 빠트리스에게 말한 뒤 일어섰다. 모든 의식이 끝난 뒤 그가 끈을 당겼고, 물이 소용돌이쳐 사라지면서 변기가 다시 하얗고 깨끗해지는 과정을 지켜보았다. 그렇다, 시간이 흐르면 어떤 상처도 낫기 마련이다.

　—헤쳐나갈 거야, 두고 봐.

　그는 다시 변기에 앉아 화장지를 뽑았고, 주름을 잡아 부채를 만들어 뺨에 대고 흔들었다. 문득 일요일이면 함께하던 아침식사가 떠올랐다. 아내는 버터를 참 좋아했다. 빵에 잔뜩 발라 먹곤 했고, 그런 다음엔 친구처럼 다정하게 그와 이야기를 나누었다. 그는 아내를 위해 존재했고, 그녀의 남편이었다. 이네는 버섯을 따러 갔다 올 때면 수확물을 빨리 보여주려고 막 뛰어왔고, 마치 어린 소녀처럼, 뿌듯한 표정을 지으며, 숨을 길게 들이쉬며, 그가 탄성을 질러주는 순간을 기다렸다. 다른 사람들에게는 대수롭지 않았을 이 모든 것이 그에게는 신성하기까지 했다. 이제는 영원히, 더이상 누릴 수 없는 것들. 그녀는 피렌쩨에서 행복한데 나는 혼자 변기에 앉아 있다니. 그는 코를 쿵쿵거렸다. 바지가 흘러내리지 않게 한 손으로 잡고 일어선 그가 거울 속에 비친, 눈물이 흐르는 얼굴을 향해 중얼거렸다.

　── 옛일을 생각하며 눈물짓노라.[98]

그는 화장지로 코를 풀었고, 다시 변기 물 내리는 끈을, 그럴 필요가 없었지만 완벽하게 작동된다는 위안을 얻기 위해 다시 한번 잡아당겼다. 하지만 겨우 이런 것이 인생의 목적이 될 수는 없지 않은가. 그는 유리 선반에 놓인 빗을 들었고, 역시 그럴 필요가 없었지만 다시 변기에 앉았다. 어렸을 때 엄마한테 혼이 나면 늘 화장실로 가서 숨곤 했다. 잠시 후 다시 일어섰다. 바지가 흘러내려 제대로 움직일 수가 없어서 잰걸음으로 세면대 거울로 다가갔고, 거울 속에 비친 어린 시절의 자기 자신을, 수염이 턱을 감싼 얼굴 너머로 보이는 여덟살의 디디를, 말 잘 듣고 명랑한, 학교 공부를 잘하는, 희망을 품고 삶에 뛰어든, 지금의 이런 일이 일어나리라 꿈에도 생각 못한 채로 열심히 시험공부를 하던 디디가 나타났다. 그는 어린 디디를 측은한 마음으로 바라보았고, 여자처럼 부드러운 미소를 지었다.

　── 불쌍해라. 그가 거울을 향해 말했다.

────────────

98 프랑스의 시인 뽈 베를렌의 「가을의 노래」(Chanson d'automne)에 나오는 구절이다.

바쁘게 일하자. 일상으로 돌아가자. 파이프 담배를 피울까? 아니다, 파이프 담배는 행복할 때, 그녀가 사무국으로 찾아올 때를 위한 것이다. 아내가 올 때면 그는 꽤나 거물인 척했다. 무슨 일이 기다리고 있는지 짐작조차 못한 멍청이여. 어제저녁에 그녀가 입고 있던 원피스는 정말 몸에 딱 달라붙었다. 특히 등 아래쪽이 그랬다. 다른 남자를 위해 그렇게 달라붙은 것이다. 그는 거울 앞에 서서 자기 뺨을 부드럽게 만졌다. 혀를 내밀고 묻은 게 없는지 살폈다. 그렇다, 아직도 떠나지 않고 그의 곁에 남은 것이 있다. 그는 코 위의 여드름을 눌러 짜낸 피지를 손톱 위에 놓고 살핀 뒤 더러운 벌레처럼 뭉개버렸다. 그자 앞에서 벌거벗고 엉덩이를 보여주는 게 이제 그녀의 삶의 목표가 되었겠지. 그는 향수병 뚜껑을 열었고, 살맛을 되찾기 위해서 향내를 맡았다. 그런 다음 비누칠을 해서 손을 씻었다. 혹시 아는가, 이 비누를 다 써갈 때쯤, 비누가 얇아질 즈음이면 그녀가 돌아올지. 두달 후, 어쩌면 석달 후. 상처 받고 지친 그녀가 돌아와 품에 안긴다면 힘껏 안아주고 위로해주리라. 그는 이제는 들을 수 없는 목소리를 흉내 내어 중얼거렸다.

—그 사람이 날 너무 힘들게 했어요, 당신한테 올래요.

그는 다시 변기에 앉았고, 화장지 한장을 뽑아 둥글게 말아서 망원경처럼 눈에 가져다 댔다가 다시 내려놓았다. 그래, 유언장을 바꾸지는 않을 것이다. 그 작자가 혜택을 본다 해도 어쩔 수 없다. 최소한 자기가 버리고 떠난 남편이 도덕적으로 얼마나 훌륭한 인간인지 알게 될 테지! 그는 화장지를 한장 한장 연달아 뽑았다. 약간, 많이, 열정적으로, 미친 듯이. 그래, 미친 듯이. 편지만 봐도 알 수 있었다. 그 사람도, 그 사람을, 그 사람한테, 그 사람은…… 계속 그자 얘기를 했다. 그녀는 너무도 깊이 사랑에 빠졌기 때문에 스스로 얼마나 고약하게 굴고 있는지 깨닫지 못한 것이다.

그녀가 남긴 편지는 정말 고약했다. 레인코트의 옷깃을 어루만진 얘기부터 그렇다. 그저 옷깃만 어루만지고 말면 어쩌란 말인가. 여보라고 부른 것도 그렇다. 냉장고에 오늘 먹을 게 다 들어 있다는 말도. 냉장고에 내일은 아무것도 없으면, 남편인 나더러 굶어 죽으란 말인가. 내가 자기 때문에 고통 받는 게 끔찍하다고 말했지만, 그러면서도 오늘밤에 그자와 함께 잘 지낼 것이다. 그리고 동료들과 점심을 먹으면 모든 문제가 해결되기라도 한단 말인가! 착한 척했지만 아내는 참으로 비정했다. 행복해지고 싶다니! 그러면, 나는 행복하지 않아도 된단 말인가!

그는 편지를 펼쳤고, 고약한 말마다 줄을 치고 옆에 느낌표를 달았다. 차라리 암에 걸렸으면 좋았을걸. 그랬다면 그녀가 날 버려두고 떠나지 못했을 테고, 그러면 2년 혹은 3년은 더 행복할 수 있었을 텐데. 아까 아래층 소파 맞은편 작은 원탁 위에 그가 아내에게 선물한 금제 샤프펜슬이 있었다. 거기 두고, 소파 위에서 다른 남자와 뒹구는 추잡한 장면을 지켜보게 하다니! 그는 눈썹을 치올렸고, 씽긋 웃었다. 그렇다, 아까 그 샤프펜슬을 밟아버렸고, 소파 위에는 침을 뱉었다. 잘했어, 어때, 이 정도면 내 상태가 어떤지 알 수 있겠지?

── 배가 고프네. 그가 곰 인형에게 말했다. 자, 가서 밥 먹자. 빠트리스를 옆구리에 끼고 부엌에 다녀온 그는 다시 욕실의 작은 의자에 오래된 여성 주간지 한권을 놓고 그 위에 마리에뜨가 즐겨 먹던 빵과 마늘 소시지를 놓았다. 그러고는 바지 단추를 풀고 다시 앉았고, 소시지 껍질을 벗기고 손가락 사이에 끼워 들고 먹기 편하도록 화장지로 쌌고, 그대로 한입 깨물면서 맞은편에 앉은 곰 인형에게 빙그레 미소를 지었다. 무언가를 먹고 있으니 누군가 함께해

주는 듯했고, 그 느낌에서 위로를 얻었다. 하지만 변기에 앉아 마늘 소시지를 먹다니, 좀 고약하지 않은가? 할 수 없다. 아무도 사랑해주는 사람이 없으니까. 나는 그래도 된다.

그는 한 손에 소시지를, 또 한 손에 빵을 들고 먹어가며 고개를 숙인 채로 주간지의 광고를 읽었다. 현대 여성들을 위한 생리대. 몸속에 들어가는, 표 안 나는 페미나 탐폰. 놀라운 흡수력. 아무리 그래봐야 사랑한다는 남자가 탕파를 데워서 가져다주진 않을 것이다. 세상에서 가장 섹시한 브래지어, 변형되지 않는 와이어, 가슴을 받쳐주고 작은 가슴을 감쪽같이 가려주는 단 하나의 브래지어, 남자들의 사랑을 한 몸에 받는 여자로 만들어드립니다. 더러운 년들, 허구한 날 이런 것만 생각하지.

— 내가 너무 잘해줬어. 그래서 이렇게 된 거야.

오, 사실 이미 몇번이나 생각한 일이었다. 그럴 때마다 남자답게 행동하려고 애썼지만 오래가지 못했다. 어쩔 수 없었다. 결심해도 자꾸 잊어버렸다. 그는 약한 남자다. 그렇다. 모든 불행이 바로 거기서 온 것이다. 이따금 그녀가 터무니없이 힘들게 하면 화를 내기도 했지만, 그 순간뿐이고, 그러고 나면 곧바로 사과를 했고, 다음 날은 선물을 했다. 시리아와 팔레스타인에서도 선물을 챙겨 왔는데, 그건 어쩌란 말인가? 운이 좋은 남자들, 일부러 노력하지 않아도 저절로 강한 남자들이 있다. 레스토랑에서 식사를 할 때도 그가 보이를 부르면 한번에 오는 적이 없고, 늘 여러번 불러야 했다. 그게 내 잘못은 아니지 않은가? 쉽게 주눅 들고 상대의 눈치를 보게되는 것이, 상사가 하는 말을 들을 땐 늘 미소 짓게 되는 것이 다 그의 잘못이란 말인가? 모두가 체내 호르몬의 작용이다. 림프샘이 잘 작동하지 않는 바람에 그런 것이다. 그는 마늘 소시지 끝을 움켜쥔 손을 높이 들고는 천장을 향해 험상궂게 말했다.

—신은 없어, 이 세상에 신 같은 건 없어.

소시지를 다 먹었다. 아픔을 덜 느끼려면 뭐라도 계속 먹어야 했다. 입안에 남은 마늘 맛이 불쾌했다. 그는 소시지 기름이 묻은 손을 잠옷 상의에 닦았다. 스스로를 더럽히는 것은 일종의 복수였다. 몸에 딱 달라붙는 옷. 그녀의 엉덩이는 이제 그 작자의 것이다. 드디어 이 지경에 이르렀다. 추잡한 인간이나 할 법한 생각을 하게 된 것이다. 원래 인간은 불행을 겪으면 추잡해지는 법이다. 좋아, 그래, 난 추잡한 자, 주둥이에 소시지나 쑤셔넣는 인간이다. 신이 있다 해도 상관없다. 그는 화장지 한장을 뽑아 빗 위에 대고는 어릴 때 불던 하모니카처럼 입에 가져다 댔고, 얇은 화장지가 파르르 떨리도록 감미로운 결혼 축가 곡조를 흥얼거렸다. 사랑의 사원에서 감미로운 혼인 맹세로 우리 운명의 길을 아름답게 만들어줘요. 그가 노래를 멈췄고, 머리카락을 이마 위로 빗어 내렸고, 다시 뒤로 넘겼고, 그렇게 되풀이했다.

고독한 자들의 왕좌에 앉은 그는 계속 머리를 매만졌다가 곧 흐트러뜨렸다. 이따금은 변화를 주기 위해 엄지와 검지로 머리카락을 돌돌 말았고, 매듭처럼 묶어 조이기도 했고, 그러다가 갑자기 빗으로 그것을 다 헤쳐놓으며, 머리카락이 뽑힐 정도로, 일부러 자기 자신을 아프게 하는 관능적 쾌감을 맛보기도 했다. 혹은 아빠의 책을 무릎에 놓고 읽으면서, 윗옷을 벌려 가슴 털을 빗었다. 얼룩을 지우는 방법들에 관한 글이었지만, 어차피 내용은 하나도 들어오지 않았다. 그렇지만 무언가를 읽고 있다는 사실 자체가 불행을 한겹 덮어주는 것 같았다. 그런 다음에는 다시 머리카락을 만졌다.

계속 빗을 움직이며 머리카락을 앞으로 빗어 내렸다가 뒤로 넘겼고, 한 단어 한 단어 읽어가기 위해, 뜻을 파악하고 이해하기 위해 입술을 움직였다. 아내는 휘핑크림을 정말 좋아했다. 어린애처럼 빈 접시를 스푼으로 긁어댔다. 아내의 남자도 알게 될 텐데, 그런 모습을 좋아할 수 있을까? 그는 엉덩이를 드러낸 채 그대로 일어섰고, 다시 한번, 이번에도 역시 그럴 필요가 없었지만 물을 내렸다. 집 안에 내려앉은 침묵 속에 뭐라도 채워넣기 위해, 현실의 소리를 듣기 위해, 혼자 있지 않기 위해서였다.

다시 자리에 앉고 변기의 물통이 채워지자, 수치스러웠지만, 그는 버릇이 되어버린 동작을 다시 시작했다. 어쩌란 말인가. 머리카락을 괴롭히는 일만이 이제 남은 유일한 기쁨인 것을. 이런 작은 기쁨이라도 있어야 불행을 참아낼 수 있으리라는, 계속 살아갈 수 있으리라는 느낌이 사무치는 것을. 어떤 기쁨이든, 아무리 작은 기쁨이라도, 아무리 멍청한 기쁨이라도, 그래도 필요했다. 머리를 빗고, 머리카락을 손가락으로 말고, 아프게 당기고, 그러면 조금 덜 외로웠다. 머리카락과 대화를 나누는 것이다. 머리카락과 관계를 유지하는 것이다. 머리카락이 그와 함께해주는 것이다.

그렇게 불행의 동반자인 머리카락을 괴롭히면서 그는 사라져버린 행복을 되새김질했다. 일요일에 침대로 들고 가던 모닝 티. 아내의 방에 들어설 때마다 그는 정말로 기뻤다. 안녕 예쁜이, 잘 잤지, 예쁜이, 잘 쉬었고? 우리 예쁜이 줄 맛있는 차 가지고 왔지! 잠이 다 깨지 않은 아내는 멍한 표정으로 한쪽 눈만 간신히 떴고, 그는 그렇게 한 눈으로 쳐다보는 아내의 모습이 너무도 사랑스러웠다. 여보, 여보. 잠시 후 아내가 몸을 일으키고 나머지 한 눈을 떴고, 두 손으로, 잠이 덜 깨서 불안한 두 손으로 잔을 받아 들었다. 그럴 때면 머리카락이 광대처럼 엉망으로 흐트러졌지만, 너무도 예쁜 광대였다.

—우리 예쁜이 줄 맛있는 차 가지고 왔지! 그가 혼자 중얼거렸다.

아 좋아, 그녀는 잔을 받아 들며 말했고, 아 고마워요, 인사하며 찻잔을 향해 고개를 숙였다. 아내가 차를 마시는 동안 그의 심장은 그녀의 얼굴에 붙박여 있었다. 아내가 차를 맛있어하는지 보기 위해 얼굴을 살폈고, 아내 입에서 맛있다는 말이 나오길 기다렸다. 맛있어라, 두모금 혹은 세모금 마신 뒤에 아내는 말했다. 참 맛있어요. 잠에서 막 깨어난 목소리, 소녀 같은 목소리. 그러면 그는 맛있는 차를 가져왔다는 사실이, 아내에게 작은 행복을 건네주었다는 사실이 뿌듯해서, 여전히 덜 깬 얼굴, 아기 같은 얼굴로 차를 마시는 아내를 바라보면서 한 손은 혹시라도 그녀의 잔이 기울어 차가 쏟아질까봐 언제든 붙잡을 준비를 하고 있었다. 아 좋아, 조금 더 잘래요, 그녀는 말했다.

—아 좋아, 조금 더 잘래요. 그가 혼자 중얼거렸다.

다 마시고 나면 그녀는 잔을 건네주었다. 도로 이불 속으로 들어갈래요. 그러면서 벽 쪽으로 다가가 옆으로 돌아누웠고, 이불을 턱까지 끌어당기고는 몸을 웅크렸다. 그 모습이 좋았다. 더 쉬어, 여보, 편히 자. 좀 있다가 아침 챙겨다줄게. 한시간 있다가. 그럼 되겠지? 알았어요. 입을 베개에 묻은 채로 그녀가 대답했다. 어떨 땐, 알써요, 라고 했다. 너무 졸렸기 때문이다. 그러고는 몸을 더 웅크렸다. 그렇게 바짝 웅크린, 편안해하는 아내의 모습을 보면 그는 기분이 좋았고, 더 편안히 잘 수 있도록 등 쪽 이불을 당겨 매트리스 밑으로 넣어주었다. 언젠가 모닝 티를 가지고 올라갔을 때 아내는 그에게 좋은 남편이라고 말했다.

—그런데 왜, 어째서, 왜? 혼자 중얼거리던 그는 아랫배의 털을

움켜쥐고 뽑아보려 했다.

모닝 티를 마시고 목욕을 마칠 때쯤에는 그가 아침식사를 준비해서 침대로 들고 갔다. 아내를 위해 그렇게 해주는 것이 행복했기에 계단에서 마주친 엄마의 눈길도 개의치 않았다. 토스트, 버터, 잼, 빠짐없이 쟁반에 얹어 갔다. 그녀는 빵에 버터와 잼을 발라 먹었고, 비타민을 섭취한다며 빵에 버터를 잔뜩 바르는 그녀를 바라보며 그도 기분이 좋았다. 그는 아내가 빵을 먹는 모습을 지켜보았다. 그녀가 먹는 것이, 먹고 기운을 얻는 것이 좋았다. 때로는 아침식사를 들고 들어서며 장난을 치기도 했다. 예를 들면, 정원사네 나귀가 심하게 탈이 났다든가, 마리에뜨의 다리가 부러졌다든가 하는 것이었다. 곧장 장난이었다고 말해주면 그녀는 빙그레 웃었고, 그는 아내에게 행복을 느끼게 해준 것 같아서 좋았다.

아침을 먹고 나면 그녀는 담배를 피웠는데, 연기 때문에 눈이 따가워 찌푸리는 모습도 예뻤다. 이어 그들은 남편과 아내로, 친구처럼 다정하게, 온갖 얘기를 나누었다. 올빼미를 길들여본 얘기, 암고양이 얘기를 할 때 그녀의 얼굴에는 화색이 돌았다. 너무도 상냥했고, 그가 경탄하며 듣고 있는지 확인하기 위해 하던 말을 멈추기도 했다. 그녀는 주인을 따르는 충성스러운 짐승들 얘기도 그에게 읽어주었다. 너무도 순수하게 그런 얘기에 열광했고, 도중에 읽기를 멈추고서 그도 좋아하는지, 귀 기울여 듣고 있는지 확인했다. 아내는 그가 코끼리의 헌신적인 행동을 지켜본 증인이 되어주기를 바랐고, 그는 아내를 기쁘게 해주기 위해 짐짓 과장된 관심을 표현했다. 때로 그녀는 어린 시절, '감자'와 '표범'[99]을 헷갈리던 얘기도 했

99 프랑스어로 '감자'와 '표범'을 뜻하는 pomme de terre와 panthère는 소리가 비슷하다.

다. 그래그래, 그렇게 많은 얘기를 함께했는데, 아침을 먹으면서 친구처럼 다정하게 얘기를 나눴는데, 나는 그녀의 남편이었고, 그녀는 나의 아내였고, 그렇게 아름다웠는데, 그게 바로 삶의 진실이었는데.

─돌아와요 그대, 난 너무 고통스러워요. 여전히 바지를 내리고 엉덩이를 드러낸 채 가짜 마호가니 변좌에 앉은 그가 기도하듯 두 손을 모으고 나지막하게 노래를 불렀다.

세상에, 출근해서 아내에게 전화할 때, 아무 일 없이 그냥 잘 있는지 물어보려고, 그저 목소리를 들으려고, 뭘 하고 있는지 물어보려고 전화를 할 때, 그때마다 얼마나 기뻤는데. 특히 베베가 닦달질할 때면 급히 아내에게 전화해서 사무실에 들러달라고 부탁했고, 조금 있으면 그녀가 온다는 생각만으로도 용기가 났다. 작은 의자 위에 다리를 벌리고 앉은 곰 인형이 평온한 눈길로 그를 쳐다보았다.

─머저리 둘이서 마주 보고 있구나.

나쁜 여자, 나쁜 여자. 자꾸 나쁜 여자라고 말해봐야 무슨 소용이 있는가. 어차피 아내는 돌아오지 않을 것이다. 어차피 아내는. 약한 남자, 가련한 자, 이게 바로 그였다. 꼴좋다, 넌 약해서 벌받은 거야. 그는 앉은 채로 변기 물을 내렸고, 물이 튀어 엉덩이에 닿자 부르르 몸을 떨었고, 다시 머리를 빗고 머리카락을 앞으로 빗어 내렸다가 뒤로 넘겼다. 강한 자들, 독재자들은 자기 머리카락을 괴롭히지 않을 테고, 몇시간 동안 변기에 앉아 있지 않을 것이다. 하지만 그가 할 수 있는 일은 그런 것뿐이었다.

그는 빗을 내려놓고 권총을 들어 탄창을 뺐다. 총알 여섯발. 제일 위에 있는 첫번째 총알은 전체가 드러나 있었다. 이렇게 작은

데 말이야, 안 그래, 어때 여보? 그는 탄창을 다시 끼우고, 안전장치를 풀고 슬라이드를 잡아당겨 발사 준비를 마친 뒤 내려놓았다. 됐어, 첫발이 제대로 장전되었어. 부엌의 철사 줄도 똑바르게, 팽팽하게 잘 당겨져 있으니 좋잖아. 아주 잘 쳤어. 부엌에 들어갈 때마다 성공이야 하면서 기분 좋게 쳐다봤는데. 이제 중요한 것들과 작별해야 한다. 그렇다, 됐다. 첫발이 약실에 들어가 있다. 잘 잤어, 예쁜이? 아니, 좋았어? 그게 낫겠군. 그만둬, 그 여자가 뭘 했든 이제 상관없어. 어차피 그 여자도 화장실에 가잖아.

그래. 방법이 있다, 밖에 나가는 것. 현실의 삶이 있는 곳, 다른 사람들이 있는 곳으로 가보자. 나가자, 그래, 나이트클럽에, 근사한 클럽, 도농에 가는 거다. 우선 목욕을 하고, 그런 다음 턱시도를 입고, 그런 다음 택시를 타고, 그런 다음 도농으로. 새 턱시도, 리츠에서 저녁 먹을 때 입었던 것을 입고. 자, 빨리 목욕을 하자. 그는 낙천적인 마음을 갖기 위해 빙그레 웃음을 지었다. 그러고는 일어서서 바지를 올렸고, 기운을 되찾기 위해 발을 굴렀다.

— 그래, 목욕을 하는 거야. 목욕을 하면 살 수 있을 거야.

하지만 정작 욕조에 누운 그는 끔찍하게도 불행을 절감했다. 물속에 혼자 누워 깨끗이 씻어봐야 무슨 소용이 있단 말인가. 봐줄 사람도 없지 않은가. 전에는 아내를 위해 씻었다. 그런데 지금은 물속에 혼자 누워 있다. 그 둘은 나란히 누워 자고 있을 텐데. 아니, 자고 있지 않을지도 모른다. 아마도 지금 이 순간 둘이서. 그래, 그렇게 순수한 얼굴로, 주인을 따르고 충성하는 동물 얘기를 하며 열광하던 어린애 같은 얼굴로. 피임은 하고 있을까? 그는 평소 하던 대로 머리에 대충 비누칠을 한 뒤 헹구기 위해 두 손으로 귀를 막고 머리를 물속에 넣었고, 그렇게 몇초가 지나자 불행이 더욱 뼈저리게 파고들었다. 아! 들려오는 소리 하나 없이, 물속에, 두 눈을 뜨고, 이렇게 혼자 있다니. 물 밑에 버티고 있는 불행 때문에 숨이 막혀왔다. 그는 숨을 쉬기 위해 물 밖으로 고개를 들었고, 곧 다시 제일 바닥까지, 불행의 밑바닥까지 머리를 밀어넣었다.

턱시도 차림으로, 실크 장식선이 달린 바지를 무릎까지 내리고, 엉덩이를 드러내고, 다시 한번 가짜 마호가니 변좌를 왕좌 삼아 앉은 그는 약혼 시절에 처음 찍은 아내의 사진을 내려다보았다. 셔터를 누르려는데 그녀가 카메라를 쳐다보며 당신을 사랑한다고 생각하면서 볼게요, 라고 했었다. 목이 막혔고, 수염이 떨렸고, 손은 차가웠고, 눈물은 나지 않았다. 사랑한다고 말하고 있는, 또 볼 때마다 똑같이 말해줄 아름다운 얼굴을 멍하니 바라보았다. 카나키스에게 전화를 걸어 와달라고 할까? 아니, 너무 늦었다. 밤 11시에 전화를 걸면 날 뭘로 보겠는가. 그리고 내가 불행하다는 것이 그에게 무슨 의미가 있겠는가. 내 장례식이 끝나고 나면 모두 함께 식사를 하러 갈 사람들.

─그래, 도농으로 가자.

하지만 도농에서 놀다가 돌아왔을 때도 아내가 없으면? 아침엔 누구한테 다녀올게 인사를 하고, 밤에는 잘 자 인사를 한단 말인가. 밤에 각자의 방으로 가서 자리에 누우면 그는 벽 너머로 다시 또 잘 자라고 외쳤다. 떨어져 있어도 함께 있고 싶어서 잘 자라고 또 인사한 것이다. 그는 몇번이고 잘 자라고 되풀이했다. 잘 자, 여보, 잘 자, 잘 자, 푹 자, 내일 봐. 모두 사랑의 외침이었다. 라디오에서 좋은 노래가 나오면 곧바로 아내를 불렀는데, 이제 아내와 함께 들을 수 없다면 아무리 좋은 노래가 나온다 해도 더이상 라디오를 들을 수 없을 것이다. 그는 다시 일어섰다. 발목까지 흘러내린 바지 때문에 힘겹게 세면대 거울 쪽으로 걸어갔고, 거울 속의 자기 모습을 쳐다보며 미소를 지었다. 그래, 거울을 보며 혼자 짓는 미소, 이게 바로 절망이다.

—이제 뭘 해야 하지? 그가 거울을 향해 물었다.

학교에 다닐 때는 11시까지, 자정까지, 정말 열심히 공부했다. 이제 그만 자라, 디디, 너무 늦었잖니, 엄마가 말했다. 하지만 낭송할 작문 숙제에서 꼭 일등을 하고 싶었던 그는 엄마가 가고 나면 다시 불을 켰고, 새벽 5시에 일어나서 재차 고쳤다. 뭣 하러 그랬을까? 10월에 새 학년이 시작될 때면 새 공책을 쓰는 게 얼마나 기뻤는데. 조심스럽게, 정말 정성껏 과목 이름을 썼는데. 그게 다 무슨 소용인가? 에르스딸, 벨기에. 언젠가 모닝 티를 들고 갔을 때 그녀가 별 이유 없이, 그들이 서로 친구임을, 마음이 잘 통하는 사이임을 말하기 위해, 윙크를 했었다. 그는 거울을 보며 윙크를 했다. 그의 눈까풀은 살아 있었고, 그의 말에 복종했다.

그는 다시 변기에 앉았고, 브라우닝 권총의 안전장치를 풀었다가 다시 잠갔고, 땀에 젖은 머리카락을 손가락으로 훑었고, 손가락을 멍하니 바라보다가 잠옷 윗도리에 닦았다. 두려웠다. 수염에 맺힌 땀이 양쪽에서 흘러내려 턱 밑에서 하나로 합쳐졌다. 무서웠다. 다시 안전장치를 풀었다. 죽기 위해서도 살아 있는 동작이 필요하다니. 방아쇠를 당겨야 하니까. 방아쇠를 잡은 검지에 힘을 줘야 하니까. 마지막으로 한번, 앞으로 더이상 움직이지 않기 위해 움직여야 한다. 그렇다. 이제 검지가 힘을 줄 마음만 가지면 끝이다. 아니, 그건 아니다. 그는 아직 젊고, 앞으로 살날이 창창한데. 조만간 자문관이 될 거고, 그다음에 국장이 될 것이다. 내일은 구두 보고를 해야 한다. 이제 일어나서, 전화로 택시를 부르고, 도농으로 가는 거다. 그래, 도농으로 가자.

하지만 지금 이걸 관자놀이에 살짝, 한번만 대보자. 진짜 결심을 했을 때 어떻게 되는지 보기만 하는 거다. 그래, 내가 그렇게 어리석지는 않다. 난 아직 젊고, 살날이 창창하다. 그냥, 어떻게 되는지 한번 보기만 하는 거다. 그냥 한번 보려고, 알아두려고, 어떻게 하는 건지 알고 싶어서, 그냥 동작만 취해보는 거다. 그래, 이렇게 해야겠군, 총구를 관자놀이에 대야지. 난, 절대 아니다. 나의 검지는 힘을 줄 마음이 없다. 그냥 어떻게 되는지 보려는 거다. 난, 아니다, 아니다, 정말 아니다. 난 그렇게 어리석지 않다. 잘 잤어? 잘 쉬었고? 그녀가 윙크를 한 적도 있었는데.

그녀가 윙크를 했고, 그 순간 그의 검지가 힘을 주고 싶어졌다. 이제 그만 자라, 늦었잖니. 누가 그의 귀에 대고 속삭였고, 그는 서서히 몸을 조아렸다. 이마를 낮은 의자 위에, 곰 인형의 두 발 사이에 대고, 그는 어린 시절의 따뜻한 침실로 들어섰다.

제5부

81

이곳 아게[1]의 호텔에 머무는 동안 그들은 오로지 자신들만을 생각했고, 실로 놀라울 만큼 자주 하나가 되었고, 그러지 않을 때는 서로에 대해 모든 것을 알고자 했고, 자기 얘기를 들려주고자 했다. 매일 비슷한 밤, 달콤한 피로감, 매혹적인 휴식. 그녀는 고마움을 표현하려고 혹은 유혹하려고 그의 벗은 어깨 위로 손가락을 빠르게 움직였고, 그는 눈을 감고 희열감으로 미소 지었다. 그들은 중요한 일을 해낸 피로를 두 몸이 얽힌 채로 달랬고, 다정하게 소곤거리다가 잠이 들었고, 불현듯 눈이 떠지면 다시 두 입술이 닿았고, 혹은 두 몸이 더 밀착되었고, 혹은 비몽사몽간에 다시 하나가 되었고, 혹은 한순간 가뿐하게 깨어나 격렬하게 서로를 탐했다. 그런 다음에는 다시 더없이 달콤한 잠, 공생共生의 잠에 빠져들었다. 어떻

----

1 지중해 꼬뜨다쥐르 지역에 위치한 해수욕장.

게 함께 잠들지 않을 수 있단 말인가.

새벽이면 그는 그녀를 깨우지 않기 위해 살며시 일어나 자기 방으로 돌아갔다. 눈을 뜬 그녀가 잡을 때도 있었다. 가지 말아요, 그녀가 울먹이며 말했다. 그는 주저하는 그녀의 손을 떼어내며 걱정하지 말라고, 곧 오겠다고 했다. 그가 아침마다 그렇게 자기 방으로 간 것은 완벽하지 못한, 그러니까 면도도 목욕도 안한 상태를 보이고 싶지 않았기 때문이다. 또 그녀가 씻으러 들어갈 때 제일 처음 들려오는 요란한 소리, 변기 물이 내려가는 불길한 소리를 듣는 순간이 두려웠기 때문이다.

면도를 하고 목욕을 마친 그는 전화를 걸어 지금 가도 되느냐고 물었고, 그녀는 몇분만 있다가요, 하고 대답했다. 그사이 역시 목욕을 마치고 머리를 빗고 흰색 가운을 걸친 그녀는 환기를 위해 욕실 창문을 열었고, 그런 뒤에 방으로 와서 사랑받는 여인의 얼굴을 마지막으로 확인했고, 흡족해했고, 눈 화장이 마음에 들어 우쭐했고, 늘어뜨린 앞머리를 한번 더 매만졌고, 그러고 나면 비로소 전화를 걸어 이제 와도 된다고 말했다. 그가 들어오고, 서로를 응시하는 더없이 경이로운 순간. 정결하고 시적인, 사랑의 사제복 차림의 신인神人이 된 연인들.

그녀가 몸에 난 사랑의 자국들을 가리고서 벨을 눌러 급사장을 부르면, 곧 급사장이 커다란 쟁반을 들고 왔다. 미소 가득한 아침 식사, 스께르쪼의 시간. 식욕이 일고, 그녀는 사랑하는 연인을 위해 빵에 버터를 발라주었다. 다시 벨을 누르면 급사장이 쟁반을 내갔고, 그동안 그는 아침부터 제복을 차려입어야 하는 불운한 인간의 시중을 받고 있다는 것이 수치스러워서, 그녀는 입고 있는 실내 가운이 너무 많이 비치는 것이 불편해서, 연인은 눈을 내리깔았다. 그녀는 급사장이 자기를 보는 것이 싫어서 고개를 들지 않았다.

급사장이 나가면 그녀가 커튼을 쳤고, 그런 뒤엔 침대로 돌아가 키스를 하고 이것저것 떠오르는 얘기를 주고받는, 유년기의 추억을 나누는 알레그로의 시간. 그들은 서로에게 들려줄 얘기가 너무도 많았다. 오 욕정 없는 애정의 향연이여. 이따금 그녀가 힐책하듯 다정한 눈길로 조금 전 감춰야 했던 사랑의 자국을 보여주며, 벌을 내리겠다며 자랑스러운 사랑의 훈장에 살짝 키스를 해달라고 명했다. 그다음에 일어난 일, 그들이 빠져든 일은 굳이 말할 필요가 없으리라.

오전이 끝나갈 무렵 객실 청소부를 부른 그녀는 환한 미소를 건네며 방 정리를 해달라고 했다. 치아를 드러낸 채 몇달 뒤면 만성 심근염으로 죽음을 맞이할 늙은 청소부에게 박애의 메시지를 한번 더 전달한 뒤, 그녀는 쏠랄을 만나기로 한 호텔 입구로 내려갔다. 목욕 가운 차림의 거만하고 아름다운 연인은 사람들의 시선에 아랑곳하지 않고 함께 해변으로 갔다.

바다 앞에 선 그녀는 가운을 벗었고, 경탄스럽게 바라보는 그의 눈길에 행복해졌고, 온몸으로 바람을 느끼기 위해 두 팔을 벌린 채 반짝이는 부드러운 모래 위를 재빠른 요정이 되어 뛰어갔고, 물속으로 들어가 그를 불렀다. 그들은 나란히 헤엄을 치고 물속에서 장난을 쳤다. 어린 시절로 돌아간 듯 깔깔거리느라 짠 바닷물이 콧속으로 들어가면 그녀는 그가 보지 못하도록 멀리 가서 손가락으로 코를 풀었고, 그런 뒤에 두 사람은 누가 빨리 헤엄치는지 누가 물속에서 오래 버티는지 시합을 하기도 했다. 그리고 나면 사람들이 빠져나가 인적이 드문 해변에서 일광욕을 했다. 그러고는 샤워장에서 함께 샤워를 했고, 물이 어깨와 기슴 위로 비처럼 쏟아져 내리는 동안 이따금 두 몸이 흔들리며 하나가 되었다.

2시쯤 호텔에 돌아온 그들은 다른 손님들과 마주치기 싫어서 레스토랑으로 내려가지 않고 그들만의 응접실로 점심식사를 가져오게 했다. 그렇게 눈부신 바다가 내려다보이는 발코니 유리문 앞에서 식사를 했고, 그러는 동안 아무것도 아닌 일에도 웃음이 터졌다. 발코니에서 어린 새 한마리가 모이를 쪼다가 놀란 듯 고개를 갸우뚱하며 부리를 벌리고 쳐다볼 때, 기다리던 전채가 나온 뒤 그녀가 너무 배가 고파서 비장해진다고 엄숙하게 말할 때, 그들은 웃었다. 그녀가 다부지면서도 우아하게, 거리낌 없이, 한입 가득 음식을 넣고 다가올 또다른 시합을 예고하는 건강한 여인의 식욕을 채우는 모습을 바라보며 그는 경탄했다.

급사장이 들어올 때마다 그녀는 팔꿈치를 그의 팔꿈치에 비비며 사랑을 전했다. 급사장의 얼굴에는 이렇게 늦은 시각에 점심식사를 내와야 했음에도 전혀 불만의 기색이 보이지 않았고, 그런 친절에 매료된 그녀는 그것이 막연하지만 자신들의 삶이 행복하리라는 것을 말해주는 전조라고 생각했다. 저 급사장도 그녀의 연인의 매력에 빠져서 친절을 베풀고 있다고, 호텔 직원 모두가 자기들의 사랑을 찬미한다고, 둘의 사랑을 사랑한다고, 사랑의 공모자라고, 자신들을 정열의 수호자로 경배하고 있다고 믿었고, 그래서 황홀하리만치 기뻤다. 두둑한 팁이 불러오는 효과에 대해서는 눈치채지 못했다.

디저트를 먹을 때 연인의 입술이 합쳐졌고, 때로 더 깊숙이 하나가 될 때면 그녀가 입에 문 포도 알을 그의 입으로 건네주기도 했다. 아 진정 감미로운 삶이야, 그녀가 생각했다. 키스가 끝나고 다음번 키스를 하기 전에 그녀는 그를 바라보았고, 청결한 그의 모습을 사랑했고, 심지어 오렌지들을 허공에 던지며 재주를 부리는 모습까지, 그의 전부를 경탄했다. 성의 노예가 되더니 조금 바보가 되었군, 그가 생각했다. 하지만 그는 그녀를 사랑했고, 행복했다.

커피를 마신 뒤 급사장이 식탁을 치우는 동안 그들은 아리안의 방으로 들어갔다. 그녀는 블라인드를 내리고서 욕실로 가 실내복으로 갈아입었고, 다시 화장을 한 뒤 겨드랑이에 향수를 뿌렸고, 그러고는 그의 곁으로 돌아와 눈빛으로 혹은 말로 청했다. 우리 주인께서 계집종의 침대에 기꺼이 누워주소서, 어느날 그녀가 성서에서 영감을 얻은 말에 스스로 흡족해하며 말했다. 그는 거북했고, 미소를 지었고, 그녀가 말한 대로 했다.

이따금 저녁이면 택시를 타고 깐으로 가서 러시아 레스토랑 '모스끄바'에 들렀다. 그곳에서 그들은 우아한 자태로 눈을 내리깔고 블리니²와 캐비아로 시작하는 요리를 먹었고, 그동안 아게의 호텔에서는 심장병을 앓는 늙은 청소부가 실내화 바람으로 분주하게 종종걸음을 치며 폐허처럼 엉망이 된 침대를 정리하고 욕실 두곳을 청소하느라 죽음의 시간을 앞당겼다. 레스토랑에 나란히 앉은 연인은 서로의 몸이 스치지 않도록, 비밀이 드러나지 않도록 점잖게 있었다. 그녀는 사교계의 표정을 띠고, 정중하게, 그녀가 집착하는 어투, 즉 성스러운 일을 맡아 행하고 있다는 느낌을 주며 또 자신들이 하늘의 축복을 받는 숭고한 연인이라 믿게 해주는 엄숙한 어투로 말했다.

하지만 깐에 가는 날은 그리 많지 않았다. 저녁이면 바닷물이 철썩거리고 끝없이 파도가 밀려와 모래사장 속으로 사라져버리는

---

2 러시아 및 동유럽에서 먹는 치즈, 과일 등을 올린 일종의 얇은 팬케이크.

해변을 산책한 뒤 10시쯤 호텔로 돌아오는 그들을 승강기 담당 보이 빠올로가 환한 미소로 맞아주었다. 곱슬머리에 뚱뚱하고 수줍음 많은 이딸리아인 빠올로는 루아얄 호텔에서 일자리를 얻게 된 행운에 싱글벙글하며 손님들을 섬겼다. 멋진 신사와 아름다운 부인이 호텔로 들어서면 그는 주인을 반기는 개처럼 신이 나서, 어떻게든 헌신하고 싶어서, 그들을 섬길 수 있다는 것이 자랑스러워서, 우아한 동작으로 재빨리 승강기의 문을 열었다. 올라가는 동안에도 한순간도 방심하지 않고 천진난만한 미소를 띤 얼굴로 손님들을 바라보았고, 입에 침이 고여도 예의에 어긋날까봐 그대로 삼켰고, 머릿속으로 어떻게 하면 손님들의 마음에 들 수 있을까 생각했다. 대단한 사람이 되지는 못한다 해도 지금 이 중요한 자리, 상류사회 사람들을 볼 수 있고 또 어떤 점에서는 그들과 교류할 수 있는 기회를 주는 이 자리에 이른 것이 그는 진심으로 행복했다. 승강기가 멈추면 천사 같은 이딸리아인 보이는 우아한 동작으로 문을 연 뒤 차렷 자세를 취했다. 그녀는 상대에 구애하지 않는, 자유로운, 눈부시게 환한 미소를 지으며 고맙다고 말했다. 그러고는 곧 그를 잊었다.

방으로 들어서면 응접실 테이블에 저녁식사가 준비되어 있었다. 급사장이 미리 가져와서 식지 않도록 뚜껑을 덮고 보온용 천으로 싸놓은 것이다. 그들은 자리에 앉았고, 그녀가 그를 위해 음식을 덜고 포도주를 따랐고, 고기를 더 먹지 않겠냐면서 조심스럽게 그의 식사를 챙겼다.

9월 말의 어느날 저녁에 그녀는 묻지도 않고 그의 접시에 고기 한조각을 더 얹었고, 그는 지나친 보살핌이 수치스러워서 눈을 내리깔았다. 이러다가 다음에는 말을 보살피듯 짚수세미로 문질러주기라도 할 셈인가? 발굽을 윤나게 닦아줄 셈인가? 사실 며칠 전부터 그녀는 연인의 손톱도 즐겨 다듬어주었다. 그럼에도 불구하고 그녀를 바라보노라면, 그의 침묵을 존중하며 겸허하고 순종적인 자세로 헌신하는 그녀의 모습에 애정이 샘솟았다. 세상의 판단에 아랑곳없이 그를 위해 모든 것을 버리고 떠나온 여인, 그를 신처럼 섬기는 여인이 아닌가. 오로지 그를 위해서 살고, 그만을 기대하며 살아가는 여인. 그는 문득 훗날 백골로 관 속에 누워 있을 그녀를 떠올렸고, 밀려오는 연민으로 마음이 아팠다. 그래서 자신을 섬기는 손, 아직 살아 있는 손에 입을 맞췄다.

10월 초의 어느날, 저녁식사 후에 그녀가 다리를 꼬고 앉아 음악 얘기, 이어 미술 얘기를 했고, 하지만 그런 얘기에 관심이 없을뿐더러 심지어 경멸하던 그는 말(馬)이 힝힝거리며 머리를 위아래로 흔들 듯, 그렇게 믿어 의심치 않는, 그러나 별 관심이 없는 동의의 뜻을 전했다. 그녀는 이제 피곤하다며 샹들리에 불을 끈 뒤 머리맡에 놓인 램프를 붉은색 스카프로 덮었고, 그런 다음 침대에 누웠다.

희미한 불빛 속에서 눈을 반쯤 감은 그녀가 그를 쳐다보며 미소를 지었고, 그는 그 미소, 다른 세계의 미소, 어둡고 강력한 세계에서 온 그 미소가 갑자기 두려웠고, 그를 기다리고 있는 여인이 두려웠고, 그녀의 다정한 눈길, 편집증적으로 번득이는 눈빛이, 오로지 한가지만을 원하는 미소가 두려웠다. 침대 위의 그녀는 붉고 희미한 빛 속에서 부드럽게, 신비스럽게 누워 기다림의 미소를 지었고, 조용히 그를 불렀고, 그 모습은 사랑스러웠고, 무서웠다. 그가 몸을 일으켜 여자들의 세계로 향했다.

그의 몸 아래서 그의 것이 된 그녀는 두 팔을 뻗고 두 다리를 들어 그를 감쌌고, 힘껏 껴안아 그의 허리를 조였다. 그는 자기 몸을 잡고 있는, 자기 몸에 매달린 그녀가 두려웠고, 자기 몸 아래 누워 있는 낯선 여인, 마법에 취한, 정신을 잃은, 오르가슴이라는 성스러운 발작에 빠진 선지자가 두려웠고, 그의 전부를 원하는, 위험하게도 그의 전부를 원하는, 그의 힘을 원하고 또 그 힘을 누리려는, 사랑에 빠진 흡혈귀처럼 그를 빨아들이는, 그를 암흑의 세계에 가두려는, 미친 여인의 미소로 그를 숭배하는 그녀가 두려웠다.

도취의 흥분이 가라앉고 언어의 세계로 돌아온 그녀는, 여전히 몸 안에 그를 간직한 채로, 자기 안에 들어온 그를 놓아주지 않으려고 힘을 주면서, 나지막하게 말했다. 사랑하는 그대, 언제나 함께해요, 언제나 서로 사랑해요, 그러고 싶어요. 그녀가 미친 여인의 미소를 지으며 말했고, 그는 여전히 그녀에게 잡힌 채로 전율했다.

82

10월 말의 어느날 그가 그녀의 방에 들어섰을 때, '께루비노의 아리아'가 마치 순결한 백합이 갑자기 피어나듯 방 안에 울려 퍼졌다. 보이 께 싸뻬떼 께 꼬자 에 아모르. 그녀는 두 눈을 반짝이며 연인의 얼굴 위에 놀라움의 효과가 번져나가는 모습을 지켜보다가 곁에 와서 앉았다. 그들은 키스를 했고, 축음기에서는 빈의 여가수가 모차르트를 대신해서 그들의 사랑이 무엇인지 알려주었다. 노래가 끝나자 그녀가 일어서서 음반을 멈췄다. 그는 아리아가 무척 좋다고 말했고, 모차르트에 대해서도 필요한 경탄의 말을 했고, 축음기를 구해 오기를 정말 잘했다고도 했다. 뿌듯해하며 숨을 길게 들이쉰 그녀가 그의 칭송을 들을 때 짓곤 하는, 어린 소녀 모델 같은 표정으로 신이 나서 설명했다.

─갑자기 생각이 났어요, 당신이 좋아할 것 같았죠. 그래서 곧장 쌩라파엘로 가시 샀어요. 그런데 불행히도, 손잡이를 돌려 태엽

을 감는 거예요. 작은 가게라서 전기로 되는 건 없었거든요. 할 수
없죠, 그렇죠? 음반도 벌써 스무개나 샀어요. 모차르트, 바흐, 베토
벤으로. 좋죠, 그렇죠?

　—훌륭하오. 그가 미소를 지으며 말했다. 이곳에 온 지 두달째
되는 날을 기념하는 의미로 전부 다 들어봅시다.

　그들의 사랑이 자유를 얻은 지 60일째 되는 날을 기리기 위해 그
녀가 입술을 내밀었다. 그러고는 모차르트의 아리아에 대해 너무
도 훌륭한 곡이라고 두번 말했다. 그는 자기도 관심이 있다는 것을
증명하기 위해 다시 들어보자고 했고, 그녀는 신이 나서 손잡이를
돌렸고, 먼지를 제거하기 위해 음반을 입으로 분 뒤 조심스레 바늘
을 내려놓았다. 훌륭한 아리아가 다시 시작되었고, 다시 자리에 앉
은 그녀는 쏠랄의 어깨에 뺨을 기댔다. 그렇게 두 몸이 얽힌 채로
그들은 스무장의 음반 앞뒷면을 다 들었고, 그녀는 태엽을 감기 위
해 수시로 일어난 뒤 곧장 그의 옆으로 돌아와 앉았다. 음악이 흐
르는 동안 기쁨을 함께 나누기 위해 그의 얼굴을 쳐다보며 그도 좋
아하고 있는지 확인하기도 했다. 곡이 바뀔 때마다 그녀가 뭔가 의
견을 말했고, 그는 동의했다. 그날, 예순번째 날의 오후를 마무리한
마지막 곡은 '보이 께 싸뻬떼'였다.

　—사랑이 무엇인지 아는 그대들이여. 그녀가 연인의 뺨에 뺨을
가져다 대며 나지막한 목소리로 가사를 프랑스어로 옮겼다.

　7시 40분이 되었을 때 그녀가 놀라운 소식이 또 있다고 말했다.
오늘 저녁은 식도락을 조금 즐겨보고 싶어서 특별식을 주문했어
요. 8시에 올 거예요. 러시아식 전채, 그다음 미국식 바닷가재, 그다
음에도 아주 맛있는 게 더 있어요. 브뤼뜨 샴페인도 있고요! 다시
한번 그는 그녀에게 훌륭하다고 말했다. 그러자 그녀는 그렇게 생

312

각한다면 상으로 키스를 한번 해달라고 했고, 그가 키스를 해주자 고맙다고 했다. 쌩라파엘에 다녀오는 길에 내가 직접 주방장을 찾아갔어요, 완벽하게 준비해달라고, 특히 당신이 좋아하는 전채를 푸짐하게 내달라고 했죠. 아주 좋은 사람이었어요, 주방장 말이에요, 무척 친절했어요. 더구나 고양이를 좋아하는 사람이고요. 그것만 봐도 알 수 있죠. 그녀가 말했다.

다음 날, 10월 27일에도 놀라운 일은 또 준비되어 있었다. 그녀가 저녁식사 자리에 더할 나위 없이 아름다운 야회복을 입고 나타난 것이다. 바로 그날 아침 깐에 가서 몰래 사온, 등 아래쪽이 대담하게 드러나는 드레스였다. 음반 스무장의 앞뒷면을 모두 듣고 나서 자정이 되었을 때 그는 이제 졸려서 자야겠다며 다정하게 인사를 건넸다. 그러자 그녀가 자기 말을 듣고 웃으면 안된다고, 목욕할 때 자기가 씻겨주고 싶다고 했다. 그래도 되죠? 그렇죠? 결국 그렇게 했고, 그녀는 제의를 집행하듯 경건한 손짓으로 해냈다. 그런 다음 자기도 옷을 벗고, 욕조에 같이 들어가게 해달라고 했다.

이어진 날들 동안, 저녁이면 그들은 아리안이 특별히 주문한 최고급 식사를 룸서비스로 시켜 먹었고, 그가 좋아하는 모습을 보며 그녀는 행복해했다. 커피를 마시고 나면 주로 모차르트의 숭고한 곡조가 흘러나왔고, 음악을 들으며 연인은 고귀한 애정을 주고받았다. 이따금 천박한 인간들을 춤추게 하는, 마치 비웃음 소리 같은 재즈 선율이 아래 홀에서 들려오는 바람에 대화가 중단되기도 했는데, 그럴 때면 그녀는 그의 곁에서 조금 떨어져 앉아 저급한 음악이 끝나기를 기다렸다.

11월 초의 어느날, 소리 내서 책을 읽고 난 뒤 그녀가 외출을 하자고 했다. 그는 그녀의 눈길은 피해 곁눈질을 하면서 그냥 있자고,

밖에 비가 온다고 말했다. 그녀는 자기가 챙겨 온 가족 앨범을 보여주겠다고 했다. 아버지, 어머니, 발레리 고모, 아그리빠 삼촌, 엘리안 그리고 조부모와 증조부모의 사진이었고, 그는 한장 한장에 대해 무슨 말이든 해야 했고 탄성을 질러야 했다. 마침내 그녀가 앨범을 덮었고, 그는 이딸리아로 여행을 떠나자고 했다. 베네찌아, 삐사, 피렌쩨. 내일 아침 기차를 탑시다. 그녀가 일어서서 손뼉을 쳤고, 당장 짐을 싸겠다고 했다.

83

그날, 응접실에서 점심을 먹은 뒤 그들은 각자 자기 방으로 가서 옷을 벗었고, 다시 만날 채비를 했다. 마침내 맨몸에 흰색 실크 원피스를 걸친 그녀는 이곳저곳 향수를 뿌리는 것으로 씻고 준비하는 과정을 마쳤다. 그동안 그는, 역시 맨몸에 붉은색 실내복을 걸치고, 수치스러워하며, 손톱을 다듬었다. 잠시 후 모차르트의 아리아가 들려왔고, 그는 전율했다. 부르는 소리. 얼마 전부터 그녀는 전화 대신 좀더 시적인 방법으로 음반을 틀었다.

부르는 소리, 그렇다. 이제 사랑을 찾아가야 한다. 채권자가 그를 부르며 행복을 내어놓으라고 독촉하고 있다. 빨리요, 당신과 단둘이 함께하는 이 삶을 선택한 게 잘한 일이었다는 걸 증명해줘요. 사랑이 무엇인지 아는 그대들이여, 노래를 통해 그녀가 말했다. 오늘은 11월 26일이다. 주네브를 떠나온 지 석달, 화학적으로 순수한 사랑이 지속되던 석달이 지났다. 처음엔 아게에 있었고, 그다음엔 베네찌아, 피렌쩨, 삐사를 거쳐 일주일 전에 다시 아게로 돌아왔다. 그녀가 오늘이 11월 26일이라는 걸 깨닫게 되면 8월 26일을 기념하기 위해 또 시적인 감상을 토로하고 최고로 화려한 성적 결합을 해야 하리라.

그는 손톱 솔과 비누를 내려놓고, 바짝 면도를 한, 실내복을 입은, 혐오스러울 정도로 깨끗한 자기 모습을 바라보았다. 그렇다, 앞으로는 이렇게 살아야 한다. 매일 그녀의 성욕을 자극할 수 있어야 하고, 성욕을 위한 도구가 되어야 한다. 그녀는 그를 공작새로 바꿔놓았다. 결국 그들은, 그녀와 그는, 동물의 삶을 살고 있다. 하지만 짐승들은 적어도 서로 치근덕거리고 교미를 하는 시기가 정해져 있지 않은가. 그런데 그들은 항상 그런다. 쉬지 않고 씻고, 하루 두 번 면도를 하고, 늘 아름답고, 석달 전부터 이것이 그의 삶의 목표였다.

─좋아, 해보지 뭐, 가자, 가보자. 그가 앙꼬르 요청을 받아 다시 흘러나오는 모차르트의 아리아를 향해 말했다.

2시. 밖에는 매서운 바람이 분다. 사랑의 침실을 벗어나기는 불가능하다. 저녁식사 때까지 무엇을 할까? 뭘 새로 만들어낼까? 지난 며칠 동안 그는 그녀에게 생기를 불어넣을 겸, 시간도 보낼 겸, 일부러 화가 난 척하며 긴장을 자아내기도 했다. 하지만 그녀가 너무 힘들어했다. 다른 것을 찾아야 한다.

다시 이딸리아로 떠날까? 용기가 나지 않았다. 사실 베네찌아로 간다 해도 단둘이 있기는 마찬가지다. 게다가 기차를 타면 내릴 때쯤 석탄 연기 때문에 거뭇거뭇해지는 그녀의 콧구멍이 참기 힘들었다. 아무리 보지 않으려고 애써도 시커멓게 흉한 두 구멍에 저절로 눈길이 갔다. 물론 호텔에 들어오면 그녀는 몸을 씻으며 콧구멍

도 썼었지만, 기차 여정이 끝나갈 때쯤 아무것도 모르는 가련한 그
녀가 품격 어린 미소를 지으며 콧구멍을 보이는 순간은 참을 수가
없었다. 손수건을 꺼내서 코를 풀어주고 싶다는 어처구니없는 욕
망이 솟구치기도 했다. 그녀의 콧구멍은 신기하리만치 석탄 연기
를 잘 낚아채는 특별한 콧구멍이었고, 그는 연기를 흡수하는 콧구
멍을 절대 참아내지 못했다.

— 자, 일하러 가보자.

공작새 입장이오, 그가 환락의 방 앞에서 문을 열며 생각했다.
그녀는 손수 다림질한 원피스 차림으로, 완벽한 상태로, 천상의 행
복을 담은 미소로 그를 맞이했고, 이어 그의 손에 입을 맞췄다. 관
례적 의식일 뿐인 키스다, 그가 생각했다. 오, 첫날 저녁 리츠에서
그의 손에 입 맞추던 그때의 성스러운 키스여, 영혼을 담은 격정의
선물이여.

— 음악 좀 들을까요? 그녀가 물었다.

비록 서툴지만 연인을 위해 무엇이라도 하려고 애쓰는 그녀의
태도에 그는 가슴이 뭉클하여 그러자고 대답했다. 그녀가 축음기
의 태엽을 돌렸고, 태엽이 돌아갈 때 쏠랄의 심장이 부서졌다. 모차
르트의 다른 아리아가 방 안에 울려 퍼지는 동안 그녀가 천천히 다
가왔고, 근엄한 여사제 같은 모습에 겁이 난 그가 살짝 뒷걸음쳤고,
그와 동시에 그녀의 깨물근이 의전을 행하는 광경에 웃고 싶은 욕
구가 이는 것을 억눌러야 했다. 그것은 사랑의 징표 혹은 사랑하겠
다는 의지의 징표였다. 그녀는 의도를 품고 다가올 때면 무언가를
깨무는 것처럼 어금니에 힘을 주었고, 그 바람에 볼의 근육이 볼록
해진 모습을 볼 때마다 그는 미친 듯이 웃고 싶은 것을 간신히 참
아야 했다. 그녀는 모차르트의 아리아에 취해 입술을 내밀었고, 그

는 초라한 즐거움이 촉발하는 웃음의 경련을 피할 수 있게 된 것이 기뻐 곧장 입술을 가져다 대고는 그녀와 똑같이 생생한 쾌락을 누리는 척했다. 그녀는 그가 쾌락을 가장하고 있다는 것을 알지 못했다. 그는 다른 할 말이 없었기 때문에 일부러 키스를 길게 끌면서, 주네브에 있을 때는 굳이 음악을 틀어놓고 키스할 필요가 없었다는 생각을 했다. 그 시절에는 그들의 사랑이 바로 음악이었다.

남자와 여자 사이에 기묘한 빨판의 움직임이 오가고, 이어 그는 누가 나와서 떠들고 있기를 기대하며 라디오를 틀었다. 하지만 신경쇠약에 걸린 백치 같은 목소리의 여가수가 그에게 사랑 얘기를 해달라고, 다정한 말을 더 해달라고 요구했다. 그는 여가수의 입을 닫아버렸고, 차라리 옆에 있는 그녀를 갖기로 했다. 그러면 한시간은 해결된다. 그녀를 안심시키고 나면 자는 척할 수 있다. 돌격, 그녀의 성스러운 옷을 벗기고 예비행위를 시작하자.

2시 35분에, 그가 바치는 경의의 의무를 받고 난 그녀는 그의 맨어깨를 애무했다. 그는 아무도 고통을 몰라주는 희생자가 되어 눈썹을 치올렸다. 그래, 이것도 의식이다. 그녀가 이상하리만치 의미를 부여하는 체조 후의 의식. 격렬한 사랑의 열정이 끝나면 그녀는 늘 손가락을 종마의 목덜미에 얹고 가볍게 움직여 마드리갈을 연주하면서 감상에 젖었다. 그렇다, 그녀는 종마를 어르는 중이다. 짚수세미로 문질러주고, 잘 달려줘서 고맙다고 등을 쳐주는 거다. 그런데도 시적인 것으로 연인을 즐겁게 해준다고 믿고 있는 가련한 여인이여. 오 그들의 일이 끝난 뒤 다가오는 그녀의 부드러운 손길이 그는 고문처럼 고통스러웠다. 게다가 그녀는 너무 바짝 붙어 있고, 몸이 축축하고 끈적거렸다. 그가 몸을 빼내면 두 몸이 떨어지는 순간 빨판이 떨어지는 소리가 났다. 하지만 그녀는 다시 달라붙었다. 물론, 사랑 때문이다. 또 떼어내면 그녀가 속상해할 것이다. 할 수 없다, 감내하자. 그냥 붙어 있자, 잘해주자, 제일 가까이 있는 이웃을 사랑하자. 나는 가증스러운 인간이다, 그가 생각했다. 그렇다, 성행위에서 온화한 애정으로 넘어가는 것은 아름다운 일이고, 당연히 그녀의 행위를 존중해주어야 하는데, 나는 가증스러운 인간이다. 끔찍한 인간이다. 어제 아무도 없는 해변에서 그녀를 즐겁게 해주려고 장난으로 뒤쫓아가자 그녀는 겁먹은 소녀처럼 비명을 질렀다. 뛰어가다가 멍청하게 깡충거렸고, 마치 탈구된 날개를 흔들듯 두 팔을 너무도 어색하게 휘저었다. 그녀가 갑자기 흥분해서 그렇게 이상한 모습으로 휘청거리면, 갑자기 키 큰 사춘기 소녀로 변하면, 그 광경을 바라보며 그는 욕지기가 일었고, 일종의 혐오감, 수치심과 함께 온몸이 사그라지는 것 같았다. 암컷 카나리아를 뒤쫓는 기분이었다. 역겨운 인간, 그렇다, 하지만 난 그 어느 때보다도 그녀를 사랑하고, 그녀의 얼굴 위에 아주 작은 젊음의 흔적이라도 눈에 띄면 그 순간 내 안에서 사랑의 격정이 인다. 젊음의 흔적, 다가올 늙음을 예고하는, 틀림없이 늙음이 찾아오리라는 것을 알려주는 흔적. 그때 나는 없을 테니 곁에서 지켜보지 못하리라, 내 사랑, 오 나의 소중한 사랑. 그대가 그랬듯이 나 역시 욕조에 누워 나도 모르게 나의 보물, 하고 말하게 된다, 그대는 나의 보물이다, 내 사랑, 내 가련한 사랑.

　—무슨 생각 하고 있어요? 그녀가 물었다.

　그는 그녀가 무엇을 원하는지 알고 있다. 칭송의 말, 조금 전에 함께 달린 것에 대한 찬사, 무척 어떠했다는, 이런 건 처음이라는, 이런저런 말, 그런데 그것을 '환희를 누렸다'는 짜증스러운 말, 다른 말보다 더 고귀하고 덜 기술적인 말로 듣고 싶은 것이다, 그는 실행에 옮기기로 했고, 그녀가 바라는 주해를 늘어놓았다. 그녀가 다시 다가왔고, 달라붙는 그녀의 벗은 몸이 고마움의 표현으로 유난히 끈적거렸다. 이왕이면 완벽하게 마무리하기 위해 그는 몸을 빼지 않고 버텼고, 그녀는 어머니 같은 애정을 담아 손가락의 마술馬術을 계속했고, 그녀가 그의 어깨 위에 지그재그를 그리는 동안 그의 몸에는 끔찍한 소름이 번졌다.

제일 좋은 방법은 자는 척하는 것이다. 휴식을 누릴 수 있고, 더이상 시도 필요 없다. 그가 자는 자세로 눈을 감고서 살짝 잠이 든 척하자 애무의 강도가 낮아졌다. 하지만 자신이 사랑을 위해 하고 있는 일이 자랑스럽고, 조금 전 연인이 자기로부터 쾌락을 얻었다는 것이 자랑스러운 그녀는 치밀하게 장식무늬를 새겨넣는 장인처럼 참을성 있게, 여전히 감상에 젖어 애무를 계속했다. 지칠 줄 모르는 여사제, 상냥한 하녀는 마법처럼 감미로운 감각으로 연인을 재우려 작정한 듯 계속 손가락을 움직였다. 그러는 동안 열린 창 사이로 태고의 바다 냄새가, 나른하게 중얼거리는 바다의 소리가 스며들었다.

문제는 완벽을 추구하는 그녀의 애무가 보통 때의 애무보다 더 견디기 힘들다는 것이었다. 심한 소름뿐 아니라 격렬한 간지러움을 불러왔고, 그는 경련처럼 터져 나오려는 웃음을 참기 위해 입술을 깨물어야 했다. 그녀에게 상처를 주지 않으면서 이 상황을 마무리하기 위해, 제발 그녀가 더이상 애무로 자신을 기쁘게 할 필요가 없음을 깨닫기를 바라면서, 그는 깊은 잠에 빠진 숨소리를 냈다. 다행히도, 그녀의 손이 멈췄다.

그녀는 어깨를 누르는 연인의 팔 때문에 아팠지만 혹시라도 그가 깰까봐 움직이지 않았고, 볼을 자기 가슴에 대고 잠든 얼굴을 바라보면서 자기가 이 남자를 재웠다는 사실에, 이 남자가 자기를 믿고 이렇게 몸을 맡긴 채 잠들어 있다는 사실에 흐뭇해했다. 이 사람은 내 거다, 내 곁에서 천진한 얼굴로 잠들어 있다. 어깨에 경련이 일며 고통스러웠지만, 그녀는 그를 위해 아픔을 참는 것이 행복해서 움직이지 않았고, 조심스레 그의 머리카락을 애무했다. 만일 내가 머리카락이 없는 남자라면, 그래도 그녀는 내 민머리를 이렇게 애무했을까? 그가 생각했다. 그녀는 머리카락이 헝클어진 채 평화로운 숨소리와 함께 잠든 연인의 얼굴을 바라보았고, 자세히 살폈다. 이 사람은 내 아들이기도 해, 그녀가 생각했고, 그러자 그녀의 가슴속에 온기가 퍼져나갔다. 거짓에 넘어간 가련한 여인, 그가 생각했다.

문득 후회가 밀려와 그는 눈을 떴고, 잠이 깬 척하면서 그녀의 품속으로 파고들었다. 어깨의 경련에 대해 차마 말하지 못한 그녀는 그가 팔을 빼주기를 기대하면서 몸을 살짝 들었다. 그때 그가 손을 잡고 입을 맞췄고, 그녀는 조금 전에 자기 몸을 소유했던 이 남자가 자기를 존중해준다는 생각에 감격해서 깊은숨을 들이마셨다. 그대, 과일을 좀 가져올까요? 그녀는 나신으로 곁에 누워 있는 때조차도 정중하게 연인을 부르며 감미로운 쾌감을 즐겼다. 잘됐군, 그가 생각했다. 과일을 먹을 때면 그녀는 늘 침대에서 일어나 있기 때문이다. 그는 고맙다고, 그러자고, 먹고 싶다고 했다. 금방 가져올게요! 그녀의 목소리에 생기가 돌았다. 그녀가 서두르는 것이 거북해진 그가 손가락으로 콧등을 매만졌다. 쳐다보지 말아요, 보여줘도 될 상태가 아니에요.

돌연 정숙해지는 그녀의 변화에 이미 익숙한 그는 눈을 감았고, 하지만 앞에서 벌어지고 있을 광경에 이끌려 곧 다시 눈을 떴다.

발가벗은 채로 움직이는 그녀의 뒷모습은 언제나 연민을 불러일으켰다. 누워 있을 땐 분명 아름다운데, 일어나 걸을 땐 조금 우스꽝스러웠다. 달콤하게, 무방비 상태로, 너무도 취약한, 특히 허리 아래서 움직이는, 약한, 하지만 여자들 몸에서 둥글게 나온 부분이 다그렇듯이 너무 크고 어처구니없이 넓은, 싸움에는 적합하지 않은두 개의 반구를 달고 움직이는 모습이 왠지 측은하고 우스꽝스러웠다. 그녀가 바닥에 놓인 가운을 집으려고 몸을 숙일 때 그는 황홀한 매력에 마음을 빼앗겼고, 죄의식을 느꼈다. 그리고 연민, 마치장애를 가진 몸을 볼 때와 같은 무한한 사랑의 연민, 그 무엇도 해칠 힘이 없는 두 반구를 향한 연민이 일었다.

저토록 온화한 여인, 쉽게 믿는 여인, 자신을 위해 저토록 열성적이 되는 여인을 우스꽝스럽다고 생각한 것이 부끄러워서 그는눈을 내리깔았다. 그대를 사랑하오, 그가 마음속으로 말했고, 감동적인, 여자들이 지닌 성스러운 두 반구, 여자들의 우월성을 드러내는 충격적인 징표이자 애정의 궤적이며 성스러운 선함인 그것을경배했다. 그래, 그대를 사랑하오, 나의 우스꽝스러운 여인이여, 마음속으로 말하며 그는 감미로운 고독을 더 절실히 느끼기 위해 시트 속에서 다리를 휘저었다.

보여줄 만한 상태, 마드무아젤 도블의 조카다운 상태가 되어 욕실에서 돌아온 그녀가 침대 앞에서 무릎을 꿇었고, 그를 위해 손수 씻어 온 포도송이를 건넸다. 그가 과일을 먹는 동안 그녀는 수건 하나를 꺼내 들고 가만히 기다리는, 하지만 움직임을 주시하는보초가 되었다. 그렇게 그녀는 다 자란 아들이 기쁨을 누리는 것을기뻐하며, 그의 몸짓 하나하나에 경탄하며, 그를 사랑했다. 그는 거북했고, 이번에는 자기가 그녀에게 눈을 감으라고 말하고 싶었다.

다 먹고 나자 그녀가 손을 닦아주었다.

다시 옷을 입고 머리단장을 마친 뒤 그 어느 때보다도 완벽한 아리안 까상드르 꼬리장드 도블이 된 그녀가 벨을 눌러 차를 시켰다. 넉잔째 마시고 있다. 차를 마시는 그녀를 바라보며 그는 이제 한시간 혹은 두시간 뒤면 다시 그 기품 있는 미소를 지으며 잠시만 혼자 있게 해달라고 부탁하겠구나 생각했다. 그는 그녀의 뜻에 따를 것이고, 그러고 나면 저 불행한 여인의 욕실에서 물이 내려가는 불길한 소리가 날 것이다. 한마디로 말해서, 정욕의 삶. 자기 방으로 돌아가면 그녀를 위해 귀를 막을 테지만, 그래도 루아얄 호텔의 위생 설비는 너무 기운차, 다 들렸다. 그 일이 끝나면 그녀는 다시 음악적으로, 그러니까 모차르트 혹은 그 지겨운 바흐의 음반을 통해 그를 소환할 것이고, 그뒤엔 다시 몸을 섞어야 할 것이다. 그렇다, 정욕의 삶.

이제 무엇을 할까? 그는 거센 바람이 부딪치는 창유리 앞에 서서 생각했다. 0.5리터의 찻물을 배 속에 채워넣은 뒤 그의 침묵을 존중하며 얌전히 기다리고 있는 불행한 여인에게 행복을 주기 위해서 무엇을 해야 할까? 차를 더 주문할까? 위험한 생각이다. 아무리 영국에 심취한 여인이라 해도 무한정 차를 섭취할 수는 없을 것이다. 좋다, 이야기를 하자. 하지만 무슨 얘기를 한단 말인가. 사랑한다는 말은 전혀 새롭지 않다. 게다가 조금 전에 이미 세번이나 했다. 한번은 관계 갖기 전에, 한번은 도중에, 한번은 끝나고. 그러니 그녀도 이미 알고 있는 것이다. 더구나 사랑한다는 말은 주네브에 있을 때와 달리 이젠 별 효과가 없다. 주네브 시절에는 사랑한다는 말이 그녀에게 매번 성스러운 놀라움이었고, 그때마다 그녀는 황홀해하는, 살아 있는 얼굴이었다. 이제 그 성스러운 사랑을 입에 올리면 그녀는 이미 익숙한 작위적인 미소, 밀랍 인형 같은 무표정한 미소로 응답했고, 그녀의 무의식은 지독히도 따분해했다. 사랑은 이미 형식적인 친절, 일종의 의례가 되어 습관이라는 방수포 위를 미끄러지고 있다. 내가 죽어 이걸 끝내야 하는 걸까? 하지만 어떻게 그녀를 혼자 남겨둔단 말인가.

자, 빨리, 창가에 그만 서 있고, 가서 말하자. 하지만 무슨 말을 할까? 무슨 말을? 그들은 서로에게 할 말을 이미 다 했고, 서로에 대해 다 알고 있다. 오 사랑이 시작되던 때는 매 순간 새롭게 알아갔는데. 어리석은 자들은 우리가 더이상 사랑하지 않기 때문이라고 말할 것이다. 그런 어리석은 자들은 눈빛으로 응징해주리라. 그렇지 않다, 우리는 서로 사랑한다. 문제는 늘 함께, 오로지 사랑과 함께 단둘이 있다는 것이다.

단둘이, 그렇다, 석달 전부터 그들은 오로지 사랑을 붙잡고 단둘이 지냈다. 사랑만이 그들과 함께 있었고, 석달 전부터 서로의 마음을 얻는 것 외에 다른 일은 아무것도 하지 않았다. 사랑만이 그들을 이어주었고, 사랑 얘기밖에 할 수 없었고, 사랑으로 몸을 섞는 일 외에 아무것도 하지 않았다.

그는 곁눈질로 그녀를 보았다. 참을성 있게 기다리는 감미로운 채권자, 그녀는 행복을 기다리고 있다. 가자, 가서 빚을 갚자, 나 때문에 모든 것을 버리고 떠나온 여인을 위해 멋진 연인이 되자. 존경받는 삶을 버리고 온, 남편의 불행이 자기 책임이라는 것을 알고 있는 여인에게 보상을 해주자. 가자, 채무자여, 빨리 가서 살맛을 느끼게 해주고 기쁨을 누리게 해주자. 자, 만들어내보자. 작가가 되고 배우가 되어보자.

그래, 가서 말하는 거다, 어서! 하지만 무슨 일에 대해서? 최근에 한 일이 아무것도 없다. 누구에 대해서? 만난 사람이 없다. 어째서 아무 일도 안했는지, 어째서 아무도 만나지 않았는지 그 얘기를 할 수는 없지 않은가? 해임됐다고 고백하란 말인가? 프랑스 국적이 박탈되었다고? 더이상 아무것도 아니라고, 그저 한 여자의 정부일 뿐이라고? 아니다, 그건 안된다. 그의 사회적 지위는 그녀의 사랑을 구성하는 성분 중 하나였고, 지금도 여전히 그렇다. 더구나 저 불행한 여인에게서 연인에 대한 자부심마저 빼앗을 수는 없다. 그러니 장기 휴가를 받았다고 계속 거짓말을 하는 게 낫다. 언젠가 진실을 알게 될 테지만, 그건 그때 생각하자. 그렇게 되면 함께 죽을까?

다시 한번 그녀를 가질까? 욕구가 일지 않는다. 욕구가 항상 느껴지는 것은 아니다. 사실 그녀도 마찬가지다. 스스로 깨닫지는 못하고 있지만, 그녀 역시 그들의 결합에서 얻는 쾌락이 점차 줄어들고 있다. 하지만 그럴수록 그녀는 더 강하게 집착한다. 남자의 욕망의 대상이 된다는 것이 곧 남자의 사랑을 받는 것이라 믿기 때문이다. 터무니없게도, 여자들은 원래 그렇다. 하루 혹은 이틀 동안 점검이 없으면, 척도를 확인하는 실험이, 그 가증스러운 검사가 없으면, 그녀는 불안해한다. 물론, 너무도 고귀하고 신중한 여인이기에 그런 주제를 언급하지 못하고, 암시조차 하지 못한다. 하지만 그는 그녀의 거북함을 느낄 수 있다. 그녀가, 지금도 날 사랑하는 걸까 등등의 생각에 불안해하고 고통스러워하지 않도록 늘 흔들림 없는 증거를 보여주어야 하고, 그래서 정욕의 삶을 살 수밖에 없다. 온유하고 순종적인 하녀지만 끔찍할 정도로 까다로운 여인. 그의 침묵을 존중하며 말없이 공손하게 기다리는 가련한 여인. 그녀가 할 일을 찾아줘야 한다. 하지만 어떻게? 성욕을 쉼 없이 발휘할 수는 없다. 그렇다면 우선 저녁식사 때까지 남은 시간 동안 무엇을 해야 할까? 지금의 침묵이 이어진다면 그녀는 산책을 나가자고 할 것이다. 이상하게도 그녀는 매서운 바람을 맞으며 산책하길 좋아한다. 말없이 한 발을 앞으로 내밀고 이어 다른 발을 앞으로 내밀고, 같은 일을 말없이 되풀이하고, 그런 것을 왜 좋아하는지 그는 이해할 수 없었다. 매서운 바람을 맞으며 한발 한발 앞으로 내미는 끔찍한 운동을 하는 동안 그는 별로 할 말이 없었다. 결국 책을 읽게 하는 것이 가장 간단한 방법이다.

─어제 읽던 책을 계속 읽어주시오. 다음 얘기를 듣고 싶소. 그대가 정말 잘 읽기도 하고.

그렇다, 나는 우리 사랑의 범선을 이끄는 책임자이고 선장이다, 그가 생각했다. 그녀는 얇고 지적인 프랑스 소설을 한 음절 한 음절 정확히 발음하려고 애쓰며 읽고 있다. 어조를 바꿔가며 대화를 살리려 애썼고, 남자 주인공의 말은 우스꽝스러운 남자 목소리로 읽으면서, 감동적일 정도로, 짜증스러울 정도로 완벽을 추구하며 해냈다. 그렇다. 매일매일 끝없는 사랑의 소극을 연출하고, 매일매일 행복의 에피소드를 만들어내는 것은 책임자인 그의 몫이다. 최악의 문제는 바로 그가 저 불행한 여인을 아끼고 사랑한다는 것이었다. 하지만 그들은 단둘이 있었고, 오로지 사랑만이 그들과 함께 있었다.

태엽 축음기. 그녀가 쌩라파엘에서 그것을 사 들고 와서 기뻐하던 날, 그는 전율했다. 그들의 사랑의 범선에 뚫린 첫 물구멍. 처음 함께하던 날 밤에는 축음기가 필요하지 않았다. 그런데 지금 모차르트의 아리아는 그들의 사랑을 살려내기 위한 비타민이다. 사랑이 무엇인지 아는 그대들이여, 성스러운 아리아가 울려 퍼지면 그녀는 사랑이 소생하는 것을 느낀다. 더이상 마음이 만들지 못하는 감정들을 모차르트가 대신 공급해주는 것이다. 비타민결핍증의 음울한 징후는 또 있다. 바로 자질구레한 자극의 힘을 빌리는 것이다. 처음에는 다른 사람들과 함께 있는 자리에서 그녀는 더없이 조심스럽게 행동했다. 하지만 이제 레스토랑 모스끄바에서 그녀는 사람들이 보는 앞에서 키스도 했다. 그렇게 사랑을 드러내는 것이 흥분되고 좋았기 때문이다. 그리고 밤에, 아무도 없는 소나무 숲에서 있었던 그 일, 그리고 함께 목욕하기, 그리고 거울 앞에서의 대담함. 이 모든 것은 괴혈병을 막기 위한 비타민이다. 그렇다, 젊은 남자의 말을 읽느라 그녀는 다시 전사의 목소리가 된다. 사방이 벽으로 막힌 단지 속에서 살아가는 사랑의 삶이 그녀를 바보로 만들었다. 오 주네브 시절 그토록 영민하던 여인은 어디로 갔는가.

— 이제 그만합시다, 거기까지만 읽읍시다.

그는 그녀 앞으로 가서 앉았고, 아무런 감흥 없이 소설에 대해 말하며 여인의 눈속에서 스스로 지루하다는 사실을 깨닫지 못하는 교양 있는 여자들 특유의 미소 띤 친절한 불행을 보았다. 그는 입을 다물었다. 그녀는 물론 여전히 그를 사랑한다. 하지만 그들의 경이로운 정념이 그녀의 무의식을 힘들게 하고 있다. 정작 그는 지루하지 않았다. 끔찍한 소일거리가 있었기 때문이다. 사랑의 범선이 서서히 좌초하는 광경을 지켜보기.

그는 그녀를 바라보았다. 오 틀니를 낀 듯 침착한 미소, 저렇게 얌전히, 흠잡을 데 없이, 생기 없이 앉아 있는 자태라니, 모든 것이 지루해서 죽을 것 같다고 절규하면서 아마도 그녀는 저 죽을 것 같은 지루함을 몸이 불편해진 거라고, 혹은 이유 없는 슬픔 때문이라고 미화하고 있을 것이다. 그녀가 입술을 깨물었고, 그는 하품이 입 밖으로 나오기 직전에 멈춘 것임을 알았다. 아니, 멈춘 게 아니라 콧구멍을 벌려서 입안에서 하품을 하는 것이다. 어서 빨리 뭐든 해야 한다. 그녀를 위해, 그녀를 위한 사랑으로. 그는 질문을 유도하기 위해 그녀를 빤히 쳐다보았다.

— 무슨 생각을 해요, 그대? 그녀가 미소를 지으며 물었다.

— 지루하다는 생각을 하고 있었소. 그가 말했다. (당신과 함께 있기가, 하고 덧붙일까? 아니, 필요 없다.)

그녀가 하얗게 질렸다. 그의 입에서 처음 나오는 말이었다. 그는 과업을 완수하기 위해 일부러 하품을 했고, 그것은 참는 척했기에 더욱 많은 의미가 실린 하품이 되었다. 그녀가 왈칵 눈물을 터뜨렸다. 그는 어깨를 들썩이고는 그대로 방을 나섰다.

자기 방으로 돌아온 그는 거울 앞에 서서 거울 속 자신을 향해 미소를 지었다. 사랑하는 그녀가 다시 살아났다. 조금 전 그녀의 눈 속에 분명 지난 며칠 동안 보지 못했던 생기가 돌았다. 사랑한다고 말할 때, 참 아름답다고 말할 때는 틀니의 미소를 지었지만, 조금 전 그녀의 눈에는 불꽃이 튀었고, 그것은 진지하고 뜨거웠다. 사랑하는 그녀가 다시 살아난 것이다. 아, 항상 착하게 대해주기만 해도 행복해질 수 있다면 얼마나 좋을까. 기꺼이 데르비시[3]가 될 텐데. 아침부터 저녁까지 사랑한다고 말해주고, 열정을 바쳐 애정을 쏟아붓고, 옷의 먼지를 털어주고 신발을 닦아주는 일도 마다하지 않을 텐데. 하지만 그런 지속적인 애정은 단조롭고 남성적이지 못

---

3 이슬람교 신비주의 종파의 탁발 수도승으로, 기도문을 암송하고 빙글빙글 돌면서 춤을 추는 수련을 통해 황홀경에 빠지는 의식을 행한다.

하기에 여자들이 좋아하지 않는다. 그보다는 달콤한 희열이, 정념의 롤러코스터와 미끄럼대가 필요하다. 고통에서 기쁨으로 옮겨가고, 불안에 휩싸여 전전긍긍하고, 그러다 갑자기 행복해하고, 기다리고, 희망을 품고, 절망에 빠지고, 다시 말해 지긋지긋한 정념이, 그 저열한 감정의 동요가, 연극처럼 과장된 삶의 목표가 필요한 것이다. 그렇다, 조금 전 그는 그녀에게 삶의 목표를 주었다. 이제부터 그녀는 줄곧 경계 상태일 것이며, 그를 지켜보느라, 자기와 함께 있으면서 지루해하지 않는지 살피느라 지루할 틈이 없을 것이다. 한마디로, 이제까지 그가 하던 일을 그녀가 맡게 될 것이다. 그리고 내일, 잔인함을 끝내고 다정하게 대해주고, 그런 다음 그녀의 육체를 관능적으로 힘차게 잘 다루어주면, 그녀는 격정적인 기쁨에 젖을 것이다. 아 슬픔이여, 선하기 위해서 악해져야 하다니. 본의 아니게 고통을 안기는 자, 쏠랄.

문으로 다가가자 그녀가 흐느끼는 소리가 들렸다. 그는 다시 미소를 지었다. 그녀가 울고 있다. 할 일이 생긴 것이다. 더이상 하품을 참을 생각 같은 건 할 필요가 없다. 다행히 그녀가 울고 있고, 스스로 얼마나 그를 사랑하고 있는지 절실히 깨달을 테고, 그와 함께 있으면 절대 지루하지 않다는 것을 알게 될 것이다. 그는 까치발로 다시 안쪽으로 갔다. 살았다, 이제 살았다. 무엇보다도 그녀를 살렸다. 잠시 후 조심스레 노크하는 소리가 들렸고, 문 너머에서 코가 꽉 막힌 목소리가 들려왔다. 내 말 좀 들어봐요, 지금 날씨가 좋아요, 작은 목소리가 말했다. 그는 두 손을 비볐다. 작전이 성공했다. 그녀는 그의 환심을 사려고 애쓰고 있다. 삶의 목표가 생긴 것이다. 그래서 어떻다는 거요? 일부러 퉁명스럽게 되물었다. 외출 안할래요? 울음의 흔적이 남은 목소리가 다시 물었다. 아니, 혼자 있고 싶소, 그가 대답했다. 나의 보물, 마음속으로 그녀를 부르며, 문 너머에서 다시 살기 시작한 그녀를 생각하며, 그는 문의 나뭇결을 애무했다.

밖으로 나온 그는 정처 없이 걸었다. 새파란 하늘이, 먼지 덮인 메마른 나무들이, 면도날처럼 뾰족한 돌들이 눈에 거슬렸다. 그래도 행복했고, 자갈을 발로 찼다. 지금 그녀는 그의 부재를 뼈저리게 느낄 것이고, 잠시 뒤 선해진 그가 위험 없이 같이 있어주면 행복감에 젖을 것이다. 여전히 걸음을 옮기며 그는 우연히 만난 어느 목사의 힐책을 듣는 상황을 상상했다. 목사가 자기는 사랑하는 아내한테 한번도 그런 짓을 해본 적이 없다고, 늘 아내를 행복하게 해줬다고 말한다.

— 입 다물라, 형제여, 아무것도 모르면서. 쏠랄이 말한다. 그대의 아내가 행복하다면, 그 이유의 열 중 아홉은 사랑과 관련이 없다. 그대의 아내는 그대 덕분에 사회적 지위를 누리고 주위 사람들의 존경을 받는다. 교회 뜨개질 모임에 가고, 부부의 친구들이 있고, 또 그들과 함께하는 즐거운 모임이 있다. 그렇게 남편과 함께 아는 사람들에 대해 같이 얘기할 수 있고, 자식들이 있고, 그대 역시 사목 활동에 대해 아내한테 얘기하고, 아내도 그대의 일에 참여해서 시간도 보낼 겸 병든 신자들을 찾아볼 수 있다. 그리고 그대는 저녁에 집에 들어가 아내에게 키스를 해주고, 함께 침대 앞에 꿇어앉아 기도를 하지 않는가. 뭐라고? 아내가 그대와 몸을 섞는 것도 좋아한다고? 당연하지, 낮에는 옷을 차려입고 사회적이 되지만, 밤에는, 물론 매일은 아니지만, 알몸으로 생물학적이 될 테지. 바로 그 두가지의 대조 때문에, 그러니까 한순간, 조금 전에 그렇게

잘 차려입고 더없이 도덕적이었지만 한순간 전적으로 성적이 되기 때문에, 그래서 더 감미롭게 즐길 수 있음을 알라.

그렇다, 오늘 저녁에, 잠시 뒤 그가 방으로 돌아가면 그녀는 살아 있는 시간을 맛볼 수 있으리라. 그가 미소를 지어주면 달려와 그의 품에 안기고, 행복의 눈물을 흘리고, 화려한 키스, 흠뻑 젖은 키스, 주네브 시절과 같은 키스를 하고, 심술궂은 연인 덕분에 절대 지루하지 않다고 말하고, 다행히도 정말로 그렇게 생각할 것이다. 그렇다, 잠시 뒤에 행복한 시간을, 둘 모두 행복한 시간을 보낼 수 있을 것이다. 하지만 내일은 어떻게 할 것인가. 같이 있는 게 지루하다고 매일매일 말할 수는 없지 않은가.

84

다음 날 그녀가 오늘만은 예외적으로 레스토랑에 내려가서 점심을 먹자고 했다. 룸서비스로 먹는 게 훨씬 편하기는 하지만, 딱 한번만, 사람들이 먹는 걸 구경하면 마치 연극을 보는 것처럼 재미있을 거라고 했다. 그들은 팔짱을 끼고 레스토랑으로 내려갔다.

식사 중에 그녀는 한 사람 한 사람 생김새에 대해 빈정거리며 품평을 했고, 직업과 성격을 맞혀보았다. 그녀는 자신의 연인이 쏠랄인 것이, 그곳에서 식사를 하고 있는 다른 남자들과 확연히 다른 우아한 남자인 것이 자랑스러웠고, 다른 남자들의 볼품없는 아내들이 던지는 눈길을 의식하면서 더 뿌듯했다. 그나마 신문을 펼쳐 물병에 기대놓고서 읽고 있는, 옆 의자에는 개 한마리가 앉아 얌전히 기다리는 여자 하나가 괜찮아 보였다.

─저 여자 하나만 괜찮네요. 그녀가 말했다. 영국인이 분명해요. 오늘 처음 보는 얼굴인데. 조그만 씰리엄테리어"가 정말 귀엽네

요. 저기 주인 쳐다보고 있는 것 좀 봐요.

이어 그들은 라운지로 가서 커피를 마시며 잡지 한권을 함께 뒤적거렸다. 가까운 곳에서 두 부부가 서로 상대가 자신들과 같은 종족임을 확인한 뒤 대화를 시작했다. 우선 상냥한 얼굴로 진부한 얘기를 주고받았고, 이어 촉수를 펼쳐 상대가 어떤 일을 하고 있는지, 어떤 사람들을 알고 지내는지 묻고 대답하면서, 표 안 나게 상대의 사회적 지위를 가늠했다. 같은 부류임이 확인되자 드디어 마음을 놓고 이야기꽃을 피웠고, 환한 웃음으로 공감하며 소리 높여 환희의 노래를 불렀다. "세상에, 우리가 같은 사람들을 아는 거로군요! 당연히 우리도 알죠. 자주 만나는 사이인걸요! 이 자리에 같이 없는 게 아쉽네요! 정말로 매력적인 사람들인데!"

더 안쪽에서는 명망 높은 공증인들과 주교들의 이름을 주고받아 이미 탐색을 마친 또다른 두 남편이 자동차에 대해 토론 중이었고, 그 아내들 중 더 젊은 여자가 남편들의 토론에 자꾸 끼어들었다. 페트레스코의 아내처럼 달같이 둥근 얼굴에 인형같이 생긴 여자는 페트레스코의 아내처럼 장난스럽게, 어린 소녀처럼 손뼉을 치고 촐싹거리고 소리를 지르며 크라이슬러로 사요, 그래요, 멋진 크라이슬러로 사자고요, 그래요, 그러자고요, 하며 졸랐다. 모두들 자신과 같은 부류의 인간을 만난 것이 좋아서 생기가 넘쳤고, 그렇게 혼연일체가 되었다. 그와 그녀는 말없이, 서로 손을 잡고, 고귀하게, 고독하게, 계속 잡지를 읽었다. 그녀가 벌떡 일어섰다.

─가요, 저 사람들 혐오스러워요.

사랑의 방으로 돌아온 그들은 그녀가 사온 새 음반을 들었고, 그

---

4 파온 몸에 비해 머리가 크고 다리가 짧은 영국 견종.

음악에 대해 말했고, 키스를 했다. 2시 30분에 그는 머리가 좀 아프다고, 방에 가서 좀 쉬어야겠다고 말했고, 잠시 뒤에 다시 차를 같이 마시기로 했다. 혼자가 된 그녀는 다시 라운지로 내려갔다.

라운지에 자리를 잡고 앉은 그녀는 테이블에 진열된 관광 안내 팸플릿을 뒤적거렸다. 조금 떨어진 곳에서는 훗날 시체가 될 사람들이 흥겹고 시끌벅적하게 나들이 계획을 짜고 있었고, 토실토실하고 인형 같은 여자는 여전히 여성적 매력을 발산하는 묘기를 이어가고 있었다. 명랑하고 귀엽게 손뼉을 치고 촐싹거리면서, 미국의 고적대장보다 더 멍청하게, 크라이슬러로 사요, 그래요, 멋진 크라이슬러로 사자고요, 그래요, 그러자고요, 하며 여전히 남편을 졸랐고, 그렇게 고집을 피우느라 신이 났다. 사실은 아이처럼 같은 말을 되풀이함으로써 결국 자기들이 크라이슬러를 살 능력이 있다는 사실을 새로운 사람들에게 알리는 게 좋아서 신이 난 것이다. 아리안이 일어서서 라운지를 나가자 그녀는 촐싹거리기를 멈췄고, 그와 동시에 대화가 끝나고 속삭임이 시작되었다.

밖으로 나와 혼자 자갈 깔린 산책로를 거닐던 아리안은 레스토랑에서 보았던 빨간 머리 여자와 마주쳤다. 씰리엄테리어는 궁금한 듯 주둥이를 벌름거렸고, 그녀는 다가가 몸을 숙이고 쓰다듬었다. 두 여인은 미소를 주고받았고, 샘이 많기는 하지만 무척 충성스러워 매력적인 씰리엄테리어에 대해 얘기했고, 그런 다음엔 날씨에 관해, 11월 27일치고는 너무 덥다고, 아무리 꼬뜨다쥐르라 해도 이상하다고 얘기했다.

두 여자는 먼지에 덮여 시들시들한 야자수 그늘 아래 등나무 안락의자에 앉았다. 아리안이 씰리엄테리어의 성격에 대해 다시 질문했다. 주변의 냄새를 맡아 특별한 것이 없음을 파악한 작은 개는 다소곳이 뻗은 앞다리 위에 턱을 괸 채 권태로운 한숨을 깊게 내쉬었고, 자는 척하면서 살짝 한 눈을 뜨고 개미 한마리의 움직임을 좇았다.

두 여자는 영어로 대화를 했고, 빨간 머리 여자는 상대의 영어 발음이 완벽한 것에 놀라움을 금치 못했다. 그러자 아리안은 케임브리지 대학의 거턴 칼리지, 이어 옥스퍼드 대학의 레이디 마거릿 홀에서 수학했던 행복한 추억을 얘기했다. 상류층 아가씨들만 다니는 두 여자대학의 이름을 듣는 순간 놀란 영국 여인의 두 눈이 반짝이더니 이내 호감이 번져나갔다. 마거릿 홀이라고요? 놀랍네요, 세상이 참 좁아요! 퍼트리샤 레이턴, 그러니까 레이턴 자작 부인의 쌍둥이 딸 바버라와 조이스가 마거릿 홀에 다녔죠. 아주 좋았다더군요, 정말 매력적인 분위기라죠! 그녀가 미소 띤 얼굴로 말을 이었다. 얘기 나온 김에, 어차피 휴양지에 왔는데, 격의 없이 자기 소개를 하는 게 어떨까요? 전 캐슬린 포브스, 남편은 로마 주재 영국 총영사랍니다. 상대는 살짝 망설이더니 자기 이름을 밝혔고, 남편은 국제연맹 사무차장이라고 했다.

그 순간 포브스 부인의 얼굴이 환해지고 목소리가 높아졌다. 사무차장이라고요? 세상에, 정말 놀랍네요! 포브스 부인은 감동을 받은 듯, 두 눈을 깜박이며, 자기는 국제연맹을 정말 좋아한다고, 국제 평화와 상호 이해를 위해서 너무도 훌륭한 일을 하는 그 경이로운 기구가 너무 좋다고 말했다. 서로 이해한다는 건 서로 사랑한다는 뜻이잖아요. 그러면서 미소를 짓는 그녀의 눈까풀이 그윽하게 떨렸다. 존 경은 너무 좋은 분이고, 레이디 체인도 매력적인데다 마음까지 따뜻한 분이죠! 제 조카 하나가 얼마 전 바로 그 레이디 체인의 사촌의 아들과 약혼을 했답니다! 그녀의 눈까풀은 이제

나비의 날개가 되었고, 그녀는 아리안의 손을 잡았다. 그래요. 이제 생각나네요. 제 사촌 밥 헉슬리도 국제연맹 사무국에서 일하는데, 쏠랄 부인도 아시겠네요, 작년에 쏠랄 씨가 무척 훌륭하신 분이라면서 자주 얘기했었답니다. 정말 놀랍네요! 남편도 쏠랄 씨와 인사하게 되면 굉장히 좋아할 거예요. 저만큼이나 국제연맹에 관심이 많거든요!

태어난 강물로 돌아온 송어처럼 생기를 되찾은 아리안이 친절하게 언제가 좋겠냐고 물었고, 포브스 부인은 자기는 그저께 먼저 왔고 남편은 오늘 오후에나 온다고, 아마도 밥 헉슬리와 함께 올 거라고 했다. 남편은, 그래요, 친구인 터커, 그러니까 앨프리드 터커 경, 그러니까 포린 오피스의 상임 차관이 애석하게도 주네브의 한 병원에 입원 중이라 그곳에 들렀다 온답니다. 절친한 사이죠. 그녀가 무기력한 목소리로, 수줍음이 어린 우울한 모습으로 말했다. 전 너무 피곤해서 주네브에 들를 엄두가 안 났어요. 로마에서 매일같이 사람들을 만나느라 어찌나 힘들던지 한시라도 빨리 이 유서 깊고 편안한 루아얄 호텔로 오고 싶었답니다. 전 이 호텔에 자주 오는 편이에요. 사실 이곳을 찾는 사람들이 그렇게 호감 가거나 흥미롭지는 않죠. 물론 이따금은 예외가 있지만요. 그녀가 다정하게 미소를 지었다. 그래도 위치가 정말 기막히게 좋죠. 어떤 점에서는, 우리와 전혀 다른 계층의 사람들이 즐겨 찾는 호텔에 묵어보는 게 도움이 되기도 하고요. 고독을 즐길 수 있잖아요. 그래요, 로마에 있을 땐 하루가 멀다 하고 사람들을 만나느라 내 시간을 가질 수 없었는데, 이제야 여유롭게 쉬면서 즐기고 있답니다. 여기선 오로지 내 몸만 챙기면 되잖아요. 그녀가 지적인 미소를 지었다. 아, 정말 제 취향대로라면, 사교 생활 같은 건 기꺼이 내던지고 혼자 은

둔자처럼 살아가고 싶어요. 자연을 감상하면서, 하느님과 조금 더 가까운 곳에서, 좋은 책들을 벗 삼아 사는 거죠. 하지만 공무를 수행하는 남편을 둔 우리 같은 여자들은 스스로를 희생할 수밖에 없고, 어쨌든 내조를 할 수밖에 없잖아요, 그렇죠? 그녀가 자기처럼 합법적 배우자로 살아가는 여인에게 빙그레 웃으며 물었다. 게다가 나 자신을 위한 시간 한번 제대로 낼 수 없는 사교 생활 외에도, 지적인 관점에서 세상일이 어떻게 돌아가는지도 챙겨야 하고, 미술 특별 초대전도 챙겨야 하고, 음악회와 강연회에도 참석해야 하고, 사회문제들도 좀 알아야 하고, 화제가 되는 책들도 읽어봐야 하죠. 집안의 하인들도 우리 책임이고요, 정말 골치 아픈 문제잖아요. 그래요, 정말로, 이곳에서 2주 동안 오로지 몸으로만 살 생각이랍니다. 유서 깊은 바다인 지중해 물에서 해수욕을 하고, 테니스도 매일 치고요. 참, 쏠랄 부인, 내일 저희하고 같이 테니스 치시겠어요? 쏠랄 씨도 같이 오실 수 있을까요?

두 여자는 다음 날 오전 11시에 호텔 입구에서 만나기로 했다. 사무차장의 아름다운 아내가 속내를 잘 드러내지 않는 세련되고 정중한 태도를 보이자 포브스 부인은 제대로 건졌다는 기쁨으로 달아올랐다. 그녀는 다정한 표정으로 치아를 드러낸 채 미소 지으며 이만 들어가보겠다고 인사했고, 작은 개가 그 뒤를 따라갔다.

85

다음 날 4시 조금 안된 시각에 그들은 차를 마시기 위해 호텔의 작은 라운지로 내려와 테라스 쪽 창가에 자리를 잡았고, 그녀는 산들바람이 들어오도록 창문을 열었다. 그가 눈을 찡그리자 그녀가 커튼을 쳐 강한 햇빛을 가렸다. 첫 잔을 마시고 난 뒤 그녀는 11월이 아니라 4월 같다고 말했다. 이어서 침묵이 흘렀다. 그는 침묵을 깨뜨리기 위해 깐에서 사온 옷들에 점수를 매겨보자고 했다. 곧바로 대화가 시작되었고, 그들은 너무도 아름다운 진분홍색 야회복에 20점 만점을 주자는 데 의견을 모았다. 도대체 야회복이 왜 필요한가, 리셉션도 만찬 초대도 무도회도 없는 곳에서, 그가 생각했다.

다른 옷들도 점수를 매겨나가는 동안 그녀는 열심히 자기 의견을 제시했고, 너무도 쉽게 걸려드는 그녀의 모습에 그가 연민을 느끼고 있다는 것을 알아차리지 못했다. 그녀가 루비색 카디건에 17점을 줄까 18점을 줄까 망설일 때 그는 문득 그녀의 뺨에 키스를 하고 싶었다. 아니, 안된다. 그들은 이제 연인이고, 그러니 키스는 입술에 해야 한다.

점수를 다 매긴 뒤 그녀는 바닷가를 거닐자고 했다. 언제나 되살아나는 바다여,[5] 그의 환심을 사기 위해 그녀는 시까지 인용했다. 그는 그런 유의 겉멋이 마음에 들지 않았지만 좋다는 뜻으로 미소를 지었고, 이어 머리가 아프다고 말했다. 그녀가 기다렸다는 듯 아스피린을 가지러 가려고 일어섰다. 그는 괜찮다고, 한두시간 쉬면 될 것 같으니 그동안 쌩라파엘에 가서 음반이나 몇장 사오는 게 어떻겠냐고, 「브란덴부르크 협주곡」이 듣고 싶다고 말했다.

─아, 나도 정말 좋아해요! 그녀가 다시 일어서며 말했다. 쌩라파엘에서는 협주곡 6번까지 다 못 구할지도 모르니까 깐으로 가야겠어요. 시간이 딱 되네요. 몇분 뒤에 기차가 있어요.

무언가 필요한 일을 맡아 한다는 사실에 신이 난 그녀를 보며 그는 순진한 여인을 이런 식으로 쫓아낸다는 게 수치스러웠고, 곧 자리에서 일어섰다. 결국엔 그 협주곡을 다 듣는 댓가를 치러야 하리라. 그는 그녀가 기차를 타고 가면서 행복을 되새김질할 수 있도록, 내려오기 전에 방에서 관계를 가졌을 때 굉장히 좋았다고, 과감한 어조로 말했다. 그녀가 엄숙하게 고개를 들어 그의 손에 키스했다. 그는 연민으로 마음이 아팠고, 그녀를 기쁘게 할 수 있는 다른 것, 기대를 품을 만한 것, 음반을 사 들고 온 이후에 다시 삶의 목표가 될 수 있는 것이 뭐가 있을까 생각했다.

─오늘 저녁에 내 앞에서 새 옷들을 한번 더 입어봤으면 좋겠소. 새 옷을 입은 그대의 모습은 너무 아름답소.

5 뽈 발레리의 시 「해변의 묘지」(Le cimetière marin)의 한 구절이다.

그녀는 그렇게 말해주는 연인이 너무 고마워서 흔들리는 눈빛으로 깊은숨을 들이쉬었고, 또다시 받게 될 찬탄의 눈길을 기대하며 기쁨으로 생기를 되찾았다. 그러고는 기차를 놓치지 않으려면 서둘러야 한다면서 곧장 달려 나갔다. 그는 필요도 없는 음반을 구해 오기 위해 넘치는 선의로 온 힘을 다해 뛰어가는 불행한 여인의 뒷모습을 바라보았다. 어쨌든 그녀에게 할 일을 만들어주었다. 그녀가 돌아오면 우선 옷들을 다시 입어보고, 그러고 나면 또다른 일을 만들어주어야 할 것이다. 오늘 아침에 포브스가 전화를 걸어 테니스 게임을 취소해야겠다는 소식을 전했을 때, 이미 테니스복을 차려입고 준비를 마친 상태로 기대에 차서 기다리고 있던 그녀는 크게 실망했다. 포브스 부인이 정말 탈이 난 걸까?

그는 다시 자리에 앉아 미지근해진 차를 한모금 마신 뒤 시간을 확인했다. 지금 그녀는 기차 안에서 그를 생각하며, 그를 위해 새 음반을 사오는 행복에 젖어 있을 것이다. 오늘 저녁에 새 옷을 입어볼 때 감탄하며 칭찬해주자.

그때 누군가의 목소리가 들렸다. 담배를 눌러 끈 그는 열린 커튼 사이로 살짝 밖을 내다보았다. 빨간 머리 영국 여자였다. 탈 난 데 없이, 창 아래 등나무 벤치에 앉아, 키가 크고 턱이 엄청나게 긴 50대 여자에게 아양을 떨고 있었다.

그럼요, 알렉상드르 드 싸브랑 씨야 잘 알죠, 포브스 부인이 감탄하며 말했다. 숙부가 베른에서 무관으로 계시다면서 대령님 얘기를 아주 많이 했답니다! 세상이 참 좁네요! 로마에서 그렇게 자주 만나면서 제가 아주 좋아했던 알렉상드르의 숙모님을 아게에 와서 뵐 줄 누가 알았겠어요! 저와 남편은 그냥 싸샤[6] 디어라고 불렀답니다. 정말 매력적인 청년이고, 대사님한테도 능력을 인정받

왔죠. 대사님한테 제가 직접 들었답니다! 오늘 저녁에 당장 싸샤한테 편지를 써서 숙모님을 뵈었다는 기쁜 소식을 전해야겠네요! 그러면 싸브랑 대령님은 지금 스위스 군사작전 중이신가요? 세상에! 무관으로서 의무이니 할 수 없죠! 그녀가 사교의 사탕을 빨면서 미소를 지었다. 아 군대! 전 군대를 정말 좋아해요! 그녀가 깊은 숨을 들이쉬고 눈까풀을 파르르 떨며 말했다. 아! 군대, 명예, 규율, 전통, 기사도 정신, 장교가 하는 말, 기병대의 기동전, 대규모 전투, 장군들의 뛰어난 전술, 영웅적인 죽음! 세상에 그보다 멋진 직업이 어디 있겠어요! 아, 저도 남자였다면! 목숨을 걸고 조국을 지키는 것만큼 아름다운 일이 또 있을까요! 국제연맹에서 아무리 토론해봐야 전쟁이 사라지지는 않잖아요. 대령님께서도 조만간 이곳에 오실 건가요? 그녀가 호감을 주체하지 못해 반짝이는 눈길로 바라보며 물었다. 사흘 뒤에요? 남편하고 저는 한시라도 빨리 대령님을 뵙고 인사드리고 싶네요. 싸샤의 새 소식도 전해드리고요.

포브스 부인은 뭐라도 같이 마시자면서 어떤 걸 좋아하시냐고 물었고, 검지를 들어 급사를 부른 뒤 이 부인껜 중국차, 난 실론 차를 아주 진하게, 하고 주문했고, 토스트를 구워 냅킨에 싸서 가져오라고도 했다. 그녀는 얘기하는 내내 급사에게 단 한번도 눈길을 주지 않았다. 그렇게 그의 출신이 미천함을 알려주고, 그가 존재하는 이유는 오로지 무관과 총영사의 배우자들을 섬기기 위해서라는 것을 알려준 연후에, 관심의 대상인 싸브랑 부인, 대령의 아내이자 남작 부인인 그녀를 향해 시적으로 고개를 돌렸다. 이어 앨프리드 터커 경의 이름을 꺼내고 또 정말 보기 드물게 출중한 레이턴 자작

6 알렉상드르의 애칭.

부인을 언급하면서 작살을 던질 채비를 했다. 마지막으로, 아게에서는 오로지 내 몸만 챙기면 된다는 게 행복하다고, 사실 별 재미도 없는 힘겨운 사교계의 삶에서 잠시나마 벗어나서 매일 테니스를 칠 수 있어서 좋다고 했다.

　　―그래서 말인데, 내일 저희하고 테니스 한게임 같이 치시겠어요? 내일 11시쯤에 어떠세요?

　영사 부인이라는 자리가 잘나가는 외교관의 발끝도 쫓아오지 못한다는 것을 의식한 싸브랑 부인은 감정을 드러내지 않은 채 옅은 미소를 지으며 동의했다. 그런 미지근한 반응이 포브스 부인을 더욱 달아오르게 했고, 자신이 중요한 인물과 인연을 맺었다는 생각에 그녀의 욕심은 더욱 커졌다. 그녀는 싸브랑 부인을 향해 사랑스러운 미소를 지었고, 싸브랑 부인은 일어나 잠시만 다녀오겠다면서 자신의 사회적 위용을 확신한 거만한 자태로 자리를 떴다.

　잠시 후 돌아온 싸브랑 부인은 얼음같이 푸르스름한 눈빛에 기린처럼 도도한 자태로 서서 라운지 반대쪽에서 여전히 촐싹거리며 손뼉을 치고 있는 포동포동한 아기 같은 여자를 훑어보았다. 이어 삐쩍 마른 엉덩이에 한 손을 가져다 대고 앙뚜아네뜨 됨 부인이 그랬던 것처럼 치마가 말려 올라가지 않았는지 확인한 뒤 다시 자리에 앉아 포브스 부인의 프랑스어 실력을 칭송했다. 빨간 머리 여자는 겸손하게, 어릴 때 가정교사와 늘 프랑스어를 썼기 때문이라고, 별로 대단한 일이 아니라고 했다. 싸브랑 부인의 가느다란 입술 위에 인정의 미소가 번졌고, 잠시 말이 없던 그녀는 다른 사람하고 거의 대화 없이 지내는 이상한 부부에 대해 물었다. 그 사람들이 누구인지, 어디서 왔는지, 남자가 어떤 일을 하는지 궁금하다고, 호텔 직원한테 이름을 듣긴 했는데 잊었다고 했다.

—쏠랄이요? 포브스 부인이 희망에 찬 눈빛으로 물었다.

—맞아요, 그 이름 맞아요. 이제 기억나네요.

—절대 상종 못할 사람들이랍니다. 포브스 부인이 상냥한 미소를 지으며 말했다. 아, 차가 나오네요. 일단 목부터 축인 다음에 말씀드릴게요. 아주 재미있는 얘기거든요. 직접 관련된 사람들한테 들었답니다. 국제연맹에서 자문관으로 일하는 제 사촌 로버트 헉슬리가 말해줬죠. 존 체인 경하고 아주 가까운 사이거든요. 체인 경은 당연히 아실 테죠. (체인 경이 누구인지 모르는 싸브랑 부인은 표정 변화가 없었다.) 로버트는 어제 오후에 제 남편하고 같이 왔고 앞으로 며칠간 이곳에서 함께 지낼 예정인데, 그 매력적인 청년을 부인께 인사시켜드리고 싶네요. 그건 그렇고, 그 사람들은 정말로 절대 상종 못할 사람들이랍니다.

그는 이마의 땀을 닦았다. 오늘 아침 일찍부터 포브스 부부와 만나기 위해 테니스복을 차려입고 좋아하던 그녀의 모습이 떠올랐다. 난 그녀를 어디로 끌고 왔는가. 포브스 부인은 빈 잔을 내려놓은 뒤 상냥하게 심호흡을 하면서 피로를 푸는 데 차만큼 좋은 게 없다고 말했고, 편안한 자세를 취하며 만족스러운 미소를 지은 다음 일상의 선행을 실천하기 시작했다.

—절대 상종 못할 사람들이랍니다, 남작 부인. 그녀가 다시 말했다. (더 친근하게 부르고 싶은 마음이 간절했지만, 일단 내일 테니스를 칠 때까지는 신중하게 기다리는 게 낫겠다고 판단했다.) 그 둘은 불륜 관계예요. 불륜이요. 그녀가 한번 더 강조했다. 사촌이 확실하게 알고 있더군요. 여자는 국제연맹에서 일하는 다른 직원의 아내라죠. 두 사람이 도망친 그날 남편이 자살을 시도하는 바람에 얘기가 금방 퍼졌다고 해요. 간신히 목숨은 건졌다죠. 세상에,

주네브에 멀쩡한 남편이 있는데, 버젓이 살아 있는데, 어쩜 그리 뻔뻔스럽게 다른 남자의 아내라고 자기를 소개할 수 있을까요?

— 이 호텔은 어떻게 그런 사람들을 들인 거죠? 싸브랑 부인이 말했다.

— 그러게요. 신분증을 확인하고 진짜 이름까지 알았으면서요. 제가 호텔 사무실에 가서 직접 확인해봤죠. 게다가, 그게 다가 아니고, 더 있어요. 남자가 국제연맹에서 아주 높은 자리에 있었다네요. 그리고 또, 유대인이고요.

— 전혀 놀라운 일이 아니죠. 그자들은 이미 곳곳에 파고들었어요. 심지어 께도르세에도 유대인이 두명 있으니까요. 세상이 어떻게 돌아가는 건지 알 수가 없네요.

— 정말 높은 자리였다는데.

— 마피아 같은 거죠. 싸브랑 부인이 다 안다는 표정으로 말했다. 정말, 블룸보다는 차라리 히틀러가 나아요. 히틀러는 적어도 질서와 힘을 구현하는 진정한 지도자라고 할 수 있으니까요. 그래, 내막을 좀 얘기해봐요.

— 그러죠. 존 경의 총애를 받는 사촌 로버트한테 상세하게 들었답니다. 그러니까 남자는 서너달 전에 국제연맹에서 해임됐다네요. 아니 사표를 낼 수밖에 없었던 거죠. 결국은 마찬가지지만. 프랑스어로는 뭐라고 해야 할까, 아무튼 디스그레이스풀한 무슨 일을 저질렀다죠.

— 파렴치한 짓을 했겠죠. 싸브랑 부인이 침을 삼키며 말했다. 출신이 어디 가겠어요? 정확히 무슨 짓을 했는데요?

— 아쉽게 사촌도 더 상세한 건 모른대요. 존 경과 레이디 체인과 개인적으로 친분이 돈독해서 그나마 전반적인 내용은 알게 된

거고요. 아무튼 극비리에 처리됐다죠. 높은 사람 몇명만 내막을 알고 있고요. 정말 심각하고 불명예스러운 일이었기 때문에(싸브랑 부인이 동의하며 고개를 끄덕였다) 국제연맹 내부에 파문이 번지지 않도록 급히 묻어버렸다는군요! 알려진 건 그 사람이 쫓겨났다는 사실뿐이고요.

─ 그것 참 잘됐군요, 싸브랑 부인이 말했다. 보나 마나 적과 내통한 반역이겠죠. 드레퓌스하고 같은 종교를 믿는 자인데 무슨 일이든 못하겠어요. 아, 앙리 대령[7]만 불쌍하죠.

─ 그러니까 치욕스럽게 쫓겨난 거예요. (듣고 있던 싸브랑 부인이 경의를 표했다.) 그러니까 제 사촌 말로는, 그 사람이 서둘러 주네브로 돌아와서 여자를 데리고 도망쳤대요. 그러니까 이젠 아무것도 아닌 거죠. 어 노바디. 그런데 어제 그 더러운 여자가, 뻔뻔스럽게도, 글쎄 저더러 테니스를 같이 치자고 하더라니까요! 하도 간청하길래, 전 그저, 다른 계산 없이, 얼떨결에 오늘 아침에 같이 치자고 해버렸고요. 우리와 같은 계층에 속한 괜찮은 사람, 믿어도 되는 사람, 평판이 좋은 사람인 줄 알았죠. 헉슬리를 통해 진상을 알고 나서 당장 절교했답니다. 오늘 아침에 남편이 그 남자한테 전화해서 제가 몸에 탈이 났다면서 약속을 취소했어요. 어쩔 수 없었죠, 남편은 너무 선량한 사람이거든요. 천성이 그렇답니다. 그래서 레이턴 자작 부인, 늘 재치 있고 살짝 짓궂기도 한 퍼트리샤는 제 남편을 '총영사'가 아니라 '너그러운 영사'[8]라고 부르죠!

─────────

7 위베르 앙리 대령은 드레퓌스에게 죄를 뒤집어씌우기 위해 문서를 위조했다가 사건에 대한 재조사가 시작되자 범행을 자백하고 자살했다. 드레퓌스의 무죄를 믿지 않던 반(反)드레퓌스 진영은 그를 구국 영웅으로 칭송했다.
8 '너그러운'을 뜻하는 généreux는 '총영사'(consul général)의 général과 발음이 비슷하다.

— 선량한 건 선량한 거고, 아무리 그래도 필요할 땐 단호해야
죠. 싸브랑 부인이 말했다. 나라면 입장을 정확히 알렸을 것 같네요.
— 전화를 걸었으니 말투로 충분히 이해했을 거예요.
— 다행이로군요.

명예를 잃지 않은 여인들, 하나는 습기 가득하고 하나는 물기 없
이 메마른 두 여인은 계속해서 감미로운 주제에 대해 의견을 내놓
았고, 한 인간을 자기들의 사회 밖으로 추방하는 즐거움을 마지막
한방울까지 빨아들였다. 자신들은 여전히 손님을 맞고 또 손님이
되어 다른 사람을 찾아갈 수 있는 흠 없는 상태라는 것을 떠올릴수
록 추방의 쾌락은 더욱 커졌다. 이따금 올바른 사람들끼리의 유대
감으로 서로에게 미소를 짓기도 했다. 제삼자를 함께 미워하면서
서로 사랑하게 된 것이다.

그는 아무것도 모르고 있는 연인을 떠올렸고, 포브스 부인의 초
대를 받았다고 말하던 그녀의 얼굴을 떠올렸다. 생기가 회복되고
살맛을 되찾은 모습이었다. 노크 소리도 힘찼고, 조심스럽게 망설
이던 평소와 달리 자신만만하게 재빨리 들어섰다. 그런 다음, 몇주
만에 처음으로 깊은 키스를 했고, 갑자기 테니스가 너무 좋아졌다
며, 저 가증스러운 빨간 머리 여자더러 참 좋은 사람이라고 했다.
그러더니 테니스복을 사기 위해 깐으로 달려갔다. 불쌍하게도 하
나는 단정한 반바지, 하나는 좀더 가벼운 미니스커트로 두벌을 사
와서는 그를 앉혀놓고 하나씩 입어보았다. 얼마나 신이 났는지 라
운지에서 본 어린애 같은 여자를 흉내 내며 촐싹거렸고, 크라이슬
러로 사자고 외쳤다. 그리고 그날밤 그녀는 주네브 시절처럼 열정
적으로 타올랐다. 오 그것이 바로 사회적인 것의 힘이다. 오늘 아침
9시, 약속까지 두시간이나 남은 시각에 그녀는 이미 테니스복을 차

려입고 라켓을 휘두르며 상상의 공을 거울 쪽으로 날려 보내고 있었다. 그때 전화벨이 울렸고, 사회적인 것의 맷돌이 돌아가기 시작했다.

다시 한번 미덕 속에서 한편이 되었음을 확인하는 미소를 지어보인 싸브랑 부인은 다른 유쾌한 주제들, 그러니까 자선 무도회 얘기로 넘어갔다. 자기가 해마다 루아얄 호텔에서 자선 무도회를 열어 아게와 쌩라파엘 지역의 가난한 사람들을 돕는다면서, 힘겨운 상황에 처해 도움이 필요한 사람들의 비참한 사정을 시시콜콜 늘어놓으며 스스로 선량한 사람이 된 기분을 만끽했고, 동시에 자신은 그런 불행으로부터 벗어나 있다는 안도감을 누렸다.

그랬다. 싸브랑 부인은 자기가 깐에서 잘 알고 지내는 부인 하나가 손님을 아주 많이 초대한다고, 그래서 매해 이 지역의 자선 행사에 관심을 가질 만한 인사들의 명단을 자기한테 준다고 했다. 내일부터 꼬뜨다쥐르 지역에 머물고 계신 기품 있는 분들한테, 특히 지금 몬떼까를로에 와 계신 왕족 한분께 초대장을 보낼 계획이랍니다. 재미있게 즐기면서 선행도 베푸는 것보다 더 좋은 일이 있을까요? 그렇게 자선 무도회를 즐기다보면 재미있고 호감 가는 사람들을 만나기도 한답니다. 물론 그건 부수적 측면일 뿐이고 중요한 건 좋은 일을 한다는 것이지만요.

포브스 부인은 자기도 자선 무도회를, 아니 박애를 실천하고 타인을 위하고 가난한 사람들을 향해 몸을 기울이는 모든 일을 정말로 좋아한다며 열광했다. 그녀는 초대장 보내는 일을 최선을 다해 돕겠다고 선언했고, 머릿속으로 이미 왕족을 소개받아 인사하는 자기 모습을 그리고 있었다.

그러는 사이 골프복 차림의 총영사와 사촌이 나타났다. 치아를 드러낸 미소를 동반한 인사가 오갔고, 싸샤 디어 얘기가 나왔고, 헉슬리가 포브스 부인이 미완으로 남겨둔 이야기를 완성했다. 그는 아내에게 배반당한 불쌍한 남편은 성실하게 일하고 동료들의 인정을 받는 훌륭한 직원이었다고, 관자놀이에 박힌 총알이 다행히 뇌를 건들지 않았기 때문에 생각보다 회복이 빨랐다고, 아마도 총을 다루는 게 미숙했거나, 물론 충분히 이해할 수 있는 일이지만, 손이 흔들렸거나 한 것 같다고 했다. 알면 알수록 좋은 사람이죠. 두달 전쯤부터 다시 출근했는데 동료들이 반갑게 맞아줬습니다. 다들 잘해주고, 챙겨주고, 초대도 많이 했고요. 헉슬리는 이어 직속상관도 많이 배려해주고 기분 전환을 할 수 있도록 아프리카로 장기 출장을 보냈다고, 그러니까 그 사람은 지난 월요일 비행기를 타고 다카르로 떠났다고 했다.

이어 그는 자신의 옛 상사에 대한 얘기로 넘어갔다. 탐욕스러운 미소를 띠고, 뱀처럼 사악한 혀를 내밀어 재빨리 윗입술을 적셨다가 다시 집어넣으며, 쏠랄이 지금 얼마나 심각한 상황에 처해 있는지 상세히 얘기했다. 프랑스 외무부의 친구들도 쏠랄이 알려지지 않은 어떤 이유 때문에 해임되었다는 소식을 듣고 귀화 과정에서 규정 위반이 있었음을, 그러니까 귀화 이전에 프랑스에 체류한 기간이 부족했다는 사실을 밝혀냈다고도 했다. 결국 프랑스 국적 박탈 판결이 관보에 실렸죠, 그가 말했다. 세상에, 하물며 귀화한 사람이었다니 정말 더 할 말이 없네요, 싸브랑 부인이 분개했다. 그녀는 어쨌든 이번만큼은 프랑스 정부가 웬일로 일을 제대로 처리했다고, 자기는 아버지, 남편, 아들들이 모두 장교이지만 거리낌 없이 말할 수 있다고 했다. 이제 그 사람은 국적도 없고 직업도 없으니 사회적으로 사망 선고를 받은 겁니다. 쏠랄의 비서실장으로 총애를 받던 자가 혀를 내밀며 결론을 맺었다.

헉슬리는 그 순간 매혹적으로 생긴 청년 하나가 라켓을 옆구리에 끼고 들어서는 모습을 조심스레 힐끗거렸다. 원래 그는 잘생긴 남자들에게 관심이 많았지만, 아직까지 추문이 퍼진 적은 없었던 터라 포브스 부부는 모르는 척했다. 잠시 침묵이 흘렀고, 그러자 헉슬리가 무슨 얘기든 해야겠다는 생각에 최근 물리학자 아인슈타인이 독일의 유대인을 돕자고 호소한 일을 언급했다.

— 보나 마나죠, 박해 어쩌고저쩌고하면서 늘 똑같은 얘기잖아요. 얼토당토않은 과장이죠. 싸브랑 부인이 분개했다. 히틀러 총리는 그들을 제자리로 돌려놓았을 뿐인데. 그래서 그 사람이 뭘 주장하는 거죠?

— 독일을 떠날 수 있도록 여러 나라가 국경을 열어달라는 거죠.

— 이젠 놀랍지도 않네요. 그 사람들은 정말 하나같이 질겨요! 정말 놀랍죠, 어쩌면 그렇게 뻔뻔한지. 뭐든지 자기들 마음대로 되는 줄 알지!

— 그래봤자 강대국들은 다 냉담한 반응이었답니다. 헉슬리가 빙그레 웃으며 말했다.

— 그것 참 기쁜 소식이로군요! 싸브랑 부인이 목소리를 높였다. 드레퓌스와 같은 종교를 믿는 자들이 우리나라로 옮겨와서 정착한다니, 그게 말이나 돼요? 어찌 됐든 다들 독일 국적이니까 그냥 자기 나라에 있으라고 해야죠! 그런 다음에 다른 사람들과 떼어놓으면 문제 될 게 없잖아요.

다시 침묵이 흘렀고, 잠시 후 교양 있는 의견들이 오갔다. 당연히 음악 얘기가 나왔고, 그러자 싸브랑 부인은 어린 시절부터 각별하게 지내는 친구 사이인 어느 공작 부인이 음악을 무척 좋아한다

고, 다가오는 봄에 함께 크루즈 여행을 떠나기로 했다고 말했다. 그
러자 포브스 부부가 자신들도 늘 함께하는 앨프리드 터커 경 그리
고 레이턴 자작 부인과 함께 크루즈 여행을 떠날 거라고 했고, 그
러자 헉슬리는 레이턴 자작 부인의 조카딸을 만난 적이 있다고, 자
기가 자주 찾아가는, 브베에 망명 중인 어느 지적이고 아름다운 왕
비의 저택에서 만났다고 했고, 그 말에 끌린 싸브랑 부인은 의미심
장한 눈길로 헉슬리에게 자신이 준비 중인 자선 무도회에 와달라
고 청한 뒤 다른 사람을 사랑하는 도덕적 쾌감에 관해서 똘스또이
가 한 말을 자연스럽게 인용했고, 그 기회를 틈타 너그러운 총영사
가 끼어들어 인간의 존엄성에 관해 떠들었다.

그렇게 그들의 고귀한 대화가 높이 날아오르기 시작했다. 그들
은 앞다투어 보이지 않는 실재에 대해 떠들었고, 내세에 새로운 삶
이 있음을 확신한다고 했고, 특히 두 여인은 영혼이 영원하다는 철
석같은 믿음을 과시했다. 모두들 대화 내내 앞니와 송곳니를 드러
내 보였는데, 자신들이 동일한 사회계층에 속하고 같은 것을 열망
하며 같은 이상을 지니고 있다는 사실에 기분이 좋았기 때문이다.

방으로 돌아온 그는 고독한 인간의 위엄을 풍기며 어슬렁거렸
고, 거울 달린 옷장 앞에 걸음을 멈추고는 한 손으로 이마를 만져
보았고, 그러다가 다시 걷기 시작했다. 권총을 관자놀이에 들이댄
남편, 나로 인해 고통 받은 가련한 남자, 그토록 출세를 갈망하더니
고통을 이기지 못하고 목숨을 버리려 했던 됨이 자꾸 떠올랐다. 그
렇다, 나는 됨에게 죄를 지었다. 하지만 세상으로부터 영원히 배척
당하고 산 채로 사랑의 벽에 갇혔으니 이미 벌을 받은 셈이다. 오
히려 그자는, 아드리앵 됨은, 동포들과 함께 있고, 그들 안으로 들

어갔고, 그들에게 둘러싸여 있고, 지금은 아프리카로 출장 가서 사파리 모자를 쓰고 배를 내민 채 공무를 수행하며 거드름을 피우고 있을 것이다. 오, 됨이여, 그대가 그렇게 지내는 것이 난 진정 다행스럽다.

이제 조금 있으면, 함께 들어야 할 가련한 음반을 사 들고 그녀가 돌아올 것이다. 어떻게 해야 그녀를 지킬 수 있을까? 내려가서 포브스 부부한테 제발 아무것도 모르는 그녀를 위해 한번만 초대해달라고 간청할까? 단 한번만 부탁드립니다, 부인, 저로 인해 세상에서 쫓겨났음을 그녀가 알지 못하게 해주십시오. 그러고 나면 함께 떠나겠습니다. 호텔을 옮기고, 다시는 눈에 띄지 않겠습니다. 이제 제게 남은 것은 그녀뿐이고, 그녀가 계속 저를 사랑하기를 바랍니다. 그녀를 불쌍히 여겨주십시오, 부인. 그녀는 유대인이 아니고, 그래서 이런 대우에 익숙한 사람이 아닙니다. 그리스도의 이름으로 빕니다, 부인.

미친 짓, 미친 짓이다. 애원해봐야 헛일이다. 두 여자는 변하지 않을 것이다. 자신들이 믿는 것이 진리라 확신하고, 자신들이 다수이자 세상의 규칙임을 알기에 자신만만하고, 사회적 지위를 방패로 두르고 있다. 마음에서 우러나오는 감정도 없고 자신들이 틀릴 수 있다는 생각조차 하지 못하기에 고뇌도 없다. 그리고 물론 신을 믿는다. 모든 행운을 갖춘 여인들, 하물며 스스로 선하다고 믿는 행운까지 누린다.

그래도 가볼까? 가서 쳐다보면서 미소를, 눈물에 젖은 미소를 짓고, 당신들이 살아갈 시간은 그리 길지 않다고, 그런데도 남을 증오하느라 생을 허비할 거냐고 물어볼까? 미친 짓, 미친 짓이다. 그리스도도 바꿔놓지 못했다. 됐다, 됐다. 이제 그녀가 돌아온 것이다.

어떻게 하면 내가 배척받는 자이고 패배자라는 것을 감출 수 있을까? 어떻게 하면 그녀를 계속 사랑 속에 살아가게 할 수 있을까? 그에게는 이제 그들의 사랑, 그 가련한 사랑밖에 남지 않았는데.

86

다시 목욕을 하고, 다시 면도를 하고, 다시 고귀한 실내 가운을 걸쳤다. 그렇다, 그 어느 때보다도 아름다워야 한다. 세상에서 배척 당하는 자가 기댈 수 있는 것은 생물학적인 것뿐이다. 오 망주끌루, 오 쌀로몽, 오 쌀띠엘. 그는 자신의 손을 삼촌의 뺨이라 생각하며 입을 맞췄다. 도망가서 그들과 함께 살까?

밖은 밤이다. 10시. 불행한 여인은 몇시간째 혼자 있다. 머리가 아프다는 그를 차마 방해하지 못한다. 정성스럽게 아름다운 글씨 체로 쓴 쪽지를 문 밑으로 밀어넣어 자신이 돌아왔음을 알렸을 뿐 이다. 준비됐어요, 기다릴게요, 괜찮아지면 와요. 협주곡 6번까지 다 구했어요. 그녀는 구해 온 음반 여섯장을 들려줄 시간을 기다리 며, 그가 그 음악이 듣고 싶어지기를 기다리며, 지금 자기 방에 혼 자 있다. 사랑하는 이여, 내 사랑 그대여, 난 그대를 어디로 끌고 왔 는가. 아무것도 모르는 여인을 어디로, 도대체 어디로? 그렇다, 가야 한다. 가서 의무를 수행해야 한다. 그는 옷장 앞에서 걸음을 멈췄다.

─그렇다, 이거다. 그가 거울을 향해 말했다.

그녀의 방에서는 완벽한 「브란덴부르크 협주곡」이 흘러나오고 있었다. 불행한 여인은 야회복 차림으로 끔찍하도록 성가신 기계 위에 한 손을 얹은 채 미소 짓고 있었다. 그는 황홀해하는 척, 영원한 신을 기리는 톱장이의 음악을 주의 깊게 듣는 척했다. 곡이 끝나자 그는 축음기를 끄고 그녀에게 얘기를 좀 하자고 했다. 아니, 나쁜 일은 없소, 그대.

어둠속에서 그녀가 옆에 누웠을 때 그는 그녀의 손에 입을 맞춘 뒤 이야기를 시작했다. 앞으로 난 당신과 내가 아닌 모든 것, 바깥세상, 바깥 사람들과 인연을 끊기로 했소. 나에게 중요한 것은 단 하나, 오직 우리의 사랑뿐이오. 아, 이따위 말을 누가 믿는단 말인가, 그가 생각했다. 그러고는 반박할 틈을 주지 않기 위해 세게 그녀를 껴안았다.

─그대도 나와 생각이 같지 않소? 아니오?

─나도 그래요. 그녀가 속삭이듯 말했다.

─그 어떤 것도 우리의 사랑을 빼앗지 않았으면 좋겠소. 그가 나지막한 목소리로 말했다. 이곳에서 지내는 동안 우리에게 유일한 위험은 포브스 부인이오. 그 여자는 머지않아 우리의 사랑을 다시 공격할 거요. 내가 일단 정리해놓기는 했소. 헉슬리를 조금 전에 만났는데, 아주 상냥하게 인사하더군. (그는 아주 상냥하게라는 말을 입 밖에 내는 것이 수치스러웠다. 하급자들이 쓰는 말, 이제 하급자가 되었기에 쓰는 말이다.) 자기 사촌인 포브스 부인에게 소개해주겠다고 했는데, 그걸 받아들이면 그다음에 어떻게 될지 뻔하

지 않소. 서로 초대할 테고, 테니스나 브리지 게임을 할 테고, 우리 사랑의 시간을 빼앗기겠지.

—그래서요?

—그래서 미안하지만 포브스 부인한테 양해를 구해달라고, 정말 미안하지만 테니스를 같이 못 치겠다고 전해달라고 했소. 내가 잘못한 거요? 곤란하오?

—아니에요, 전혀 안 그래요. 포브스 부인이 기분 상해서 우릴 보고 인사도 안하겠지만, 할 수 없죠. 중요한 건 우리니까요.

살았다. 그는 진심으로 그의 말에 동의해주는, 하지만 무의식은 파국을 향해 치닫고 있는 온순한 여인의 눈에 키스를 했다. 이제 보상을 주어야 한다. 그는 다가갔고, 두 사람의 입술이 어둠속에서 하나가 됐다. 호텔을 바꾸지 않아도 된다. 포브스 부부는 이제 제거되었고, 그녀는 다른 사람을 사귀지 않을 것이다, 그는 다른 대화주제가 없었기에 일부러 길고 격정적인 키스를 하면서 생각했다.

그렇다, 이제부터 그녀가 딴생각을 할 틈이 나지 않도록, 차분히 판단할 수 없도록 해야 한다. 내일 아침에 당장 깐으로 가서 잃어버린 사회적인 것의 대용품을 구해야 한다. 비싼 옷, 디자이너 드레스를 사주자. 그런 다음 레스토랑 모스끄바에서 식사를 하자. 캐비아 역시 사회적인 것을 채워줄 대용품이 될 수 있다. 식사를 하면서 새로 산 옷들에 대해 이야기할 것. 그런 다음 보석을 사줄 것. 그런 다음 연극이나 영화. 그런 다음 카지노에 가서 룰렛 게임. 그런 다음 승마 혹은 모터보트.

자신의 입술이 아무것도 모르는 여인의 입술을 헤집는 동안, 그는 계속 생각했다. 여행도 가고, 크루즈 유람도 떠나자, 내가 줄 수 있는 가련한 행복을 모두 동원하자, 끝날 기미가 보이지 않는 키스

를 하면서 그가 생각했다. 그들이 나병에 걸렸음을 감출 수 있는
것이라면 뭐든지 하리라, 그가 마음을 모아 다짐했다. 그래, 할 수
있는 모든 일을, 사랑의 사막에 꽃을 피울 수 있는 것이라면 무엇
이든 하리라, 지켜주고 싶은 여인의 입술에 입술을 댄 그가 마음을
모아 다짐했다. 하지만 그게 언제까지 가능할까? 이 불행을 나 혼
자만 겪을 수 있다면, 그가 생각했다.

　──옷 벗겨줘요. 그녀가 말했다. 당신이 벗겨주는 게 좋아요. 불
은 켜요. 당신이 보는 게 좋아요.

　그는 불을 켰다. 그리고 옷을 벗겼다. 그리고 보았다. 그렇다, 그
녀를 갖자. 자신을 내어주는 작은 행복을 누리게 해주자. 나병에 걸
린 남자가 나병에 걸린 연인에게 줄 수 있는 가련한 행복이다, 달
아오른 몸으로 미소 짓는 불행한 여인의 아름다운 얼굴 위에 얼굴
을 댄 그가 생각했다. 아, 나는 이 여인을 어디로 끌고 왔는가? 나
의 어린 소녀여, 나의 아이여. 그가 마음을 모아 말했고, 손으로는
슬픔에 젖어 그녀를 여자로 더듬었다.

87

이틀 뒤 그들은 점심식사 후에 자신들의 응접실에서 커피를 마셨다. 그는 눈썹에 힘을 주며 집중해서 함대를 만들었다. 마지막 오렌지 껍질에 불붙인 담배를 꽂고 성냥 두개를 돛대 삼아 꽂은 뒤, 드디어 휘핑크림 머랭그의 바다 위에 배 세척을 띄웠다.

─북극해를 항해하는 배들이오. 그가 말없이 그녀를 바라보다가 설명했다.

그녀가 서둘러 웃었고, 예쁘다고 말했다. 그는 의심의 눈길을 보냈다. 아니에요, 진심이에요, 정말 좋아요. 오 여인의 사랑은 철옹성 같구나. 성적인 것의 힘은 실로 기묘하구나. 언젠가 내가 모래성을 세워도 수탉처럼 꼬끼오 울어도 이 여인은 감동적인 천재성이라며 감격하리라.

─정말 굉장히 예뻐요. 그녀가 다시 말했다. 빙산 때문에 항로가 막혔나봐요. 그는 한 손을 이마에 대고 가련한 인사를 보냈다,

그제야 마음을 놓은 그녀가 입고 있던 가운을 여몄고, 예의상 망설이는 척하면서 조심스럽게 일어섰다.) 이제 가서 준비해야 할 것 같아요. 말 타러 가는 거 맞죠?

— 그럽시다.

— 그럼 깐의 승마장에 전화할게요. 지금 준비할 거죠?

— 그럽시다.

— 그럼 가볼게요. 오래 걸리지 않을 거예요.

혼자가 된 그가 한숨을 내쉬었다. 그녀는 매일같이 알몸을 보여주면서도 정중한 존댓말을 써야 한다고 믿었다. 가련한 여인, 그녀는 이상적인 연인이 되려 했고, 타오르는 연모의 분위기를 간직하려고 최선을 다했다.

드디어 그녀가 옷을 입으러 갔다. 잘됐다. 십분 동안 책임에서 해방될 수 있다. 절대 놓치지 말아야 할 기회다. 하지만 그녀가 돌아오면 승마를 한 뒤 오후엔 뭘 할 거냐고, 다모클레스의 검[9]과 같은 숙명적인 질문을 할 것이다. 세상과 단절된 고독한 상태를 감추기 위해 또 어떤 쾌락을 짜내야 할까? 새로운 것이 없다. 사회적인 것을 채워줄 늘 똑같은 대용품, 추방당한 자들이 누릴 수 있는 늘 똑같은 가련한 행복뿐이다. 연극, 영화, 카지노의 룰렛, 승마, 클레이사격, 오후에 여는 무도회장, 옷 사기, 선물하기.

그리고 늘 똑같이 깐이나 니스나 몬떼까를로 원정을 가고, 그 끝에는 우울하기 이를 데 없는 저녁식사. 식사를 하는 도중에 무슨

---

9 기원전 4세기 시라쿠사의 폭군 디오니시우스 1세는 누가 해치러 올까봐 늘 불안에 떨며 살았고, 측근인 금세공상 다모클레스에게 왕의 권력이 언제 떨어질지 모르는 칼 밑에 있는 것과 같음을 깨우치기 위해 연회에서 말총 한올에 매달아 놓은 검 아래에 그를 앉혔다. 위태로운 상황의 비유로 쓰인다.

말이든 해야 하고 새로운 주제를 찾아야 하지만, 더이상 새로운 주제가 없다. 그는 이미 아리안의 이야기를 다 알고, 심지어 외울 수 있다. 고결한 영혼의 암고양이 무송, 사랑스러운 올빼미 마갈리 그리고 지긋지긋한 어린 시절의 기억들, 그녀가 만들었다는 짧은 노래, 빗물받이에서 똑똑거리던 물소리, 오렌지색 텐트 위로 떨어지던 빗방울, 가톨릭 신자들을 보려고 안마스에 갔던 일, 다락방에서 여동생과 함께 시를 낭송한 일 그리고 또 나머지 다른 것들까지, 단어 하나 안 바뀌고 되풀이된다. 아무리 좋은 얘기라 해도 영원히 반복될 수는 없지 않은가. 그렇다면 어떻게 할까? 그들은 레스토랑의 다른 손님들에 대해 품평회를 하기로 했다.

그렇다. 그들은 더이상 다른 사람과 교류하지 않으니, 사회적인 인간들과 달리, 아는 사람에 대해서 말하는 소일거리를 즐길 수 없다. 포브스 부인의 말대로 치욕스럽게 쫓겨났으니, 하고 있는 일에 대해 말할 수도 없다. 하지만 분절 언어를 사용하는, 사랑에 빠진 포유류였기에, 그들은 대화의 주제가 필요했다. 그래서 누구인지 알지도 못하지만 그들과 같은 곳에서 식사 중인 사람들에 대해 말하기 시작했다. 그들의 직업, 성격을 맞혀보았고, 서로 어떤 감정을 품은 관계인지 추측해보았다. 고독한 자들의 처량한 소일거리, 본의 아니게 스파이가 되고 심리학자가 되기.

갖고 싶은, 하지만 다가갈 수 없는 그리고 경멸하는 낯선 사람들에 대한 추해 작업이 끝나면 또다른 것을 찾아야 했다. 그들은 새로 산 옷에 대해, 혹은 저녁에 그녀가 읽는 소설의 등장인물들에 대해 말했다. 그녀도 우리의 비극을 깨닫기 시작한 걸까? 아니다, 훌륭한 여인, 자신의 사랑 앞에서 흔들림 없는 여인이다.

오늘은 더이상 대용품을 찾아낼 용기가 나지 않았다. 할 수 없다. 깐에 가지 말고, 두통을 핑계로 저녁식사 때까지 조용히 발가락이나 흔들면서 시간을 보내자. 아니다, 그녀 혼자 방에서 불안해하며 기다리게 할 수는 없다. 그렇지만 잠시 후 그녀가 사랑스러운, 향기 나는, 선의가 충만한 고귀한 자태로 나타날 때 무슨 말을 건넨단 말인가. 할 말이 없다. 오, 차라리 우체부였으면 오늘 어디를 다니면서 어떤 편지를 배달했는지 얘기해줄 수 있으련만! 차라리 헌병이었으면 오늘 누구를 흠씬 두들겨줬는지 얘기해줄 수 있으련만! 그런 것이 바로 살아 있는 것, 진정한 것, 견고한 것인데! 상등병의 집에 혹은 우체부 반장의 집에 초대를 받는 기쁨까지 누릴 수 있을 텐데! 오, 다정한 관계만으로 여자를 만족시킬 수 있다면 얼마나 좋을까? 아니다, 격정적인 사랑을 약속하지 않았는가. 차라리 아이를 갖게 해서 나 아닌 삶의 목표를 품게, 시간을 보낼 수 있게 해줄까? 아니다, 아이는 결혼을 전제로 하고, 결혼은 사회적인 것 속에서의 삶을 전제로 한다. 그런데 그는 추방당한 불가촉천민이다. 설사 그렇지 않다 해도 그녀에게는 이미 남편이 있기 때문에 결혼이 불가능하다. 더구나 그녀가 모든 것을 버리고 온 것은 멋진 삶을 위해서이지 겨우 아이를 낳기 위해서가 아니다. 결국 그가 격렬한 정념의 주인공이 되는 방법밖에 없다.

─들어오시오.

빠올로였다. 수줍음이 많아 쉽게 얼굴을 붉히는 빠올로는 놀랍게도 흰색 양복에 검은색 넥타이 차림으로 들어오다 넘어질 뻔했고, 이어 식탁을 치워도 되는지 물었다. 감사합니다, 그렇죠, 오늘 아침부로 자리를 옮겨서 이제는 승강기 담당이 아니에요. 승강기는 이제 다른 흑인 보이가 맡고 있죠. 맞아요, 감사하게도, 승진했어요. 그의 질문에 답하며 빠올로는 이마의 땀을 닦았다. 맞아요,

돈을 모아서 고향 마을 싼베르나르도델레아꿰로 돌아가, 땅을 좀 사고, 하느님이 허락하신다면 결혼도 하는 게 제 계획이죠. 그는 다시 한번 인사를 한 뒤 나설 채비를 했다. 그 순간 쏠랄이 흰색과 푸른색으로 반짝이는 다이아몬드 반지를 빼서 빠올로에게 건넸고, 어리둥절해하는 빠올로를 포옹한 뒤 복도로 밀어냈다.

─차라리 빠올로였다면.

그랬다, 그는 어린 나귀 같은 빠올로, 쫓겨나지 않고 심지어 재주 좋게 진급까지 한, 그리고 국적이 있고 곧 결혼도 하게 될 빠올로가 부러웠다. 싼베르나르도에서 그는 고향 사람들의 존경을 받으며 행복하게 살 것이고, 어쩌면 시장이 될지도 모른다. 어쩌면 빠올로가, 세상 사람 모두 친절하다고 생각하고 승진을 하고 신을 믿는 그가 쏠랄보다 훨씬 영리한지도 모른다.

─들어오시오.

승마 바지와 부츠를 신은 그녀가 들어서는 순간, 그는 연민에 휩싸였다. 그녀는 바지 뒷면이 너무 늘어지거나 펑퍼짐하지 않은지, 엉덩이에 잘 맞고 곡선을 잘 살려주는지 하나하나 확인했을 것이다. 좋아, 그럽시다, 말 타러 갑시다. 모세의 형제인 아론의 후손이여, 망주끌루보다 방귀를 많이 뀌는 짐승 위에 올라타고 멍청한 영국인이 되어보자꾸나. 말 위의 몸이 흔들리는 동안 불행한 여인은 꽃이 너무 예쁘다고 감탄하고, 식용으로 쓸 수 없는 식물들에 관심을 보이고, 하늘 색깔이 곱다고 쓸데없이 감탄할 것이다. 가던 길을 멈추고 나무의 아름다움을 경탄하는 이들이여, 저주받으라. 『탈무드』의 구절이다. 아니, 그는 그렇다고 믿었다. 그런 다음에는 카지노에서 차를 마시면서 오늘은 또 무슨 선물을 사줄지 머리를 쥐어짜내야 하고, 그런 다음엔 레스토랑에 가서 나지막한 목소리로 다른 손님 하나하나에 대한 품평회를 해야 하고, 그런 다음엔 그녀가 너무 아름답고 우아하며 자신이 그녀를 사랑하고 있음을 알려주기 위해 더이상 충분한 느낌을 주지 못하는 주네브 시절의 말 대신 새로운 말을 찾아내야 할 것이다. 그리고 이 모든 것을 독일 땅에서 유대인들이 겁에 질려 떨고 있는 동안 해야 한다.

— 미안하지만 깐에는 못 갈 것 같소.

— 괜찮아요. 그녀가 미소를 지었다. 내 방으로 가요. 조용히 우리끼리 있는 것도 좋을 거예요. 가서 편하게 앉아요. (그리고 또 얘기를 나눠야겠지, 그가 생각했다.) 차도 마시고요. (대단한 전망이로군, 그가 생각했다. 패배를 감추기 위해 두시간이나 일찍 차를 마시자는 목표를 제시하다니. 비루한 차로 생기를 얻기 위해 애쓰는 가련한 여인이여. 이졸데는 어떻게 됐을까?)

그들은 그녀의 방으로 들어갔고, 매일매일 정성 들여 꽃을 갈아놓는 그 방에서 그녀가 먼저 편안히 앉았고, 그도 편안히, 죽도록 고통스러운 심정으로 자리에 앉았다. 이어 그녀가 미소를 지었다. 그도 미소를 지었다. 미소 짓기를 끝낸 뒤 일어선 그녀가 깜짝 선물이 있다고 했다. 오늘 아침 일찍 일어나 쌩라파엘에 가서 음반을 더 샀어요. 정말 좋은 거, 바흐의 「요한 수난곡」을 구했어요. 그녀는 흥분에 취한 목소리였다. 아, 첫 음 말이에요, 으뜸음 쏠이 세번 반복되는 것만으로도 도입부에 고통과 명상의 분위기가 깔리죠. 이어 파 샤프에 걸린 목소리는 번민에 가득 찬 질문을 던지는 것 같고, 또 그다음에. 그는 밖으로 나가지 못한 채 단지 안에 갇혀 살아야 하는 삶에 의미를 부여하려고 애쓰는 불행한 여인에게 연민을 느꼈다.

— 들어볼까요?

── 물론이지, 들어봅시다.

끔찍한 곡이 끝난 뒤 그는 용기를 내서 '보이 께 싸삐떼'를 듣자고 했다. 그들의 아리아, 두 사람의 사랑을 불러내는 곡을 그가 먼저 청하자 행복해진 그녀가 미소로 고마움을 표했다. 빈의 여가수가 힘차게 노래하는 동안, 그는 그녀를 다시 살아 있게 하기 위해 또 무엇을 짜내야 할지 고민하면서 음반을 듣고 있느니 지금 이 순간 공사나 대사가 되고 싶었다. 그러면 그녀는 대사의 아내가 되어 사람들이 바치는 어리석은 존경을 누리며 행복할 수 있을 텐데. 물론 쓸모없는 수많은 자리 중 하나인 대사로 사는 것은 의미 없고 처량하기까지 하다. 하지만 정말로 그렇게 생각할 수 있으려면 우선 대사여야 한다. 대사가 아닐 때는 대사인 것이 중요하다. 모차르트의 아리아가 끝나자 그는 이 곡은 정말 부드럽고, 사랑 때문에 가슴 아파하는 듯한 느낌이 좋다고 말했다. 사실 자기가 무슨 말을 하고 있는지조차 잘 몰랐지만, 어차피 내용은 중요하지 않았다. 그녀에게 중요한 것은 그 말을 할 때의 억양이었다.

── '보이 께 싸삐떼'를 한번 더 들읍시다. 그는 내친김에 한번 더 인심을 쓰기로 했다. 그녀가 즉시 일어서는 것을 보면서 그는 발작적으로 튀어나오려는 처량한 웃음을 간신히 억눌렀다.

축음기 태엽을 감고 나서 침대에 누운 그녀가 그를 바라보았다. 그는 행동을 시작했다. 코가 길고 눈가가 거무스레한 그가 그들이 함께하는 삶의 비참함을 뼈저리게 느끼면서 그녀 옆에 누웠고, 그들의 국가인 모차르트의 아리아로 가슴속에 감정을 채워넣은 그녀는 자신이 경이로운 연인을 사랑하고 있음을 절감하며 가슴이 뭉클했다. 그때 여가수가 갑자기 바리톤의 목소리로 그들의 사랑이 무엇인지 노래하기 시작했다. 뭔가 토하려는 것 같기도 하고 육중한 우수에 짓눌려 절규하는 것 같기도 한 목소리였다. 아리안은 태엽을 덜 감은 것 같다며 미안해했다. 그가 재빨리 기회를 낚아채 그녀를 만류하며 몸을 일으켰고, 축음기의 태엽 손잡이를 용수철이 끊어져버릴 정도로 가혹하게 돌렸다. 그가 미안하다고, 정말 유감이라고 말했다. 잘 해치웠다. 짐승이 죽었다.

다시 그녀 곁에 누운 그는 할 말을 찾지 못했다. 말을 하게 만들까? 그랬다가는 또 어린 시절의 추억과 짐승들 얘기를 들어야 할 것이다. 제일 실용적인 방법은 그녀를 갖는 것이다.

됐다 그녀를 가졌다 그녀는 잠들었다 이제 내 얘기만 하면서 혼자 시간을 보낼 수 있다 그렇다 오직 나만을 위한 작은 극장 그가 여인숙의 식당을 잔디용 롤러로 비질한다 하지만 아침식사 시간이다 빨리 식탁으로 오라고 종을 친다 놀라서 달려간다 신나게 암소에게 전화를 걸면 암소도 금방 달려온다 수줍음 많은 브뤼네뜨를 위해 요령 있게 젖을 짠다 밀크 커피에 설탕을 넣는다 손가락 사이의 설탕 조각들 나비들 그의 주인 여인숙 주인 여로보암이 성경책을 들고 온다 18절의 구절에 감명받아 샤를로[10]에게 발길질을 한다 샤를로는 버터 바른 빵을 낚아채 삼켜버리고 중절모를 눈까지 눌러쓰고 에스빠냐 귀족처럼 거만하게 구멍 난 장갑을 낀다 그러고는 거드름 떨면서 오리처럼 뒤뚱거리며 길을 나선다 유쾌한 곤봉으로 무장한 고적대장 공중 곡예사 그는 여로보암의 소들을 밀친다 걸음을 멈춘다 저기 경계석에 걸터앉아 편지를 읽는 낯선 남자가 거슬린다 남자가 샤를로에게 욕을 하고 샤를로는 인사를 하고

---

10 익살꾼이란 뜻이 있으며, 프랑스인들이 찰리 채플린을 부르던 애칭이기도 하다.

깡충깡충 뛰고 상냥하게 어깨를 들썩이며 길을 간다 암소들이 어디 있을까 암소들을 찾느라 나무 뒤 장미나무 뒤를 본다 그러다가 꽃들이 환하게 피어난 아침나절의 감흥에 젖어 매력적인 왕자가 되어 패랭이꽃을 입에 물고 춤을 춘다 투박한 군화를 신어야 해서 짜증이 난 왕이 되어 춤을 춘다 봉오리 진 장미 같은 이 아가씨 저 아가씨에게로 날아간다 검은색 요정 장난감이 되어 춤을 춘다 마음을 다 바쳐 다리를 들고 사악한 인간들 틈에서 길 잃은 암소들은 잊어버린다 오 메리의 집에 있는 것이 지겹다 곱슬머리를 휘날리며 미친 듯이 날아다니며 잊을 수 없는 사랑의 한시간을 보낸다 연회에서 노래하는 테너 가수 목이 뻣뻣해지도록 세레나데를 부르고 감미롭게 시시덕거린다 별생각 없이 연인의 브로치를 훔치고 하지만 여로보암이 나타난다 샤를로는 콧수염에는 용기를 엉덩이에는 두려움을 달고 정신없이 도망친다 그사이 덕스러운 분노로 격앙된 주인이 조카딸 메리에게 채찍질을 한다 메리는 발버둥친다 그녀의 치마가 흘러내린다 속바지도 흘러내린다 미칠 듯이 화가 난 여로보암이 여인숙으로 돌아와 더 세게 채찍질을 한다 샤를로는 고통을 원대한 소명으로 덮어버리고 파리를 잡는다 신비로운 일꾼 일초에 한번 한마리를 잡는다 임무를 완수한다 의무를 수행하는 성스러운 겸손의 중력이 후광처럼 퍼진다 눈을 내리깔고 의무를 띤 인간이 파리를 초롱에 넣는다 침착하게 이두박근을 확인한다 그러고는 좋아한다 남자 하나가 다쳐서 실려 온다 헌신에 취한 샤를로가 젊은 남자의 시계를 꺼내 들고 수은이 내려오도록 흔든다 그러고는 시계를 고운 치아 사이에 넣는다 그러고는 의사처럼 무언가 궁리하는 얼굴로 기절한 남자의 맥박을 잰다 하지만 다음 날 메리는 다쳐서 실려 온 부자의 각반과 촛대 날린 시펭이에 미음을 빼앗긴다 남자는 소맷부리에서 톡톡한 실크 손수건을 꺼낸다 오 불쌍한 샤를로 한 팔꿈치를 돼지기름에 담그고 죽음과도 같은 고통으로 괴로워한다 하지만 여로보암은 그가 고귀한 고통에 빠지는 꼴을 두고 볼 수 없다 자본주의의 발길질이 시작되고 샤를로는 지그재그로 미친 듯이 도망간다 굽이지고 울퉁불퉁한 길에서 망설이면서 넓은 들판을 지나 달린다 그러다 갑자기 놀라운 생각이 떠오르고 얼굴에 진지한 미소가 번진다 그가 갑자기 얼룩나비처럼 날아가는 모습이 너무도 귀엽다 튀니지 여인처럼 화장을 한 눈이 너무도 예쁘다 머리카락은 가벼운 햇살을 받아 공기처럼 가볍다 이제 그는 풀 먹여 세운 목깃 때문에 고생스러운 모닝코트 차림이다 그렇게 우아하게 차려입고 부정한 여인의 마음을 되찾으러 간다 훌륭한 각반 양말의 코가 풀리고 풀린 실들이 이 길 저 길 늘어진다 순진하고 참을성 있는 그가 헝클어진 실이 족쇄처럼 휘감긴 한쪽 다리를 들어 올린다 건들거리는 온화한 댄디 그의 꿈속에 폴리스맨 복장의 천사들 날개 달린 복서들이 나타난다 오 숭고한 광기에 젖어 발의 족쇄도 잊어버린 그가 줄기차게 이상주의의 각반을 들어 올린다 메리를 유혹하기 위해 현혹하기 위해 진지한 표정으로 누더기 같은 소맷부리에서 구멍 난 손수건을 꺼낸다 하지만 끝에 촛대가 달린 감동적인 지팡이를 보고도 메리는 꿈쩍하지 않는다 샤를로는 그녀를 바라보고 이유를 깨닫는다 콧수염이 뻣뻣해진다 고통 그리고 영리한 유대인의 미소 왼쪽 콧구멍이 벌어지고 고통에 젖어 의기소침한 입가가 올라간다 고독한 잰걸음으로 밖으로 나가 모닝코트에 붙은 옷엣니 한마리를 잡아 애무하고 특사를 베풀어 풀어준다 순경이 평온하게 위험하게 등 뒤로 두 손을 살살 흔들며 다가온다 샤를로는 자신의 결백을 보여주려고 손톱을 문지르지만 사회질서의 수호자는 멍청한 왕자를 향해 돌진한다 멍청한 왕자는 인사를 하고 에스빠냐 무용수처럼 공중에서 발을 엇갈고 곡예에 성공한 곡마사처럼 고개 숙여 인사하고 도망친다 체면을 챙기느라 버릇처럼 순경의 다리를 걸어 넘어뜨리는 것도 잊지 않는다 다음 날 샤를로의 개가 나뽈레옹 금화 1000달러가 들어 있는 지갑을 물고 온다 샤를로는 개처럼 형편없는 그의 삶을 잘 아는 술집에 들어간다 백만장자의 두 손가락으로 도도하게 담배를 만다 이마는 니체를 닮았다 연달아 한잔 또 한잔 포트와인을 마신다 급행으로 마시기 점점 빨리 날아오는 주먹을 맞는 것과 같다 이어 노래하는 순진한 여자를 향해 매혹적이고 튼튼한 치아를 드러낸다 이제 행복한 남자와 그의 여자가 신혼여행을 떠난다 순진한 여자의 남동생 셋이 따라오고 과부 두명과 갑부가 된 샤를로가 입양한 고아 다섯명도 따라온다 꿈속에서처럼 배가 가라앉았다가 다시 떠오른다 샤를로는 뱃멀미에 시달리면서 접혔다 펴졌다 하는 갑판 의자의 비밀을 알아내려고 애쓴다 착한 마음으로 긴 의자를 부드럽게 접었다 폈다 돌린다 꿈꾸는 듯한 얼굴로 재조립했다 분석한다 마디로 접히는 긴 의자는 고립된 선량한 사람들에겐 너무 복잡하다 마침내 결코 이해할 수 없음을 이해한 그가 다음 날 그를 기다리고 있는 초인간적인 노동을 깨닫는다 그는 정교한 기계장치를 바다에 던져버린다 다음 날 목동 모자를 쓰고 들판으로 돌아간다 검지로 씨를 뿌리고 땅에 구멍을 파고 구멍마다 밀알을 넣고 정성껏 두드리며 흙을 덮고 뒤로 물러서서 예술적으로 감상한다 하지만 규칙의 수호자들이 와서 중요한 노동을 하고 있는 그의 목깃을 잡고 들어 올린다 그렇게 발을 버둥거리며 여로보암이 주재하는 공안위원회[11]로 끌려간다 판사들이 쓸모없는 인간이라며 사형선고를 내린다 그가 감사 인사를 한다 사악한 아카데미 회원 둘이서 그를 늙은 말이 끄는 수레에 태우고 단두대로 데려간다 여로보암은 말 안 들으면 어떻게 되는지 보라며 두 아들을 데리고 온다 샤를로는 여로보암에게 용서하겠다고 다정하게 말한다 죄수는 아름다운 눈을 들어 하늘을 본다 체면을 차리느라 한숨을 내쉰다 그러고는 말에게 작별의 키스를 한다 주머니 기압계를 확인한다 사형집행인에게 입을 맞추며 자기 앵무새 두마리를 맡아달라고 부탁한다 그런 다음 동정녀의 미소를 띠고 형 집행 장치 쪽으로 걸어간다 단두대의 날이 휙 소리와 함께 아름다운 머리를 자른다 머리가 바구니로 굴러떨어지며 여로보암의 금발 아들에게 다정하게 윙크를 한다 이제 그녀가 움직인다 그녀가 눈을 뜬다 나를 바라보고 미소 짓고 다가온다 무얼 하려는 걸까 모르겠다 외출하자는 걸까 아마도 아닐 것이다 비가 올 것이다 조심할 것 어린 시절의 추억들이 쏟아질 수 있다 그렇다 다시 그녀를 갖자.

  그녀는 몇차례 탄성을, 늘 똑같은 탄성을 내질렀고, 이어 다정하게 소감을, 늘 똑같은 소감을 말했고, 그런 뒤에 축축한 알몸으로 그에게 기대 살짝 잠이 들었고, 그렇게 그녀가 잠든 사이 그는 하루 동안 한 일들을 머릿속으로 정리해보았다. 기상, 목욕, 면도, 모차르트 아리아의 소환, 그녀 방으로 입장, 키스, 고귀한 실내복 차림으로 아침식사, 키스, 문학과 예술에 대한 대화, 첫번째 교접, 사이사이 사랑의 확인을 동반한 특수한 탄성, 다정한 소감, 휴식, 두번째 목욕, 실내복 갈아입기, 음반, 라디오 음악, 그녀의 책 읽기, 음

11 프랑스혁명기 국민공회의 통치 기구로, 로베스삐에르의 주도하에 공포정치를 시행했다.

반, 키스, 응접실에서 점심식사, 커피, 북극해를 항해하는 선단, 이어 침대 아래 승마복을 치운 뒤 교접 제2탄, 헛소리를 주고받은 뒤 교접 제3탄. 잠든 그녀를 바라보며 그는 조용히 '성교하다'라는 단어를 과거형으로, 현재형으로, 그리고 안타깝게도 미래형으로 바꿔보았다. 접속법¹²으로 바꾸려 할 때 그녀가 갑자기 깨어나 그의 손에 키스를 했고, 당혹스러우리만치 흔들림 없는 믿음으로, 그에게서 나올 반응을 기다리며, 그를 바라보았다.

— 이제 뭐 할까요, 그대?

할 게 뭐가 있단 말인가! 오로지 서로 사랑하는 것뿐이다! 그가 마음속으로 절규했다. 주네브에서는 이런 끔찍한 질문이 필요 없었다. 함께 있기만 하면 충분히 행복했다. 그런데 지금 그녀는 이제 뭘 먹여줄 거냐고 묻고 또 묻는다. 그녀를 다시 가질까? 욕망이 일지 않는다. 사실 그녀도 그럴 것이다. 다정한 말을 해줄까? 무슨 말을 해도 화들짝 기뻐하는 일은 없을 것이다. 그래도 시도해보자.

— 사랑하오. 그가 다른 날과 똑같은 사랑의 하루인 그날의 말을 한번 더 보탰다.

그녀는 감사의 눈길로 그의 손을 잡았고, 키스를, 살짝 입을 대는데도 신기하게 큰 소리가 나는 키스를 했다. 바로 이 말, 이 똑같은 말에 리츠에서는 행복에 취했는데, 지금 그녀는 배 속에서 울리듯 큰 소리가 나는 하찮은 키스로 답한다.

밖에는 누구에게나 공평한, 쉬지 않고 내리는 비가 그들의 불행을 노래했다. 사랑의 둥지에 갇혀버린, 영원히 사랑의 노동을 벗어날 수 없는 그들은 나란히 누워 아름다웠고, 다정했고, 서로 사랑했

---

12 프랑스어 동사 변화에서 일반적으로 쓰이는 직설법과 달리 감정 상태나 추측, 불확실성 등을 표현할 때 사용된다.

고, 아무런 목적이 없었다. 목적이 없다는 것. 어떻게 해야 무감각 상태를 벗어날 수 있을까? 그는 아무것도 할 수 없다는 기분을 사랑하기 위해 그녀를 힘껏 껴안았다. 그녀가 몸을 웅크리며 그의 품으로 파고들었다. 이제 무엇을 할까? 추억과 생각과 공통된 취향이라는 실로 고치를 짓는 일은 이미 오래전에 끝났다. 관능의 고치도 마찬가지다. 육체적인 것이 소진되는 데는 그리 오랜 시간이 필요하지 않다. 인생을 건 남자의 품에 안긴 그녀는 다시 몸을 웅크렸고, 그는 연민으로 고통스러웠다. 그는 아직 그녀의 질문에 대답하지 않았고, 그녀는 차마 다시 묻지 못했다. 아, 지금 이 순간 필요한 것은 바로 리츠에서 그들이 함께했던 두시간 동안의 금지된 사랑이다! 그녀가 두근거리는 심장과 파르르 떨리는 속눈썹으로 아무도 몰래 그를 찾아왔고, 6시에는 무조건 돌아가야 한다는 것을 알았기에 고통과 함께 삶의 기쁨이 있었다. 아, 그때는 이제 무엇을 할 거냐고 물을 일이 없었는데!

─그대, 비가 좀 잦아들었나봐요. 밖에 잠깐 나가볼까요? 건강에 좋을 거예요.

지금이 주네브라면, 여전히 아드리앵 됨과 살고 있다면, 두시간 뒤에 꼴로니로 돌아가야 한다면, 이럴 때 건강을 위해 산책을 하자고 했을까? 아니다, 마지막 일분까지 그에게 달라붙어서 한시도 지루하지 않게 생기가 넘칠 것이다! 그러다가 꼴로니로 돌아가면 불쌍한 됨에게 잔뜩 심술을 부릴 것이다! 모든 것을 아주 가끔 힘겹게 만날 수 있는 연인 안에 결정화할 테고, 다시 만날 날을 기다리며 그렇게 할 것이다. 그리고 다음 달에 남편이 출장을 가면 사흘 동안 연인과 함께 아게로 떠날 기대로 환희에 젖을 것이다! 미리 그 사흘의 시간을 소중하게 돌보며, 남편과 함께 지내야 하는 음울한 저녁 동안에 바로 그 사흘을 어루만질 것이다. 하지만 지금 남편은 바로 나다. 아기한테 하듯 소리 내서 볼에 키스를 해줘야 하는 남편. 때로는 남편한테 하듯이 말하기도 한다. 언젠가 전처럼 두통이 난다고까지 말하지 않았는가.

— 아래서 사람들이 춤추나봐요. 그녀가 말했다.

— 그렇소, 춤추는군.

— 음악이 참 천박해요.

— 그렇군. (함께하지 못하는 슬픔 때문에 자기가 할 수 있는 방식으로 복수하고 있다, 그가 생각했다.)

— 라운지에 안내문이 붙었어요. 잠시 침묵이 흐른 뒤 그녀가 말했다. 이제부터 매일 오후에 춤을 춘대요.

— 그렇군.

그가 코끝을 매만졌다. 그녀는 호텔에서 일어나는 일을 모두 알고 있다. 금지된 세계에 대한 관심을 내려놓지 않았고, 다른 사람들과 함께하는 관계의 양분을 원하는 것이다. 왜 안 그렇겠는가, 가련한 여인이여. 불행한 여인, 그대가 옳다. 라운지에서 그녀가 마치 제과점 진열장 앞에서 먹고 싶은 욕심을 억누르듯 입을 살짝 벌리고 선 채 안내문을 쳐다보는 모습이 떠올랐다. 그는 그녀의 두 뺨에 키스를 해주었다. 고마워요. 그녀가 말했고, 그 의미 없는 고마워요가 그를 고통스럽게 했다.

— 어때요, 우리도 내려갈까요? 당신하고 춤추고 싶어요.

그렇다, 이거다! 그녀는 사회적인 것에 굶주려 있다! 정말 나와 함께 춤추고 싶은 거라면 여기서, 방 안에서, 빌어먹을 축음기를 틀어놓고 빙빙 돌면 되는 것 아닌가? 그렇다, 그녀는 나 아닌 다른 사람들이 필요한 것이다! 다른 사람들을 보고 싶고 다른 사람들이 사기를 봐주기를 원하는 것이다! 주네브에서는 황홀해하면서 나와 단둘이 무인도에 가겠다고 했으면서! 그 얘기를 꺼내려다 그만두었다. 괜히 그녀의 마음속에 불씨만 지피고, 결국 그녀는 눈앞에 있는 연인이 필요하고 충분한 최고의 조건이 아님을 깨닫게 될 거다. 어떤 진실은 혼자만 알고 있는 편이 낫다.

내려가서 춤을 출까? 아래 모인 사람들에게는 춤추는 것이 합법적인 성적 유희이고, 온전히 사회적인 삶 속에서 맛보는 위안일 수 있다. 하지만 그들은 어떤가? 이미 셀 수 없을 만큼 여러번 몸을 섞어놓고 이제 와서 몸을 비벼대다니! 말도 안된다. 어차피 할 수도 없다. 밑에는 포브스 부부가 있고, 사회적인 것이 있다. 포브스 사건은 그저께였다. 이미 이틀, 그 빨간 머리가 수많은 동족에게 소식을 다 퍼뜨렸을 테니, 모두 알고 있을 것이다. 당연히 아래 있는 인간들은 어리석고 천박하다. 그는 옛날에 알던 사람들을 만나지 않기 위해 일부러 평범한 부르주아들이 애용하는 이 호텔을 골랐다. 옛날에는 이런 하층민들과 어울릴 생각조차 하지 않았지만, 그럴 수 없게 되니 그런 범속한 인간들이 중요하고 탐나는 존재, 고귀한 신분이 되었기 때문이다.

그가 그녀 쪽으로 고개를 돌렸다. 그녀는 기다리고 있다, 얌전히 복종하면서. 계속 기다리고 있다, 강경하게 요구하면서. 난 그대가 원하는 일이라면 무엇이든 할 수 있어요, 하지만 난 행복을 원해요. 자, 파티를 즐기게 해줘요. 뭐라도 만들어내봐요. 내가 이 사랑을 얻느라 인생을 망친 게 아니라는 것을 증명해줘요.

시들어가는 그녀를 붙잡으려면 무엇을 해야 할까? 이미 몇주 전부터 그의 앞에는 훨씬 더 중요한 일이 놓여 있는데, 겨우 그녀가 지루해하지 않게 하는 방법, 아니 스스로 지루하다는 것을 느끼지 못하게 하는 방법을 찾는 일에 몰두하다니. 오늘은 어떤 먹이를 줄까? 또 깐에 가서 옷을 사고 또다른 대용품들을 구할까? 어쩌면 그녀도 곧 지겨워질 것이다. 포브스 부인과 나누는 멍청한 대화를 대신할 수 있는 것은 없다. 지난번에 이미 써먹은 대로 지루하다고 말할까? 하지만 그녀의 눈물을 볼 용기가 없다.

—뭘 생각해요, 그대?

—베르사유조약[13]을 생각하고 있었소.

—아, 미안해요.

그는 입술을 깨물었다. 저 존경의 표정은 뭔가! 연인이 이런 순간에 그런 말도 안되는 멍청한 일을 생각할 수 있다고 믿고 그래서 존경하는 멍청한 여인이여! 도대체 왜 저리 공손한가? 형편없는 인간들의 머리에서 나온 그 조약이 사회적인 것에 속하기 때문이고, 내가 아직 그 어릿광대 사무차장이라고 믿고 있기 때문이다. 1년 휴가보다 좀더 그럴듯하게 들릴 것 같아서 18개월 동안 휴가를 얻었다고 했을 때 그 말을 그대로 믿어버린 정직한 프로테스탄트 여인이여.

밑에서 들려오는, 모두 하나가 된 기쁨을 노래하는 음악 소리는 끔찍했다. 이곳 아게에 처음 온 날 저녁이었다면 그녀는 저런 음악 소리에 신경도 쓰지 않았을 것이다. 물론 여전히 신의를 저버리지 않은 그녀의 가련한 의식은 진실로 그를 사랑하고, 오로지 그만 있으면 되고, 오로지 그에게서 나오는 것만을 기다리고 있지만, 그녀의 무의식은 부족 전체가 즐기는 축제의 북소리를 갈망하고 있다. 자신의 갈망을 미처 깨닫지 못하고 그대로 눌러버리는, 사랑의 감

....
13 제1차세계대전이 끝난 뒤 연합국과 독일이 맺은 조약으로 독일의 배상의무와 함께 영토 축소, 군비 제한 등을 규정했고, 국제연맹 설립안이 포함되었다.

옥 속에 가둬버리는 가련한 여인. 그녀를 겁탈해볼까? 좋아할지도 모른다. 오 그런 처연한 모험이 또 있을까? 오 그런 불명예가 또 있을까? 오 주네브 시절, 한시라도 빨리 보고 싶고, 단둘이 함께 있는 것이 그토록 기쁘던 시절! 끔찍해라, 저기 아래 서로 들러붙은 인간들이 내지르는 웃음, 위로 올라오는, 그래서 그녀가 듣고 있는 웃음, 연인의 고독을 환기하는 끔찍한 웃음. 자, 빨리 대용품을 찾자!

— 극장에 갑시다.

— 좋아요! 그녀의 목소리가 높아졌다. 우선 눈을 감아요, 빨리 옷 갈아입을게요.

그는 눈을 감았다. 지금은 한낮, 정숙한 수줍음의 시간이다. 사랑스러운 여인, 선의 가득하고 순식간에 환하게 행복해지는 여인. 하지만 주네브 시절, 작은 거실에서 단둘이 감미로운 시간을 보내고 키스를 하고 서로 바라보며 끝없이 이야기를 이어가던 그 시절이라면 그가 밖으로 나가 극장에 가자고 할 때 그녀는 화를 냈을 것이다. 아게의 쏠랄은 주네브의 쏠랄에게 그녀를 빼앗겼다.

쎙라파엘로 가는 택시 안에서 그녀가 손을 잡았고, 몇차례 실크 커프스에 살짝 입을 맞췄다. 변화를 향해, 사랑이 아닌 다른 것을 향해, 사회적인 것과 유사한 것을 향해 가게 돼서 좋은 것이다. 그리고 다른 것, 더 형편없는 것이 있다. 지금 도톰한 실크 커프스에 입을 대고 멍청하게 쪽쪽거리고 있는 이 여인은 사실 우아함, 즉 부, 즉 사회적 영향력, 결국 힘에 키스하고 있는 것이다. 물론 이 말을 들으면 비명을 지르며 영혼을 들먹일 것이고, 지금 입을 맞추고 있는 화려한 실크 커프스가 쏠랄의 영혼의 한토막임을 이해하지도 받아들이지도 못할 것이다. 고귀함은 넘치고 지능은 충분치 않다.

그래서 다행이다. 그렇다, 스스로 깨닫지 못하고 있지만 그녀는 연인을 사랑하면서 사실은 사회적으로 힘 있는 자를, 사회적으로 성공했고 앞으로도 성공할 자를 사랑하고 있다. 대사의 아내가 되기를 죽도록 갈망하는 그녀의 무의식, 모든 무의식이 그렇듯이 속물적인 무의식. 이전과 달라진 쏠랄에게 재앙 있으라. 그는 커프스를 거칠게 잡아당겼고, 찢겨 늘어진 실크 조각을 보며 미소 지은 뒤 그것을 눈에 가져다 댔다.

— 그대, 왜 그래요? 그녀가 겁에 질린 얼굴로 물었다.

— 난 유대인이오. 그가 폴란드 유대인의 억양으로 말했다. 그래서 파괴적이라오, 아주 파괴적이지.

하지만 그녀가 너무 놀라지 않도록 그녀의 입술에 한번 더, 그러고도 또 한번 더 입을 맞췄고, 그러면서 그는 남자와 여자 사이에 통용되는 이 방법이 놀라울 정도로 상투적이고 기이하다는 생각을 했다. 택시가 시끄 씨네마 앞에 멈추자 그는 운전수에게 대기하고 있으라고 말했고, 어릿광대 사무차장으로 있는 동안 주식 투자를 해두길 잘했다고 생각하며 야릇한 미소를 지었다. 그나마 돈이 많다는 것이 그의 복수였다. 부랑자, 하지만 돈 많은 부랑자. 매표소의 대리석 카운터 위로 찢어진 실크 커프스가 끌리는 느낌이 좋았다.

땀 냄새와 마늘 냄새가 뒤섞인 좁은 상영관으로 들어선 그들은 좌석에 앉아 기다렸다. 드디어 흔들리기 시작한 낡은 아크등이 점점 희미해지다가 완전히 사라졌다. 시끄럽게 땅콩을 씹는 소리가 울리는 어두컴컴한 상영관에서 그녀가 그의 손을 잡았고, 나지막한 목소리로 괜찮은지 물었다. 그는 순한 말처럼 고갯짓을 하며 좋다고 했고, 그녀는 동시 상영 영화가 시작하는 순간에 바짝 다가앉았다. 미국의 감옥 이야기였다. 교살에 산힌 죄수들. 영화를 보며 그는 서로 간의 서열이 있고 함께하는 생활이 있고 자칭 하나의 사회를 이루고 있는 죄수들이 부러웠다. 그는 자신에게 남은 유일한 사회, 너무도 순결하고 애틋한 여인의 옆모습을 곁눈질로 바라보았다. 하층민들의 발 냄새가 밴 끔찍한 극장에 무엇을 하러 왔는가. 행복을 찾으러 왔다. 고작 냄새나는 이런 곳에 들어와 있는 행복, 딱하기 이를 데 없는 행복을 얻기 위해서 인생을 망친 것이다. 그녀가 손에 힘을 주었다. 사랑하고 있음을 느끼려 하는구나, 그가 생각했다. 그녀가 그의 손을 꽉 잡는 것은 생명이 없는 행위, 그저 예의일 뿐이다. 리츠 이후 첫번째 밤 작은 거실의 창가에서 성스럽게 두 손이 합쳐지던 경이로움은 이제 끝났다.

영화가 상영되는 내내 그는 같은 생각을 되씹었다. 우리는 영원히 욕정에 갇히는 형벌에 처해졌다. 다른 사람들, 영악한 자들은 숨어서 불륜의 사랑을 즐긴다. 장애물이 있고, 만나기도 힘들고, 그래서 희열이 있다. 그런데 우리는, 정신 나간 연인들, 산 채로 사랑에 뛰어들어버렸다. 더 합당한 방식을 택해서 비난을 피하는 영리한 연인들도 있다. 여자가 어떻게든 먼저 이혼을 하고, 그런 뒤에 지난 일에 어떻게 대처해야 할지 알게 된 모든 이에게서 인정을 받으며 재혼하는 것이다. 그녀와 결혼을 할까? 이미 불가능하다.

쉬는 시간. 가늘게 떨리던 아크등이 관객석 위로 강렬한 우윳빛 광선을 쏟아내자 현실로 되돌아온 관객들은 강한 빛에 눈을 적응시키느라 힘들어했다. 잠시 후 애교머리를 내린, 기름기 도는 아낙 하나가 초콜릿 하드! 캐러멜! 박하사탕! 하면서 사람들을 깨웠다. 그들은 잡고 있던 손을 놓았고, 거북한 침묵을 피하기 위해 영화에 대해 얘기했다. 너무도 부자연스러운 대화를 나누는 동안 그는 일종의 박탈감에 휩싸였다. 천민들은 모두 자신 있게 재잘거렸고, 초라한 초콜릿 하드를 빨며 하나가 되어 희희낙락하는데, 그 틈에서 오로지 그들만이, 모든 권리를 빼앗겨버린 그들만이 우아하게 나지막한 목소리로 영화에 대해 얘기하고 있었다. 문득 그는 자신이 수치스럽게도 사람들의 주의를 끌까봐 겁먹은 게토의 유대인처럼 목소리를 낮춰 속삭이고 있음을 깨달았다. 그녀 역시 그와 같아져서 비루하게 속삭였다. 그들이 세상에서 쫓겨났음을 불행한 여인의 무의식은 이미 알고 있는 것이다.

그 순간 굴욕감이 무례함으로 변했고, 그는 갑자기 목소리를 높였다. 먹을 것을 파는 여자에게 손짓을 해서 사탕 한봉지를 산 뒤 아리안에게 건네주었다. 아리안은 미소를 지으며 고맙다고 했고, 박하사탕을 고른 뒤 껍질을 벗겨 입에 넣었다. 리츠에서의 눈부시던 춤이 결국 이렇게 되기 위한 것이었다니, 첫번째 밤의 흥분이 결국 이렇게 되기 위한 것이었다니. 좁아터진 더러운 극장 안에서 죽음과도 같은 슬픔을 가슴에 품은 채 분위기와 어울리는 박하사탕을 빨기 위해서, 원을 그리며 춤추던 옛날의 그 미친 아름다운 여인이 주눅이 들고 기가 죽어서, 슬프게 사탕을 빨면서, 아무것도 모르는 체하면서, 사랑하는 여인이여, 조잡하기 이를 데 없는 영화에 대해 말하는 것을 보기 위해서였다니. 이제 초콜릿 하드를 사서 같이 핥아먹으며 좀더 바닥까지 떨어지는 끔찍한 희열에 젖어보자.

극장 안이 다시 어두워졌고, 껍질 벗긴 오렌지들이 풍기는 프롤레타리아의 냄새 속에서 후반부 상영이 시작되었다. 그녀가 다시 그의 손을 잡았고, 스크린 위로 뉴스가 줄지어 지나갔다. 낙타 몇 마리가 카이로의 어느 거리를 도도하게 돌아다니고, 그러다가 프리드리히 거리[14]의 보건소 뒤로 사라지고, 사라진 그곳이 불기둥이 되어 소봉놀이지고, 불기둥이 캘리포니아의 공장을 삼키고, 공장을 태우던 불이 빠리에 내리는 비로 꺼지고, 빠리의 비를 맞으며 랭트랑[15]의 후원을 받는 육상 선수들이 달리고, 우승한 선수는 숨을 헐떡이며 손을 어디다 둘지 몰라 쉬지 않고 미소를 짓고, 바짝 따라다니던 취재기자가 샴페인을 건네고, 히틀러가 짖고, 리우데자네이루에서 흑인 거지들이 장난치며 바로크식 성당 계단을 무릎으로 기어오르고, 슬로모션으로 펼쳐지는 축구 경기에서 음울하게 늘어진 비현실의 세계를 향해 공격수들이 아주 느리고 유연하고 확신에 찬 동작으로 영원히 공을 차 날리고, 육초 안에 판정단의 마음을 얻어야 한다는 생각에 조바심이 난 미스 아칸소는 비극적일 정도로 유혹적으로 보이려 하고, 곧바로 두대의 캐나다 기관차가 부서져 있고, 모로코의 술탄이 리요떼 원수[16]를 영접하기 위해 긴 옷을 걷어올리며 배의 트랩에 오르고, 그 뒤로 무솔리니가 두 주먹을 허리에 얹고 턱을 이마에 닿을 만큼 앞으로 내민 채 으르렁대고, 자동차들이 커브 길에서 미끄러지고, 그곳에서 코흘리개들이 므니에 초콜릿 광고가 박힌 검은 놀이복 차림으로 놀고 있고, 옥스퍼드 팀이 케임브리지 팀을 이기고, 피우수트스키 원수[17]가 늘씬한 루마니아 왕비에게 양옆으로 길게 늘어뜨린 콧수염을 숙이며 인사하고, 프랑스의 장관 하나가 얼굴을 실룩이며 벨벳 쿠션에 훈장을 달고

---

14 베를린 중심의 거리.

15 1880~1940년에 간행된 빠리의 일간신문 『랭트랑지장』(*L'Intransigeant*, '타협을 거부하는 자'라는 뜻)을 줄여 부르던 말. 드레퓌스사건 당시 반유대주의 입장의 선봉에 섰고, 1920년대 이후 우파를 대표하는 신문이 되었다.

16 Hubert Lyautey(1854~1934). 프랑스의 군인으로, 모로코가 프랑스 보호령이 되었을 때 초대 총독이었다.

17 Józef Piłsudski(1867~1935). 폴란드의 군인이자 정치가로 폴란드 독립에 공헌했다.

나서 우산을 받쳐 든 채 쟁쟁거리며 짜증스러운 연설을 하고 있다. 그런데 그는, 역시 장관이기도 했던 그는, 지금 이곳에서 박하사탕을 빨고 있다.

이어 첫번째 본영화가 시작되었다. 그녀가 다시 손을 잡았다. 우리는 물에 빠져 허우적거리며 서로를 붙잡고 있구나, 그가 생각했다. 그들은 호텐토트족[18]처럼 두껍고 무시무시한, 거대한 촌충의 빨판 혹은 바다 괴물의 주둥이 같은 입술을 가진 어느 스타 여배우의 고깃덩이를 감상했다. 그 젊은 여배우에게 세계적 명성을 안겨준 첫번째 재능인 거대한 유방, 그 10킬로그램의 기름덩이. 몇분이 흐른 뒤 그가 일어섰고, 작은 돼지 같은 여배우가 그녀의 두번째 재능인 푹신한 엉덩이를 보여줄 즈음 그들은 극장을 나섰다.

─호텔로 가서 춤을 춥시다. 그가 택시에 타자마자 말했다.

그녀가 바싹 다가앉았다. 리츠에서처럼, 첫번째 저녁처럼, 그녀가 생각했고, 다시 그의 손을 잡아 입술로 가져다 댔다. 그 순간 그는 영원히 함께해야 한다는, 하지만 서로 사랑하는 것 외에는 아무것도 할 수 있는 게 없다는 저주를 되씹었다. 혼자 다른 곳으로 옮겨가서 일주일에 한번만 만날까? 그렇게 재회의 기쁨을 누리게 해줄까? 하지만 그는, 그리고 그녀는, 나머지 엿새 동안 무엇을 한단 말인가.

루아얄 호텔의 홀에서 그들은 다른 커플들 속에 섞여 춤을 추었다. 오케스트라가 음악을 멈추면 그들은 조용히 고귀하게 테이블로 돌아가 앉았지만, 사회적인 것을 간직한 다른 이들, 그러니까 서

---

18 아프리카 남부 지역의 종족.

로를 알고 또 공개적인 불륜의 연인이 아닌 이들은 함께 모여 떠들었다. 다시 음악이 시작될 때마다 공증인회 혹은 견직업회 혹은 군대에 속한 남자들, 탈장과 정맥류 궤양에도 불구하고 우아한 남자들이 등기소나 법원에서 일하는 남편의 아내들에게 다가가서 함께 춤추는 영광을 베풀어달라고 청했다. 턱에 수염 같은 털이 난 여자들도 순결한 처녀처럼 청을 받아들이며 매혹적인 자태로 일어섰고, 기품 있는, 정숙한, 우수에 젖은 미소와 함께, 인정된 방식으로, 미안하지만 추지 않겠다고 말하는, 하지만 호의에 감사하는, 나무랄 데 없는 사랑스러운 여자들도 있었다. 모든 여자가 춤추자는 청을 받았다. 아리안 꼬리장드 까상드르 도블만이 예외였다.

— 머리가 좀 아파요. 여섯번째 춤을 추고 난 그녀가 말했다. 이제 그만 올라가지 않을래요?

그들은 일어서서 홀을 나왔다. 승강기를 기다리던 그녀가 라운지에 가서 잡지책을 좀 보지 않겠냐고 물었다. 『보그』를 한번 훑어보고 싶다고 했다. 그녀는 방으로 돌아가서 다시 단둘이 갇혀 지내는 일이 두렵지만 스스로 깨닫지 못하는 것이다. 그가 그러자고 했고, 그들은 잡지들이 놓인 테이블에 앉았다. 그녀는 손을 잡아달라고, 나에겐 당신이 전부라고 나지막하게 말했다. 맞는 말이다, 그가 생각했다. 나에게도 그녀가 전부다. 하지만 그게 무슨 소용이란 말인가.

그들이 앉은 곳의 반대편에 옆으로 퍼진 오만한 부르주아 여자 열명이 잔뜩 멋 부려 차려입은 모습으로 안락의자를 참호 삼아 엉덩이를 붙이고 있었다. 모두들 맹렬하게 뜨개질을 하면서 둘씩 짝을 지어 대화에 열중했다. 늙은 파르카[19]들의 손과 입이 인정사정 없이 작동했고, 어느 누구도 자신에게 그럴 권리가 있다는 데 대해 작은 의심조차 품지 않았다. 뜨개질하는 여인들이 그들을 힐끗거렸고, 그들은 고개를 숙인 채로 잡지를 읽었고, 계속 읽는 척하면서 손을 잡았고, 저기 여자들이 불러주는 이중창, 서로 뒤섞이고 또 음악 소리에 뒤섞인 채, 흩어지고 토막 난 채, 길고 긴 위령성가처럼 이어지는 강렬한 속삭임에 귀를 기울였다.

프랑스군의 최고권자인 원수님을 겨우 3미터 거리에서 보게 되다니 눈물이 날 것 같더군요 류머티즘이 재발했죠 꼭 추위 때문이라기보다는 공기 자체가 으슬으슬하잖아요 영국인들은 도무지 예측할 수가 없어요 어쨌든 밖보다는 안에 있는 게 좋네요 정말 운이 좋으신 거예요 프랑스 원수님이 우리가 보고 싶다고 볼 수 있는 분은 아니잖아요 겨우 3미터 거리라니요 세계 금융이 전부 공산주의자들에게 넘어갔다잖아요 알 만한 사람은 다 아는 사실이죠 이제 안뜨기로 네코예요 원수님 눈에서는 광채가 나더군요 정말 놀랐어요 내 삶에서 가장 아름다운 순간이었죠 그러니까 전부 외국인인 거죠 1914년에는 포도 1킬로그램이 20쌍띰이었는걸요 세속을 초월한 듯한 눈빛인 걸 보면 명예를 중시하는 분일 테죠 더구나 이젠 찾아보기도 힘든 포도죠 이제 겉뜨기로 여섯코예요 그뿐 아니라 통솔력이 있고 그러면서도 더없이 선량한 분 같았어요 레스토랑에서 3프랑 혹은 3프랑 50쌍띰이면 꽤 먹을 만한 게 있답니다 포도주는 무제한이고요 남편분도 그때 원수님과 함께 계셨나요 오늘 저녁 메뉴는 뭐가 나올까 모르겠네요 아니요 그래서 무척 아쉬워했답니다 지난번처럼 다 늙어빠진 닭은 안 나왔으면 좋겠는

19 그리스신화에서 인간의 운명의 실을 관장하는 세 여신, 물레 주위에 둘러앉아 실을 잣는다.

데 아주 좋은 분들이랍니다 갑자기 해가 나네요 날씨가 미쳤나봐
요 세상에 이젠 계절도 이상해지네요 할 수 없죠 호텔 음식이 좋아
봐야 얼마나 좋겠어요 우리하고 자주 만나는 사이랍니다 세상에
또 틀렸네요 안뜨기가 여섯코인데 내가 왜 자꾸 이러나 몰라 아무
리 그래도 그 정도 가격이면 먹을 만한 닭을 내올 수 있죠 낮이 점
점 짧아지네요 그분들이 아무나 초대하진 않거든요 어쨌든 봄이
오려나봐요 다들 좋아하고 영향력도 상당하죠 가까이서 묻는 아
니 모시는 게 기쁨이죠 어차피 다 풀어버려야겠네요 바늘을 잘못
썼어요 요즘 자꾸 말실수를 해서 놀라게 되네요 전 껍질이 바삭거
리는 닭고기가 제일 좋아요 애들 옷을 뜰 때 소매는 늘 위부터 시
작하죠 그러면 혹시 짧다 싶어도 언제든지 늘일 수 있거든요 훌륭
한 발명은 늘 우리나라 사람이 하는데 그걸로 물건을 팔아 돈을 버
는 건 다른 나라에서 하다니 말하기 좀 그렇지만 제가 변비가 있답
니다 유대인들 때문이죠 전 봄에 여름 니트를 뜨기 시작하고 겨울
니트는 여름에 시작해요 그러면 필요할 때 확실하게 준비되어 있
잖아요 맞아요 늘 다른 나라 좋은 일만 하는 거죠 체계적으로 대응
할 필요가 있어요 세계를 쥐락펴락하는 금융가들이 모두 외국인이
죠 미망인이 된 지 여섯달도 안됐는데 상복 베일을 벗었다네요 끔
찍한 건 농부들이 시골을 떠난다는 거예요 유대인들 때문이죠 그
때 원수님은 뭘 하셨나요 다들 공장으로 모여들어요 유대인들 때
문이죠 미소 띤 표정이 무척이나 너그러우신 분 같더군요 극장도
있죠 훌륭한 군인이 진실한 신자가 아닐 수는 없어요 전 저런 현대
식 춤은 정말 싫어요 아름다운 파란 눈을 가진 사람은 무조건 충직
하답니다 정부가 나서서 그들을 추방해야 해요 유대인은 절대 안
바뀐다고요 아무리 말해도 소용없어요 도대체 정부는 뭘 하고 있

는 걸까요 어린 소녀를 안아주시는데 선하기 이를 데 없고 더구나
어찌나 소박하시던지요 생각만 해도 소름이 끼치는 종족이죠 영국
공사님 연설에서 좋은 얘길 많이 들었답니다 관록이 묻어나더군
요 전 '일 두체'[20]가 좋아요 용맹스러워 보이잖아요 뛰어난 사람이
죠 그러면서 농담도 잘하시는걸요 그 아내도 아주 좋은 분이죠 기
품이 넘치고요 그래요 내외가 모두 훌륭해요 여기 있는 어떤 사람
들하고는 다르죠 누구 얘긴지 알겠네요 마드무아젤도 우리와 같은
디저트를 고르더라고요 전장에서 죽었죠 그 어머니에겐 그나마 위
로가 됐을 거예요 전 군가를 들으면 저절로 가슴이 뛴답니다 그 매
형 되는 사람이 전몰비를 만들었어요 미술을 전공했거든요 전쟁
은 사람의 진가를 드러내죠 보통 사람들은 명령에 따르면서 살 수
밖에 없어요 전 늘 그렇게 생각해요 다른 나라에 인정받는 게 중요
하죠 드레퓌스는 분명 반역을 저질렀어요 다 아는 일이잖아요 앙
리 대령이 장교의 명예를 걸고 말했고요 그거면 됐죠 대령인데 허
투루 말했을 리가 없잖아요 왜 주저하는지 모르겠어요 우리 아들
은 타락한 예술이라고 부르더군요 우리가 너무 잘해줬어요 슈바
이처 박사는 훌륭한 분이에요 제 침대 위에 그분 사진을 걸어놨답
니다 그런 분이 아직 아카데미 프랑세즈 회원이 아니라는 게 이상
해요 『싹 트는 밀』 다 읽었어요 돌려드릴게요 재미있게 읽으셨나
요 아주 좋았어요 정말 멋진 얘기더군요 르네 바쟁[21]의 다른 소설
도 빌려드릴게요 『물오리』도 가지고 있답니다 통찰력이 번득이는
이야기죠 사회주의자와 유대인은 결국 같은 부류예요 사실 전 아
카데미 회원의 소설만 읽는답니다 하나같이 훌륭한 작품이고 문체

----

20 Il Duce. 이탈리아어로 '지도자' '영도자'라는 뜻. 무솔리니를 지칭했다
21 René Bazin(1853~1932). 프랑스의 작가, 언론인으로 왕정과 교회를 지지했다.

도 뛰어나죠 전 알퐁스 도데의 소설도 좋아해요 늘 괜찮아요 슈바
이처 박사 아카데미 회원의 책은 믿을 만해요 이혼한 여자는 어떤
이유였든 결국 이혼녀일 뿐이죠 생각하게 만드는 책들이랍니다 영
혼을 고양하고요 아마亞麻 씨를 말씀하시나보네요 두고 보세요 즉
효를 보실 테니까 매력적인 분들 높은 지위 가까이 모시면 좋은 분
들 하루 전에 물에 담갔다 아침 공복에 드시면 상세한 전말 아무튼
전 말린 자두보다 더 효과를 봤답니다 누가 그런 사람들을 초대하
겠어요 저도 한번 해봐야겠네요 오늘 아침에 정말 힘들었거든요
아뇨 아내가 아니래요 그리고 아침식사 후에 잠시 산책을 하는 것
도 오 결혼반질 끼고 있어봐야 소용없죠 코를 줄일 때마다 자꾸 틀
리네요 세계 금융이 그 작자들 손에 놀아난다니까요 쓸어내버려야
하는데 옛날 하인들은 가족이나 마찬가지였죠 죽을 때까지 안 떠
났잖아요 전 초대받은 걸 다 적어놔요 답례로 초대해야 하니까 무
솔리니는 미소 짓는 모습이 좋더군요 그런데 요새 하녀들 같은 사
람들을 초대해서 또 같은 메뉴를 내놓으면 안되니까 음식도 뭘 했
는지 적어두죠 일 두체는 바이올린 실력도 훌륭하다네요 요샌 하
나같이 빼내 갈 궁리만 하잖아요 세상에 멋져라 사실은 온화한 사
람인 거죠 그러면서 요구하는 것만 많죠 이딸리아 사람들은 좋겠
네요 그래도 부동산이 제일 괜찮은 투자랍니다 블룸은 스딸린과
한통속이에요 유대인들은 다 끼리끼리 해치우잖아요 정말 쓸 만
한 부동산은 고결한 감정 흠잡을 데 없는 명성 전 공복에 말린 자
두를 먹는 게 좋아요 생강 빵도 변비에 아주 좋다더군요 차라리 관
장을 하는 게 낫죠 당장 의심이 들더군요 그분들은 아무나 초대하
지 않는답니다 고귀한 영혼 상당한 재력 뭔가 잘못을 저질러서 자
리를 잃었다네요 곧장 절교한 거죠 정말 상당한 재력 부모님들끼

리 30년 지기랍니다 절대 상종 못할 사람들이라고 영사 부인이 그러더군요 총영사랍니다 그냥 영사보다 높은 직급이죠 어려운 사람을 도와야지 어쩌겠어요 변비에도 아주 좋죠 프로테스탄트이긴 하지만 아닌 사람들도 초대하고 또 초대받아 가고 그래요 맞아요 우린 매해 스위스에 간답니다 종교와 관련된 건 피해야 해요 그럼 괜찮아요 아들이 자기 말 좀 들으라네요 그 사람 숙부가 별 세개짜리 장군인데 무시할 순 없죠 스위스 은행들은 비밀을 잘 지켜준다잖아요 그 어머니도 아주 매력적인 여자예요 처녀 때 성은 봉부앵이죠 세금 때문에 다른 방법이 없어요 정당방위인 셈이죠 슈바이처 박사 그런데 벌써 몸무게가 5킬로랍니다 결혼식 때 하객이 굉장히 많았답니다 당장 의심이 들더군요 집에서 허락해줄지 그것도 아직 몰라요 우린 전부 스위스프랑이나 달러로 넣어두죠 우리의 믿음은 전부 하느님 안에 넣어두고요 문구를 새겨넣은 청첩장 우리 남편은 네슬레 주식을 아주 좋아해요 정말 멋진 선물을 받았죠 그런 경우라면 무기명채권이 더 편할 텐데요 말할 필요도 없죠 전부 한통속이라니까요 장례식 때도 조문객이 많으니 보기 좋더군요 그렇게 하면 상속세를 피할 수 있어요 정말 청렴한 분 어떤 사람이었는지 알 수 있죠 훌륭한 가족묘 무기명으로 번호만 있는 계좌를 만들어줘서 정말 편리해요 그들이 믿는 신은 바로 돈이죠 다 아는 사실이잖아요 그러면서 혁명 어쩌고 떠들죠 전 10미터 떨어져 있어도 분간할 수 있답니다 공동 예금계좌도 괜찮죠 여러 가지 점에서 편리하거든요 코만 보면 금방 알 수 있다니까요 아버지와 아들의 공동 소유가 가능하거든요 『시온 장로 의정서』[22] 아버지가 살아 있는 동

---

22 경제력과 언론을 통해 세계를 장악하려는 유대인의 계획을 밝힌다는 기치하에 1903년 러시아에서 처음 출간된 책이다. 여러 언어로 번역되어 반유대주의의 ᆫ

안은 아버지가 소유주이고 스팽크테르 양 같은 경우라면 아무하고
나 결혼하진 못하겠죠 아버지가 사망해도 세금 문제가 안 생기는
거죠 우리 초대를 받았으면 그다음에 우릴 초대해야 할 텐데 연락
이 없더군요 그럼 끝이죠 절교했어요 그 젊은이가 최고 행정재판
소까지 가는 길에 힘이 되겠죠 아 호락호락한 사람이 아니에요 부
부 법정재산제 님[23]에서 제일가는 가문이랍니다 어찌 됐든 자기들
이 먼저 뭔가 해야죠 우리는 그냥 있을 거예요 에스빼랑스 은행의
대여금고도 있어요 조만간 받게 될 유산 1년에 한번 가서 이익배
당표를 잘라 오기만 하면 돼요 그 부인은 정말 영적으로 충만하게
사시죠 감기에 아주 좋답니다 금고실에 들어가면 작은 공간이 마
련되어 있고 필요한 것 그러니까 가위하고 핀하고 모두 준비되어
있어요 사실 사회적 지위로 말하자면 일급은 아니죠 사망 후에는
자식들이 그냥 금고로 가면 돼요 이미 열쇠를 가지고 있으니까 위
임장 같은 건 필요 없어요 맞아요 조만간 받게 될 거예요 할머니가
벌써 두번이나 발병했거든요 스위스 여행이 비싸도 끔찍한 세금
만 하겠어요 단식과 금육[24]이 면제되어야죠 꽈배기를 만들려면 고
무뜨기를 여덟코 해야 해요 편자처럼 생긴 엄청나게 큰 철제 테이
블 오 장인이 밀어주면 곧 소청 심사관이 될 테죠 작은 테이블 여
러개가 더 보기 좋지 않을까요 싸샤 기트리[25]는 재치가 넘치더군요
좀 대담하긴 하지만 정말 프랑스적이죠 모든 건 결국 변비에서 시
작해요 밀월이 좋기는 하지만 꿈같은 이상이 사라지면 심각한 현

거로 이용되었다.

23 프랑스 남부에 위치한 도시.

24 가톨릭에서 사순절 첫 수요일과 수난 금요일에 단식과 금육을 지키도록 하는
규정. 병자, 허약자 등 여건에 따라 단식 의무가 면제될 수 있다.

25 Sacha Guitry(1885~1957). 프랑스의 극작가, 배우, 연출가.

실이 시작되죠 에드몽 로스땅[26]은 참 세련됐잖아요 거친 구석은 찾아볼 수 없죠 애국적이고요「새끼 독수리」[27] 아시나요 잘 버텨내서 드디어 영사가 됐답니다 자기 전에 파라핀유 한스푼 영혼은 남는 거니까요 변비에 효과가 좋답니다 늘 다른 사람을 배려하는 게 제 신조거든요 그리스 사람일걸요 선행은 늘 보답을 받는 법이잖아요 그렇죠 그 아들은 외교관이랍니다 아니 미국인일 수도 있어요 그래봤자 할아버지가 푸주한이었는걸요 정말로 미국인 추기경도 있답니다 아니에요 같지 않죠 추기경은 따로 있어요 낮은 계층 아가씨지만 결혼하면서 다 가려진 거죠 우리 아들은 수련의예요 복숭아를 손가락으로 들고 먹는데 정말 기가 막히더군요 우리 딸이 정신없이 웃었죠 젊은 사람들이 서로 친해지는 법을 배우려면 모여서 노는 게 필요해요 아무리 숨겨도 출신은 속이기 힘들죠 저한테 그러더군요 난 이등칸을 타고 다니지만 그래도 봉부앵 가문이잖습니까 그래서 어릴 때 어떤 교육을 받았는지가 중요한 거죠 가문의 이름이 황금 허리띠를 찬 것보다 중요하달까요 명성 있는 가문은 그 이름만으로도 엄청난 힘이 되죠 부친이 꼭 공증인들끼리 만나야 한다고 한 데는 그런 비밀이 있었던 거죠 제대로 지은 석조 건물은 안전이 보증된답니다 그가 사후의 삶을 믿지 않는다는 걸 알고는 약혼반지를 돌려줬답니다 돌은 아무리 시간이 지나도 변하지 않죠 부모를 그대로 닮았달까요 요즘엔 모조 진주를 완벽하게 만들 수 있다네요 이젠 굳이 필요도 없는 셈이죠 종교는 정말 확실한 보증이에요 다이아몬드는 절대 안 변한다는 얘기도 소용없어요 전 단두대에 찬성이에요 맞아요 하지만 돈이 안되잖아요 또 그러더

---

26 Edmond Rostand(1868~1918). 프랑스의 소설가, 극작가, 시인.
27 나뽈레옹의 아들을 주인공으로 한 에드몽 로스땅의 희곡.

군요 나의 왕을 뵈었으니 이제 죽어도 좋다고 아무리 가치가 떨어져도 다이아몬드는 무시할 수 없죠 그 매형 되는 사람 혁명이 일어난다면 나라 밖으로 쫓아내기가 쉽겠죠 슈바이처 박사 어쨌든 되팔면 늘 손해예요 모유 수유도 안했다네요 청산 결제 은행을 통하면 뭐든지 양도할 수 있어요 단두대가 차라리 인간적이죠 지사하고 그 아내하고 우리밖에 없었어요 그렇게 되면 괜히 먹여 살리느라 세금을 쓸 일도 없잖아요 노동자들에게 필요한 게 우리하고 같을 수는 없죠 영국 여왕은 얼굴이 굉장히 선해 보여요 우리나라 시골 전통 근심거리도 같을 수 없고요 민속춤 징수관의 숙모 그보다더 우아할 순 없죠 그 어머니가 진저리를 쳤다죠 더이상 나올 데가 없다고 했고요 부친과 똑같이 르망[28]에 주둔한 장군이죠 전 감동했어요 등심을 먹을 수 있는 건 그런 사람들뿐이에요 가구들이 전부 가보로 전해진 거랍니다 자기 차를 갖고 싶어 하네요 유대인들 때문이죠 늘 가까이서 본보기를 보고 자랐잖아요 여기저기 새해 파티를 돌아다니자면 힘들더군요 해돋이가 엽서 그림처럼 아름답죠 하지만 관계를 이어가려면 그런 게 필요하니까요 부모가 사는 아파트가 정면에만 창문이 열개라죠 그 남자하고 춤춰도 된다고 했답니다 글쎄 딸이 저더러 우리 욕실을 쓰고 싶다고 하네요 모스끄바 틀림없이 모스끄바랑 연결됐어요 내 아들의 친구랍니다 이제 이 나라에서 다 쫓아내야 해요 우리가 너무 잘해준 거예요 이웃에 대한 사랑 걱정하지 마세요 절대 다른 사람한테 말하지 않을 테니까 그 허세 가득한 남자와 내연 관계라네요 남편이 이혼을 안해준 거죠 천만다행으로 우리 프랑스에 아직까지 기개 있는 남자들이

---

28 프랑스 서북부 루아르 지역의 도시.

남아 있네요 부모가 번듯한 사람들이더군요 그 여자 생긴 걸 보면
알 만하죠 가짜 증명서 조심해요 글쎄 아버지 돌아가신 지 겨우 석
달째인데 딸이 극장을 들락거리다뇨 상세한 전말은 그나마 고전극
꼬메디 프랑세즈[29]의 극도 아니었고 요새 나오는 그 밑도 끝도 없는
현대극이었다는데 전 이전에 데리고 있던 주인한테 전화를 걸어서
어땠는지 확인해본답니다 딸애는 무조건 장교하고 결혼하겠다네
요 물론 좀더 확실하긴 하죠 출신 계층이 같으면 마음을 터놓기도
쉽잖아요 가난한 사람들은 그 끔찍한 세금을 안 내도 되는 게 얼마
나 행운인지 모르죠 정말로 상중에 회색 옷을 입었다니까요 세상
에 어떻게 그런 밤 12시 전에 잠들면 정말 몸에 좋답니다 아버지한
테 받은 유산이 있으니 신원 조회 확인서까지 꼭 달라고 할 거예요
제대로 된 집안에서야 당연히 안 받아주겠죠 슈바이처 박사 그 아
버지가 연회를 열면 지사부터 잘나가는 사람은 모두 참석하고 대
단했죠 그 사람은 안됐지만 무덤으로 돌려보낼밖에요 살아가는 동
안 이상을 품어야죠 변비에 즉효랍니다 절대 상종 못할 사람들이
에요 영사 부인이 그러더군요.

---

29 17세기 몰리에르 극단에서 출발한 프랑스의 국립극장.

88

　두시간 뒤 그들은 저녁식사를 마치고 그녀의 방에 앉았고, 침묵
이 이어졌고, 그녀가 침묵을 깨기 위해 담배를 권한 뒤 놀라울 정
도로 완벽한 자태로 그의 담배에 불을 붙여주었다. 불행한 여인이
최선을 다하고 있다, 그가 생각했다. 그렇다, 이제 자기 담배를 물
차례다. 활기와 여유를 얻기 위한 것이다. 이 세상에서 오직 나 하
나만을 위한 저 야회복. 그녀는 버킹엄궁에서나 입을 법한 우스꽝
스러운 옷차림이고, 나는 맨발에 실내 슬리퍼를 신고 빨간 실내 가
운을 걸치고 있다. 이보다 기이한 한쌍이 있을까.
　─라운지에 있던 여자들은 정말 역겨운 늙은이들이에요. 다시
한번 침묵이 흐른 뒤 그녀가 말했다. 뭣 때문에 그 여자들 말을 듣
고 있었는지 모르겠어요. (그대는 설사 추잡한 것이라 해도 사회적
인 것이 필요했던 거고, 나는 불행의 맛을 시식해본 거라오.) 솔직
히, 나도 모르게 자꾸 거칠어지는 것 같아요, 사람들을 증오하게 돼

요. 당신 말고 다른 누구와도 편하지 않아요. 나한테는 이 세상에 오로지 당신뿐이에요. (그렇다면 조금 전에 본 그 잘생긴 보이는? 보이가 나가고 난 뒤 그대는 벽난로 위의 거울을 바라보았지. 그대의 무의식은 조금 전 자신이 아름다웠는지 확인하고 싶었던 거라오. 물론 상대가 누구든 그대가 다른 사람을 마음에 들어 하는 작은 기쁨을 누릴 수 있다는 게 다행스럽기는 하지만.) 내일 쎙라파엘에 가서 축음기를 고쳐 올게요, 세번째 침묵이 흐른 뒤 그녀가 말했다. 금방 고칠 수 없다면 새로 사려고요. (그는 그녀의 손에 키스를 했다.) 간 김에 모차르트의 호른 꼰체르또도 구해볼게요. 많이 알려지지 않았지만 정말 아름다운 곡이죠. 당신도 알죠?

─알지, 그가 거짓말을 했다. 호른 파트가 정말 아름답잖소.

그녀가 미소를 지으며 동의를 표했다. 미소 끝에 그녀는 깜짝 선물을 보여주는 걸 잊었다고 했다. 그러면서 어제 쎙라파엘의 작은 상점에서 샀다는 터키 누가를 가져왔다.

─이러한 것을 할바[30]라고 한대요. (터키의 지방색을 강조하기 위해 그녀가 '할' 발음을 강조하는 소리가 거슬렸고, 또 그냥 이런 것이라고 하지 않고 고상한 척 '이러한' 것이라고 말하는 것도 거슬렸다.) 당신이 이러한 것을 좋아할 것 같았어요.

이러한 것들이 쉐도하는구나, 그가 생각했다. 그녀는 할바를 맛보지 않겠냐고 물었다. 그는 물론 먹고 싶지만 지금 말고 이따가 먹겠다고 했다. 그녀가 깜짝 선물이 또 있다고 했고, 역시 어제 산 거라며 커피 메이커와 함께 필요한 것 전부, 그러니까 분쇄된 커피, 설탕, 잔, 스푼을 챙겨 왔다. 이제부터 내가 직접 커피를 준비할 거

---

30 설탕, 꿀, 견과류와 향료를 섞은 터키 과자.

예요. 호텔 커피보다 맛있을걸요. 그는 훌륭한 생각이라고, 안 그래도 지금 커피가 마시고 싶다고 했다.

　—그렇다면 입맞춤 한번 받아야겠네요. 그녀가 말했다. (팔레스타인파운드의 가치가 떨어지고 있다, 그가 그녀에게 입맞춤을 하며 생각했다. 이런 가벼운 입맞춤이 점점 잦아지고 있다. 사실, 이런 입맞춤은 진심이다.)

　다시 살아난 그녀는 분주하게 설명서에 따라 커피 메이커를 조립했다. 그리고 마침내 준비된 커피가 그의 입맛에 맞는지 궁금해하며 지켜보았다. 아주 맛있소, 그가 말했고, 그녀는 한번 더 콧구멍으로 숨을 들이마셨다. 커피를 마시고 난 뒤에는 더 마실 다른 것이 없고 할 일도 없었기에, 다시 침묵이 흘렀다. 그녀가 전날 읽기 시작한 소설의 마지막 두장을 읽어주겠다고 했다. 그가 재빨리 좋다고 했다.

　그녀가 편안히 자리를 잡고 앉았고(편하고 자연스럽고 행복한 분위기를 만들고 싶은 거다, 그가 생각했다), 맨발에 꿴 그의 슬리퍼를 벗겨주었고, 그런 다음 책을 읽으면서 그의 발을 마사지했다. 늘 그러듯이 그녀는 인물들의 말을 진짜 말하듯이 읽으려고 애썼고, 그래서 남자 주인공의 말은 군인 같은 씩씩한 목소리로 읽었다. 그녀는 저런 남자, 흔들리지 않고 모험을 두려워하지 않는 남자를 좋아하는 거다, 그가 생각했다. 그녀에게는 현대적이고 원기 왕성한 성직자, 혹은 폴로 경기에 능한 사절단의 비서관, 혹은 히말라야 원정대를 이끄는 영국 귀족이 더 잘 어울렸을 것이다. 운이 없구나, 가련한 여인이여.

　낭독이 끝나자 그들은 비싼 담배를 입에 물고 막 읽은 소설에 대해 쓸모없이 예리한 의견을 주고받았다. 이어 그녀가 같은 작가의 다른 소설을 읽어주겠다고 했고, 그가 괜찮다고 고개를 저었다. 그는 정교하게 구성된, 구역질이 날 정도로 지적이고 캐럽나무 열매보다 더 건조한 소설들에 진절머리가 났다. 그녀가 디즈레일리[31]의 전기는 어떻냐고 물었다. 아니, 그자는 재주라고는 비열한 잔꾀밖에 없는, 그 재주로 손해 안 보고 살아남은, 한마디로 교활한 인간이라고 그가 말했다. 다시 침묵이 흘렀고, 그녀가 오늘 하루도 날씨가 너무 을씨년스러웠다고 말했고, 그리고 머지않아, 그러니까 열주만 지나면 봄이 온다는 생각에 기쁘다고 했고, 땅에서 솟아나는 새싹들, 살고자 하는 소박한 갈망을 지닌 어린 싹들을 보고 있으면 거의 종교적인 야릇한 감동이 느껴진다고 했다. 그는 아게에 온 이후 그녀가 새싹 얘기와 거의 종교적인 감동 얘기를 들먹인 것이 벌써 세번째라는 생각을 하면서 고개를 끄덕여 동의를 표했다. 레퍼토리를 바꾸는 게 쉽지 않은 것이다. 한번 더 연민이 일었지만, 그렇다 해도 달라지는 것은 없다. 그녀는 자기의 느낌을 그가 함께할 수 있기를 바라며 최선을 다하고 있다. 좋아, 함께합시다. 그는 그녀의 느낌을 이해하고 함께 맛보는 척했고, 자신도 푸릇푸릇한 새싹을 보면 감동을 느낀다고 했다. 그는 사람들이 잘 모르지만 까마귀가 사실은 지능이 꽤 높다는 얘기가 등장할 차례라 생각하며, 기꺼이 들어줄 채비를 했다. 다행히 까마귀는 등장하지 않았고, 다시 침묵이 흘렀다.

이제 무엇을 할까? 주네브에서처럼 격렬한 키스를 할까? 아니, 그건 위험하다. 그런 키스를 하면 그녀는 의무감으로라도 성실히

---

31 Benjamin Disraeli(1804~81). 영국의 정치가, 작가. 유대인 가정에서 태어났으나 성공회로 개종했다. 19세기 후반 영국의 정치적 세력 확장을 주도하며 제국주의 정책을 폈다.

응할 테고, 그럴 때 발생하는 문제가 있다. 어째서 키스가 그다음으로 넘어가지 않는지 그녀가 의아해할 수 있다. 그러니 그냥 눈까풀 위에 다정하게 입 맞추는 것으로 만족하자. 그는 그렇게 했고, 그녀는 초등학생같이 앙증맞은 고마워요 하는 끔찍한 인사로 감사를 표했다. 그런 다음 다시 침묵이 흘렀다. 새로운 대화 주제가 없었다. 같은 말이라도 새로운 방식으로 전하면 그녀의 마음에 가닿을 수 있을 테지만, 그녀가 아름답다거나 그녀를 사랑한다는 말을 다르게 할 방식을 찾을 수가 없었다. 그는 결국 뜨겁고 긴 키스를 하기로 했다. 그리고 키스를 하는 동안 다시 한번 남자와 여자 사이에 통용되는 이 관습이 실로 놀랍다는 생각을 했다. 밥을 먹을 때 쓰는 구멍을 이렇게 열광적인 결합에 사용하다니 정말 신기하지 않은가. 입술의 결합이 끝나자 다시 침묵이 찾아왔고, 키스든 도미노든, 어린 시절의 추억이든 침대든, 모든 것에 준비가 되어 있는, 온순하고 완벽한 그녀가 미소를 지었다. 그렇다, 그녀는 완벽했다. 하지만 지난번에 도미노 게임을 할 때 그녀는 하품을 참기 위해 입술을 깨물었다.

— 도미노 할까요? 그녀가 쾌활한 목소리로 물었다. 이번엔 꼭 갚아줄 거예요. 오늘은 내기 이길 테니 두고 봐요.

거실에 나가 도미노 상자를 들고 온 그녀가 패를 꺼내서 펼쳐놓았고, 그녀가 첫 더블식스 패를 내려놓을 때 1층에서 음악이 시작되었다. 행복한 사람들은 다시 춤을 추고, 외로운 두 사람은 다시 비웃었다. 나의 가련한 여인은 저 환희에서 추방되었다. 그는 도미노 게임을 하고 싶지 않다고 말했고, 테이블 위의 패를 밀쳐 바닥에 떨어뜨렸다. 그녀가 떨어진 패를 줍기 위해 일어섰다. 어서, 아래 있는 사회적인 적들과 경쟁하기 위해 뭐라도 해야 한다. 우리의 비타민결핍증이 지금 밑에서 올라오는, 박수 치며 웃어대는 백치들이 누리는 모욕적인 즐거움, 그 건전한 즐거움과 얼마나 대비되는 것인지 떠올리지 못하도록, 불행한 여인을 위해 뭐라도 해야 한다. 무엇이든 상관없다. 살아 있는 것, 흥미로운 것, 비장한 것이면 된다. 그녀의 뺨을 때려볼까? 하지만 여전히 기다리고 있는 그녀의 아름다운 눈을 보는 순간 용기가 나지 않았다. 제일 간단하고 좋은 방법은 그녀를 가지고 싶어지는 것, 그런 뒤에 뒤따라오는 것이다. 아, 정말 유감이다. 주네브에서는 그렇게 쉬웠는데. 그가 벌떡 일어섰고, 그녀가 몸을 떨었다.

— 내가 만일 팔다리가 잘리고 얼굴과 몸통만 있는 남자라면 어떻겠소? 그가 물었고, 겁먹은 그녀가 마른 입술에 침을 적셨다.

— 무슨 말인지 모르겠어요. 그녀가 애써 미소 지으며 대답했다.

— 이리 와서 앉아보시오, 고귀하고 충실한 그대. 지금 춥거나 불편한 데는 없소? 팔다리가 잘려 나간 남자 얘기는 조금 있다가 하고, 우선 다른 문제를 해결해봅시다. 지난번에 당신이 말을 타고 싶다고 해서 같이 나가려 할 때, 당신이 다가와서 내 웃옷의 깃을 매만지며 내가 잘생겼다고, 승마복이 잘 어울린다고 했잖소. 그건 어떻소?

— 무슨 말인지 모르겠어요.

— 내 연인은 잘생겼다, 승마복이 잘 어울린다, 이렇게 말했고, 그러면서 옷깃을 매만지는 이상한 짓도 했잖소. 대답해보시오!

— 무슨 대답을 하라는 거죠?

— 그 말을 했다는 사실은 인정하는 거요?

— 물론이죠. 그게 뭐가 문젠데요?

— 중대한 문제요! 그러니까 당신은 날 사랑하는 게 아니라 그

냥 한 남자를, 잘생긴 남자를 좋아한다는 거잖소! 결국 날 만나지 않았더라면 나와 키가 같은 다른 남자 앞에서 똑같이 감탄했을 거고, 가증스러운 말을 똑같이 했을 거잖소! 고개를 젖히고 멍청한 눈빛으로, 파이프 담배를 입에 문 건장하고 근엄한 금발 남자를 올려다보면서, 달콤하게 속삭이면서, 당장이라도 입을 벌릴 태세로 가증스럽게 옷깃을 매만지고 있었을 테지! 조용히 하시오!

　　―아무 말도 안했어요.

　　―어쨌든 조용히! 파이프 담배를 내려놓은 뒤 담배 맛이 섞여 더러운 침 냄새가 나는 그자의 입술도 싫지 않지! 그래, 알고 있소, 단정적으로 싫지 않지 하면 안되고 아마도 싫지 않겠지 이렇게 말해야겠지만, 어차피 마찬가지요! 난 다 알고 있소, 아마도 싫지 않으리라 여겨지는 남자는 이미 싫지 않은 남자인 것을! 그때 당신은 나더러 장화가 잘 어울린다고도 했소! 여자들이란 장화를 보면 사족을 못 쓰니까! 장화는 곧 생명력, 군인의 영광, 약자를 밟고 올라서는 강자들의 승리, 그래, 바로 그 고릴라 짓의 상징이잖소! 여자들은 하나같이 자연을, 추악한 자연의 법칙을 사랑하니까! 한술 더 떠서, 여기 이 이교도 여인에게 장화는 사회적인 위력을 뜻하는 것을! 그래, 말을 타는 사람은 언제나 괜찮은 사람, 신사, 부족을 이끄는 자, 결국 중세 제후들의 후손이니까. 기사, 말에 올라탄 자, 힘을 지닌 자, 고귀한 신분! 고귀한 신분은 아주 가증스러운 말이오, 두 가지 뜻을 담고 있지. 힘을 향한 비천한 숭배, 그러니까 가증스럽게도 보잘것없는 신분의 인간들을 억압하는 자라는 뜻과 경배받을 만한 자라는 뜻이 동시에 존재한단 말이오! 내가 이미 한 얘기요? 그럴 수도. 선지자들도 같은 말을 하고 또 하고 그랬으니까. 한마디로 말해서, 장화를 좋아하는 여자는 파시스트가 될 수밖에 없지!

기사, 기사도, 명예를 섬기는 인간, 웃기잖소! 그 명예 밑에 뭐가 있는지, 당신들이 잘난 척하며 섬기는 명예를 파보면 뭐가 나오는지 나의 망주끌루한테 한번 물어보시오! 조용히 하시오!

불쌍한 됨, 그렇게 선량하고 온화한 남자를 그대는 날 위해, 리츠에서의 그날에는 강했던, 오만한 고릴라처럼 강자 행세를 했던 날 위해 버렸소. 나 역시 그날 그에게 모욕을 안겼지! 그래, 당신은 그런 날 위해서 됨을 버렸소! 그날 전화 통화를 하면서 그에게 떠안긴 모욕을 생각하면 난 너무도 수치스럽소. 하지만 그런 비열한 댓가를 지불해야만 당신을 살 수 있었기에 다른 방법이 없었던 걸 어쩌겠소. 참으로 우습지. 힘과 남자다움을 비난했으면서 바로 그것들을 통해서 당신을 얻었으니, 그토록 수치스럽게 얻었으니! 난 지금도 그날 리츠에서 고릴라 솜씨를 발휘하던 순간을, 구애하는 뇌조[32]가 되어 짐승들의 혼인 춤을 추던 순간을 떠올리면 수치스러워서 견딜 수가 없소! 하지만 다른 방법이 없었으니까. 온화하고 수줍은 늙은이가 되어 청했을 땐 그대가 날 원하지 않았으니까. 심지어 내 얼굴 어디엔가 유리잔을 던지기까지 했으니까! 조용히 하시오!

내가 미친 것 같소? 인간들이 힘을, 죽일 수 있는 능력을, 무턱대고, 동물들과 똑같이, 그렇게 숭배한다는 말이 헛소리 같소? 아니, 난 지금도 여인의 모습이 눈에 선하다오, 그래, 그대, 당신 말이오. 그날 니스에 서커스를 보러 가서 막간에 잠시 쉴 때, 당신은 사자 우리 앞에서 어쩔 줄 몰라 하며 우러러보더군! 두 눈에 번득이던 관능의 광채라니! 흥분해서 내 손을 꽉 쥐기까지 했지! 호랑이의

---

32 들꿩과의 새. 수컷이 구애할 때 공작처럼 날개를 부풀리고 꼬리를 지켜든나.

손을 잡을 수는 없었을 테니까! 그래, 짐승이니까 손이 아니라 앞 발이겠군. 호랑이 때문에 흥분해서 어쩔 줄 몰라 했잖소. 아름다운 에우로페[33]가 황소에 정신이 팔렸던 것처럼! 역시 유피테르는 바보 가 아니야, 여자가 어떤지 잘 알지! 긴 머리를 땋아 내린 처녀 에우 로페는 분명 두 눈을 순결하게 내리깔고 황소에게 말했을 거요. 당 신은 강해요, 그대, 내 사랑. 그리고 또 어느 연극에 나오는 에스빠 냐 여자는 연인에게 그대는 아름답고 용감한 나의 사자예요 했다 잖소! 나의 사자라니! 송진 같고 타르처럼 역겨운 여자 도냐 쏠[34]의 생각에는 이 세상에서 가장 다정하고 가장 깊은 감탄을 실은 말이 바로 엄청나게 큰 송곳니와 발톱을 가진, 그리고 죽일 수 있는 엄 청난 힘을 가진 짐승을 지칭하는 말이었던 거지! 당신은 아름답고 용감한 나의 사자라니! 오 가증스러운 여자여!

게다가 여기 이 여인, 내 앞에 말없이 고귀한 자태로 앉은 여인 은 지난번 니스에서, 호랑이 우리 앞에서, 맹수의 털을 한번 만져보 고 싶어 하기까지 했으니! 만진다! 그건 성적 매력을 뜻하지! 두 손 에서 죄가 시작되는 법이니! 조용히 하시오! 어쩌면 쏠랄의 털보다 호랑이의 털을 더 좋아할 수도! 더구나 당신은 길을 가다가 고양이 를 보면 매번 가벼운 사랑에 빠지잖소! 어제 본 고양이는 결국 호 랑이의 축소판인 거요. 새들한테는 죽음을 예고하는 불길한 존재 이지만 말이오. 당신은 고양이의 배를 애무하기까지 했잖소. 배를

<hr>

33 그리스신화에서 아름다운 소녀 에우로페에게 반한 제우스(로마신화의 유피테 르)는 황소로 변해서 접근한 뒤 그녀를 등에 업고 바다를 건너 크레타섬으로 데 려간다. 짐승에게 반한 에우로페(유럽)는 파시즘에 매혹된 유럽 대륙을 가리킨다.
34 빅또르 위고의 희곡 「에르나니」(Hernani)에 등장하는 여인으로, 주인공 에르나 니의 정부이다.

애무하는 것이 얼마나 의미심장한 쾌락인데! 조용히 하라, 모압[35]의 딸이여! 어째서 민달팽이는 애무하지 않는가? 오히려 불쾌해하며 뒷걸음칠 뿐! 민달팽이는 왜 싫은가? 왜 예뻐해주지 않는가? 뼈가 없어서 흐물거리고 몸을 제대로 세우지 못하니까, 근육도 없고 송곳니도 없으니까, 그래서 약하고, 결국 죽일 수 있는 힘이 없으니까! 원수 혹은 독재자 혹은 리츠에서 도도하고 혈기 넘치던 쏠랄, 그래, 그 앞에선 사족을 못 쓰고, 첫날 저녁에는, 옷깃을 만질 때를 기다리며 먼저 손에 키스를 했으면서! 죽일 수 있는 힘을, 추잡한 기계를 숭배하는 추잡한 짓이 아니고 뭐요! 조용히 하시오!

입술을 파르르 떨면서 죄인을 노려보던 그는 바닥에 있던 승마 채찍을 들어 옆의 안락의자를 쳤고, 너무 세게 내리치는 바람에 겁에 질린 그녀가 몸을 떨었다.

―나한테서 그런 걸 다 없애버리면 어떻겠소? 대답하시오!

―무슨 말인지 모르겠어요. 그녀가 들릴락 말락 대답했다.

―흐지부지 넘기려 하지 마시오! 다 알면서! 지켜보는 끔찍한 증인 같은 내 두 눈을 없앤다면 그래도 당신은 내 옷깃을 애무할 수 있소? 그래, 모차르트의 사랑처럼, 보이 께 싸삐떼의 사랑을 할 수 있소? 그대의 영혼이 계속 내 영혼을 사랑할 수 있겠냔 말이오.

―제발요, 그런 얘기 그만해요.

―어째서 그만해야 하오?

―잘 알잖아요.

―이유를 설명해보시오.

―너무 비현실적인 가정이잖아요.

---

35 사해 동안에 살던 종족으로 오랫동안 이스라엘 민족과 대립했다.

―가서 아무나 붙잡고 물어보시오. 정말 비현실적이오? 제대로 알고나 하는 말이오? 내가 남자로서의 힘 따위 다 벗어던지고 싶은 유혹을 느끼지 않는다고, 그런 말을 도대체 어디서 들었소?

―그대, 그만해요.

―결국 교묘히 빠져나가겠다는 거로군. 세상의 오필리아[36]들이 가진 늘어진 소중한 두 반구에 영광 있으라! (그녀를 바라보는 그의 두 눈은 다 알고 있다는 기쁨으로 빛났다.) 지금 당신이 무슨 생각을 하는지 난 알고 있소! 무턱대고 휘젓기 좋아하는 유대인, 파괴를 즐기는 유대인이라고 생각하겠지! 당신들은 늘 그렇지. 이상이라는 안락한 고치 안에 포근하게 들어앉아서 하는 생각이란 게 고작 그런 거라니! 알아봤자 불쾌하기만 한 진실은 늘 그런 식으로 쓸어내버리고! 빛을 든 천사 루치펠도 악마로 여기면서! 어쨌든 다시 팔다리 없는 남자 얘기로 돌아가봅시다. 내가 그렇게 돼도 당신은 날 사랑할 거요?

그 순간 고통이 파고들었다. 며칠 전 저녁 니스에 갔을 때 프랑스 군함 위에서 내려오는 삼색기를 보았다. 그 엄숙한 국기 하강식 자리에서 그는 석양빛을 받으며 천천히 내려오는 삼색기 앞에 차렷 자세로 선 병사들이 부러웠고, 경례를 하는 장교들이 부러웠다. 프랑스여 안녕, 나는 더이상 프랑스의 일원이 아니다. 아게에 오고 며칠 뒤 그는 쌩라파엘 경찰서에서 보내온, 아주 얇은 종이의 편지를 받았다. 내용은 관보에 실린 판결문에 따라 쏠랄 씨의 프랑스 국적이 박탈되었으며, 법 조항에 근거하여 국적 박탈의 이유는 명

―――――――――――――――――

36 「햄릿」에서 선왕의 충신인 폴로니어스의 딸이자 왕자 햄릿의 약혼자로, 햄릿의 광기에 상처 받고 아버지까지 죽게 되자 그 충격으로 정신을 놓아 강물에 빠져 죽는다.

시할 수 없으며, 두달 이내에 이의 제기가 가능하며, 이의를 제기할 경우에도 기존 판결은 효력이 발생하므로 상기 해당자는 경찰서에 출두하여 여권을 포함한 프랑스 신분증을 반납해야 한다는 것이었다. 그는 편지의 구절들을 그대로 외울 수 있었다. 결국 경찰서로 가야 했다. 초라한 나무 의자에 앉아 배 나온 경관이 일을 처리할 마음이 생길 때까지 한참 동안 기다렸다. 마침내 손톱에 때가 낀 초라한 경관이 그를 불렀고, 그의 외교관 여권을 확인하면서 희미한 기쁨의 미소를 지었다. 이제 그가 가진 것은 임시 체류 허가증과 무국적자 신원 확인증뿐이다. 이제 아무것도 아니다. 그저 한 여자의 정부일 뿐이다. 그런데 지금 무엇을 하고 있는가. 그는 그들의 비타민결핍증에 맞서 싸우느라 불행한 여인을 괴롭히고 있다. 공손하고 순종적인 여인은 이번에도 그의 침묵을 깨뜨리지 않으려고 애쓴다. 나를 믿고 모든 것을 버리고 떠나온 여인, 세상의 시선에 연연하지 않고, 오로지 나만을 위해 살아가는 여인, 방어할 줄 모르는 여인, 발가벗고 돌아다닐 땐 그 우아함과 나약함이 우스꽝스러운 여인, 죽음을 피할 수 없는, 너무도 아름다운 여인, 관 속에 누워 하얗게 굳어갈 여인. 오, 아래서 올라오는 웃음소리, 박수 소리를 그녀가 듣고 있다.

— 난 대답을 기다리고 있소! 팔다리가 없는 남자 말이오!

— 정말 무슨 말인지 모르겠어요.

— 설명할 테니 잘 들으시오. 내가 갑자기 더이상 아름답지 않다면, 내가 흉측한 모습이 된다면, 어쩔 수 없이 수술을 받고 내 팔다리가 다 잘려 나갔다면, 당신은 날 보고 어떤 감정을 느낄 것 같소? 사랑의 감정이오? 대답하시오.

— 대답할 말 없어요. 말도 안되는 생각이에요.

그녀의 대답은 너무도 충격적이었다. 그녀는 더이상 그를 존경하지 않는다. 이제 그는 말도 안되는 생각을 하는 사람일 뿐이다. 그는 모욕당한 것을 핑계 삼아 자리를 뜨기로 했다. 그러면 그녀가 사과하러 올 것이고, 화해하고 다시 다정해지느라 한시간 혹은 두 시간이 지나갈 것이다.

— 그만 잡시다. 그가 일어서면서 말했다. 그녀가 그를 잡았다.

— 내 말 좀 들어봐요, 쏠. 솔직히 말하면 지금 내 상태가 별로 좋지 않아요, 밤에 잠을 잘 못 잤어요. 이제 그만해요. 더이상 대답할 힘이 없어요. 못하겠어요. 내 말 좀 들어봐요. 오늘 저녁을 이렇게 망치지 말아요. (오늘 저녁을 망치지 않는다 해도, 앞으로 망치지 말아야 할 3650번의 저녁이 있다오, 그가 생각했다.) 내 말 좀 들어봐요, 쏠. 당신이 잘생겼기 때문에 사랑하는 게 아니에요. 하지만 당신이 잘생겨서 좋아요. 당신이 못생겨진다면 슬프겠지만, 잘생겼든 못생겼든 당신은 영원히 내 사랑이에요.

— 발도 없고 발가락도 없는데 왜 계속 사랑한다는 거요? 왜 그렇게까지 사랑한다는 거요?

— 내 마음을 당신한테 줬으니까, 당신은 당신이니까, 당신은 이런 말도 안되는 질문을 할 수 있는 사람이니까, 당신은 불안해하고 힘들어하는 내 사랑이니까.

당황한 그는 그대로 주저앉았다. 화살이 명중했다. 빌어먹을, 어쨌든 사랑이다. 그는 관자놀이를 긁었고, 꽉 다문 입을 이리저리 움직이며 얼굴을 찡그렸고, 코가 제자리에 잘 있는지 확인하려고 만져보았다. 이어 축음기로 다가가 멍하니 손잡이를 돌렸다. 문득 손잡이가 잘 돌아가는 것을 깨달은 그는 지난번에 용수철이 망가졌던 일을 떠올리며 그녀에게 의혹의 시선을 던졌다. 다행히 그녀는 보지 못했다. 그는 자신감을 되찾기 위해 마른기침으로 목을 가다듬은 뒤 일어섰다. 아니다, 조금 전 그녀는 자기도 모르게 거짓말을 한 것이다. 내 모습이 흉측하고 팔다리가 없어도 사랑할 수 있다고 생각하는 건 지금 이 순간 내가 아름답기 때문이다. 수치스럽게 아름답기 때문이다.

맙소사, 난 지금 무엇을 하고 있는가? 지금 세상에는 해방운동, 희망, 인간들이 좀더 많은 행복을 누리기 위한 투쟁이 한창이다. 그런데 나는? 나는 무엇을 하고 있는가? 이토록 초라하게 애정의 기운을 짜내느라, 불행한 여인이 지루해할 틈이 없도록 괴롭히느라 애쓰고 있다니. 그렇다, 그녀는 나와 함께 있을 때 지루하다. 하지만 리츠에서의 첫날 저녁에는 지루해하지 않았다. 오, 리츠에서 그녀는 눈이 부시도록 환하게 행복했었다. 그렇게 눈부신 행복을 준 사람은 누구인가? 그녀가 알지 못하던 남자, 쏠랄이라는 이름의 남자. 그런데 지금 쏠랄은 아는 남자이고, 그녀 앞에서 남편들이 하듯 재채기를 하는 남자이다. 오늘 오후에 관계를 가진 뒤 잠시 말없이 쉴 때 그는 재채기를 했고, 그 끔찍한 소리를 그녀가 들었다. 그렇다, 그녀는 첫날 저녁의 쏠랄, 재채기하지 않는 리츠의 쏠랄, 시적인 쏠랄과 한편이 되어 지금의 쏠랄을 배반한 것이다.

쏠랄한테 오쟁이 진 쏠랄이로군, 그가 양쪽 머리카락을 손가락에 감아 뿔을 만들면서 중얼거렸고, 거울 속 오쟁이 진 남자에게 인사를 했다. 그녀는 눈을 내리깐 채 떨고 있었다. 그렇다. 그날, 첫 저녁에 날 처음 본 순간부터 사랑했으니, 결국 저 여인은 그때의 나와 한편이 되어 지금의 나를 속이고 있는 거다! 그때 리츠의 모르는 남자와 한편이 되어 지금 아는 남자인 나를 속이고 있다! 어떤 쏠랄이든 상관없이 먼저 온 쏠랄이었기 때문에, 그건 신싸 뽈릴이 이닌데, 무조건 그 손에 입을 맞춘 것이다! 어째서? 내가 경멸하는 모든 것, 동물과 똑같은 이유들, 선사시대 숲속에서와 똑같은 이유들 때문에! 그리고 꼴로니에서 처음 함께한 그날, 그녀는 모르는 남자의 입이 자기 입에 닿는 것을 거부하지 않았다. 오 부정한 여인이여! 오 남자를 밝히는 부정한 여인들이여! 믿을 수 없어라, 그토록 섬세한 여인들이 남자를 밝히다니! 여자들은 허풍쟁이에 상스럽고 털이 수북한 남자들을 좋아한다! 믿을 수 없어라, 그녀들은 남자들이 안기는 감각적인 쾌락을 받아들이고, 원하고, 즐긴다! 믿을 수 없어라, 하지만 사실이다! 그런데도 아무도 분개하지 않는다!

그녀를 돌아본 그는, 눈꺼풀을 내리고 다소곳이 앉아 있는 너무도 순결한 얼굴을 보는 순간 갑자기 두려워졌다. 순결한 여인이 리츠에서 모르는 남자의 손에, 어디서 왔는지도 모를 유대인의 손에 키스를 하다니! 모르는 남자와 혀를 섞다니! 오 순결한 처녀에서 한순간 음탕한 여인이 되는 여자들을 이해하려고 애쓰다가 내가 미치고 말리라! 옷을 입고 있을 땐 그렇게 고귀한 말들을 하면서! 방탕한 밤이 되면, 가련한 나의 쌀로몽이 들었다가는 뒷목을 잡고 쓰러지고 말 말들을 쏟아내다니!

—내 말 좀 들어봐요, 그대, 우리 여기 있지 말아요. 뭐라도 해봐요! 같이 내려가요.

불행의 칼날이 그의 심장을 파고들었다. 그녀의 다정한 말은 그에게 사형선고와 같았다. 여기 있지 말고 뭐라도 해보자니! 여기 함께 있는 것은 아무것도 안한다는 뜻이 아닌가! 뭐라도 해봐요! 하지만 무엇을 하란 말인가? 결국 계속하는 수밖에 없다.

—팔다리가 없는 남자 얘기를 계속합시다. 다시 질문하겠소. 이번엔 결코 말도 안되는 질문이 아니오. (그는 단어 하나하나를

음미하며 천천히 말했다.) 치명적인 가스괴저로 근육이 괴사해버려져서 의사들이 내 팔다리를 모두, 허벅지까지도 잘라내야 했고, 그래서 내가 머리와 몸통만 남은 인간이 됐다면, 하물며 괴저 때문에 고름이 흐르고 악취가 난다면 어쩌겠소? 그가 충만한 행복에 젖어 온화한 미소를 지으며 물었다. 가능한 일이잖소, 실제로 그런 병이 있으니까. 그러니까 내가 그렇게 돼서 움직이지도 못하고 악취를 풍긴다면, 그래도 '께루비노의 아리아'와 「브란덴부르크 협주곡」을 들으며 시적으로 날 사랑할 수 있겠소? 그래도 나에게 숭고하고 깊은 키스를 할 수 있겠소? 대답하시오!

— 그만, 그만해요. 그녀가 애원했다. 그만해요, 더이상 못하겠어요. 너무 피곤해요. 당신 마음대로 해요. 난 이제 아무 말도 안할 거예요.

— 서기! 피고가 다시 대답을 거부했다고 기록하시오! 그가 검지를 내밀며 명령했다. 내가 그렇게 구역질 나는 몸이 되면 당신은 아마도 내 영혼이 전과 달라졌다고, 변질되었다고 생각하려 애쓸 거고, 결국에는 날 더이상 사랑하지 않게 될 거요! 절대 사랑하지 않겠지! 하지만 그건 옳지 않잖소. 그 가스괴저는 내 잘못이 아니니까. 어쨌든 난 독한 가스를 풍기며 팔도 다리도 허벅지도 없는 몸통으로 테이블에 올라앉을 거요. 그리고, 당신에게는 정말 불행한 일이겠지만, 그 꼴을 하고도 남자구실을 할 텐데. 아, 불쌍하게도, 초라한, 네모난, 그런 몸통 위에 고통스러운 머리를 달고, 그런 모습으로 테이블 위에 올라가 있을 텐데! 주먹 한방 날리면 바닥으로 굴러떨어지고 혼자서는 몸을 추스를 수도 없을 텐데! 오! 맙소사! 어쩌면 팔다리까지 잘라낼 필요도 없을 거요! 입안에 있는 이만 몇 개 빠져도 내 영혼은 더이상 당신의 영혼에 기쁨을 주지 못할

테니까!

　그는 양손을 비볐고, 그녀를 골탕 먹일 방법이 막 떠오른 데 흐뭇해하며 미소를 지었다. 그래, 그러면 되겠군. 당장 내일 아침에 이발사에게 머리를 밀게 하고, 치과에 가서 이를 뽑아보겠소! 그러고 나서, 허탈한 미소로 히죽거리면서, 도형수 꼴을 하고 돌아온 나를 보고 당신은 어떤 표정을 지을 것 같소? 진실에 경의를 표하기 위해 해볼 만한 일이잖소!

　——그대, 이제 그만해요. 왜 다 부수려고 해요? (그가 절망 어린 웃음을 지었다. 이 여인도 반유대주의자로구나!) 그대. 그녀가 애원했다. (오, 그대 타령이라니, 나 아닌 누구라도 그대가 될 수 있었을 거면서!) 그대, 이제 그만해요. 당신 어릴 때 얘기를 좀 해줘요. 당신이 많이 사랑하는 삼촌 얘기도요. 어떤 분인가요? 생김새부터 말해줘요.

　——아주 못생겼소. 그가 단호하게 말을 잘랐다. 더할 나위 없이 못생겼소.

　여자들은 늘 왜 이렇게 아름다운 것에 집착하는가! 지난번에는 나더러 당신의 아름다운 눈이라고 했었다. 이제 나 자신의 눈까지 질투해야 한단 말인가! 당신의 아름다운 눈이라는 말은 나중에 그 눈이 흐리멍덩해지고 눈곱이 끼면 끝이라는 뜻 아닌가! 그가 몸을 일으켰다.

　——그렇소, 여자들은 아무리 천사 같은 얼굴을 하고 있어도 믿을 수 없는 사악한 존재들이지. 사랑한다고 해놓고 어느 순간 사랑이 사라졌다면서 슬퍼하고! 테이블에 올라앉은 가련한 몸통을 향해 분명 이렇게 말할 거요. 아, 당신을 더이상 사랑하지 않으면서 거짓말을 할 수는 없어요. 내 입은 내 영혼과 마찬가지로 순결해야

해요! 내 입으로 쓸데없는 모욕의 말을 퍼부어서 지나간 행복의 고귀한 추억을 더럽히고 싶진 않아요! (그녀는 시인 같은 여인이 팔다리를 잃은 연인에게 장광설을 늘어놓는 광경을 떠올렸고, 터져나오려는 처량한 웃음을 참느라 입술을 깨물었다.) 거미도 힘 떨어진 수컷을 버린다고 얘기했잖소. 하기야, 어쩌면 당신은 팔다리가 없이 몸통만 남아도 그런 나를 계속 사랑할지도 모르겠군! 그의 목소리는 아름다운 선율 같았다. 하지만 그건 더 나쁘지. 왜냐하면 당신은 몸통밖에 안 남은 연인을 위해 희생한 영웅이 되려는 거니까. 다가갈 땐 지독한 냄새 때문에 최대한 숨을 참으려 애쓰면서, 성녀처럼, 미소 띤 얼굴로, 그렇게 들어 올려 화장실 변기로 옮겨주겠지! 사실은 그 몸통이, 그 지긋지긋한 몸통이 끔찍하게 귀찮으면서! 당신의 영웅적인 의식 너머 당신의 무의식, 지극히 상식적인 무의식은 쓸모없는 몸통이 그만 죽어버리길, 빨리 다 끝나버리길 갈망하면서! 그래, 바로 이거요, 이거라고!

큰 키에 빨간색 긴 실내 가운을 입은 그는 팔짱을 끼고, 확신에 차서, 할 말 있으면 해보라고, 뭐라 응수하든 산산조각 내어버리겠다는 결연한 마음으로 그녀의 말을 기다렸다. 그녀는 고개를 숙인 채 말이 없었다. 그가 팔짱을 풀었고, 다정하게, 모른다면 가르쳐주겠다는 듯 부드럽게 말했다.

—어제저녁에 우리가 제대로 밝히지 않은 다른 문제가 있소. 이제 그 얘기를 하려 하오.

—아 그만해요, 제발, 이제 그만해요! 날 좀 봐요, 난 당신을 사랑해요, 당신도 알잖아요. 그런데 왜 날 이렇게 괴롭히고 또 왜 당신 스스로를 괴롭히는 거죠? 제발, 그대, 그냥 키스해줘요.

그랬다, 그 순간 그녀를 안고 뺨에 키스를 하고 싶었나. 싱떨 그러고 싶었다. 하지만 키스를 하고 나면, 밑에서는 여전히 음악 소리가 올라올 테고, 그들은 도미노 게임을 해야 한다. 다정한 애정은 모든 걸 빨아들일 만한 힘이 없고, 그들의 키스는 탱고가 끝난 뒤 행복한 인간들이 앙꼬르를 외치며 박수 치는 소리에 맞설 힘이 없다. 그러니 계속할 수밖에 없다.

— 문제는 결국 당신의 성적 감각이오. 그가 말했다.

그는 뭔가 알고 있다는 듯 고개를 끄덕이며 그녀를 쳐다보았다. 물론 최근 아게에서 그녀의 성적 쾌락은 허울뿐이다. 이미 줄어들었다는 걸 알아차리지 못한 채 여전히 관능적이기 위해 노력하고 있을 뿐이다. 하지만 주네브에서, 그러니까 그가 새로운 남자이던 시절에 그녀의 관능은 진정 대단했다. 결국 새로운 남자가 나타나면 또 그렇게 될 수 있다는 뜻이다! 주네브에서 그녀는 미친 듯이 혀를 움직이며 깊은 키스를 했다!

그녀를 계속 바라보면서 그는 머릿속으로 사랑이 시작되던 밤, 그녀가 숨을 헐떡이며 달아올라 갑자기 대담한 말과 동작과 함께 허리를 움직이던 때를 떠올렸다. 이곳 아게에 온 이후에도 가끔 그럴 때가 있었다. 지난번에 언쟁을 한 뒤 그가 이제 끝난 일이라며 미안하다고 했을 때 그녀는 이전과 똑같이 격렬하게 혀를 휘저었다. 그렇다, 언쟁을 하고 나면 한시간 혹은 두시간 동안 그는 새로운 남자가 된다. 그러니 결국. 그가 중얼거리면서 그녀에게 미친 사람 같은 눈길을 던졌다. 그녀가 입술을 적셨다. 반박하지 말자, 말하게 두자, 그렇지 않다고 말하지 말자.

— 당신은 관능적인 여자고, 그러니 배반할 수밖에 없는 거요! 그가 선언했다. 내가 죽고 나면 아주 볼만하지 않겠소? 그래, 내가 죽고 나면, 물론 처음엔 절망스러울 거요. 같이 죽고 싶고, 그러다

슬픔에 젖어 주네브로 돌아갈 테지. 그런 다음엔 어떨 것 같소? 분명 그대는 크리스티안 쿠자, 그래, 당신도 기억할 거요, 내 전 비서실장, 지난번에 내가 소개해줬잖소, 잘생기고 느긋한 몽상가에, 하물며 루마니아의 왕족이지, 당신은 그자를 만나게 될 거요. 그래, 그에 대해서 내가 좋은 말을 했기 때문에, 그도 진심으로 날 좋아하기 때문에, 그래서 만나게 될 거요. 그자와 함께 있으면 내 얘기를 할 수 있겠지. 오로지 쿠자만이 당신을 이해할 수 있으니까, 당신이 어떤 보물을 잃어버렸는지 이해할 수 있으니까. 그래서 함께하게 될 거요. 한마디로 말해서, 비통한 슬픔을 함께 나누는 게 감미로울 거고, 소중한 추억을 공유할 수 있는 우정의 시간이 애틋할 거고, 그렇게 함께 소파에 앉아 이미 저세상 사람이 된 내 사진을 보게 될 거요. 처음에야 혹시 모르니까 10센티쯤, 수줍음의 거리 10센티만큼 떨어져 앉겠지만, 그래봤자 소용없지! 할 말 있소? 계속 죽은 척하고 있을 거요? 마음대로 하시오! 그러다 어느 여름날 저녁에, 하늘에 여름 번개가 치고 천둥이 우르릉거릴 때, 세상을 떠난 가련한 남자가 살아 있을 때 하던 어떤 몸짓을 회상하다가, 그대가 갑자기 참지 못하고 울음을 터뜨리겠지. 쿠자가 당신을 위로할 거고, 남매라고 생각하자고, 자기한테 기대라고 말할 거요. 진심일 거요, 정직한 청년이니까, 날 많이 따르기도 했고. 쿠자는 아마 당신에게 믿음을 주려고, 당신도 그렇게 느끼게 하려고, 당신의 허리를 잡을 거요. 그러면 당신은 본격적으로 오열하기 시작하겠지! 그러다 갑자기, 그래, 당신을 달래야 하니까, 쿠자의 뺨이 당신의 뺨 가까이로 올 거고, 그래, 그러다 갑자기, 마치 삼중 증기터빈이 돌아가듯, 격정적인 키스가 시작되겠지. 나하고 했던 것과 똑같은, 하지만 눈물이 뒤섞인 키스! (그는 그늘의 키스를 보지 않기 위해 눈을 감았다가 다시 떴다.) 그런 진심이 담긴 오열은 사실 당신의 무의식이 바란 것이지! 크리스티안이 너무 느리니까, 이제 행동으로 옮기라는 뜻이란 말이오! 내 말이 믿기지 않소? 믿든 말든 마음대로 하시오! 제일 끔찍한 건 당신이 쿠자에게 몸만 주는 게 아니고, 그야 나도 포기할 수 있지만, 결국에는 애정의 마음까지 주게되리라는 거요. 그건 용납할 수 없소! 하지만 여자들이란 원래 그렇지. 여자들은 자기가 지닌 가장 소중한 것, 그러니까 다정한 애정을, 그걸 잘 다룰 줄 아는 남자한테만 주고, 또 미리 확인한 다음에만 주잖소! 시체가 된 가엾은 쏠랄이여, 그토록 일찍 잊히다니!

그는 비난하는 눈길로 그녀를 쏘아보았다. 그렇고말고, 아아, 관능적 감각에 매달리는 여인이여! 혀를 소용돌이처럼 돌릴 때를 제외하면 늘 예의 바르고 정숙한 여인이라는 것이 그 증거가 아닌가. 특히 다른 남자들 앞에서 취하는 정숙한 태도라니, 그것은 날 건들지 마세요 말하는 거고, 다른 남자들을 두려워한다는 표시이며, 나라를 섬기려고 복무할 나이, 그러니까 그녀를 섬길 수 있는 나이가 된 남자들은 모두 위험하다는 뜻이다. 그는 그녀의 신중한 모습이 참기 힘들었고, 지금 이 순간 가증스럽게 두 무릎을 붙이고 의자에 공손히 앉아 있는 모습이 참기 힘들었다! 땅 밑에서 위아래 양옆 네 면의 판자 속에 꼼짝 못하고 누운 그가 오쟁이 진 가련한 남자가 되는 동안 쿠자와 함께 눈물을 흘리다가 혀를 섞게 될 여인, 그대가 무슨 권리로 그렇게 조신하게 앉아 있단 말인가! 물론 양심의 가책을 느끼기는 할 것이다. 오블가 사람들은 원래 그런 걸 즐기니까. 하지만 무덤 위에서 훌쩍거리다 곧 고상한 변명거리를 찾아낼 테고, 이미 숨을 거둔 가련한 쏠랄을 이용해서 그를 오쟁이 지게 만들 것이다! 그이가, 나의 쏠랄이, 우리의 쏠랄이 우리를 이어주었어요, 이렇게 말하면서! 그렇게 다 끝날 테고, 그녀는 곧 살아 있던 옛 연인에게 하던 말을 똑같이 쿠자에게 할 것이다. 당신이 옷을 벗겨주는 게 좋아요, 내 벗은 몸을 당신이 보는 게 좋아요, 이렇게 말이다. 오, 이제 그만, 너무 힘들다.

─사실 내가 죽을 때까지 기다릴 필요도 없소, 그녀가 온몸을 떨고 있다는 것을 미처 보지 못한 채 그가 처량한 미소를 지으며 말했다. 내가 좀 양보하기만 하면 당신은 내가 살아 있어도 얼마든지 날 속일 수 있으니까! 당신을 다 벗게 만들어서 좁은 침대 위에, 역시 아무것도 안 입은 젊은 운동선수 옆에서 자게 한다면, 그다음 일어날 일은 뻔하지! 오 둘이 누워서 뭘 하겠소! 오 좁디좁은 침대에서! 난 내 불행을 스스로 만들어내는 장인이 되는 거지! 물론 당신은 유혹에 빠지지 않으려 애쓸 거요, 당연히 날 배반하고 싶지 않을 테니까. 하지만 침대가 너무 좁고, 그래서 당신의 엉덩이가 그의 탄탄한 엉덩이에 가닿게 되면, 그럼 어떻게 되겠소? 대답하시오!

─제발 그만해요! 그녀가 외쳤다.

─어떻게 되겠냐니까?

─가버릴 거예요! 그녀가 악을 썼다. 그 침대에 안 있을 거라고요!

그가 고통스러운 웃음을 터뜨렸다. 결국 그녀는 유혹이 두려운 것이다! 젊은 운동선수 곁에 누워 흔들리지 않을 자신이 없는 것이다! 그는 고개를 홱 돌려 그녀를, 임시로 자기가 누리고 있는 요분질의 대가를 바라보았다.

─이제 다른 질문을 하겠소. 그가 부드러운 목소리로 다시 말했다 말해보시오, 그대, 만일 당신이 겁탈당할 수밖에 없는 상황이라면 잘생긴 남자하고 못생긴 남자 중에 누구한테 딩히는 게 낫겠

소? 이건 그냥 가정이오. 산적떼한테 납치당했는데 당신보고 선택하라고 한다면, 그러니까 털북숭이 산적떼가 동굴 속에 둘러앉아서 당신더러 고르라고 한다면 어떡하겠소? 자, 말해보시오, 잘생긴 산적과 못생긴 산적, 둘 중 어느 쪽이오? 겁탈당하는 건 절대 피할 수 없소, 산적떼의 대장이 이미 명령을 내렸으니까. 거역할 수 없는 명령이오. 상대를 고를 선택권만 당신한테 있고. 자, 잘생긴 산적과 못생긴 산적 중 어느 쪽이오?

— 미쳤어요? 세상에, 어떻게 그런 생각을!

— 산적떼 대장의 생각이라니까. 못생긴 산적과 잘생긴 산적 중 어느 쪽이오? 자, 나의 천사여, 쓸데없이 버티지 말고 빨리 대답하시오.

— 대답하기 싫어요! 말도 안돼요!

하하! 그녀는 또 피해 가려 한다! 솔직하게 말하려 하지 않는다! 그 순간 그는 다른 광경을 떠올렸다. 배가 난파하면서 아리안이 기혼자인 젊은 목사와 단둘이 무인도로 표류한다! 석달 뒤면 목사가 오두막을 짓고 잎사귀를 쌓아 침대를 만들 테고, 그녀는 그 위에 같이 누워 격렬하게 몸을 섞을 것이다. 하지만 그렇게 말하면 그녀는 절대 아니라고 우길 것이다. 아니다, 두달이면 충분하다. 여름밤 미지근한 미풍, 바다 내음, 편안한 오두막, 이런 것이 있으면, 감기 때문에 두통이 있는 게 아니면, 하늘에 별이 가득하거나 혹은 녹색과 분홍색의 구름을 안은 진홍빛 석양이 펼쳐지면, 그녀가 좋아하는 것들이 있으면, 어쩌면 한달이 될 수도 있다.

— 보름이면 충분할 거요!

그리고 꼭 무인도가 아니라도, 영원히 그를 저버리는 것이 아니라 해도, 그를 속일 방법은 얼마든지 있다. 차라리 방탕한 여자들은 남자가 다 알게 속인다. 그런 여자들은 분명하게, 거의 정직하게, 적어도 위선 같은 것은 없이 다른 남자와 잔다. 하지만 이 여인에게는 꼭 무인도에 가지 않더라도 곳곳에 올가미가 있고, 여기저기 교활하고 미세한 불륜의 가능성이 놓여 있다! 단 한번의 눈길이면 된다. 그리스 조각상, 치아가 고른 알제리 남자, 에스빠냐의 무희, 행군하는 군인들, 보이스카우트, 힘차게 가지를 뻗은 나무, 그런 것에 던지는 눈길 한번이면 된다. 그리고 호랑이까지! 미용사의 간지러운 가위질도 위험하다! 분명 목덜미에 기분 좋은 떨림을 불러올 테니까! 결코 평온하게 사랑할 수 없는 여자가 아닌가! 가둬 놓고 미용사가 아닌 꼽추들만 보게 하면? 그런다 해도 몽상, 추억까지 막을 수는 없지 않은가! 정말이다, 절대 과장이 아니다! 여자들은 언제나, 적어도 무의식으로는, 남자를 속인다. 그는 너무 고통스러웠고, 결국 아무것도 확신하지 못한 채, 다시 깔라브리아[37] 산적에 대해 질문했다. 지친 그녀가 전쟁을 끝내기 위해 마침내 한쪽을 골랐다.

　—못생긴 남자요.

　그녀의 입에서 남자라는 말이 나오다니, 어떻게 견디란 말인가! 이토록 뻔뻔한 여인이라니! 오 아름다운 입에서 털이 수북한 단어가 더러운 냄새를 풍기다니! 어떻게, 못생긴 남자라니! 잘생긴 남자라고 대답하는 건 위험하다고, 위험을 불러올 거라고 직감했을 것이다. 긴 녹색 양말을 신고 앞코가 휘어 올라간 펠트 신발을 신은 깔라브리아 산적의 몸 아래서 발버둥치는 그녀의 모습이 떠올랐다. 젊은 깔라브리아 남자가 악취를 풍기는데! 그래도 그녀는 혐

---

37 이딸리아 남서부의 반도로 험준한 산악 지역이다.

오스러워하지 않는다! 여자들은 원래 남자들의 거친 면에, 그런 속성에 너무도 관대하다! 그는 산적들의 식사를 준비하는 그녀의 모습을 외면하기 위해 눈을 내리깔았다. 무엇보다도 젊은 깔라브리아 남자의 큰 코가, 의미 있는 것이기에 그를 고통스럽게 하는, 그무엇을 보장하는 큰 코가 참기 힘들었다! 남자의 정력에 대해 여자들은 너무도 관대하고, 심지어 남자의 정력과 또 그 징표로서 동물성을 드러내는 것을 숭배한다. 구역질 나도록 혐오스러운 그 관대함에 그는 흥분하고 분개했다. 정말 믿기 힘들지만 증거가 있는데 어쩌란 말인가. 그토록 섬세하고 부드러운 여인들이 어떻게 그런 것을, 그런 거친 것을 사랑한단 말인가! 그럴 거면서 뭣 때문에 거리에서 혹은 사교 모임에서 섬세하고 단정한 척한단 말인가! 그런 속임수를 생각하면 미칠 것 같았다. 지긋지긋하다!

　─자, 이제 끝났소. 난 다시 상냥해졌소. 심지어 당신 손에 키스도 하겠소. 보시오. 나에게 키스를 해주시오. 목에, 왼쪽에, 오른쪽도. 고맙소. 자, 이제 나가봅시다. 비가 그쳤군. 그래, 난 그대로 실내복 차림으로 나갈 거요. 어차피 시간이 늦어서 아래 아무도 없을 테니까.

　그와 나란히 서서 얌전히 복도를 걸어가면서 그녀는 자신이 하찮은 여자가 된 것 같았고, 영혼 없이 몸만 남은, 야회복 차림의 모델이 된 것 같았다. 승강기에서 흑인 급사가 마치 그녀를 위로하듯 친절하게 맞아주었고, 그녀는 슬픈 미소를 지어 보였다. 쏠랄은 그 순간의 희미한 간통을 말없이 받아들였다. 그런 다음 그녀가 눈을 내리깔자 조금 전 다른 남자의 매력을 느낀 것을 감추려는 행동이라고 생각했다. 그렇다, 여자들은 전부 은밀히 흑인 남자를 좋아한다. 흑인은 여자들의 은밀한 이상이다. 단지 사회적인 타락을 피하느라, 물려받은 관습 때문에 백인과 흑인이 함께 버둥대지 못하는 것이다. 할 수 없지, 원래 그런 것이다. 낡은 승강기가 드디어 멈췄다. 라운지에서 사람들이 평화롭게 담소를 나누고 있었고, 혼자 카드놀이를 하는 이도 있었고, 사랑만으로 사는 사람은 아무도 없었다.

— 다시 올라갑시다. 그가 흑인 급사에게 말했다.

— 그 옷이 아주 잘 어울리는군. 소파에 책상다리를 하고 앉은 그가 더이상 심술부리지 않겠다는 뜻으로 미소를 지었다. 자, 이제 들어봅시다. 콘래드[38]의 소설 말이오. 첫 부분을 다시 읽어주시오. 그녀가 책을 들었고, 목을 가다듬은 뒤 집중하기 시작했다. 하지만 그녀에게는 참으로 불행하게도, 소설의 시작 부분이 좋지 않았다. 주인공이 목이 길고 원기 왕성한 대위였던 것이다. 그녀는 정확한 억양으로 읽으려 애쓰며 남자다운 씩씩한 목소리로 대위의 말을 옮겼고, 쏠랄은 고통스러웠다. 하하, 굵은 목소리, 뜨거운 목소리! 지금 그녀는 자신이 어떤 남자들을 좋아하는지, 어떤 남자들이 필요한지, 그 어느 때보다 잘 보여주고 있다.

— 그만하시오! 그가 듣기 괴로울 만큼 날카로운 목소리로 외쳤다. 그만하시오, 최소한의 예의는 갖추란 말이오! 걱정할 건 없소, 여전히 날 사랑해도 좋으니까. 그가 정상적인 목소리로 덧붙였다. 난 아직 살인을 할 수 있고 내 자식을 낳을 수 있으니까! 난 아무 문제 없으니 걱정하지 마시오. 그런 대위 정도는 세명도 상대할 수 있소! 자, 이제 배가 난파하는 얘기를 해봅시다. 무인도에 가는

---

38 Joseph Conrad(1857~1924). 폴란드 출신의 영국 소설가. 바다와 이국에서의 험난한 삶을 그린 『로드 짐』(*Lord Jim*) 등을 썼다.

것 말이오. 당신하고 같이 무인도에 떠내려온 사람이 바로 조금 전에 우리가 본 그 급사이거나 아니면 목사, 아니 어쩌면 유감스럽게도 랍비였다고 칩시다. 그리고 당신과 그 사람은 절대 섬을 벗어날 수 없는 상황이오. 어떨 것 같소?

— 아, 그대, 제발요. 너무 피곤해요.

— 당신한테 물어봐야 헛일일 테지. 정직하게 답할 리가 없으니까. 아무리 명백한 진실이라 해도 그대로 인정해서 날 만족시키는 일은 없겠지! 하지만 난 어떤 일이 일어날지 알 수 있소. 당연히 처음엔 아무 일도 없을 거요. 지나가던 배가 와서 구해줄지 모른다는 기대가 남아 있는 동안은 날 배반하지 않을 테니까. 밤이 되면 모닥불을 피워 신호를 하고, 낮 동안에는 어떻게든 깃발을 만들어 올릴 거요. 같이 있는 급사가 웃옷을 벗어 깃발을 만들 테고, 결국 그자의 몸은 햇볕에 감미롭게 그을릴 테지. 그렇소, 처음엔 아무 일도 일어나지 않을 거요. 더구나 급사하고 프루스뜨 얘기를 나눌 순 없을 테니까. 생각만 해도 끔찍하지 않소! 하지만 몇주가 지나고, 다른 배가 와서 구해주리라는 희망이 사라지고 나면, 아무도 없는 섬에서 그자와 단둘이, 다른 사람들과 멀어지고 세상의 규칙과 떨어져서, 그렇게 함께 살아가야 할 운명임을 깨닫고 나면, 당신은 타히티의 꽃을 따서 머리에 꽂기 시작할 거요! (그는 진실을 말하는 기쁨에 취해 이리저리 왔다 갔다 하느라 그녀의 몸이 떨리는 것을 보지 못했다.) 그자가 잡아 온 물고기 그리고 당신이 사롱[39]을 걸치고 돌아다니며 뜯어 온 온갖 향초로 음식을 만들겠지! 그때까지는 아직 죄를 짓지 않은 삶일 테지만, 이미 남자와 여자가 함께하는 삶

---

39 말레이시아, 인도네시아 등지에서 허리에 둘러 입는 천.

이 시작된 거요! 내가 하는 말은 정말로 진실이오! 당신은 날 미쳤다고 생각하겠지만 난 미치지 않았소! 그러다 마침내, 마침내, 마침내, 향내 가득한 어느날 밤에, 야자수로 지은 오두막 안에서 일어나야 할 일이 일어날 거요, 앞으로, 뒤로! 또 어쩌면. 그가 노래하듯 부드러운 목소리로 감정을 잡으며 말했다. 또 어쩌면, 하루를 무사히 끝내고, 두 사람이 나란히, 맨발로, 손을 잡고 바닷가에 앉겠지. 그리고 쪽빛과 석륫빛이 섞인 바다를, 시적인, 용기를 주는 색깔들이 뒤섞인 수평선에 내려앉는 해를 바라보겠지. 그래그래, 오로지 나만을 위해 살고, 또 그렇다고 믿고 있는 여인은 꽃을 꽂은 머리를 급사 혹은 랍비, 아무튼 내가 그랬듯이 그녀의 주인이 되어버린 검게 그을리고 번들거리는 남자의 어깨에 살며시 기댈 테지. 남자는 맹그로브 향기 가득한 포근한 밤에 그대의 주인이 될 거고, 그대는 뜨바야 제나 하고 속삭일 거요. 그는 탄식한 뒤 창가로 다가갔다.

눈을 감고 이마를 창문에 댄 채 그는 넓고 매끈한 남자의 가슴에 머리를 기댄 그녀의 모습을 떠올렸다. 그렇다, 향기 가득한 섬에서 그녀는 날 완전히 잊어버릴 것이다! 나와 처음 만났을 때 하던 키스를 똑같이 그와 할 것이다! 더구나 그 키스는, 그 지역 특유의 날씨가 있으니, 보기 드물게 외설적인, 미친 듯이 혀를 움직이는 키스일 것이다! 그 순간 그녀를 갖고 싶다는 욕망이 일었고, 그녀를 향해 고개를 돌렸다. 그리고 바닥에 엎드려, 머리를 카펫에 대고, 몸을 들썩이며 오열하는 불행한 여인을 보았다.

그는 그녀의 팔을 잡고 일으켜 침대에 눕혔고, 이를 부딪치며 떠는 그녀에게 털외투를 덮어주었다. 이어 까치발로 욕실에 가서 탕파를 데워 와 털외투 안에 넣어주었다. 그런 다음 등을 끄고 머리맡 스탠드를 켰다. 무릎을 꿇었지만 그녀의 손에 키스할 용기는 나지 않았다. 필요하면 부르라고 나지막하게 말한 뒤 그는 자괴감을 떨치지 못한 채 까치발로 방을 나섰다.

살며시 문을 닫은 그는 어두운 응접실에서 홀로 그녀의 방문 가까이를 서성대며 혹시 소리가 나는지 살폈고, 그들의 가련한 삶을 바라보았고, 담배를 피우다 불붙은 담배 끝을 가슴에 가져다 대기도 했다. 그리고 마침내 결심을 했다. 그는 조심스레 문을 열고 침대로 다가가 마침내 고통에서 풀려나 잠이 든 여인, 그로 인해 고통을 겪은 죄 없는 여인, 그를 사랑하리라 약속한 여인, 리츠에서 눈이 부시도록 아름답게 춤추던 여인, 그와 함께 떠나서 영원히 함께 산다는 기쁨에 취했던 여인, 영원한 행복이 있다고 믿는 순진한 여인, 수척해진 여인을 내려다보았다. 무릎을 꿇고 앉은 그의 두 뺨이 눈물로 번들거렸고, 그는 아이처럼 잠든 순진한 연인을, 자기 때문에 고통 받는 아내를 바라보았다. 다시는, 다시는, 다시는 그대를 힘들게 하지 않으리, 그가 마음속으로 다짐했다. 온 힘을 다해 그대를 사랑할 것이고, 그대는 행복해지리니, 두고 보라.

89

　다음 날 아침 우수에 젖어 면도를 마친 그는 낙관적으로 다시 태어나기 위해 담배에 불을 붙였고, 해결책을 찾아냈다고 믿기 위해 억지로 미소를 지었다. 그렇다, 스칠 때마다 그들의 고독을 환기하는 사회적인 것, 세상으로부터 추방당한 채 오로지 자신들만의 사랑 안에 갇혀 지내는 삶을 환기하는 사회적인 것이 보이지 않는 곳으로 가자. 다른 사람들한테서 멀리 떨어진 곳에 그들만의 집이 있으면 더이상 비교할 것이 없을 테고, 밖의 생활을 떠올리는 일도 없을 것이다. 오로지 둘만을 위한 세상에서 살아가면 되고, 아무도 만나지 않고, 그러면 그 누구도 필요하지 않을 것이다. 그 집을 그녀에게 바쳐 완벽한 사랑의 삶이 펼쳐질 성소가 되게 하리라.
　어처구니없는 일이긴 하지만, 그들의 사랑은 이미 너무 멀리 와버렸고, 이제 끝까지 갈 수밖에 없다. 중요한 것은 그녀를 행복하게 만드는 일이다. 이렇게 생각하며 그는 얼렁뚱땅이고 단초해 보이기 위해 바람같이 그녀의 방으로 달려갔다. 그러고는 이 행복의 기운을 전염시키기 위해 그녀의 이마와 손에 키스를 했다.

— 내 사랑, 나의 천사여! 이제 끝났소! 이제 다 나았소! 더이상 당신을 괴롭히지 않을 거요, 절대로! 이제 모든 게 새로워졌으니, 하늘에 계신 신께 영광! 그리고 또 있소! 그가 정말로 흥분한 척하며 그녀의 두 손을 잡았다. 그대, 우리 집을 따로 마련합시다. 일전에 당신이 보고 좋아했던 그 집 말이오.

— 보메뜨 쪽 말인가요? 세 나와 있던 집?

— 맞소, 내 사랑.

그녀가 그의 품에 안겼고, 리츠에서처럼 미세하게 떨리는 웃음을 지었다. 우리만의 집! 더구나 '오월의 미녀'라는 멋진 이름을 가진 별장이었다! 어느새 슬픔을 잊고 새로운 상황에 적응한 여인을 바라보며 그는 가슴이 아팠다. 희망이 갖는 젊은 힘이여! 그녀는 어느새 침대를 박차고 나왔다.

— 지금 당장 보러 가요! 목욕만 금방 할게요! 나가 있어요! 택시부터 부르면 되겠네요! 금방 옷 입을게요!

택시가 오월의 미녀 앞에 멈춰 섰을 때, 작은 소나무 숲을 등지고 앞으로는 해변까지 잔디가 이어진 별장의 모습에 그녀는 첫눈에 마음을 빼앗겼다. 아! 저기 실편백 네그루! 몇번이나 탄성을 지르며 저택 주위를 한바퀴 돌아본 뒤 달려온 그녀는 그의 손에 키스를 퍼부었고, 왜 자기처럼 감탄하지 않느냐고, 자기는 이렇게 흥분하고 동화 속 집 같다는 말까지 하는데 왜 가만히 있느냐고 투정도 했다. 그녀는 자기는 벌써 저 집과 하나가 되었다고 선언하면서, 철문에 달아놓은 안내판을 큰 소리로 읽었다. 임대, 깐의 공증인 씨미앙 씨에게 문의 요망. 그녀는 조금이라도 빨리 가기 위해 그의 손을 잡아당겼고, 쏜살같이 택시에 올라탄 뒤 그의 실크 커프스에 입을 맞췄다. 루아얄 호텔에서 본 아기 같은 여자를 흉내 내면서 오월의 미녀를 사요, 오월의 미녀를 사요, 그래요, 사자고요, 노래를 불렀다.

그녀는 다시 그의 손을 잡아끌며 공증인 사무실로 향하는 계단을 두단씩 뛰어올랐다. 아, 우리한테 어울리는 유일한 집이에요! 그녀는 힘껏 문을 밀었고, 사무실에서 가장 나이 들어 보이는 남자에게 말했다. "오월의 미녀를 임대하러 왔는데요." 쎌룰로이드 옷깃을 달고, 훈제 뱀장어처럼 길쭉하게 생긴 늙은 사무장이 오월의 미녀가 뭐냐고 물었다. 그녀는 설명을 한 뒤 자기와 남편은 그 별장이 너무 마음에 든다고, 세를 얻고 싶다고 말했다. 사무장이 고개를 젓자, 그녀는 겁에 질렸다. 벌써 누가 계약했나요? "전 잘 모르겠습니다, 부인."

그들은 자리에 앉았다. "아예 집을 사버리는 건 어때요?" 그녀가 속삭였다. 그가 미처 대답할 틈도 없이, 공증인 씨미앙 씨가 단정하게 다듬은 머릿결에 푸제르 루아얄[40] 향내를 풍기며 사무실로 들어섰다. 공증인은 적어도 몇년 뒤 배임 및 횡령 죄로 잡혀 들어가기 전까지는 그 지역 사람들의 존경을 받을 수 있게 해준, 속내를 드러내지 않는 세련되고 신중한 태도로 그들을 맞았다. 그녀는 제1제정 양식의 책상 앞에 앉아서 살짝 떨리는 목소리로 오월의 미녀에 대해 찬사를 반복하며 황홀한 묘사를 늘어놓았다. 젊은 공증인은

----

[40] 남성용 향수로 라벤더와 이끼류가 주원료이다.

그녀의 말에 동의했다.

— 정말 보자마자 한 몸이 된 것 같았어요. 가련한 여인이 다시 한번 말했다. (나 아닌 다른 사람과 관계가 형성되니 기분이 좋고 행복한 것이다, 쏠랄이 생각했다.) 옆쪽의 실편백 네그루도 너무 아름다워요. 그녀가 사교계의 미소를 건네며 말했다. (아주 조금의 불륜이다, 쏠랄이 생각했다.) 벌써 누가 계약을 한 건 아니겠죠?

— 지금 협의 중입니다, 부인.

쏠랄은 공증인의 속셈을 알아차렸지만 일부러 끼어들지 않았다. 집세가 올라갈 테지만 상관없었다. 그녀가 호텔 급사나 미용사가 아닌, 같은 계층에 속한 누군가와 마주 앉아서 가짜일지언정 대화를 나누는 즐거움을 누릴 수 있다면, 그까짓 돈 몇장이야 얼마든지 더 얹어줄 수 있지 않겠는가. 자, 나의 여인이여, 마음껏 기회를 누리라.

— 아직 싸인은 안한 거죠? 그녀가 물었다.

— 안했습니다. 하지만 계약을 하려는 사람들이 집주인과 친한 사이라서요.

그녀는 거래는 거래죠, 같은 대담한 말을 하고 싶었지만 용기가 나지 않았고, 그냥 그 사람들보다 임대료를 조금 더 주고 계약할 수 있다고 말했다. 그는 어딜 가든 속임수에 넘어갈 수밖에 없는 순진한 연인을 쳐다보았다. 내가 없어지면 누가 이 여자를 지켜줄까?

— 저희는 그런 식으로 거래하지 않습니다, 부인. 공증인이 놀라울 만큼 냉정한 어조로 대답했다. 집주인이 1년에 4만 8000프랑으로 내놓았으니 절대 그보다 더 받을 수는 없습니다. 그게 정확한 가격입니다. (원래는 그 절반에 내놓았고 그래도 계약을 원하는 사람이 없었을 것이다, 쏠랄이 생각했다.) 사실 다른 쪽에서 좀 망설

이는 중이고, 그래서 어정쩡한 상태입니다.

　—그렇군요. 그녀가 미소를 지으며 말했다. 세가 좀 비싼 건 아닌가요?

　—그렇지 않습니다, 부인.

　—그리고 다른 아무 문제도 없는 게 확실한가요? 그녀가 사업가처럼 말했다. 저희도 아직 내부는 못 봤거든요.

　—확실하고말고요, 부인. (그녀는 만족한 숨을 들이쉬었고, 이 기회를 잡아야 한다고 생각했다.)

　—좋아요, 우리가 할게요.

공증인이 고개 숙여 인사를 했고, 그녀는 어쨌든 많이 비싼 건 아니라고 생각했다. 사실 프랑스에서는 모든 게 싼 셈이다. 어차피 6으로 나누면 되니까. 8000스위스프랑, 별로 비싸지 않다. 좋다, 괜찮은 거래다. 공증인이 같은 거리의 20번지에 사는 관리인한테 열쇠가 있으니 그 사람이 임대계약을 처리해줄 거라고, 물론 1년 치 집세를 먼저 내야 한다고 말했다.

　그들이 뚱뚱하고 수다스러운 망나니를 연상시키는 관리인의 집으로 들어섰을 때, 테이블 위에는 방문객들에게 신뢰감을 주기 위해 가져다놓은 듯한 75밀리 포탄 하나와 포슈 원수[41]의 초상화와 성모상이 놓여 있었다. 조금 전 공증인이 전화를 해둔 터라 관리인은 자기가 맞이해야 하는 고객이 어떤 부류의 사람인지 이미 알고 있었다. 옆에서 눈 나쁜 조수가 연기로 거뭇거뭇해진 낮은 천장 아래서 무언가를 열심히 적는 동안, 관리인은 십오분 넘게 온갖 상

---

41 Ferdinand Foch(1851-1929), 프랑스의 군인으로 제1차세계대전 때 연합군 최고 사령관이었다.

투적인 표현을 동원해서 오월의 미녀와 관련도 없는 복잡한 부동산 문제들을 떠들어댔다. 그러더니 여기 계신 분들께는 안타깝지만 하필 오늘 아침에 다른 쪽에서 4만 8000프랑에 계약을 하겠다는 전화가 왔다고, 그런데 씨미앙 선생이 미처 몰랐다고 했다. 더구나 그분들이 집주인과 아는 사이라서요, 그가 덧붙였다. 아, 어떡해, 그녀가 중얼거렸다. 해결할 방법을 찾을 수 있을 겁니다, 관리인이 말했다. 그렇습니다, 사실 지금 그쪽에서는 재산세를, 6000프랑밖에 안되는데, 그걸 낼 수 없다고 버티고 있습니다. 같이 온 남편이 도무지 속내를 알 수 없는 표정으로 지켜보고 있지만 않았더라면 관리인은 아마도 더 높은 액수를 불렀을 것이다. 남편이 물러터진 멍청이인지 아니면 마지막 순간에 갑자기 끼어들지 그로서는 알 수가 없었다.

─좋아요, 내도록 할게요. 그녀가 말했다.

관리인은 새끼손가락을 한쪽 귀에 넣고는 아리안에게 5만 4000프랑을 즉시 지불할 수 있냐고 물었다. 그녀는 쏠랄을 쳐다보았고, 쏠랄은 수표책을 꺼냈다.

─당연히 임대계약서 작성비, 중개비, 등록비, 그외에 여러가지 사소한 비용은 별도입니다.

─네, 물론이죠. 그녀가 말했다. 그럼 지금 바로 계약서를 쓸까요? 빨리 열쇠를 받아서 내부를 보고 싶어요.

서둘러 택시에서 내린 그녀가 철문을 밀고, 집의 현관문을 열었다. 넓은 홀과 홀을 둘러싼 회랑의 모습에 반한 그녀는 걸음을 옮기지 못했다. 아, 살기 좋은 집, 정말 행복한 집이 될 거야! 오늘은 날씨도 참 좋네. 12월 1일인데 이렇게 햇살이 좋다니! 그녀가 그의 손을 잡았고, 고개를 뒤로 젖힌 상태로 그를 끌어당기며 어지럽게 뱅글뱅글 돌았다. 그러다 순간 멈췄다. 문득 그에 대해 측은하고 애틋한 마음이 인 것이다. 그는 마치 신나는 놀이를 처음 해보는 어린애처럼 손잡고 도는 것이 서툴렀고, 그래서 어쩌면 그가 어린 시절에 그런 놀이를 해본 적이 없을지도 모른다는 생각이 들었기 때문이다.

그들은 이 방 저 방 돌아보았다. 텅 빈 방 안에서 여기를 침실로 쓰자고 선언하는 그녀의 단호한 목소리가 메아리쳤고, 이어 그녀는 여기가 응접실, 여기가 식당이라고 말했다. 또 욕실이 두개인 것을 확인하고 탄성을 질렀다. 5만 4000프랑이라고 하지만 실제로는 9000프랑, 그다지 비싸지 않다. 지하실부터 다락방까지 구석구석을 돌아본 뒤 그녀는 이제 깐에 가서 가구와 카펫을 고르자고, 아니면 어떤 게 좋을지 생각이라도 해보자고 재촉했다.

—오후 내내 깐에 있어도 되죠? 그렇죠? 그녀가 택시 안에서 물었다. 결정해야 할 게 너무 많아서 그래도 시간이 넉넉하진 않아요. 우선 점심식사부터 해요. 너무 배가 고파! 어때요, 이번엔 모스끄바 말고 다른 레스토랑에 가는 게? 작고 수수한 레스토랑에 가요, 괜찮죠? 난 우선 파슬리랑 야채를 넣은 오믈렛을 먹어야지. 아니면, 설마 경멸하진 않을 거죠? 베이컨을 넣어서 아주 크게 해달라고 할 거예요. 어때요? 기분 좋죠? 나도 그래요, 정말 좋아!

그날 저녁 루아얄 호텔에서 그들은 오월의 미녀에 대해 한참 동안 얘기했다. 너무도 아름다운 집을 칭송하고, 그 집에 들이기 위해 구매한 가구에 대해 논평하고, 집의 도면을 그려보고, 강렬한 키스를 했다. 그리고 자정에 각자의 방으로 돌아갔다. 하지만 삼시 우 그의 방에 수줍게 노크하는 소리가 들렸고, 문 밑으로 종이 한장이 들어왔다. 그가 주위 들어 읽었다. "우리 주인님께서 계집종의 침대에 와주실 수 있나요?"

한시간 뒤 그는 그녀에게 기대어 잠이 들었고, 그녀는 어둠속에서 깊은 생각에 빠졌다. 그래, 실내를 아주 고상하게, 아주 아름답게 꾸미는 거야. 우리가 평생 살 집이니까. 욕실이 두개이고, 더구나 쏠의 방이 욕실하고 통하는 게 정말 좋아. 문제는 화장실이 하나밖에 없다는 건데. 그래, 쏠을 밖에 내보내고 그사이에 두군데 욕실에 수세식 변기를 설치하자. 그래, 실내 공사를 하는 동안 쏠을 어디든 다녀오게 하고, 그런 다음에 시적이지 못한 일들을 조용히 해결해야지. 그래, 맞아, 욕실마다 변기를 설치해야 해. 안 그러면 같이 쓰느라 번거로울 거야.

그들은 아침 8시에 이미 목욕을 마치고 옷까지 차려입은 뒤 방에서 내려왔고, 놀라워하는 직원의 눈길을 받으며 아침식사를 마친 뒤 식당을 나섰다. 그녀는 그의 팔짱을 꼈고, 다시 정중한 말투로 돌아갔다.

──그대, 이제부터 중요한 얘기를 하려고 해요. 난 당신이 아무것도 신경 쓰지 않았으면 좋겠고, 내부 공사가 진행되는 걸 일일이 보지 않았으면 해요. 이해할 수 있죠? 마법처럼 짠! 하고 완벽한 모습을 보여주고 싶어요. 그러니까 당신은 공사가 끝나고 준비가 다 된 다음에 한꺼번에 봤으면 좋겠어요. 마리에뜨한테 전화를 해서 곧 오라고 할 생각이에요. 분명 올 거예요. 내가 원하는 건 다 해주니까요. 그동안 당신이 아게에 있지 않았으면 좋겠어요. 당신이 같이 있으면 자꾸 보고 싶어서 일을 제대로 못할 거예요.

그리고 그에게 말하지 않았지만, 욕실 두군데에 변기를 설치하는 중요한 문제가 있었다. 그가 알아서는 안된다. 세라믹 변기 두개가 들어오는 광경을 멀리서도 보면 안된다. 그리고 한가지 더, 집을 준비하는 동안 옷에 뭐가 묻고 머리카락이 살짝이라도 흐트러진 모습을 그에게 보이고 싶지 않았고, 지켜보는 눈 없이 마리에뜨와 실컷 수다를 떨면서 여기저기 마음 편히 닦고 씻어내고 싶었다. 얼마나 재미있을까.

— 그러니까 오늘 저녁에 깐으로 가면 안될까요? 당연히 제일 좋은 호텔에 묵고요. 물론 어디인지 나한테 꼭 말해줘야 해요. 이곳이 다 준비되면 전화할게요. 두주일이면 될 거예요. 편지도 쓰지 말아요. 그렇게 떨어져 있다가 당신이 돌아오면, 세상에, 얼마나 멋지겠어요! 그리고 이제 아주 중요한 얘기를 하려고 해요. 내가 당신의 재무 장관이 되기로 했어요. 당신이 물질적인 문제에 신경 쓰는 게 싫어요. 이제 우리가 같이 살 집이 있으니까 지출 문제는 내가 맡아서 할게요.

그가 매달 수표를 주면 그녀가 맡아서 관리하기로 했다. 그녀는 주네브의 은행에 연락해 필요한 만큼 주식을 팔아 10만 프랑스프랑을 보내달라고 할 생각이었지만 그에게는 말하지 않았다. 자기가 재무 장관을 맡기로 했으니, 그렇게 하면 그 모르게 돈을 쓸 수 있다. 10만 프랑스프랑이면 너무 많은 걸까? 아니다. 6으로 나누면 되니까 그렇지 않다. 그렇다, 이 집을 사랑으로 가득한 삶의 성소로 만들 것이다. 그녀가 그의 손을 잡았고, 마음을 다해 그를 바라보았다.

— 그대, 새로운 삶이, 우리의 진짜 삶이 시작되는 거예요, 그렇죠?

90

시간이 어찌 이리 빨리 가는지 오늘이 2월하고도 4일이네, 1년 중 가장 짧은 달이고 가장 불친절한 달이라는 속담도 있잖우, 내가 여기 아게에 온 지 벌써 두달이 됐으니, 불쌍한 마리에뜨, 다들 꼭 필요한 일이 생겨야만 날 생각한다니까, 그때까지 주네브에 있었으니 망정이지 마담이 일주일만 늦게 전보를 보냈어도 서로 못 볼 뻔했잖우, 빨리 동생한테 가서 좀 돌아볼까 하던 중이었거든 내가 원래 가족을 살뜰히 챙기잖우, 사실은 전보를 받은 그날 아침까지 그니까 전보를 받기 직전까지 마리에뜨 나이도 있는데 이제 좀 편안히 지낼 필요가 있어 그렇게 생각했다우, 머잖아 관 짜느라 치수를 재야 할 텐데 우울해질 때도 많고 기운도 달리고, 아드리앵 나리가 다 나아서 정치 문제 때문에 아프리카로 떠났으니 나도 그 낙타 같은 고약한 여자네 집을 그만둔 거지, 어차피 아드리앵 나리 때문에 남아 있던 거니까 뭐 그 고약한 여자가 온종일 마담 아리안은 도덕관념이 없는 나쁜 여자라고 떠드는 소리를 듣고 있자니 정말 못할 짓입디다, 이뽈리뜨 나리와 헤어지는 건 마음 아팠지만 사실 그 양반은 마담 아리안 욕을 단 한번도 안했거든, 어쩌겠우 사랑은 마음대로 할 수 있는 게 아닌걸 노래 가사대로 사랑은 시의 자식인걸, 어쨌든 아드리앵 나리가 아프리카로 떠났으니 나도 빠리로 가도 되겠다 싶었지, 그 난리를 겪었으니까 기분도 좀 바꿔보고 싶었고 생각해보시우 세상에 얼굴이 피 칠갑이었다니까, 그날 늦게 그니까 밤에도 어찌 돌아가고 있는지 한번 봐야겠다는 생각이 들긴 했는데 예감 같은 거지, 그러다 아침에 디디가 온지도 모르고 보통 때처럼 갔는데 문도 안 열어줍디다 마담은 떠났으니 날더러 이제 올 필요 없다면서, 그런데 화난 게 아니라 슬퍼하는 거 같았다우, 하루 종일 다시 가볼까 말까 망설이다가, 디디 얼굴을 볼 용기가 나야 말이지, 결국 밤 11시에 더 못 참고 가봤잖우, 재빨리 옷을 입고 예쁜 검은색 모자를 쓰고 아침에 초인종 눌르지 말고 들어오라고 마담 아리안이 준 열쇠를 챙겨 들고 소리 안 내고 들어갔잖우, 아래층에 아무도 없길래 좋아 올라가자 디디의 방에 가보니까 아무도 없고 그래서 욕실 문을 열었더니 세상에 불쌍한 디디가 무릎 꿇고 작은 의자에 머리를 박고 피 칠갑을 하고 시체처럼 쓰러져 있지 않겠우, 불쌍한 어린 양처럼, 세상에 정말 마음이 찢어지는 것 같습디다, 바닥엔 권총이 있고 어째야 할지 몰르겠어서 곧장 경찰에 전화를 할라고 했는데 쇳덩이가 짐승처럼 떡하니 버티고 있으니 그놈의 권총 때문에 손이 떨려서 도무지 뭘 못하겠고, 그래서 달려가서 친구를 불렀지 그니까 옆집 가정부 말이우, 멋대가리는 없지만 그래도 상냥하고 얘기도 잘하는 여자인데 내 말을 듣자마자 잠옷에 외투를 걸치고 뛰어나오더니 나랑 같이 사달이 난 집으

로 뛰어가서는 곧장 경찰에 전화를 합디다, 역시 좀 배운 여자라 그
런지 설명도 잘했고 그런 다음에 의사한테 그니까 가까이 사는 꼴
로니의 의사 그니까 아주 잘생긴 쌀라댕 선생한테 전화를 했다우,
그래 긴말 말고 정리하자면 의사 선생이 아직 숨이 끊어지지 않았
다고 그래도 빨리 치료해야 한다고 했고 그래 구급차가 왔잖우 결
국 내가 들러본 덕분에 디디가 살아난 거지, 쌀라댕 선생이 진짜로
그렇게 말했다우 부인께서 이분을 살리셨습니다 정말 이 말 그대
로였다니까, 그놈의 사랑 때문에 그 사달이 난 걸 보고 내가 얼마
나 놀랐겠우 그런데도 정신 바짝 차리고 일 처리를 제대로 해낸 거
지, 그리고 이웃집 가정부한테 부탁해서 벨기에에 있는 고약한 여
자한테 당장 오라고 전보를 보냈잖우, 벨기에에서 어느 돈 많은 늙
은 여자를 간호하고 있다는데 보나 마나 유언장에 이름 얹으려는
수작이지 그런 걸 놓칠 리 없는 여자니까, 어쨌든 곧장 달려옵디다
원래 그 여자가 디디는 끔찍하게 챙기거든, 아무튼 그 여자가 이뻘
리뜨 나리를 붙잡고 마담 아리안 욕을 하는 걸 한번 들어보셔야 하
는데 무슨 호랑이처럼 으르렁대거든, 이 얘길 마담 아리안한테 다
할 수밖에 없었다우, 주소를 아는 사람이 없으니 아무도 연락을 못
했고 그러니 마담은 아무것도 몰르고 있습디다, 날 보자마자 아드
리앵 나리가 어떻게 지내는지 묻더라니까, 그렇게 떠나버리고는
사랑의 비극이 어떤 사달을 냈는지도 몰르고 있다니, 그래도 좀 창
피한지 쭈뼛대더니 다정한 눈빛으로 디디가 아픈 덴 없었냐고 묻
지 않겠우, 어쩌겠우 마담 아리안이 몰르고 있는 걸 다 말할 수밖
에 없었지 뭐, 머리에 피가 흥건했던 거며 전부 말했다우 관자놀이
에 총알이 박히고 세상에 그래도 깊지 않았으니 망정이지, 마담이
많이 울었다우 눈까풀이 부어오르고 눈동자도 파프리카를 집어넣

은 것처럼 빨개지고 원래 단단한 사람인데 계속 후회하면서 코를 풀어댑니다, 자기 때문이라는 죄책감 때문이겠지 뭐 죗값인 거지, 그래서 지금은 다 나았다고 달래줬다우 심지어 전보다 살이 쪘다고 거짓말도 했는걸, 참 마담이 날더러 그 나리는 절대 몰르게 해달랍디다, 그니까 아까 말한 대로 마담한테 전보를 받기 전에 계획했던 게 딴 길로 가버린 거지 뭐, 원래는 동생 보러 빠리에 갔다 와서 다시 일을 시작할 생각이었는데, 돈이 필요하니 할 수 없잖우, 아무것도 안하고 있으면 우울해지기도 하고 절대 공주 마마는 못될 팔자인 거지, 참 내가 커피 좀 만들 테니 드셔보시우, 그니까 아가 칸의 별장지기로 벌이가 쏠쏠한 동생한테 다녀온 뒤에 다시 자리를 구할 생각이었다우, 사실 동생하고 난 사이가 아주 좋지 쌍둥이보다 가까울걸, 아무튼 동생도 보고 에스빠냐 놈 일 때문에 동생하고 할 얘기도 있었고, 그니까 조카 년이 어떤 놈한테 홀랑 넘어간 모양인데 무슨 까페 보이라던가 아무튼 까무잡잡한 게 꼭 아랍 놈 같다고 합디다, 그런데 그놈이 조카 년을 가지고 놀고는 결혼은 안하겠다고 한다잖우 남자들이란 하나같지, 그래서 내가 가서 해결할 생각이었다우 그 검둥이 같은 놈을 혼내줘야지, 어찌나 털북숭이인지 귓구멍에까지 털이 나 있고 생긴 것도 형편없다는데 여자들은 그런 걸 좋다고 하니 참 요새 젊은것들은 이상도 하지, 우리 집 양반을 보셨어야 하는데, 그니까 조카 문젤 해결하러 빠리로 가기 전에 아그리빠 나리한테는 가볼 생각이었다우, 동생하고 동생의 딸, 그니까 비겁한 에스빠냐 놈한테 버림받은 조카 좀 보고 오면 그담에 그 집에서 일할 수 있다고 말할라고 했지, 물론 외프로진을 내보내는 조건으로 아무짝에도 쓸모없는 그 늙은 여편네가 나한테 이것저것 시키는 꼴을 어찌 보셨우, 그러고 있는데 마담 아리안의 전보를 받았고 나야 마담 아리안이 더 좋지 뭐 언제나 마담 아리안이 우선이니까, 내가 마담 애기 때 엉덩이에 파우더도 발라줬는걸, 전보를 받자마자 당장 아그리빠 나리한테 달려가서 조카의 주소를 알려줄까 했는데, 다시 생각해보니까 첫째 아그리빠 나리는 올바른 분이고 둘째 어쩌면 마담이 삼촌이라도 자기 주소를 아는 걸 원하지 않을지도 모르니까 관뒀다우, 나중에 들으니 삼촌한텐 마담이 편지를 보내서 아그리빠 나리는 다 알고 있다고 합디다, 정말로 올바르고 신앙심 깊은 분인데 사랑하는 조카가 사랑에 정신이 나가서 그런 일을 저질렀으니 얼마나 속상하셨을지, 어쨌든 일단 일이 생기면 내가 얼마나 재빠르게 해치우는지 놀랍지 않우, 전보 받은 다음 날 벌써 마담 아리안의 일을 거들고 있었으니까, 가구 카펫 설비 등등에 대해서 내 의견도 말해주고 마담은 좀더 고급 천으로 시트를 할라고 했다우 정말 돈을 어찌나 펑펑 써대는지, 그런데 그 양반은 내내 볼 수가 없었다우 마담이 깐에 가 있으라고 했답디다, 높고 훌륭한 나리는 일일이 알 필요가 없다나 집 안을 문지르고 닦는 걸 보여줄 순 없다나, 어차피 마담이 두번 깐에 다녀왔지만 아니 거짓말 사실은 세번이었다우, 말로야 가구를 어떤 걸로 할지 상의하러 간 거라지만 보나 마나 뻔하지 같이 자러 간 거 아니겠우, 그래도 그 세번 말고는 더 못 갑디다, 고운 임 만나러 갈라면 준비해야 할 게 엄청 많으니까 무슨 일이 있어도 아름다워야 하니까, 무슨 연극 무대에 올라가는 것 같다우, 제일 오래 걸린 일은 그 워터 코제트[42]라는 걸 설치해서 변소 두개를 더 만드는 거였는데, 조용히 하시우 나까지 웃기지 말고 내가 다 얘기해드릴게,

---

42 water-closet(W.C.)을 몰라서 비슷한 발음으로 말한 것이다.

사실 난 이곳이 싫은데 겨울에 바다가 무슨 소용이겠우 처량하기만 하지, 그나마 난방이 잘돼서 다행이지만 1년 내내 안 추운 꼬뜨다쥐르라더니 다 헛소리더구먼, 바람이 어찌나 부는지 정말 여기아게는 하나도 안 따뜻한걸, 바다도 너무 가까운데 그놈의 파도 소리는 영 정이 안 가고 밤에 들으면 꼭 망령들이 노래 불르는 것 같다우, 나야 오로지 마담 때문에 온 거지 뭐, 다행히 지금 내가 묵는호텔에서 식사는 안하고 방만 빌리는 걸로 해줬다우, 물론 작은 호텔이라 노동자들이 묵는 방 여섯개가 전부이고, 1층에 까페가 있고, 다행히 바다에서도 조금 떨어져 있어서 유령들 노래하는 것 같은 파도 소리는 안 들린다우, 마담 아리안이 날더러 거기 묵으라고합디다 집엔 방이 부족하다면서, 부족하긴 뭐가 부족해 내가 몰를줄 알지 아름다운 보물 같은 남자랑 아무도 몰르게 사랑의 소설을쓰고 싶은 거지 뭐, 그니까 밤에 애무의 보금자리를 누가 엿볼까봐그러는 거지, 사랑의 꿈 취기의 꿈 마음껏 누릴라고, 내가 다 얘기해드릴게 준비 다 해놔서 시간 많다우, 우리 집의 로미오하고 줄리엣은 같이 산책 나갔으니 괜찮고, 이 집엔 정말 할 일이 태산이라우심지어 성탄절 날도 다른 날과 똑같이 일했다니까 일요일도 와야되고 정열의 왕자님을 위해 모든 게 위엄을 갖춰야 된다나, 나 원참 아예 영화를 찍지 불쌍한 디디한텐 이렇게 못해준 게 미안할 정도라우, 생각해보면 막상 일요일에 일 안해도 방에서 혼자 할 일도없긴 하지만 호텔에서 아무하고도 인사를 안했으니까 그런 보잘것없는 인간들하고 알고 지낼 생각은 없다우, 아까 말한 대로 이 집은매일매일 사랑의 미사를 올리는데 그니까 사랑의 사제 둘이 사는데 늘 그 양반 때문에 자질구레한 것까지 다 챙겨야 하고 죽겠우,날더러 계속 이거 그이 눈에 안 띄게 해줘 이건 놀르게 해줘 이거

조심해줘 저거 조심해줘 그이가 이런 거 안 좋아해 저런 거 안 좋
아해 아이구머니나 그저 디디만 불쌍하지 디디한테는 한번도 살갑
게 해준 적 없으면서, 그래도 친절한 양반이었는데 나한테 말할 때
도 상냥했고, 이 집에 있는 아름다운 왕자님은 나한테 말도 안한다
우 눈도 아예 안 마주치고, 두고 보시우 그 삼촌 그니까 아그리빠
나리가 유언장에 지금 사는 집까지 전부 다 마담한테 남길 텐데 두
고 보라지 마담이 다 팔아먹고 말 테니까, 어차피 주네브로 돌아가
진 못할 텐데 샹뻴의 저택은 아주 오래되고 화려하고 경치도 멋진
데 좋은 동네라 땅도 비싸고, 아무튼 마담은 엄청난 돈을 갖게 될
텐데 물론 제값을 다 받진 못하겠지만 공증인이든 은행이든 회사
든 모두 단물 빨아먹는 덴 귀신들이잖우 게걸스럽기 그지없지, 아
그리빠 나리는 오래 못 살 것 같습디다 비쩍 마른 게 무슨 야생 아
스파라거스라고 왜 그 가늘고 긴 풀 있잖우 재배한 아스파라거스
보다 향이 훨씬 좋은 거 꼭 그거 같다니까, 그 나리 하는 걸 보고 있
으면 그래 여자 손 한번 못 잡아봤을 텐데 정말이지 오래가지 못할
거고 그러니 그걸 다 하면 얼마겠우, 의사들이 아무리 아는 척해봐
야 결국 자기들도 죽잖우 그때가 오면 누구나 어쩔 수 없지, 그래
그래 불쌍한 마리에뜨 네 차례도 머지않았어 젊음도 마음껏 누리지
못했는데 지금은 굵은 다리가 서커스단의 코끼리처럼 부어오르네,
아까 말했지만 전보를 받자마자 그니까 12월 4일에 달려와서 18일
에 다 끝냈잖우 마담하고 둘이 정말 정신없이 일했거든, 눈을 질끈
감고 이쪽저쪽 정신없이 정말 흑인 노예들보다 더 많이 일했으니
까, 다 잘됐는데 부엌이 별로 무슨 병원도 아니고 너무 하얀 게 거
슬리고 아무튼 난 별로입디다, 그리고 그 전기레인지라는 게 튀김
요리 할라면 어찌나 불편한지 가스레인지보다 불 조절도 어렵고

달궈지는 데 너무 오래 걸리고 다 쓴 다음에도 불판이 세상에 엄청 뜨겁고 아이고 난 싫어, 그래도 암말 안했지만 어차피 돈 내는 사람 마음이니까 빠스뙤르 씨가 그랬다잖우, 그래도 거실하고 식당은 차분하고 괜찮다우 사소하게 모자란 게 있긴 하지만 그니까 장식 품들을 잘 놓으면 더 분위기 좋고 화사할 텐데, 그 양반 방에 깐 흰 색 벨벳 카펫은 난 별로입디다, 조명은 글쎄 전구들 불빛이 어디서 나오는지 안 보이게 돼 있고 침대가 어찌나 낮은지 정리할라면 잔 뜩 숙여야 돼서 허리가 아플 정도라우, 무슨 커다란 석관처럼 생긴 게 낙타 두마리 그것도 뚱뚱한 두마리가 올라가 누워도 될 만큼 크 고 왜 그런지야 내가 어찌 알겠우, 이 집의 제일 좋은 점은 뭐니 뭐 니 해도 전부 1층에 모여 있다는 거라우 계단을 오르내릴 일이 없 으니 내 다리 정맥류에야 좋지만, 마담이 글쎄 날더러 그니까 18일 에 그 양반 오기 한시간 전에 마리에뜨 지금 묵고 있는 호텔 방 괜 찮지 그럽디다, 조용히 해요 그니까 날 내보낼라고 꾀부리는 거지, 괜찮아요 했지만 할 말은 솔직히 해야 하니까 나도 이 집에 살고 싶다고 괜히 호텔 때문에 마담이 돈 쓸 필요 없지 않냐고 했더니 그렇긴 한데 여긴 방이 부족하다나, 암말도 안했지만 방이 부족할 리가 있나 첫째 창고 방이 있고 둘째 다락방을 꾸미면 될 텐데 물 론 계단이 아니라 사다리로 올라가야 해서 힘들긴 하지만, 관두라 지 겉 다르고 속 다른 양반 같으니 그러고 말았지, 다 하는 말이지 진짜 하고 싶은 얘긴 그 양반이 온 뒤에 둘이 비밀스러운 입맞춤을 할 때 내가 있는 게 싫은 거면서, 마리에뜨 그이가 삼십분 있다 올 거니까 내일 아침까지 그냥 쉬어 이럽디다, 괜찮아요 있어도 되는 데 했더니 오늘은 특별한 날이라나 서로 못 본 지 두주일이나 됐다 나, 세번이나 다녀오지 않았냐고 할라다가 그냥 잠았나우, 저녁은

호텔에서 먹으라길래 뭣 때문에 그런 데 돈을 쓰냐면서 괜찮다고
거절했지 내가 원래 체면을 챙기는 사람이라 그냥 치즈나 좀 가져
갈게요 하면서 말이우, 저녁에 자리에 누웠는데 이것저것 상상하
다가 남도 아니고 날 그렇게 쫓아낸 걸 생각하니 어찌나 속상하던
지 나도 같이 그 양반을 맞이할 줄 알았는데 나도 식구처럼 예쁘게
입고 만나서 반갑습니다 인사할라고 했지, 그 대단한 양반을 처음
보는 거니까 까만색 반짝이 달린 예쁜 모자까지 쓰고 모자 끈을 세
게 묶는 바람에 목이 졸릴 뻔했는데 마담도 다 봤으면서, 흰 진주로
박람회 기념품이라고 박혀 있는 흑진주 핸드백도 들고 왔고, 좋은
밤 보내시라고 인사하면서 내가 뻔뻔하게 눈치를 줬잖우, 전보를
받자마자 주네브에서 달려왔는데 급히 모자를 찾아 쓰고 기차도
아슬아슬하게 탔는데, 마담은 가족이나 마찬가지니까 애기 때 내가
목욕시키고 닦아주고 했으니까 예쁜 엉덩이를 두드리며 입도 맞추
고 그래서 지금 그렇게 예쁜 엉덩이가 된 건데, 그런데 날 가족으
로 대해주지 않다니 아프리카에서 온 노예도 아니고 날더러 나가
라고 하다니, 특별한 날이야 어쩌구 우리가 두주일 만에 보는 거라
서 어쩌구 하면서, 매일 보라지 누가 못 보게 하나 얼마나 대단한
양반이길래, 사실 이유는 따로 있으면서 그니까 마담은 연극 공연
처럼 하고 싶은 거라우 그 섬세하다는 양반이 이걸 보면 안되고 저
걸 보면 안되고 완전히 번쩍거리기 전엔 보여줄 수 없다는 거지,
내가 그 양반 줄 선물까지 챙겨 왔는데 옛날에 도자기 공장 다닐 때
만들어놓은 것 중에 제일 잘 만든 걸로 그때 주인도 보고 참 잘 만
들었다고 한 건데 흙을 이겨 만든 재떨이가 완전 예술품이라우 빵
돌아서 감긴 뱀이 꼭 살아 있는 것 같고 개구리가 입을 벌려서 떨
어지는 담뱃재를 받아먹게 돼 있지, 내가 아침저녁으로 탤컴파우

더 두드려가며 엉덩이를 보송보송하게 해줬는데 어찌나 심술이 나
던지 그날 저녁은 호텔 까페에 내려가서 먹었다우, 골탕 좀 먹으라
고 최고급으로 우선 올리브오일에 절인 정어리에다가 마늘 소시지
그다음에 마침 빵가루 묻혀 튀긴 돼지 족발이 있길래 그것도 먹었
고 냉닭고기도 있었지만 그건 별로 당기지 않습디다 닭고기는 별
맛이 없잖우 닭에서 먹을 만한 건 그나마 궁둥이 살뿐이고, 뭐 어
쨌든 다 지난 일이니까 서운한 마음은 이제 다 풀렸지만, 아무튼
마담이 어찌나 태를 부리는지 무슨 영화 찍는 것 같다우 원래 씻는
방이 두개인데 마담은 그걸 욕실이라고 불르지만 난 그냥 씻는 방
이라고 부르는데, 어떤 걸 무슨 실이라고 거창하게 불를라면 좀 커
야지 난 정말 그렇게 생각한다우, 그건 그렇고 그 양반 씻는 방은
침실하고 통하게 돼 있고 또하나는 마담 건데 세상에 기가 막히게
으리으리하고 그런데 문제는 침실하고 안 통한다는 거고, 거기다
화장실이 하나 따로 있는데 왜 워터 코제트라고 불르는 거 있잖우
그거고 온통 하얘서는 없는 게 없다우 바닥 타일에 앉아서 밥을 먹
어도 괜찮겠습디다, 그런데 마담은 그걸로도 성에 안 차는지 씻는
방마다 그놈의 워터 코제트가 하나씩 더 있어야 한다면서 진짜로
하나씩 집어넣었다우, 그니까 원래 있는 건 잘 쓰지도 않고 거기다
지하실의 내가 쓰는 것까지 더하면 워터 코제트만 벌써 네갠데, 쉿
조용해요 나까지 웃기지 마시우, 왜 그러는지 난 금방 알아차렸지
그니까 마담이 워터 코제트를 방마다 들여놓은 건 큰 거든 작은 거
든 아무튼 그런 거 하러 갔다는 걸 서로 몰르게 할라는 거라우, 세
면대에서 손을 씻든지 아니면 욕조에 잠깐 들어가는 척할라고 물
을 틀어놓으면 그 소리로 다 가릴 수 있으니까, 이게 다가 아니고
글쎄 마담이 벽에 문을 내서 자기 방하고 씻는 방 그니까 ㄱ 워터

코제트 사이를 왔다 갔다 할 수 있게 했다우, 그것도 워터 코제트를 쓰는 중인 걸 감출라는 거지 어차피 들어가는 건 볼 수 없으니까 안 보이는데 어떻게 알겠우, 누가 알지 못하게 해놓고 살짝 갔다 올 게요 이러는 거지, 이상도 하지 오줌 누고 똥 누는 게 무슨 창피한 일이라고 하느님이 그렇게 만들어놓은 건데 왕도 왕비도 똑같이 하는 일인데 나도 마찬가지고, 난 우리 바깥양반이 다 알게 오줌 누러 갔지만 우린 사랑했다우 정말 맹세하리다, 그런데 마담은 그게 아닌지 오줌 누러 가는 게 무슨 엄청난 정치적 비밀이나 된다고 그 난리일까, 물 내리는 것도 호사스럽고 소리 안 나는 특별한 걸로 했다는데 그것도 그 양반한테 안 들리게 할라는 거잖우 시처럼 아름답게 살겠다는 거지, 차라리 물 내려가는 동안 오 사랑의 별이여 취기의 별이여 노래가 나오게 만들지 그러면 훨씬 시적이겠구면, 그것 때문에 공사를 얼마나 거창하게 했는지 세상에 니스에서 일꾼이 세명이나 왔고 일요일에도 공사를 계속했다우, 돈을 얼마나 써대는지 잘 좀 해달라고 일꾼들한테 팁을 줄 땐 차마 눈 뜨고 볼 수가 없더라니까, 당연히 오래 걸렸지 욕실하고 연결할라고 마담의 방에 벽을 뚫어서 문을 만들고 그런 다음 워터 코제트까지 설치할라니까, 씻는 방 두군데 바닥 타일을 다 뜯고 굵은 파이프도 설치하고, 참 스위스 사람들은 그런 타일을 까뗄[43]이라고 부릅디다 도통 무슨 소린지 그 사람들이 쓰는 프랑스 말은 순 엉터리 같아, 나랑 친하게 지내는 왜 아까 말한 그 옆집 가정부만 빼놓고 그 여잔 학교도 제법 다녔고 뭔가 얘기하는 소리가 꿀 바른 것처럼 귀에 착 착 감긴다우, 심지어 또 멋진 현관 마루까지 뜯어냈잖우 그런 다음

43 스위스, 프랑스 싸부아 지역에서 생산되는 도자기 타일.

에 다시 또 덮고, 그니까 이 난리를 친 게 바로 마담이 오줌 누러 간다는 걸 그 양반이 몰르게 할라는 건데, 아까 말한 대로 둘이서 무슨 영화 찍는 것처럼 매일같이 아름다움 타령을 하는지, 사랑의 낙원이여 광기의 날에 그대의 심장이 내 심장을 사로잡았소 왜 빅또르 위고라는 양반의 시에 나오잖우, 그 양반은 여든살에 허연 수염을 달고도 아직 정정했는가봅디다 젊은 아가씨 하나를 꼭꼭 숨겨두고 있었다니 이 여자 저 여자 치마를 올리면서도 내내 그 아가씨만 사랑했다던데, 뭐 그 아내도 남편 때문에 화가 나서 제대로 앙갚음을 했다지만 병원에 있을 때 빌린 책에서 봤는데 그 애인도 글 쓰는 남자고 이름이 쌩뜨바슈⁴⁴라던가 이름도 참 이상하지 아무튼 꽁꼬르드 광장만 한 몇킬로미터짜리 침대에 둘이 누워서 오후 내내 아무도 몰래 그 짓을 했다잖우, 세상에나 둘이 얘기하는 걸 보면 제대로 존댓말을 쓰면서 무슨 주교랑 추기경이 얘기하는 것 같다우, 그러곤 하루 종일 목욕을 해대고 바다에서 해수욕도 하는데 해가 날 때만 가는 게 아니고 겨울에도 가다니, 난 바다가 무조건 싫던데 바닷물을 마실 수 있는 것도 아니고 들어가서 비누칠도 못하고 비누가 풀어지지도 않고 거품도 안 나고, 아 난 이 지방이 싫습디다 온통 돌멩이하고 들판뿐이잖우 쪽빛 해안은 무슨 얼어죽을 먼지 해안이라고 해야지, 모기는 또 어찌나 많은지 도무지 쓸모없는 것들이 그저 인간을 괴롭힐라고 세상에 나와서는, 거기다 바람 소리 한번 들어보시우 징징 우는 소리 같고 그래 2월을 잊은 바람

---

44 위고와 절친한 사이였던 비평가인 쌩뜨뵈브(Sainte-Beuve, 1804~69)를 말한다. 프랑스어로 bœuf는 수소(소의 수컷)를 뜻하고, 암소는 흔히 여성형을 만드는 방식인 beuve 대신 vache로 읽는다. 미리에드는 두가지를 합쳐 '쌩뜨뵈브'라는 이름을 '쌩뜨바슈'로 기억한 것이다.

은 5월에 온다는 속담도 있는데, 속담은 정말 다 맞는 말들이라우 노인의 지혜가 담겨 있지 난 웬만한 속담은 다 안다우, 성 끄레삥[45] 축일이면 파리가 사라진다, 1월은 하느님이 지켜준다, 성탄절에 눈이 안 오면 겨울이 오래간다, 12월에 짙은 안개가 끼면 과일이 풍년이다, 언 땅이 밀을 품고 있다, 떡갈나무 잎이 오래가면 겨울이 꽁꽁 언다, 성 씨몽[46] 축일에는 파리가 양보다 귀하다, 10월이 맑은 날로 시작하면 말일에 비가 내린다, 이것 말고도 다 아니까 다음에 다시 말해드릴게, 오늘은 더 할 기분이 아니라우 왜 의기소침하다는 말 있잖우 내가 딱 그런 상태거든, 그놈의 벨 소리 때문에 정신이 나갈 지경이고 아주 돌아버릴 것 같다니까, 정말이지 그 집에서 그니까 사랑의 인형들이 사는 데서 계속 살다가는 돌아버릴 것 같아, 무슨 연극 무대에 올라가는 사람들처럼 공들여 단장을 해야만 얼굴을 볼 수 있다니, 하물며 매번 다른 벨 소리가 나는데 하나하나 무슨 뜻인지 마담이 두꺼운 종이에 다 써줍디다 저기 저 꼴 보기 싫은 전기레인지 위에 붙여놨잖우, 짧게 세번 길게 한번, 길게 세번 짧게 한번, 길게 두번, 길게 한번, 짧게 두번, 저렇게 구분을 해놓으면 편하다고 생각하나본데 아이고 젊을 때라면 모를까 저걸 어쩌라구, 거기다 나한테 울리는 것 말고 자기들끼리 연락하는 것도 따로 있다우, 그니까 둘이 연락하는 건데 난 날 부르는 줄 알 때도 있고 그래서 무슨 일인지 달려가보면 날 찾은 게 아니고, 또 어떤 건 그놈의 왕자님이 마담더러 얘기 좀 하자고 부르는 건데 세상에나 그것도 문 앞에 서서 얘기하자고 벨을 눌러 불른다니까, 어떨 땐 마담이 방 밖에 나가고 싶은데 아직 단장을 다 안했으니까 보지 말

45 3세기 골족에 기독교를 전파하다가 순교한 성자. 10월 25일이 축일이다.
46 예수의 제자로 페르시아에서 순교했다. 10월 28일이 축일이다.

라고 말할라고 눌르고 그 양반이 알았다고 눌르고 또 그 양반이 거
실에 책 꺼내러 가야 하는데 아직 보여줄 만한 상태가 아니니까 이
건 둘이 맨날 쓰는 말이라우 아직 면도를 안했다는 뜻이지 그니까
마담더러 방으로 들어가라고 눌르고 그러면 또 알았다고 방으로
들어간다고 눌르고 그런 다음엔 그 양반이 이제 방에 들어와서 어
차피 볼 수 없으니까 아름답지 못한 모습이더라도 마음 놓고 돌아
다니라고 눌르고, 정말 난 매번 깜짝 놀란다우 처음엔 어찌나 겁이
나던지 손으로 귀를 틀어막았다니까, 세상에 그게 뭐야 전기 유령
들이 사는 집도 아니고 그래도 이젠 많이 익숙해졌다우 웃음도 나
오는걸 뭐, 둘이서야 벨을 눌러대든 말든 난 부엌에서 혼자 폴카를
춘다우, 꼭 벨 만드는 공장에 와 있는 것 같아 공장에서 만든 벨이
잘되는지 계속 눌러보는 거지, 그 양반이 산책 나갔다 들어올 때
눌르는 벨도 있다우 그래 잘생기긴 했지 정말 잘생겼다우 아무튼
그 양반이 현관문에서 네번 눌르는 건 마담더러 혹시 아직 단장을
못 끝냈으면 빨리 숨으라는 소리고, 또 어떨 땐 마담이 문 앞에서
그니까 그 양반 방문 앞에서 얘기 좀 하자고 아직 충분히 아름답지
못하니까 얼굴은 보지 말고 얘기만 하자고 눌르고 그 양반이 좋다
고 그러자고 눌르고, 아이고 세상에 그럼 그 양반은 점심 먹을 때
까지 사랑의 포로가 돼서 방 안에서 못 나오고 그동안 마담은 무슨
병원에서 간호사들이 입는 것 같은 흰옷을 걸치고 나한테 이런 거
저런 거 시켜댄다우, 난 절대로 병원에서 죽을 생각이 없는데 다들
고약하고 아픈 사람한텐 관심도 없고 자기들이 잘난 줄 알지 지들
은 안 아프니까, 아이구야 좀 기달려보라지 조금 있으면 차례가 올
테니까, 참 마담은 어떨 땐 마스크라고 부르는 걸 얼굴에 뒤집어쓴
다우 예뻐지는 거라는데 그리고 조용히 집 안을 돌아다니니니 참, 애

이 동네에 보이는 그 전쟁에 나가는 배 있잖우 그거하고 똑같은 색깔 진흙 덩이같이 생겼다우, 난 전쟁은 반대라우 어차피 양쪽 다 불행해지는 거니까 돈 많은 사람들이야 꼼짝 않고 숨어서 젊은 애들한테 소리만 질러대겠지 용기를 내자 아이들아 내 나라를 위해 목숨을 바치자 브라보 조국을 위해 영웅이 되자 멋진 무덤을 세워주마 무덤 위 향로에 절대 꺼지지 않는 횃불을 피워주마 그동안 우리 돈 많은 사람들은 편안히 있겠노라 이거지 뭐, 어떨 땐 벨이 세번 길게 울려서 방 정리하라는 건 줄 알고 가보면 그 양반은 벌써 면도하고 준비를 마쳤는데 마담은 아직 보이면 안된다고 방 밖에 못 나가고 있다우, 그니까 그 양반은 준비를 마쳐서 보일 만한데 마담은 아직 머리단장이 안 끝나서 보일 만하지 못하면 그럴 때 세번 길게 눌르는 거지, 나머지는 뭐가 어떤 건지 생각도 안 나네, 감기라도 조금 걸리면 추한 꼴을 보일 수 없다며 방 밖에 안 나가다가 다 나아야 그 양반 볼라구 나가니까 그동안 먹을 건 내가 쟁반에 챙겨다 줘야 하고, 마담도 사랑의 포로가 된 거지 뭐, 전기가 나가서 벨이 안될 때도 있는데 그러면 날더러 가서 자기가 밖에 다녀도 되는지 물어보라나 아직 단장이 다 안 끝난 모습을 보이고 싶지 않다고 그 양반도 똑같이 하니까 결국 나만 무슨 경주마처럼 양쪽 방을 왔다 갔다 슬리퍼 신고 미끄럼을 타잖우 어떨 땐 기운 내려고 이러 이러! 소리까지 질르면서 뛴다니까, 빨리 마담한테 가서 그 양반이 방 밖에 나와야 하니까 방 안에 있으라고 얘기해야지, 그러다보면 미끄럼 타는 게 재미있을 때도 있습디다 우울한 기분이 나아지기도 하고 불쌍한 마리에뜨 나리한테 가서 마담이 지금은 밖에 못 나오고 있다고 그런데 깐에 뭘 사러 가야 하는데 언제 나오면 되냐고 알려달라고 전하랬다고 하고, 마담은 그러면서 미안하지만 좀 급하다고 잘 말하라고 미안하다고 하는 걸 잊지 말라고 한다우, 둘이 얘기할 때도 무슨 왕하고 높은 신하하고 얘기하는 것처럼 아주 극진하지, 아무튼 그렇게 아침 내내 들락거리니 서커스에서 동물들을 우리에 가둬두고 창살문 열고 닫고 하면서 꺼냈다 넣었다 하는 것처럼 왜 사자는 절대 호랑이랑 같이 있으면 안된다고 그거랑 똑같다우 정말로 사자랑 호랑이는 철천지원수라서 같이 얘기할 수 없다잖우, 어떨 땐 아주 재미있지 글쎄 한번은 마담이 정말 급하게 얘기할 게 있었는데 시간이 너무 일러서 둘 다 상태가 별로였고 그랬더니 세상에 마담이 후다닥 그 사랑할 때 입는 옷을 입더니 뒷걸음질로 그 양반 방에 들어갑디다 나 몰래 말하러 간 거지, 난 당연히 안 보는 척하면서 다 봤지 무슨 일인지 알아야 하니까 열쇠 구멍으로 봤잖우, 뒷걸음쳐서 들어간 마담이 글쎄 그냥 등을 돌린 채로 서서 말합디다, 그러면 마담은 나리가 아름답지 못한 모습을 안 볼 수 있고 나리는 또 마담의 아름답지 못한 모습을 안 볼 수 있고 아니 보긴 보는데 뒷모습만 보고 사실 뒷모습은 별로 눈에 띌 게 없으니까 앞모습 특히 얼굴처럼 중요하진 않으니까, 하지만 자주 그러는 건 아니라우 딱 두번 그랬나 웬만해선 흠잡을 데 없는 상태라우, 이건 둘이 맨날 쓰는 말인데 머리끝부터 발끝까지 완전한 걸 말하고 그런 상태가 아니라는 걸 아는 것도 싫어한다우, 한번은 내가 열쇠 구멍으로 봤는데 할 수 없잖우 혹시라도 둘이 싸우기라도 하면 마담한테 나쁜 일이 생기지 않도록 신경 쓰는 건 내 권리이고 성스러운 의무니까, 사실 이 집에 있는 게 재미있기만 한 건 아니라우 어떨 땐 어�찌나 우울한지 나 혼자만 세상 사람들한테 잊힌 기분이 되니까, 한번은 마담이 눈에 띠를 두르고 있는 것도 봤다우 그 양반한테 할 말이 있는데 보지는 않아야 하니까 장님도 아니고 세상

주군의 여인 2 443

에 그 양반이 마담 손을 잡고 의자에 앉힙디다, 왜 그런 거냐면 그니까 뭐냐 둘이 하는 말로 마담은 보일 만했는데 그 양반이 보일 만한 상태가 아니어서 그래서 마담이 따로 눈을 가리고 의자에 앉는 거라우, 그러고 있으면 꼭 몽유병 걸린 것 같은 얼굴이고 길거리에서 점을 쳐주는 여자들 같은데, 참 그 여자들이 행운이 있을 거라고 말하면 정말로 그렇게 됩디다 특히 뻬트로스까 부인이 용하다우, 하지만 마담이 그렇게 눈에 띠를 하고 진지하게 말하는 걸 들으면 난 도무지 참을 수가 없어서 부엌 옆 찬방으로 들어가 쓰레기 버리는 넓은 관에 고개를 처박고 두 사람이 못 들을 테니까 마음껏 웃는다우, 언젠가 나도 뻬트로스까 부인처럼 눈에 띠를 매고 있어볼 생각이라우 양잿물 풀어 바닥 문지르고 광낼 때 얼마나 편하겠우, 하지만 그 양반이 여행 가고 없을 땐 마담이 부엌에서 나랑 같이 얼마나 신나게 먹는데, 슈크루뜨[47]에 훈제 갈비 소시지에 짠 베이컨에 전부 입술을 핥아가며 먹는데 물론 자기가 슈크루뜨를 먹었다는 걸 그 양반이 절대 알면 안된다고 하지만, 둘이서 허구한 날 커다란 침대에 누워서 바닷가재들이 싸우는 것처럼 뒹구는 소리가 나한테 다 들리는데 뭐 소리 조금 나는 거야 상관없지만 그렇게 심하면 안될 텐데, 거기다 그 큰 침대의 시트를 일주일에 두세번이나 갈아야 하니까 일할 사람이라곤 나하고 빨래하는 날 오는 여자 둘 해서 전부 셋뿐인데 어쩌라고 그러는지, 정말로 나랑 단둘이 있는 날 아침엔 마담이 너무 귀엽고 단짝 친구처럼 다정하게 수다를 떤다우 잘난 척 같은 거 안하고 축음기 바늘로 주사라도 맞은 양 쉬지 않고 떠들지, 그러다가 그 양반이랑 식사할 땐 갑자기 공주 마

47 양배추를 잘게 썰어 발효시킨 음식.

마라도 된 것처럼 시중드는 날 고구마 껍질보다 하찮게 여기는 눈빛으로 쳐다보니 참, 정말이라우 그 곱슬머리 남자가 같이 있을 땐 마담이 어찌나 까탈스러워지는지 몰라, 한번은 회전목마에 올라타느라 머리끝까지 화가 난 바닷가재처럼 붉으락푸르락하는데 글쎄 그 양반하고 식사하는 자리에서 내가 수리공이 마담 방의 워터 코제트를 다 고쳤다고 얘기했다고 그런 거라우, 목이라도 조를 기세였다니까 앞으로 자기들이 식탁에 있을 때 아무 말도 하지 말라나 양파가 떨어졌다는 얘기도 하면 안된다나, 거기다 또 식탁 시중을 들 땐 기침이 나와도 참아야 한다우 슬리퍼 차림으로 음식을 내와도 안되고 고기가 너무 푹 익었을 때도 내 잘못이 아니고 자기들이 너무 늦게 내려와서 그런 건데 보나 마나 그 황실 같은 침대에서 너무 오래 뒹구느라 그런 거면서 그래도 아무 말도 하면 안된다니, 그냥 큰 호텔의 급사 같은 표정으로 서 있으라나 그래서 난 아예 식당에 들어가기 전에 표정을 짓고 준비한다우 입을 다물고 아주 슬픈 일을 떠올리지, 아무리 그래도 당장이라도 웃음이 터질 것 같아서 시뻘건 얼굴로 식당에 들어갈 때도 있다우 둘이서 조금 전 침대가 출렁이도록 신나게 즐겼으면서 식탁에선 그렇게 예의를 차리고 앉아 있으니 내가 어떻게 멀쩡할 수 있겠우, 무슨 두 나라 대통령이 만나서 얘기하는 것처럼 정중하게 더 덜까요 아니 고맙소 괜찮소 이러고 있으니, 마담은 또 얼마나 깨작거리는지 새 모이만큼씩 입에 넣는다우 아침에 나랑 같이 밀크 커피 마실 땐 빵에 버터를 발라서 하마가 보고 놀랄 만큼 꾸역꾸역 먹어대면서, 나랑 커피 마실 땐 혹시라도 늙은 하녀하고 같이 먹는 창피한 장면을 그 양반이 볼까봐 문부터 닫지 애기 때 기저귀도 갈아준 나를, 어떨 땐 미친 듯이 달려와서 빨리 실크 드레스 다림질해달라고 난리고 한군데도 구겨져 있으면 안된다면서 그 사랑의 드레스는 말하자면 사랑의 제복 같은 건데 아주 중요한 초대 자리에 갈 때 입을 만한 그런 거라우 내가 한번 보여드리리라, 그러고 나면 축음기에서 음악이 나오고 그렇게 둘이서 방 안에 들어가 문 닫고 무슨 찬양 미사 올리는 것처럼 난리를 치는데 난 정말 괴로워 죽겠다우, 저러다 설마 애가 들어서진 않겠지 그럴 위험은 없을 테지, 내가 다 알지 눈을 그냥 달고 다니기만 하는 건 아니니까, 그리고 그 야단법석이 끝나고 나면 한숨 푹 자고 조금 있다 일어나고 그런 다음 목욕하고 그런 다음 산책을 그것도 옷을 쫙 빼입고 한다우, 그러면 그사이 이 불쌍한 마리에뜨가 재빨리 황제의 방에 들어가서 정돈을 해야 하는데, 마담의 빨랫감을 내올 때도 꼭 앞치마 밑에 숨기고 나와야 되고 혹시라도 그 잘난 왕 중 왕께서 자기 방에서 나오다가 마담의 빨래를 보면 안된다나 그래봐야 늘 깨끗한데, 불쌍한 디디 그래도 디디는 착한 구석이 있었는데, 그 양반 빨래를 들고 나올 때도 세탁기에 집어넣기 전에 마담 눈에 띄면 안된다니 참, 참 새로 나온 세탁기 아시우 난 별로입디다 난 옛날 거가 그러니까 단순하고 정직한 게 더 좋던데, 그 양반의 빨래도 하나도 안 더러운데, 그리고 또 그 양반이 같이 있거나 같이 안 있어도 소리가 들릴 땐 절대 더러운 빨랫감 얘기를 하면 안된다우 꼭 말해야 하면 절대로 더러운 거라고 하지 말고 이미 쓴 거라고 하라나, 한번은 마담이 집안일을 거든 적이 있는데 이불 시트였나 아무튼 그런 걸 개키는 일이었는데 그런 것도 다 몰래 해야 한다니, 그니까 둘이는 침대에 있지 않으면 욕조에 들어가 있고 아니면 단장 중이고 또 이것저것, 거기다 책에 나오는 것 같은 말만 쓰고 극진하게 무슨 환자들처럼 서로 미소만 짓고 말다툼도 안하고 그렇다고 속내를 털어놓는 것도 아니고 그저 사랑

영화를 찍고 있는 것 같으니, 얼씨구절씨구 둘 다 흰 수염이 날 때까지 그렇게 살라지 뭐, 내가 보기엔 그렇게 사는 게 정직한 게 아닌데 그게 무슨 사는 거라고, 그리고 뭐니 뭐니 해도 남자 몸엔 안 좋을 텐데 원래 남자는 여자보다 힘이 달린다는 게 의학으로 증명 됐다잖우, 무엇보다도 용서할 수 없는 건 마담이 나랑 단둘이 있을 땐 그렇게 상냥하면서 집안일 얘기도 같이 하고 물론 내가 알아서 잘 챙기지만 먼지도 얼마나 잘 치우는데 먼지는 매일 전쟁을 치러야 하니까, 그것 말고도 여자들이 관심 갖는 일들 이것저것 다 같이 얘기하는데, 그러다가도 그 귀한 보물 같은 양반만 있으면 그때부터 날 경멸하면서 원래 상태로 돌아가버리니 난 더이상 있지도 않은 사람이 된다우, 특히 맘에 안 드는 건 둘이서 내 앞에선 절대 키스를 안하지 꼭 넌 볼 자격이 없어 이러는 것 같고 정말 이럴 줄 몰랐다우 정말 마담과 각별한 사이만 아니었으면 한시간도 더 못 붙어 있을 텐데, 왜 내 앞에서는 절대로 상냥한 말을 주고받지 않는 건지 무슨 석관 속에 들어앉은 사랑의 사제들처럼 그러고 있는 건지, 둘이서 샤를마뉴 왕[48]의 침실에서 수수께끼를 하고 노는 동안 난 늘 부엌에 갇혀 있고 둘이서 축음기 틀어놓고 하루 종일 방에 틀어박혀 있을 땐 저러다 아이라도 태어나면 분명 오페라 부르는 가수가 나오지 싶다우, 거기다 또 그 눈 가리고 하는 술래잡기라니 들어와도 돼요 하지만 눈은 감아요 보일 만한 상태가 아니에요 돌아서요 어쩌구, 아이고 사랑이 그런 거라면 난 싫수다 세상 버린 우리 집 양반하고 나라면 서로 떨어지지 않을라고 화장실도 같이 갔을 거유, 내 보기엔 그런 게 사랑인데 아이고 두분이 저기 오시네.

48 8세기 카롤링거 왕조의 왕으로, 지금의 프랑스의 독일은 비롯하여 서유럽 전역에 걸친 대제국을 건설했다

매일매일 고귀한 사랑이 이어졌고, 매일매일 비슷했다. 아리안이 집안일을 하기로 한 오전 시간이면 숭고한 연인들은 절대 서로의 얼굴을 보지 않았다. 그동안 그녀는 연인이 질서와 아름다움 속에 머물 수 있도록 마리에뜨에게 일을 시켰고, 청소를 잘하는지, 식단이 제대로 준비됐는지, 필요한 것들을 잘 주문했는지, 꽃이 제대로 꽂혀 있는지 확인했다. 그녀가 자기 방에서 벨을 두번 누르면 그가 방 밖으로 나오지 않기로 했기 때문에 그녀는 마음 놓고 집안을 돌아다닐 수 있었다. 그러니까 그 두번의 벨 소리를 듣고 나면 그도 벨을 두번 눌러서 조금 전 벨 소리를 잘 들었다고, 그가 미학적으로 불완전하기에 불명예스러운 상태의 그녀를 보는 일은 없을 거라고 답해주어야 했다. 그리고 나면 점심식사 시간까지 그는 정말 방 밖으로 나오지 않았고, 아리안은 목욕도 머리단장도 완전하지 않은 상태로 흰 작업복 같은 것을 입고 집 안을 누비며 무대연

출가의 직무를 꼼꼼히 수행했다.

그녀는 마리에뜨에게 이것저것 지시한 뒤 오전이 끝나갈 무렵 자기 방으로 들어갔고, 그런 다음 문학잡지 혹은 비평가들의 호평을 받은 소설책 혹은 철학사 책을 몇 페이지 읽었다. 그를 위해서, 그와 진지한 대화를 나누기 위해서였다. 독서가 끝나면 소파에 누워 모든 물질적 근심을 떨쳐내려 애썼고, 눈을 감고 오로지 사랑만을 생각하려 애썼다. 그래야 그를 보는 순간에 그녀가 좋아하는 두 단어대로, 즉 유려하고 정갈하게, 온전히 그의 것일 수 있기 때문이었다. 그런 다음에는 목욕을 하고 머리단장을 하고 향수를 바른 뒤 그를 찾아갔다. 그렇게 해서 그녀의 표현에 따르면 '황금 시간대'가 시작된다. 지금 이 삶이 실로 거짓되고 우스꽝스럽다는 것을 알고 있는 그는 진지한 표정으로 그녀의 손에 키스를 한다. 점심식사 후, 성적 결합으로의 이행이 피할 수 없는 상황이 된 것 같으면, 역시나 예법을 챙겨야 했기에, 그는 잠시 함께 쉬고 싶다고 말한다. 그러면 그녀가 알아듣고 그의 손에 키스를 한다. 곧 부를게요. 그렇게 가슴속에 자그마한 승리감을 품고 자기 방으로 돌아간다. 그녀는 덧창을 닫은 뒤 커튼을 치고, 관능적 분위기를 위해 또한 혹시라도 식후에 붉어진 얼굴이 눈에 띄지 않도록 하기 위해, 머리맡 전등에 붉은 천을 씌운다. 그런 뒤 입고 있는 옷을 벗고, 실크처럼 부드럽고 헐렁한, 곧 벗기 위해 입는 사랑의 제복을 알몸에 걸친다. 부족한 게 없는지 한번 더 살피고, 그에게 사달라고 해서 얻어낸 백금 결혼반지를 끼고, 축음기를 켠다. 이어서 루아얄 호텔에서 그랬듯이 모차르트의 아리아가 흘러나온다. 그러면 그는 어쩔 수 없이 제의를 집전하러 가야 하고, 때로는 미칠 듯이 터져 나오려는 웃음을 참느라 입술을 깨물면서 그녀의 방으로 들어간다. 축성된 제복을 입은 사랑의 여사제는 그의 욕망을 불러일으키려고 혹은 그러고 있다고 믿기 위해 볼의 근육을 볼록하게 내민다. 성스러운 나의 연인, 언젠가 그녀가 그의 옷을 부드럽게 벗기면서 말했다. 성스러운, 무너진 나의 여인,[49] 그가 마음속으로 대답했다. 초라한 복수.

불행한 여인은 17세기 귀부인처럼 말에 꾸밈이 많았다. 실오라기 하나 걸치지 않은 상태에서도 세련된 단어들을 사용했다. 그녀가 축성식이라고 부르는 일이 끝난 뒤 이어지는 예의 그 다정한 소감들. 그녀는 늘 환희를 들먹였고, 그래서 고결해 보였다. 그녀가 거의 준엄한 어조로 기다려요 환희를 함께 누려요, 하고 말하는 순간, 오 쏠랄의 고통. 그는 희미한 붉은빛 속에서 얼굴을 붉혔고, 그러면서도 삶의 중요한 이유를 고스란히 간직하려는 그녀의 배려에 가슴이 뭉클했다. 둘이 함께 환희를 누리는 동시성이 그녀에게는 여전히 사랑의 징표였던 것이다.

그렇다, 오월의 미녀에는 지나치게 세련된 말들이 넘쳐났다. 예를 들어 그녀는 너무 의학적인 단어 대신에 '가운데 것'이라는 단어를 사용했다. 그 말을 들을 때 그는 수치스러웠다. 문제의 환희 이후에 그녀가 그의 이마에 하는 키스 역시 수치스러웠고, 그럴 때 그는 유명한 광대의 말투를 흉내 내어 '환휘'라고 처량하게 발음해 보면서 마음을 달랬다. 그 일이 육신만으로 되는 것이 아니고 영혼도 많이 쓰였다는 말을 하고 싶은 것이다, 이마에 키스를 받은 뒤 그가 생각했다. 하지만 곧 후회했고, 진정 선의를 가지고 우아한 분위기를, 감정을, 삶이 사라져버린 자리를 채우는 아름다움을 원하

---

49 '성스러운 나의 여인'을 뜻하는 프랑스어 ma sacrée는 '학살당한 여자, 무너진 여자'란 뜻의 massacrée와 발음이 같다.

는 가련한 여인에게 말없이 용서를 빌었다.

오후 늦은 시간에는 산책을 하거나 깐으로 갔다. 집으로 돌아오면 촛불을 켜놓고 그는 턱시도 그녀는 야회복 차림으로 저녁식사를 했고, 거실로 가서 창밖에서 쓸모없이 소용돌이치는 바다 풍경을 감상했다. 루아얄 호텔에서처럼 비싼 담배를 피웠고, 음악이나 미술이나 자연의 아름다움 같은 고상한 주제에 대해 이야기했다. 이따금 침묵이 흘렀고, 그러면 그녀는 깐에서 사 와 테이블에 올려놓은 동물 인형들을 사랑스러운 눈길로 바라보며 이리저리 자리를 바꾸었다. 우리의 작은 세상이에요, 그중에서도 가장 마음에 드는 작은 당나귀를 어루만지며 그녀가 말했다. 그래, 우리에겐 이런 게 사회적인 것이다, 그가 생각했다. 내일은 어떤 음식을 먹고 싶으냐고 그녀가 물으면, 그들은 한참 동안 뭘 먹을지 얘기했다. 아직 깨닫지 못하고 있지만 그녀는 먹는 것을 탐하게 되었다. 그녀는 피아노를 연주하며 노래를 불렀고, 그 음악을 들으며 그는 너무도 우스꽝스러운 자신들의 삶을 향해 미소를 지었다. 문학에 대해서도 얘기했다. 문학에 대한 그들의 관심이 어찌나 큰지 끔찍할 정도였다. 그는 그녀와 함께 나누는 가련한 대화를 절제하며 음미했다. 사회적인 것이 남아 있는 세상, 서로 친해지는 것이 가능한 세상에서 예술은 서로 공감하고 형제가 되게 해주는 수단이지만, 무인도에서는 예술도 문학도 무의미하다.

그녀는 훌륭한 가치들을 지키는 수호자답게 진부한 주제에 대해 말할 때도 고귀한 언어를 사용했다. '포또'라고 줄여 말하지 않고 '포또그라피'라고 했고, '씨네'는 물론 '씨네마'라고도 하지 않고 '씨네마또그라프'라고 했다. 마찬가지로 '속바지'는 입에 올릴 수 없는 말이었기에 '앙젤리끄'[50]라고 불렀다. 또 어느날은 물건을 살 때 상인한테 들은 '리골로'[51]라는 말을 그대로 전하면서(고독한 삶에서는 어떤 말이든 전할 수 있게 된다) 입술을 더럽히지 않기 위해 그대로 옮기지 않고 철자를 하나씩 읽어나갔다. 여인이여, 백치가 되어가는구나, 그가 생각했다. 고귀함에 집착하는 기이한 버릇은 또 있었다. 마리에뜨에게 각각의 벨 소리가 무슨 뜻인지 알려주려고 부엌에 붙여놓은 종이. 그녀는 혹시라도 그가 부엌에 들어와서 보게 될지도 모른다는 생각에 인쇄체 대문자로 정성스럽게 써놓았다.

저녁에 그녀가 피곤해하고 지쳐할 때면 그들은 일찍 헤어져 각자의 방으로 갔다. 어서 들어가, 그가 자기 자신에게 말했다. 빨리 가라고, 불쌍한 인간, 빨리 가서 쉬어, 넌 충분히 그럴 자격이 있어. 이렇게 또 하루가 갔구나, 그가 침대에 누워 자기 자신에게 말했다. 허공에서 줄타기를 하며 또 하루를 보냈다. 아직까지는 그럭저럭 괜찮다, 그가 자기 자신에게 말했다. 불행에서도 얻어낼 것이 있다.

5월이 끝나갈 무렵 점심식사를 알리는 벨이 울릴 때 그가 손뼉을 한번, 세게 쳤다. 드디어 답을 찾아냈다. 이제 휴가다! 그녀에게도 휴가를 주자! 그는 실내 가운을 안락의자에 던져놓고 잠옷 상의를 걸친 뒤 침대로 들어갔고, 작은 행복에 들뜬 상태로 벨을 눌러 그녀를 소환했다. 그녀가 들어와서 무슨 일이냐고 물었다. 그는 고통을 참는 것처럼 눈을 감았다.

── 간에 문제가 생겼소. 그가 침울한 목소리로 말했다.

그녀가 입술을 깨물었다. 내 잘못이다, 어제저녁에 먹은 바닷가

---

50 '천사 같은' '천사처럼 순결한'을 뜻하는 프랑스어.
51 '우스운' '재미있는'을 뜻하는 프랑스어로, 격식 없는 사이에 쓰는 구어이다.

재가 잘못된 게 분명하다. 어쩌자고 마요네즈를 넣었을까. 슬픔에
젖은 그녀의 두 눈이 뜨거워졌다. 나 때문에 아프다니. 그녀가 손을
잡으며 많이 아프냐고 물었다. 그는 다 죽어가는 눈으로 바라보면
서 어떤 대답이 좋을지 고민했다. 다른 말은 없이 그냥 조금, 이라
고 하면 남자다워 보이고 잭 런던 같을까? 그는 더 도도하게 말없
이 동의의 표시만을 하기로 했고, 고통을 참는 조각상 같은 얼굴로
눈을 감았다. 황홀한 기쁨이 밀려왔다. 이제 이틀 혹은 사흘의 자유
가 주어졌다. 그에게는 책임을 지지 않아도 되는 시간, 그녀에게는
몰두해서 할 일이 있는 시간. 그녀가 그의 손에 키스를 했다.

　── 의사를 부를까요? (의사가 와서 꾀병을 알아차리라고? 더구
나 사랑이 아닌 다른 것을 하는 사람, 그녀가 감탄하며 좋아할 수
있는 사람을 부르라고? 그가 눈을 떠서 필요 없다는 눈짓을 했다.)
그럼 내가 간호할게요, 간이 안 좋을 때 어떻게 해야 하는지 잘 알
아요. 고모가 자주 아팠거든요. 제일 먼저 습포를 대야 해요. 굉장
히 뜨거울 테니 참아야 해요, 알았죠? 빨리 가서 준비해 올게요. 그
녀가 미소 띤 얼굴로 말한 뒤 즉시 달려갔다.

　그녀는 오후 내내 습포를 갈아대느라 부엌과 방을 정신없이 오
갔다. 최대한 뜨거운 상태로 들고 오기 위해서, 두 손이 벌겋게 달
아오른 채로 정말 쏜살같이 달렸다. 어쨌든 그녀는 생기를 되찾았
고, 살아 있고, 일에 몰두해 있다. 심지어 마리에뜨가 조카딸의 결
혼식에 참석하기 위해 빠리에 간 게 다행이라고, 혼자서 다 해낼
수 있다고 좋아했다. 그녀는 행복했고, 그녀가 행복하니 그도 행복
했다. 습포는 흡사 불 켜진 전구가 맨살에 닿는 것처럼 뜨거웠지만,
너이'싱 그녀와 사랑의 축제를 벌이지 않아도 된다는 것은 실로 경
이로운 기쁨이었다.

그렇게 달콤한 이틀이 흘렀다. 입술이 빨판이 되는 키스 대신 이마에 가볍게 입을 맞췄다. 그녀는 극진하리만치 정중한 말을 쓰는 것을 잊었고, 그의 베개를 평평하게 다듬었고, 탕약을 준비했고, 책을 읽어주었다. 이제 그는 그녀가 책을 읽는 게 좋았다. 그에게서 아무것도 기대하지 않고 그를 환자로 대하는 것이 좋았다. 너무 좋고 편안해서 아픈 척 찡그려야 한다는 것을 잊을 정도였다. 그녀는 그가 덜 아프다는 것이 좋아서 정말 민첩하게 뛰어다녔다. 그녀가 끔찍하리만큼 뜨거운 습포를 준비하며 부엌에서 흥얼거리는 소리를 들으며 그는 미소를 지었다. 전구처럼 뜨거운 습포와 탕약은 참아야 했다. 굶는 게 좋다는 그녀의 말도 듣는 수밖에 없었다. 그럼으로써 그녀에게 줄 수 있는 행복에 비하면 결코 비싼 댓가가 아니었다.

하지만 셋째 날 아침이 되자 연인의 병이 낫지 않는 것이 불안해진 그녀가 의사를 부르겠다고, 이따가 저녁때까지 상태가 나아지지 않으면 꼭 전화하겠다며 고집을 부렸다. 포기해야 할 때가 온 것이다. 오후로 접어들 무렵 그는 다 나았다고 선언했다. 이제 다정한 어머니는 사라질 것이고, 그 대신에 볼의 근육을 볼록하게 내민 사랑의 여사제가 등장할 것이다. 그렇게 사랑의 삶이 다시 시작될 것이다. 탕약이여, 소중한 습포여, 모두 안녕.

제6부

92

그는 우울한 표정으로 거실 안락의자에 앉아 얼마 전 그녀가 구독 신청을 한 잡지『전원생활』을 치켜들고 상을 탔다는 소들과 오리들의 사진을 바라보았다. 그저께, 8월 26일, 아게에 온 지 1년 되는 날을 그들은 특별한 키스, 다른 날과 다른 눈빛, 가장 멋진 말, 화려한 음식으로 기념했다. 아게에서 보낸 사랑의 1년, 오로지 사랑뿐이던 1년이 지났다. 그녀는 1주년을 꼭 기념해야 한다고 했다. 원래 기념일들을 잘 챙겼고, 또 아는 날도 많았다. 지금은 뭘 하고 있지? 그가 돌아보았다. 그녀는 창가에 서 있었다. 이웃집 정원에서 눈 가리고 술래잡기하는 사람들, 무섭다는 듯 야한 비명을 지르며 도망가는 여자들, 그렇게 시끄럽게, 신나게 노는 사람들을 쳐다보고 있었다.

— 정말 천박한 여자들이에요. 그녀가 다가오며 미소 띤 얼굴로 말했고, 그는 그녀에게 위로가 필요함을, 그녀를 위해 작은 행복을

마련해줘야 함을 알았다.

— 당신은 아름답소. 그가 말했다. 무릎에 와서 앉아봐요.

그녀는 재빨리 앉더니 사랑의 자세로 뺨을 가져다 댔다. 아, 어쩌랴, 하필 바로 그 순간에 그녀의 배 속에서 콘트라베이스 반주처럼 꾸르륵거리는 소리가 났고, 그러다 뚝 끊겼다. 그녀는 사라진 소리를 소급해 불러내서라도 다른 소리로 덮어버리고 흩어버리려는 듯 기침을 했다. 그는 분위기를 자연스럽게 만들고 또 그녀의 굴욕감을 누그러뜨리기 위해 뺨에 살짝 키스를 했다. 하지만 곧이어 또 한번, 이번에는 위풍당당한 소리가 났고, 그것을 감추기 위해 그녀는 목을 가다듬었다. 세번째는 깊은 동굴에서 나는 소리로 시작해서 실개천이 흐르는 귀여운 소리로 이어졌고, 그것을 막아 없애기 위해 그녀는 몰래 그러나 힘껏 자기 손을 눌렀지만 소용이 없었다. 그리고 네번째는 가늘고 슬픈 단조의 소리였다. 자세를 바꾸면 괜찮아지리라는 마지막 기대로 맞은편 안락의자로 옮겨 앉은 그녀가 오늘 날씨가 참 좋다고 큰 소리로 말했다. 그도 똑같이 정말 기가 막히게 좋은 날씨라고 큰 소리로 응수했고, 그동안 그녀는 죄 없는 위장 속에서 가스와 액체가 이동하며 발생하는 저주스러운 소리를 눌러버릴 만한 자세를 찾으려 애썼다. 노력의 결실은 끝내 나타나지 않았고, 이번에는 요란한 소리가 자유롭게 표출될 권리를 요구하며 솟구쳤다. 안 그래도 동정을 살피던 그는 연민의 마음으로 그 소리를 맞이했고, 가련한 여인의 안타까움에 공감했다. 그럼에도 불구하고 그는 복명腹鳴 각각의 특징을, 신비스러웠다가 경쾌했다가 겸허했다가 도도했다가 음란했다가 가벼웠다가 음산해지는 변화를 놓치지 않았다. 마침내 좋은 방법을 찾아낸 그녀가 일어나서 음악 소리를 높였고, 바장조의 「브란덴부르크 협주곡」이 울려 퍼지며 다른 소리를 덮어주었다. 쏠랄은 그녀의 내장에서 나오는 복명을 완벽하게 가려주는 음악에 경의를 표했다.

그러나 톱질 소리 같은 협주곡이 끝나자 꾸르륵거리는 소리가 다시 들려왔다. 가늘고 긴 음색 혹은 다른 여러가지 음색으로, 코린트 양식의 기둥머리처럼 소용돌이로 올라가며 온갖 장식이 더해진 실로 아름다운 복명이었다. 바순, 튜바, 잉글리시호른, 플라지올레또,[1] 백파이프, 클라리넷과 어우러진 웅장한 오르간 선율이 이어졌다. 결국 그녀는 모든 노력을 포기하고 저녁식사 준비를 해야겠다고 말했다. 그 결정에는 두가지 이유가 있었다. 첫째, 단기적 이유. 부엌으로 달려가서 보는 사람 없는 곳에서 마음 놓고 꾸르륵 소리를 방출하려는 것. 둘째, 장기적 이유. 최대한 빨리 위장을 채우는 것. 소화되지 않은 새 음식을 내려보내서, 표면으로 올라와 꽃피우고 자유로운 공기 속에 마음껏 달리려는 복명을 눌러버리는 것.

── 갔다 올게요. 그녀가 미소를 지었고, 조금 전의 상황을 보상해줄 품격 있는 자태로 방을 나섰다.

문이 닫히는 순간 그는 어깨를 들썩였다. 이런, 배 속에서 꾸르륵거리는 소리나 듣자고 내 삶을 망치고, 또 저 죄 없는 여자의 삶을 망쳤단 말인가. 그녀의 무의식은 이미 상당히 실망했을 테고, 열정적 사랑이 사실은 대단치 않은 것임을 깨달았을 것이다. 몇달 전부터 그녀의 의식만이 그를 사랑하고 있음을 그는 잘 알았다. 처음 주네브에서 함께 보냈던 몇주, 이제는 죽어버린 그 진정한 정열의 시간이 그녀의 마음속에 세워놓은 신화를 가련한 여인은 배반하지 못하고, 그래서 기꺼이 열렬한 사랑에 빠진 연인 역할을 하며 삶을

----
1 고음을 내는 리코더 유의 악기.

꾸려가는 것이다. 하지만 무의식은 이미 그 역할을 지긋지긋해한다. 가련하게도 불행한 여인은 아무것도 알려 하지 않고, 그들의 사랑이 난파 중이라는 사실을 외면하려 한다. 그래서 불행은 나름의 방식으로, 그러니까 두통이나 건망증 혹은 이유를 알 수 없는 피로감으로 나타나고, 자연을 더 사랑하게 만들고, 수상스럽게도 속물적인 것을 싫어하게 하는 것이다. 그녀에게 진실을 말해서는 안된다. 진실을 알게 되면 그녀는 살지 못할 것이다.

그들의 가련한 삶. 오로지 경이로운 연인으로, 그들의 사랑, 처음 시작되던 모습 그대로의 사랑의 의식을 집전하는 사제로 서로를 보면서 치르는 과장된 제의. 구역질 나게 아름답고 고귀한, 작은 흠 하나 없는, 늘 욕조에서 갓 나온, 욕망이라 믿고 욕망이라 느끼는 것을 보고자 하는 우스꽝스러운 연극. 날이 갈수록 아름다움에 매달리는 비타민결핍증, 숭고하고 쉼 없는 열정이 치러내야 하는 장엄한 괴혈병. 그녀의 표현을 따르자면 훌륭한 가치들을 지켜내기 위해 그녀가 원했고 일구어낸 가짜 삶, 그녀가 스스로 작가이자 연출가가 된 애처로운 소극, 흔들림 없는 열정이 솟구쳐 오르는 용감한 소극, 그것을 진정으로 엄숙하게 믿는 가련한 여인은 온 영혼을 바쳐 주어진 역할을 연기해냈다. 그는 연민으로 마음이 아팠고, 그것을 해내는 그녀를 찬미했다. 사랑하는 그대여, 죽는 날까지 우리 사랑의 소극을, 고독 속에서 펼쳐지는 우리의 가련한 사랑을, 좀이 슬어버린 우리의 사랑을, 나 역시 그대와 함께 이어가겠소. 절대 그대가 진실을 알지 못하게 하겠소. 나의 약속이오. 그가 마음속으로 다짐했다.

그들의 가련한 삶. 지난번에 깐에 갔을 때 카지노 테라스의 테이블에, 말없이, 각자 엄청나게 큰 잔에 휘핑크림을 수북하게 얹은 코코아를 앞에 두고 앉았을 때의 수치심. 그가 먼저 리에주 코코아[2]를 마시자고 했다. 맛있는 것을 탐하며 삶의 슬픔을 달래기 시작한 것이다. 그녀 역시, 미처 깨닫지 못했을 뿐, 사랑의 각기병을 치료할 약을 찾고 있었다. 우스꽝스러운 작은 성애의 몸짓, 큰 거울과 욕조를 이용하기, 솔밭에서 포옹하기, 그러니까 불행한 여인이 생각해낸 모든 것. 그대, 오늘은 너무 더워서 속에 아무것도 안 입었어요. 그는 수치심과 연민으로 이가 아팠다. 혹은 그녀가 다리를 지나치게 높이 꼬고 앉아 그를 위해 프루스뜨를 읽어주는 동안, 그는 차라리 국제연맹의 명칭이 여섯명을 데려다놓고 대화를 하면 비타민을 더 많이 얻을 수 있으리라 생각했다. 너무도 어리석은 짓, 하지만 그것은 마주 앉은 형제, 백치 형제, 꼭 필요한 형제의 미소와 함께하는, 하나가 된 어리석음이었다. 프루스뜨가 무슨 소용인가, 인간들이 무엇을 하고 무엇을 생각하든 어차피 함께 살 수 없는데. 여전히 책을 읽고 있는 가련한 여인이 다리를 더 높게 올렸다. 사교 생활의 중요성을 강조한 프루스뜨의 말들이 그의 마음을 아프게 했고, 사회적 신분 상승을 위한 저급하고 유익한 전략들에 대한 얘기가 세상에서 쫓겨난 그를 고통스럽게 했다. 속물적인 동성애자 프루스뜨의 수다가 짜증스럽소, 그러면서 그는 그녀의 자세가 좀더 단정해질 수밖에 없는 체스 게임을 하자고 했다. 그녀가 체스를 가지러 가기 위해 일어서는 순간 치맛단이 흘러내렸다. 살았다, 이제 허벅지를 안 봐도 된다.

그들의 가련한 삶. 그는 마음과 다르게 어쩔 수 없이 고약한 심

---

2 제1차세계대전 당시 독일군이 리에주 요새를 공격할 때 벨기에군이 한동안 저항한 넉에 연립군이 시간을 벌 수 있었다. 이때부터 빠리에서는 휘핑크림을 얹은 '비엔나 코코아'를 적국의 '비엔나' 대신 '리에주'로 바꿔 불렀다.

술을 부리곤 했다. 그들의 사랑이 살아 있도록, 그들의 사랑이 우여 곡절과 급변과 화해가 어우러진 흥미로운 작품이 되도록. 질투심 이 이는 상황을 일부러 상상해서 만들어내기도 했다. 그녀를 지루 하지 않게 해주고 자기도 지루하지 않도록, 그러니까 살아 있기 위 해서였다. 그러고 나면 다퉜고, 서로를 비난했고, 그런 다음에는 몸 을 섞었다. 그러니까 그녀를 위해 일부러 괴롭혔다. 머리가 아프고, 저녁 10시 30분이 지나면 졸음이 오고, 하품을 참느라 예의 바르게 입술을 깨물고, 그외에도 여러 징후, 모든 것을 가져다주리라 기대 했던 사랑이 이미 밋밋해져 아무것도 줄 수 없게 된 데 실망과 분 노를 드러내는 모든 징후를 해결하기 위해서였다. 그렇다, 그녀의 무의식은 그랬다. 하지만 의식은 전혀 알지 못했다. 그녀는 병이 들 었고, 결국 지극히 온순하면서 동시에 까탈스럽게 이것저것 요구 하는 노예가 되어버렸다.

그들의 가련한 삶. 6월 초, 그가 간에 탈이 났다고 꾀병을 앓은 직후에 그녀는 쓸 일 없는 거실을 더 아름답게 꾸미고 싶어 했고, 공사를 하는 두주 동안 그들은 행복에 다가갔다. 벨을 누를 필요 없이 아침 일찍 제대로 된 옷을 입은 서로의 모습을 보았고, 함께 아침식사를 한 뒤 공사가 얼마만큼 진척되었는지 확인했고, 일꾼 들과 이야기를 나누었고, 역시 환하게 피어난 마리에뜨에게 간식 을 내오게 했다. 집에 와 있는 일꾼 세명이 모든 것을 바꾸어놓은 것이다. 그 두주 동안은 사회적인 것이 있었고, 목표가 있었다.

그들의 가련한 삶. 두주가 지나자 일꾼들이 돌아갔고, 그녀와 그 는 아름다워진 새 거실에 감탄했다. 그리고 벽난로, 날씨가 전혀 춥 지 않았지만 그녀가 빨리 써보고 싶어 했기에 새 벽난로에 불을 피 웠다. 그대, 좋죠, 그렇죠? 새로 산 두개의 멋진 영국제 안락의자,

커다란 초콜릿 무스를 두개 가져다놓은 듯한 그윽한 갈색 의자에도 앉았다. 그대, 좋죠, 그렇죠? 그녀가 다시 말했고, 주인의 자부심에 젖어 흡족한 눈빛으로 주위를 둘러보면서 심호흡을 했다. 그러고서 잠시 침묵이 흘렀고, 이어 그녀는 어느 영국 귀부인의 회고록을, 책 속에 등장하는 속물들에 분개하느라 이따금 멈추고 경멸의 말을 내뱉으면서, 큰 소리로 읽었다. 저녁식사 후 갑자기 초인종이 울렸다. 그녀가 전율했고, 차분한 목소리로 말했다. 새로 이사 온 이웃 사람이 인사하러 왔나봐요. 그녀는 흘러내린 머리카락을 매만지며 적당한 미소를 띠고 문을 열어주러 갔다. 거실로 돌아온 그녀는 가련하게도, 꾸밈없는 원래 목소리로, 집을 잘못 찾아온 사람이었다고 했다. 그러고는 초콜릿 무스에 앉으면서 전에 있던 의자보다 훨씬 편하다고 말했다. 그가 그렇다고 했고, 그녀는 잡지 『르뷔 드 빠리』를 펼쳐 비잔틴미술에 관한 글을 큰 소리로 읽어나갔다.

그들의 가련한 삶. 아침이면 그녀는 몰래 수영복 차림으로 바닥 카펫에 누워 체조를 했고, 그가 열쇠 구멍으로 보고 있다는 것을 알지 못했다. 두 다리를 들어 장중하게 공중에서 엇갈았다가 천천히 내리면서 동작에 맞춰 숨을 들이쉬고 내쉬었고, 그런 다음 다시 시작했다. 그녀가 숨어서 체조를 하는 것은 그들의 사랑을 조금도 의심하지 않기에 진실을 보지 못한 채 자신의 무기력한 상태가 운동 부족 때문이라고 믿기 때문이다. 하지만 진실은 그들이 함께 있으면서 따분하다는 것, 그들 사랑의 배에 이미 구멍이 나서 물이 들어오고 있다는 것이다. 때로 체조를 마치고 일어난 그녀는 에델바이스를 수놓은 스위스 목동 모자를 썼고, 요들송을 부르며 옷장 정리를 했다. 나지막하게 부르는 산의 노래, 고향의 노래, 초라한 또 하나의 비밀.

그들의 가련한 삶. 어느날 저녁식사 후에 그녀가 맛있는 케이크를 구워주겠다고 다시 한번 말했고, 초콜릿 케이크와 모카 케이크 중 어떤 게 좋으냐고 다시 한번 물었다. 그런 다음, 잠시 말이 없다가, 개 한마리를 사고 싶다고 했다. 산책할 때 같이 데리고 나가면 좋잖아요, 그렇죠? 그가 그러자고 했다. 대화 주제도 생기고 내일을 위한 목표도 될 것이다. 그녀는 종이 위에 사고 싶은 개의 품종들을 쓰고 옆에 두칸을 만들어 하나는 장점, 하나는 단점을 적어나갔다. 하지만 정작 그런 다음에는 더이상 개 얘기를 꺼내지 않았다. 어쩌면 그녀가 축성식이라고 부르는 그 일을 치르는 동안 개가 짖을지도 모른다는 생각을 했을 테고, 어쩌면 셋이 산책을 하는 도중 개 특유의 습성들 때문에 불편한 상황이 생길지도 모른다는 생각을 했을 것이다.

그들의 가련한 삶. 어젯밤 10시 30분, 그녀는 밀려오는 졸음을 용감하게 숨겼다. 하지만 그는 이미 징후를 알고 있다. 코가 살짝 가려워지고, 그러면 그녀는 고결하게 콧방울을 아주 살짝 긁고, 두 눈을 크게 떴다가 슬그머니 감았다가 다시 뜬다. 이어서 콧구멍을 벌리고 이를 악문 채 가슴을 들어 올리며 슬그머니 하품을 한다. 가련한 여인, 그녀는 지금 졸리다. 하지만 그가 말을 하고 있기 때문에 온 힘을 다해 버티고 있고, 정신을 흐트러뜨리지 않으려 애쓰면서 진지하게 듣고 있다. 그녀는 그를 사랑하고, 사랑 앞에서 흔들림이 없고, 게다가 예의 바르다. 그래서 미소 띤 얼굴로 그의 말을 듣고 있지만, 그녀의 눈 너머로 불안이, 광기에 가까운 것이 어른거린다. 혹시라도 그의 말이 길어지면 너무 늦게 자게 될지 모른다는 근심이, 아무리 늦어도 11시까지는 자야 하고 안 그러면 불면증이 닥칠 거라는 병적인 두려움이, 그녀는 말하지 않았지만 일기에 쓴 것을 몰래 읽었기에 그가 알고 있는 두려움이 어른거린다. 그렇다, 그의 말을 듣는 동안 그녀의 얼굴에 번지는 상냥하고 예의 바른 미소, 사랑하는 여인이 보내는 저 미소는 꾸며낸, 그녀의 입술 위에 굳어버린, 더이상 움직이지 않는, 주의 깊은 치아를 감싼 모델의 미소, 이미 죽어버린 끔찍한 미소다. 그는 미소 짓는 두려움을 더이상 보지 않기 위해 습관대로 몸을 일으키며 이제 잘 시간이라고 말했다. 오분만 더 있어요, 곧 자러 갈 것이 확실해지자 관대해진 그녀가 말했다. 작별 인사로 오분만 더 같이 있어요, 딱 오분만, 정말 오분만요! 오 주네브에서 함께 보낸 밤들. 새벽 2시에 그가 일어서면 여전히 뜨겁게 타오르던 그녀의 절망. 안돼요, 더 있다 가요, 좀더 있다 가요, 그녀의 황금빛 목소리, 이제는 사라진 목소리. 늦지 않았잖아요, 매달리며 하던 말.

어떻게 하면 그녀가 다시 살아날까? 몇달 전에 했던 것처럼 엘리자베스 밴스테드가 깐으로 왔다고, 자기를 꼭 만나려 한다고, 안 그러면 자살하겠다고 한다고 말할까? 그때처럼 며칠만 같이 있다 오겠다고, 절대 아무 일 없을 거라고, 그냥 비극적인 사건을 피하기 위한 거라고 할까? 그때 깐에 머무는 동안 사실 혼자서 지루한 시간을 보내느라 힘들었다. 칼튼 호텔 방에 틀어박혀 탐정소설을 읽었고, 호화로운 식사를 룸서비스로 시켜 먹은 것이 그나마 낙이었다. 독서와 음식, 고독은 그런 젖을 먹고 살아간다. 하지만 칼튼에서의 마지막 밤에 문득 행복과 승리의 욕구가 일었다. 그래서, 간호사, 덴마크 여인. 가련한 행복, 처량한 승리. 다음 날 오월의 미녀로 돌아오니 그녀는 다시 살아나 있었다. 눈물, 비극적인 작은 손수건, 코맹맹이 소리로 던지는 질문들, 탐색의 눈길, 그리고 한순간의 확신. 거짓말 말아요, 그 여자랑 잤잖아요! 사실대로 말해줘요! 힐아야겠어요, 다 말하면 용서할게요, 이하 등등. 그가 밴스테드와 아무 일도 없었다고, 정말 너무 간절히 애원하는 바람에 연민 때문에 다녀왔을 뿐이라고 엄숙하게 선언한 뒤 격렬한 키스, 다시 이어진 흐느낌. 그리고 다시 질문들. 그럼 하루 종일 뭘 했죠? 무슨 얘길 했는데요? 두 방이 서로 통하게 되어 있었나요? 그 여잔 뭘 입고 있었죠? 아침엔 가운 차림이었나요? 그랬다고 대답하자 다시 흐느낌. 그녀는 그에게 달라붙어 오열했고, 더없이 웅대한 키스가 시작되었고, 그제야 그녀는 연인이 거짓말을 하지 않았음을, 자기를 배반하지 않았음을 알았다. 이어지는 나머지. 가련한 여인은 그가 여전히 자기 것이라는 승리의 기쁨을 맛보았고, 두 다리로 그의 몸을 감쌌고, 그의 맨어깨에 애무를, 매혹적이라고 믿는 애무를 했다. 그리고 주네브 시절에 그랬던 것처럼 황홀경에 젖은 눈으로 소중한, 매력적인 그의 얼굴을 바라보았다. 상처가 치유되고 자신감을 되찾은 그녀는 심지어 밀려난 연적을 동정하는 도덕적 쾌락까지 누렸다. 달콤한 거짓말에 속아 넘어가는 가련한 여인. 모두가 그녀를 위한 것이었다. 그녀를 위해, 사랑의 행복을 되돌려주기 위한 것.

그렇다, 그녀는 다시 살아났다. 하지만 그 시간은 너무도 짧았다. 밴스테드의 존재는 곧 증발했고, 다시 모카 케이크와 초콜릿 케이크가 나타났고, 밤 10시 30분의 두려움도 되살아났다. 또다른 방법이 필요했다. 그래서 여행을 생각했고, 애처로운 이딸리아 일주를 떠났다. 그들은 유적과 미술관을 돌아다녔지만, 다른 사람과 함께 살 수 없는 그들에게 유적이나 미술관은 더이상 흥미롭지 않았다. 고상한 사람들이 책과 그림과 조각에 관심을 갖는 것은 나중에 다른 사람들과 대화를 나누기 위해서다. 보는 순간의 인상들을 쌓아두었다가 나중에 다른 사람들, 소중한 다른 사람들과 함께 얘기할

때 꺼내려는 것이다. 예술은 세상에서 쫓겨난 외로운 사람들에게
는 금지되어 있다, 그는 수없이 되뇌었다. 고독한 자들의 되새김질.

이딸리아에서 돌아와 주네브에서 보낸 일주일. 저녁이면 도농에
갔다. 그녀는 흥미롭게 대화를 이어가려고 애썼다. 당연히 어린 시
절의 추억. 하기야 현재에 대해서 무슨 이야깃거리가 있겠는가. 그
런 다음 수줍게 춤을 추자고 했다. 그대, 우리도 춤을 춰요. 패배를
고백하는 더없이 초라한 말에 그는 마음이 아팠다. 두번째 춤을 추
고 자리로 돌아왔을 때 그녀가 핸드백을 열었다. 미안해요, 손수건
을 놓고 왔어요. 빌려줄 수 있어요? 미안하오, 나도 안 가지고 왔소.
당황한 그녀가 그럼에도 불구하고 미소 지으며 살며시 감미롭게
코를 훌쩍였고, 그는 코의 문제가 야기한 명예롭지 못한 상황을 보
지 않으려고 애썼다. 그녀는 미소 짓고 있었지만 미치도록 고통스
러웠고, 그는 그녀를, 코가 꽉 막혀서, 그리고 자신이 그것을 알고
있어서, 콧속에 가득 찬 것을 없애지 못해서 절망하고 있는 가련
한 여인을 사랑했다. 비극적인 상황을 모르는 척 존중함으로써 다
정하게 명예를 복권시켜주기 위해 그는 그녀의 손에 키스를 했다.
그러고도 그녀는 다섯번 혹은 여섯번 슬그머니 코를 훌쩍였고, 결
국 미안하지만 호텔에 가서 손수건을 가져와야겠다고 했다. 같이
갑시다. 아니에요, 그냥 있어요, 금방 올게요, 바로 옆이잖아요. 그
녀가 왜 혼자 가려 하는지 그는 알고 있었다. 코가 정말로 가득 찼
기 때문에 갑자기 재채기가 나오면서 그 결과물이 코에 매달릴 위
험이 있는데, 혹시라도 같이 가는 중에 그런 재앙이 닥칠까봐 겁이
난 것이다. 빨리 다녀오시오. 고통스럽게 가득 적재된 콧물을, 그
짐을 한시라도 빨리 내려버리고 싶은 그녀가 우아한 미소로 다녀
오겠다는 인사를 대신했다. 오 사랑의 조건이란 얼마나 초라한지,

오 가련한 배우들이여. 그녀는 황급히 문으로 향했다. 하필이면 여기, 처음 도망치던 날 밤 새벽 동이 틀 때까지 환희의 춤을 추던 도농에서 가득 차버린 콧물이 증오스러웠으리라. 어서 밖으로 나가 해방의 손수건을 향해 달려가길. 오 사랑하는 여인이여, 만일 그대가 병들어 몇년 동안 누워 있어야 한다면 난 진심으로 그대를 행복하게 해줄 거요. 침대에 누운 그대를 딸처럼 정성껏 간호하고, 음식을 챙겨 먹이고, 씻겨주고 머리도 빗어줄 거요. 하지만 어쩌랴, 그들은 이미 다른 사람들과 달라야 하고 숭고해야 한다는 형벌에 처해진 것을. 그녀가 돌아오면 함께 춤을 추면서, 그녀를 품고 싶은 욕망을 지닌 척하면서, 그렇게라도 기쁘게 해줄까? 하지만 그랬다가는, 너무도 실천적인 그녀가 호텔로 돌아가자마자 이어지는 구체적인 행동을 기대할 것이다. 아 콧물이 가득 찬 불행에 빠져 절절매는 모습이 얼마나 매력적인지, 내가 그 모습을 얼마나 사랑하는지 그녀가 알 수 있다면 얼마나 좋을까. 하지만 그런 말을 할 수는 없다. 그녀는 견디지 못할 것이다. 그녀를 보며 그가 느끼는 가장 좋은 것들은 말해선 안된다. 아, 내 사랑, 그대를 예쁜이, 귀염둥이라 부르고, 잠옷을 입었을 땐 우리 아기라고 부를 수 있다면, 그런 멍청한 이름들로 부를 수 있다면 얼마나 좋을까. 하지만 그건 안된다. 사랑의 열정을 해칠 위험이 있는 것은 모두 금지되어 있다. 잠시 뒤 그녀가 막힌 코를 뚫고 다시 시적이 되어 도농으로 돌아왔고, 하지만 자리에 앉자마자 다시 코를 훌쩍이기 시작했다. 어찌 저토록 콧물이 풍성할까. 그는 혈관의 수축 작용을 기대하며 담배를 권했다. 하지만 소용없었다. 결국 그녀가 손수건을 꺼냈다. 그래, 제대로 한번에 풀어버리길! 하지만 그녀는 우아하고 섬세하게, 작은 고양이가 킁킁거리듯이, 귀엽게, 효과 없이, 조금씩 코를 풀었다. 그런 건 소용없는데, 어차피 또 해야 한다는 것을 그대 왜 모르는가, 그가 마음속으로 말했다. 그래봐야 콧물이 계속 남아 있다고, 차라리 정직하게 다 밀어내라고 말해주고 싶었다. 어떻게든 아름다움을 해치지 않으려는 그녀의 노력이 그는 가증스러웠다. 마침내 결심한 그녀가 이 상황을 끝내겠다는 단호한 의지로 온 힘을 다해 코를 풀었다. 코끼리의 코에서 나는 것 같은 팡 소리와 함께 천만다행으로 콧속에 들어 있던 콧물이 모두 빠져나왔고, 드디어 코 안이 건조해졌다. 그는 박수 치고 싶은 것을 참았다. 드디어 해방된 그녀가, 자신이 그를 사랑한다는 것을, 그들이 서로 사랑한다는 것을 느끼기 위해 그의 손을 잡았다. 처량하여라. 됐다, 이제 그만.

오월의 미녀로 돌아온 지 몇주가 지났다. 도착해 보니 부엌 테이블에 마리에뜨의 편지가 놓여 있었다. 동생을 간호해야 해서 빠리로 간다고 했다. 거짓말이다. 늙은 하녀는 이곳의 숨 막히는 삶이 지겨웠을 테고, 불행을 피해서 도망간 것이다. 브라보, 마리에뜨. 옆에 아리안의 삼촌의 사망을 알리는 공증인의 전보도 있었다. 그녀는 깊은 슬픔에 젖어 그에게 매달렸다. 눈물, 키스, 그리고 주네브에서처럼 성공적인 교접. 그렇다, 무엇이든 간에 아무튼 새로운 것, 흥미로운 것이 가질 수 있는 힘이다. 그녀는 삼촌을 사랑했기에 너무도 고통스러웠지만, 그것은 동시에 외부에서 온 비타민이 되어주었다. 게다가 며칠 동안 떨어져 있어야 하므로, 그녀에게 그는 다시 중요한 사람이 되었다. 그는 그녀를 깐 역까지 배웅해주었고, 기차가 떠나기 전 격렬한 키스를 했다. 주네브에 다녀온 날도 다시 같은 열정. 하지만 며칠이 지나자 다시 고귀함의 늪, 경이로운 사랑을 기리는 우울한 제의.

마리에뜨를 대신할 하녀를 찾지 못한데나가 삼산 일해를 기껑

부마저 구하지 못한 그녀는 모든 것을 손수 해야 했고, 결국 은밀한 주부와 사랑의 여사제 역할을 번갈아 해내야 했다. 오전 동안 그는 전보다 더 오래 방 안에 갇혀 있어야 했고, 그사이 그녀는 채소를 다듬거나, 머리카락이 닿지 않도록 터번 모자를 쓴 채 튀김이 익는 것을 보고 있거나, 마요네즈를 저었다. 방을 좀 치워도 될까요? 그러면 그는 비질하는 그녀의 모습을 보지 않기 위해 거실로 옮겨갔다. 그는 같이 비질을 하고 싶었고 걸레를 들고 같이 닦고 싶었지만, 사랑의 왕자로 남아 있어야만 했다. 그를 위해서가 아니라 그녀를 위해서였다. 언제나 수벌로 살아야 한다는 것은 실로 끔찍한 일이다. 그녀가 쌩라파엘이나 깐으로 장을 보러 간 사이, 그는 비로소 방마다 다니며 재빨리 비질을 하고, 부엌 타일에 비눗물을 풀어 문지르고, 구리 냄비들을 광나게 닦고, 마룻바닥에 왁스칠을 하며 최대한 부지런히 그녀를 도왔다. 하지만 사랑하는 연인의 위엄을 위해, 그녀가 중요하게 여기는 그 멍청한 위엄을 지켜주기 위해, 모든 일을 몰래 해야 했다. 살림이 워낙 야무지지 못하고 산만한 그녀는 집에 돌아와도 변화를 눈치채지 못했다. 오히려 부엌이 말끔하고 식당이 번쩍이는 것을 보면서 이 정도면 내가 살림을 잘하지 않냐고, 아무도 도와주지 않는데 이 정도면 괜찮지 않냐고 뿌듯해하며 심호흡을 했다. 더없이 순진한 사랑스러운 여인.

물리적인 수고가 끝나면 그녀는 몰래 체조를 했고, 이어 목욕을 한 뒤 전날 빨아서 아침 일찍 다려놓은 사랑의 제복을 입었다. 그리고 드디어 볼 근육을 볼록하게 내민 엄숙한 여인, '고대의 용연향'이라 불리는 향수 냄새를 풍기는 여사제의 등장, 성스러운 테라스에서 성스러운 바다의 광경을 바라보며 거행되는 점심식사. 그녀는 식사를 준비하는 데도 정성껏 공을 들였다. 그저께는 아게에 온 지 1주년 되는 날을 기념하기 위해 성대한 식사를 준비했다. 더 없이 몽상적인 여인은 손으로 직접 써서 메뉴판까지 만들었고, 미국식 바닷가재는 아르모리카³식 바닷가재로, 껍질째 구운 감자는 실내복 입은 감자라고 써놓고 좋아했다.⁴

이런, 첫번째 벨 소리다. 십오분 뒤에는 테라스로 가서 품격 있게 식사를 해야 하고, 피만 빼는 게 아니라 아프게까지 하는 고약한 작은 짐승들, 모기한테 물어뜯겨야 한다. 도대체 모기들은 내 살갗에 후추를 집어넣는 게 뭐가 좋단 말인가. 쓸데없는 심술이다. 좋아, 내 피는 가져가도 좋다, 하지만 아프게는 하지 말라! 불현듯 싸를 부인⁵이 떠올랐다. 그 늙은 여자가 신앙심 깊은 늙은 모기들을 위해 양로원을 지어달라는 유언을 남긴 게 아닐까 상상해보았다. 그렇다, 워낙 신앙심이 깊었으니까 모기들의 풍습마저도 좋게 봐주었는지 모른다. 모기들이 우리 귀에 대고 달콤한 노래를 부른 뒤 핏속에 독을 넣으면 그 자리가 부어오르고, 우리는 몇시간 동안 긁게 된다. 우리가 화를 내면 모기들은 이렇게 말한다. 이봐, 우리가 당신들을 위해 얼마나 많이 기도하는데 그래? 우리가 당신들을 얼마나 사랑하는데! 우리의 고운 방울 소리를 들어봐, 우리 기도를 들어보라고. 우리가 물어뜯을 수 있게 당신들이 계속 번창하게 해달라고, 우리가 사랑을 가득 담아 영성으로 두 눈을 반짝이면서 얼마나 열심히 기도하는데! 모기가 까옌 후추⁶가 들어 있는 작은 침

---

3 지금의 노르망디, 브르따뉴에 걸쳐 골족이 거주하던 해안 지역을 고대 로마인들이 부르던 이름.
4 '미국식'(à l'américaine)과 '아르모리카식'(à l'armoricaine), 그리고 '껍질째 구운', 즉 '자연의 옷을 그대로 입은'(en robe des champs)과 '실내복을 입은'(en robe de chambre)의 발음이 비슷한 것을 이용하여 말장난을 한 것이다.
5 『쏠랄』에 등장하는 인물로, 종교적 위선의 상징이다.

을 우리의 몸에 찔러넣지 않을 수 없음을 이해하는 것이 곧 모기를 용서한다는 뜻이라면, 그의 인생에 침을 꽂은 커다란 모기, 매일매일 그의 혈관 속에 독을 집어넣는 즐거움을 참지 못한 침 꽂기 분야의 눈부신 거장, 그 늙은 싸를 부인을 기꺼이 용서할 수 있을 것이다. 그녀의 영혼에 평화 있기를.

그렇다, 턱시도 차림으로 테라스로 가서 발목을 모기에게 물어뜯기며 바다의 빛깔이 어떤지 이야기하고, 경이로운 멋진 남자인 척하고, 그녀의 두 눈을 뜨겁고 깊게 바라보고, 지금까지와는 다르게 사랑한다고 말할 새로운 방법을 찾아내야 한다. 하지만, 그렇다 해도, 나는 그녀를 사랑한다. 지금껏 알았던 그 어떤 여자보다도 그녀가 가깝게 느껴진다. 아드리엔, 오드, 이졸데, 그리고 잠시 만난 여자들까지, 여자들은 늘 멀게 느껴졌다. 마치 사이에 유리벽이 버티고 있는 듯 낯선 존재들이었다. 여자들은 늘 살아 움직였고, 이따금 그녀들이 자신과 마찬가지로 정말로 살아 있음을 느낄 때면 그는 저 여인이 무슨 권리로 나의 세계에 들어와 움직이는지 의아스러웠다. 하지만 아리안은 그와 닮았고, 그래서 늘 공감할 수 있고, 또 순진한 여인이다. 그는 아리안을 몰래 쳐다보는 것이 좋았고, 포근한 애정을, 그것은 곧 사랑의 열정을 해치는 부정행위였기에, 감추려고 애썼다. 그녀를 품에 안고 그녀의 두 뺨에 키스하고 싶은 마음을, 뺨에, 오직 뺨에다만 스무번 키스하고 싶은 마음을 얼마나 참았던가. 그녀의 모든 것이, 심지어 백치 같은 모습까지 매력적이었다. 그저께 그녀가 준비한 식탁, 작은 꽃송이들로 꾸민 천진난만한 식탁도 매력적이었다. 곱게 장식한 바닷가재가 너무 짰지만 그

---

6 남아메리카 북동쪽에 위치한 프랑스령 기아나의 주도 까옌에서 나는 고추를 갈아 밀가루와 소금을 섞어 만든 향신료.

는 그녀를 위해 형편없는 바닷가재를 더 덜어달라고 했다.

그녀를 향한 포근한 애정은 점점 더 커가고 그녀를 향한 욕정은 점점 줄어드는데, 그녀는 여전히 욕정의 대상으로 갈구되기를 원했다. 아마도 그럴 권리가 있다고 생각할 것이고, 그는 그 점이 짜증스러웠다. 그들의 단조로운 결합, 늘 똑같은 결합. 밴스테드를 핑계 삼아 깐에 갔을 때 마지막 날 저녁에는 아프다는 핑계로 간호사를 칼튼으로 불렀다. 덴마크 여인은 그에게 아무것도 아니었고 심지어 이름조차 몰랐지만, 그들은 놀라우리만큼 진한 쾌락을 맛보았다. 말은 한마디도 나누지 않았다. 그녀의 헐떡거림 외에는 고요하기만 한 침묵 속에서 누린 절대적 관능. 자정이 되자 그때까지 말 한마디 없던 여인이 옷을 입었고, 파란 눈으로, 똑바로, 하지만 비난하는 기색 없이 그를 바라보았다. 목깃과 소맷부리에 풀 먹인 옷을 입은 그녀는 내일 같은 시간에 다시 오기를 바라냐고 물었다. 그가 아니라고 대답하자 그녀는 미소도 암시의 눈빛도 없이, 굽 낮은 구두를 신고, 아마 빛깔의 머리카락에 흰색 면 모자를 쓰고, 다시 단정한 간호사가 되어 방을 나섰다.

두번째 벨 소리에 그는 전율했다. 이런, 옷 갈아입는 것을 잊고 있었다. 빨리, 쓸데없는 만찬용 옷을 입어야 한다. 그녀가 꼭 원하는 것이었다. 자신도 무대에 오르는 가수 같은 야회복을 고집했다. 복명의 독주회가 열리지 않기를 기대해봅시다, 그가 중얼거렸고, 그 순간 이런 식으로 삶에 복수하는 자기 자신이 수치스러웠다.

테라스에서 저녁식사를 한 뒤 거실로 갔다. 얄궂게도 목이 깊이 파인 야회복 차림의 그녀와 흰색 턱시도 차림의 그가 열린 창문 앞에 앉았고, 그들은 관심 없는 척 긴 테이블에 둘러앉은 이웃 사람들이 이쪽 끝에서 저쪽 끝까지 서로 불러가면서 함께 먹어대고 떠들어대는, 가슴에 비수처럼 파고드는 광경을 바라보았다. 세상에서 버림받은 그들은 꽃이 장식된 화려한 거실에 단둘이 말없이 앉아, 고귀하게, 아름답게, 우아하게, 비싸고 귀한 담배를 피웠다. 최고 행정재판소의 심의관이 여자 모자를 쓰고 돌아오자 모여 있던 사람들이 탄성을 지르며 박수를 쳤다. 그녀는 그에게 카페인이 없어서 숙면에 지장이 없는 차를 사왔다고 말했다. 서로에게 알릴 새 소식이 이런 것뿐이로구나, 그가 생각했다.

— 조금 있다가 마셔볼까요? 그녀가 말했다. 보통 차와 똑같은 맛이 날지는 모르겠어요. 잠시 침묵이 흐른 뒤 그녀가 말했다. 아, 내가 깜빡 잊고 안 보여준 게 있어요. 오늘 아침에 보니, 마리에뜨가 주네브에서 가져온 것 중에 열세살 때 사진이 있었어요. 한번 볼래요?

그녀가 방으로 가서 작고 두꺼운 종이 한장을 들고 왔다. 생기 띤 얼굴로 그의 곁으로 다가와 안락의자 팔걸이에 걸터앉은 그녀는 양말에 샌들을 신고 곱슬머리를 곱게 기른 소녀의 사진을 건넸고, 소녀의 머리를 묶은 커다란 리본, 짧은 치마, 그리고 그 밑으로 드러난 맨다리를 사랑스러운 눈길로 바라보았다.

— 이때 무척 예뻤군.

— 지금은요? 그녀가 볼을 가까이 대며 물었다.

— 지금도 마찬가지요.

— 그래도 사진 속 나하고 지금 나하고 누가 더 예뻐요?

— 둘 다 너무 아름답소.

오 쇠락해가는구나, 그가 생각했고, 사진을 다시 그녀에게 건넸다. 이젠 무슨 얘기를 할까? 바다와 바다의 빛깔에 대해서, 하늘과

달에 대해서는 너무 많이 얘기했다. 프루스뜨에 대해 할 수 있는
말도 다 했고, 알베르띤[7]이 사실은 젊은 남자였을 거라는 말까지 했
다. 점잖은 사람들이 보았다면 우리의 사랑이 부족한 거라고 말하
고 싶을 것이다. 그렇다면 한번 우리처럼 해보라고, 낮이나 밤이나
위대한 사랑의 감옥에 갇혀 있어보라고, 그러면 어떻게 되는지 알
게 될 거라고 말해주리라. 동물 얘기를 해볼까? 이미 했다. 그녀가
어떤 동물을 좋아하는지, 왜 좋아하는지까지 외울 수 있다. 에스빠
냐 전쟁 얘기를 할까, 너무 고통스럽고, 이미 그와 상관없는 일이
다. 다시 한번, 만번째로, 사랑한다고 말해볼까, 이번에는 다른 아
무 말도 덧붙이지 말고 그냥 사랑한다고만 할까. 사회적인 삶을 사
는 남자라면, 예를 들어 별로 호감이 안 가도 교분을 유지해야만
하는 뒤마르댕 부부의 집에 아내와 함께 다녀오는 길에, 활기차게,
예를 들면 뒤마르댕 부인보다 당신이 옷을 훨씬 잘 입는 것 같다
고, 그런 정다운 얘기를 할 수 있을 것이다. 창문 너머에서는 행복
한 사람들이 피아노 소리에 맞춰 춤을 추며 사소한 불륜을 맛보고
있었다.

　— 깐에 하와이 기타 수업을 하는 부인이 있대요. 다녀볼까 해
요. 그녀가 말했다.

　다시 잠시 침묵이 흐른 뒤 그녀는 깐에서 버스를 탔을 때 그림처
럼 예쁜 한쌍의 남녀를 봤다고 말했고, 그들의 생김새를 묘사하며
자기 생각도 덧붙였다. 그는 그녀의 말을 다 이해하는 척했고, 미소
를 지으려 애썼다. 불행한 여인은 언제나처럼 재치 있고 재미있어
보이려고 애썼다. 사실 관찰을 제대로 하기도 했다. 버림받은 인간

---

7 프루스뜨의 『잃어버린 시간을 찾아서』에서 화자인 마르셸이 사랑하는 여자로,
　화자는 그녀의 동성애를 의심한다.

들은 타인의 존재에 굶주려 있기 때문에 뛰어난 관찰력을 갖게 되는 법이다. 버스에 탄 낯선 두 사람이 그녀가 그에게 전해줄 수 있는, 외부에서 얻은 유일한 전리품이었던 것이다. 다시 침묵.

아무 설명 없이 뺨을 한대 때리고 방으로 들어가버릴까? 그럴듯한 행동이다. 그러고 나면 오늘 저녁 그녀는 죽음같이 무료한 시간을 보내지 않아도 된다. 할 일이 생길 테고, 그가 왜 화가 났는지, 어떤 점이 그의 마음에 거슬렸는지 고민하며 눈물을 흘릴 테고, 그가 고약하게 굴지만 않았어도 행복한 저녁 시간을 보낼 수 있었을 거라 아쉬워할 것이다. 그녀를 위해서 어느정도 슬픈 사건이, 롤러코스터가 필요하다. 그러고 나면 희망과 기대 그리고 최종적으로 화해가 이루어질 것이다. 하지만 용기가 나지 않았다.

이미 용기를 낸 적이 있었다. 세게 뺨을 때리고 나서 방으로 들어가 문을 열쇠로 잠가버린 뒤, 무너진 정의를 바로 세우기 위해 자기 허벅지를 상처가 나도록 찔렀다. 오 사랑하는 온유한 여인을 다른 것도 아니라 그녀를 위하려는 선의 때문에 때려야 하다니, 이보다 더 음울한 희극이 있을까. 선의로 한 일, 그렇다, 그녀의 입술 위에 번지는 미소를, 자신이 지루해하고 있다는 사실을 외면한 채 뭔가 이유 없는 슬픔 때문이라고 믿는 교양 있는 미소를 지워버리기 위해서였다. 선의로 한 일, 그렇다, 그녀를 다시 살아 있게 하고 그들 사랑의 배가 난파하는 것을 보지 못하게 하기 위해서였다. 하지만 집 밖으로 나간 그녀가 맞은 뺨을 한 손으로 가리고 걸어가는 모습을 창문 너머로 보면서 그는 더이상 버틸 수가 없었다. 곧장 집을 나섰고, 그녀에게 달려갔다. 날 용서하오, 내 사랑, 나의 온유하고 착한 여인, 용서하오, 내가 잠시 미쳤었나보오. 그녀는 리츠에서와 같은 눈길, 그를 섬기는 신자의 눈길로 바라보았다. 그 일을 어떻게 다시 또 할 수 있단 말인가.

— 그래요, 찾아갈 거예요. 열두번 정도 수업을 들으면 되나봐요. 배워 와서 저녁에 당신을 위해 하와이 노래들을 연주해줄게요. 정말 매혹적이잖아요.

이런, 오늘은 웬일인지 아련하다고 말하지 않았다. 그 표현은 다음에 쓸 것이다. 하와이 기타로 날 매혹하려 하고, 사회적인 것을 대신할 수 있는 것을 찾아다니고, 하와이 노래로 사회적인 것과 경쟁할 계획을 세우는 가련한 여인, 어떻게 그녀를 또 때린단 말인가. 게다가 어차피 저녁마다 때릴 수는 없는 일이다. 처음에야 그들의 사랑에 힘을 주겠지만, 자주 사용하다보면 이 방법도 약효가 사라질 것이다. 차라리 행정재판소 심의관이라는 통통한 남자를 찾아가서 우리를 좀 초대해달라고 부탁해볼까? 돈이라도 쥐여줄까? 아니, 그건 아니다. 사실 그를 짜증 나게 하는 제일 딱한 것, 제일 말도 안되는 것은 그녀가 잠수종 안에 단둘이 타고 있으면서도 한결같은 연인이고자 한다는 것이다. 그녀의 배 속에서 나는 소리도 짜증스러웠다. 몸을 섞고 나서 손가락을 가볍게 움직이며 어깨를 애무하는 것도 짜증스러웠다. 그녀가 쓰는 주네브 말투도 짜증스러웠다. 왜 땅이 '기름지다'고 안하고 '걸지다'고 하며, 왜 '상점'을 '아케이드'라고 부르는가. 그리고 왜 '계단'이란 말을 두고 '층층대'라고 하는가? 그리고 70과 90은 왜 '쎕땅뜨' '노낭뜨'라고 하는가.

그리고 또 자본주의의 모든 악취. 언젠가 그녀는 재미있다는 듯 약간의 경멸을 섞어 마리에뜨가 돈을 너무 좋아하고 돈에 집착하고 자꾸 돈 얘기만 한다고 말했다. 마담 아리안 이 구두 이 가방 이 옷 얼마에 샀어요 하면서 늘 궁금해해요. 그녀가 너그러운 경멸을 살짝 담아 끔찍하게 덧붙였다. 이상하죠, 보는 물건마다 얼마인지 알고 싶어 난리예요. 모르십니까, 부인, 당신이나 당신 부류의 사람들이 돈을 사랑하지 않아도 되고 돈 얘기를 절대 안하고 돈에 관심을 갖지 않는 사치를 누릴 수 있는 건 은행에만 가면 원하는 대로 가질 수 있기 때문이죠. 그래서 하인들한테 언제나 다정하고 품위 있게 말할 수 있는 겁니다. 또 한번은 저녁에 차 마시는 얘기를 하다가 신이 난 그녀가 자기 같은 사람들, 그러니까 생산수단을 소유한 사람들한테 차는 성스러운 음료라고 했다. 차는 아주 섬세하게 맛을 느낄 수 있잖아요, 당신도 그렇죠? 몸 상태에 따라서도 굉장히 다르죠. 예를 들어 몸이 힘들 땐 차 맛도 덜해요. 사흘 동안 못 마시다가 마시면 기가 막히게 맛있고요, 그렇죠? 기가 막히게라는 말을 강조하느라 그녀가 한 음절씩 또박또박 발음하는 모습이 그는 신기했다. 그녀는 변했다. 주네브 시절의 그녀, 미친 것 같고 너무도 아름답던 그녀는 사라졌다. 그리고 또, 꽃에 대한 병적인 집착. 그녀는 시체 같은 꽃을 늘 거실에, 현관홀에, 그녀의 방에, 집 안 곳곳에 꽂아놓았다. 어제는 제일 좋아하는 가을꽃에 대해 장광설을 늘어놓으며 달리아, 국화, 이런저런 풀에 대해 시시콜콜 설명했다. 달리아는 관능적이고 육중하고 풍성한 꽃이에요, 띠찌아노[8]를 떠올리게 하죠, 당신 생각도 그렇죠? 그리고 또, 자연의 아름다움에 대한 병적인 집착. 그대, 와서 산의 빛깔을 봐요. 그럽시다, 그러면 그는 그녀 쪽으로 다가간다. 그저 산, 커다란 돌덩어리일 뿐인데. 오 그가 사랑하는 바다, 오래된 봄을 간직한, 투명한 물결이 정겨운 이오니아해. 그대, 와서 해가 지는 것 좀 봐요. 지겹다. 뭐든 다 보려는 저놈의 강박관념, 아마도 산이 많은 스위스 지역 사람들

---

8 Vecellio Tiziano(1490?~1576). 이딸리아 르네상스 시대의 화가.

의 특징이리라. 그녀는 어디든 경치가 아름다운지 꼭 확인하고, 내다보이는 전망이 어떤지 확인한다. 게다가 그곳으로부터 보면, 이라는 이상한 말도 쓴다. 역시 스위스적인 것이리라. 또 한가지, 그녀는 이제 파우더를 바른다. 하지만 어울리지 않는다. 그리고 도농에서 있었던 일이 너무 자주 일어난다. 그녀는 너무 고귀하게 코를 풀었고, 그는 짜증스러웠다. 자, 빨리, 어서 코를 다 풀어내길, 그가 마음속으로 중얼거렸다. 그러고 나면 수치심, 연민, 후회가 밀려왔고, 너무 후회스러워서 그녀 앞에 무릎을 꿇고 싶었다. 하지만 코가 여전히 막혀 있음을 증명하는 가련한 여인의 목소리에 그는 다시 짜증스러워졌다. 어떨 때 그녀는 숨도 제대로 못 쉴 정도로 코가 막혔다. 미안하오, 그대, 미안하오. 그래, 미안하오, 하지만 오늘 그대의 숨결은 너무 거칠다오. 정말 어쩔 수가 없소. 느끼지 않으려 해도 느껴지는 걸 어떻게 할 도리가 없소. 최악의 상황은, 이따금 그의 마음속에 돌연 이유 없는 적개심이 솟구친다는 것이었다. 아마도 그녀가 여자이기 때문이리라.

오, 불행한 여인은, 여전히 안 그런 척하지만, 창문 너머에 모여 있는 멍청이 같은 인간들을 바라보고 있고, 그들과 함께하지 못해서 슬프고, 그들이 찾아오지 않는 것이 굴욕적이다. 아게에 오고부터 그녀가 누리는 유일한 사회적 삶은 당연히 마리에뜨와 몰래 아침식사를 하는 것이었다. 창문 너머에서는 다시 웃음소리. 귀여운 여자 하나가 남자 모자를 썼고, 모두 박수를 치며 신나게 외쳤다. 멋있어 잔, 멋있다니까 잔, 멋있어! 하지만 이곳, 고운 꽃들이 가득한 아름다운 거실에는 죽음과도 같은 침묵이 흐른다.

 ─하와이 기타 배우러 다니는 건 괜찮죠?

 ─물론이지, 좋은 생각이오.

── 그러면 내일부터 시작할래요. 곧 직접 반주를 하면서 하와이 노래를 들려줄 수 있을 거예요.

── 좋소. 그가 미소를 지었고, 벌떡 일어섰다. 가방을 싸야겠소. 일 때문에 만나야 할 사람들이 있어서.

── 언제 떠나는데요?

── 오늘 저녁. 급한 일이라서. 돈 문제 때문이오.

── 어디로 가는데요?

── 빠리. 친구들을 좀 만나봐야 하오.

── 아, 나도 데려가줘요! (이 말을 하는 순간 그녀의 두 눈에 불꽃이 일었다. 그러니까 지금껏 기회를 노리고 있었던 것이다! 그녀는 이미 빠리에 도착하는 광경을, 역과 거리에 북적거리는 새로운 사람들을 상상할 것이다. 무엇보다 그가 친구들을 만날 때 자신을 소개하리라 기대할 것이다. 마치 꿀맛에 홀린 파리처럼 그녀는 친구라는 말에 자석처럼 끌렸다. 그가 아닌 다른 사람, 그가 아닌 다른 사람, 이것이 바로 저 여인의 좌우명이다. 그가 쳐다보자 그녀는 그가 망설인다고 생각했다.) 그대, 아주 얌전히 있을게요, 일을 다 마칠 때까지 기다릴게요, 그리고 저녁에 같이.

── 저녁에 같이 뭘 하자는 거요? 그가 근엄한 목소리로 그녀의 말을 끊었다. (그는 차가운 눈길로 그녀의 입에서 나올 다음 말, 문장을 마무리할 끔찍한 말을 기다렸다. 저녁에 같이 친구들을 보러 가요.)

── 저녁에 다시 볼 때 좋을 것 같다고요, 너무 좋잖아요. 깊은 생각에 빠진, 광인 같은 그의 눈길에 놀란 그녀가 대답했다.

그렇다, 드디어 그녀가 은밀한 욕망을 털어놓았다! 하루에 몇시간 동안만이라도 지긋지긋한 연인을 벗어나는 것, 매일같이 실내복을 바꿔 입어가며 집안을 돌아다니던 연인이 드디어 밖으로 나가는 것! 사실 그녀가 옳다. 늘 놀라울 정도로 아름다운 모습으로 서로를 보는 것, 늘 놀라울 정도로 사랑한다고 서로에게 말하는 것, 모두 진정으로 숨 막히는 일이다. 사실 그녀는, 스스로 깨닫지 못하고 있을 뿐, 광대 짓 하는 차장의 아내가 되어, 상대의 지위에 따라 미소를 달리해가면서, 가능하다면 야회복을 차려입고, 저녁마다 손님들을 맞는 순간을, 훈장을 매달고 거들먹거리는 손님들, 그녀에게 다시 살아갈 생기를 줄 멍청이들을 맞이하는 순간을 갈구하고 있다.

이웃집 정원에 모인 사람들이 눈을 가리고 술래잡기를 했다. 그렇다, 그도 저들이 부러웠다. 행정재판소 심의관이라는 초라한 인간하고라도 관계를 맺고 싶었다. 맙소사 예전의 그였다면. 오 멍청한 여자들이 도망치며 질러대는 야한 비명이라니. 그가 그녀를 향해 고개를 돌렸다. 하와이 기타밖에 누릴 게 없는 가련한 여인. 그렇다, 혼자 빠리로 가는 거다. 바로 오늘 저녁에 떠나자. 빠리에서 꼭 승리하자. 저 여인을 위해 승리하고, 저 여인에게 행복을 가져다주자. 소중한 여인에게 행복을, 꼭 행복을, 사랑하는 연인에게 행복을 가져다주자.

93

잠에서 깨어난 그는 아게에서 기다리고 있는 여인을 생각했다. 왜 편지를 유치우편으로 보내야 하는지, 왜 호텔 이름을 알려주지 않는지 차마 묻지 못한 채 기다리는 여인. 그래, 그대여, 조르주 쌩 끄 호텔이오, 사치스러운 부랑자지. 삶으로의 귀환! 처음 침대칸에 오를 때 그는 그렇게 외쳤다. 기차 복도에서 만난 아름다운 여인에게 미소를 지었고, 그녀가 미소로 답했다. 그리고 밤사이 함께 나눈 수많은 키스, 베아뜨리체와 함께한 수많은 키스.

뻣뻣해진 수염 때문에 턱이 간지러워 긁었다. 알비노한테 거절당한 이후 오랫동안, 아마도 열여섯날 동안 면도를 안했다. 오늘이 며칠인가? 몸을 숙여 바닥의 신문을 주워 들고 날짜를 확인했다. 1936년 9월 10일 월요일. 그러니까 열사흘째다. 얼굴이 맥[9]처럼 생긴 알비노. 빠리에 도착한 다음 날, 런던으로 떠나는 베아뜨리체 리

울찌와 헤어진 뒤 곧바로 위니베르시떼 거리를 찾아갔다. 그러고는 제일 높은 사람을, 국장을 만나야 한다고 우겼다. 불행한 자의 집요함, 유대인의 집요함. 기차 안에서 베아뜨리체와 함께 있을 때는 그토록 자신만만했는데. 여자들이 늘 하는 말대로 상대의 마음을 사로잡을 수 있는, 성적 매력이 넘치는 남자였기에 자신만만했는데. 알비노 국장 앞에서는 갑자기 모든 게 어색했고 미소도 너무 자주 지었다. 알비노는 서류를 훑어보더니 단호하게 말했다. 불법 귀화, 사전 체류 기간 부족. 그는 방을 나섰고, 조국도 없고 직책도 없는, 화학적으로 순수한 유대인으로, 이 거리 저 거리를 돌아다녔다.

그는 움직이는 자기 손을 바라보았고, 혼자이지 않기 위해 그 손에 입을 맞췄다. 다시 주식 투자를 시작해서 돈을 버는 것으로 복수를 할까? 주식 투자는 사회에서 쫓겨난 자에게도 허락되는 일이다. 모든 것이 금지된 그에게 단 하나 허용된 것이 바로 마지막 보루인 머리를 써서 돈을 불리는 일이다. 아니다, 그는 더이상 주식 투자를 할 용기가 나지 않았다. 하지만 알비노를 찾아간 일이 실패한 뒤에도 그에게는 다른 용기가 남아 있었다. 그렇소, 그대, 그건 바로 나를 좀 구해달라고 구걸하러 다닐 용기였다오. 사실 그의 손으로 초라한 기자 생활에서 끌어내 노동부 장관의 비서실장으로 만들어준 들라뤼가 감찰관이 되어 있었다. 그런데 전에 그의 밑에 있던 부하는 그 앞에서 보호자연하며 거들먹거렸다. 아, 알잖아요, 귀화 철회 판결은 그런 식으로 취소시킬 수 없어요. 그는 자기가 나서서 할 수 있는 일이 없다고 거절한 뒤, 면도도 안한 전락한 옛

─────────────

9 말레이반도와 남아메리카 등의 밀림에 서식하는 초식동물로, 멧돼지와 비슷한 생김새에 코끝이 길다.

상관에게 위스키를 권했다. 그러고는 자신이 국제노동기구 사무국에서 정부 파견단으로 어떤 흥미로운 일을 하고 있는지 떠들어댔다. 다른 옛 친구들은 더 심했다. 모두 대기실에서 선 채로 그를 맞았다. 이미 스캔들이 퍼졌다. 해임 사실도 알려졌다. 프랑스 국적이 박탈된 것도 마찬가지였다. 매번 같은 말. 내가 개입할 수 있는 일이 아니네. 국적 박탈 판결을 뒤집을 만한 새로운 사항이 있다면 모를까, 안됐지만 자네가 직접 뭐라도 해보는 수밖에 없겠군. 그중 몇몇은 사무실을 나서는 그를 문까지 배웅하며 동정하는 기쁨을 맛보기도 했다. 그래, 여보게, 정말 안된 일이로군. 모두의 눈에 불신과 적의와 두려움이 담겨 있었다. 인간들은 원래 불행에 다가가려 하지 않는다.

그는 따스한 침대에 누웠다. 불행에 맞서는 미소도 지어보았다. 맨발을 시트에 비비며 보드라운 감촉을 느끼니 기분이 좋았다. 돈이 주는 부드러움, 안락함, 그나마 아직까지 그에게 남아 있는 것이다. 그저께는 위니베르시떼 거리를 다시 찾아갔다. 가서 할 얘기를 전날 글로 써보았고, 어떤 주장을 펼지 미리 암기했고, 거울 앞에서 연습도 했다. 한참 동안 면도 못한 수염이 알비노의 마음을 약하게 만들기를 기대했다. 그리고 그날, 딱딱한 의자에 앉아 감동적인 말을 연습하며 몇시간을 기다린 끝에 그의 사무실로 들어섰을 때, 알비노는 다시 찾아온 이상한 남자에게 짜증을 냈다. 당신들은 문으로 쫓아내면 창문으로 또 들어오죠. 당신들이 누구를 일컫는지는 물론 잘 안다. 알비노는 한때 장관이었지만 지금은 무력해진 남자에게 굴욕을 안기는 기쁨을 즐겼다. 그렇게까지 프랑스 국적을 원한다면 프랑스 땅에서 합법적인 거주지를 얻고 정해진 기간이 경과한 다음 다시 신청하는 수밖에 없죠. 그렇게까지라는 말의 잔인함, 가진 자의 잔인함, 자기는 늘 물리도록 먹으면서, 그래서 배가 고플 수 있다는 것에 놀라는 자의 빈정거림.

그는 큰 소리로 알비노의 발음을 흉내 내본다. 그자는 그렇게까지 프랑스 국적을 얻고 쉽다면이라고 발음했다. 약자의 조롱, 가련한 복수. 불행은 인간을 낮아지게 하고 어리석게 만든다. 할 말을 미리 준비해 가고 면도하지 못한 얼굴이 연민을 불러일으키길 기대했던 어리석음. 그렇다, 그는 고독에 대해, 조국을 원하는 갈망에 대해 말했지만, 알비노는 합법적인 거주지와 정해진 기간의 경과로 답했고, 그렇게 대답하는 동안에도 액자에 담긴 사진 속 가족을, 머리를 단정하게 빗은 두 아이와 합법적인, 다른 사람들한테 보여줄 수 있고 아마도 지참금도 많이 가져왔을 아내를 바라보았다. 오, 행복한 자들의 무관심. 오, 의자에 앉아 사진에 보내는 흡족한 눈길, 합법적인 삶을 드러내는 증거들을 향한 확신에 찬 눈길. 사회적인 것의 푸아그라 위에 굳건하게 자리 잡은 떳떳하게 나쁜 놈. 그자는 똑똑하진 않지만 약삭빠른 인간이다. 그는 똑똑하지만 약삭빠르지 못한 인간이다. 자, 얘기 끝냅시다, 다음 사람이 기다려서이만, 알비노 국장이 일어서며 말했다.

그는 운명을 떠올리며 미소 지었다. 옛날에는 좋은 머리로 성공했다. 국회의원도, 장관도 그리고 다른 것도 해봤다. 하지만 오로지 좋은 머리만으로 얻어낸 성공은 너무도 취약했다. 허공 높이 팽팽한 줄 위에 올라서기는 했지만, 떨어질 때를 대비한 그물을 쳐놓지 못한 것이다. 핏줄도, 인척도, 부모 대부터 내려온 친분도, 유년기와 청년기를 함께 보낸 친구도, 그러니까 어떤 한 계급에 진정으로 속함으로써 얻게 되는 자연적인 보호 장치가 전혀 없었기에, 그에게 기댈 것이라고는 오로지 자기 자신뿐이었다. 그런데 너그러움에서 비롯한 한가지 실수로 인해 그 줄에서 떨어졌다. 이제 그는 오로지 혼자뿐인 인간이다. 뿌리를 내리고 사는 사람들은 수많은 끈으로 얽혀 있기에 자연적으로 한편인 사람들의 보호를 받을 수 있다. 그런 정상적인 사람들에게 인생은 달콤할 수 있다. 너무 달콤해서 자신들이 속한 그곳에서 무엇을 얻고 있는지 알 필요도 없고, 오히려 모든 것을 자신들의 힘으로 얻은 줄 안다. 일가친척, 오랜 세월 이어진 친분의 힘으로 살아가는 수많은 행운아. 그들은 능력이 없어도 최고 행정재판소의 재판관이 되고 재정 감찰관이 되고 외교관이 된다. 태어나는 순간부터 보호를 받고 요람에서 무덤까지 사회적인 것에 부드럽게 실려가는 멍청한 인간들. 만일 그자들이 내 처지였으면 어찌 될지 보고 싶다. 프루스뜨가 원하기만 했다면 그 아버지는 아들을 가뿐히 께도르세에 입성시켜주었을 것이다. 멍청이 노르뿌아[10]는 친구의 아들인 풋내기를 언제든 다른 멍청한 인간들의 세계에 넣어줄 준비가 되어 있었으니까. 그렇다, 사실 그자들이 멍청한 인간이 아니고 무능한 인간이 아니라는 것은 그도 잘 안다. 멍청하다고, 무능하다고 말하는 것은 그가, 오 그만하자. 그렇다, 그의 성공에는 밑에서 받쳐줄 사회적인 그물망이 없었다. 그런데 국제연맹 이사회에서 실수를 했고, 그 때문에 떨어져 한순간에 허리가 꺾인 것이다. 그리고 그다음 날, 자신의 귀화가 불법적인 것이었음을 폭로하는 익명의 편지를 보내버린 더 치명적인

....
10 『잃어버린 시간을 찾아서』에 등장하는 인물로, 화자인 마르셀의 부친이 프랑스 외무부에 근무할 때 알게 된 외교관이다.

실수. 그날 이후 그는 혼자가 되었고, 한 여인이 그의 조국을 대신하게 되었다. 그는 침대 협탁의 서랍을 열어 밀랍으로 봉인된 봉투를 꺼냈다. 무게를 가늠해보았다. 무겁다. 궁금해진다. 열어볼까? 이 정도 행복은 누릴 권리가 있지 않은가. 아니다, 나의 아버지는 가말리엘 데 쏠랄, 대제사장이다. 그는 봉투를 다시 서랍에 넣었다.

어서, 삶의 목표가 있어야 한다, 어서. 그는 벨을 눌러 급사장을 부르고, 일어나 문이 열쇠로 잘 잠겼는지 확인한 뒤 기다린다. 두번의 노크 소리. 문을 열지 않은 채로 정식 아침식사를 주문한다. 햄에그 세개, 밀크 커피, 토스트, 버터, 크루아상, 영국식 오렌지 마멀레이드. 그런 다음 다시 누워 미소 지으려 애쓰고 안도의 한숨을 내쉬려 애쓴다. 그래, 아주 편안한 좋은 침대가 있잖아. 알비노는 그의 말을 자르고 일어서서 다음 사람이 기다린다고 했다. 호의를 끌어내고 자기가 왜 이러는지 설명할 기회를 단 몇분만이라도 얻기 위해서 그 보잘것없는 인간에게 미소를 지었는데. 전날 옷장 거울 앞에 서서 외운 대로 내가 지금 어떤 상황에 처했는지를 미숙하게 그리고 절실하게 펼쳐놓았는데. 지금 사랑하는 여인이 자기 때문에 어떻게 살고 있는지, 자기가 프랑스를 얼마나 사랑하고 왜 그렇게 사랑하는지 늘어놓았는데. 하지만 원래부터 프랑스 국적을 지닌 알비노는 그의 열정과 절실함을 이해하지 못했다. 연설은 효과가 없었고, 알비노는 말없이 사무실의 문을 열었다. 이제 난 끝이오, 그가 말했고 유감이군요, 알비노가 대답했다.

두번의 노크. 밖에서 살아가는 자, 정상적인 것을 전해주는 전령, 인간들의 우애 속에 한자리를 얻어낸 운 좋은 인간의 얼굴을 보기가 두려웠다. 문 앞에 놓고 가시오, 내가 들여놓겠소. 급사장의 발걸음이 멀어지기를 기다렸다가 살며시 문을 열고 좌우를 살폈다. 보는 사람이 없다. 쟁반을 당기고, 재빨리 열쇠를 이중으로 돌려 문을 잠그고, 열쇠를 빼서 베개 밑에 집어넣고, 다시 침대로 갔다.

침대에 앉아 다정한 쟁반을 앞에 두고 그가 미소 짓는다. 세개의 햄에그, 냄새가 좋다. 세 친구. 그렇다, 그 역시 아침식사를 하고, 심지어 운 좋은 자들보다 더 푸짐한 식사를 한다. 하지만 운 좋은 자들에게 아침식사는 바깥 세계의 삶을 시작하는 전주곡이며 동류의 인간들 사이에서 살아가는 데 필요한 칼로리다. 그에게는 아침식사가 삶의 목표이고 사소한 절대이며 십분 동안 질척거리는 고독한 행복이다. 그는 『르 땅』[11]을 펼치고 음식이 제공하는 처량한 관능에 젖어 바깥 세계를 접견한다. 1년 뒤, 아니 어쩌면 조금 늦게, 혹은 조금 더 일찍, 결국 스스로 목숨을 끊게 되리라는 것을 아는 그는 평온하게 크루아상에 버터와 마멀레이드를 발라 먹는다. 마멀레이드를 스코틀랜드의 장교 그림 라벨이 붙은 병째로 가져다주면 좋았을걸. 먹으면서 라벨의 그림이라도 쳐다보면 누군가와 함께 있는 기분이 들지 않겠는가.

작은 행복을 끝낸 그가 다시 일어선다. 열쇠가 어디 있지? 여기저기 열쇠를 찾아다니고, 더 잘 찾기 위해 열쇠를 돌리는 손짓을 해보고, 마침내 베개 밑에서 찾아낸다. 문을 살짝 열고 복도를 살핀다. 다른 방 앞에 주인을 기다리며 놓여 있는 구두들. 행복한 자들

---

11 '시대'라는 뜻. 1861년부터 1942년까지 발간된 빠리의 일간지.

에게 발은 관계를 뜻한다. 새벽 2시에, 저 구두들을 빌려 와서 침대 밑에 놓아두고 싶은 어리석은 유혹을 느꼈다. 몸을 숙여 남들이 복도에 벗어놓은 구두를 살핀다. 잘 닦아서 광이 나는, 가지런히 놓인 자신만만한 구두들, 얼마나 행복할까. 그렇다, 자신감. 주인들이 삶의 목표를 가지고 호텔에 묵고 있기 때문이다. 그는 그렇지 않았다.

발소리. 재빨리 문을 잠그고 열쇠를 한번 더 돌린다. 노크 소리. 방 정리를 해도 되느냐고 묻는다. 아니, 나중에 하시오. 다시 침묵. 거울 달린 옷장 앞에 서서 가볍게 춤동작을 해보고, 에스빠냐 춤처럼 손가락을 튕겨본다. 행복하지 않다는 것은 별로 문제가 되지 않는다. 행복한 자들도 어차피 죽는다. 복도에 아무도 없는지 다시 확인한 뒤 재빨리 문 앞에 쟁반을 내놓는다. 재빨리 방해하지 마시오 팻말을 문고리에 걸고, 다시 문을 이중으로 닫아걸고, 혀를 내민다. 살았다!

정성껏 침대를 정돈한 뒤 방을 정리하고, 도톰한 타월로 먼지를 닦아낸다. 우리의 작은 게토를 정성껏 살펴야 해, 우리의 작은 게토는 포근한 곳이어야 해, 고백하듯 나지막하게 말한다. 이어 너무 붙어 있는 안락의자 두개를 조금 벌려놓고, 흐트러져 있는 책들을 집어넣고, 담뱃갑들을 재떨이를 중심으로 대칭으로 놓는다. 됐어, 미소 짓는다. 원래 게토에 사는 사람들은 강박적인 집착이 있기 때문에 질서가 없으면 견디지 못한다. 질서가 행복을 대신하는 것이다. 혼자 고립된 자들은 이렇게 시간을 때우는 법이랍니다, 여러분, 혼자 중얼거린 뒤 노래한다. 사랑의 기쁨은 어느덧 사라지고,[12] 어차피 심심하니까 혼자서라도 사랑의 공연을 하기 위해 여자같이 가는 목소리로 노래한다. 유휴 상태의 사랑을 노래에 쏟아붓기 위해 감정을 살려 노래한다. 이런, 침대 협탁에 먼지가 앉았군! 재빨리 타월로 대리석 상판을 닦은 뒤 창문으로 가서 턴다. 아래 보이는 인간들, 다들 바쁘고, 다들 목표가 있고, 다들 동류의 인간을 향해 간다. 블라인드를 내려 사람들이 모두 사라지게 한다. 바깥에 가면 세상이, 희망이, 성공이 있다는 것을 모르기 위해 커튼을 친다. 그렇다, 이전에는 승리하기 위해, 사람들의 마음을 얻기 위해, 사랑받기 위해 밖으로 나갔다. 그때는 세상의 일원이었다.

불빛 희미한 방 안을 어슬렁거리며 이따금 눈썹을 찌푸리고 머리카락을 뽑는다. 추방당한 자, 축출된 자. 그가 바깥 세계에서 할 수 있는 일은 이제 중세 시대의 조상들이 그랬던 것처럼 오로지 거래, 즉 돈을 가지고 하는 일뿐이다. 내일 당장 가게를 얻어 전당포를 차릴까, 문 앞에 '명문 고리대금업'이라고 새긴 동판을 달까. 아니, 이곳 조르주 쌩끄에 틀어박혀서 그냥 안락한 삶으로 위안을 삼을까. 여기, 이 방 안에서라면 원하는 것을 뭐든 할 권리가 있으니까. 히브리어를 해도 되고, 롱사르의 시를 낭송해도 되고, 나는 머리가 두개에 심장이 두개 달린 괴물이라고, 유대 민족의 일원이라고, 프랑스 민족의 일원이라고 악을 써도 되니까. 이곳에 혼자 있으면 숭고한 유대의 기도포를 걸쳐도 되고, 혹시 하고 싶어지면 동그란 프랑스 국적 표시를 이마에 붙여도 된다. 이곳에 혼자 틀어박혀 있으면 그가 사랑하는 그러나 그를 사랑하지 않는 사람들의 경계 어린 시선을 받지 않아도 된다. 매일 유대교회당에 갈까? 하지만

---

12 마르띠니(Giovanni Martini, 1741~1816)가 작곡한 「사랑의 기쁨」(Plaisir d'amour)의 가사.

중절모자를 쓰고 예배가 빨리 끝나기를 기다리며 점잖게 속삭이는 이들, 거래상의 혹은 사교상의 문제를 소홀히 하지 않는 이들, 중요한 사람이 지나가면 손을 올려 모자의 챙을 잡는 이들, 성년 의례에서 자그마한 중절모자를 쓰고 어른처럼 옷을 입고 선지자들의 말씀을 읽는 어린 자식들을 보며 눈물을 흘리는 이들, 내가 그들과 어떤 공통점이 있단 말인가? 문득 영원한 신 앞에서 전율을 느끼고, 안식일 제의의 열여덟가지 축복기도를 낭송한다.

우린 서로 사랑하잖아, 거울을 향해 미소 짓고, 문이 잘 잠겼는지 확인한다. 됐다, 열쇠가 잠겼다. 좀더 확실하게 빗장도 걸고, 한번 더 확인하기 위해 손잡이를 돌려본다. 문이 움직이지 않는다. 안전하다. 안심이다. 정말 우리 둘뿐이다. 미지근한 온기가 남아 있는 역겨운 이불 속으로 들어가서 귀찮은 것들을 떨쳐내기 위해 미소 짓는다. 문밖에는 방해하지 말라는 팻말이 이미 걸려 있다. 이불을 끌어올리고, 부드러운 시트의 감촉을 느끼기 위해 맨발을 이리저리 움직이고, 다시 미소 짓는다. 침대는 유대인을 증오하지 않는다.

머리맡의 램프를 켜고, 쫓겨 나온 삶을 들여다보게 해주는 창문인 『르 땅』을 들고, 하지만 사교계 소식란과 외교 만찬 일정은 피하려고 애쓴다. 그런데도 장관, 장군, 대사 들 소식이 자꾸 눈에 들어온다. 대사가 너무 많다, 없는 곳이 없다. 교활한 작자들, 순진한 외무 장관들의 비서실장으로 비위를 맞추다가 승진에 성공한 조심스럽고 비굴한 자들. 모두 베로날을 먹여 쓸어버릴 인간들. 신문을 읽다가 대사들 소식을 보면 이렇게 말하던 망주끌루가 떠올라 얼굴에 미소가 번진다. 30년 뒤면 이 교활한 사를노 나 묵을 낏이다. 허지만 그때까지 그들은 행복하다. 전화하고, 명령하고, 곧 취소될 일을 하고, 그들은 중요해 보이지만 사실은 아무 소용 없는 일을 붙잡고, 결국은 죽음을 맞이하리라는 것을 잊은 채, 열심히 일한다.

눈을 감고 잠을 청한다. 어제 전보를 보냈으니 그녀는 걱정하지 않을 것이다. 일이 잘되고 있고 곧 돌아갈 거라고 했다. 전부 거짓말이다. 협탁 위로 고개를 숙이고 다시 서랍을 열어 봉랍한 편지를 꺼내 들고는 잠시 쳐다보다가 다시 집어넣는다. 잠이 안 온다, 베로 날이 들지 않는다. 일어나서 방을 살핀다. 옷장 거울에 손가락 자국이 있다. 손수건으로 문질러 깨끗이 닦아야 한다. 저기 흐트러진 침대가 거슬린다. 다시, 우리 유대인들끼리, 사랑의 마음으로 침대를 완벽하게 정돈해보자. 시트와 이불을 잘 당기고, 가장자리는 매트리스 밑으로 밀어넣고, 침대 커버를 똑바로 단정하게 씌워보자.

모두 마친 뒤 세면대 앞으로 가서 거울에게 조언을 구한다. 거울 속 수염 가득한 얼굴 앞에 서 있어도 무엇을 해야 할지 알 길이 없다. 즐거운 생각을 떠올리기 위해 미소를 지어봐도 효과가 없다. 시간을 보내기 위해, 정상적인 사소한 행동을 통해 희망의 끈에 매달리기 위해 그저 두 손에 비누칠을 하고 또 한다. 그런 다음 삶의 의욕을 되찾고 용기를 내기 위해 용연향 향수를 뿌린다. 뵘이 불쌍하다. 나의 고통은 마땅하다. 작은 칼로 발바닥의 군은살을 문질러 살살 긁어내면 흰 가루로 떨어져 쌓이는 게 기분 좋다. 하지만 이런 심심풀이로는 부족하다. 밖으로 나가 돌아다니는 게 나을 것이다. 그래, 어디 한번 최소한의 사회적인 것을 가져볼까, 둘이 있는 기분을 느끼려고 일부러 히죽거리며 말한다.

옷을 입고 거울을 향해 나갔다 오겠다고 인사를 한다. 수감자의 수염이 끔찍하다. 그래도 면도할 용기는 나지 않는다. 수염을 길렀다고 체포하진 않겠지. 더구나 쌔빌로[13]의 슈트를 입었으니 수염 정도는 충분히 벌충될 것이다. 문을 열었다가 곧 다시 닫는다. 급사와 객실 청소부가 저렇게까지 잘 정돈된 침대를 보면 무슨 생각을 하겠는가? 누구한테든 잘못 보여서는 안된다. 황급히 침대를 헤쳐놓고 문을 살짝 열어 복도를 살핀다. 아무도 없다. 이가 아픈 사람처럼 손수건으로 입을 가리고, 밀고자의 추악하고 아름다운 두 눈을 감추기 위해 펠트 모자를 눌러쓰고서 복도로 나선다. 승강기 버튼을 누를까? 아니, 승강기 안에서는 누구나 무료하기 때문에 시간 보낼 만한 일을 찾게 되고 그래서 다른 때보다 더 유심히 살피게 된다. 계단이 덜 위험하다. 눈에 띄는 코[14]를 손수건으로 가리고 재빨리 내려간다. 현관홀을 지날 때는 혹시라도 전에 알던 사람들과 마주치지 않도록 더 빨리 걷는다.

마르뵈프 거리를 지나며 벽에 분필로 쓴 글씨들을 외면한다. 몰라야 한다. 하지만 더이상 외면하지 못하고 곧 돌아본다. 이웃을 사랑한다는 도시들에 "유대인들에게 죽음을!"이 어찌 이리 많은가. 그의 죽음을 원한 이가 용감한 청년, 어머니를 위해 꽃을 사는 착한 아들일 수도 있다. 벽을 피해 술집으로 들어선다. 대화의 끄트머리라도 잡고 끼어들 수 있기를 기대하며 상냥한 얼굴의 노부부 옆에 앉아 더블 위스키를 시킨다. 그렇다, 기쁜 표정을 지어야 한다.

---

13 런던 중심가의 거리. 고급 양복점들이 모여 있다.
14 큰 매부리코는 유대인의 외형적 특징으로 꼽힌다.

대리석 카운터에 아무렇게나 놓여 있는 『릴뤼스트라시옹』[15]을 무심코 펼치다가 전율한다. 다행히 아니다. '유대인'이 아니라 '유월' 얘기였다.[16] 친절한 노인이 아내에게 귓속말로 속삭이자, 관심 없는 척하지만 모종의 공모를 담고 술집 안을 훑어가던 그 아내의 눈길이 정장을 차려입고 수염이 덥수룩한 남자에게서 멈춘다. 그녀는 감식가의, 미식가의, 능숙한, 신랄한, 영악한 혜안이 파들거리는 공모의 눈길을 남편과 주고받는다. 맞아요, 맞아, 확실해, 듬성듬성 벌어지고 이끼 같은 것으로 덮인 치아를 드러내며 말한다. 정체를 들킨 그가 위스키를 남겨둔 채 일어나 테이블에 지폐 한장을 두고 쫓기듯 밖으로 나선다.

고립된 사람들의 메마른 삶에 물을 대주는 강물인 거리에서, 굽이치는 흰 머릿결에 하렘의 여인처럼 부드러운 눈빛을 가진 늙은 테살로니키 유대인 동포에게서 산 구운 땅콩을 먹으며, 정처 없이 걷는다. 옷 가게 진열창 앞에서 걸음을 멈추고 하나같이 흠 없고 사는 것이 행복하고 늘 기쁨에 젖은 색깔 고운 밀랍 마네킹들을 쳐다보는 동안, 봉투에서 꺼내 먹는 땅콩의 갈색 껍질이 옷깃에 떨어진다. 그러다 다시 정처 없이 걷고, 나지막하게 중얼거리고, 이따금 미소 짓는다. 이 가게 저 가게 들어가보고, 호텔 방에 함께 있어줄 물건들, 바라보고 사랑할 사람들을 대신할 것들을 산다.

장난감 가게에서 관절이 꺾이는 스키 선수 인형과 홍옥수 구슬을 산다. 마분지로 만든 가짜 코도 마음에 든다. 여점원에게 아들

---

15 1843년부터 1944년까지 빠리에서 발행된 주간지.
16 프랑스어로 '유대인'은 juif, '6월'은 juin으로 철자가 비슷하다.

이 좋아할 거라고 말하면서, 마분지 코도 산다. 밖으로 나온 뒤 종이봉투를 열어 스키 선수 인형을 꺼내 팔을 잡고 부드럽게 흔든다. 함께 산책합시다. 서점이다. 가던 길을 멈추고, 늙고 뚱뚱한 영국 여자의 대단치 않은 머리에서 나온 탐정소설 『앵무새 미스터리』를 산다. 꽃 가게다. 다시 걸음을 멈추고 들어가서 열두송이 장미꽃 세 단을 조르주 쌩끄 호텔로 배달시킨다. 이름을 말할 용기가 나지 않아서, 330호로 보내달라고, 급하다고, 친구를 위한 거라고 말한다. 거리로 나서며 난 널 사랑해 알지? 중얼거린다. 아무튼 저 꽃 가게 주인은 친절하게 맞아주었다. 박수를 한번 친다. 그리고 중얼거린다. 자, 즐겨보자.

넓은 도시를 홀로 거닐고, 길고 긴 거리를 심장을 끌고 발을 끌면서 걸어간다. 행복한 얼굴을 한 장교 두명이 떠들며 지나간다. 큰 소리로 말할 권리가 있는 자들이다. 위로를 얻고 친구를 얻기 위해 밀크 초콜릿 한판을 산다. 먹고 나서 다시 혼자가 되어 걷는다. 희미한 눈빛, 늘어진 입, 흐느적거리는 다리. 힘없이 걸어가면서, 아무것도 갖지 못한 공허를 채우기 위해, 나지막하지만 표현력 충만한 목소리로 즐거운 노래를 흥얼거린다. 주머니에서 『앵무새 미스터리』를 꺼내, 아무것도 생각하지 않기 위해 걸어가면서 읽는다.

성당 앞에 사람들이 모여 있다. 걸음을 멈추고, 책을 겨드랑이에 낀 채 쳐다본다. 계단에 빨간 카펫이 깔려 있다. 성당지기의 조수들이 거들먹거리며 화분 놓을 자리를 정한다. 뚱뚱한 성당지기가 미늘창을 들고 나타난다. 성대한 결혼식이다. 호사스러운 자동차들. 하늘색 옷을 입은 여인 하나가 흰 장갑을 낀 어느 장군에게 손을 내민다. 문득 모욕감이 밀려온다. 그 느낌을 떨치기 위해 흥얼거리며, 스키 선수 인형의 손을 흔들며, 그곳을 벗어난다.

왼쪽에서 같은 보폭으로 걷는 경찰을 발견하고 전율한다. 죄지은 게 없음을 보여주려고 휘파람을 부는 척하고, 무심한 듯 걱정 없는 순진한 미소를 짓는다. 널 증오해, 마음속으로 말한다. 의심의 여지를 주지 않기 위해 차라리 점잖은 얼굴로 다가가 마들렌 성당이 어디냐고 물어볼까? 안된다. 경찰과는 엮이지 않는 게 좋다. 걸음을 재촉해서 맞은편 인도로 건너간다. 어때, 속았지? 혼자 중얼거리고, 다시 걷고, 규칙적으로, 머릿속 생각들에 박자를 맞추어 마른기침을 하면서, 외롭게 걷는다.

사진관 진열창. 걸음을 멈추고, 일상의 사악함이 없는 온화한 얼굴들을 바라본다. 사진을 찍으려고 자세를 잡을 때면 사람들은 미소를 짓고, 늘 선하고, 영혼까지 화사하다. 그런 모습을 보면 즐겁다. 그들의 가장 좋은 순간을 보는 셈이다. 새 옷을 차려입고, 한 발은 까치발로, 작은 원탁에 놓인 책을 잡고 서 있는 노동자도 보기 좋다. 됐다, 충분히 봤다. 가로수에 마음이 끌려 길을 건넌다. 벤치에 앉는다. 지나가는 사람들은 하나같이 쓸모없는 일을 하는 중이다. 미장원에 가고, 가정용품 전시회에 간다. 아무리 그가 부탁해도, 그를 구해주는 일은 하지 않을 것이다. 청원서에 서명해서 그를 구해주는 일은 절대 안할 것이다. 이발사와 얘기를 나누는 것, 할 수 있다. 청소기를 구경하느라 몇시간을 쓰는 것, 할 수 있다. 한 사람을 구해주는 것, 그건 못한다. 자기는 영원히 살 거라 믿으며 거리를 걷는 여인들, 구두 굽 소리를 내며 거리를 걷는 귀여운 여인들.

자그마한 노인 하나가 다가와 인사를 건네며 옆에 앉는다. 누구
인지 모르기 때문에 하는 인사. 날씨가 참 좋구려, 노인이 말한다.
지난주에는 비가 많이 와서 류머티즘 때문에 고생했는데. 내 나이
에는 류머티즘이 오고, 위장도 탈이 난다오. 그래서 제대로 된 일
을 할 수 없게 되지. 팔을 들어 올리면 현기증이 나니 원, 페인트 일
을 하려면 그걸 해야 하는데. 결국 천장은 못 칠하게 되지. 조금 지
나면 사다리 올라서는 것도, 그래, 그것도 끝이라오. 현기증이 나니
까. 이제 하찮은 일밖에 못하지. 그쪽은 무슨 일을 하시오? 직업이
뭡니까? 바이올리니스트입니다, 쏠랄이 대답한다. 그건 타고나야
하는 재주인데. 날 때부터 갖고 있거나 아니거나 둘 중 하나지. 친
구 사이의 대화처럼 포근해진다. 그렇다, 앞으로 모든 우정은 이렇
게 일시적일 것이다. 모르는 사람과 십오분 동안 얘기를 나누고, 그
런 다음엔 끝이다. 할 수 없다, 부스러기라도 주워 모으고, 망령 든
노인의 말이라도 들어주자. 지난 1년 동안 그녀 말고는 그 누구하
고도 말을 섞지 않았다. 프랑스 사람들은 원래 개인주의적이라오,
노인이 말한다. 이것도 우정이라면 우정이다. 선량한 노인은 그를
위해서 자신의 머리에서 끄집어낼 수 있는 최상의 말을, 그러니까
어디서 읽었거나 친구한테서 들은 적이 있는 가장 사치스러운 말
을 끌어낸 것이다. 그러고는 흡족해한다. 자기가 속한 것보다 높은
계층의 말을 쓰면 기분이 좋아진다. 이게 다 유대인 때문이지, 노인
이 결론을 내린다. 그럼 그렇지. 빠질 수 없는 말. 순진한, 가련한 노
인. 소매치기들이 하는 짓과 정반대로, 자기 주머니에서 지폐 한장
을 꺼내 노인의 주머니에 넣어준다. 노인은 작은 의심도 없이 유대
인이 저지른 죄악을 늘어놓는다. 듣고 있다가 일어서서 주먹을 불

끈 쥐고, 파란 눈을 향해 미소를 보낸 뒤 자리를 뜬다. 인간이 전적으로 자유롭다고 쓴 싸르트르라는 철학자한테 도덕적인 책임을 물어야 한다. 부르주아들을 위한 사상, 보호받는, 혼자만의 힘으로 설 필요가 없는 자들을 위한 사상.

거리들 또 거리들. 차 두대가 충돌한다. 경찰이 와서 사고 조서를 작성하고, 구경꾼들은 사고에 대해 갑론을박한다. 듣고만 있다가 슬그머니 논쟁에 끼어들고, 바닥에 떨어진 삶이 부끄러워지지만 기분은 좋다. 무리 지어 있으면 익명이 된다. 나를 알아보는 누군가 때문에 얼어붙을 일이 없다. 무엇보다도 사회적인 것이 있다. 무리의 일원이 되고, 무리에 속하고, 자기 의견을 말하고, 사고의 원인에 대해 동의하고, 미소를 교환하고, 그렇게 모두 평등하고, 형제가 되고, 사고를 일으킨 운전수를 욕하고, 그렇게 서로 사랑한다.

사람들이 하나둘 흩어진다. 사랑이 끝난 것이다. 다시 걷기 시작하고, 광장의 작은 공원을 가로지른다. 아기 하나가 술 취한 사람처럼 비틀거리며 걷는다. 저런 아기는 예쁘다, 위험하지 않고, 유대인을 심판하려 하지 않는다. 가서 안아주고 싶다. 안된다, 지나치게 금발이다. 20년 뒤면 반유대주의자가 될지 모른다. 그대로 공원을 나선다. 군인들. 흰색 군모를 썼으니 외인부대다. 저들처럼 군단에 소속된 자들은 행복하다. 명령에 따르든 명령을 내리든 혼자가 아니다. 어느새 음악 소리에 맞춰, 경멸스러운 군인의 걸음걸이로, 구레나룻이 길고 흉악하게 생긴 중위 옆에서, 군인들, 인류의 수치인 군인들과 함께 걷는다. 입대를 할까? 신분증을 요구하지는 않을 것이다. 가짜 이름을 쓰면 된다. 자끄 크레띠앵[17], 이런 이름.

　조금 전에 지났던 성당. 붉은 카펫은 이미 치웠다. 오늘 저녁이
면 처녀가 하나 줄어든다. 유감이로군, 세상에는 처녀가 부족한데.
성당의 종이 울린다. 하지만 그를 위한 것은 아니다. 종소리는 운이
좋은 자들, 서로 한덩어리로 엉겨 붙어 있는 자들을 위한 것이다.
그들에게 빨리 달콤한 의무를 수행하라고, 서로를 덮혀주라고, 함
께 따듯해지라고 부르는 소리다. 허공으로 퍼져가는 종소리, 이어
지면서 손을 잡고 하나가 되는 행복과 화합의 종소리. 개종을 하고
기독교인이 될까? 확신을 가지고 진짜로 그렇게 되는 것은 불가능
하다. 하지만 그들과 함께하기 위해서, 그들에게 받아들여지기 위
해서, 할 수 있다. 그들의 교리를 믿지 않더라도 그의 지성과 열정
으로 그들보다 더 충실하게 가톨릭적으로 살 수 있다. 사제가 되고
모두에게 존경받고 모두에게 사랑받는 훌륭한 웅변가가 되어 그들
의 교리를 빛내고 찬양할 수 있다. 그러면 많은 사람을 만나고 우
정을 나눌 수 있을 것이다. 그렇다, 무엇보다도 모두에게서 사랑받
을 수 있을 것이다. 경찰 하나가 암소처럼 멍청하고 무례한 눈길을
던진다. 모른 척하면서 반대편 인도로 건너간다.

　거리들 또 거리들. 가고 또 간다, 허기진 마음으로, 경계하는 눈
빛으로, 가고 또 간다. 슬픈 노래를 부르며, 아무렇게나 부르며, 유
대인이 간다. 시간을 보내기 위해 휘둥그레 광인처럼 눈을 떠보고,
기름에 볶인 벗들인 땅콩을 꺼내 씹어보고, 오락실에 들어가 핀볼

---

17 chrétien은 보통명사로 '기독교인'이라는 뜻이다.

판 위로 공들이 튕기는 것을 본다. 그리고 계속 중얼거리며, 두 팔을 박자 맞춰 흔들며, 그렇게 걷는다. 부활절에 로마로 가볼까? 군중과 함께 환호하며 교황을 맞이할까? 내가 누구인지 아무도 모를 것이다. 다른 사람들과 함께 교황님 만세 하고 외칠까? 지난번에 라디오에서 「볼가강 배 끄는 인부들의 노래」[18]를 들었다. 오, 그를 반갑게 맞아주고 그의 입술에 입 맞춰줄 나라. 자, 말하자, 걷자, 멈추지 말자, 무슨 말이든 하자. 소설가에게는 인간적인 결점이 오히려 작품을 살찌우는 양분이 된다. 예를 들어 넥타이를 제대로 맸는지를 너무 중요하게 생각해서 그 사소한 일에 괴팍스럽게 집착하는 작가가 있다면, 그의 작품의 아름다움, 아기자기하고 상세한 묘사는 바로 그런 우스꽝스러운 집착 때문에 가능하다. 사람들이 자기를 보지 않는다고 믿기 위해 눈이 바닥을 향한다. 태어나는 순간부터 위험한 용의자. 이러다가 나도 반유대주의자가 되는 게 아닐까? 어쩌면 이미 그런 걸까? 내가 느끼는 자부심이 사실은 수치심과 증오심을 감추는 걸까? 자부심이라 느끼지만, 사실은 어쩔 수 없기 때문에 그러는 걸까? 어서, 말하자, 운명을 알지 않아도 되도록, 어서 말하자, 오 어서 말이 나오길. 아리안, 그녀는 아름다움을 칭송해주면 정말 진지하게 듣고, 행복의 숨결을 내뱉으며 마음에 새기고, 카메라 앞에 앉은 어린애 같은 표정을 짓는다. 사랑스럽고, 충실하고, 순진하게 잘 믿는, 그러니 속을 수밖에 없는 여인. 그녀에게는 차라리 멍청하고 씩씩한 영국 등산가가 어울릴 텐데. 불운하구나, 가련한 여인.

---

18 러시아의 민요.

더 말해보자, 어서, 무슨 말이든 해보자, 말을 쏟아내서 불행을 덮어보자. 어릿광대 차장 시절에는 매일 동포를 대신해줄 대용품, 그러니까 우애와 비슷한 것을 찾아갔고, 함께 멍청한 짓을 했다. 그 것은 건전한 우애였다. 다른 할 말이 또 뭐가 있지? 어서, 말을 멈추면 불행이 비집고 들어올 것이다. 거스름돈을 받아도 그게 얼마인지, 잘 받은 건지 제대로 계산하지 못한다. 그저 돈을 건네준 상대가 의아해할까봐 확인하는 척할 뿐이다. 언젠가 식품점에서 거스름돈을 너무 많이 내준 것을 깨달은 여주인은 그 곤란한 상황이 손님 탓이 아니라는 뜻으로 상냥한 웃음을 지어 보였다. 또 언젠가, 지갑을 안 가져왔다는 말을 듣고 난 뒤의 표정이라니. 믿을 수 없다는 표정, 정직한 사람이 수상한 사람 앞에서 짓는 표정. 아니면, 장교가 되어볼까? 딱 중위까지. 명령을 따르고 또 명령을 내리고, 자기 자리를 지키고 또 자기 자리를 알고, 다른 사람들과 분명한 관계를 형성하기. 아니면 암고양이를 데리고 살까? 그가 세상에서 쫓겨난 신세라는 것을 모르고 그와 함께 행복한, 충족되지 못한 무의식이 없는, 판단하지 않는, 언제든 날 버리고 떠날 수 있는 고양이. 조르주 쌩끄의 방에서 키우는 거다. 열렬히 키스해주고, 사랑스러운 그대라 부르며 함께 행복해지자. 그대는 나만 있으면 되지 않는가. 밀랍으로 봉인된 봉투. 이것을 준비한 그녀의 놀라운 정성. 유치우편으로 받은 커다란 봉투 안에는 다시 봉인된 봉투가 들어 있고, 작은 쪽지가 함께 있었다. 쪽지에 쓰인 말은 그대로 외울 수 있다. 한번 읊어볼까? 그대, 같이 넣은 밀봉한 봉투에 내 사진들을 넣었어요. 자동 셔터를 사용해서 혼자 찍었어요. 미리 말해두는데 조금 대담한 사진들이에요. 혹시 별로 마음에 들지 않을 것 같으면, 부탁할게요, 보지 말고 그냥 찢어버려요. 보고 마음에 들거든 진보로 알려주고요. 당연히 내가 직접 현상하고 인화했어요. 꼭 혼자 있을 때, 정말로 원할 때, 그때 열어야 해요. 맞은편 길로 걸어가면 행운이 올 것이다. 그렇다, 건너자. 아니, 파란불, 기다려야 한다. 일곱을 세기 전에 빨간불로 바뀌면 다 잘될 거라는 뜻이다. 여섯에서 빨간불. 그는 어깨를 들썩이고, 길을 건넌다. 석공들이 벽에 기대앉아 소시지를 씹으면서 얘기를 나누고 있다. 성체배령, 너무도 아름다운 의식.

거리들 또 거리들. 어서 뭐라도 하자. 어서 말을 하자. 아무것도 없는 공허를 메우자. 불행은 계속 기웃거리다가 틈이 보이면 곧장 덮칠 것이다. 의사한테 가볼까? 대기실에서 치명상 입은 암사자 같은 표독스러운 여자와 마주 앉아 기다리고 나면, 어쨌든 십오분 동안 이야기 나눌 친구가 생긴다. 20프랑에서 100프랑이면 그에게 관심을 가져줄, 그의 맨가슴에 향내 나는 머리를 가져다 댈 형제가 생긴다. 십오분 동안의 선의를 얻는 것이니 100프랑이 그다지 비싸지는 않다. 아니다, 진찰하려면 옷을 벗으라고 할 테고, 그러면 보게 되고, 알게 될 것이다. 의사들은 반유대주의자이다. 변호사들도 마찬가지다. 어쩌면 나도 그렇다. 그래, 호텔로 돌아가면 그것들을 꺼내보지 말고 찢어버리자. 차라리 이발소에 가볼까? 이발사는 그를 살펴줄 테고, 면도를 해주고 말을 건네고 사랑해줄 거다. 손님이 너무 심한 곱슬머리[19]인 경우를 제외하면, 이발사들은 자유업 종사자들만큼 반유대주의 성향이 크지는 않다. 퐁텐블로[20] 숲에서 어린아이의 시체가 발견되었다는 기사가 있었다. 보나 마나 종교 제의

---

19 곱슬머리 역시 유대인의 신체적 특징으로 꼽힌다.
20 파리 남쪽 쎈에마른 지역의 도시.

를 위해 죽였다고 할 텐데. 알리바이가 없지 않은가. 언젠가 큰길에서 신문을 사라고 외치던 잘생긴 청년. 『앙띠쥐이프』[21] 사세요! 많은 사람이 샀다. 그도 참지 못하고 샀다. 걸어가면서 읽었고, 배가 튀어나오고 코가 크고 실크해트를 쓴 은행가의 캐리커처를 보며 걷느라 다른 행인과 부딪쳤다. 벗어나야 한다. 그들의 증오심을 생각해선 안된다. 지나가는 사람을 붙잡고 꽁꼬르드 광장이 어디냐고 물어볼까? 정상적인 관계를 형성하기 위해, 그런 관계에 익숙해지기 위해, 벗어나기 위해. 친절하게 가르쳐줄지도 모른다. 아니면 담뱃불을 좀 빌려달라고 할까? 담뱃불을 빌려준 사람은 상대가 담배에 불이 붙도록 한모금 빠는 동안 선한 얼굴로 바라보게 된다.

거리들 또 거리들. 입안에 땅콩을 씹던 무거운 슬픔, 그 불순하고 저급한 맛을 간직한 채로 눈을 가늘게 뜨고, 구부정한 등으로 걷는다. 또 공원이다. 나무 밑에서 개 한마리가 냄새를 찾아 킁킁거린다. 저 개는 행복하다. 자, 어서, 생각해보자, 뭐든 상관없다. 겉모습만으로 어떻게 사람들이 떠드는 말을 그대로 믿을 수 있단 말인가. 신이시여, 어찌 웃지 않을 수 있습니까? 혹시라도 누가 들을까봐 두리번거리며 중얼거린다. 실상은 그들의 뇌가 죽음에 대한 두려움 때문에 소화불량에 걸린 탓에 나오는 설사를 찬미하는 것이다. 저들의 애국심, 어찌 웃지 않을 수 있습니까? 혹시라도 누가 들을까봐 두리번거리며 중얼거린다. 어쩌면 탕파를 얻기 위해 죽는 것이 가장 아름다운 운명이고, 가장 가치 있는 욕망이다. 저들은 죽은 자를 기리기 위해 일분, 단 일분 동안 묵념하고, 그런 다음엔 밥

21 '유대인에 반대한다'는 뜻. 빠리에서 발간되던 주간지.

을 먹으러 간다. 언젠가 라디오에서 사제가, 차갑게, 목을 가다듬기 위해 말을 멈춰가며, 편안한 목소리로, 고통에 대해 말했다. 거리에서 외로움이 사무치고 두려움이 사무쳐서 호텔로 들어가기 전에 제과점을 옮겨다니며 초콜릿을 사 먹기도 했다. 사회적인 것을 누리는 운 좋은 인간들만이 우월한 척 멍청한 모습으로 고독을 갈망할 수 있다. 일요일 오전에 옆 성당의 종소리, 듣지 않으려고 얼굴을 베개에 파묻어도 들려오는 행복의 소리.

술집에 들어와 앉는다. 옆자리에 노동자 두명이 있다. ─ 난 극장이 왜 좋은지 모르겠어. 아무리 그래도 배울 게 좀 있고 호기심도 채워주는 데가 좋지, 그니까 국립미술관, 나뽈레옹 무덤 같은 데 말이야. 난 적어도 1년에 한번씩은 나뽈레옹 묘지에 찾아가. 생각을 정리할 겸 혼자 가기도 하고, 친구를 데려가서 설명해줄 때도 있지. 그거 모르지? 지금 네 앞에 앉아 있는 이 몸이 나뽈레옹 황제의 모자를 만져봤다는 거 아냐. 진짜 정말이야. 정말 감동적이던걸. 황제가 입던 조끼도 만져봤지. 지키고 있는 사람하고 얘기를 좀 나눴는데, 그러고 나니 만지는 거 봐도 뭐라 안하더라구. 황제의 검에는 손 안 댔어, 존경하는 뜻으로 안 만지기로 했거든. 빵떼옹[22]도 괜찮아. 나라를 빛낸 훌륭한 사람들이 누워 있는 곳이잖아. 다시 나뽈레옹 얘기를 하자면, 그래, 쎈강 가에, 너무도 사랑하는 프랑스 국민들 가까이 잠들고 싶다, 이렇게 말했다지. 아 생각만 해도 눈물 날 것 같아. 진짜 남자잖아! 난 젊을 때부터 그 사람이 대단해 보여서 무척 좋았는데. 그리고 왜 새끼 독수리라고 불리는 아들도 있잖아!

───────────────

22 원래 빠리의 수호성인 쌩뜨 준비에브에게 봉헌된 교회였으나, 현재는 위인들의 유해를 안장하는 묘소로 쓰이고 있다.

곁에 장교들이 없었다지. 그렇지만 않았어도 아버지 뒤를 이어 황제가 됐을 텐데. 물론 아버지만은 못했겠지만, 그야 이미 정해졌으니 절대 불가능하지. 그 아버지 같은 영웅이 어떻게 또 나오겠어! 새끼 독수리는 원래 로마 왕[23]이었는데, 아버지를 시기한 할아버지가 끌어내려서 레셰따뜨 공작[24]으로 만들어버렸지. ─근데 말이야, 나뽈레옹 같으면 맘에 드는 여자는 전부 가졌겠지? 그치? ─당연하지, 맘에 드는 여자가 있어서 명령만 내려놓으면 밤 12시에 짠 하고 데려왔겠지. ─완전 히틀러네! 말하자면 같은 종류라는 거지. ─아니, 그건 모르시는 말씀이고, 헷갈리면 안돼. 나뽈레옹은 세상의 주인이었잖아! 두말하면 잔소리지! 요새 장군들은, 그래, 나름 전문가인 건 맞지만, 그래도 현대식 무기로 싸우는 건 훨씬 쉽잖아. 나뽈레옹은 전부 백병전으로 해냈는걸! ─그래, 나뽈레옹이 잘나갈 때 대단했던 건 맞아. 하지만 300만개의 나무 십자가를 세웠으니 발 뻗고 잠들진 못할걸? ─그래도 나뽈레옹이지! 벨링톤[25]인지 뭔지하고 맞붙지만 않았어도! 그루시[26]가 배신하지만 않았어도! 어쨌든 중요한 건 천재적인 능력이야! 그리고 말이야,

---

23 유럽을 정복한 나뽈레옹은 황제 직할령 외의 지역을 군주령으로 삼아 친인척들에게 다스리게 했고, 그외에 두번째 아내인 오스트리아의 마리루이즈 사이에서 태어난 아들(나뽈레옹 2세)에게 '로마 왕'이라는 명예 칭호를 내렸다.

24 '라이히슈타트'를 프랑스어식으로 잘못 말한 것이다. 오스트리아의 프란츠 1세는 사위인 나뽈레옹이 엘바섬에 유배되었을 때 도움을 거절했고, 탈출한 나뽈레옹이 다시 쎄인트헬레나섬에 유배되자 외손자인 나뽈레옹 2세에게 라이히슈타트 공작 작위를 내렸다.

25 워털루전투에서 나뽈레옹에 맞서 승리한 영국군 총사령관 웰링턴 공작을 잘못 말한 것이다.

26 Emmanuel de Grouchy(1766~1847). 나뽈레옹의 최측근으로, 워털루전투 때 프로이센군을 추격하라는 지시를 받았다. 영국군의 급습으로 나뽈레옹이 위기에 처했을 때도 지원하러 가지 않고 원래 명령받은 대로 프로이센군을 계속 추격했다.

그 사람이 얼마나 위대한 애국자였는지를 기억해야 해. 위대한 승리 전부가 프랑스를 빛내기 위한 거고 프랑스를 존경받는 나라로 만들기 위한 거였으니까! 좋은 일을 얼마나 많이 했는데 이러쿵저러쿵할 거 없어! 제대로 처신 못했으면 사람들이 뭣 때문에 그렇게 좋아하겠어? 퐁텐블로의 고별식[27]에서 나뽈레옹이 프랑스 국기를 가슴에 대고 입 맞출 때 정예부대 병사들이 전부 눈물을 흘렸다잖아! 정말 대단한 사람이라니까! 내 말 믿어! — 아니라는 건 아냐! 그래도 프랑스가 다른 나라들보다 인구가 많았다는 것도 감안해야 해! — 멍청한 소리 좀 그만해! 나뽈레옹은 영원하다니까! — 하지만 사람들깨나 죽인 건 사실이지! — 그래봤자 뭐가 대수라고! 히틀러 봐, 훨씬 많이 죽일걸? 두고 봐, 내 장담하는데, 유대인들 때문에 전쟁이 일어나고 말 거야! 유대인들 때문에 전쟁이 나는 거라고! 히틀러가 아니고! — 그렇긴 하지, 이러다 그 나쁜 새끼들 때문에 우리만 전쟁에 나가서 죽겠어. — 유대인 놈들, 모두 쫓아내야지! 주인이 고함을 친다. 주인의 말대로 돈을 내고 밖으로 나온다.

유대인들에게 죽음을! 벽들이 외친다. 기독교인들에게 삶을! 그가 대답한다. 그렇다, 정말로 기독교인들을 사랑하고 싶다. 그러니 그들이 먼저 그를 사랑함으로써 용기를 줄 수는 없을까? 이따금 벽을 향해 멍한 눈길을 던지고, 멀리서 그들의 소원을 읽어보고, 그러다가 고개를 숙인다. 유대인들에게 죽음을! 어디서나, 어느 나라에서나, 모두 같은 말이다. 내가 그토록 증오스러운 인간인가? 결국은, 아마도, 그럴 것이다. 저들이 그렇게 말한다. 그렇다면, 오라!

27 나뽈레옹은 1814년 엘바섬으로 유배를 떠날 때 퐁텐블로궁에서 부하들에게 작별 인사를 했다.

마음대로 하라! 날 죽이라! 그가 중얼거린다. 빗물받이 위에 나비 한마리가 앉아 있다. 읽지 않는 게 낫다. 유혹을 이기기 위해 맞은 편 길로 건너간다. 하지만 곧바로 돌아와서 확인한다. 그렇다, 바로 이거다, 이번에는 유대인들에게 죽음을이 아니고 유대인들을 몰아 내라다. 그나마 낫다, 좋아졌다.

유대인들의 친구인 땅콩을 씹으며 걸어가고, 그러다 갑자기 걸음을 멈춘다. 유대인들에게 죽음을이 또 있고, 나치의 십자가가 또 있다. 몹쓸 단어들, 몹쓸 십자가들, 그는 두렵다. 하지만 몰래 살펴보고, 지켜보고, 기다린다. 사냥꾼처럼 찾아다니고, 그러느라 신이 나고, 그러느라 눈이 아프다. 도대체 어떤 마음으로 저런 말을 쓰는 걸까? 그들도 어머니가 있고, 그들도 선을 지녔을 텐데. 저런 말을 보면 유대인들이 고개를 숙인다는 것을, 기독교인 친구나 기독교인 아내와 함께 있을 때는 안 읽은 척한다는 것을 모르는 걸까? 고통을 안기고 있다는 걸, 몹쓸 짓을 하고 있다는 걸 모르는 걸까? 그렇다, 그들은 모른다. 파리를 잡아 날개를 뜯는 아이들도 모른다. 유대인들에게 죽음을이라는 아홉 글자를 쳐다보다가 다가가서 검지로 가운데 있는 "들"을 지운다. 단수형이 되니 그나마 낫다. 유대인에게 죽음을. 『앙띠쥐이프』에서 본 은행가의 코. 그가 자기 코를 만져본다. 카니발이 매일 열린다면 코를 감출 수 있을 텐데.

벽에 기대서서, 움직이지 않고, 입술만 움직인다. 기독교인들이여, 난 그대들의 사랑을 갈구한다. 기독교인들이여, 당신들을 사랑하게 해주길. 기독교인들이여, 죽음을 피할 수 없는 인간 형제들이여, 이 땅에서 함께 살아가는 이들이여, 나와 같은 핏줄인 예수의

자녀들이여, 서로 사랑할 수 없는가, 혼자 중얼거리고, 지나가는 사
람들, 그를 사랑하지 않는 사람들을 쳐다보며 구걸하듯 슬그머니
손을 내민다. 자신이 지금 우스꽝스럽다는 것을, 그 어떤 것도 소용
없다는 것을 안다. 다시 걷기 시작하고, 읽기 위해, 생각하지 않기
위해 신문을 산다. 고개를 숙이고 읽느라 지나가는 사람과 부딪치
고, 차에 치일 뻔한다. 꼬마르땡 거리. 그를 증오하는 자들이 악을
쓰고, 그를 쫓아온다. 마들렌 대로. 지하철 안으로 도망갈까? 지하
철역의 통로에서 벽에 기대선 채로, 더이상 아무것도 생각하지 말
고, 땅 밑에서, 이제 다 무너졌다고, 책임도 희망도 없다고 선언할
까? 아니다, 지하철은 더 나쁘다. 지하철의 벽들은 땅 위의 벽들보
다 더 크게 죽으라고 외치며 그의 죽음을 요구한다.

　마들렌 광장. 제과점. 들어가서 버터 초콜릿 과자를 여섯개 사
고, 나와서 다시 걷는다. 과자 상자가 앞뒤로 흔들리고 그의 구두
가 위풍당당하게 길 위를 지난다. 버터 초콜릿 과자 여섯개. 자 여
러분, 드디어 동행이 생겼군요. 게토에서 함께 지낼 여섯명의 기독
교인 여인. 그렇다, 이제 호텔로 돌아가서 나의 벗 쏠랄과 함께 침
대에 누워, 버터 초콜릿 과자를 먹으며, 유대인을 저주하는 몹쓸 이
야기들을 읽으며 시간을 보내자. 그렇다, 게토에 가면 여행 가방 안
에 유대인을 저주하는 몹쓸 이야기가 가득 있다. 자다 말고 벌떡
일어나서 허겁지겁 가방을 열고, 선 채로, 게걸스럽게, 그 몹쓸 이
야기들을 읽기 시작하고, 밤새도록, 흥미롭게, 죽도록 흥미롭게, 계
속 읽는다. 그렇다, 인간은 선하지 않다. 이제 방에 돌아가면, 소중
한 방에 들어가 열쇠로 문을 걸어 잠그고 나면, 그런 몹쓸 이야기
들 대신 탐정소설을 읽자. 탐정소설은 편안하다. 바깥 세계를 불러

들이지 않는 가짜 삶이고 불행한 사람들이 등장하니까. 그래서 힘을 주고, 그러면 난 혼자가 아니니까. 이런, 늙은 영국 여자의 소설이 없어졌다. 어디엔가 놓고 온 모양이다. 『앵무새 미스터리』라니, 멍청한 여자.

말라께 강변길. 고서적을 파는 상인들. 그렇다, 해결책이 될 수 있다. 호텔 방에 틀어박혀 소설을 읽고, 다른 책을 사야 할 때만 밖으로 나오고, 이따금 주식 투자를 하고, 책을 읽고, 그렇게 죽을 때까지 사는 거다. 그렇다. 하지만 아게에 혼자 남은 그녀는? 오늘 저녁에 확실히 결정해야 한다. 일단 저기 쌩시몽[28]의 『회상록』 한권을 사자. 아니, 어차피 적들의 세상에 속한 것이니 그냥 가져가자. 나의 죽음을 바라는 세상이 정해놓은 법칙을 따를 필요는 없으니까. 유대인들에게 죽음을? 좋다. 그렇다면 훔치자. 전쟁 때는 어차피 모든 게 허용되는 법이니까. 책을 들어 넘겨보고, 아무 일 없다는 듯 옆구리에 끼고, 미끄러지듯 부드럽게, 버터 초콜릿 과자 상자를 흔들며, 다시 걷는다.

쌩제르맹데프레 광장. 성당 문 앞에서 청년 하나가 신문을 사라고 외친다. 『앙띠쥐이프』 사세요! 막 나왔습니다! 그러니까 최신판이다. 아니다, 사지 말 것. 손수건으로 코를 가리고 다가서서 『앙띠쥐이프』를 달라고 하고, 미소 짓는 청년에게 돈을 건넨다. 손수건을 치우고 저 청년을 붙잡아 설득해볼까? 형제여, 정녕 그대가 지금 나를 고문하고 있음을 모르는가? 똑똑하고 얼굴도 아름다운 그

---

28 Duc de Saint-Simon(1675~1755). 프랑스의 정치가, 작가.

대, 우리 서로 사랑할 수는 없겠는가? 『앙띠쥐이프』 사세요! 청년
이 뛰어가고, 길을 건너고, 증오의 종이를 허공에 휘저으면서 작은
골목으로 사라진다. 『앙띠쥐이프』 사세요! 아무도 없는 길에서 외
쳐본다. 유대인들에게 죽음을! 광기 어린 목소리로 외쳐본다. 나에
게 죽음을! 눈물범벅이 된 얼굴로 외쳐본다.

택시. 손짓을 해서 세우고 올라탄다. 조르주 쌩끄로 갑시다. 미
친 시늉을 해서 요양원으로 들어갈까? 그러면 세상에 속하지 않은
채로, 세상에 속하지 않는 것 때문에 고통스럽지 않은 채로, 그대로
살 수 있지 않을까? 택시가 호텔 앞에 멈추면 곧장 들어가지 말고
맞은편 인도로 조금 걸어가며 살필 것. 적당한 순간에 회전문 안으
로 들어서고, 코 푸는 척하면서 재빨리 현관홀을 지날 것. 승강기에
서는 아무렇지도 않은 척하고, 늘 붙어 있는 메뉴를 읽는 척할 것.

모자를 눌러쓰고, 손수건을 코에 대고, 쏜살같이 들어가서 문을
닫은 뒤 책을 던지고, 쓰러지듯 침대에 눕는다. 슈만의 「트로이메
라이」를 엉터리 휘파람으로 흥얼거리고, 검지를 뻗어 허공에 유대
인들에게 죽음을이라고 쓰고, 그런 다음 손가락으로 눈구멍과 안
구 사이를 눌러 이중으로 보이게 하면서 시간을 보낸다. 지겹다. 일
어서서 주변을 살피고, 방 안에는 분필로 쓴 글씨가 없는 것을 확
인하고 미소 짓는다. 그 순간 작은 행복감에 젖고, 두 발을 붙여 우
스꽝스럽게 팔짝거리며 문으로 뛰어가서 열쇠를 두번 돌려 확실하
게 잠근다. 드디어 완전히 혼자다. 아까 고서적을 팔던, 긴 수염이
바람에 날리던 불쌍한 노인. 내일 쌩시몽의 책을 돌려주고, 추운 데
나와 있지 않을 수 있도록 달러를 쥐여주자. 1000달러짜리 한장. 별

로 놀라는 것 같지 않으면 여러장. 그렇다, 머리 쓰는 일에 능숙한 자, 하락할 때 사고 상승할 때 파는 노련한 투자가. 지난 몇달 동안 번 것만으로도, 혹시라도 추방당할 때 갖고 가기 쉽도록 방패처럼 가슴에 두른 전대 안에 넣은 1000달러짜리 지폐가 100장이 넘는다.

아까 산 라이터를 켜본다. 작지만 잘되고, 불꽃이 곱다. 이제 스키 선수 인형. 베개를 비스듬히 놓고 스키 코스를 만들어 회전 활강과 크리스티아니아 활강[29]으로 내려오게 해본 뒤 귀여워서 입을 맞춘다. 우린 마음이 잘 맞아, 그가 말한다. 이제 가방 차례다. 붙박이장에서 얼마 전에 산 여행 가방을 꺼내 냄새를 맡아본다. 내일 특수 크림을 사서 문질러줘야겠다. 그 순간 바닥 카펫에 뭔가 묻은 자국이 눈에 띄자 눈썹을 찌푸린다. 무릎을 꿇고 앉아 물에 적신 타월로 문지른다. 됐다, 없어졌다. 그렇다, 주어진 작은 땅, 이 게토를 정성껏 가꿔야 한다. 살기 위해서는 사랑해야 한다. 그렇다, 봉투의 봉랍을 뜯으면 안된다. 두고 보면 알지니, 다 잘 끝나리라, 불행한 자들을 위한 격언을 되새기며 미소 짓는다. 이제 무엇을 할까? 예루살렘? 질버슈타인의 지하실과 라헬? 좋다, 하지만 그녀는 어쩐다? 그녀를 혼자 남겨둘 수는 없지 않은가. 수염 거울을 들고 얼굴을 본다. 수염이 너무 길다. 오늘 저녁에는 그녀에게 유언을 남기자. 그래, 태워버리자, 본때를 보이자. 재킷 안주머니에서 1000달러짜리 지폐 한장을 꺼내 들고 성냥을 그어 불을 붙인다. 이어 또 한장, 그리고 또 한장. 재미가 없다.

---

29 양쪽 스키를 평행하게 해서 활주 중에 급히 전하는 기술 크리스티아니아(현재 의 오슬로)에서 탄생한 기술이다.

가짜 코, 어서! 상자에서 꺼내 입술에 가져다 대고, 거울 앞에서
진짜 코 위에 얹는다. 고무줄을 당겨가며 맞춘 뒤 흡족해서 바라본
다. 됐다. 이제, 완벽해졌다. 살겠다는 의지를 표명하는 장엄한 코,
늘 적의 냄새, 매복의 냄새를 맡느라 길어진 코와 함께 드디어 완
전해졌다. 방랑의 가방을 들고, 왕들과 지배자들을 위한 코, 풀 냄
새와 지하실 냄새가 나는, 오 질버슈타인가 사람들이여, 오 라헬이
여, 커다란 마분지 코와 함께 고귀해져서, 구부정한 등으로, 신의
꼽추여, 두리번거리며 살피고, 발을 끌면서, 가방을 흔들면서, 길고
긴 세월 동안 이 나라 저 나라 방랑한다. 열띤 토론을 하고, 변화무
쌍하게 손을 흔들며, 체념한 미소, 무력증에 시달린 미소를 짓느라
입술을 벌리고, 그러다 갑자기 말을 잃고, 속눈썹이 생각에 잠기고,
갑자기 미친 듯이 신의 성스러움을 선언하고, 갑자기 상체를 앞뒤
로 흔들고, 두려움에 싸인, 너무도 아름다워 두려운 선택받은 이가
강렬한 눈길로 옆을 쏘아본다. 그렇다, 그의 앞에, 거울 속에, 이스
라엘이여.

옷을 전부 벗고, 윤기 흐르는 얼굴로 오래된 가방을 열고, 유대
의 기도포를 꺼내고, 술 장식에 입을 맞추고, 벗은 몸을 감싼 뒤 신
의 은총을 빌고, 성구 상자를 팔에 감은 뒤 신의 은총을 빌고, 푸림
절의 왕관, 라헬의 왕관, 방랑하는 동안 들고 다닌 가짜 보석 달린
왕관을 쓰고, 수많은 밤과 세월을 거치며, 우수에 젖어, 고대의 아
름다움을 간직하고서, 그렇게 걷는다. 거울 속 고독한 왕 앞에서 걸
음을 멈춰 거울에 비친 모습을 보고, 삶의 동반자, 자신의 비밀을
쥐고 있는 자, 그가 이스라엘의 왕임을 알고 있는 단 한 사람, 거울
에 비친 자기 자신을 향해 미소 짓는다. 그래, 우리 함께 웃음의 벽

을 세우자, 거울 속 자기 자신에게 말한다. 푸른 신전에서 생명의
물이 노래하리라.

소스라치게 놀란다. 경찰일까? 누구냐고 묻는다. 꽃 배달이다.
가운을 걸치고, 가짜 코를 떼어내고, 문을 살짝 연다. 재빨리 닫고,
꽃다발을 욕조에 던진다. 이제 무엇을 할까? 그래, 먹어야지. 그렇
고말고, 그렇지 않은가 친구, 먹어야지. 먹는 것은 여전히 남아 있
는 일이다. 먹는 일은 속이지 않는다. 전하께서 식사하시리라. 수화
기를 들고, 즉시 행복을 누리기 위해 기다릴 필요가 없는 케이크를
주문한다.

문 앞에 놓인 쟁반을 챙겨 든 뒤 재빨리 문을 잠그고, 바깥 세계
의 일을 알지 않기 위해 블라인드를 내리고 커튼을 치고, 불을 켠
다. 케이크 쟁반을 테이블에 놓고, 함께 먹을 사람이 있는 옷장 거
울 앞으로 테이블을 옮기고, 쌩시몽의 책을 넘겨가며 케이크를 먹
는다. 이따금 눈을 들어 거울 속 자신에게, 책을 읽으며 혼자 얌전
히 먹고 있는, 운명의 몫을 받아들이며 작은 행복을 만들어내는 가
련한 인간에게 미소 짓는다. 다시 쌩시몽의 책을 읽으면서, 사회적
인 것에 파묻힌 비열한 쌩시몽의 글을 읽으며, 그자의 주위에는 늘
사람들이 있었다는 것을, 국왕 전하의 입에서 나온 한 문장, 그러니
까 짐이 그대의 부친에게 베풀었던 온정을 그대에게도 똑같이 베
풀어주겠노라는 말이 그를 빛냈기에 궁정의 대신 모두 그를 치하
했음을 알게 된다. 공작과 후작 나리들은 아침부터 늘어서서 국왕
전하의 기분을 살피고, 김이 모락모락 나는 변기통을 살피고, 누가
총애를 받고 누가 눈 밖에 났는지 알아내려 하고, 총애받는 사람들

한테 잘 보이고 눈 밖에 난 사람들을 피하려 한다. 너도나도 구멍 뚫린 의자에 앉아 똥을 누는 분의 환심을 사려 애쓴다. 영악한 개들. 라신마저도 왕의 은혜를 되찾기 위해 왕좌의 발치에서 자기 죄를 고하지 않았는가. 개들, 하지만 행복한 개들.

라디오에서 군중이 합창하는 「라마르세예즈」[30]가 나온다. 심장이 멎을 듯한 충격으로 곧장 일어서서 부동자세를 취한다. 차렷하며 한 손을 관자놀이에 댄 우스꽝스러운 거수경례 자세로, 프랑스의 아들이 프랑스를 향한 사랑으로 전율하며 동포들의 목소리에 자기 목소리를 보탠다. 국가가 끝나자 라디오를 끄고, 환한 햇빛에도 블라인드를 내리고 전등을 밝힌 방 안에서 다시 혼자이고 다시 유대인이다.

더이상 삶을 바라보지 않기 위해 자리에 눕고, 어느 여성 소설가의 성공한 소설을 뒤적거린다. 주인공은 어린 창녀, 중산층의 꽃이다. 따분하기만 한 그녀는 시간을 보내기 위해 위스키를 마셔대고, 아무 데서나 별다른 열정 없이 어쩌면 매독 환자일 남자하고도 무작정 몸을 섞고, 시간을 보내기 위해서 시속 130킬로미터로 달린다. 쓰레기 같은 책을 던져버린다.

라디오에서 프로테스탄트 예배가 나온다. 신자들이 부르는 찬송가 소리에 슬픔으로 목이 멘다. 오 확신과 희망을 실은, 부드럽고 선량한, 적어도 지금 이 시간에는 선량한 목소리여. 저들과 함께

이고 싶어서, 형제들과 함께이고 싶어서, 몸을 일으켜 라디오 앞에 무릎을 꿇는다. 거친 오열로 목구멍이 아리고 숨이 막힌다. 고독한 이방인이여. 저들과 함께 노래 부르는, 자기를 원하지 않고 경계하는 자들의 성가를 함께 부르는 기이한 광경이라니. 그래도 저들과 함께 아름다운 기독교 성가를 노래한다. 오, 하느님은 성채이며 방패이시니. 함께 노래하는 행복. 저들과 함께이기 위해 저들을 사랑하고 또 저들에게 사랑받기 위해 성호를 긋는 행복. 형제들과 함께 성스러운 말씀을 낭송하는 행복. 나라와 권세와 영광이 아버지께 영원히 있사옵나이다, 아멘. 하느님의 축복을 빕니다, 목사가 말한다. 축복을 받기 위해 저들과 똑같이 고개를 숙인다. 그런 다음 일어서고, 홀로, 유대인으로, 글씨가 있던 벽을 떠올린다.

다시 마분지로 만든 가짜 코를 달고 히죽거린다. 거리의 벽들이 원하는 대로 해줘버릴까? 더러운 생명력, 살겠다는 어리석기 그지없는 욕망. 예루살렘 혹은 라헬? 일단 지금은 버터 초콜릿 과자. 어서! 너희를 먹어줄게. 미안하다, 잊고 있었구나. 과자를 씹는, 작은 기쁨을 느끼며 씹는 모습을 거울로 바라본다. 과자는 사라지고, 불행은 남는다.

유대인들에게 죽음을! 가짜 코가 거북하고, 풀 냄새와 지하실 냄새, 고독으로 숨이 막힌다. 하지만 안된다. 이 가짜 코, 나의 명예를 떼면 안된다. 쫓기면서, 쫓기는 척하면서, 광기 어린 눈빛. 벽에 글씨를 쓰는 인간들이 악마의 섬으로 보내려는 프랑스군 대위가 된다.[31]

31 '악마의 섬'은 프랑스령 기아나 해안의 바위섬으로, 정치범 유형지로 사용되었다. 드레퓌스 대위는 강제로 불명예 전역을 당한 뒤 이곳으로 유배되었다.

차렷 자세로, 뒤에는 부대원들이, 앞에는 법무 보좌관이 서 있고, 콧수염을 기른 마늘 냄새 나는 보좌관이 그의 계급장을 떼어내고, 그의 검을 부러뜨린다. 거울을 보며, 카니발용 코 때문에 콧소리가 섞인 목소리로 외친다. 난 죄가 없다, 배신하지 않았다! 프랑스 만세!

　이 꽃을 개선문 아래 무명용사의 묘에 놓고 올까? 그들이 비웃을 것이다. 편지에는 꼭 혼자 있을 때 봉투를 뜯으라고 했다. 당연히 혼자이지, 혼자가 아닐 때가 있단 말인가? 좋다, 결심했다. 뜯어서 사진을 보자. 이 정도 칙칙한 행복은 누릴 권리가 있지 않은가. 몇분 동안이나마 운명을 잊어보자. 이 봉투 안에 들은 것은 어쨌든 삶이고, 나 혼자만이 누릴 수 있는 거니까. 나는 나병 환자이지만, 행복한 자들도 갖지 못한 아름답고 사랑스러운 아내가 있다. 그녀는 사랑하기에 날 놓치지 않기 위해 용기를 냈고, 고독으로 인해 타락했기에 용기를 냈다. 순결한 이들의 딸, 그녀가 나를 위해 외설스러운 사진을 찍었다. 그러니, 좋다. 이제 삶의 목표가 생겼다. 외설스러운 사진을 보자. 정성스럽게 한장씩 넘겨가며 탐나는 그녀의 몸을 보자. 신명기[32]는 어쩔 수 없다. 좋소, 내 사랑, 우리 함께 타락해봅시다.

　곧바로 열지 말 것. 푸짐한 식사부터 주문할 것. 그렇다, 불행은 인간을 저급하게 만든다. 불행을 향해 복수하자. 그렇다, 샴페인을 곁들인 멋진 식사를 하자. 주방 요리사들이 나를 위해 분주하게 움직이리라. 외설스러운 사진은 일단 기다리게 하자. 그 누구도 이 행

---

32 구약의 신명기는 모세가 남긴 마지막 가르침을 기록한 내용으로, 율법의 준수를 강조한다.

복을 방해하지 못하리. 형제들과 함께 「라마르세예즈」를 부를 수 없고, 콜드스트림 근위대[33]처럼 프랑스의 통수권자를 향해 받들어 총을 할 수 없으니, 그 대신 외설스러운 사진을 보자! 우리도 당신 들과 똑같이 행복을 누릴지니!

아니, 저녁은 관두자. 배가 안 고프고, 혐오스럽다. 어서, 행복을 맛보자. 드디어 봉랍을 뜯어 봉투를 열고, 눈을 감고 손에 잡히는 사진으로 꺼내 든다. 곧장 보지 말고, 마음의 준비부터 할 것. 행복 이 기다린다고 마음속으로 그려볼 것. 한 손을 펴서 사진에 댄 뒤 눈을 뜨고, 천천히 손을 내릴 것. 오, 끔찍하구나, 손을 올려 얼굴만 보이게 한다. 됐다, 귀족 여인의 얼굴, 그를 원하지 않는 사람들의 딸, 그녀의 얼굴. 올바르고 단정한 얼굴. 하지만 손을 치우면 전혀 다르다. 이제 다른 사진들을 보자. 아리안, 뜨거운 열정을 지닌 사 랑의 여사제 아리안, 끔찍하게도 짧은 치마에 장딴지의 맨살을 드 러낸 소녀. 또다른 사진, 더 심하다. 좋아, 마음껏 타락하자, 쏠랄이 여. 고독에 쫓긴 가련한 여인, 고독이 무르익어 끔찍한 재주를 낳 았구나. 사진들을 뚫어져라 바라본다. 모두 펼쳐놓는다. 사진 속 여 인들, 그의 하렘을 품고 싶은 욕망. 그렇다, 불행의 절정에서 비로 소 흥미가 생기고, 욕망이 인다. 오, 말끔하게 빗은 머리로 저녁이 면 다시 만날 아내와 아이들 생각에 행복해하던 알비노여, 외설스 러운 사진들 없이도 행복할 수 있는 이여. 일어서서 사진을 찢는다. 이제 무엇을 할까? 사랑! 아리안에게로, 나의 조국으로 돌아가자! 그렇다, 오늘밤에 떠나자, 가방을 싸고, 옷을 입고, 역으로 가자!

---

33 영국 근위 보병의 제2연대.

역의 보관소에 가방을 맡겨두고, 기차가 들어올 때까지 디드로 대로를 방황한다. 갑자기, 어두운 밤, 안개에 젖은 불빛들 사이로, 둘 혹은 셋씩 역에서 나와 줄지어 걸어가는 사람들. 저들이 누구인지 안다. 챙 넓은 검은색 펠트 모자를 귀 위까지 푹 눌러쓴 이들도, 털로 마감한 납작한 벨벳 모자를 쓴 이들도, 모두 검은색 외투를 입고 있다. 우산을 접어 들고, 여행 가방을 하나씩 들고, 구부정한 등으로, 다리를 끌며, 열띤 토론을 하는 노인들. 저들이 누구인지 안다. 비천하고 장엄한, 사랑하는 아버지이며 신하인 자들. 계율을 철저히 지키는 독실한 이들. 흔들림 없는 이들, 검은 턱수염을 기르고 옆머리를 말아 내려뜨린,[34] 온전하고 절대적인 이들, 유배지를 떠도는 이방인들. 자신들이 다르다는 것을 굳건히 믿는, 경멸당하면서 경멸하는, 조롱에 흔들리지 않는, 경이로울 정도로 굳건히 자신들의 길을 가는, 자신들의 진리를 자랑스러워하는, 경멸당하고 조롱받는, 그의 민족 중에서도 위대한 이들. 영원한 신과 신의 땅 시나이에서 신의 율법을 들고 온 이들.

좀더 잘 보이도록 다가가서, 그들처럼 등을 굽히고, 그들처럼 고개를 숙이고, 그들처럼 빠른 눈길로 주위를 살피며, 그들을 따라 어두운 밤거리를 걷는다. 검은색 외투를 입고 등이 구부정하고 수염을 기른 이들에게 마음을 빼앗긴 채로 신의 백성인 꼽추들을 따라가고, 자기 민족을 사랑하면서 그 사랑으로 가슴을 가득 채운 채로 신의 백성인 수염 난 이들을 따라간다. 길고 긴 시간을 깨우며, 외

---

34 정통 유대교인들이 귀 위쪽의 머리 가닥을 둥글게 말아서 늘어뜨린 '페오트'를 말한다.

투 자락을 끌며, 발을 끌며, 영원한 가방을 들고 가는 이들을 따라 걷는다. 야곱아, 너의 천막들이 과연 좋구나, 이스라엘아, 네가 머문 곳이 참으로 좋구나,[35] 중얼거리며 걷는다. 그가 사랑하는 이들, 선지자들의 아버지이자 아들인 검은 옷의 성직자들을 따라, 선택받은 백성들을 따라, 가슴을 그 백성들로, 그의 사랑 이스라엘로 가득 채우고, 그렇게 걷는다.

그들은 콘스 레스토랑 앞에 멈춰 의견을 나눈 뒤 안으로 들어가고, 가방을 두 다리 사이에 확실하게 챙기며 앉는다. 혼자 밖에 남아서 창유리와 커튼 사이로 그들을 바라본다. 수심 어린 눈빛의 방랑자들, 사랑하는 아버지이자 신하인 이들, 수염과 여권을 어루만지고, 통증에 시달리는 허리와 지친 간을 두드리며, 손을, 재빠른 손, 영민한 손을 움직이며, 열띤 토론을 이어간다. 날카로운 눈길로 추론하고, 손가락이 생각에 잠긴 수염을 말아 돌리고, 코는 계산하고, 눈썹은 예측하고, 내린 눈까풀이 결론을 찾는다. 검은 수염 밑으로 불그스레한 생기, 너무 붉고 통통한 입술, 체념한 미소, 무력증에 시달리는 미소를 짓느라 입술이 벌어졌다 닫히고, 불안에 휩싸이고, 힘껏 다물어지고, 생각에 잠기고, 사색하고, 되새기고, 숙고하고, 그러는 동안 박엽지로 싼 다이아몬드가 이리저리 움직인다.

머리카락은 맨몸과 마찬가지기에 언제나 모자를 쓰고 수염을 기르는 이들, 그가 사랑하는 이들이 접시에 고개를 박고 열심히 먹

----

35 구약 민수기 24장 5절. 이스라엘 백성이 가나안 땅 입구 모압까지 왔을 때 그들은 저주해달라는 모압 왕의 명을 받은 점술사 발람이 저주 대신 축복을 내리며 한 말이다.

는다. 속을 채워넣은 차가운 생선, 다진 닭 간, 올리브기름에 무친 가지, 튀긴 감자를 깐 미트볼을 진지하게 먹는다. 식당 안쪽에, 끝이 보이지 않을 만큼 길게 수염을 기른 노인 하나가 고개를 숙이고, 몸을 앞뒤로 흔들며, 성스러운 율법, 하느님보다 더 소중한 율법서를 읽는다.

가늘고 차가운 비가 천천히 내리는 어두운 밤, 식당 창유리와 커튼 앞에 서서, 그들의 고독한 왕이 몸을 앞뒤로 흔들며, 태곳적의 리듬에 맞춰 흔들며, 옛 언어로 영원하신 신을 기리는 성가, 모세와 이스라엘의 백성들이 그들을 파라오의 손에서 해방해주신 신을 찬미하며 불렀던 성가를 부른다. 이집트 병사들을 바닷속에 처넣으시니, 바닷물이 전차와 말 탄 병사들과 파라오의 군대를 삼켜버렸고, 한 사람도 살아남지 못하였도다. 이스라엘 백성은 바다 가운데로 마른땅을 밟고 건너니, 물이 좌우에서 벽이 되어주었도다. 이스라엘 백성이 해변에 올라 이집트 병사들이 죽어 누워 있는 것을 보니, 좋았도다. 영원하신 신이여, 찬미받으소서, 무한히 성스러운 신을 찬미하라! 영광을 펼치신 신을 찬미하라! 말들과 말 탄 병사들, 그들을 모두 신께서 바닷속에 처넣으셨도다! 알렐루야.

94

  ——스물네 사람이 함께 식사할 수 있는 우리의 식당에서 저녁을
먹은 뒤 지금은 쓸데없이 큰 우리의 거실에서 더없이 편안한 초콜
릿 무스 같은 안락의자에 앉아 있다 그녀에게 무슨 말이든 해야만
하는 상황을 피하려고 난 책을 읽는 척하고 가련한 그녀는 잔뜩 쌓
인 옷 앞에 앉아 있다 할 일을 만들어주려고 내가 몰래 단을 뜯어
버린 옷들을 꿰매는 중이다 좀 오래 걸려요 두시간쯤 걸릴 거예요
그녀가 말한다 원래 있는 실을 다 뜯어내야 하고 그런 다음에 조심
조심 꿰매야 하거든요 가련한 여인 표 안 나게 하려면 땀을 작게
뜨고 벌어지지 않게 촘촘히 꿰매야 해요 그녀가 말한다 알겠소 완
벽하게 하시오 가련한 여인 바느질이 어설퍼 보인다 하지만 그녀
에게 드디어 삶의 목표가 생겼다 계속 책을 읽는 척해야 한다 안
그러면 대화를 시작해야 한다 오늘 저녁에는 배 속 복명의 독주회
가 열리지 않기를 미안하오 그대 하지만 빠리에서 돌아온 이후 내

가 최선을 다하고 있다는 것은 인정해야 할 거요 사실 며칠 전 잘 자라는 인사를 하러 그녀의 방에 들어가서 정말 다정하게 대해줬 다 책을 읽고 있던 그녀에게 이제 자야 하지 않소 하고 말했고 그 러자 그녀가 곧바로 책을 덮으면서 그럴게요 했고 그 말이 내 심장 에 박혔다 천사의 입에서 나오는 그럴게요 너무도 온순한 어린 소 녀가 얌전하게 조용히 말하는 그럴게요 그 순간 내 마음이 사랑으 로 녹아내렸고 연민으로 그것이 사랑이니 연민으로 녹아내렸다 나 의 아리안 내가 화를 내면 큰 소리로 운다 그녀의 깊은 슬픔 너무 울어 눈까풀이 부어오르고 코를 너무 풀어 코가 커진다 그러다가 도 나의 사과에 곧바로 용서한다 절대 오래가지 않는다 깊은 슬픔 은 금방 끝난다 방에서 노래 부르는 소리 너무도 빠르게 희망을 되 찾는 나의 아이를 보며 연민이 밀려온다 하지만 그대 당신의 성기 를 보면 겁이 나고 당신의 알몸이 바닥에 떨어진 걸 줍느라 구부러 질 때면 겁이 난다 오늘 아침 그대가 장 보러 나가고 혼자 남은 나 는 그대의 회색 블레이저코트에 입을 맞췄다 현관홀에 걸려 있는 코트에 몇번이나 입을 맞췄고 심지어 안감에도 입을 맞췄다 그리 고 이제 그대가 들을 수 없으니 위신이 떨어질 염려 없이 마음 놓 고 얘기하자 안타깝지만 그렇다 그대가 날 사랑하는 것이 자랑스 러울 수 있도록 난 위신을 지켜야만 한다 하지만 이번 한번만 질버 슈타인의 지하실 얘기를 고백하려 한다 사실 나는 그 지하실에 더 머물고 싶었지만 자기들을 위해 애써달라는 살아남을 수 있게 도 와달라는 말을 듣고 나흘째 되던 날 떠나왔다 그리고 이 나라 저 나라 수도를 돌아다녀봤지만 모두 실패했다 런던에서 실패 워싱턴 에서 실패 잘난 국제연맹 이사회에서 실패 나의 동포 독일 유대인 들을 받아들이고 분산해서 수용해달라는 내 말에 국제연맹의 광대들은 비현실적인 꿈 같은 계획이라며 거들먹거렸고 유대인들을 받아들인 나라에 반유대 정서나 퍼질 거라며 반대했다 반유대주의가 나쁜 것이라서 유대인들을 도살자의 손에 그대로 두어야 한다니 그래서 내가 그들을 비난했다가 오 배반당한 위대한 예수여 그들의 이웃 사랑을 비난했다 결국 스캔들이 되었고 포브스 부인의 말대로 치욕스럽게 쫓겨났다 국제연맹에 해를 끼치는 행동에 책임을 물어 유예기간 없이 즉시 면직이라고 늙은 체인이 써 보냈다 그런 다음 귀화 과정에서의 불법적 요소 때문에 프랑스 국적을 박탈한다는 판결이 나왔고 며칠 전 나는 어리석게도 그 판결을 철회시키려 해보았다 실패였다 그리고 비참하게도 그녀가 보내온 사진들을 보며 위안을 얻었다 불행한 여인 가련하게도 한장씩 찍으며 다음 사진은 어떤 포즈로 찍을까 궁리했으리라 그래 이것도 좋아할 거야 거울 앞에서 나신으로 찍으면 내 모습을 양쪽에서 다 볼 수 있잖아 왼손은 거울에 대고 오른손은 거기 사이에 넣고 막 하려는 것처럼 그래 그가 좋아할 거야 불행한 여인은 가련하게도 자동 셔터 앞에서 재빨리 애처로운 포즈를 취했으리라 나는 우리 둘의 가련한 육신에서 위안을 구하기로 마음먹고 그녀의 곁으로 돌아왔다 그런데 불현듯 희망이 고개를 들었다 그래 주네브로 가보자 광대 짓 하는 사무총장한테 가서 나를 다시 써달라고 설득해보자 조용히 바느질을 하는 그대여 고개를 들어 주네브에서 체인 경에게 건네줄 편지를 준비하는 쏠랄을 보라 내가 얼마나 불행한 상황에 처했는지 그리고 우리가 얼마나 비참하게 살고 있는지 구구절절 스무장이나 쓴 편지 내가 보는 앞에서 읽어보게 할 편지 말로 하면 필요한 걸 잊을까봐 써서 들고 간 편지 체인을 설득하고 그가 연민을 갖도록 말할 자신이 없어서 슬프게도 써 산 편지 글로 쓰면 세심하게 전할 수 있으니까 준비해서 들고 간 편지 그대여 며칠 동안 편지를 붙잡고 애쓴 그대의 가련한 신자를 보라 중요하고 중대하고 긴요한 편지를 완성하기 위해 일주일 밤낮으로 감동적인 논거를 찾아 헤맸다 초벌로 써보고 다시 쓰고 또 고쳐 쓰고 그런 다음 타자를 쳤다 그것 때문에 장만한 타자기 로열 타자기 그대의 멍청한 남자는 호텔 방을 걸어 잠근 뒤 틀어박혀서 두 손가락으로 자판을 두드렸다 그렇게 중요한 순간을 준비했다 늙은 체인이 읽기 쉽도록 그래서 제대로 이해하고 내 부탁을 들어줄 마음이 생기고 내 상황에 연민을 느끼게 하려고 준비했다 그렇다 누군가와 함께 있기 위해서 거울 앞에서 고독한 남자 뿌리 뽑힌 남자 유대인과 함께해줄 벗과 마주 앉아 두 손가락으로 타자를 쳤다 그렇다 타자 치는 법을 모르는 슬픈 남자는 땀을 흘리며 이따금 고개를 들어 거울 속 남자에게 깊은 연민을 느끼며 그렇게 타자를 쳤다 하지만 그대여 나는 두 손가락만으로도 오타 없이 훌륭하게 해냈다 잘못 쳤을 때는 타자수들이 쓰는 가늘고 둥근 특수 지우개로 지웠다 일주일 동안 나와 함께 있어준 지우개 나는 그 지우개를 바라보며 쓸 말을 생각했고 지우개는 나의 공모자가 되어 내가 살 길을 찾는 것을 도와주었다 나는 지우개를 사랑했다 지금도 위에 쓰여 있던 말이 기억난다 웰던 로버츠 지우개 나는 그것으로 얇은 종이에 자국이 남지 않도록 종이가 더러워지지 않도록 살살 지웠다 그렇다 체인에게 내 말을 들어주고 싶은 마음이 생기도록 편지가 근사해야 하니까 아주 사소한 것들이 중요한 결과를 낳으니까 물론 불운한 자들이 하는 말이다 그렇게 열심히 정성을 쏟다보니 나는 뛰어난 타자수가 되었다 할 수 있는 모든 것을 쏟아냈다 감동적인 내용에 완벽한 형식의 편지를 완성해서 그의 마음을 얻어야 하니까 그렇다 불

행에 빠져 허우적대다보면 바보가 되는 법이다 마침내 저녁에 말
끔하게 면도를 하고 7시에 체인의 저택에 들어서는 순간 수치심을
간신히 억누르고 발을 들여놓았다 그리고 완벽한 편지를 건넸다
그는 너무 빨리 넘겼다 얼굴이 달아오른 유대인의 간에 통증이 밀
려왔다 그렇다 내가 며칠 밤낮을 바쳐 쓴 것을 체인은 사분 혹은
오분 만에 읽고 나서 더러운 물건처럼 엄지와 검지로 살짝 잡고 돌
려주었다 나의 아름다운 편지 두 손가락만으로 너무도 훌륭하게
타자를 친 나의 편지 그러면서 날 위해 해줄 수 있는 게 없다고 했
다 나는 이 멍청한 인간은 주머니에서 다른 편지 첫 작전이 실패하
고 퇴각할 경우를 대비해 준비한 또 하나의 짧은 편지를 꺼냈다 고
독으로 미쳐버린 인간이 자기에게 남은 돈을 전부 몇달러인지 정
확히 액수까지 밝히면서 다 주겠다고 다시 일하게 해준다면 아무
자리라도 하찮은 낮은 자리라도 괜찮으니 다시 일할 수 있게만 해
준다면 그래서 그들의 일원이 되고 나병의 굴레를 벗어날 수만 있
게 해준다면 전부 멍청한 늙은이에게 주겠다고 쓴 편지였다 하지
만 이미 수백만 스털링파운드를 소유한 그러니 부패할 수 없는 체
인은 분개하며 어리석기 이를 데 없는 인간을 쫓아냈다 그렇게 밖
으로 나온 나는 나의 불행을 질질 끌면서 쌀띠엘 삼촌을 그리워하
면서 이 길 저 길 걸어다녔다 오 삼촌과 함께 살았으면 하지만 그
럴 수 없다 이렇게 전락해버린 나의 모습에 삼촌이 너무 불행해질
것이다 삼촌에게 고통을 안길 수는 없다 호수 앞에 서서 두 편지
내가 만들어낸 훌륭한 두 작품 나의 원대한 희망을 찢어 호수에 던
지고 물결에 쓸려가는 것을 바라보았고 이제 그만 그대를 떼어내
리라 생각했다 그러고서 걷고 또 걷고 또 걸었다 남은 돈을 그대에
게 모두 주고 그대가 쓸 수 있게 은행에 넣어주고 나는 그들과 함

께 지하실에서 살리라 나는 지쳤고 타자기에 고개를 파묻고 씨름하느라 아무것도 먹지 못했다 작은 까페로 들어갔다 크림 커피와 크루아상을 앞에 두고 눈물 흘리며 나로 인해 불행해져버린 그대 화학적으로 순수한 사랑이여 고독 속에 살아가야 하는 그대를 나지막이 애도했다 왼쪽 테이블에서 백포도주를 마시는 코끝이 불그죽죽한 노인은 내가 울고 있음을 알지 못한다 신문팔이가 들어와 『트리뷘』을 사라고 외치면서 거들먹거리고 바쁜 척하며 주머니 속 동전을 쩽그랑쩽그랑 흔들었다 호외요 스위스프랑 절요 동요가 일었고 다들 달려들어 신문을 샀다 코끝이 불그죽죽한 노인의 테이블로 세명이 옮겨왔고 다른 사람들도 스위스프랑 절하 소식에 대해 갑론을박했다 무국적자인 나도 다가가서 이번 절하 조치는 우리나라를 구해줄 거라고 주장했고 노인도 내 말에 동의하면서 심지어 선량한 시민이라면 이분처럼 생각해야 한다는 완벽한 말까지 덧붙였다 나는 그와 악수를 했다 모두들 식구들에게 소식을 알리기 위해 집으로 돌아갔다 나도 밖으로 나왔다 노인은 이미 멀어지고 있었다 따라잡기 위해 뛰었고 거의 다가갈 즈음 갑자기 수치심이 들어 걸음을 늦췄다 내가 그를 필요로 한다는 걸 함께 있어줄 사람을 필요로 한다는 것을 알게 해선 안된다 우리는 다시 스위스프랑 절하에 대해 얘기했고 노인은 물가가 올라갈 테니 살기 더 힘들어지겠지만 전체적인 이득이 더 중요하니 어쩔 수 없다고 했다 나는 최종적으로 중요한 건 결국 그것이 우리나라가 살아날 길이라는 점이라고 다시 한번 말했다 우리나라라는 말이 좋았다 노인이 초등학교 교사로 은퇴한 쌀라즈라고 먼저 자기소개를 했고 난 이름을 알려주기가 거북해서 그냥 우리가 사랑하는 나라 스위스 얘기를 계속했다 기분이 좋아진 노인이 뭐라도 마시자고 자기가 사겠다고 했고 하나는 모두를 위하여 모두는 하나를 위하여[36]라고 외쳤다 우리는 주점에 들어가 앉았다 옆자리엔 뚱뚱한 남편과 역시 뚱뚱한 그의 아내가 있었다 여자는 막 식탁에 놓인 풍성한 전채를 보며 의자를 당겨 앉았고 품격 있는 만족감 이제 맛있는 음식을 먹을 테니 식욕이 충족되리라는 만족감으로 남편과 야릇한 미소를 주고받은 뒤 냅킨을 펼쳤다 나는 노인과 잔을 부딪었고 그는 나에게 무슨 일을 하느냐고 물었다 나는 아테네 주재 스위스 영사라고 대답했고 영사관이 어떻게 생겼는지 설명해줬다 국경일이면 발코니에 스위스 국기가 게양되죠 아십니까 쌀라즈 씨 조국을 떠나 있을 땐 우리나라의 상징인 국기가 나부끼는 모습을 사랑하게 된답니다 그는 스위스 영사도 다른 큰 나라 영사들처럼 환대받느냐고 물었고 나는 오히려 더 잘 대접받는다고 대답했다 모두 알다시피 우리는 정직하니까요 그래서 어디서나 존경을 받죠 그가 으스대듯 살짝 웃었다 이런 그야 그렇죠 우리 스위스 사람들은 발칸반도에 사는 무뢰한들과 다르죠 나는 한술 더 떠서 우리 스위스에는 세금 포탈 같은 것도 없지 않냐고 했고 그가 나에게 독한 검은 씨가를 권했고 나는 스위스를 사랑하는 마음으로 끝까지 피웠다 터놓고 얘기해봅시다 성함이 어떻게 되십니까 함께 건배를 한 사이인데 그 정도는 물을 수 있잖습니까 모따입니다 그렇다면 연방 정부 각료인 모따 씨의 친척이신가요 조카입니다 그러자 노인이 존경과 애정을 담은 눈으로 바라보았고 그 눈길 때문에 마음이 아팠다 백포도주 잔을 비운 노인이 숙부님을 자랑스러워해도 됩니다 떼생[37]

---

36 Unus pro omnibus, omnes pro uno. 19세기 말 스위스 통일 전쟁 이후 통합과 연대를 호수하기 위해 사용되면서 스위스를 대표하는 표어가 되었다.
37 스위스 남부에 위치한 이딸리아어권의 주. 이딸리아어로는 '띠치노'이다.

이 낳은 위인이고 훌륭한 스위스인이며 사람들 말대로 우리의 외교를 이끌어가는 분이잖습니까 아 우리나라에 그런 인물이 많아야 할 텐데 그러고 보니 정말 닮으셨습니다 그러면서 이렇게 만난 것도 인연이니 기념으로 백포도주를 한잔 더 하자고 했다 나는 헬베티아의 자유로운 제도들을 찬미했고 안정성과 지혜로움을 찬미했다 자유로운 산들이여[38] 스위스 「목동의 노래」 쌀라즈 씨 루이 14세가 프랑스 땅에서 「목동의 노래」를 금지했던 것 아십니까 노래하다 걸리면 무기징역이었답니다 정말입니다 쌀라즈 씨 루이 14세 밑에 있던 우리 용병들이 목동들의 노래를 듣고 탈영을 했기 때문이죠 조국을 향한 사랑이 너무 크고 방목한 가축들이 거니는 우리 산을 그리워하는 향수가 너무도 컸기 때문이죠 그대여 난 그냥 장난으로 한 말이 아니었으니 그때 난 사랑하는 그대를 그대가 방 안에서 몰래 부르던 그대가 사랑하는 산들의 노래를 생각하며 정말로 가슴이 뭉클했다 노인이 목동들의 노래를 부르기 시작했고 나도 같이 불렀고 술집에 있던 사람들이 따라 불렀다 다 같이 「스위스 찬가」도 불렀다 사랑하는 스위스여 그대 자식들의 피와 생명은 그대 우리 조국의 것이라 쌀라즈 씨가 휘청거리면서 일어섰고 손님들에게 말했다 여기 있는 내 친구가 연방 정부 각료이자 정치부[39]를 이끄는 모따 씨의 조카입니다 몇 사람이 나에게 악수를 하러 왔고 모따 만세 하고 외쳤고 나는 감사 인사를 했고 동포들의 정을 느꼈다 그렇다 모세의 형제인 아론의 후손의 눈에 눈물이 고였다 모따 씨 내일 저녁 우리 집에 오셔서 가족들과 함께 퐁뒤를 드시겠습니까 나는 그러겠다고 했고 그가 주소를 알려주었고 우리는 헤

---

38 1961년까지 스위스 국가로 쓰였던 노래의 첫 구절이자 제목이다.
39 스위스 연방 정부 외무부의 이전 명칭.

어졌다 만나 뵙게 돼서 영광입니다 영사님 오늘 대화 즐거웠습니다 내일 저녁에 뵙겠습니다 당연히 가지 않을 것이다 가족들과 함께하는 식사 자리에서 거짓말을 하는 것은 너무 고통스러운 일이다 호텔로 돌아가는 게 겁이 났고 호텔 방에 혼자 있는 게 두려워서 또다른 까페로 들어갔다 거기서도 스위스프랑의 절하가 화제였다 이번에도 끼어들었다 바스끄 베레[40]를 쓴 마르고 코끝이 불그죽죽한 남자가 이번 화폐 절하는 유대인들 때문이라고 했다 사실 백화점이나 정가 판매하는 대형 매장 모두가 유대인 소유잖습니까 그런 큰 상점들 때문에 작은 가게들이 망하고 있어요 그들이 우리 빵을 빼앗아 먹고 있다고요 우리나라에 와달라고 부른 적도 없는데 내 생각엔 우리도 독일처럼 해야 해요 무슨 말인지 아시겠죠 물론 인간적인 차원에서 지나치면 안되겠지만요 나는 어린아이가 미소 짓는 것을 봐도 기쁘지 않다 매번 그 아이가 어른이 된 모습이 떠오르니까 송곳니가 자라고 영악한 어른 끔찍할 정도로 사회적인 어른이 되면 역시나 유대인을 증오할 테니까 그녀는 날 위해 바느질하는 행복에 젖어 말없이 얌전히 아무것도 요구하지 않는다 난 그대를 사랑하고 그대의 어색한 솜씨 어린애 같은 동작을 사랑하오 마들렌을 보리수꽃 차에 적시다니 프루스뜨의 기벽 두가지 들척지근한 맛을 섞다니 마들렌의 형편없는 맛을 그보다 더 나쁜 보리수꽃 차와 섞다니 그의 성도착적인 여성성은 많은 것을 말해준다 아나 드 노아유의 비위를 맞추려는 히스테릭한 칭송도 그렇다 사실 프루스뜨는 아나 드 노아유를 흠모하지 않았다 흠모할 수가 없었다 단지 사회적인 이유로 비위를 맞추고 싶어서 칭송을 쏟아

---

40 프랑스와 에스빠냐 국경 지역인 바스끄 지방에서 농민들이 쓰던 납작한 울 모자에서 출발한 베레모.

냈을 뿐이다 안된다 이런 말을 그녀에게 하면 안된다 속상해할 것이다 그녀는 뱅뙤유의 악절 마르땡빌의 종탑들 비본 시냇가 메제글리즈의 산사나무[41] 그리고 다른 진귀한 것들을 사랑한다 로르 로르 로르 산속 별장에서 만난 로르 아이들은 나와 금방 친해졌고 날 끼워주었다 난 아이들과 같이 놀았고 며칠 후 로르는 나한테 삼촌이라고 부르겠다고 했다 아름다운 너무도 아름다운 로르는 열네살 아니 열세살이었고 벌써 가슴이 봉긋하고 허리와 엉덩이도 벌써 오 너무도 아름다웠다 너무도 아름답고 이미 여인이었고 하지만 어린애의 매력을 지녔던 로르 쓰러진 나무줄기들을 밟고 내려와야 했을 때 무섭냐고 물었더니 아뇨 삼촌이 있으면 하나도 안 무서워요 그러면서 손을 꽉 잡아달라고 했다 난 꽉 잡았고 그애는 좋아요 아 좋아요 했다 나를 올려다보는 그애의 두 눈은 사랑 분명히 사랑이었다 다음 날 그애는 나에게 친하게 말을 놓았다 그리고 불쑥 말했다 난 삼촌이 좋아 보통 삼촌을 좋아하는 것보다 더 많이 좋아 오 열세살의 로르 나는 그애와 함께 즐겼다 아슬아슬하게 놓여 있는 널빤지에 올라가서 시소 놀이를 하며 서로의 얼굴을 보았다 다른 사람의 의심을 사지 않으면서 서로의 얼굴을 한참 동안 보려고 애썼다 하지만 우리는 서로에게 아무것도 고백하지 않았고 올라갔다 내려왔다 하면서 말도 미소도 없이 바라보기만 했다 우리는 사랑에 빠져 아무 말도 하지 못했고 사랑에 빠져 진지했다 나는 그애가 아름답다고 생각했고 그애는 내가 아름답다고 생각했다 서로를 바라보았다 삼킬 듯 바라보았다 세상에 그게 뭐가 그렇게 재미있

---

41 뱅뙤유의 악절, 마르땡빌의 종탑들, 비본 시냇가, 메제글리즈의 산사나무 모두 『잃어버린 시간을 찾아서』에서 마들렌과 함께 화자인 마르셀에게 작가의 소명을 일깨워주는 일화이다.

길래 한시간 넘도록 그러고 있니 하며 묻는 그애의 어머니가 가고 나면 우리는 다시 서로를 바라보았다 너무도 진지했다 다른 아이들과 시베리아 썰매도 탔다 썰매 덮개 밑으로 손을 잡았다 우리는 서로 사랑했지만 아무 얘기도 꺼내지 않았다 우리는 순수했다 아니 거의 순수했다 오후가 되면 그애가 찾아와서 술래잡기를 하자고 했다 남동생 그리고 일주일 동안 놀러온 친구 이자벨도 데려왔다 로르 오 로르 그애는 나한테 잡히는 걸 좋아했다 내가 붙잡으면 겁에 질린 듯 악을 썼고 나한테 기대 숨을 헐떡였다 너무 끔찍해 이렇게 중얼거렸지만 너무 좋다고 말하는 것 같았다 오후에 술래가 되었을 때 내가 로르 대신 이자벨을 자주 잡은 날 로르는 저녁에 뾰로통했다 아 로르의 눈빛 밖에서 놀다가 저녁 늦게 돌아오는 날 어두운 숲을 지날 때면 무섭다며 손을 잡아달라고 했다 그러다 허리로 내려간 내 손을 자기 가슴으로 가져가서 힘껏 눌렀다 내 손 아래서 살짝 침 삼키는 소리와 함께 숨을 들이켰다 매일 저녁식사 후 자러 가기 전에 동생을 데리고 와서 어른들에게 인사할 때 한 사람씩 모두에게 하는 입맞춤 사람들이 이상하게 보지 않도록 나한테 제일 마지막에 했다 살짝 두려움이 담긴 두 눈을 내리깔고 볼에 닿을락 말락 예의 바르게 입을 맞췄다 우리는 로르와 나는 그 순수한 키스를 간절히 기다렸다 저녁식사 내내 곧 다가올 키스를 기대하며 서로에게 눈길을 던졌고 아무도 우리 관계를 눈치채지 못했다 경이로운 키스의 순간에도 우리는 서로 관심 없는 척했다 나는 스무살이었고 로르는 열세살이었다 로르 오 로르 어느 여름 날 우리의 사랑 나는 스무살이었고 로르는 열세살이었다 점심을 먹고 나면 로르가 와서 말했다 삼촌 낮잠 놀이 하러 가자 빨리 산에 올라가서 풀밭 평평한 데서 낮잠을 자자 너무 멋질 거야 담요도 가져가자 나는 스무살이었고 로르는 열세살이었다 산에 올라가서 커다란 전나무 아래 풀밭에 누웠다 나와 로르 그리고 사람들이 이상하게 생각하지 않도록 로르의 동생도 데려갔다 우리는 말하지 않았다 어떤 것도 털어놓지 않았다 나는 스무살이었고 로르는 열세살이었다 산 위에서의 낮잠 쾌청한 여름 붕붕대는 곤충들 나는 스무살이었고 로르는 열세살이었다 그애는 셋이 같이 담요를 덮자고 했고 그런 다음 담요 밑에서 내 손을 잡았다 내 손을 베고 누웠고 눈을 감고 내 손 위에서 잠들었고 혹은 잠든 척했다 로르의 뜨거운 입술이 내 손에 와 있었고 하지만 입술은 움직이지 않았다 차마 입을 맞추지는 못했다 나는 스무살이었고 로르는 열세살이었다 담요를 머리까지 뒤집어쓸 때도 있었다 오 우리 사랑 여름날 위대한 사랑의 담요 로르는 한숨 자겠다며 얼굴을 내 무릎에 가져다 댔다 그러다 고개를 들어 나를 쳐다보았다 나는 스무살이었고 로르는 열세살이었다 나는 로르를 사랑했다 로르를 사랑했다 로르 오 로르 오 아이이면서 여인인 로르 휴가가 끝나고 로르가 떠나는 아침에 케이블카 승차장에서 그애의 어머니가 표를 사는 동안 양말을 신은 로르 열세살의 로르가 불쑥 내뱉었다 삼촌이 왜 늘 다른 사람과 같이 있으려 하는지 우리끼리 있는 걸 피하려 하는지 알아 뭘 두려워하는지 알아 다른 게 있을까봐 무서운 거지 난 우리 사이에 다른 게 있는 게 좋았어 우리끼리만 하루 종일 밤새도록 있고 싶었어 열세살의 로르 안녕 오 한여름의 사랑 나의 진한 사랑 오 케팔로니아에서 보낸 나의 유년기여 오 유월절이여 유월절 첫날 저녁 나의 주인이자 나의 아버지가 첫 잔을 채운 뒤 축복기도를 한다 우리를 아끼고 사랑하시어 우리에게 이집트 땅을 벗어난 해방의 날을 기념하는 무교절[42]을 허락하셨으니 이스라엘을 성스럽게 하신 신이시여 영원히 찬미받으소서 아버지의 목소리를 들으며 나는 탄복한다 그런 다음 모두 일어나 손을 씻고 그런 다음 파슬리를 식촛물에 찍어 먹고 그런 다음 누룩이 들지 않은 빵을 나누고 그런 다음 나의 주인이자 아버지가 쟁반을 들어 올리고 출애굽 이야기를 낭송한다 이것이 우리 조상들이 이집트에서 먹었던 역경의 빵이니 배고픈 자 누구든 와서 함께 먹으라 궁핍한 자 누구든 와서 우리와 함께 유월절을 기념하라 올해 우리는 이곳에 있지만 다가오는 해에는 이스라엘 땅에 있으리라 올해 우리는 노예이지만 다가오는 해에는 자유로운 민족이 되리라 그런 다음 식탁에서 가장 어린 내가 정해진 질문을 한다 오늘 저녁은 어째서 다른 저녁들과 다른가요 다른 날은 누룩 든 빵을 먹는데 왜 오늘 저녁에는 누룩 없는 빵을 먹나요 나의 주인이자 아버지에게 질문하는 내 가슴이 뛴다 나의 주인이자 아버지인 이가 누룩 없는 빵이 놓인 그릇의 뚜껑을 열고 나를 바라보며 설명을 시작한다 뿌듯해진 나는 얼굴을 붉힌다 이집트에서 파라오의 노예로 살던 우리를 영원하신 우리의 하느님께서 전능하신 손과 팔을 뻗어 꺼내주셨으니 체인과의 면담이 실패로 끝난 뒤 나는 고독한 유대인으로 주네브 거리를 방황했다 처음 들어간 까페에서 스위스프랑의 절하 소식을 들었고 이어 쌀라즈와 함께 주점에 갔고 이어 바스끄 베레를 쓴 남자가 인간적 차원을 들먹이던 까페에 갔다 이어 세번째 까페에 들어가니 옆 테이블에서 프롤레타리아 네명이 카드를 치고 있었다 판이 끝나자 잃은 남자가 속상한 척 우스꽝스럽게 카드를 내던지고 이런 제길 그러면서 자기는 잃은 돈에 연연하지 않고 신경 쓰지 않는 사람이

---

42 이집트를 떠날 때 급히 효모 없이 구운 빵, 즉 '무교병'을 먹은 것을 기념하여 유월절 일주일 동안 효모 없는 빵을 먹는다.

라며 아무렇지도 않은 척 즐거운 척 한다 그러고는 자기 돈을 딴 친구에게 말한다 에이스가 항상 너한테 가고 난 매번 운이 없어 모두 웃는다 그러자 의기양양해져 계속한다 넌 소명을 어긴 거야 넌 도박장 일꾼이 되었어야 하는데 그러자 상대가 한술 더 뜬다 차라리 그냥 말 엉덩이[43]가 되라고 해 다시 노동자 계급의 폭소가 터진다 정말 그래 나이가 제일 많은 남자가 말한다 따면 좋은 거야 인간의 본성이니까 그렇다고 우리가 돈 잃고 나서 투덜대는 사람은 아니지 잃은 남자가 예스 하면서 돈을 꺼내 얌전히 건네주고 그래도 속상한 걸 감추지는 않겠다는 듯 자연스러운 심각한 표정으로 말한다 오 이런 걸로 애태우면 안되지 머리카락이 적갈색인 또다른 친구 네번째 남자가 끼어든다 은행에 전화 걸어서 네 돈 가져가야 하니 트럭 몰고 오라고 해 하지만 이번에는 아무도 웃지 않는다 힘센 자들의 전유물인 자신감을 갖지 못한 소심한 자가 내뱉은 농담이니까 나는 그때쯤 일어서서 까페를 나섰다 노래 공연을 하는 작은 까페에 또 들어갔다 까페 이름이 '할 수 없지'라서 끌렸다 자그마한 막이 오르니 연단 같은 무대가 나오고 그날 프로그램에 이름이 오른 가수 다미앵이 등장했다 불쌍한 다미앵 배가 나오고 숱 많은 콧수염을 염색하고 눈에도 화장을 했다 꽉 끼는 연미복을 입고 흰색 조끼 주머니에 사슬 장식을 꽂았다 무공훈장을 단 모습이 의젓하다 전주가 끝나기를 기다리며 붉고 통통한 두 손을 비누칠하듯 문지르고 이어 한음절씩 정확하게 발음하며 노래 부른다 가련한 낙오자 양심적인 인간 일주일에 한번밖에 발을 못 씻는 궁핍한 인간 그는 호사스러운 파티를 여는 부자들을 비판하는 사회적

---

43 말의 엉덩이를 뜻하는 croupe에서 나온 croupier는 다른 기수의 안장 뒤에 앉은 기수, 도박장에서 직접 도박을 하지 않고 칩을 돌리는 사람을 뜻한다.

인 노래를 부른다 사교계 인사처럼 입을 뾰로통하게 만들어 우리 가엾은 아이들에게 빵 부스러기 하나를 안 주시네 노래하고 주렁주렁 반지 낀 두 손을 절망한 듯 관자놀이에 대고 사랑하는 자식들을 먹이기 위해 난 도둑질을 했다네 노래하고 반지 낀 우아한 도둑의 손가락을 흔든다 한곡을 마친 다미앵이 두 손을 문지르는 동안 오케스트라가 다음 노래의 전주를 연주한다 이번에도 부유한 공장주의 아들이 정직한 어린 여공을 유혹하는 사회적인 노래다 공장주의 아들이 아가씨의 몸을 더듬고 그러면 다미앵이 자기 엉덩이를 애무한다 아가씨가 사랑에 취하고 그러면 다미앵의 굵고 통통한 손가락이 연기처럼 허공을 맴돈다 가엾은 아가씨는 제정신이 아니고 그러면 다미앵이 손을 이마에 대고 눈을 감는다 그리고 미혼모가 되는 아가씨들을 타락한 아가씨들을 가여워하며 노래가 끝난다 그렇다 그대 그대의 좋아요 그대의 무서워요 이어 엄청난 덩치에 살찐 손이 하얀 현실주의자 여가수가 무대에 오른다 여가수는 영악해 보이려고 웃으면서 등장하고 자신감 있어 보이려고 청중을 휘어잡으려고 얼굴 가득 미소를 짓는다 그러고는 의기양양하게 노래 제목을 말한다 끽연자들에게 바치는 「담배 왈츠」 그런 뒤 피아노 연주자에게 시작하자고 한다 마지막 가사는 사형수가 말아 피우는 담배와 그의 어머니가 흘리는 고통의 눈물을 기린다 이스라엘아 들으라 우리의 신은 영원하고 영원하신 신은 하나이니 오 내가 사랑하는 신이여 나는 당신이 그립습니다 오 예루살렘아 내가 너를 잊는다면 내 오른손이 말라버리리[44] 이어 동방의 무희 야미나의 차례이다 그녀 가슴의 그물은 가리려는 게 아니고 떨어지지

---

[44] 시편 137장 5절.

않게 하려는 것 같다 너무 슬퍼라 나는 그대를 생각하네 야미나 뒤에 선 아가씨 두명이 큰 동작으로 소리 안 나게 박수를 친다 휴식 시간에 야미나는 현실주의자 여가수와 술잔을 기울이며 떠든다 돈이 들더라도 정말로 독창적인 춤을 추고 싶어 커다란 타조 깃털을 걸치고 추는 거야 그러면 왜 히트 칠지 말해줄까 나와 마르셀 우리 둘 다 금발이거든 나는 다시 밖으로 나가 이 거리 저 거리 돌아다닌다 그리고 다시 들어설 때의 수치심 아래층에 불행한 여인 네명이 실내 가운 차림으로 앉아 있다가 한꺼번에 일어선다 아니 혼자 있고 싶소 나는 그 여자들에게 돈을 쥐여주고 럼주를 마신다 옆 테이블에 군인 둘 그리고 그 무릎에 앉은 여자 둘 그중 더 나이 든 여자가 젊어 보이고 싶어서 군인에게 혀를 내밀고 장난스레 귀를 잡아당긴다 아니죠 그건 기본료고 팁은 별도예요 선심 좀 쓰세요 우리는 팁밖에 못 갖는단 말이에요 깎지 말고 부탁이에요 좀 예쁘게 봐줘요 그러면 잘해드릴게요 나랑 여기 내 친구랑 뭐든지 다 할 수 있어요 주네브에서 그녀는 그를 위해 남편 됨이 어머니한테서 받은 편지를 재미있다며 읽어줬다 맙소사 그런 생각을 하다니 사랑하는 남자의 마음을 얻기 위해서라면 여자들은 뭐든지 다 할 수 있다 편지에 아데마르 판오펄이라는 이름의 아이가 자기 숙모한테 하느님이 하인들도 사랑하시냐고 묻는 얘기가 있었다 아데마르가 숙모와 얘기를 나누는 장면을 상상해볼까 아니 그냥 착상만 얻어 오자 어느 여름 화창한 아침에 조상 대대로 내려오는 저택 붉은색과 황금색으로 장식된 커다란 거실 쒜르빌 백작 부인이 아들 빠트리스와 대화하는 것으로 하자 순결한 자태로 고개를 숙이고 바느질하는 어머니 곁에서 멍하니 생각에 빠져 있던 아홉살짜리 아이가 무언가 결심한 듯 까치발로 다가와 묻는다 다정하신 어머니 말씀해주세요 하느님은 상류사회에 속한 우리와 똑같이 하인들도 사랑하시나요 쒸르빌 부인은 더없이 아름다운 얼굴을 두 손으로 감싸고 한참 동안 생각에 잠긴다 금발의 곱슬머리 소년은 무릎을 꿇고 몸을 떨면서 화사한 눈길로 눈이 하나뿐인 어머니의 얼굴을 뚫어져라 쳐다본다 마침내 길고 긴 숙고를 끝낸 백작 부인이 아들에게 손을 내민다 그렇단다 애야 하느님께서는 우리와 똑같이 하인들도 사랑하신단다 그녀가 야릇하리만치 창백하게 속눈썹을 내리깔며 대답하고 아이는 충격을 받는다 고귀한 신분의 아이는 결국 어머니의 말을 받아들일 테지만 어머니에게 미소를 지으려는 순간 굵은 눈물이 연분홍빛 뺨을 타고 흘러내린다 백작 부인이 아들을 안아주며 말한다 애야 애야 이제 네 인생이 본격적으로 시작하려 하고 앞으로 수많은 사실을 힘겹게 맞닥뜨려야 하잖니 하지만 네가 용감하게 버텨내리라 믿는다 남자로 나라를 사랑하는 사람으로 훌륭한 신자로 전쟁터에서 돌아가신 고귀한 아버지의 아들로 해내리라 믿는다 그럴게요 어머니 절망에 짓눌린 어린 빠트리스가 경련하며 오열한다 진실을 말씀해주실 만큼 저를 존중해주셔서 감사합니다 그리고 죄송합니다 어머니 얘기를 듣는 순간 제 마음속에 일었던 잔혹한 흥분을 감추지 못하고 조금일지언정 드러내고 말았습니다 사랑하는 어머니 정말 우리 주님의 길은 측량할 길이 없다고 말씀해주세요 사랑하는 아이야 네 말이 맞는단다 하층계급 사람들이 우리를 실망시키기도 하고 또 영성이나 생기가 부족한 것도 사실이지 어머니 말씀이 맞아요 금발 소년이 생기 있게 대답한다 사실 천한 계층 사람들의 물질주의는 제 타고난 섬세한 감성으로 받아들이기에 너무 충격적이에요 제가 꿈꾸는 이상은 웨일스 대공 혹은 포뮤 원수이니까요 하지만 마음속에 솟구치는 반항을 기도의 힘으로 극복할게요 어머니께 물려받은 힘이죠 소년이 사랑하는 어머니를 바라보며 교활한 결론을 맺는다 어머니는 살짝 얼굴을 붉힌다 그런 다음 어머니와 아들은 정신의 힘을 모아 새로운 생기를 얻느라 한참 동안 말이 없다 어린 빠트리스는 하늘을 올려다본다 하늘에서 천상의 합창이 들려오는 것 같고 그 합창에 전쟁터에서 숨을 거둔 사랑하는 할아버지의 목소리가 섞여 있는 것 같다 빠트리스는 금발의 곱슬머리를 매만진 뒤 제가 다시 말해도 되겠느냐고 묻고 세련된 미소와 너무도 훌륭한 수줍음으로 어머니의 답을 기다린다 경건한 생각에 빠져 있다가 소스라치게 놀란 쉬르빌 부인이 경련이 이는지 손을 가슴에 가져다 대며 소리 죽여 우아한 비명을 지른다 그런 다음 영국 여자 특유의 각진 얼굴에 온화한 표정을 지으며 아들에게 말하라고 한다 제 마음을 괴롭히는 중요한 질문이 하나 더 있어요 사랑하는 어머니 악마가 제 귀에 대고 속삭이나봐요 하느님은 귀화해서 프랑스 국적을 얻은 사람들도 사랑하실까요 어머니에게 묻는 동안 아들은 심장이 거칠게 뛰고 쓰러질 것 같다 쉬르빌 백작 부인이 잠시 생각한 뒤 하나뿐이지만 환하게 빛나는 눈으로 아들을 바라보며 짧게 말한다 기도하자 한참동안 자신의 영혼을 하늘에 올려 보낸 뒤 응답을 얻은 그녀가 벌떡 일어선다 너무 급하게 몸을 일으킨 탓에 묶여 있던 머리가 풀린다 치마도 벗겨져 바닥에 흘러내리는 바람에 캐미솔과 자수 장식이 있는 조금 긴 속바지 차림이 된다 그렇단다 볼이 발갛게 달아오른 그녀가 격렬하게 외친다 그렇단다 하느님은 귀화한 사람들도 사랑하시고 파업하는 노동자들도 그리고 외국에서 와서 그들을 지휘하고 이끄는 주동자들도 사랑하신단다 하느님은 살 집이 없는 사람들 국적이 없는 사람들 심지어 이스라엘 사람들 강제수용소에 있는 사람들도 사랑하신단다 그 말에 빠트리스가 달려와 어머니의 무릎에 몸을 던지고 미친 듯이 어머니의 손에 키스하며 외친다 어머니는 성녀예요 사람들은 유대인이 파괴적인 기질을 지녔다고 하죠 하지만 어쩌란 말인가요 자기들은 빛을 든 천사 루시퍼를 악마로 만들었으면서 어쩌란 말인가요 맨발에 긴 수단을 입고 그 끝에 달빛 올빼미가 지혜와 불안의 새들이 모두 앉은 창을 들고 있는데 어쩌란 말인가요 왼쪽 눈을 살짝 감고 하지만 크게 뜬 오른쪽 눈으로 앞날을 보는데 어쩌란 말인가요 나는 다 보이고 또 다 아는데 그들은 파괴적 기질을 들먹이죠 하지만 어쩌란 말인가요 그들이 무도회에서 추는 춤은 단조의 짝짓기인데 젊은 여자들을 차지하려고 혈안이 되고 어머니들은 뭉클해하며 바라보고 그래놓고 춤의 순수한 쾌락이라고 말하는데 무엇 때문에 남자와 여자가 그렇게 부둥켜안고 춤을 추는 걸까요 그들은 정신적인 쾌락이라고 덧붙이죠 그렇게 부둥켜안는 게 가난한 사람들을 돕기 위해서라고 하고 그래봤자 가난한 사람이 백만장자가 되는 것도 아닌데 그렇게 누구인지 알지도 못하는 이 남자 저 남자한테 달라붙어 몸을 비비면서 고상한 주제들을 얘기하다가 아내들은 남편과 함께 집으로 돌아가도 상관없죠 그 여자들에게 수치심 같은 것은 존재하지 않아요 그건 무도회니까 무도회라는 세 글자면 모든 게 해결되니까 오 향수를 덧칠한 악취여 그들은 파괴적 기질을 들먹이죠 하지만 어쩌란 말인가요 자기들은 죽일 수 있는 능력에 불과한 힘에 위대함과 아름다움을 덧칠해서 빛나게 만들었으면서 오 힘을 숭배하는 개코원숭이들 스포츠를 향한 열정 정중한 말투 이런 것들로 나타나는 숭배 정중한 말투는 경의를 표하는 개코원숭이들 고유의 방식이고 결국 강한 자에게 그대는 여럿과 대등하고 여럿인 것처럼 강하고 여럿인 것처럼 위험하다는 뜻이고 그렇게 여럿인 그대 앞에서 나는 하나일 뿐이고 그래서 죽임을 당할 수 있고 그래서 나는 그대 앞에 고개를 숙인다는 뜻인 것을 그리고 하급자들이 상급자들 앞에서 몸을 굽혀 정중하게 경의를 표하고 고개 숙여 인사하는 것은 개코원숭이들이 강자 앞에서 경의를 표하는 방식 그러니까 네발을 땅에 딛고 취하는 암컷들 자세의 대용품이자 찌꺼기인 것을 그들은 파괴적 기질을 들먹이죠 하지만 어쩌란 말인가요 난 이미 그들이 찬미하는 위대한 정치가들을 보았고 그들이 어떤 인간인지 아는데 오 멍청한 군중의 환심을 사고 이따금은 그들을 웃게 해야 하는 정치인의 눈물겹게 초라한 삶이라니 마음을 얻기 위해 더러운 손을 붙잡고 악수를 해야 하고 추잡한 자들과 일을 꾸미면서 늘 긴장해야 하고 언제나 경계하고 힘을 키우려 애쓰고 불행한 인간들이 하는 말대로 출세하려고 노력하고 술수를 쓰느라 기운을 허비해야 하고 함정을 파고 경쟁자의 몰락을 도모하고 그러느라 잠도 자지 못하고 결국 죽음에 이르게 될 나라 간의 분쟁 가족 간의 분쟁 못지않게 추악한 일에 끼어들어야 하고 이 모든 것을 중요한 인물이 되기 위해 다시 말해 보통 사람들의 존경을 받는 사람이 되기 위해 해야 하는데 힘을 향한 갈증만큼 천박한 것이 어디 있을까 그들은 파괴적 기질을 들먹이죠 하지만 어쩌란 말인가요 그들은 제자라면서 존경하는 스승의 자리를 아무렇지도 않게 차지하는데 어쩌란 말인가요 무인도에서 아니 그만 무인도 사건과 그 결과는 아는 얘기니까 그만하자 어쩌란 말인가요 훌륭한 아내가 사랑하는 남편의 장례식 다음 날 입술에 루주를 바르고 실크 스타킹을 신는데 더 끔찍하게도 곧 재혼을 한다는데 어쩌란 말인가요 동물적인 이유들로 매혹당한 가련한 여인이 선량한 남편 아드리앵 됨을 버렸는데 어쩌란 말인가요 남자들은 하나같이 나에게 착하지 않은걸 내가 아무리 사랑하려 해도 받아주지 않는걸 어쩌란 말인가요 비굴하고 심술궂은 원숭이들이 성교를 하고 또 틈나는 대로 사회적 신분의 사다리를 올라가려고 애쓰는데 인간의 옷을 입고 있지만 날카로운 송곳니를 내미는 고릴라 무리가 갑자기 불쌍해 보이는데 가련한 이들 그들은 두려운 거죠 위험한 세상이니까 집어삼키든가 아니면 집어삼키려는 자의 비위를 맞추든가 해야 하는 자연이 지배하는 세상이니까 돈이 있어야 하고 지위가 있어야 하고 위험할 때 지켜줄 관계가 필요하니까 그들이 심술궂은 것은 비굴한 것은 두렵기 때문인데 가련한 자들 그들은 파괴적 기질을 들먹이죠 하지만 어쩌란 말인가요 이 세상 그 어떤 것도 이유가 없는데 진정으로 하느님을 믿는 자의 열정을 담아 말하노니 정말 그런 것은 없는데 어쩌란 말인가요 난 종교들이 얼마나 형편없는지 알고 결국 두려움과 미성숙의 마법일 뿐임을 아는데 이 세상에 홀로 버려졌고 목적도 없고 죽음 뒤에 남는 것도 없다는 사실을 마주할 용기도 마음도 없기 때문임을 아는데 어쩌란 말인가요 신이 존재하지 않는다 해도 그것이 내 잘못은 아닌데 신을 사랑하고 기다린 탓이 아닌데 내가 늘 부정하는 늘 사랑하는 신이여 난 소름 끼칠 정도로 신이 자랑스럽고 나는 아주 오래전부터 신의 사제인데 신의 제사장인데 술 장식 달린 유대의 기도포를 방패처럼 두르고 신앙을 처절하게 잃었으면서도 매일같이 나의 신이 살아 계심을 선포하는데 내 조상들의 영원하신 신이여 이 땅의 신 바다의 신이여 당신의 코에서 나오는 숨결이 산을 무너뜨렸고 당신의 오른손이 천둥을 내리쳤고 거센 바람이 아브라함의 신 이삭의 신 야곱의 신의 명령을 실어 왔으니 당신은 족장들이 행복하게 늙어가게 해주셨고 저녁이면 골짜기에 펼친 천막 안에 머무셨으니 나의 조상들이 경배하던 신이여 아침이면 소들과 양들과 낙타들의 울음 사이로 폭풍우와 돌풍을 몰고 오시는 신이여 원한을 간직하시는 신 꾸짖으시는 신이여 죄악의 도시들에 유황과 불의 비를 내리셨고 불순한 자들에게 시련을 안기셨고 사악한 자들을 쓰러뜨리셨으니 우리의 영원하신 신이여 우리를 노예의 집에서 끌어내셨고 그 강한 손길로 파라오를 벌하셨고 위대한 기적을 행하시어 바다를 정결치 못한 여인 대하듯 밀쳐내셨으니 그리하여 당신이 사랑하는 이스라엘이 무사히 빠져나오게 하셨으니 입술 위의 불길로 갈림길에서 외치는 미치광이 왕들을 겁박하셨고 권세 높은 자들을 벌하셨고 당신의 법령을 부르짖는 자들을 축성하셨으니 이스라엘을 위해 분노하시는 신이여 내 조상들의 신이여 황금과 고운 아마포로 지은 옷을 입고 찬양하는 이들이 당신에게 어린 양과 밀과 포도주를 바치니 아 어쩌란 말인가요 순진한 술수를 부릴 줄 모르는 나는 불안을 없애주는 것을 진실이라 부를 수는 없는데 수염 난 짜증스러운 늙은 여자들이 있는 천국 영적인 하지만 우리가 볼 수는 없는 그 여자들이 쉼 없이 영원하신 하느님을 찬양하면서 하느님의 수염에 매달리는 곳 하느님이 마땅찮아하며 매달린 여자들을 떨쳐내려고 고개를 움직여 수염을 흔드는 곳 그런 천국이 필요할 만큼 두렵지 않은데 그들은 아니라고 이제 천국은 없다고 더이상 그런 건 없다고 요즘 시대의 영혼들은 그냥 내세로 간다고 하죠 아 그래 내세 깜빡 잊었네요 맛도 냄새도 없고 눈길도 미소도 없는 보이지 않는 존재들이 돌아다니는 곳 사그라들듯 날아다니는 슬픈 숨결들 그래요 영생 그렇죠 난 볼 수 있고 앞으로도 그럴 거예요 내 눈 속에 점액이 흐를 때 그래요 보이지 않는 존재들이 다시 나타나죠 친절하기도 해라 보이지 않는 존재들이라니 참으로 편리하죠 그러면 나는 어떻게 될까요 내세에서 보이지 않는 존재들 틈에서 손에 잡히지 않는 희미한 연기 같은 존재들 틈에서 무엇을 할까요 나는 보는 것과 듣는 것을 좋아하는데 진짜 육신의 눈으로 보는 것 유스타키오관이 들어 있는 복잡한 내 두 귀로 듣는 것을 좋아하는데 나는 그 영혼들 틈에서 잊힌 것 같을 텐데 나는 사랑하고 사랑받는 입술로 사랑하는 것을 사랑하는데 내세에서 나의 수많은 생각과 상상과 감정은 어찌 될까요 나는 그런 것이 너무도 많은데 그것들은 내 눈을 떠나 그리고 곧 분해될 두개골에 들어 있는 내 뇌의 작용을 떠나 허공에서 살아가나요 눈 없이 보고 입술 없이 사랑하다니 오하나같이 야만적이고 마술 같고 유치해라 이런 대수롭지 않은 일에 구시렁대지 말고 남자로서 진지하게 말해보자 성性은 인간을 구성하는 성분 당신들이 영혼이라고 부르는 것을 구성하는 기본적인 성분이 아닌가 당신들의 천국에서 성은 어디에 있는가 그것을 받쳐줄 육신은 어디에 있는가 무엇보다도 천사들이 잠시도 앉을 수 없다면 당신들이 쓰는 혈관확장제와 혈관수축제는 당신들의 흥분과 감정의 동요를 일으키는 조건인가 원인인가 그리고 또 감정의 동요 없는 영혼은 무엇인가 육신 없이 산다는 것은 무엇인가 그들이 분개하는 소리가 들린다 하지만 천사처럼 부드러운 그들은 천박하고 가련한 나 같은 인간을 불쌍히 여긴다 영적인 눈과 비물질적인 귀를 들먹인다 하지만 둔감함을 갑옷처럼 걸친 나는 말도 안된다고 진짜 귀가 아닌 귀라니 우습다고 그걸로는 아무것도 할 수 없다고 말한다 당신들은 나에게 천박하다고 말하지만 난 천박하다는 게 기쁘다 원래 진짜 천박한 사람들만 천박한 것을 두려워한다 나는 짠 하며 마법처럼 사라지는 귀를 가진 신사분들 당신들을 믿지 않는다 그렇다 나는 알고 있고 파악하고 있다 저기 보이지 않는 신사 숙녀분들이 가진 것은 영적인 눈과 비물질적인 귀가 아니다 그것은 극도로 편안한 세상이다 시작도 끝도 없는 초자연적인 것들만이 갈 수 있는 세상 원칙 본질 높이 있는 것 엉터리 같은 것 하나같이 존재하지 않는 것을 실체와 속성으로 갖는 것들의 세상 점잖고 멋진 세상 훌륭한 사람들이 찾아가는 세상 수없이 많은 영혼 작고 투명한 괴물 그리고 죽은 자본가들의 대변자들이 아무리 많이 돌아다녀도 부딪칠 일 없는 세상 아무것도 볼 수 없고 들을 수 없이 오로지 영적으로 존재할 뿐인 지극히 품격 있고 지극히 속물적인 세상 이제 그만 이러다 나병에 걸릴까봐 겁이 난다 보이지 않는 존재들이 지겹다 숨이 막힌다 이제 집어던지라 이제 가득 찼다 빈자리가 없다 곰팡이 피어난 죽음에 대한 공포 마음대로 생각하라 내가 신앙심이 턱없이 부족하고 영적으로 무지하기 때문에 그렇게 우아한 곳을 받아들이지 못한다고 말해도 좋다 자기들은 너무 잘 알지만 너무도 비천한 내가 알아듣도록 설명하지는 못하겠다며 힘 근원 해방 신비로운 기운 영적 범람을 들먹인다 그리고 또 뭐가 있나요 부인 전부 포장해드릴까요 영적 체험 그들은 자기암시를 그렇게 부른다 그들은 영성의 높은 자리 한번도 설명되지 않은 언제나 무겁게 짓누르는 높은 곳에서 나의 물질성을 내려다보며 불편한 우월감을 누린다 그때의 영성이란 결국 탕파가 하나 더 있는 것 중앙난방이 더 잘되는 것이며 모르핀이고 알리바이인데 그들의 영성은 불의를 정당화하고 양심의 가책을 느끼지 않게 해주고 벌어들이는 수입을 지켜줄 뿐인데 영성과 은행 계좌 그렇다 신의 존재가 너무 미약해서 나는 수치스럽다 하지만 저기 늙은 여자가 단호하게 엉터리 발음으로 말한다 신이 날 구해주셨고 신의 존제가 언제나 날 흠뻑 적신답니다 불쌍한 여자에게 몇마디 해준들 무슨 소용이 있으랴 그냥 행복하게 놔두자 다른 늙은 여자 이번엔 수염이 나고 고집스럽고 두 눈이 위협적일 정도로 어리석은 여자가 말한다 창조를 행한 계획이 있고 따라서 계획을 고안한 존재가 있고 그러니 그 존재에게 저작권료를 지불해야 한다나 저 여자도 그냥 두자 사실 마음속 제일 깊은 곳으로는 그 누구도 신을 믿지 않는다 모든 사람 신을 믿는 사람들 성직자까지도 저승으로 떠날 때는 누구나 죽음이 무섭고 이승이 더 좋지 않은가 오 참을성 있게 얌전히 바느질하는 상냥한 나의 여인을 위해 재미있게 로젠펠드 얘기를 들려줄까 아니다 그 이야기는 나만을 위한 것이다 그래 그대 사실은 지어낸 얘기다 로젠펠드는 진짜 있는 사람이 아니다 나는 진짜가 아닌 얘기를 떠올리며 수치스러워하고 가슴 아파한다 하지만 도무지 떨쳐낼 수 없다 나 혼자서 상세하게 그려보자 배신자가 된 내가 은밀하게 단을 뜯어버린 실내복 바느질이 두시간은 걸릴 테니까 시간은 충분하다 아직도 한시간은 더 해야 할 테니 충분하다 그러니까 그대가 로젠펠드를 초대했다고 치자 내키지 않아도 꼭 필요한 일이었다고 지난번에 처음 만났을 때 4시에 차를 마시러 와달라고 청했다면 그는 분명 3시 아니면 5시에 올 것이다 사랑스러운 로젠펠드는 턱시도를 차려입고 당신이 알지도 못하고 초대도 하지 않은 식구들까지 끌고 올 것이다 이제 로젠펠드와 그 무리가 어떻게 야단법석을 떨지 그려보자 어른 정장과 똑같은 옷을 입고 귀여운 중산모자를 쓴 여섯살짜리 아들 뱅자맹이 모자를 벗을 생각도 않고 들어오자마자 당신의 피아노에 올라가 그 위에 서서 영어 에스빠냐어 러시아어로 로젠펠드가의 사람들은 이런 말들을 쓴다고 황홀하게 떠벌릴 것이다 그 아버지는 당신을 지켜

보고 탐색하며 잠시도 눈을 떼지 않고 당신의 반응이 어떤지 당신
도 뱅자맹의 모습에 경탄하는지 알아내려 할 것이다 뱅자맹은 자
기가 이미 네가지 언어를 안다고 앞으로 더 많이 배울 거라고 말한
다 언어를 많이 알면 어른으로 쳐준다고 자동차와 하인이 있는 높
은 자리까지 갈 수 있다고 주인의 딸과 결혼할 거라고 피로연은 큰
호텔에서 훈제 연어를 차려놓고 모두 연미복을 입고 할 거라고 한
다 뱅자맹은 여전히 피아노 위에 서 있고 아버지의 명령에 따라 히
브리 기도문을 외우고 이어 스위스 민요 이어 러시아 춤곡을 노래
한다 이어 시키지도 않은 우화까지 우리 프랑스의 위대한 시인 라
퐁뗀[45]의 개미와 베짱이를 낭송해보겠다고 한다 낭송이 끝나면 라
신과 꼬르네유 중에 누가 좋으냐고 묻고 당신이 대답하자마자 문
제점을 지적한다 그러는 동안 뱅자맹의 숙모들이 당신의 일기를
읽고 당신의 고백이 너무 순진하다며 자지러지게 웃는다 그런 다
음 당신이 받은 처방전들을 살펴보며 당신이 변비인 것을 알게 되
고 이러쿵저러쿵 자기들끼리 떠들다가 당신에게 조언을 한다 그러
는 동안 뱅자맹의 누이 하나가 재주를 자랑하고 칭송받기 위해 챙
겨 온 바이올린을 거칠게 긁어댄다 마르고 석탄처럼 까만 눈을 가
진 뱅자맹의 누이는 당신 서가에서 책을 꺼내 뒤적이고 공개적으
로 경멸한다 루마니아 악센트로 랭보에 대해 어쩌고저쩌고 랭보는
동성애자 젊은 신이라고 한다 발음을 그대로 옮기자면 동성에자
저믄 신이라고 한다 그 말을 들은 어머니가 겁에 질린다 그러는 동
안 머리카락이 반들반들하고 가슴이 풍만한 열여섯살짜리 온화한
소녀 싸라는 이따금 부엌장으로 가서 케이크를 꺼내 온다 뚱뚱한

45 Jean de La Fontaine(1621~95). 프랑스의 작가로 『우화 선집』(*Fables Choisies*)을
썼다.

시바의 여왕같이 팔꿈치를 식탁에 대고 케이크가 오래됐다고 투덜대며 씹는다 그런 다음 샌드위치 빵을 벌려 햄이 붙은 쪽을 떼어내 당신에게 건네주며 속삭인다 할머니가 알면 안돼요 돼지고기잖아요 할머니가 알면 화낼 거예요 당신이 돼지고기 아니라고 돼지고기 안 들어가게 준비했다고 설명하면 남의 말 잘 믿고 잘 화해하는 소녀는 고개를 끄덕이며 네 네 네 에 에 에 한다 그러는 동안 로젠펠드는 당신의 담뱃갑을 들고 진짜 금인지 금도금인지 무게를 가늠해보고 당신의 카펫이 얼마짜리인지 살핀다 뜨거운 차를 식히려고 잔 받침에 덜어놓고 입으로 분 다음 단숨에 꿀꺽꿀꺽 마신다 맛이 나쁘지 않지만 달게 먹을 수 있게 버찌 잼도 내왔으면 좋았을 거라고 당신한테 말한다 잼을 한입 삼키고 곧바로 차를 마시면 되는데 당신이 차에 대해 너무 모른다며 탄식한다 하늘을 향해 팔을 들어 올리고 그러다가 중국 도자기를 떨어뜨린다 로젠펠드는 괜찮다고 신의 가호로 다치지 않았다고 사실 도자기가 잘못 놓여 있었다고 어쩌자고 사람들이 지나다니는 근처에 두었냐고 힐책한다 더구나 누가 이걸 진품이라 했느냐고 자기 말을 믿으라고 이건 가짜라고 하면서 관련된 이야기를 지루하게 늘어놓고 혼자 웃는다 루마니아의 어느 장관 얘기라며 랍비의 친구 맹세코 진짜 친한 친구 얘기라고 만일 거짓말이면 자기 눈 하나를 빼 가도 좋다며 그 기독교인 장관이 랍비의 집에서 식사를 한 적도 있다고 카샤[46] 치메스[47] 촐런트[48] 에시히 플라이슈[49] 록셴[50] 베레니카스[51] 크네이들라크[52] 이

---

46 러시아, 동유럽 등지에서 메밀가루를 볶아 만든 죽.
47 고기, 채소, 말린 과일 등을 섞어 끓인 스튜.
48 고기, 감자, 콩을 넣어 끓인 아슈케나지 유대인(독일계 유대인)의 전통 음식이다.
49 식초 혹은 레몬 즙에 담근 고기로, 아슈케나지 유대인의 전통 음식이다.
50 밀가루로 민든 퍼스디의 일종.

음식 전부를 정말 좋아했다고 말한다 그러고 나서 당신에게 신을 믿느냐고 묻고 이 아파트는 창문이 손바닥만 한 안마당 쪽으로 나긴 했지만 썩 괜찮다며 세를 얼마나 내느냐고 묻고 그런 다음 수입을 전부 세금 신고 하느냐고 묻고 당신이 그렇다고 대답하면 회의적인 표정으로 미소를 짓고 조금 전 딸이 그런 것처럼 에 에 에 거린다 그런 다음 당신에게 약간 반유대주의자 혹은 반유대론자가 아니냐고 묻고 다 알고 있다는 듯 다정하게 공모자로 즐겁게 친절하게 고개를 흔들며 당신의 고백을 얻어내려 애쓴다 그러고는 결론을 내리며 당신 코에 용종과 아데노이드비대증이 있어서 그런 코맹맹이 슬픈 목소리가 나오는 거라며 몸을 비틀어 목소리를 흉내 낸다 하지만 그는 원래가 다정한 사람이기에 당신에게 빨리 수술을 받으라며 외과 의사의 주소를 건네주고 자기가 말해놓을 테니 찾아가보라고 한다 그는 당신의 거실이 어둡고 조금 더럽다고 한다 당신은 당신의 거실에 무력하게 서 있다 당신의 거실에는 날렵하게 움직일 줄 모르는 그의 가족들이 부산스레 오가면서 깨뜨린 도자기 조각이 뒹군다 그러는 동안 부족의 젊은 성원들이 당신의 책을 꺼내 읽고 페이지 귀퉁이를 접고 의견을 써넣는다 외과 의사에게 전화를 건 로젠펠드가 한참 동안 수술비 얘기를 하며 열심히 흥정하고 당신에게 공모의 윙크를 보낸다 수화기에 대고 당신이 자기 친구라고 그러니 친구로 쳐서 수술비를 깎아줘야 한다고 한다 에 에 에 내가 무척 좋아하는 친구죠 아주 교양 있는 사람인데 아이고 돈 문제에 밝지를 못하거든요 기개도 좀 부족해서 심약한 편이고요 그러자 큰딸이 키득거리며 내향적인 사람이라고 거든

---

51 라비올리 같은 밀가루 반죽 안에 과일을 넣어 요리한 것.
52 다진 고기에 달걀과 기름을 섞어 완자처럼 만든 것.

다 내향적이라니 왓 두 유 민 영국에서 온 사촌 자매가 화를 낸다 저 사람은 외향적이야 융[53]을 읽어봐 슈테켈을 읽어봐 랑크를 읽어봐 페렌치를 읽어봐 아브라함을 읽어봐 존스를 읽어봐 아들러를 읽어봐 아니야 저 사람은 분열증이야 뱅자맹이 고함을 치고 그 모습을 로젠펠드가 다정한 눈길로 사랑스럽게 쳐다본다 난 전기충격 요법을 권하겠어 젊은 자꼬브가 날카로운 목소리로 말하고 그러자 이스라엘인이며 그리스인이며 하지만 터키 여권을 가진 그의 아버지가 로젠펠드를 의기양양한 눈길로 쳐다본다 그러는 동안 열한살짜리 어린 아들이 똑같이 날카로운 목소리로 자기는 내년에 대학 입학시험을 치를 생각이라고 선생님들이 모두 높은 수준이라고 평가하니 그럴 거라고 그런 다음에는 의학 공부를 훌륭히 마치고 산부인과를 전공할 거라고 사람들이 애야 꾸준히 낳을 테니 산부인과는 돈벌이가 잘될 거라고 하지만 어쩌면 프랑스 외교관의 길로 들어설 수도 있다고 아빠가 아직 프랑스인으로 귀화하지 않았다면 터키 외교관의 길을 택할 수도 있다고 말한다 뱅자맹 외에 다른 사람이 뭘 하든 관심 없는 로젠펠드는 당신의 전화가 있는 곳으로 간다 수화기를 들고 몇군데 통화를 해서 중고 자동차를 사고판다 그러는 동안 부족원들 사이에 암투가 벌어진다 할머니 하나가 머리를 풀고 올빼미처럼 운다 그리고 로젠펠드의 처남이 당신 기타를 치고 그리고 아이 하나가 먹은 것을 당신 침대 위에 토하면 놀란 어머니가 비명을 지르고 아이가 마실 차를 준비한다 그리고 치약

---

53 Carl Gustav Jung(1875~1961). 스위스의 의사이자 심리학자로, 집단 무의식 개념을 바탕으로 분석심리학의 기초를 세웠다. 외향성·내향성은 그의 심리 유형 연구를 통해 정립된 개념이다. 이어 등장하는 이름은 모두 당시 유럽의 심리학자, 정신분석가이다.

색깔을 닮은 분홍색 원피스를 입은 로젠펠드 부인이 당신의 찬장을 죄 열어보고 어쩜 이렇게 먹을 게 없냐며 놀란다 그리고 증조할머니가 사랑하는 것은 죄가 아니라고 러시아어로 노래하면서 부엌에서 루마니아 케이크를 만들고 당신의 아내에게 가르쳐주기 위해서라고 설명한다 그리고 머리카락이 수북하고 얼굴이 따오기처럼 생긴 사촌이 당신 딸에게 내밀한 개인위생을 지도한다 그리고 관계가 확실하지 않은 방계혈족들이 당신의 약장에서 강장제를 꺼내 맛보고 당신의 애프터셰이브 로션을 써본다 그리고 곱슬머리 꼬마 하나가 거실로 뛰어 들어와서 가스 회사가 당신 돈을 훔쳐간다고 조금 전 지하실에 가서 계량기를 확인해봤더니 속임수가 있다고 외친다 그리고 나이가 아주 많은 노인 하나가 절대 벗으려 하지 않는 모피 외투만큼이나 긴 수염에 가려진 입을 벌려 당신에게 구약성서에 대해 열변을 토한다 그리고 보석을 주렁주렁 달고 구두를 손에 든 부인 여럿이 신발 없이 축축하게 젖은 실크 스타킹만 신은 채로 돌아다니고 다리를 쉬이려고 발가락으로 걸으면서 너무 더워서 지친다고 살찐 다리가 붓는다고 불평한다 그중 한명이 당신에게 말한다 어쩌자고 지하철에서 먼 집을 고르셨나요 하기야 이렇게 인적 뜸한 동네면 더 싸긴 하겠네요 당신 능력으로는 더 좋은 동네로 갈 수 없었을 테죠 바보 같은 소리 그만해 로젠펠드가 고함을 친다 모르는 소리 돈이 아주 많은 친구니까 걱정할 것 없어 나보다 더 많을걸 은행에서 일하는 친구한테 물어봐야겠군 아무튼 걱정할 것 없어 돈은 많지만 신중한 거니까 난 그런 신중한 태도가 좋아 그러면서 당신의 등을 치는데 너무 세게 치는 바람에 당신은 기침이 난다 그가 다가와 녹색과 노란색 무도회 드레스를 차려입은 아가씨들을 바라보며 당신 귀에 대고 혹시 필요할지 모르니까 알아두라고 아가씨들이 가져올 지참금이 얼마인지 말해준다 그러거나 말거나 아가씨들은 환한 얼굴로 땀 흘리는 증조할머니와 말 없는 곱슬머리 사촌들이 부엌에서 들고 온 기름진 루마니아 케이크를 먹고 또 먹으며 쉬지 않고 떠든다 그리고 아흔살이 넘은 노인 하나가 부채질을 하고 혼자 웃으면서 『탈무드』의 엉큼한 농담을 내뱉는다 그리고 젊은데도 주름이 많고 난쟁이 같은 남자가 알아들을 수 없는 유대 역사 이야기를 쏜살같이 빠르게 떠들어대면서 혼자 웃는다 그러는 동안 한 무리가 왁자지껄하게 술을 마시면서 당신이 제대로 배운 사람이라고 칭송한다 하지만 이 집의 위생 시설은 문제가 있다고 특히 물 내리는 장치가 별로라고 한다 그들은 입을 벌리고 번들거리는 입술로 떠들며 먹고 있고 모두 자기 얘기만 한다 우월감에 젖어 반신반의하면서 모르는 게 없다 아까 오자마자 당신의 욕실로 들어간 랍비 모자를 쓴 새끼 염소처럼 생기고 자그맣고 약삭빠른 백살 먹은 노인네 하나가 나오지 않는다 그는 당신의 잔도[54] 근력 밴드를 써보고 이방인의 물건으로 몸을 단련해서 근육을 만들려 한다 당신의 역도복도 이미 꺼내 입었다 귀여운 노인네는 이따금 종종걸음으로 거실로 나와 이두박근 커진 것을 보라며 당신에게 내밀고 만져보라고 히브리어로 말한다 노인은 기운이 팔팔하고 집 안에 가득한 후손들한테 감동적인 축복을 내린다 그러는 동안 그의 늙은 아들 하나가 당신의 욕조 속 펄펄 끓는 뜨거운 물에서 장난을 친다 그러느라 당신의 집은 김이 자욱하고 노래로 가득 차서 혼수상태에 빠진다 자정에 당신은 로젠펠드한테 단둘이 차를 마시자고 한다 하지만 그는 차라리 밤참을 먹자고 한

---

54 Eugen Sandow(1867~1925). 독일의 운동선수. 서커스단에서 일하다가 보디빌딩을 시작한 뒤 독창적인 운동기구를들 실십 고인해서 명품화했다.

다 벗이여 우선 맛있는 보르시[55]와 뻬로시끼[56]로 시작합시다 원한다면 뽀자르스끼[57] 카틀레트도 좋고 그는 커틀릿을 카틀레트라고 발음한다 자 벗이여 잠든 마멋처럼 그렇게 멀뚱멀뚱 서 있지 말고 기운 좀 냅시다 여자들한테 전부 준비해달라고 합시다 당신 집 여자들도 있고 우리 집 여자들도 있으니까 하지만 우리 집 여자들이 지휘할 겁니다 오리를 더 잘하니까 그는 요리를 오리라고 발음한다 우리도 노래를 부르면서 거들어줍시다 걱정하지 말아요 다 준비해 왔으니까 소금에 절인 오이 게필테 피시[58] 압펠슈트루델[59] 치벨레 쿠겔[60] 맛있는 다진 간 그리고 잡동사니 전부 가져왔으니까 우리도 예의를 아는 사람들이니까 이제 밤새도록 우정의 담소를 나누어봅시다 그리고 거실 바닥에 매트리스를 깔아주시오 루마니아와 루시아 그는 러시아를 루시아라고 발음한다 루마니아와 루시아의 우리 집에서처럼 아하 루시아를 앞에 말합시다 그게 더 멋지니까 그렇게만 해주면 우린 문제없이 잘 수 있으니까 조금도 걱정 말고 아이들도 습관이 되어 있으니 신경증 걸린 사람처럼 우울해할 것 없습니다 내일 죽을 수도 있는데 웃고 즐겨야지 그는 당신이 긴장을 풀고 즐길 수 있게 하려고 말을 놓으며 친근하게 대한다 자 어서 가서 등력증 준비하게 그는 등록증을 등력증이라고 발음한다 그런데 나는 왜 이런 말도 안되는 이야기 현실적 근거도 없는 이야기를 계속하는가 이런 기이한 사람들을 만난 적도 없으면서 이런 우스꽝

---

55 사탕무와 양배추 등을 넣은 러시아식 수프.
56 다진 고기를 넣은 러시아 빵.
57 닭고기를 다져 빵가루를 입혀 튀긴 러시아 음식.
58 송어나 잉어 등의 생선을 다져 둥글납작하게 빚은 유대 음식.
59 사과, 건포도, 아몬드 등을 넣은 파이.
60 달걀, 양파 등을 섞어 오븐에 구운 유대 음식.

스러운 광경을 본 적도 없으면서 오히려 지금껏 내가 만난 사람들 중에 마음과 태도가 가장 고귀한 이들이 바로 나의 유대 형제들이 었는데 현실에서 보기 드문 로젠펠드 일가 몇 사람의 사소한 결점 을 어째서 이토록 장난스럽게 과장하는가 어째서 축제처럼 신나게 떠들어대는가 그렇다 불행 때문이다 불행으로 인해 진짜도 아닌 끔찍한 이야기를 하게 되는 거다 아마도 나 자신이 다른 유대인들 과 다르다고 나는 예외적인 유대인이라고 나 자신이 치욕을 당하 는 다른 유대인들과 다르다고 믿기 위해서일 것이다 그러니까 그 렇게 믿게 하기 위해서 로젠펠드 일가를 조롱하는 것이다 아 수치 스럽구나 나는 유대적이지 않은 유대인이라고 그러니 난 사랑해도 된다고 믿게 하고 싶은 것이다 세상에서 가장 위대한 민족을 부정 하고 싶은 아마도 벗어나고 싶은 끔찍한 욕망이 숨어 있다 나의 불 행에 복수하고 나의 불행을 향해 나의 불행이 되었음을 벌하려는 것이다 사랑받지 못하고 늘 의심받는 불행 그렇다 선택받은 민족 의 일원이라는 나의 아름다운 불행에 대한 복수 아니 어쩌면 그보 다 더한 것 나의 민족에 대한 부당한 원망일지도 모른다 아니다 아 니다 나는 나의 민족을 숭배한다 고통을 짊어진 민족 이스라엘 구 원자 그 눈 다 알고 있는 눈 멸시받으며 눈물 흘린 눈으로 구원하 리라 그 얼굴 고통에 젖은 얼굴 일그러진 얼굴 고통에 젖은 얼굴 말 없는 얼굴 그의 아들들의 웃음과 증오가 흘러내리는 얼굴로 구 원하리라 인간들이여 오 수치스럽구나 어쩌면 잔혹한 연회에 함께 초대받은 자들 모욕을 함께 나누는 불운의 동반자들을 향한 가증 스러운 무의식적 반감이리라 나는 같은 감옥에 갇힌 이들을 원망 하고 있다 죄수들이 서로를 증오한다 아니다 아니다 난 그들 사랑 하는 이들 다정하고 지혜로운 나의 유대인들을 사랑한다 언제 위

험이 닥칠지 모른다는 공포가 그들을 지혜롭게 만들었다 늘 깨어
있어야 했고 누가 고약한 적인지 알아내야 했고 그래서 남의 마음
을 잘 읽게 된 것이다 어쩌면 우리를 증오하는 자들의 조롱이 나에
게 전염된 것일지도 모른다 부당한 자들을 흉내 내고 슬프게도 나
의 고통을 즐기고 그래서 위안을 얻으려는 것이다 아마도 그들의
증오가 나에게 전염된 것이다 그렇다 그들의 저열한 비난을 듣는
동안 그대로 믿어버리고 싶은 절망적인 유혹 부당하게 우리를 그
절망적 유혹에 빠뜨린 것이 바로 그들이 저지른 악마의 죄악이다
증오하고 싶은 유혹 우리 위대한 민족을 수치스러워하고 싶은 절
망적인 유혹 그들이 어디서나 우리를 이토록 미워하는 것을 보면
그런 대우를 받을 만한 이유가 있으리라는 끔찍한 생각을 하고 싶
은 절망적인 유혹 하지만 우리의 신께서 알게 하셨으니 우리는 그
런 대우를 받을 이유가 없으며 그들의 증오는 그들 부족이 자신들
과 다른 부족을 받아들이지 못하는 어리석음일 뿐이다 그것은 시
기 섞인 증오 약한 것에 대한 동물적인 증오다 우리는 수가 많지
않기에 어디서나 약하고 인간들은 선하지 않기에 우리의 약함은
타고난 동물성을 지닌 인간들을 흥분시키고 숨겨진 잔인성을 들쑤
신다 모욕하고 때려도 위험할 일이 없는 약한 자들은 얼마나 증오
하기 쉬운가 오 나의 민족 나의 고통 받는 민족 나는 그대의 아들
이며 그대를 사랑하고 그대를 숭상하는 지치지 않고 영원히 자기
민족을 찬양하는 그대의 아들이니 흔들림 없는 민족 용기를 지닌
민족 굴하지 않고 버텨온 민족 성스러운 마을에서 카이사르가 이
끄는 로마에 맞서 싸우고 7년 동안 로마에서도 가장 강한 황제를
떨게 한 민족 오 나의 영웅들이여 포위된 마사다[6]에서 서기 73년
유월절 첫날에 로마 정복자에게 항복하느니 그 하찮은 신들을 경

배하느니 죽음을 택한 960명의 영웅들 수많은 이국의 땅에서 포로로 살면서 굶주리고 방황하며 길고 긴 세월 동안 끈질기게 희망을 부여잡고 끌고 다녔고 유배지 민족들에 섞이지 않았고 스스로를 잃어버리기를 거부한 민족 숨죽인 채로 살아남으려 영혼을 잃지 않으려 애써온 자부심의 민족 저항의 민족 1년도 아니고 5년도 아니고 10년도 아니고 2000년 동안 버텨온 민족 이렇게 버텨낸 민족이 또 어디 있으랴 그렇다 2000년 동안 버텨냈다 모두들 보고 배우라 오랜 세월 동안 나의 조상들은 배신하느니 학살당하는 것을 택했고 신을 부인하느니 뜨거운 장작더미를 택했다 타오르는 불길 속에서 숨이 붙어 있는 마지막 순간까지 신의 유일하심과 자신들 신앙의 위대함을 외친 이들이여 오 중세 시대 나의 동포들은 베르됭쉬르가론 까랑땅 브레이 부르고스 바르셀로나 똘레도 뜨렌또에서 그리고 뉘른베르크 보름스 프랑크푸르트 슈파이어 오펜하임 마인츠 그러니까 알프스부터 북해에 이르기까지 독일 땅 어디서나 개종을 거부하고 죽음을 택했다 가장이 아내와 아이들의 목을 벤 뒤 스스로 목숨을 끊기도 했고 가장 의연한 이에게 하나씩 죽이는 임무를 맡기기도 했고 자신의 집에 불을 지른 뒤 아이들을 품에 안고 시편을 낭송하며 불길 속으로 뛰어든 용맹한 이들도 있었다 오 오랜 세월 동안 죽음보다 못한 삶 굴욕의 삶 치욕의 삶을 받아들인 이들 하나이신 성스러운 하느님을 향해 신앙을 지켜온 자부심 그 자부심의 댓가로 주어진 성스러운 굴욕 성스러운 치욕 그 자부심의 오만을 벌하겠다며 인노켄티우스 3세[62]라는 교황은 우리에게 동

------

61 이스라엘 남쪽 유대 사막의 거대한 바위 절벽에 자리 잡은 요새로, 로마와의 전쟁에서 유대인들이 끝까지 저항한 곳이다.
62 1198~1216년에 재위한 교황으로, 교황권의 전성기를 이루었다.

그란 식별 표지를 달게 했고 그 표지를 옷에 꿰매지 않고 밖으로 나오는 유대인에게 죽음을 내렸다 유럽 땅에서 600년 동안 유대인들을 조롱과 모욕의 대상으로 만든 치욕의 징표 수치스러움과 열등함의 표지를 늘 보이고 다니게 하니 군중은 능욕하고 폭력을 휘두른다 그것이 끝이 아니었다 50년 뒤 비엔 공의회[63]는 옷에 다는 식별 표지만으로는 유대인들에게 충분한 모욕을 안길 수 없다며 더 우스꽝스러운 것을 찾아냈다 우리는 뾰족한 혹은 고깔처럼 생긴 우스운 모자를 써야 했고 그런 괴상한 차림새로 이 고장 저 고장을 떠돌아다녀야 했다 불안에 떨며 겁에 질려 끈질기게 버텨내며 조롱당하며 모욕당하며 포기하지 않고 계속 가야 했다 뾰족한 혹은 고깔처럼 생긴 모자를 쓰고 인내하면서 기괴하고 숭고한 모습으로 계속 가야 했다 길거리의 사람들이 웃고 우리는 그렇게 눈에 띄는 차림으로 손가락질당하며 모두에게 배척당하며 오명을 뒤집어쓰며 두들겨 맞으며 능욕의 대상이 되어 계속 가야 했다 그 생각을 하면 나는 간이 쓰리고 눈이 불타는 것 같고 심장에 못이 박히는 것 같다 우리는 오물을 뒤집어쓴 채 움츠린 어깨 구부정한 허리로 경계심 가득한 눈으로 계속 가야 했다 불결하고 초라한 누더기 차림으로 하지만 오만한 자부심을 간직한 영혼으로 길고 긴 세월 동안 계속 갔다 누더기를 입은 선구자들 진정한 신을 지켜온 이들에게 기독교 공의회가 결정한 뾰족한 혹은 고깔처럼 생긴 모자는 우리가 선택되었음을 말해주는 왕관이었으니 그러나 이제 오가련하고 멸시받는 경이로운 존재여 유대인들은 다시 존엄해졌다 가족을 이끄는 가장은 바깥 세계가 거부하는 사랑을 아내와 아이

63 클레멘스 5세 재위 시기에 1311~12년 프랑스 남부 비엔에서 열린 공의회로 교회 개혁령이 선포되었다.

들에게 준다 가정은 신전이며 가족의 식탁은 제단이다 안식일이면 가장은 자기의 작은 나라를 이끄는 왕이 된다 성스러운 그날엔 신에게 선택받은 민족임이 행복하다 머지않아 영원하신 신께서 예루살렘으로 데려가시리라는 것을 알고 있다 오 살아 있는 나의 민족이여 기세를 떨치던 적들은 하나씩 쓰러졌고 세월과 함께 사라졌다 포식자처럼 우리를 잡아먹던 민족들은 모두 죽었다 싸움터의 칼자국을 좋아하고 갑옷을 자랑스러워하던 아시리아인들이 죽었고 파라오들과 그들의 전차가 죽었고 엉덩이가 펑퍼짐하던 탕녀 대바빌론[64]이 아우성치는 맷돌처럼 죽었다 로마 위대한 전쟁 명령을 따르던 로마의 군단도 죽었다 하지만 이스라엘은 살아 있다 그리고 로젠펠드 만일 그가 진짜 살아 있는 인간이라면 나는 그를 나의 식구 나의 형제로 삼고 자랑스러워하고 영광스러워할 것이다 왜 안 그러겠는가 그는 정직한 상인이고 좋은 아버지이고 다정한 남편이고 망설임 없이 도움을 주는 친구다 열정적이고 상상력이 풍부하고 생기가 넘친다 교양이 부족하지만 그것은 길들여질 시간 예의범절을 익힐 시간이 없었기 때문이다 그럴 수 있으려면 행복하게 살고 뿌리내리고 살아야 한다 쫓겨나지 않고 떠나지 않을 수 있어야 한다 세대마다 불행을 기다리지 않고 증오로 둘러싸이지 않고 뾰족한 혹은 고깔처럼 생긴 모자를 쓰지 않아야 한다 마음이 불안에 시달리고 모욕을 당하면서 세련된 매너 당신과 당신의 족속들이 그토록 중요하게 생각하는 매너 결국 우스꽝스러운 원숭이 짓에 지나지 않는 매너를 익힐 수는 없다 두 세대 혹은 세 세대만 평화롭게 지나가면 그런 원숭이 짓쯤은 금방 배울 수 있다 디즈레

---

64 요한계시록에서 악을 상징하는 은유적 표현이다. "온 땅의 탕녀들과 흉측한 물건들의 어머니인 대바빌론"이라는 이름이 이마에 적혀 있다.

일리를 보라 로스차일드가 사람들을 보라 모두들 너무도 매력적인 매너를 지니지 않았는가 사실 난 그런 것은 상관없다 나의 소중한 이들 그 초라한 이들이 가장 뛰어난 인간들의 아들이자 아버지임을 안다 그들은 가장 훌륭한 거름이다 다른 민족들에도 모두 초라한 이들이 있는데 우리라고 왜 없겠는가 그들의 농부 노동자 소시민까지 모두가 우아한 건 아니지 않은가 우리에게도 다른 민족들과 똑같이 초라한 이들이 있을 뿐이다 우리도 초라한 이들을 가질 권리를 요구한다 우리가 무엇 때문에 완전해야 하는가 한마디로 진실을 말하자면 나는 로젠펠드를 진정으로 좋아한다 사실 로젠펠드는 다른 민족들의 초라한 이들에 비해 심하게 초라하지는 않다 단지 그들보다 더 눈길을 끌고 더 열정적이고 삶을 향한 갈망이 더 강할 뿐이다 격렬하고 과격하고 교양이 부족할 뿐이다 하지만 더 창의적이고 조금은 천재적이다 교양이 부족하지만 정이 많다 쉽게 감격한다 아내를 자기의 자본이라 부르며 너무도 열성적으로 보살핀다 소중한 아내가 혹은 사랑하는 아들이자 메시아인 뱅자맹이 조금만 아프면 당장 의학계의 최고 권위자 저명한 의사들에게 달려간다 오 그 누구에게서나 찾아볼 수 있는 유대인의 다정한 마음이여 나는 조금 전 로젠펠드 일가와 함께 있는 것이 좋았고 그들이 가족 같았고 나 자신의 일가와 함께 있는 듯했고 그래서 그들을 사랑했다 그들의 사소한 결점을 과장하고 양을 늘리고 크기를 키운 것은 아마도 그들을 사랑하기 때문에 더 많이 누리기 위해서일 것이다 향신료를 좋아하는 사람이 그 맛을 더 많이 느끼고 누리기 위해 먹고 나면 입안이 얼얼해질 정도로 잔뜩 집어넣는 것과 같은 이치다 더 잘 누리고 더 잘 사랑하기 위해서 과장한 그들의 결점이 경배받아 마땅한 것임을 나는 안다 그들의 결점은 박해받은 민족의 혹이자 상처임을 길고 긴 세월 동안 고통을 감내하느라 쥐어짜인 불행한 민족의 혹이자 상처임을 나는 안다 그 혹과 상처는 나의 민족이 지닌 절대 무너뜨릴 수 없는 충성심의 슬픈 결실이며 소멸되기를 거부하는 나의 민족의 끈기를 일깨우는 것임을 매일매일 영웅적으로 살아가야 하는 형벌 사활을 걸고 재능을 펼쳐 보여야 하는 형벌 적대적인 세계에서 살아남고 이어지기 위해 불안스럽고 신경쇠약적인 술책들과 함께 살아가야 하는 형벌을 환기한다 그러니 나의 민족이 달고 있는 혹을 찬양하라 그것은 그들의 왕관에 달린 울퉁불퉁 흉한 꽃 장식이다 내 민족의 모든 것을 사랑하리라 내 민족의 조롱받는 큰 코 불안으로 고통 받는 코 위험을 감지하는 코를 사랑하리라 내 민족의 구부정한 등을 사랑하리라 두려움으로 굽어버린 등 허겁지겁 뛰어가고 도망가는 등 위험한 거리를 지날 때 눈에 덜 띄고 더 작아 보이기 위해서 굽어버린 등 길고 긴 세월 동안 성스러운 책과 고귀한 계명들을 읽기 위해 고개를 숙인 탓에 쉼 없이 성서를 읽는 오래된 민족의 머리로 인해 굽은 등 오 나의 기독교인 형제들이여 이제 갑자기 젊어진 나의 민족 자유로운 민족이 예루살렘에 거하는 것을 보게 되리라 정의와 용기가 되리라 놀라워하며 바라보는 다른 민족들에게 증인이 되리라 그들 하늘의 태양 아래 초라한 이들 나의 소중한 초라한 이들 길고 긴 세월 동안 고통 받던 불운한 자손들은 더이상 존재하지 않으리라 나의 민족은 이제 이스라엘 땅에서 살아가리라 돌아온 내 민족의 아들들은 평온하게 자랑스럽게 아름답게 당당하게 살아가리라 필요하다면 대범한 전사가 되리라 그렇게 그들의 진정한 얼굴을 보게 되면 알렐루야 그대들은 나의 민족을 사랑하게 되리라 그대들에게 신을 주고 그대들에게 가장 위대한 책을 주고 그대들에게 사랑이라는 선지자를 준 이스라엘을 사랑하게 되리라 자연에 맞서 이렇게 많은 것을 일구어낸 이스라엘 민족을 자연 그대로의 독일 민족은 증오할 수밖에 없다 독일인은 숲의 목소리 공포스럽고 고요하고 바스락거리는 밤의 목소리 숲의 목소리에 다른 이들보다 더 귀를 기울인다 유혹적인 숲의 목소리는 달빛 아래서 여명의 취기에 젖어 노래 부른다 오만한 힘 강한 이기심 견고한 건강 젊은 장악력 단호한 의지의 표명 지배력 재빠른 술수 예리한 간교 왕성한 정력 웃으면서 파괴하는 젊은이들의 즐거운 잔혹성이 자연의 법칙이라고 노래한다 강력한 목소리로 방황하는 감미로운 선율로 노래한다 전쟁 그리고 전쟁을 통해 얻은 영지 태양에 그을린 아름다운 나신 운동선수의 튼튼한 등에 뱀처럼 뒤엉킨 탄력 넘치는 근육 아름다움과 젊음 다시 말해 힘 다시 말해 죽일 수 있는 힘 고독하게 광기에 휩싸인 숲의 목소리는 고귀한 정복 여자와 불행한 이들에 대한 멸시 냉혹함 난폭함 전사들의 용기 힘과 교활함으로 얻어진 고귀한 신분 생기 넘치며 화려한 불의 흘린 피의 성스러움 무기의 고귀함 약자들의 복종 발육이 늦은 자들에게 가하는 파괴의 힘 더 강한 자들 즉 죽이는 능력이 더 많은 자들에게 주어진 성스러운 권리를 노래하고 찬미한다 먹이를 찾아다니는 동물에 지나지 않는 자연 그대로의 인간 고귀하고 완벽한 피조물인 야수의 아름다움 약하기에 지니게 되는 위선이 필요 없는 제왕을 노래하고 찬미한다 독일의 숲의 목소리 더없이 당당하고 매혹적인 목소리가 노래하고 찬미한다 지배자들 용맹한 자들 거친 자들을 노래한다 냉혹해져라 즐거운 학문[65]의 목소리가 말한다 동물이 되어라 바쿠스의 무녀들이 메

---

65 니체의 책 제목이기도 하다. '힘'을 비롯한 니체의 사상이 시적 아포리즘 형태로 드러나 있다.

아리로 화답한다 시인들과 철학자들의 목소리가 어우러진 독일의 목소리가 정의를 조롱하고 연민을 조롱하고 자유를 조롱한다 감미로운 선율에 심금을 울리는 목소리가 자연의 절대적인 힘 자연의 불평등 자연의 증오를 찬미하며 노래한다 그 목소리가 말한다 여기 내가 새로운 서판과 새로운 율법을 가져왔도다 에보에[66] 이제 율법은 없다 유대인 모세가 가져온 계율은 폐기되었다 이제 모든 것이 허용되리라 나는 아름답고 나의 가슴은 젊다 디오니소스의 외침이 시끌벅적한 웃음소리와 함께 퍼져나간다 그렇게 숲속에 미세한 창조의 기운이 끓어오르고 해가 뜨고 자연이 빚어낸 아주 작은 덩어리들이 자라나고 책임감을 떨치고 흥분해서 보이는 대로 죽인다 그렇다 그것이 바로 자연 그대로의 목소리다 히틀러는 동물들을 형제라 부르며 불쌍하다고 눈물을 흘렸지만 라우슈닝[67]에게 자연은 냉혹하다고 우리도 자연처럼 냉혹해야 한다고 말했다 히틀러를 따르는 자들이 군대와 전쟁을 숭배한 것은 고릴라의 위협적인 송곳니를 숭배하는 것이다 다른 고릴라 앞에서 휜 다리 위로 땅딸막한 몸을 세우고 일어선 고릴라들 그들이 옛 전설과 조상들의 뿔 달린 모자를 쓰는 것은 그렇다 짐승과 닮고 싶어서 황소로 변장하는 거다 그렇게 뿔 달린 모자를 쓰고 금발을 길게 땋아 내린 조상들을 찬양하는 것은 그들이 그리워하는 과거에 인간 이전의 과거에 끌리고 그 과거를 찬미하는 것이다 자기들의 종족과 피의 공동체를 자랑스러워하는 것은 동족을 잡아먹지 않는 늑대들도 이해하는 동물적인 개념들로 돌아간 것이다 그리고 힘 육체 단련 햇볕에

---

66 바쿠스의 잔치에서 무녀들이 음악에 맞춰 춤추며 주문처럼 외치던 소리.

67 Hermann Rauschning(1887~1982). 독일의 정치가. 『히틀러와의 대화』(*Gespräche mit Hitler*)의 저자로 알려져 있다.

그을린 고깃덩이에 열광하고 히틀러처럼 혹은 그들의 니체처럼 인정에 끌리지 않고 냉혹한 것을 자랑스러워하는 것은 선사시대 숲속 위대한 원숭이 짓으로의 회귀를 찬미하는 것이다 그리고 유대인을 학살하고 고문하는 것은 율법과 선지자를 지닌 민족 이 땅에 인간적인 것이 도래하기를 원한 민족을 벌하는 것이다 그렇다 그들은 자신들이 자연의 민족이며 이스라엘은 반자연의 민족임을 자연적인 것이 혐오하는 광기의 희망을 간직하고 있음을 간파했다 자신들과 반대되는 민족 시나이산에서 자연과 인간 안에 사는 동물과의 전쟁을 선포한 민족을 본능적으로 증오하는 것이다 유대교와 기독교가 지켜본 전쟁 호산나 알렐루야 호산나 옛 종교에서 신은 유대의 선지자처럼 화를 잘 냈고 선했고 순진하도록 진지했다 그 신은 쉼 없이 율법을 선포했고 인간이 자연적이고 동물적인 흠을 벗어던지기 위해서 해야 하는 것 무엇보다도 하지 말아야 하는 것을 알려주었다 그리고 죽이지 말라는 것이 그 첫번째 계명이었다 그것은 자연과 맞서 싸우는 전쟁이 던진 첫번째 외침이었다 오유대교회당에서 아론의 자손이 계약의 궤를 열어 성스러운 율법을 꺼내 보여줄 때 나는 뼛속까지 자부심을 느끼고 온몸에 전율이 퍼진다 호산나 알렐루야 호산나 온전히 나의 민족으로부터 나온 기독교는 이방인들을 변화시켰고 그렇게 만들어진 기독교가 거대한 영토에 퍼져나가는 동안 인간이 인간적이 되었다 호산나 알렐루야 호산나 새로운 탄생 새로운 인간 아담 신앙을 통한 새로운 구원 그리스도를 본받기 원죄 그러니까 자연적이고 동물적인 흠을 지워주는 대속의 은총 이런 숭고한 기독교의 개념들은 모두 자연적인 인간을 신의 자녀 구원받은 영혼 다시 말해 인간적인 인간으로 변모시키려는 유대교의 의지에서 나온 것이다 호산나 알렐루야 호산나 결국 더 내적인 길을 통해서 인간을 인간적으로 변화시키려는 똑같은 목표를 달성한 것이다 호산나 알렐루야 호산나 예루살렘에서 나온 두 자녀 유대교와 기독교 높은 산에 올라 아끼는 자연을 내려 다보는 히틀러는 그 두 자녀를 모두 증오한다 둘 모두 지고한 인간 성이며 자연의 법칙에 맞서는 영원한 적이기 때문이다 그 둘이 알든 모르든 원하든 원하지 않든 인간적인 것 안에서 가장 고귀한 몫은 유대의 영혼에서 나온 것이며 유대의 반석인 성서 위에 있다 오 나의 유대인들에게 나는 소리 없이 말한다 당신들의 민족을 알라 분리하려 하고 구별하고자 했음을 자연에 맞서고 자연의 법칙에 맞선 투쟁을 기도했음을 알고 경배하라 하지만 어쩌랴 사람들은 나의 진실을 보지 않는다 앞으로도 보지 않으리라 나는 장엄한 진실을 홀로 부둥켜안고서 얼어붙어 있다 어쩌랴 인간들에게 사랑받지 못하는 고독한 진실은 언제나 가련하니 끝내 광기에 휩싸이고 말지니 오 나의 위대하고 가련한 오 광기에 휩싸인 나의 사랑하는 진실이여 그렇다 우리 둘이 함께 미쳐보자꾸나 그자들로부터 멀리 떨어져서 우리끼리 몸을 데워보자꾸나 조금 전 거울을 보며 나는 고독한 나 자신에게 연민을 느꼈다 지난번에 백성 없는 왕 홀로 백성을 진심으로 사랑하는 왕이 되어 빠리 시내를 방황할 때 1년 혹은 10년 후에 죽게 될 나 자신이 불쌍했고 나와 함께 1년 혹은 10년 후에 영원히 죽게 될 나의 진실이 불쌍했다 오 그대들 이 땅의 나의 형제들이여 멀리 있는 벗들이여 나와 함께 갤리선의 노를 젓는 이들이여 나에게 말해다오 바느질하는 그녀 앞에서 보이지 않는 잔을 들어 올린 나에게 말해다오 무한히 길고 긴 세월 동안 이어진 이 초라한 연회에 나는 무엇을 하러 왔는가 내가 왔으나 나는 왜 여기 있는가 정말 아무 이유가 없는가 정말 아무것도 없는가 나의 시간 더없이 작은 존재로 움직이는 우리들의 시간이 왔다 이제 어처구니없이 사라지리라 하지만 어디로 가고 왜 가는가 아마도 죽어 움직이지 않는 이들은 알리라 아 너무도 많은 지식이 묻혀 있고 가련한 쏠랄 인간이든 짐승이든 나는 죽을 것이고 영원히 자연에 묻히리라 우리의 사랑이 시작하던 때 그녀에게로 가던 차 안에서 루마니아 드레스를 입은 그녀 현관 장미 덩굴 아래 너무도 아름다운 드레스를 입고 기다리는 그녀에게로 가던 차 안에서 내가 누린 기쁨과 나의 노래는 어디로 갔는가 열살짜리 초등학생이었던 내가 어처구니없는 열정을 쏟아부으며 쓸모없는 믿음을 지니고 열심히 새 공책을 쓰기 시작할 때 나의 어머니가 곁에서 평화롭게 동그란 석유 등잔 불빛 아래서 숙제하는 사랑스러운 어린 아들을 바라보던 그 달콤한 저녁은 어디로 갔는가 말해다오 어디로 갔는가 그 행복 정말 정말 쏠랄이여 이제 그만하자 너의 정신 나간 이야기로 돌아가자 그렇다 나는 나의 형제들 게토에 사는 경건한 유대인들이 자신들의 율법에 재치 넘치는 이름을 붙이는 것이 좋다 정혼한 여인 왕관 쓴 여인이라고 부르는 것이 좋다 나의 옛 조상들의 글씨로 성스러운 율법이 적혀 있는 양피지 두루마리가 소박한 왕관을 쓰고 있는 것이 벨벳과 황금으로 어설프게 싸여 있는 것이 좋다 그들은 격식을 따져가며 아름답게 꾸미는 데는 재주가 없기 때문이다 그들은 온 마음을 바쳐 자신들의 율법을 사랑한다 오 유대의 회당 안에서 장엄한 행렬 속 율법의 두루마리여 신자들이 그곳에 입을 맞춘다 나는 온 영혼을 다해 고개를 숙인다 존엄한 율법이 지나갈 때 내 가슴이 끓어오른다 다른 사람들처럼 입을 맞춘다 그것이 신이 거하는 집 내가 믿지 않지만 경배하는 신의 집에서 경의를 표하는 우리의 유일한 행동이다 오 오래전에 죽은 이들이여 오 당신들의 율법 당신들의 계명 당신들의 선지자들을 통해 자연에 맞서는 전쟁 죽이고 강탈하는 동물적인 자연의 법칙에 맞서는 전쟁 순결하지 못하고 올바르지 못한 법률에 맞서는 전쟁을 선포한 이들이여 오래전에 죽은 이들 성스러운 부족 오 말을 더듬는 나의 숭고한 선지자들 꾸밈없는 엄청난 열정으로 타오르고 협박과 약속을 반복하는 이들이여 이스라엘을 아껴서 이스라엘 민족이 성스러워지고 자연을 벗어날 수 있도록 쉼 없이 매질하는 이들이여 그것이 바로 사랑이니 우리의 사랑 오 오래전에 죽은 이들 당신들을 찬미하고 당신들의 율법을 찬미하오니 그것은 오래된 영장류 우리의 영광이자 우리의 고귀함이자 우리의 성스러운 고향이니 율법에 복종함으로써 스스로 인간으로 빚어지는 것이니 그리해서 비틀리고 구부러진 존재 등에 혹을 단 존재 새롭게 만들어진 새로운 존재 시작이 미숙하기에 때로 혐오스러운 존재 수천년 동안 부적격자 낙오자 위선자가 된 존재 신성한 눈을 가진 기형의 경이로운 존재 동물이 아니고 자연적이지 않은 인간이라는 괴물 그것은 바로 인간 우리가 영웅적으로 만들어낸 존재이니 사실 우리는 필사적으로 영웅적 정신을 지님으로써 있는 그대로의 우리 다시 말해 자연의 법칙에 복종하는 짐승이 되지 않으려 하고 지금의 우리가 아닌 다른 존재 다시 말해 인간이 되려 한다 그리고 그 모든 것을 아무런 댓가 없이 한다 그 무엇도 우리에게 강요하지 않는다 사실 아무것도 없다 우주를 관장하는 그 무엇은 존재하지 않으며 따라서 이 세상은 어떤 의미도 없다 오로지 무無의 음울한 눈길 아래 우둔하게 존재할 뿐이다 정당성을 증명해주는 것도 밑받침이 되어주는 것도 희망도 댓가도 없이 정신 나간 의지만으로 지탱되는 율법에 대한 복종 그것이 바로 우리의 위대함이다 오 지하실로 가서 그들에게 태양과 바다의 나라 영원하신 하느님이 주신 나라를 알려주리라 찬미받으소서 포로 생활이 끝났음을 알려주리라 산들이 환희에 휩싸여 산산조각 나리라 우리 하늘의 태양 아래서 영원한 정의가 서리라 난쟁이 여인이 성무를 맡은 삼촌이라 부른 이가 나를 축복하고 율법이 쓰인 가죽끈을 팔과 이마에 묶어주고 목이 없지만 눈이 너무도 아름다운 난쟁이 여인이 나에게 왕관을 씌워주고 내 손을 잡아끌고 오래된 금박으로 장식된 작은 거울들이 반짝이는 지붕 없는 마차로 다가가리라 오 오 너무도 아름다운 왕실 마차가 덜컹거리며 미끄러운 자갈길을 달린다 오 수북한 수염에 머리가 긴 달걀처럼 생긴 말들 한껏 주의 깊은 표정으로 인간을 향해 머리를 돌린 백살난 말들 이삭과 야곱이 끄는 율법의 마차가 독일의 길들을 달린다 자연과 자연의 법칙에 도전하는 종족의 왕 하느님이 사랑하는 하느님이 선택하신 온화한 종족의 왕 나는 마차에 서 있다 횃불을 든 게루빔 천사상들로 장식된 마차 독일의 거리들을 덜컹거리며 달려가는 마차 찌그러진 마차 앞뒤로 흔들리는 마차에 나는 왕으로 서 있다 두 다리가 휜 난쟁이 여인이 힘겹게 따라오고 너무도 아름답고 눈이 먼 그 언니가 성무를 맡은 삼촌과 함께 따라오고 두 눈이 환하게 빛나는 절름발이들 간질 환자들 고귀한 노인들 놀라울 정도로 아름다운 청년들이 따라온다 모두들 루비와 사파이어 왕관을 쓰고 지붕 없는 마차에 서 있는 왕의 모습에 넋을 잃는다 사제이고 왕인 자는 율법의 두루마리를 들어 올리고 기쁨으로 미소 짓는다 오 율법의 기적이여 독일인들이 놀랍게도 인간으로 변해서 자신들의 칼에 이스라엘의 피가 흐르는 기쁨을 더이상 노래하지 않고 살인의 행복을 더이상 외치지 않는다 함께 왕을 찬양하고 왕을 향해 미소 짓는다 오 율법의 기적이여 그들이 유대인의 왕을 사랑한다

왕은 유대인들이 어머니라 부르고 정혼한 여인이라 부르는 율법 황금과 벨벳으로 장식되고 은제 왕관을 쓴 율법을 치켜든다 쉼 없이 그들에게 율법을 보여준다 무거운 율법을 등에 혹이 난 하지만 위풍당당하고 푸른색이 드리운 눈이 엄청나게 큰 두 아이가 양쪽에서 잡아 들고 간다 두마리 늙은 말이 이따금 멈춰 서서 겁 많은 온화한 얼굴을 돌리고 사랑을 담은 눈길로 왕을 바라보고 다시 떨리는 다리를 부지런히 내디딘다 그런데 지금 나는 어째서 이 소곤거리는 공포에 잠긴 숲속에 와 있는가 바스락거리는 소리가 나면 땀이 흐른다 적들이 나무 뒤에 몸을 숨기고 살핀다 등에 공포가 느껴진다 이 산속 숲에서 내 뒤를 쫓아오는 위험한 발자국 왜 나를 못 박으려 하는가 아니 산속 성당 문에 내가 나 자신을 못 박는다 지하실 벽에 박혔던 그녀가 기념으로 건네준 못 중 긴 것으로 스스로 내 옆구리를 찌른다 그러고는 외친다 검은 바람 속에서 끝없는 입맞춤의 날이 밝아오리라 영원히 외친다 나 자신을 못 박는 나 오 저기 먼 곳 나신의 사자死者들 불에 타 죽은 앙상한 이들이 일어서고 되살아난다 그들이 불길 속에서 얼굴을 찌푸린다 가련한 희생자들 오 사랑하는 이들 그리고 저기 빈 마차가 파멸의 나락으로 떨어지려 한다 영원히 유대인들의 존엄한 어머니 금과 벨벳으로 장식되고 은왕관을 쓴 율법을 싣고 달린다 비쩍 마른 두마리 말은 지치지 않고 나아간다 발굽 위로 불꽃이 튄다 그러나 넘어지고 왕관을 쓰고 용감하게 다시 일어선다 늙고 결핵에 걸리고 초라하고 유순하고 고집스러운 말들이 힘겹게 나아가며 이따금 겁 많은 온화한 얼굴을 돌려 피 흘리는 왕을 한번 더 바라본다 숭고한 두마리 늙은 말이 임종의 땀을 흘리며 바람이 끝없이 불어오는 거리를 달린다 그러다 갑자기 겁에 질리고 이삭이 사람처럼 기침을 한다 눈이 큰 난쟁이 여인은 우툴두툴한 문에 못 박힌 왕을 비웃는 척하고 그의 뺨에 흐르는 눈물 이 땅의 자녀들을 남겨두고 가야 하는 슬픔으로 흐르는 눈물을 닦아준다 난쟁이 여인도 운다 그녀는 더이상 울음을 감추지 않는다 그러다 별안간 떨리는 목소리로 이미 쓰여 있는 외침을 내지르라고 그에게 명한다 이제 시간이 되었다 우툴두툴한 문에 자기 목을 못 박은 왕이 피를 흘린다 검붉은 피 왕이 마지막 외침을 내지르며 하나임을 선포한다 들으라 이스라엘이여 영원한 신은 우리의 신이다 영원한 신은 하나이다 전율에 휩싸인 그의 몸이 떨린다 하늘을 바라보는 눈에는 영원히 흰자만 남는다 그렇다 내 사랑 나는 항상 당신을 더 많이 사랑한다 당신이 다시 살맛을 누릴 수 있게 하려고 내가 일부러 단을 뜯어낸 옷들을 당신이 얌전히 바느질하는 동안 나는 마음속으로 외친다 조심스레 바느질하는 여인들처럼 침을 살짝 삼키면서 열심히 손을 움직이는 그대를 사랑한다 바느질하는 당신의 규칙적인 숨소리를 사랑한다 너무도 선해서 나를 착한 초등학생으로 만들어버리는 당신의 얼굴을 사랑한다 어쩌랴 그대의 배 속에서 꾸르륵거리는 소리가 나는구나 할 수 없지 받아들인다 심지어 자랑스러워하리라 미소 지어주리라 바느질하는 나의 여인 그대에게서 나는 소리니까 바늘구멍에 들어가도록 실 끝을 꼬아 가늘게 만들기 위해 손가락에 침을 묻히는 그대를 나는 사랑스럽게 바라본다 두 눈을 깜빡이며 입을 얌전히 오므리고 재빨리 바늘을 움직이는 그대 사랑스럽게 생각에 빠진 그대의 심각한 표정을 나는 사랑스럽게 바라본다 당신이 바느질하는 모습을 보고 있으면 기분이 좋다 고개를 숙이고 성스러운 일에 몰두하는 어머니와 함께 있는 것 같고 온화한 중년의 여자 노예와 함께 있는 것 같다 그 일이 그대에게 너무도 잘 어울린다

오 그대의 얼굴은 너무도 고귀하고 자연스럽다 하지만 어째서 나는 그대를 행복하게 해주기 위해 늘 당신의 몸 위로 올라가야 하는가 진심으로 유감이다 내 사랑이여 조용히 바느질하는 나의 여인이여 그대는 무언가를 생각하고 있다 그대 손끝 바늘의 움직임 그대의 유용한 동작에는 체념한 그리고 깊은 생각에 잠긴 온화함이 어려 있다 나는 그대를 숭배한다 하지만 그대를 안심시키기 위해 어째서 나는 항상 짐승처럼 그대의 몸 위로 올라가야 하는가 사실 다시 돌아온 뒤 일주일 동안 관계를 가진 것은 도착한 날 저녁이 전부였다 이제 그녀 나의 사랑을 원하는 그녀는 다시 근심에 젖을 것이다 여자들이여 당신들은 어째서 남자들이 올라타는 것을 사랑의 증거라고 생각하는가 좋다 시도해보리라 하지만 오늘 저녁은 말고 아마도 내일 저녁이면 될 것이다 물론 당신은 나를 사랑하고 당신의 의식은 나를 숭배하고 계속해서 숭배한다 하지만 당신의 무의식은 이전처럼 나를 열렬히 원하지 않는다 그렇다 내 사랑 그대여 당신의 무의식은 차라리 히말라야 원정대를 이끌고 탐험을 한 뒤 런던으로 돌아오는 영국 귀족의 합법적인 아내가 되고 싶을 것이다 매력적이고 영향력 있고 교양 있는 친구들을 모아놓고 사랑하는 남편이 산에서 엄청난 승리를 거둔 것을 축하하고 싶을 것이다 당신의 남편은 남자답고 침착하고 과묵하고 자신만만하고 모두가 좋아하는 남자 이상을 지녔고 동물과 진한 차를 좋아하고 당신이 선물한 히스 뿌리로 만든 파이프에 아로마 담배를 넣어 다부지게 입에 무는 남자 당신은 잡지책에 실린 남편의 사진을 한참 동안 적어도 이십초 동안 쳐다볼 것이다 그렇다 내가 사랑하는 여인이여 당신의 무의식은 나를 원망한다 외국인이라 낯설고 운동을 좋아하기 않고 수영을 잘 못하고 말을 너무 많이 하고 자연 속에서 폴짝거리는 것을 안 좋아하고 신앙심이 부족하고 그래서 싫다 하물며 당신의 무의식은 너무 긴 나의 실내복도 그러니까 당신의 의식이 고상하다고 생각하는 것까지도 싫어한다 당신의 무의식은 내가 묵주를 돌리는 것도 실크 양말을 신은 것도 싫어한다 그 남자는 등산을 즐기는 귀족 나리들이 좋아하는 두꺼운 양말과 등산화를 신었으리라 그리고 당신의 무의식은 내가 세상 떠난 당신의 동생이 쓴 논문을 읽고 그 잘난 척하는 두 중년 부인 그러니까 스딸 부인[68]과 그 형편없는 쌍드[69]라는 여자에 관한 논문을 읽고 감탄하지 않은 것을 원망한다 당신의 동생이 잘난 척이 심하고 학자연하기를 좋아하는 인간인데 어쩌란 말인가 무엇보다도 당신의 무의식은 사방이 벽으로 막힌 단지 속에서 살아가게 만든 나를 용서하지 못한다 물론 내가 떠나버리면 당신은 스스로 목숨을 끊을 것이다 하지만 마음속 가장 깊은 곳에서 당신은 내가 지겹다 어쩌면 당신의 무의식은 당신이 물려받은 계급의 법칙에 따라 나를 진심으로 사랑한 적이 없다 그렇지 않은가 당신이 나에게 온 것은 내가 억지로 그렇게 만들었기 때문이고 또 내가 당신과 다른 부류였기 때문이다 사랑하는 그대여 내가 당신을 가질 수 있었던 것은 영리했기 때문이다 당신은 남편 됨에게서 당신을 꺼내줄 수 있는 남자라면 나 아닌 누구와도 사랑에 빠졌을 것이다 당신의 무의식은 함정 속에서 앞길이 막혔을 때 나를 사랑했고 무엇보다 당신 남편을 버리기 위해 나를 사랑했다 특별한 사랑에 빠진 여인의 역할 속에서 그러

---

68 Germaine de Staël(1766~1817). 프랑스의 작가, 비평가. 독일 문학을 소개한 『독일론』(*De l'Allemagne*)을 썼으며 프랑스 낭만주의의 선구자로 꼽힌다.
69 George Sand(1804~76). 프랑스의 소설가로 낭만주의적 전원소설과 사회소설을 썼다.

니까 당신이 갈망했고 내가 허락한 그 역할 속에서 나를 사랑했다 이런 이런 바느질을 멈춘 그녀가 안 그러는 척 코를 긁는다 저 간지러움은 아마도 영국 귀족과 결혼하고 싶은 욕망의 대용품일 것이다 긁는 행위로 욕망을 채우기 아니다 그냥 재미있으니까 해보는 말이다 너무 슬퍼서 해보는 장난이다 그대여 내가 무슨 말을 해야 무슨 일을 해야 우리가 리츠에서 춤추던 그 첫날 저녁의 그대를 되찾을 수 있을까 당신의 무의식이 원하는 건 바로 그 상태인데 그녀는 지금 말이 없다 내가 독서에 빠져 있다고 믿고 있다 더없이 예의 바른 여인 하지만 바느질이 끝날 때까지 계속 책을 읽는 척하고 있을 수는 없다 그렇다면 이젠 무슨 대화를 해볼까 시적인 성찰을 해볼까 그녀는 이따금 잎을 모두 떨궈낸 나무들의 행복이 가슴에 파고드는 것 같다고 말한다 그렇다 가슴에 파고든다고 해볼까 그녀는 나뭇가지에 한순간 영혼이 어린 것처럼 보인다고 한다 주네브에서는 지혜로운 여인이었는데 그 여인은 사라졌다 오 창밖에 부는 바람의 신음 소리가 무섭다 머리를 풀어 헤친 미친 여인들이 울부짖는 소리 같다 내가 일부러 단을 뜯어버린 실내복을 다 꿰매고 나면 그녀는 도미노 게임을 하자고 할 것이다 생기 도는 즐거운 표정으로 두고 봐요 오늘 저녁엔 내가 꼭 이길 테니까 게임을 시작하기 위해 그녀가 도미노를 섞는 끔찍한 소리 나는 그 소리가 두렵다 우리 사랑의 조종弔鐘 소리 어쩌면 그녀는 전축을 구했다고 다시 자랑하면서 훨씬 좋죠 안 그래요 할 것이다 어쩌면 바흐의 새 음반을 듣자고 할 것이다 그러고는 취입이 좋다고 그녀가 쓰는 취입이라는 단어가 나는 짜증스럽다 그러니까 취입 상태가 이전 음반들보다 더 낫다고 할 것이다 그녀가 좋아하는 바흐의 음반들 바흐가 위대한 음악가라는 것은 나도 안다 내가 바흐를 톱장이들을 위한

로봇 취급하는 것은 괴혈병 치료제를 꾸역꾸역 쑤셔넣어야 하는
데 대한 복수일 뿐이다 그녀는 최선을 다하고 있다 가련한 여인 그
녀가 죽는다는 것을 잊지 말 것 그러니 쉬지 않고 그녀를 사랑해줄
것 그녀가 날 위해 소설책을 읽어주겠다고 할지도 모른다 이상하
게도 그녀는 책을 읽어주면서 꼭 내 발을 마사지하려고 한다 도대
체 내 발을 왜 괴롭히는 걸까 그녀가 그대 하고 부르는 소리가 짜
증스럽다 내 마사지 기술이 정말 좋아진 것 같아요 그런 다음 탤컴
파우더를 바를 때의 심각한 표정이라니 사실 그녀는 이졸데보다
마사지를 못한다 책을 읽을 때 하나하나 생생하게 읽는다 남자 주
인공의 대사를 읽느라 그녀가 내는 씩씩한 남자 목소리는 끔찍하
다 그렇다 그녀는 그런 남자들 단호하고 기운차고 유쾌하고 멍청
하고 운동을 좋아하는 남자들을 좋아하는 것이다 남자 흉내를 내
는 그녀는 매혹적이고 우스꽝스럽다 나는 짜증이 나고 나는 가슴
이 뭉클하다 발을 마사지하는 여인 아니 미안하지만 사실은 발을
짓이기는 여인 그대여 나는 당신을 사랑한다 방에서 혼자 그렇게
말한다 나는 당신을 사랑한다 하지만 당신과 함께 있으면 지루하
다 그리고 당신을 안고 싶은 욕망도 일지 않는다 바느질이 곧 끝날
것이고 그녀가 말할 것이다 됐어요 다 고쳤어요 그러고는 미소 지
을 것이다 나는 고맙다고 말할 것이다 그녀는 고마움의 답으로 살
짝 키스를 해달라고 할 것이다 나는 그렇게 할 것이다 그녀가 내
입술을 탐할까봐 두려워질 테지만 그럴 때 어떻게 대처하면 되는
지도 알고 있다 그녀는 또 괴혈병을 막기 위한 묘책을 찾아낼 것이
다 이를테면 잠시 말이 없다가 다시 그림을 그리고 싶다고 할 것이
다 그대 난 꼭 그대의 초상화를 그리고 싶어요 그럽시다 그대 아주
좋은 생각이오 모델 서는 게 좀 지겨울지도 몰라요 아니 전혀 그렇

지 않소 사실은 정말 지겹다 예전에는 그녀의 마음을 얻고 사랑받기 위해 매력을 발휘해야 했다 하지만 그녀가 속한 세상의 일원이된 적은 없었다 그저 그런 척했을 뿐 정말로 그런 적은 단 한번도 없었다 나는 그들의 규범 그들의 가치 그들의 계층을 믿지 않는다 나는 영원히 이방인이고 공동체 밖에서 혼자다 언제나 그랬다 장관이었을 때도 어릿광대 차장이었을 때도 쏠랄 고독한 자 태양[70] 오지겨워라 오 해골들이 탄 배가 줄지어 나를 따른다 강물을 스치며 신전들을 따라 나아간다 신전에는 수천개의 창이 나 있고 창마다 낄낄거리는 작은 머리 하나씩이 나와 있다 주교 모자를 쓴 사자들도 따라온다 향을 태우는 자들 대나무 장대에 소녀들을 꽂아 높이 치켜든 늙은 여자들 그곳에서 내 눈을 뽑아 낭떠러지에 던지면 녹색 도깨비불이 되어 튀어 오른다 나는 궁 앞에서 줄을 잡아당겨 종을 울린다 종이 사람의 웃음소리를 낸다 문이 열린다 승강기를 타고 깊고 깊은 곳까지 중세까지 간다 승강기를 갈아타고 가짜 창문이 달린 방으로 들어간다 덧창을 열어도 풍경 그림뿐이다 또다른 방으로 들어간다 그곳에서는 말 한마리가 제자리에서 달리고 있고 키 큰 여자 하나가 계속 머리를 빗고 있고 빗질할 때마다 녹색의 작은 남자들이 쏠려 나온다 또다른 방에 들어간다 그곳에서는 피라미드처럼 겹겹이 쌓인 몸들이 움직이며 함성을 질러댄다 혀들은 위에 있는 발뒤꿈치를 핥고 발뒤꿈치들은 아래서 핥고 있는 자들의 두개골을 내리친다 피라미드를 따라 흘러내린 침이 수반 위로 넘쳐흐른다 점토와 화강암으로 된 제단 뒤에서 교미 중인 숫양이

---

70 Solal이라는 이름은 히브리어로 '새 길을 여는 자' '이끌어가는 자'를 뜻하고, 이어지는 '고독한 자'와 '태양'은 프랑스어로 solal과 첫음절이 동일한 solitaire와 soleil이다.

흥분해서 미친 듯 날뛴다 오 금발 가발을 쓴 키 큰 황후가 눈이 큰 여자 노예의 나신에 입을 맞춘다 나는 훗날 무엇이 나를 기다리고 있을지 두렵다 알고 싶지 않아서 밖으로 나와 이 복도 저 복도를 방황한다 사악한 벽 앞에서 나는 고통스럽다 세월의 복도는 와글 와글 번잡스럽다 여배우들 무용수들 서커스의 단역들 성스러운 짐 승들 화장 짙은 화류계 여자들 곰 조련사들 분칠한 왕비들이 돌아 다닌다 안장 없는 말 한마리가 수북한 갈기를 바람에 날리며 달린 다 포도나무 가지로 치장한 호랑이 두마리가 따라간다 몸을 길게 뻗어 쏜살같이 달리고 이따금 요리조리 말 아래로 지나간다 음모 의 바람이 몰아치고 폭동이 얼어나고 궁은 불길에 휩싸인다 수많 은 세월이 흐른다 수많은 정복자가 오고 하지만 언제나 정복된다 종족이든 부족이든 제국이든 모두 지나가라 나는 남으리니 그래 이제 바느질이 끝나간다 이제 자러 가야 할 시간이라고 말하자 보 나 마나 아직 아니에요 10시밖에 안됐어요 할 것이다 아버지처럼 다정하게 말해야 한다 그대 피곤해 보이니 좀 쉬도록 해요 그리고 나도 피곤하다고 꼭 말해야 한다 그래야 내 말을 따를 것이다 그런 다음 곧바로 일어나서 그녀의 한 눈에 입을 아니 두 눈이 더 다정 하니까 두 눈에 입을 맞춰야 한다 그러니까 두번의 키스 자 어서 선한 마음으로 단호하게 그녀에게서 벗어나자.

95

가족 앨범을 가슴에 받쳐 들고 침대에 누운 그녀는 마치 병상에서 무료해진 환자처럼 리본을 감았다가 풀었다가 했고, 그렇게 바다 소리와 단둘이, 리본과 단둘이 있었다. 그러다가 리본을 집어던지고, 가죽과 벨벳 장정에 철제 테두리를 두른 육중한 앨범을 한장씩 넘겼다. 테두리가 꽃잎처럼 생긴 작은 원탁 옆에 앉은 증조모가 페티코트를 받쳐 부풀어오른 치마, 근엄한 눈길, 검지를 사이에 끼워 잡은 성경책으로 무장하고 있다. 대령 제복을 입은 작은 체구의 종조부는 종려나무가 그려진 배경막 앞에 나선무늬 기둥에 팔꿈치를 기대고 서서 다리를 유연하게 꼬고 한 발은 장난스럽게 끝을 세웠다. 태어난 지 6개월 된 그녀는 영양 상태가 좋고, 쿠션에 앉아 환하고 즐거워 보인다. 그리고 명예박사 학위를 받는 아빠. 전국 프로테스탄트 교회 장로회를 주재하는 아그리빠 삼촌. 양말 차림으로 맨디리를 드러낸 열세살 때의 그녀. 빠리 주재 스위스 공사로 공사관 직원들과 함께 있는 사촌 에몽. 영국 귀부인과 차를 마시는 레리 고모. 레리 고모 집에서 열린 가든파티.

그녀는 앨범을 덮고, 은제 고리들을 매만져 페이지를 가지런하게 정리했다. 그런 뒤 초콜릿 한조각을 입에 넣어 진흙처럼 질퍽이게 녹이며 쓴맛이 퍼져나가게 했다. 그날 그 가든파티에는 주네브 상류사회 사람들이 모두 모였다. 모두 호의적이고 품격 있는 사람들. 그녀는 손가락으로 애꿎은 머리카락을 감았다 풀었다 했다. 그러다 어린애처럼 찡그리자 입술 끝이 아래로 처졌고, 갑자기 횡격막이 수축하면서 폐 속에 들어 있던 공기가 솟구쳐 나왔다. 오열을 터뜨린 것이다. 밖에는, 영원히 죽지 않는, 바다.

오 스위스의 산, 여름이면 엘리안과 함께 가던 산. 벌레들이 윙윙거리는 전나무 아래 손을 잡고 누워 있을 때면 멀리서 들려오던 소리, 그 행복. 농부가 낫을 두드리는, 날을 갈려고 망치로 두드리는 규칙적인 소리가 다이아몬드처럼 청명한 공기를 타고 날아올라 여름날의 햇볕 속으로 맑게 퍼져나가던 곳. 오 그 산, 화창한 여름날, 모든 것이 살아 있었다. 햇볕 아래서 열심히 일하는 곤충들, 그들의 움직임, 먹을 것을 구해 와 키워내야 하는 새끼들, 이리저리 바쁜 개미들. 그리고 소박하고 힘센 사람들, 낫질하는, 콧수염을 길게 기른 소박하고 선량한 사람들, 부지런한 사람들, 스위스의 정직한 산사람들, 소박한 사람들, 믿을 만한 사람들, 기독교인들.

그녀가 불을 끄고 옆으로 돌아누웠다. 먼지 냄새와 뜨거운 태양 냄새가 나는 것 같았다. 그녀는 레리 고모의 다락방을 떠올렸다. 방학이면 아무도 몰래 엘리안과 그곳에 올라가 트렁크에 들어 있던 낡은 드레스들을 꺼내놓고 훌륭한 연극배우가 되곤 했다. 나이에 비해 키가 일찍 자라서 비쩍 말랐던 두 소녀는 죽음을 앞둔 힘없는 손짓을 하며 정염으로 헐떡이는 비극의 대사를 낭송했다. 그녀는 사랑 때문에 목이 쉬어버린 뻬드르였고, 엘리안은 충직한 청년 이뽈리뜨였다. 그러다 갑자기 미친 듯이 터져 나오는 웃음, 젊음의 웃음. 그녀는 몇시인지 보려고 불을 켰다. 자정이 다 되었는데도 잠이 오지 않았다. 열세살 때 찍은 사진을 다시 자세히 살폈다. 곱슬머리에 리본을 단 소녀, 매력적인 소녀.

짧은 테니스 치마와 풍성한 가슴 윤곽을 그대로 드러내는 셔츠를 입고 맨다리에 양말과 테니스화를 신은 그녀가 욕실에서 입술과 눈에 화장을 하고, 물에 적셔 꼬불꼬불하게 말아 내린 머리카락을 커다란 파란색 리본으로 묶고, 거울이 잘 보이도록 뒤로 물러섰다. 화장한 어린 소녀, 당혹스러웠다. 그녀는 앉아서 다리를 꼬고, 혀끝을 뾰족하게 말아 윗입술을 적시고, 위에 얹은 다리를 더 높게 올려보았다.

안돼, 안돼, 중얼거리다 벌떡 일어섰다. 화장을 지우고, 꼬불꼬불하게 말아놓은 머리카락을 풀고, 소녀 같은 옷을 벗어던졌다. 그러고는 움직이지 않았다. 그렇다, 가서 말하자, 그에게 모두 고백하자, 자유로워지자. 이렇게 오랫동안 숨기다니, 비겁한 짓이다. 그녀는 머리를 매만진 뒤 실내복을 입고 흰색 샌들을 신었고, 용기를 내기 위해 향수를 뿌렸다. 그러고는 거울에 다가가 어떻게 말하면 좋을지 물었다.

96

─그렇다 해결책을 찾았다 미친 척하는 거다 그녀가 나의 어머니 모후이고 나는 그 아들 왕인 척하는 거다 난쟁이 라헬의 왕관을 쓰자 지하실에서 마차를 탄 날 나의 소중한 난쟁이 여인이 준 왕관 가짜 보석이 박힌 낡은 판지 왕관 푸림절을 위한 에스더 왕비의 왕관 그녀에게 축복 있기를 그렇다 정말 그렇게 되도록 내가 미친 것을 그녀가 믿도록 왕관을 쓰고 사팔눈을 뜨고 얼굴을 찌푸리자 하지만 곧바로 미소를 지어 안심시킬 것이다 그렇다 그러면 미친 남자이고 아들인 나는 연인이 아니어도 연인의 동물적인 유희 없이도 그녀를 더없이 깊이 사랑할 수 있으리라 그녀를 밀치고 때리고 두들겨 패고 심하게 다툴 필요가 없다 그렇다 땀에 젖은 가련한 두 고깃덩이를 섞고 비비면서 그녀를 지배하고 복종시켜야 하는 의무를 버릴 수 있다 그렇다 정념에서 벗어나고 그녀에게 모욕을 가해야 하는 의무 가련한 여인에게 굴종을 강요해야 하는 의무에서 벗

어날 수 있다 아들은 같이 자지 않아도 되니까 아들은 아끼고 사랑하기만 하면 되니까 오 그냥 아끼고 사랑하면 되니까 오 놀라워라 매일을 사랑의 첫날로 만들기 위해 애쓰지 않아도 되다니 아들은 불길을 쏟아내지 않아도 된다 오 놀라워라 더이상 위엄을 갖출 필요가 없고 더이상 은근한 눈길의 감동적인 연인이 아니어도 된다 더이상 침울한 척하지 않아도 더이상 딴생각하는 척 멍하게 있지 않아도 된다 오 놀라워라 두 혀가 얽히는 격렬한 키스 그 백치처럼 멍청한 얼굴 강아지 같은 죽도록 우습고 죽도록 수치스러운 표정 그런 순간을 더이상 겪지 않아도 된다 오 그대여 사랑하는 그대여 이제 난 그대에게 그냥 다정해도 된다 나의 다정함을 그대가 무료하다고 단조롭다고 생각할까봐 걱정하지 않아도 된다 고릴라 짓을 경배하는 미친 여자들이 경멸하는 나약함의 징표라고 생각할까 걱정하지 않아도 된다 오 그대여 당신도 이제 얼마든 감기에 걸려도 되고 배 속 꾸르륵거리는 소리도 마음 놓고 내도 된다 어머니는 재채기를 하고 코를 풀고 배 속이 꾸르륵거려도 상관없으니까 심지어 숨결이 거칠어도 똑같이 사랑하지 않는가 심지어 살짝 재채기를 할 때 더 많이 사랑하게 되지 않는가 아니면 미친 척해보자 아버지와 딸 아니 아들과 어머니가 낫겠다 어머니는 절대 아들을 버리지 않으니까 딸은 털이 수북한 고릴라의 긴 팔에 안겨 고릴라와 함께 도망갈 수 있지만 더이상 아버지를 사랑하지 않을 수 있지만 결혼하는 날 딸은 아버지 얼굴에 침을 뱉고 욕을 퍼붓고 그만 죽어버리라고 한다 그러고는 유산상속을 기다린다 내가 그녀의 아들이 되면 난 그녀를 섬기고 받들 수 있다 난 정말로 그녀를 존경하고 싶다 그렇다 그녀를 존경하리라 그렇다 아들 영원히 아들 오 놀라워라 더이상 그녀와 함께 있는 것이 지루하지 않고 그녀가 하는 일을 뭐든지 도와줄 수 있다 미친 남자는 그래도 되니까 그렇다 함께 비질을 하고 함께 요리를 하고 소금과 후추와 마늘 그렇다 마늘 얘기도 하면서 친구처럼 다정하게 함께 요리할 수 있다 오 놀라워라 우리는 서로 친구가 된다 어쩌면 둘 다 여자인 것처럼 함께할 수 있다 오 놀라워라 함께 쌩라파엘의 시장에 가리라 미친 남자는 어머니 아름다운 어머니와 함께 시장에 갈 수 있다 내가 장바구니를 들 것이다 그렇다 혹시 어머니가 피곤해 보이면 나 혼자 장을 봐 오겠다고 할 수도 있다 어머니는 미친 아들의 뜻을 막지 않으려고 그러라고 할 것이다 만일 어머니가 피곤해지면 나 혼자 비질도 해보자 내가 하겠다고 우기자 이게 나의 기쁨이랍니다 부인 하지만 나는 왕 여전히 왕관 판지 왕관을 쓰고 미쳐버린 왕 하지만 친절한 왕 왕관을 조금 기울여 쓰고 비질을 하자 그렇다 그녀가 목욕하는 사이 왕이고 아들인 내가 몰래 침대를 정돈하자 그렇다 재빨리 하자 침대 덮개를 잘 당겨서 제대로 하자 왕비이자 어머니가 깜짝 놀랄 것이다 그런 놀라움을 준 나에게 상으로 키스를 해줄 것이다 오 놀라워라 마침내 뺨에 두 뺨에 키스 싫증 날까 위엄을 잃을까 걱정 없이 언제든 키스할 수 있다니 그녀의 마음에 들기 위해 그녀가 지루하지 않도록 나쁜 놈이 되고 고약한 심술을 부릴 필요가 없다니 그렇다 내일부터 영원히 아들과 어머니가 되자 이제 끈적끈적한 일 같은 건 없다 짐승 같은 남자 가증스러운 남자는 쫓아내자 어머니는 나를 속이고 아버지를 사랑했다 아들을 속였다 나를 더 많이 사랑하느냐고 이미 세상 떠난 이보다 아들을 더 사랑하느냐고 물어보자 그녀는 그렇다고 대답하리라 그렇다 그녀에게 깐에 가서 내가 쓸 황금 왕관을 주문해달라고 하자 늘 위엄 있게 왕이 되자 왕으로 장엄하게 왕좌에 앉자 그녀가 문을 두드리면 왕의 궁

전에서는 루이 14세의 궁정에서처럼 문을 긁어야 한다고 말해주자 그녀가 들어오면 절을 하라고 명령하자 당신은 나의 어머니이지만 또한 나의 신하이니 여인이여 당신의 왕 앞에서 세번 절을 하시오 이렇게 말하자 곧바로 일어서서 나의 여인 어머니에게 어머니를 사랑하는 아들 미친 아들답게 세번 절을 하자 그렇다 진실로 그녀를 사랑할 수 있다면 죽을 때까지 미친 사람으로 살아간들 어떠랴 오 나의 사랑 난 절대로 죽지 않는 사랑으로 그대를 사랑하리라.

97

그녀가 문을 닫고 천천히 다가와 침대 앞에서 걸음을 멈췄다. 주먹을 꽉 쥔 엄숙한 태도로 보아 무언가 예기치 못한 일을 벌이려는 것이다. 그녀는 눈을 내리깐 채 무언가 골똘히 생각하는 표정으로 옆에 누워도 되느냐고 물었다. 그가 옆으로 물러나 자리를 내주었다.

─중요한 얘기를 해야 해요. 그녀가 그의 손을 잡으며 말했다. 혼자 감당하기에는 너무 버거운 비밀이에요. 그대, 나를 너무 나쁘게 생각하지 말아요. 난 남편을 사랑하지 않았고, 내가 비정상인 것만 같았고, 너무 외로웠어요. 당신한테 전부 다 말해도 되죠?

그는 대답하지 않았다. 갑자기 피가 폐로 쏠려 가슴이 답답해지면서 숨을 쉬기 힘들었고 말이 나오지 않았다. 조금 전 꺼낸 얘기를 이어갈 수 있도록 그가 용기를 주는 말을 해주길 기다린다는 것을 알았지만, 지금 입을 열었다가는 이상한 목소리 때문에 그녀가 오히려 놀랄 테고 그러면 더이상 말을 하지 않으리라는 것도 알았다. 그는 고개를 끄덕이며 그녀의 어깨를 어루만졌다.

—그런데 그대, 괜히 얘기해서 우리 사이가 나빠지는 건 아니겠죠?

그는 그렇지 않다고 역시 고갯짓으로 말하며 그녀의 손을 힘껏 잡았다. 하지만 그가 입을 열어 대답하지 않으면 그녀는 마음 놓고 털어놓지 못할 것이다. 그는 마음의 동요를 가라앉히기 위해 깊은 숨을 들이쉰 뒤 미소를 지었다.

—그럴 일 없소. 우리 사이는 절대 나빠지지 않을 거요.

—내 친구가 돼서 들어줄 거죠? 그렇죠?

—그러겠소, 친구가 되어 듣겠소.

—당신을 알기 전 일이었어요, 알겠죠?

그는 지금 옆에 와 있는 몸이 혐오스러웠다. 하지만 머리카락을 부드럽게 만져주었다.

—사랑하지 않는 남자 곁에서 살아가느라 슬프기도 했잖소.

—이해해줘서 고마워요. 그녀가 말했고, 품격 있고 고통스럽고 창백한 미소를 지었다. 그 순간 분노가 치밀어 올랐다.

—언제 끝난 일이오? 그가 여전히 그녀의 머리카락을 어루만지며 물었다.

—리츠 다음 날이요. 당연히 이제 그만 끝내자고 편지를 보냈죠.

—그런 뒤에 다시 본 적 있소?

—아뇨! 그녀가 외쳤다.

그는 이가 부들부들 떨렸고, 화를 참느라 입술을 깨물어야 했다. 하물며 덕스러운 여인인 척 분개하려 하다니. 두고 보라, 댓가를 치르게 된 테니.

―마지막으로 본 건 언제요?

그녀는 대답 없이 그의 손을 잡았다. 고상한 척하는 태도가 그를 더욱 화나게 했다. 하지만 참아야 했다. 우선 다 알아야 했다.

―그땐 우리가 어떻게 될지 생각도 못했잖아요. 그녀가 눈을 내리깔고 중얼거리듯 말했다.

―리츠에서 우리가 만났던 그날이었소? 그가 부드러운 목소리로 물었다.

―맞아요. 그녀가 나지막하게 대답하며 그의 손을 꽉 잡았다.

―그날 언제였소?

―정말 다 말해도 돼요?

―물론이오, 내 사랑.

그녀가 고마움을 표하는 희미한 미소를 지었고, 그의 손에 입을 맞췄다.

―꼴로니에서 떠나기 직전에요. 안부 전화를 했고, 남편을 만나러 리츠에 가야 한다고 말했는데, 그 사람이 잠시만 얼굴을 보게 해달라고 애원했어요.

―그래서 갔소?

―갔어요.

―그래서 무슨 일이 있었소?

그녀는 대답 없이 고개를 숙였다. 그는 그녀를 밀쳐냈다. 침대 밑으로 떨어진 그녀는 치맛자락이 벌어지고 허벅지가 반쯤 드러난 우스꽝스러운 자세로 주저앉았다. 끔찍하다, 저 여자의 성기. 이미 다른 남자가 써버린, 누군가가 이미 다녀간 성기.

그녀는 바닥에 앉은 채로 옷자락을 여몄고, 그는 주먹을 꽉 쥐고 눈을 감았다. 정숙한 척하다니, 감히 정숙한 척하다니! 그러니까 그날 리츠에서의 저녁, 다른 남자와 자고 세시간 뒤에 나의 손에, 그러니까 모르는 남자의 손에 입술을, 다른 남자의 것으로 여전히 젖어 있는 입술을 댄 것이다! 잤다, 다른 남자와 잤다, 그래놓고 세시간 아니 네시간 뒤 그녀의 집으로 갔을 때, 작은 거실에서 조신한 처녀처럼 피아노 앞에 앉아 합창 성가를, 그 순수한 음악을 연주하다니! 네시간 전에 다리를 벌렸으면서 그러고 앉아 바흐를 연주하다니! 오늘밤엔 하지 말아요, 나에게 무슨 일이 일어났는지 생각하게 해줘요, 그날밤 헤어질 때 그녀가 말했다. 처녀 같은 하지만 다른 남자와 자는 여자가 사려 깊고 고귀한 얼굴로 뻔뻔스럽게도 그렇게 말했다. 종교적인, 감히 손댈 수 없었던, 동정녀 같던 여인이 겨우 다섯시간 전에 다른 몸을 만졌다. 오 그래놓고 지금 내 앞에서 실내복 자락을 정숙하게 여미다니!

—옷자락 벌려!

—싫어요.

—벌리라니까! 그자하고 함께 있을 때처럼!

—싫어요. 그녀가 대답했다. 그러고는 입을 살짝 벌리고 멍청한 눈으로 그를 바라보았다.

그녀가 일어서서 실내복의 허리띠를 맸다. 그가 웃었다. 나와 함께 있을 때는 저렇게 가리려 하다니! 난 저 벗은 몸을 볼 권리가 없단 말인가? 그는 침대에서 뛰어내려 그녀의 옷을 힘껏 잡아당겼다. 얇은 실내복이 죽 찢어졌고, 그가 양쪽 옷자락을 낚아챘다. 그러고 그녀가 불명예스럽게 엉덩이를 드러내고 도망가는 모습을 바라보았다. 그녀의 방으로 따라간 그는 겁에 질려서 허둥대며 다른 실내복을 입는 그녀의 모습에 연민을 느꼈다. 약한 존재, 운명이 지목한 희생자. 하지만 어쩌란 말인가, 금금 전 내가 본 엉덩이를 그자도

보았을 텐데. 새것으로 바뀌지 않은 똑같은 엉덩이. 영원히, 리츠에
서 함께 춤출 때 그녀가 말했다. 세시간 전에 그 엉덩이로 다른 남
자를 맞이하고 상냥하게 미소 지었으면서!

— 리츠에서 우리가 함께한 그날 그자와 잤소?

— 아뇨.

— 당신은 그자의 정부였소?

그녀가 눈을 동그랗게 뜨고, 고집스럽고 멍청하게 고개를 저었
다. 자제심을 잃고 그녀를 바닥으로 밀친 것은 실수였다. 겁을 먹었
으니 이제 더이상 털어놓지 않을 것이다.

— 그자의 정부였다고 말하시오.

— 그렇지 않았어요.

죽은 척하는 짐승. 우둔한 여인을 보고 있자니 마음이 아팠다.
어쨌든 그 세시간 전에 적어도 키스는 하지 않았겠는가! 우리 인생
에서 가장 아름다웠던 그 순간이 있기 세시간 전에!

— 그자의 정부가 아니었소?

— 아니에요.

— 그렇다면 왜 나한테 중요한 얘기가 있다고 했소?

— 내 인생에 무언가가 있었다는 것은 중요한 일이니까요.

무언가라고? 그의 눈앞에 엄청나게 큰 남자의 성기가 나타났고,
그 짐승 같은 모습에 그는 화들짝 놀라 뒷걸음쳤다. 이제 와서 순
결한 얼굴로 조신하게 저러고 있다니! 끔찍하다.

— 좋소, 더 얘기해보시오.

— 더 얘기할 거 없어요. 우정이 좀 깊었던 것뿐이에요.

— 처음에 나더러 전부 다 말해도 되냐고 묻지 않았소? 그 전부
가 겨우 깊은 우정이란 말이오?

― 그래요.

― 그자와 잤으면서!

― 아니에요! 하느님 앞에서 말할게요, 그렇지 않아요!

그녀의 엄숙한 흥분이 참을 수 없이 혐오스러웠다. 고깃덩이들이 서로 비비는 일에 저 여인은 도대체 얼마나 큰 의미를 부여하는가! 살 비비는 일에 하느님을 들먹이다니! 하느님 앞에 그런 걸 내밀다니!

― 그자가 집에 와서 당신 남편을 본 적도 있소?

― 가끔요. 자주는 아니에요.

그는 전율했다. 오 정부를 남편에게 보여주는 뻔뻔스러움이라니! 그래놓고 나하고는, 그 첫날 저녁에 바흐를 연주했고, 나이팅게일에 경탄했고, 엄숙했고, 처음 키스를 할 때는 서툴기까지 했다. 이어진 날들 저녁 그가 찾아갈 때마다 숭고하게 이어진 그 수많은 의식 그리고 무릎 꿇기. 오쟁이 진 남편에게 냉정하게 정부를 인사시키기까지 했으면서! 여자들은 참으로 알 수가 없다.

― 그자의 집에 가봤소? (그녀가 그를 쳐다보며 기침을 했다. 생각할 시간을 벌려는 것이다, 그가 생각했다.) 그의 집에 가봤소?

― 처음엔 갔어요, 그래요. 나중엔 안 가겠다고 했어요. 시내에서, 찻집에서 만났어요.

그가 묵주를 던졌다. 오, 아무도 몰래 한 약속, 우리가 오월의 미녀에서 함께 보낸 길고 긴 하루보다 훨씬 달콤했으리라! 오, 그자를 만나러 가려고 정성껏 단장을 했겠지! 오, 찻집에 들어서며 멀리 그가 보이면 미소를 지었겠지!

― 집에는 왜 안 가기로 한 거요?

― 세번째 갔을 때 그 사람이 절박했거든요.

절박하다! 실로 놀라운 여인이 아닌가. 이토록 단어를 잘 고르다니! 기가 막히게 적합한 단어, 은근하게 감춰주는 단어를 찾아내다니! 절박하다, 즉 죄가 안된다. 그것은 미뉴에트, 칭송의 말, 우아한 어조의 구애, 모차르트다. 고깃덩이를 비비는 일에도 예법을 갖춰야 하니까! 또한 그자의 음탕한 욕망을 고귀하게 만드는 방식이기도 하다. 남자들이 개와 똑같이 하는 짓을 여자들은 끔찍스러울 정도로 너그럽게 받아들인다.

— 당신은 스스로 그자를 사랑한다고 믿었소, 당신 입으로 말했지. 그래놓고 그자의 집에 가는 건 원하지 않았다는 거요? (그녀가 그를 바라보다가 고개를 숙였다. 사랑한다고 믿었다는 말을 정말 했던가?) 자, 어떻소, 말이 안된다는 걸 당신도 느낄 거요.

잠시 침묵이 흐른 뒤 그녀가 고개를 들었다.

— 내가 그 사람의 정부였다고, 당신이 그렇게 생각할까봐 겁이 나서 진실을 말할 수 없었어요. 그래요, 그 사람 집에 갔었어요. 하지만 정부는 아니었어요.

— 그 얘긴 나중에 합시다. 우선 그자, 그 절제력 있고 절박한 당신의 남자는 어떤 사람이었소?

— 세상에, 그걸 알아서 뭐 하게요?

— 이름이 뭐요? 이름 말이오, 어서!

적의 등장을 기다리는 동안 그의 심장이 쿵쾅거렸다. 그자를 보기가 두려웠고, 하지만 그자가 누구인지 알아야 했다.

— 디치.

— 국적은?

— 독일인.

— 나한테 딱이로군. 성 말고 이름은?

—쎄르주.

—독일인이라며 왜 그런 이름이지?

—어머니가 러시아인이에요.

—모든 걸 알고 있군. 그래, 직업은?

—오케스트라 지휘자.

—어떤 오케스트라 지휘자라고 해야지.

—그게 무슨 말이죠?

—벌써 그자 편을 드는 거요?

—아, 도대체 무슨 말인지 모르겠어.

—아, 이제야 디치한테처럼 나한테도 다정하게 반말을 하는 군! 고맙소. 자, 내가 설명해주리다. 당신한테는 그자가 세상에 하나뿐인 지휘자일 테지만, 난 그 베르주, 아 미안하오, 쎄르주인지 뭔지 하는 자를 모르니 그냥 어떤 지휘자라는 거요. 아인슈타인 정도는 돼야 그런 말 안 붙이고 그냥 물리학자라고 할 수 있지! 프로이트 정도는 돼야 그냥 정신분석가라 부를 수 있고!

그는 콧구멍이 벌어지고 기쁨에 젖은 얼굴로 실내복 자락을 휘날리며 뚜벅뚜벅 걸어갔고, 갑자기 돌아서서 담배에 불을 붙였다. 마침내 그녀의 방어를 무너뜨리는 작전을 개시했다.

—참 안됐군, 너무 서툴잖소.

—뭐가 서툴다는 거죠?

—바로 그거, 지금 나한테 뭐가 서투냐고 묻는 게 바로 서툰 거요. 스스로 자신이 없단 뜻이니까. 게다가 당신은 자각하지 못한 채 이미 일곱번이나 그자의 정부였다고 말했소.

—정부였다고 말한 적 없어요.

—여덟번째 고백이로군! 당신이 정말 그자의 정부가 아니었다

면 방금 정부였다고 말한 적 없다고 할 게 아니라 그냥 정부가 아니었다고 말했어야지. (그가 박수를 쳤다.) 걸려들었어!

—아니에요, 아니라고요! 내 모든 걸 걸고 말하지만, 아니에요! 우리 사이는 그냥 우정이었어요!

—이미 여덟번 고백했소. 그가 미소를 지으며 손가락 사이에 끼운 담배를 빙글빙글 돌렸다. 첫번째 고백, 이 방에 들어섰을 때 당신은 고결한 고해자처럼 말했소. 혼자 감당하기에는 너무 버거운 비밀이 있다고. 정말 우정이었다면 그게 왜 감당하기 어려운 비밀이겠소? 두번째 고백, 우리가 함께한 그날 저녁에 그자와 잤냐고 물었을 때 당신은 아니라고 대답했소. 그때 아니라는 게 무슨 뜻이겠소? 그날이 아니라 다른 날 잤다는 뜻이지! 정말 안 잤으면 내 질문에 그냥 아뇨가 아니라 그자하고 잔 적 없다고 대답했어야지! 나머지 여섯번의 고백은 굳이 언급하지 않겠소. 결국 당신은 그자의 정부였소. 처음에 당신은 그걸 고백하려고 했던 거고. 단지 내가 당신을 침대 밑으로 밀치는 실수를 저지른 탓에 계획이 틀어진 거지. 그건 그렇고, 왜 나한테 그자 얘기를 하고 싶어진 거요?

—당신한테 아무것도 숨기고 싶지 않았어요.

그 순간 연민이 밀려왔다. 가련한 여인, 정말 그게 이유라고 진심으로 믿고 있다. 진정으로, 여자들을 움직이는 것은 무의식이다.

—그러니까 그자는 당신한테 세로로, 가로로, 대각선으로, 마흔번 키스를 했소. 당신은 미소를 지으면서 순순히 받아들였을 테고. (문득 그는 그녀를 갖고 싶어졌다.) 온갖 종류의 키스를 주고받았겠지. 미까엘의 말대로 입안에서 혓바닥이 오가는 이른바 쌍방 프렌치 키스의 범주에 속하는 것까지. 당신은 동의했고, 매번 고마워했겠지! 그런데 조금 전 당신이 고귀하게 말한 것처럼 그자가 절

박해졌고, 다시 말하면 마흔번의 키스가 정상적인 순서대로 다음으로 이어지기를 바랐을 테고, 그런데 당신이 갑자기 화를 내고, 덕스러워지고, 계속 이어지는 게 싫다고 했지! 자, 아리안, 난 당신을 나쁘게 생각하고 싶지 않소. 진실을 말해보시오! 당신은 그자의 정부였어, 당신도 알고 나도 알지!

그가 워낙 빨리 말하는 바람에 그녀는 제대로 이해하지 못했고, 얼떨결에 설득당해 그의 논리를 받아들이고 말았다. 사실 그의 말이 맞기도 했다. 어차피 그가 다 알고 있다면 고백하는 편이 낫다고 생각했다.

─ 맞아요. 그녀가 고개를 숙이고 나지막하게 말했다.

─ 뭐가 맞는다는 거요?

─ 당신이 말한 게 맞아요.

─ 그자의 정부였다는 것 말이오?

그녀가 고개를 끄덕였다. 놀란 그가 눈을 감았고, 자신이 이제야 그 사실을 믿게 되었음을 깨달았다. 내 사랑하는 여인의 몸 위에 털이 수북하고 길쭉한 성기가 달린 남자의 몸이 올라간 것이다!

─ 하지만 딱 한번뿐이었어요. 그녀가 말했다.

─ 그건 나중에 얘기합시다. 그래서 느꼈소?

─ 아뇨. 그녀가 속삭이듯 말했다.

교활한 여인, 참으로 빨리 알아듣지 않는가! 그는 좀더 분명하게 질문했다. 그녀가 얼굴을 붉혔고, 그는 분노로 타올랐다. 내 앞에서 저렇게 얼굴을 붉히다니! 그는 지치지 않고 질문을 되풀이했고 그녀는 매번 아니라고 했다. 하지만 스무번째 혹은 서른번째 질문에 마침내 무너져서 눈물을 흘리며 맞아요 맞아요 맞다고요 하며 악을 썼다. 잠시 침묵이 흐른 뒤, 하지만 정말 아주 조금이었다고 덧붙였다. 그녀는 수치스러웠고, 자기 자신이 너무도 우스꽝스러워진 것 같았다. 창밖에서 발정 난 고양이 한마리가 타오르는 열정을 노래했다. 그만해, 디치! 쏠랄이 외쳤다. 암고양이가 꼰뜨랄또로 화답했다. 그만해, 아리안! 쏠랄이 외쳤다. 그녀는 이 상황을 버티기 위해 차라리 울어버리기로 했고, 힘들이지 않고 해냈다. 스스로에 대해 연민을 불러오기만 하면 곧바로 눈물이 나왔기 때문이다.

— 왜 우는 거요? 행복한 순간을 떠올리니 눈물이 나는 거요?

— 그래요.

— 왜 그런 거요?

자기가 우는 것을 보고도 그가 여전히 냉정하게 말하자 그녀는 눈물을 그치고 코를 풀었다. 그녀의 코가 붉어지고 살짝 부어올랐다. 신기하게도 지금은 저 큰 코가 거슬리지 않고 오히려 연민을 느꼈다. 그러고도 몇번 더 그는 별다른 생각 없이 기계적으로 왜 그런 거요 되풀이해 물었다.

— 당신이 무슨 말을 하는지 모르겠어요. 왜 그런 거냐니 뭘 말하는 거죠?

— 왜 우는 거요?

— 후회스러워서요.

— 어째서 후회스럽다는 거요? 당신이 저질러놓고서?

— 지금은 그 일이 끔찍해요.

— 하지만 그자의 목을 깨물 땐 그렇지 않았을 테지. 그자의 목을 매일 깨물었소?

— 그게 무슨 말이죠? 그런 적 없어요!

— 아, 그렇군. 고맙소, 앞으로 당신한테 내 목을 깨물어달라고 해야겠소. 적어도 그건 그자하고 같이 안해본 거니까. 앞으로는 딱

그것만 청하겠소. (조금도 즐겁지 않은데도 미친 듯이 터져 나오려는 웃음을 참기 위해 그녀는 입술을 깨물었다.) 몇번 같이 잤소? 필요하다면 난 내일 아침까지라도 계속 물어볼 생각이오.

─몸을 준 건 딱 한번이에요.

몸을 준다! 그 말을 듣는 순간 그는 유리잔을 쥔 손에 힘을 주었고, 손에서 피가 흘렀다. 그녀가 다가와 소독약을 바르자고 했다.

─지금 소독약이 문제요! 왜 딱 한번만 잔 거요?

─내가 그 사람한테 옳은 일이 아니라고 설명했어요.

그가 웃음을 터뜨렸다. 여교사가 어린 학생한테 네가 한 일은 좋은 일이 아니야, 넌 아주 나쁜 짓을 한 거야 설명하듯 했단 말인가! 갑자기 설명할 수 없는 행복감에 취한 그가 담배 두개비를 한꺼번에 입에 물었고, 불을 붙인 뒤 건강하게 힘껏 빨아들였다. 그러고는 자기도취에 빠져 이리저리 방 안을 서성였고, 여전히 검지와 중지 사이에 담배 두개비를 끼운 채로 그녀 앞에서 걸음을 멈추었다. 유쾌하고 도발적인 눈빛으로 바라보는 그의 입술 사이에서 담뱃불이 번쩍였다.

─하고 나서 미처 땀도 안 식은 몸으로 설명했다는 거군.

─아니에요, 다음 날 했어요.

─그러니까 그자의 집을 다시 찾아갔고, 사랑을 나눴고, 처음에는 쾌락을 느꼈고, 그래 당신이 좋아하는 말대로 환희를 누렸군. 당신 발음대로 환휘, 환휘 말이오. 그래놓고 싫다고 했고! 사실 한번이나 백번이나 똑같기는 하지만! 그자하고 백번 잤소?

─절대 아니에요!

─그럼 쉰번?

─아뇨

—구백번?

　　—아뇨.

　　—열다섯번?

　　—세상에! 안 세어봤어요!

　　놀란 그가 자리에 앉았고, 피 흐르는 손으로 이마를 닦았다. 안
세어봤다니! 결국 많이 해보았다는 뜻이 아닌가! 어쨌든 열다섯번,
최소한 열다섯번은 잤으리라!

　　—말하시오.

　　—뭘 말하라는 거죠?

　　—그대가 말하기를 내가 기다리고 있는 것. 자, 빨리 말하시오!

　　—맨 처음 말고는 거의 아무것도 못 느꼈어요. 한동안 입을 다
물고 있던 그녀가 마침내 대답했다.

　　더러워지고 작아진 그녀가 눈을 내리깔았다. 오, 더이상 저 여인
을 사랑하지 않으리라. 문득, 신기했다. 그가 그녀를 쳐다보았다. 거
의 아무것도 못 느꼈다고 했다! 어찌 저리 단어를 잘 고른단 말인가!

　　—이유가 뭐요?

　　—무슨 이유 말이죠?

　　—처음 할 때는 느꼈는데 그다음에는 거의 아무것도 못 느낀
이유가 뭐냔 말이오.

　　—세상에! 내가 그걸 어떻게 알아요? 그랬으니까 그랬다고 하
는 거죠.

　　—그럼 왜 그다음에도 계속한 거요?

　　—그 사람 마음이 상할까봐서요. 오, 이제 그만해요. 그녀가 신
음했다.

　　그녀는 진실을 말하고 있다! 그는 호기심 어린 눈으로 그녀를 쳐

다보았다. 진정으로 여자들은 다른 족속이다. 마음이 상할까봐서라니! 그놈의 예의범절은 어디까지인가!

— 그자가 당신 집에는 왜 온 거요?

— 처음에만 왔어요.

— 그자의 집에서는 부족했소? 왜 군이 남편이 있는 곳까지 왔지?

— 그 사람을 보고 있는 게 좋았으니까요. 남편하고 있으면 지루했고.

그녀는 나오는 기침을 과장해서 더 세게 그리고 더 오래, 마치 결핵 환자같이 기침을 해댔다. 그는 고통스러웠다. 다른 남자를 보고 있는 게 좋았다니! 같이 잤다는 말보다 더 심하지 않은가. 오, 그녀는 창가에서 디치를 기다렸으리라!

— 당신 남편이 거실 밖으로 나가면 그 틈에 둘이 키스를 했소?

— 그런 적 없어요! 그녀가 소리를 질렀다. 이번에도 그녀는 진실을 말하고 있다.

— 왜 안했지?

— 그러면 안되는 거니까! 그녀가 오열했다.

그는 이마에 피가 묻은 그대로 두 팔을 벌려 이슬람의 데르비시처럼 방 안을 빙글빙글 돌았다. 실로 아름다운 대답이다! 이어 그는 벽으로 다가가 이마를 벽에 박았고, 그런 다음 마음속으로 수를 세어가며 피 흐르는 손을 벽 여기저기에 가져다 댔다. 피 묻은 손자국이 전부 여섯개였다. 가련한 사람, 얼마나 더 괴로워할 건가요, 그녀가 생각했다. 아 저 손이라도 좀 치료하게 해주면 좋을 텐데. 상처가 깊으면 어쩌지? 오, 잔뜩 피가 묻은 이마. 가련한 사람. 모든 게 디치 때문이라니. 그가 돌아섰고, 다른 남자의 아내를 슬픈 눈으로 바라보았고, 바으로 나갔다

98

그는 상처에 화장수를 부었고, 손의 벤 상처가 아름답다고 생각했다. 그러다가 이내 무료해졌다. 어쩌겠다는 거지? 그녀가 오지 않는다. 나를 혼자 두려는 걸까? 뭐라도 해야 했던 그는 자신의 죽음을 생각한 뒤 관 속에 누운 모습을 머릿속으로 상세하게 그려보았고, 그런 다음에는 곰 인형의 자세를 바꿔가면서 처음엔 사랑의 열정을 고백하는 남자로, 이어 군중 앞에서 연설하는 독재자로 변신시켜보았다. 비취 구슬을 꺼내서 곰 인형을 축구 선수로 만들고 있을 때, 노크 소리가 두번 들렸다. 돌아보니 문 밑으로 종이가 들어오고 있었다. 그가 주워 들었다.

내가 알고 지내던 모든 사람이 나를 버렸을 때였어요. 내 유일한 혈육이었던 삼촌은 아프리카에 있었고, 정말 나 혼자였어요. 삶이 텅 빈 상태였다고요. 그 남자의 정부가 되기로 한 건 더이상 혼자인 외로움을 감내하지 않아도 되게 해줄 친구가 필요했기 때문이에요. 단 한순간도 그 사람을 사랑한 적 없어요. 그 사람은 내 남편, 그 가련한 남자를 피해 숨을 수 있는 안식처였을 뿐이에요. 당신이 나타나고 당신이 날 원한 이후, 나에게 그 사람은 더이상 존재하지도 않았어요. 당신은 비웃겠지만 난 영혼과 몸 모두 순결한 처녀로 당신에게 갔어요. 비웃지 말아요, 사실이니까. 그래요, 내 몸도 순결했어요. 당신을 통해서 비로소 몸의 환희를 알게 되었으니까요. 날 떠나지 말아요. 당신이 날 버린다면 나에게 남은 길은 한가지뿐이에요. 난 너무 고통스러워요. 제발 들어가게 해줘요.

문 뒤에서 흐느낌을 참는 소리가 들렸다. 그는 상처 난 손과 다른 손에 흰 장갑을 끼고, 장갑과 대조를 이루는 검은색 실내복으로 갈아입었다. 거울을 한번 보고 난 뒤 문을 열었을 때, 그녀는 바닥에 주저앉아 손수건을 쥐고 머리를 문틀에 기대고 있었다. 그가 일으켜 세웠다. 몸을 떠는 그녀를 위해 옷장에서 외투를 꺼내 입혀주었다. 너무 크고 길어서 발목까지 내려오는 남자 외투를 입은 그녀는 아주 작은 어린애 같았고, 두 손이 소매에 가려 보이지 않았다. 거대한 외투 속에서 그녀는 금방이라도 무너질 듯 이를 부딪치며 떨었다.

— 앉으시오. 그가 말했다. 차를 준비하겠소.

그가 나가자 일어선 그녀가 실내복 주머니에서 빗과 파우더를 꺼냈고, 머리를 빗고 코를 풀고 파우더를 바른 뒤 다시 앉았다. 그러곤 기다렸고, 두리번거렸다. 곰 인형을 본 그녀는 깜짝 놀랐다. 자기한테 선물한 것과 똑같은 인형은 그가 가지고 있는 줄 몰랐다.

그녀는 검지로 작은 곰의 폭신한 이마를 어루만졌다. 그가 쟁반을 들고 들어오자 그녀는 다시 몸을 떨었다.

—자, 마셔요. 그가 차를 따른 뒤 말했다. (그녀는 코를 훌쩍였고, 두들겨 맞은 개의 눈길로 그를 올려다보았고, 차를 한모금 마셨고, 더 심하게 떨었다.) 비스킷도 먹겠소? (그녀가 얌전히 고개를 저었다.) 그럼 차를 더 마셔요.

—아직 날 사랑해요? 용기를 낸 그녀가 물었다.

그가 미소를 지었고, 그러자 그녀는 그의 장갑 낀 손을 잡았고, 그 손에 부드럽게 입을 맞췄다.

—소독약 발랐어요?

—발랐소.

—당신은 차 안 마셔요? 가서 잔 가져올게요.

—아니, 그럴 필요 없소.

—그럼 내 잔에 마셔요.

그가 마셨고, 다시 그녀와 마주 앉았다. 이웃집에서 춤곡과 즐거운 고함 소리가 울려 퍼졌지만, 두 사람은 상관하지 않았다. 그녀는 늦은 시간인데도 졸리지 않았다. 오늘 저녁은 지루하지 않군, 그가 생각했다. 그녀가 테이블에 놓인 담배합을 들어 그에게 내밀었고, 이어 담배에 불을 붙여주었다. 그는 두모금 빨아들인 뒤 담배를 눌러 껐고, 다시 미소를 지었다. 그녀가 다가와 그의 무릎에 앉았고, 입술을 내밀었다. 그러고 진한 키스. 그녀는 욕망을 느꼈고, 곧이어, 마치 아무 일도 없었던 것처럼, 그 역시 욕망을 느낀다는 것을 알았다. 여자들은 그런 우연을 놓치지 않는다. 하지만 바로 그 순간 그녀의 입술이 이전에 다른 남자를 받아들였음을 떠올린 그가 슬며시 입술을 뗐다.

──이제 다 끝났소, 그대. 사과하리다. 하지만 영원히 끝난 것이 되려면 나한테 전부 다 얘기해야 하오.

──그러고 나서 더 나빠지면 어떡해요.

──그렇지 않소. 내 마음이 편해지고, 당신이 나에게 무언가를 숨기고 있다는 참기 힘든 감정이 사라질 거요. 조금 전에 내가 그렇게 고약하게 군 건 당신 삶의 한 부분이 내가 들어갈 수 없는 곳이고 나는 알 권리가 없다는 사실을 견딜 수 없었기 때문이오. 그게 너무 고통스러웠소.

그는 그녀의 이마로 흘러내린 머리카락을 부드럽게 매만졌다.

──다 말해도 정말 괜찮아요?

──그러고 나면 당신은 사랑하는 남자에게 남김없이 고백한 사랑스러운 여인이 될 거요. 그리고 어차피 디치가 지금 무슨 의미가 있겠소, 안 그렇소? (그녀의 눈에 그는 여전히 매력적이고, 무척 젊고, 다정하고, 그리고 조금 얼이 빠진 것 같았다.) 당신이 굳이 비밀을 지키려 애써야 할 만한 사람도 아니잖소. 그 오케스트라 지휘자 일이 그다지 중요하지 않다는 걸 나도 아오. 오래 만난 것도 아니고. (그가 다시 그녀의 머리카락을 만져주었다.) 급하지 않소. 언젠가 당신이 다 말해주리라는 생각만으로도 마음이 진정되었으니까. 봐요, 이미 완전히 달라졌잖소. 오늘 저녁에 말하고 싶지 않으면 다음에 언제고 마음이 내킬 때 말해주시오. 내일도 좋고, 모레도 좋고, 열흘 뒤도 괜찮고.

──차라리 지금 끝내는 게 낫겠어요. 그녀가 말했다.

드디어 모든 얘기를 듣게 된다는 기쁨에 생기를 되찾은 그가 다정한 친구의 키스를 했다. 마치 서커스장에서 광대의 입장을 기다리는 어린애 같았다. 황급히 이투른 하나 더, 이전 것보다 더 따뜻한 라마 털로 꺼내 와서 그녀의 무릎에 덮어주었고, 차를 더 준비해 오겠다고 했다. 임신한 여자를 다루듯이, 혹은 새로운 것을 막 창조해내려는 순간에 방해해서는 안될 천재를 다루듯이 했다. 조명을 끄고 머리맡 램프를 켰고, 침대에 눕겠냐고 물었다. 그녀가 괜찮다고 했다.

　—궁금한 걸 당신이 물어봐요, 그게 낫겠어요. 그녀가 그의 손을 잡으며 말했다.

　—어떻게 처음 만났소?

　—알릭스 드 부아뉴, 유일하게 나와 친분을 유지하던 중년 부인이에요, 그분이 소개해줬어요. (뚱쟁이가 등장하는군, 그가 생각했다.) 나한테 참 잘해주셨어요.

　—조금 더 말해주시오. 그가 무척 궁금하다는 듯 다정하게 물었다.

　—상류사회에 속한 분이었는데, 오래전 그분 삶에 누가 있었다고 해요. 결혼한 남자였죠. 그 아내가 이혼을 거부했고, 결국 주네브에 소문이 퍼졌어요. 하지만 워낙 오래된 일이라 이젠 다 잊었어요. (그분 삶에 누가 있었다는 위선적인 표현에 그는 분개했고, 그 음탕한 늙은 여자가 혐오스러웠다. 하지만 견뎌냈고, 코를 씰룩이며 이해할 수 있다는 표정을 지었다.) 굉장히 관대하고 생각의 폭도 넓은 분이죠. (다른 것도 다 폭이 넓겠지, 그가 생각했다.) 예술에도 관심이 많고, 실내악단을 후원하시고, 시골 별장에 젊은 음악가들을 초대하셨어요. (성성한 몸을 원한 거지, 그가 생각했다.) 상류사회 사람들이 나와 절교했을 때 옳지 못한 일이라며 날 잘 챙겨주셨고 정말 잘해주셨어요.

　그녀가 코를 훌쩍거리다가 풀었다.

— 뚱뚱하오?

— 약간요, 그녀가 거북해하며 대답했다. (뚱쟁이의 비만에 흡족해진 그가 미소를 지었다.) 그래도 굉장히 우아하세요. (고래 뼈로 만든 살을 받친 코르셋을 입고 하녀가 끈을 세게 잡아당겨 조여줬겠지, 그가 생각했다.) 교양도 풍부하고요.

— 주네브에 있을 땐 얘기한 적 없잖소.

— 연락이 끊겼거든요. 내가 당신을 알게 되기 직전에 떠나셨어요. 케냐에 결혼한 자매분이 있어서 함께 지내려 가셨죠. (그리고 흑인들을 찾아서 갔겠지, 그가 생각했다.)

— 그럼 그 부인의 집에서 처음 만나게 된 거요?

— 그래요. 그러면서 그녀는 고개를 아주 살짝 끄덕였다.

그는 조신하고 상투적인 그녀의 동작이 거슬렸지만 일단 받아들이기로 했다. 어차피 그 남자를 언급하면서 음탕한 표정을 지을 수는 없지 않은가.

— 그자는 몇살이었소? 그가 가벼운 흥분을 느끼며 물었다.

— 쉰다섯살이요.

그의 얼굴에 희미한 미소가 번졌다. 지금은 쉰여섯살이 다 됐겠군. 좋아, 4년 뒤면 예순살. 좋아.

— 키가 큰 편이오?

— 크지도 작지도 않고 보통이에요.

— 보통에서 어느 정도요? 위요 아래요?

— 보통보다 작은 편이에요. (그가 호의 어린 미소를 지었다. 디치라는 자가 점점 더 마음에 들었다.) 이제 이 얘긴 그만하는 게 낫지 않을까요?

— 아니, 괜찮소, 더 자세히 말해보시오.

— 괜히 힘들어지지 않을까요?

— 전혀 그렇지 않소. 아까 말했잖소. 자, 이제 머리칼은?

— 흰색이고, 뒤로 넘겼어요. 그녀가 자기 샌들을 내려다보며 말했다. (그가 그녀의 무릎을 잡았고, 부드럽게 손에 힘을 주었다.) 이제 됐죠? 이제 그만해요, 제발요.

— 콧수염은? 콧수염도 흰색이었소?

— 아뇨.

— 검은색?

— 맞아요.

그는 그녀의 무릎을 잡고 있던 손에 힘을 뺐다가 곧 다시 마음을 먹고 힘을 주었다. 더이상 자세하게 물어볼 엄두가 나지 않았다. 디치라는 자는 호리호리하고 균형 잡힌 몸매를 가졌을 것이다. 얼굴 생김새를 확인한 것으로 만족하자. 불행히도 그자는 대머리가 아니다. 그래도 다행히 머리가 희다.

— 그렇군, 알겠소. 콧수염이 검은색이고 머리카락이 흰색이면 그 대조가 참 아름다웠겠소, 그가 확신에 찬 어조로 말했다. (그녀가 기침을 했다.) 뭐라고 했소?

— 아무 말도 안했어요. 목이 간지러워서요.

— 아름다웠겠소, 그렇지 않소? 그 둘의 대조가 말이오.

— 그 사람을 처음 봤을 땐 인상이 별로였어요. (다음으로 넘어갑시다!) 콧수염이 염색한 것 같아서 그랬던 것 같아요. 하지만 알고 보니까, 다 말해도 되죠? 그렇죠?

— 물론이오, 지금 내가 아무렇지도 않은 걸 보면 알잖소. 당신이 우리 사이에 더이상 거리를 만들지 않기 때문이오. 자, 조금 전에 알고 보니까라고 했는데……

―알고 보니까 지적이고, 교양도 풍부하고, 세련된 사람이었어요. 약간 소심했고. (다 가질 수는 없지, 그가 생각했다.) 곧 대화를 나누게 됐어요.

―그렇군, 알겠소. 그랬더니 어땠소?

―집에 돌아갈 때 기분이 좋았어요. 그리고 며칠 있다가 알릭스하고 같이 그 사람이 지휘하는 공연을 보러 갔어요. 프로그램에 「전원」이 있었거든요.

그가 눈썹을 찌푸렸다. 그렇겠지, 예술가들이니까. 그들은 제목을 그냥 「전원」이라고만 한다. 그래야 베토벤과 더 친해 보이니까. 디치하고도 더 친해 보이니까. 두고 보라, 「전원」도 댓가를 치르게 될 테니.

―계속하시오, 그대.

―그 사람이 이름은 기억이 안 나는데 아무튼 수석 지휘자를 대신하는 날이었어요. (진짜 지휘자의 이름은 잊어버리고 가짜 지휘자의 이름을 기억하다니. 이 역시 댓가를 치르게 될 것이다.) 그 사람 지휘가 좋았어요.

천재 흉내를 내며 지휘봉 없이 꼭두각시처럼 몸을 움직이는 디치를 멍청한 두 여자가 마치 베토벤을 만난 듯 황홀하게 바라보는 모습이 눈에 선했다! 사람들은 베토벤이나 모차르트보다 지휘자들을 더 찬미한다. 지휘자들이란 아무리 대단해봐야 결국 천재들에 빌붙어 사는, 피를 빨아먹는 한마리 이에 지나지 않는데! 그런데도 자기가 대단한 줄 알고 거들먹거리는 그자들은 감히 거장이라 불리기도 한다! 베토벤이나 모차르트가 된 것처럼 박수갈채를 받고, 베토벤이나 모차르트보다 돈도 더 많이 번다! 그녀가 한마리 이에 지나지 않는 디치에게 찬탄을 보내는 이유는 무엇인가? 그건 바로 그자가 다른 사람이 만들어놓은 음악을 읽을 줄 알기 때문이다! 엄밀히 말하자면 디치는 한마리 이인데! 기껏해야 허접한 군가 정도나 작곡할 텐데!

—당신 남편보다 훨씬 나은 사람이로군.

—맞아요. 그녀가 객관적으로 그렇다는 듯 진지한 얼굴로 대답했고, 그는 치밀어 오르는 화를 참느라 입술을 피가 나도록 꽉 깨물었다.

—그 사람 얘기를 조금만 더 해보시오, 그러고 끝냅시다.

—그럴게요, 그 사람은 드레스덴 필하모니의 수석 지휘자였어요. 나치가 정권을 잡고 나서는 사임했고요. 사회민주당[71] 당원이었거든요.

—그건 마음에 드는군. 그래서 어떻게 됐소?

—스위스로 왔고, 독일에서 가장 영향력 있는 오케스트라의 수석 지휘자였지만 주네브에서는 오케스트라의 제2지휘자 자리를 받아들일 수밖에 없었어요. (디치를 미치도록 좋아했군! 오월의 미녀에서 악보도 못 읽는 나와 어떻게 살았을까?) 이제 다 됐죠? 제발, 이제 그만해요.

—정말 마지막이오, 그런 다음엔 끝이오. 둘이서 함께 밤을 보내기도 했소?

중요한 질문을 던진 뒤 그는 사랑스럽게 그녀의 손을 잡았고, 입을 맞췄다.

—아, 그만해요. 끝난 일이잖아요. 이젠 더 생각하기 싫어요.

—진짜 마지막 질문이오. 함께 밤을 보낸 적도 있소?

---

71 독일의 중도좌파 정당으로, 나치 정권하에서 활동이 전면 금지되었다.

―아주 드물게요. 그녀가 천사 같은 목소리로 대답했다.

―자, 보시오, 솔직히 대답하니까 아무렇지도 않잖소. 그런데 어떻게 그게 가능했소? 그가 사악한 얼굴로 재미있다는 듯 미소를 지으며 물었다.

―알릭스가 도와줬어요. 그녀가 실내복의 무릎 부분을 매만지면서 대답했다. 이제 그만해요, 제발.

그는 흥분하지 않기 위해 천천히 담배를 빨아들였다. 그런 다음 선량한 공모의 미소를 지으며 말했다.

―이제 알겠군! 알릭스의 집에 간다고 하고서 사실은 그자의 집에 가는 거야. 남편한테는 전화를 걸어서 집에 돌아가려니까 너무 늦어서 그냥 자고 가겠다고 하고! 이런 발칙한 수를 쓴 게 맞소?

―맞아요. 그녀는 고개를 숙이고 속삭이듯 대답한 뒤 더이상 말이 없었다.

―자, 이제 말해보시오. 또다른 남자도 만난 적 있소?

―세상에, 날 뭘로 보는 거죠?

―그야 물론 창녀로 보고 있지. 그가 감미로운 어조로 대답했다. 아주 교활한 창녀.

―말도 안돼요! 그녀가 벌떡 일어섰고, 부들부들 떨면서 악을 썼다. 그렇게 말하지 말아요!

―그게 무슨 소리요? 그럼 당신은 스스로 올바른 여자라 생각한단 말이오?

―물론이에요! 당신도 알잖아요! 끔찍한 결혼 생활 때문에 정상적인 상태가 아니었을 뿐이에요! (힘 떨어진 수컷을 버리는 암컷 거미겠지, 그가 생각했다.) 나는 올바른 여자예요!

미안하오, 하지만, (그는 예의를 차리기 위해 망설이는 척했

다) 하지만 남편에게로 돌아올 때 당신은 그 디치라는 남자한테 살짝 (그는 예의에 어긋나지 않는 표현을 찾느라 애쓰는 척했다) 마음이 젖은 상태였고, 그렇다면, 내가 보기엔 완벽하게 올바르다고 할 수는 없소.

─ 남편한테 사실대로 말하지 않은 것은 잘못이에요. 하지만 남편이 힘들어할까봐 겁이 나서 그랬어요. 잘못한 게 있다면 그것뿐이에요. 그것 말고는 부끄러워할 일 하나도 없어요. 남편은 정말 초라한 인간이었고, 그때 난 감수성이 풍부한 영혼을 만난 거예요! 영혼을 지닌 사람을!

─ 몇센티짜리였소?

그녀가 멍한 얼굴로 그를 바라보았고, 마침내 그의 말뜻을 이해했다.

─ 당신은 정말 나쁜 사람이에요.

그가 박수를 쳤고, 하늘을 증인으로 삼으려는 듯 올려다보았다. 더할 나위 없는 상황이 아닌가! 그 오케스트라 지휘자의 집에서 하룻밤에 세번, 어쩌면 네번 했으면서, 게걸스레 미친 듯이 뒹굴었으면서, 그래놓고 나더러 나쁜 사람이라니! 창피해서 얼굴이라도 가려야 할 것 같았다.

그는 침대 시트를 잡아당겨 얼굴을 가렸고, 그렇게 흰색 수의를 뒤집어쓴 채로 방 안을 서성였다. 원을 그리며 유령처럼 맴도는 그 모습을 쳐다보며 그녀는 웃지 말자고 다짐했고, 마음속으로 일부러 심각한 말들을 되새겼다. 아주 중요한 순간이야, 인생이 달려 있어, 그녀가 마음속으로 말했다. 마침내 그가 수의를 벗어던지고 담배에 불을 붙였다. 그녀도 더이상 웃음이 나오지 않았다. 그렇다, 그녀의 운명이 결정될 것이다.

──그대, 내 말 들어봐요, 전부 끝난 일이에요.

──너무도 생생하게 살아 있소. 그가 말했다. 디치는 영원히 당신과 나 사이에 있을 거요. 아니 어쩌면 당신 위에 올라가 있겠군. 그자는 지금도 이곳에 있소. 항상 당신에게 무언가를 하고 있겠지. 난 더이상 당신과 살 수 없소. 이제 떠나시오! 이 집에서 나가란 말이오!

99

아니다, 혼자 있을 수는 없다. 난 그녀가 필요하고, 그녀를 봐야 한다. 그녀가 미소를 지어주기만 한다면 모든 게 끝날 거고 다시 좋아질 수 있다. 그는 방을 나섰다. 가슴에 손을 대서 심장의 박동을 확인하고, 애꿎은 머리카락을 이리저리 돌리고, 콧날이 오뚝해지도록 매만졌다. 그러고는 마침내 결심을 했다. 끝까지 체면을 지키기 위해 노크 없이, 주인답게, 당당하게, 그대로 그녀의 방으로 들어섰다. 그녀는 고개를 들지 않았다. 잔뜩 몰두한 대리석 같은 얼굴로, 하나하나 정성껏 개킨 옷들을 침대 위 여행 가방에 넣고 있었다. 그녀는 그를 고통스럽게 할 수 있다는 것이 행복했다. 그래, 이제 내가 정말로 떠난다는 걸 알겠지. 그녀가 필요하다는 것을 드러낼 수 없는 그는 그녀가 떠나든 말든 상관없다는 것을 보여주기 위해 일부러 빈정거리며 말했다.

　—그래, 완전히 떠나는 거요?

그녀가 고개를 끄덕였고, 정성껏 가방 싸는 일을 계속했다. 그는 그녀를 괴롭히기 위해 자기도 그럴 줄 알았다는 걸 보여주고 싶었고, 그래서 옷장에 걸린 원피스 하나를 꺼내 건네주며 짐 싸기를 거들었다.

—됐어요, 이미 가방이 꽉 찼어요. 그가 다른 원피스를 하나 더 건네자 그녀가 말했다. 다 가져갈 수는 없어요. 나중에 편지로 주소를 알려줄 테니 그리로 보내줘요.

—내가 돈을 좀 주겠소.

—괜찮아요. 나한테도 있어요.

—몇시 기차를 탈 거요?

—아무거나요. 제일 빠른 걸 탈 거예요.

—새벽 3시가 다 됐소. 첫 기차, 마르세유행은 7시나 돼야 하오.

—역에서 기다리면 돼요.

그녀는 눈썹과 이마를 찌푸린 얼굴로 구두를 가방 한구석에 밀어넣었다.

—미스트랄[72]이 불고 있소. 대합실이 추울 거요. 외투 잊지 마시오.

—상관없어요. 그래봐야 폐렴에 걸리겠죠.

그녀는 가방 다른 쪽 구석에 가족 앨범을 밀어넣었다. 그가 휘파람을 불었다.

—주네브로 가겠군. 교향악 콘서트에 가려나보지?

그녀가 주먹을 불끈 쥐고 적개심 가득한 얼굴로 돌아보았다.

—내가 다 말하면 괜찮아질 거라고 했으면서, 당신은 날 속였

----
72 프랑스 남부 지방에 부는 강한 북풍.

어요. 난 당신 말을 믿었는데. 당신이 술책을 쓰리라고 의심하지 않았다고요.

물론이다, 그녀의 말이 옳다. 그녀는 정직했다. 맞다, 하지만 저 정숙한 입이 이미 그자의 털 아래 깔리지 않았는가.

— 내 손에 입을 맞추기 세시간 전에 그 오케스트라 지휘자하고 뒹굴지는 말았어야지.

그가 숨을 헐떡였다. 가장 사랑스러운, 가장 고귀한 여인, 너무도 순결한 저 여인이 오케스트라의 침팬지 아래 누워 있다니, 도저히 이해할 수 없는 그 모습이, 침팬지 밑에서 거친 숨을 몰아쉬는 모습이 그에게는 너무도 고통스러웠다. 물론이다, 내가 가장 사랑하는 여인이다. 또 세상에서 나를 가장 사랑하는 여인이다. 리츠에서의 저녁 내 손에 입을 맞출 때 그토록 순결했는데! 그런 다음 그녀의 집에서 피아노 앞에 앉을 때 그토록 젊고 순수했고, 사랑에 대해 진지했는데! 그런데 바로 그 몇시간 전에 침팬지 밑에 누워 있었다니!

— 어떻게 그런 말을, 창피하지도 않아요? 내가 당신한테 뭘 그렇게 잘못했죠? 당신을 알기 전의 일이잖아요.

— 어서 가방이나 닫지 그러오.

— 당신은 이 밤에, 이 추위에, 내가 혼자 나가도 아무렇지 않다는 건가요?

— 물론, 슬픈 일이오. 하지만 어쩌겠소, 우린 더이상 함께 살 수 없는데. 외투도 챙기시오.

그는 훌륭하게 대답한 것이 뿌듯했다. 흥분하지 않고 차분하게 말했으니 좀더 설득력이 있을 것이고, 그들의 이별을 현실로 확인해주었을 것이다. 그녀가 흐느꼈고, 코를 풀었다. 좋다. 어쨌든 지금은 디치보다 나를 더 좋아하는 거다. 그녀는 가방을 잠근 뒤 다시 코를 풀었고, 그를 돌아보며 말했다.

— 나한테는 이 세상에 아무도 없다는 거 몰라요?

— 그 지휘자 몸에 달린 몽둥이에 매달려보시오. (오, 그녀가 다가온다면, 손을 내민다면, 나는 그대로 안아줄 것이고, 그러면 모든 게 끝날 것이다. 그녀는 왜 다가오지 않는 걸까?) 뭐라고 했소? 내가 저속하다고?

— 아무 말도 안했어요.

— 그렇게 생각했으면서! 당신한테 고귀함은 더없이 세련된 단어들을 사용하고 천박하다고 여겨지는 말들은 쓰지 않는 걸 뜻하지. 그러면서 그 천박한 말들이 가리키는 그것은 최대한 자주 하고. 난 그 지휘자 몸에 달린 몽둥이에 매달려보라고 말했고, 그랬기 때문에 저속한 인간이 됐는데! 당신의 속눈썹 하나하나가 그렇게 외치고 있잖소! 하지만 그러는 당신은, 그래, 고귀한 당신은, 불쌍한 남편이 믿음과 사랑으로 당신을 기다리는 동안 열쇠를 걸고 방 안에 틀어박혀 아무도 몰래 그 디치라는 자와 뭘 했소?

— 내가 D와 함께 한 일이 나쁜 짓이라면……

그녀의 말이 재미있어서, 고통스러워서, 그는 도중에 웃음을 터뜨렸다. 어찌 저리 정숙하고 조신한 척하는가! 그자 전부가 아니라 첫 글자하고만 잤단 말인가! 첫 글자하고 놀아나느라 남편을 배신했단 말인가!

— 그래, 무슨 말을 하려는 건지 알겠소. 당신이 그 디치라는 자와 한 일이 나쁜 짓이라면, 나와 함께 한 일도 나쁜 짓이지. 내가 그걸 모를 줄 아는 거요? 난 이미 그 댓가를 톡톡히 치르고 있잖소!

— 그게 무슨 말이죠?

그렇다. 적어도 그는 불륜에 뛰어든 댓가로 단둘이 고독하게 사랑해야만 하는 지옥에 있지 않은가. 열세달 전부터 매일매일 그녀의 사랑이 줄어드는 것을 고통스럽게 느끼면서, 하루 스물네시간 그녀와 단둘이 살아가야 하는 지옥에! 오케스트라를 지휘한다는 운 좋은 작자는 그녀와 가끔씩만 만나면서 감미로움을 누렸는데. 지긋지긋하도록 멍청한 남편의 존재로 인해 더욱 짜릿해지는 영원한 축제를 누렸는데.

— 그게 무슨 말이냐고요? 그녀가 다시 물었다.

우리가 지금 아주 오랜만에 비타민결핍증을 벗어나지 않았냐고, 드디어 함께 있어도 재미있지 않냐고 한번 소리쳐볼까? 하지만 그러고 나면 저 불행한 여인에게 무엇이 남는가. 안된다, 그런 모욕까지 안겨서는 안된다.

— 무슨 말을 하려던 건지 나도 모르겠소.

— 좋아요, 그럼 이제 날 내버려두면 고맙겠어요. 옷을 입어야 해요.

— 오케스트라 지휘자의 뒤를 이어받은 남자 앞에서는 치마를 입는 게 거북하오? 그가 지나가는 말처럼, 기계적으로, 마음의 고통 없이 말했다. 너무 지쳤다.

— 부탁이에요, 제발 날 좀 내버려줘요.

그녀의 방을 나선 뒤 기다리는 동안 그는 불안을 떨칠 수 없었다. 그녀가 정말로 떠나버릴까? 잠시 뒤 곱게 화장을 한 그녀가 그가 가장 좋아하는 우아한 회색 투피스 차림에 가방을 들고 나타났다. 너무도 아름다웠다! 그녀는 천천히 문 쪽으로 다가가 천천히 문을 열었다.

— 잘 있어요. 그녀가 마지막 눈길을 던졌다.

——당신이 새벽 3시에 집을 나서는 건 아무래도 마음이 불편해서 안되겠소. 7시까지 그 좁은 역에서 뭘 하겠다는 거요? 더구나 밤에는 대합실도 닫혀 있소. 여기 있다가 출발 시간 다 돼서 나서는 게 좋겠소. 추운데 밖에 있는 것보다 덜 피곤할 거요.

——좋아요, 내 방에서 6시 40분까지 기다리겠어요. 그가 충분히 주장을 내세웠으니 이제쯤 받아들여도 자신의 명예에 흠이 가지 않겠다고 판단한 그녀가 대답했다.

——일단 쉬도록 하시오. 잠도 좀 자고. 그가 말했다. 하지만 깊이 잠들면 안되니까 자명종을 맞춰놓는 걸 잊지 마시오. 6시 30분에 맞추면 될 거요, 아니 6시 20분이 낫겠군. 역에 가려면 그 정도는 필요하니까. 자, 그럼 이제 작별 인사를 합시다. 정말로 돈을 안 줘도 되겠소?

——괜찮아요.

——그럼 됐소, 잘 가시오.

자기 방으로 돌아온 그는 흰 장갑을 벗은 뒤 곰 인형을 찾아 들었고, 장화 대신 녹색 샌들을 신기고 쏨브레로 대신 밀짚모자를 씌웠다. 하지만 마법의 힘은 오래가지 않았다. 그는 자신이 갈증을 느끼고 있다고 확신하며 부엌으로 갔고, 벽장에서 라임 주스 병을 꺼냈다가 도로 집어넣었다. 그런 다음 방으로 돌아가 다시 장갑을 낀 뒤 그녀의 방으로 가서 노크를 했다. 그녀는 오른손을 왼쪽 어깨에 왼손을 오른쪽 어깨에 닿도록 팔짱을 낀 채 가방 앞에 서 있었다. 그녀가 실내복 차림인 것을 보자 마음이 놓였다.

——방해해서 미안하오. 하지만 목이 말라서 어쩔 수 없소. 라임 주스가 어디 있는지 알고 있소?

——부엌 근처에, 어쩌면 왼쪽에 있어요. 대답하던 그녀는 만일

그가 직접 찾아 마시면 그를 다시 볼 수 없다는 생각을 했다. 그래서 자기가 가져오겠다고 했고, 그가 고맙다고 했다. 그녀는 어디서 마시겠냐고, 그의 방으로 가져갈지 아니면 이 방으로 가져올지 물었다. 자기 방에서 마시겠다고 하면 그녀가 놓고 금방 나갈 것이라고 생각한 그는 심드렁한 척 대답했다.

— 이왕 왔으니 여기서 마시겠소.

그녀가 나간 뒤 그는 거울을 보았다. 검은 실내복에 흰 장갑이 잘 어울렸다. 부엌에서 돌아온 그녀가 고귀한 자태로 은쟁반을 테이블에 내려놓았고, 라임 주스 가루와 물을 부은 잔에 은제 집게로 얼음 두조각을 집어넣고 섞은 뒤 그에게 건넸고, 그런 다음 의자에 가서 앉았다. 정숙한 여인은 다리를 가리느라 치마 밑자락을 잡아당겼다. 그가 잔을 바닥 카펫 위에 쏟아버리며 외쳤다.

— 치마 올리시오!

— 싫어요!

— 치마 올려!

— 싫어요.

— 디치도 봤으니 나도 봐야겠소!

그녀는 손을 무릎에 얹은 채로 찡그리며 흐느끼기 시작했고, 그러자 그는 더 화가 났다. 뻔뻔스럽게 내 앞에서 수줍어하다니! 다른 남자에게 보여준 것을 나한테 보여주지 않으려 하다니! 어째서 나한텐 안 보여주겠다는 건가! 그는 한참 동안 치마 올리라는 말을 되풀이했다. 같은 말을 하고 또 하면서, 나중에는 자신이 무슨 말을 하고 있는지조차 알 수 없었다. 올려, 올려, 올려, 올려! 미칠 것 같고 너무도 굴욕적이었던 그녀가 더이상 그 소리를 듣지 않기 위해 치마를 올렸고, 그러자 길고 보드라운 다리가, 허벅지가 드러났다.

─ 됐죠? 나쁜 사람, 이제 됐죠? 나쁜 사람, 이제 만족해요?

그녀는 온몸을 떨었고, 주름 가득한 찌푸린 얼굴이 무섭고 아름 다웠다. 그가 다가갔다.

─ 난 당신의 여자예요. 그의 아래 누운 그녀가 경이롭게 눈물을 흘리며 말했다. 그는 그녀에게 자신을 내던졌고, 그녀 역시 그에게 스스로를 내던지며 더이상 그렇게 고약하게 굴지 말라고 말했고, 난 당신의 여자예요 하고 다시 말했다. 그는 자신의 여자를 찬미했고, 그녀에게 자신을 내던졌다. 오 흥분에 휩싸인 사랑, 서로 부딪치는 살들의 노래, 최초의 리듬, 압도적인 리듬, 성스러운 리듬. 오 깊숙한 공격, 전율하는 죽음, 마침내 방출된 삶, 그리하여 영원한 삶을 이루는 순간의 절망적인 미소.

디치 역시 나와 똑같은 것을 누렸다! 아직 그녀의 몸에서 빠져나오지 않은 그가 생각했다. 디치도 지금 나와 똑같은 자리에 있었다! 거의 아무것도 못 느꼈다고 말했지만 그 거의 아무것도는 거짓말이다. 거의 아무것도 못 느낀다는 것은 불가능하다. 여전히 그녀의 몸에서 빠져나오지 않은 그가 생각했다. 어차피 한번 느꼈는데 그 이후에는 못 느낀다는 게 말이 안된다. 더구나 이후에 정말 쾌락이 없었다면 관계가 이어졌을 리 없다. 결국 디치와 매번 느낀 것이다. 그가 몸을 떼어냈다. 그 순간 광기에 휩싸인 그의 눈을 본 그녀가 벌거벗은 채로 침대 밖으로 뛰쳐나갔고, 집 밖으로 향하는 유리문을 열고 정원으로 달려가다가 그대로 엎어졌다. 달빛 아래 빛나는 그녀의 감미로운 나신이 환하게 드러났다. 그는 전율했다. 아무것도 안 입고 축축한 풀밭 위에 넘어져 있다니, 감기 들 텐데!

─ 돌아오시오! 헐대 괴롭히지 않겠소!

하지만 그가 다가가자 그녀는 다시 몸을 일으켜서 장미 울타리 쪽으로 뛰어갔다. 아직 어두운 나뭇가지 위에서 겁 없는 작은 새들이 다가올 여명을 기다리며 서로 사랑하고 있었고, 그녀는, 그가 무서워서, 계속 달렸다. 그는 집 안으로 들어와 라마 털 외투를 들고 나왔고, 자갈 위에 얹어놓으며 그녀에게 무서워하지 말라고, 이제 방으로 들어가서 나오지 않을 테니 어서 외투를 걸치라고 외쳤다.

자기 방으로 돌아온 그는 커튼 너머로 그녀의 모습을 살폈고, 그녀가 자기 말대로 외투를 입고 안으로 들어오는 것을 지켜보았다. 왜 단추를 채우지 않는가. 벌어진 외투 자락 사이로 가련하도록 나약한 몸이 드러났다. 단추를 잠그라, 그대여, 단추를 잠그라, 나의 보물이여, 감기 걸리지 않도록, 그대는 너무 약하지 않은가. 그가 창유리에 기대서서 중얼거렸다.

잠시 뒤 그녀의 방으로 간 그는 창백한 얼굴로, 꼼짝 않고, 퀭해진 두 눈을 크게 뜨고 자신의 삶을 응시하는 그녀의 모습을 보았다. 그녀가 고통스러워하는 것이, 자기 때문에 아프다는 것이 그는 견딜 수 없이 고통스러웠다. 저열하다. 그렇다 나는 저열한 인간, 혐오스러운 인간이다. 그녀의 고통을 덜어주기 위해 그는 자신이 고통스럽다는 것을 보여주기로 했고, 실제로 고통스럽기도 했다. 우선 그녀의 눈길을 끌기 위해 의자에 털썩 주저앉았고, 이마를 테이블에 가져다 댔다. 그는 그녀를 잘 안다. 착한 여인. 그가 고통스러워하는 것을 보면 위로해주고 싶어질 테고, 연인을 위로하고 고통을 덜어주기 위해 다가올 것이다. 그러느라 자신이 아프다는 사실을 잊을 테고, 결국 덜 아프게 될 것이다. 하지만 기다려도 그녀는 다가오지 않았다. 그가 깊게 한숨을 내쉬었다. 마침내 그녀가 다가왔고, 몸을 숙여 그의 머리카락을 어루만졌고, 그렇게 위로하느라 그녀의 불행도 누그러졌다. 그 순간 그의 눈앞에 정력 넘치는 디치가 나타났다. 오, 음탕한 여인! 그가 고개를 들었다.

— 얼마나 되지?

— 뭘 말하는 거예요?

— 그자의 키 말이오.

— 그게 무슨 상관이죠? 세상에, 도대체 뭐가 중요한데요? 그녀가 절망으로 얼굴을 찌푸리며 소리를 질렀다.

— 아주 중요하오! 그가 엄숙하게 말했다. 내 인생에서 유일하게 중요한 일이지! 자, 키가 얼마나 되오?

— 몰라요. 1미터 67센티쯤.

그는 일부러 디치라는 자가 대단한 매력을 지녔다고 믿었고, 겁에 질려 뒷걸음치며 한 손을 입술에 가져다 댔다. 이런 괴물 같은 인간이 있다니!

— 이제 다 알겠소. 그가 말했다. 그는 경악스럽다는 듯 두 팔을 들어 올린 채 방 안을 이리저리 서성였고, 그러는 동안 그녀는 울고, 신경질적으로 웃고, 웃는 자신을 증오했다. 지금 이게 지옥일까? 지옥에 떨어진 사람들은 불길 속에서도 웃는다지 않는가.

— 끔찍해요. 그녀가 말했다.

— 그렇소, 167센티라니 끔찍하지. 그가 말했다. 당신이야 어떻든, 난 그렇소. 끔찍하오. 너무 심해.

밝은 날이 다 밝았다. 죽은 사람처럼 굳어버린 그녀가 이따금 몸을 떨었고, 그는 그 앞에 서서 몇시간째 지치지 않고 말하고 또 말했다. 실내복은 바닥에 흘러내렸고, 여전히 흰 장갑을 낀 채로, 더워서 아무것도 입지 않은 맨몸이었다. 그는 닭배 세개비를 한꺼번

에 입에 물어 불을 붙였고, 그렇게 피워대는 바람에 주위에 연기가
자욱해졌고, 죄지은 여인은 그 연기 때문에 눈이 따가웠다. 그는 힘
차게 담배를 피워대며 쉬지 않고 말했다. 디치의 땀 냄새가 났고,
사랑하는 연인의 입술에 닿은 디치의 역겨운 입술이 보였다. 오, 얇
게 저민 끔찍한 네덩이의 살이 끝없이 움직이는구나. 그는 웅변가
로, 선지자로, 우스꽝스럽게, 도덕적 품위를 갖추고, 계속 말했다.
머리가 아팠다. 불륜에 빠진 남녀의 성기 그리고 미친 듯 움직이는
두 혀가 끝없이 눈앞에 어른거리는 바람에 고통스러울 정도로 머
리가 아팠다. 그는 그녀를 질책했고, 비난을 퍼부었고, 가증스러운
죄들을 하나하나 파헤쳤다. 그러고는 존경스럽던 자신의 할머니
들,『탈무드』에 따르면 벗은 몸에 해당하는 머리카락을 늘 흑옥 구
슬로 장식된 그물로 순결하게 감싸고 있던 여인들 얘기를 했고, 덕
스럽기 때문에 성적 쾌감을 즐길 줄 모르는 케팔로니아의 유대 여
인들을 칭송했고, 그 여인들에게 잘생긴 남자는 곧 거들먹거리기
좋아하는 뚱보를 뜻한다고, 그 여인들은 모두 남편만을 따르고 주
인처럼 섬긴다고 했다.

고개 숙인 채 안개처럼 자욱하게 퍼진 담배 연기 사이로 들려오
는 그의 말을 듣는 그녀는 미동도 없었다. 그는 디치와 아리안의
포옹을 우스꽝스럽게 비웃었고, 그렇게 조롱함으로써 비천하게 만
들었고, 그렇게 해서 먼 곳에 있기에 욕망을 불러일으킬 수 있는
디치의 마법을 지워버리려고 애썼다. 하지만 졸음 때문에 그리고
불행 때문에 정신이 마비된 여인은 하나도 알아듣지 못했다. 그녀
는 마침내 더이상 그곳에 있지 않기로 결심하고 몸을 일으켰다. 가
자, 그런데 기차를 타러 갈 기운은 없다. 그녀는 루아얄 호텔로 가
기로 했다. 그가 무슨 말을 하는지 알 필요도 없고 들을 필요도 없

다. 일단 자야 했다.

―난 가겠어요.

그가 다가갔고, 그녀의 귀를 아무렇게나 꼬집었다. 그녀를 아프게 하고 싶은 마음은 조금도 없었다. 하지만 어쩌란 말인가. 가지 말라고 애원할까? 그럴 수는 없다. 그는 흐물거리는 팔로, 감각 없는 손가락으로, 다시 그녀의 귀를 꼬집었다. 언쟁이 이어지고 그래서 그녀가 떠나지 못하고 남아 있게 할 수만 있다면.

―그만해요! 날 만지지 말아요!

―그자는? 그자도 안 만졌소?

―다른 방식으로 만졌어요. 졸음과 피로 때문에 바보가 된 그녀가 중얼거렸다.

다른 방식으로라니! 오, 뻔뻔스럽기도 해라! 어떻게 나한테 그런 말을 할 수 있단 말인가! 그녀를 때리고 싶은 것을 간신히 참았다. 지금 때린다면 그녀는 그대로 떠나버릴 것이다. 자명종이 울렸다. 6시 30분이다. 7시 기차를 생각하지 못하게 해야 한다.

―다시 말해보시오.

―내가 무슨 말을 했는데요?

―다른 방식으로라고 했소.

―좋아요, 다른 방식으로.

―다른 방식으로라는 게 무슨 뜻이지?

―귀를 꼬집지 않았다는 뜻이에요.

―왜 그렇소? 아무것도 생각할 수 없게 된 그가 무턱대고 물었다. 어떻게든 계속해야 했다.

―왜 그렇냐는 게 무슨 소리죠?

―그자는 왜 당신 귀를 꼬집지 않았냐는 거요.

—천박한 사람이 아니니까요.

그는 거울을 보았다. 그러니까 흰 장갑을 끼고 있는데도 이 모습이 천박하다는 것이다.

—그러면 그자는 어떻게 만졌소?

—기억 안 나요.

—어떻게 만졌는지 말해보시오.

—당신도 알잖아요! (그는 손이 올라가려는 것을 참았다.) 세상에, 당신이 지금 우리 사랑을 더럽히고 있다는 거 알기는 해요?

—잘됐군! 그리고 말해두는데, 우리 사랑이라고 하지 마시오. 우리 사랑은 이제 없소. 당신한테는 디치의 손길이 너무 많이 닿았소.

—좋아요, 난 가겠어요.

—그자한테도 난 당신의 여자예요 하고 말했소? 독일어로 했겠군? 이히 빈 다이네 프라우?

—독일어로 말한 거 없어요.

—그럼 프랑스어로?

—없어요.

—거짓말하지 마시오. 계속 아무 말도 안했을 리가 없잖소. 그때 그자한테 무슨 말을 했었지?

—기억 안 나요.

—그러니까 무슨 말을 하긴 했군. 난 꼭 알아야겠소.

—세상에, 당신은 도대체 왜 계속 그 사람 얘기만 하는 거죠?

맞는 말이었다. 그자에 대해 계속 얘기하고, 그들의 포옹을 들먹이고, 그럼으로써 오히려 그자의 위력을, 멀리 있는 자만이 지닐 수 있는 마법을 내 손으로 부풀리고 있었다. 결국 디치라는 자를 자기 손으로 그녀의 눈에 더 매력적이고 유혹적인 남자로 만들고 있는 것이다. 그렇다, 그녀의 머릿속에 이제는 디치가 확실히 자리를 잡았을 것이다. 나를 배반했다고 비난하면서 계속 디치의 이름을 들먹임으로써 오히려 그녀에게 지나간 기쁨을 떠올리게 해준 셈이다. 어쩌면 이제 새로워진 디치, 뜨겁게 해주는 디치하고 다시 뒹굴고 싶어질 것이다. 할 수 없다, 할 수 없다. 그래도 알아야 한다.

— 그자한테 뭐라 말했소? 그가 또박또박 음절을 끊어가며 말했다.

— 몰라요, 아무 말도 안했어요.

— 사랑하는 그대라고 불렀소?

— 절대 안했어요. 사랑하지 않았어요.

— 그런데 왜 받아들였소?

— 부드럽고 교양 있는 사람이었으니까요.

— 교양 있다고? 당신 몸을 막 쑤셔대는데?

— 당신은 참 상스러워요.

— 몸을 마구 쑤셔대는 남자는 교양 있다고 했으면서! 그가 흥분해서 고함을 쳤다. 말로 하는 난 상스럽다니! 결국 난 경멸스럽고 그자는 존경스럽다는 거로군! 그자를 존경하오?

— 그래요, 존경해요.

피로에 지치고 머릿속이 뒤죽박죽이 된 두 사람은 마치 고장난 기계처럼 간신히 버티고 서 있었다. 밖에는 함께 모인 새들이 햇빛의 찬가를 노래하고 있었다. 여전히 아무것도 안 입은 채로, 담배를 피우며, 그는 놀라운 여자를 멍하니 바라보았다. 함께 그 더러운 짓을 한 남자를 감히 존경한다고 말하다니. 그는 아픈 팔로 마치 꿈속에서처럼 힘없이 그녀를 밀쳤다. 그녀는 맥없이 넘어지면서 두 부딪칠 때의 충격을 완화하기 위해 두 손을 앞으로 내밀며 쓰러졌다. 그렇게 엎드린 채로, 한 팔을 이마 밑에 받치고, 꼼짝하지 않았다. 들춰진 가벼운 원피스 자락 아래로 허리의 곡선이 드러났다. 그녀는 길게 신음 소리를 냈고, 아버지를 불렀고, 흐느꼈다. 그녀의 엉덩이가 흐느끼는 리듬에 맞춰 올라갔다 내려왔다 했다. 그가 다가갔다.

100

　그는 가방을 나무 의자 한곳에 얹어둔 뒤 플랫폼을 성큼성큼 걸어갔고, 자판기 앞에 멈춰 서서 동전을 집어넣고는 손잡이를 잡아당겼고, 떨어지는 작은 갑들을 바라보다가 휘파람을 불었고, 허공을 올려다보며 다시 서성거렸다. 11시가 되자 문득 불안해졌다. 떠나지 말라고 그녀가 잡으러 오지 않으면 어떻게 할 것인가? 연착이 안된다면 팔분 뒤 마르세유행 기차가 들어올 것이다. 마침내 눈에 익은 차 한대가 보였다. 아게에서 오는 택시였다. 그녀가 여행 가방을 들고 내렸다. 두 사람의 눈길이 마주쳤고, 각자 웃음의 욕구를 억눌렀다. 기쁨 따위는 없는, 기계적인 웃음이었다.

　─당신도 떠나는 거요? 그가 눈을 내리깔고 눈썹을 찌푸리며 물었다.

　─그래요.

　─ 이디로 갈 거요?

─당신이 가지 않는 곳으로. 당신은 어디로 가죠?

─마르세유. 그가 웃음을 참느라 여전히 눈을 내리깐 채로 말했다.

─그럼 난 그다음 차를 타면 되겠네요.

─그런데 나올 때 잠그고는 왔소? 가스계량기 말이오.

그녀는 그런 사소한 일에는 신경 쓰지 않는다는 듯 어깨를 으쓱이고는 다른 의자로 가서 앉았다. 그들은 각자 가방 하나씩을 들고 2미터 간격을 두고 앉아 서로 모르는 척했다. 11시 5분에 그가 일어섰고, 매표소로 가서 마르세유행 일등칸 두장을 사서 플랫폼으로 돌아왔다. 가방을 들고 서 있는 동안 여전히 그녀에게는 눈길을 주지 않았다. 마침내 기관차가 분노의 함성을 내지르며 역으로 들어서서 헐떡거렸고, 승객들이 쏟아져 내렸다. 그는 곁눈질로 살피며 올라탔다. 그녀가 따라 타지 않는다면 출발 직전에 플랫폼으로 뛰어내릴 생각이었다. 그녀가 객차 안에 들어섰다.

─여기서 뭐 하는 거요? 그가 물었다.

─이 기차 타고 가요.

─표 없잖소.

─검표원한테 사면 돼요.

─그렇다면 다른 칸으로 가시오.

─여기 자리 있잖아요.

종소리가 들렸고, 신음하며 움직이지 않겠다고 버티던 기관차가 결국 증기를 내뿜고 쳇소리와 함께 몸을 떨었다. 이어 잠시 뒷걸음치고 흔들리더니 부드럽게 앞으로 나아갔다. 드디어 달리기로 작정하고 속도를 내기 시작한 기관차는 고문을 당하듯 사슬에 묶여 딸려 오는 객차들을 끌고서, 쉴 새 없이 돌아가는 바퀴들의 박자에 맞춰 앞으로 나아갔다. 그녀가 가방을 선반에 올리기 위해 일어섰다. 서툴게 애쓰는 모습을 지켜보며 그는 기분이 좋았다. 할 수 없지, 알아서 하라지. 마침내 가방을 올려놓는 데 성공한 그녀가 맞은편에 앉았다. 그들은 눈을 내리깔았다. 각자 진지한 척하고 있는 상대의 얼굴을 보았다가는 저절로 미소 짓게 되리라는 걸, 그러고 나면 웃고 말리라는 걸, 결국 자존심이 구겨지는 상황이 닥치리라는 걸 알았기 때문이다.

가볍게 흔들리는 복도를 영국인들이 조심스럽게 웃으며 지나갔고, 그 뒤로 색색으로 차려입고 껌을 씹어대는 멍청하고 씩씩한 미국 소년들이 지나갔다. 자신의 힘을 의심하지 않는 그들은 마치 세상의 주인인 양 자신 있게 거들먹거리면서 귀에 거슬리는 코맹맹이 소리를 쏟아냈다. 그 뒤로 같은 무리의 여자아이들이 지나갔다. 스코틀랜드 반스타킹을 신고, 이미 화장을 시작하고 성적 매력을 풍기는, 장차 고적대장이 될 소녀들은 껌을 씹으며 천박한 매력을 의기양양하게 내뿜었고, 역시 코 뒤쪽이 떨리는 소리로 시끄럽게 떠들어댔다.

그들은 여전히 서로 모르는 척했다. 차창 밖에서는 가지가 휜 나무들이 하나씩 빠르게 모습을 드러냈다 사라졌고, 반대 방향에서 달려오는 전신주들이 한순간 밑으로 꺼졌다가 다시 올라오기를 반복했다. 마을의 종이 울렸고, 신이 난 개 한마리가 혀를 내밀고 헉헉거리며 경사진 풀밭을 달려 올라갔고, 기차가 갑자기 비틀거리며 겁에 질린 비명을 내질렀고, 철로 사이로 자갈이 반짝였고, 차량을 매달지 않은 기관차 하나가 음란하게 헐떡거리며 지나갔고, 건널목지기가 마네킹처럼 서 있었고, 멀리 비단결처럼 보드라운 지준해 위에 흰색 장난감 같은 요트 하나가 떠 있었다.

막 피어나는 소녀 세 명이 들어왔다. 같은 칸에 앉은 남자가 잘 생긴 것을 확인한 소녀들이 신이 나서 웃음을 터뜨렸고, 각기 개성 있고 특별하다는 것을 보여주면서 그의 환심을 사기 위해 마구 떠들어댔다. 그중 하나가 어느 남자 가수 이름을 들먹이며 너무 멋있다고 했고, 또 하나는 지난주에 지독한 감기에 걸렸다고 했고, 나머지 하나가 자기도 그렇다고, 정말 기침이 심했다고 했다. 그는 자리에서 일어나 복도로 나갔고, 아코디언처럼 주름지고 양털 냄새가 나는 연결 통로를 지나 마지막 삼등칸의 문을 열고 들어가 앉았다.

자기 속도에 취한 기차는 넘어질 듯 비틀거리면서 서툴고 빠르게 달려 나갔고, 한순간 겁에 질린 비명을 내지르며 터널로 들어섰다. 연기 때문에 차창이 하얗게 변한 괴물 같은 쇳덩이 기차가 습기 맺힌 벽에 거의 닿을 듯이 덜컹거렸고, 그러다가 갑자기 들판과 평화로운 전원이 다시 펼쳐졌다. 승객들은 잘 차려입은 낯선 신사를 살피느라 힐끔거리다가 이내 자기들끼리 얘기를 이어갔다. 농사를 짓는 남자 하나가 수줍음을 떨치느라 수염이 까칠까칠한 턱을 매만지면서 옆에 앉은 여자에게 말을 걸었고, 공장에서 일하는, 실크 스타킹을 기워 신고 짙은 화장을 한 여자는 못 들은 척했다. 알프스 베레모를 쓰고 토끼털 목도리를 두른 뚱뚱한 중년 부인이 옆자리에 앉은 여자의 말에 대답을 했고, 막 뱉어낸 거짓말의 흔적을 감추기 위해 하품을 했고, 세 살짜리 아이의 길게 흘러내린 콧물을 닦아준 뒤 아이와 대화를, 다른 승객들을 의식한 어색하고 부자연스러운 대화를 시작했다. 그녀는 자기 아이한테서 큰 애들이나 할 법한 훌륭한 대답을 끌어내, 지금 자기를 지켜보고 있는 그리고 자기가 곁눈질로 관찰하고 있는 사람들의 찬탄을 받기 위해 갑자기 생뚱맞게 상냥한 목소리로 질문을 던졌다. 하지만 가증스러운 아이는 어머니가 예외적으로 너그러워지는 상황을 간파했고, 그 틈을 이용해서 고래고래 악을 쓰고 발을 구르고 침을 흘리며 마늘 소시지를 토했다. 그 너머로, 사람들과 좀 떨어진 끝 쪽 자리에 약혼한 남녀가 손톱에 시커먼 때가 낀 손가락을 깍지 끼고 있었다. 여자는 이마에 여드름이 났고, 코가 작은 남자는 밝은 밤색 체크무늬 재킷, 스탠드칼라에 지퍼가 달린 스웨터, 에나멜 구두와 보라색 양말로 멋을 냈다. 재킷 가슴주머니에는 샤프펜슬, 만년필, 레이스 달린 손수건이 꽂혀 있고, 원 안에 숫자 13이 새겨진 체인 장식도 달고 있었다. 남자는 사랑하는 여인에게 줄곧 사랑의 청원을 속삭였다. 여자는 황홀한 얼굴로 말없이 웃음을 참거나 즐거운 목소리로 정말? 하며 호응했다. 사회적인 것에 합당한, 합법적인, 당당한 권리를 누리는 남자는 여자의 엉덩이를 어루만졌고, 그 손길에 신이 난 여자는 더 매혹적으로 보이기 위해 「달빛 아래 작은 성당」[73] 곡조를 흥얼거리면서 여드름 가득한 이마를 패드가 두껍게 들어간 남자의 어깨에 기댔다.

쌩라파엘. 기차가 멈칫한 뒤 흔들렸고, 사정없이 두들겨 맞는 강아지처럼 날카로운 고함을 내지르며 더 안 가겠다고 버텼다. 마침내 피로로 지친 긴 한숨과 함께 몸을 떨던 기차가 꾸르륵대는 금속성의 복명을, 이어 작은 속삭임을, 이어 마지막 숨을 내쉬었다. 새 승객들이 거침없이 올라탔고, 원래 타고 있던 승객들은 경계하며 맞이했다. 그중 한 가족이 검은 베일을 쓰고 얼굴이 붉은 노파에게 이끌려 안쪽으로 들어섰다. 기차는 천식 환자처럼 쌕쌕거리며 요란한 금속성 소리와 함께 다시 출발했다. 멀리 외롭게 반짝이는 강

---

73 프랑스의 가수 레오 마르잔(Léo Marjane, 1912~2016)이 부른 노래의 제목이자 후렴구이다.

물이 나타났다가 사라졌다. 노파는 검표원에게 무리의 표를 한꺼
번에 건네주면서 제대로 표를 가지고 있다는 것이, 자기들 모두가
함께라는 것이 흐뭇해서 환하게 웃었다. 그런 다음 알프스 베레모
를 쓴 여자에게 말을 걸며 자기는 동물들이 아파하는 것을 못 보겠
다고 했고, 이어 여전히 약혼자의 손길에 몸을 맡기고 있는 여자에
게 말을 걸었다. 여장부 같은 노파의 질문에 젊은 여자는 혀로 두
툼한 입술을 적신 뒤 대답했고, 이어 남자와 함께 프로마주 드 떼
뜨[74]와 쎄르블라[75]를 먹었고, 이 사이에 낀 고기 찌꺼기를 빼내기 위
해 품격 있게, 쉬지 않고, 새가 지저귀듯 쫏쫏거렸다. 식사가 끝난
뒤 여자는 엄지손톱으로 오렌지를 까서 남자에게 건네주었고, 남
자는 오렌지 즙이 옷에 흐르지 않도록 다리를 벌리고 고개를 숙여
먹은 뒤 트림을 했다. 이어 그녀가 건네준 손수건으로 손을 닦고서
는 새 스웨터에 달린 지퍼를 올렸다 내렸다 했다. 그러는 동안 기
차는 속도를 높였고, 잠시 비틀거렸고, 이내 놀랄 만큼 빠르게 달
려 나갔다. 여자는 포도주 기운에 얼굴이 벌게져서 땀을 흘렸고, 재
치 있는 척하느라 차창 밖에 보이는 사람들을 향해 힘차게 손을 흔
들며 안녕 안녕 안녕 인사를 했다. 승객들이 웃음을 터뜨리자 사랑
하는 여인이 성공을 거둔 데 뿌듯해진 남자가 사랑을 표현하기 위
해 배 돛 모양의 귀걸이를 한 여자의 귀에 살짝 입을 맞췄고, 매력
적인 여자는 마구 웃어대다가, 조용히 해 당신 때문에 못살겠어 외
쳤고, 잠시 뒤에는 이제 좀 그만하라고 소리를 질렀다. 하지만 얼굴
이 벌겋게 상기된 젊은 남자는 자신의 정열을 알리는 행위를 중단
하지 않았고, 여드름 난 예쁜 여자는 장난스럽게 남자의 따귀를 때

---

74 익힌 돼지머리 고기를 다진 뒤 식혀서 편육으로 먹는 요리.
75 소고기와 돼지고기를 갈아 소 창자에 넣은 뒤 훈연해서 만든 스위스의 소시지.

린 뒤 기다렸다는 듯 혀를 쏙 내밀고는 석탄처럼 새까만 눈으로 사람들의 반응을 살폈다. 쏠랄은 자리에서 일어섰다. 프롤레타리아들과 충분히 부대꼈다. 꼬꼬댁거리면서 쉬지 않고 떠들고 웃어대던 멍청한 소녀 셋은 쌩라파엘에서 내렸을 테니, 이제 부유한 자들의 세계로 돌아가자.

그녀는 모범생 아이 같은 목소리로 그가 집에서 말한 기차 시간, 그러니까 이른 아침에 아게에서 마르세유로 가는 기차가 있다는 얘기가 틀렸다고 말했다. 조금 전 소녀들한테 기차 시간표를 빌려 확인했더니 마르세유행 첫 기차는 그들이 지금 타고 있는 이 기차라고 했다. 잘됐군, 그가 눈길을 주지 않은 채로 대답했고, 두 사람 사이에 장벽을 만들기 위해 담배에 불을 붙였다. 잠시 침묵이 흐른 뒤 그녀가 이 기차는 굉장히 빠르다고, 13시 39분이면 마르세유에 도착할 거라고 했다. 잘됐군, 그가 대답했다. 다시 침묵이 흘렀다. 그녀가 어차피 기차가 쌩라파엘에도 서는데 괜히 깐까지 돌아가서 탔다고 말했다. 택시 운전수 때문이라고, 조금이라도 먼 데로 가려고 일부러 잘못 가르쳐줬을 거라고 덧붙였다. 그는 대답하지 않았다. 그녀가 일어섰고, 그의 곁으로 와서 앉았다. 괜찮죠? 그녀가 물었다. 그는 대답하지 않았다. 그녀는 그의 팔을 잡았고, 수치심으로 난감해진 그에게 지금 괜찮은 거냐고 물었다. 괜찮소, 그가 대답했다. 나도 괜찮아요, 그녀가 대답했고, 상처 난 그의 손에 입을 맞췄고, 그녀가 사랑하는 어깨에 고개를 기댔다.

기차가 뚤롱[76]에 멈췄을 때 화들짝 잠에서 깨어난 그녀가 가스계

<hr>

76 프랑스 남부 해안 도시. 쌩라파엘과 마르세유 중간에 위치한다.

량기는 잠그고 왔다고 중얼거렸다. 흰색 재킷을 걸친 식당 칸 급사가 작은 종을 흔들고 지나가며 두번째 식사 서비스를 알렸다. 그녀는 배가 고프다고 말했다. 그가 자기도 그렇다고 말했다.

101

그들은 오후 내내 손잡고 거리를 거닐다가 막 호텔로 돌아왔다. 온갖 먹거리 노점이 늘어선 시끌벅적한 롱그데까삐생 거리, 어시장과 그곳에서 활기차게 수다를 떠는 사람들, 롬 거리, 쌩페레올 거리, 깐비에르, 비외뽀르, 그리고 천연두 자국이 얽은 얼굴에 몸이 유연한 남자들이 허리를 흔들며 위태롭게 돌아다니는 험상궂지만 정겨운 골목들까지, 그녀는 마르세유의 모든 것이 좋았다.

그가 욕조 안에서 흥얼거리는 소리를 듣고 기분이 좋아진 그녀가 거울을 보며 미소를 지었다. 이 실내복에 잘 어울리는 실내 슬리퍼와 진주 목걸이를 가져오길 잘했다. 그녀는 다시 미소를 지으며 조금 전 룸서비스로 받은 냉요리들을 살폈고, 그가 좋아하는 것들로 잘 골라 주문한 것이 뿌듯했다. 전채, 연어, 냉육, 초콜릿 무스, 미니 케이크, 샴페인. 거기다 초 다섯자루를 꽂을 촛대를 가져다달라고 한 것도 좋은 생각이었다. 촛불이 있으면 식사 자리가 좀더 은

은해질 것이다. 다 괜찮았다. 이곳으로 온 이후 그는 계속 다정했다.

그녀가 초를 꽂기 위해 상자를 열려 할 때, 그가 아름다운 천연 실크 실내복을 입고 들어섰다. 그녀는 앞머리를 매만졌고, 마치 남색가 같은 우아한 손짓으로 테이블을 가리키며 말했다.

─전채 색들이 얼마나 고운지 좀 봐요. 스웨덴 것도 있고 러시아 것도 있어요. 모두 내가 직접 골랐어요. 저기 조그마한 황금색은 쒸뻬옹이라는 작은 오징어인데, 급사장 말이 프로방스 지방 특산물이래요. 아주 맛있어 보이죠? 그래도 여기 향초 소스에 찍어서 먹어야 해요. 어때요, 그대, 내 생각 한번 들어볼래요? 당신은 침대로 가요. 내가 식사를 가져가고, 당신이 맛있게 먹는 동안 책을 읽어줄게요. 괜찮죠?

─아니, 테이블에서 함께 먹읍시다. 식사부터 하고, 그다음에 침대로 갈 테니 그때 책을 읽어주시오. 당신이 책 읽는 걸 들으며 미니 케이크를 먹겠소. 물론 원한다면 당신도 함께 먹고.

─물론이죠, 그렇게 해요. 그녀가 모성애를 담은 뾰로통한 표정으로 말했다. (이 사람을 내가 어떻게 원망할 수 있겠어? 그녀가 생각했다.) 이제 촛불을 켤게요, 아주 부드러운 분위기가 될 거예요. (그녀가 상자를 열고 초 하나를 꺼냈다.) 굉장히 굵네요, 들어가려나 모르겠어요.

그가 날쌘 표범처럼 벌떡 일어섰다. 오, 꽉 쥔 저 순결한 손! 오, 천사 같은 저 잔혹한 미소!

─초는 그냥 두시오, 부탁이오. 그가 눈을 내리깔고 말했다. 초는 필요 없소. 난 초를 켜는 게 싫소. 원래 싫어하오. 안 보이게 치워버리시오, 제발. 고맙소. 자, 이제 한가지만 물어보겠소. 별로 거북할 게 없는 딱 한가지만. 당신이 대답만 한다면 화내지 않겠다고 약속

하겠소. 저녁에 짐 가방도 챙겨 갔소? 밤을 함께 보내려 했을 때 말이오. (그는 문장을 다 채워넣지 못했다. '함께' 앞에 '디치와'까지 붙이는 것은 너무도 끔찍했다.) 그러니까 짐 가방 말이오, 저녁에.

—그래요. 그녀가 떨리는 목소리로 대답했고, 그는 한순간 병든 개가 되어 간신히 고개를 들었다.

—작은 가방이었소?

—그래요.

—그랬겠지. 작았겠지.

가방 안의 끔찍한 내용물이 눈에 선했다. 곱디고운 실크 실내복, 혹은 비치는, 그나마도 금방 벗어던졌을 치마 잠옷. 그리고 빗, 칫솔, 크림, 파우더, 치약, 잠에서 깨어난 뒤 행복한 아침을 위해 필요한 물건 일체가 들어 있었으리라. 오, 잠 깬 뒤의 키스. 부아뉴는 진정 혐오스러운 여자다. 또 뒹굴기가 끝난 뒤 그자한테 읽어주기 위해 마음에 드는 책도 챙겨 갔을 것이다. 그녀는 원래 좋아하는 게 있으면 다른 사람과 함께하려 한다. 그렇게 고상한 독서를 함께하면 더러운 간통을 고귀함으로 덮어버림으로써 양심의 가책을 줄일 수 있다. 그자를 쎄르주라고 불렀을까? 그렇든 아니든 나한테와 똑같이 그대 하고 불렀을 테고, 불을 끈 어둠속에서 역시 나한테와 똑같은 은밀한 말을 했으리라. 아니 어쩌면 모두 그자한테 배운 것일 수도 있다. 그녀의 숨결이 항상 향기롭다고 믿게 만들기 위한 카테쿠 방향정[77]도 가방 안에 들어 있었을 것이다. 이따금 깊고 긴 키스를 하는 사이에 표 안 나게 재빨리 한알을 꺼내서 입속 깊숙이, 오케스트라 지휘자의 혀가 닿지 않도록 왼쪽 뺨 뒤 사랑니 가

───────────

[77] 아까시나무의 미모사 같은 콩과 식물에서 추출한 원료인 카테쿠(까슈) 가루로 만든 알약 모양의 구강용 방향제.

까이에 슬그머니 집어넣었으리라.

—그걸 입안에 한개 넣었소, 여러개 넣었소?

—뭘 말하는 거죠?

—방향정 말이오.

—그런 것 쓴 적 없어요. 그녀가 한숨을 내쉬며 말했다. 자, 이
제 식사해요. 아니면 외출할까요?

—마지막 한가지요. 그러고 나면 더이상 묻지 않겠소. 그자의
집에 가서 곧장 옷을 벗었소? (그의 혈압이 위험수위까지 올라갔
다. 그녀가 정숙함을 벗어던진 채 옷을 벗는, 아니 어쩌면 정숙하
게, 사실 그게 더 나쁘다, 그렇게 옷을 벗는 동안, 디치의 혀는 이미
탐욕스러운 욕정으로 날름거렸으리라!) 자, 어서 대답해보시오!
보다시피 난 아무렇지도 않소. 당신 손을 잡고 있겠소. 그것만 알면
다 끝이오. 들어서자마자 곧장 옷을 벗었소?

—아뇨, 어떻게 그러겠어요.

오, 어떻게 그러겠냐니, 뻔뻔하기는! 어떻게 그러겠냐는 말은 자
기는 순수한 사람이라서 곧바로 옷을 벗을 수 없다는, 그러지는 않
는다는 뜻이다. 그런 짓은 조금 더 진전된 후에 가능하다는, 그러
니까 몽롱한 눈길과 영혼의 함량을 부풀린 뒤에야 고결한 스트립
쇼가 가능하다는 뜻이다. 그렇다, 이런 게 바로 그녀가 속한 계급이
꿈꾸는 이상적인 추잡함이다. 우선 감정이 무르익어야 하는 것이
다. 달콤한 휘핑크림, 돼지의 발을 가리는 크림! 위선이 아니고 뭔
가! 어차피 다 벗으러 가면서!

그만, 그만, 이제 더 생각하지 말자. 더이상 그들을 눈앞에 떠올
리지 말자. 저기, 당장이라도 숨이 넘어갈 듯 하얗게 질려서, 무릎
을 떨며, 그를 제대로 쳐다보지도 못한 채 고개를 숙이고 판결을

기다리는 가련한 여인을 불쌍히 여기자. 저 여인이 언젠가는 죽음을 맞이하리라는 것을 기억하자. 오월의 미녀에서 비 내리던 날을 기억하자. 과자 이름은 기억나지 않지만 아무튼 남은 게 없냐고 물었더니 그녀는 쏟아지는 소낙비를 뚫고 쌩라파엘에 가서 사왔다. 하물며 기차도 택시도 끊긴 터라 걸어서 다녀왔다. 가는 데 11킬로미터, 오는 데 11킬로미터, 합해서 여섯시간을 걸었다. 전날 자기 방에서 잠든 그는 그녀가 나가는 것도 몰랐다. 아침에 그녀가 써놓고 간 쪽지를 보았을 뿐이다. 당신이 먹고 싶어하는 게 떨어졌다는 걸 참을 수가 없어요. 맞아요, 할바예요. 그는 저녁때 돌아온 그녀의 상태를 보고서야 걸어갔다 왔다는 것을 알았다. 그렇다, 하지만 그래서 끔찍하다. 그토록 절대적으로 사랑해주는 여인이, 털이 수북한 디치의 손이 블라우스 단추를 푸는 것을 받아들였다니. 오, 그녀가 사랑하던 흰머리, 오 검은 콧수염!

그녀가 고개를 들었고, 애원하는 눈길, 사랑이 담긴 아름다운 눈길을 보냈다. 어쩌자고 그자의 털북숭이 손이 몸에 닿는 것을 허락했단 말인가? 그래놓고 무슨 권리로, 꼴로니에서의 첫번째 밤에 돌아가려고 나서는 나에게 오늘밤 자기는 잠들지 않을 거라고, 무슨 일이 일어난 건지, 이 기적 같은 일을 생각해볼 거라고 말했단 말인가? 디치를 받아들였으면 디치의 소유물답게 그자와 함께 있었어야지!

— 딱 한가지 놀라운 게 있소. 그가 오징어 튀김용 향초 소스가 담긴 배 모양의 은그릇을 지그재그로 위태롭게 움직이며 귀에 감기는 부드러운 소리로 말했다. 딱 한가지 놀라운 건 바로 당신이 날 아드리앵이나 쎄르주라고 잘못 부른 적이 없다는 거요. 놀랍잖소. 헷갈릴 법한데 항상 쏠이라고 꼭도 부르다니. 아예 아드리세르

졸랄이라고 부르면 멋질 것 같은데, 안 그렇소? 그러면 모든 쾌락을 동시에 누릴 수 있잖소.

— 그만해요, 제발요. 당신은 나쁜 사람이 아니에요, 난 알고 있어요. 정신 차려요, 쏠.

— 그건 내 이름이 아니오. 날 진짜 이름으로 부르지 않으면 앞으로는 절대 당신을 안지 않겠소, 아드리세르졸랄의 쾌락을 주지 않겠소. 아니면 차라리 3번 씨라고 부르는 건 어떻소?

— 싫어요.

— 어째서?

— 당신을 모욕하고 싶지 않아요. 당신은 내가 사랑하는 그대니까요.

— 난 당신의 그대가 아니오. 다른 남자에게 쓰던 말은 싫소. 오로지 나만을 위한 말, 진정한 말이어야 하오. 자, 남자를 수집하는 여자여, 일말의 진실이라도 터놓아보시오! 3번 씨라고 불러보란 말이오!

— 싫어요. 그녀가 아름답고 도도한 눈길로 똑바로 쳐다보며 말했다.

그는 그런 그녀의 모습이 경이로웠다. 그래서 소스가 든 그릇을 벽에 던져볼까 생각했다. 하지만 그랬다가는 호텔 측과 말썽이 생기리라는 생각에 포기하고 라디오를 틀었다. 끔찍한 무솔리니의 연설, 군중의 환호. 그런데 나는 무엇을 하고 있는가? 그저 방어할 힘조차 없는 연약한 여인을 죽도록 괴롭히고 있다. 자기는 디치가 싫다고, 그 남자와는 단 한번도 쾌락을 누리지 못했다고 소리라도 지른다면 얼마나 좋을까. 하지만 그의 마음을 달래줄 그 유일한 말을 그녀는 거짓말일지언정 하지 않았고, 앞으로도 하지 않을 것이다. 옛 연인을 부인하거나 더럽히거나 우습게 만드는 짓을 하기에 그녀는 너무 고결했다. 그래서 그는 그녀를 존경했고, 그녀를 증오했다.

— 제발 정신 차려요. 그녀가 두 손을 내밀며 말했다. (그가 눈썹을 찌푸렸다. 무슨 권리로 이렇게 다정하게 정신 차리라고 말하는가.) 쏠, 정신 차려요. 그녀가 다시 말했다.

— 그건 내 이름이 아니라고 했잖소. 내 이름을 제대로 부르면서 말하면 정신 차리겠소. 자, 용기를 내시오!

잠시 침묵이 흐른 뒤 그녀가 결국 그가 원하는 대로 했다.

— 3번 씨, 정신 차려요.

그가 양손을 비볐다. 드디어 일말의 진실이 드러났다. 그는 미소로 감사를 표했다. 하지만 그 순간 흰 나비넥타이를 맨 정장 차림의 오케스트라 지휘자가 실크 블라우스의 단추를 풀고 있었다. 오, 황금빛 가슴 위에 검은 콧수염이라니! 오, 비둘기처럼 구구거리는 그녀의 입 위에, 수북한 흰 머리카락에 수염이 난 아기의 입이 있고, 그 입이 빨고 있다. 단호하게 게걸스럽게 고개를 끄덕이며 빨고 있다. 오, 앞니들과 혀에 에워싸인 젖꼭지여! 그래놓고 이제 와서 성녀인 척하다니, 고개를 숙이고 조신한 척하다니! 오케스트라의 아기가 앞니를 벌리고 털이 난 혀, 황소의 혀로 독일군 군모보다 뾰족해진 젖꼭지를 핥는다! 그렇게 황소가 핥는 동안, 피아노로 성가를 연주하던 여인이 미소를 짓는다! 오! 이제 털북숭이의 손이 치마를 들춘다! 그는 혐오감을 주체하지 못해 전율했고, 들고 있던 호박 묵주를 떨어뜨렸다. 그녀가 줍기 위해 몸을 숙이는 그 순간 가슴이 드러났다. 그때와 같은 것, 새것으로 바뀌지 않은, 다른 남자가 쓰던 것과 똑같은 것! 다 그대로다! 이제 그자와 그자의 손에 난 털만 있으면 된다!

──그자가 짝짓기할 때 하는 독일인 특유의 방식이 있었소?

그녀는 대답하지 않았다. 그가 초콜릿 무스 그릇을 들어 다른 남자와 짝짓기한 여자를 향해, 그녀가 맞지 않도록 일부러 옆을 겨냥해서 던졌다. 그런데 계산이 틀렸다. 원래 그는 이런 우스꽝스러운 곡예에 재주가 없었다. 그가 던진 초콜릿 무스는 정확히 그녀의 아름다운 얼굴에 맞고 나서 사방으로 튀었다. 짙은 갈색의 초콜릿 무스가 흘러내리는 동안 그녀는 미동도 없이 그대로 앉아 있었다. 그녀는 오히려 복수의 쾌감을 느꼈고, 한 손을 뺨에 가져다 댄 뒤 초콜릿 무스 범벅이 된 자기 손을 응시했다. 그가 돌아오길 기다리며 거리를 걷던 의기양양한 사랑의 발걸음은 결국 이런 결말을 향한 것이었다. 그는 욕실로 달려가 수건을 들고 왔고, 불명예를 뒤집어쓴 그녀의 얼굴을 한 끝자락을 적신 수건으로 부드럽게 닦았다. 무릎을 꿇고 그녀의 원피스 밑자락과 그녀의 맨발에 입을 맞추었고, 눈을 들어 그녀를 바라보았다. 가서 누워요, 그녀가 말했다. 나도 갈게요, 머리카락을 만져줄게요, 재워줄게요.

불현듯 잠에서 깨어난 그들은 어둠속에서 손을 잡았다. 나는 비열한 인간이오, 그가 중얼거렸다. 그런 말 말아요. 그렇지 않아요. 당신은 고통스러운 거예요. 그녀가 말했다. 그는 그녀의 손에 입을 맞췄고, 눈물로 그녀의 손을 적셨고, 내 마음을 증명할 수만 있다면 당장이라도 이 얼굴을 잘라버리겠다고, 테이블 위에 있는 칼로 베어내겠다고 말했다. 당신이 원한다면 지금 당장 하겠소! 아니에요, 그대, 그러지 말아요. 당신은 고통스러운 거예요. 그녀가 말했다. 당신의 얼굴을 계속 볼 수 있게 해줘요. 당신의 사랑을 누리게 해줘요. 그녀가 말했다.

그가 갑자기 몸을 일으켜 불을 켰고, 담배에 불을 붙인 뒤 연기를 깊이 들이마시면서 눈썹을 찌푸렸다. 크고 날씬한 몸이 성큼성큼 방 안을 오갔고, 콧구멍은 연기를, 눈은 독기를 내뿜었고, 격분한 뱀들처럼 곤두선 머리카락이 이리저리 흔들렸다. 분노의 대천사가 된 그가 침대로 다가오더니 입고 있던 실내복의 허리끈을 새총처럼 겨누며 그녀를 위협했다.

— 일어서시오. 그가 말했고, 그녀가 그의 말대로 일어섰다. 교환수한테 주네브로 연결해달라고 하시오. 그런 다음 그자한테 전화하시오.

— 싫어요, 부탁이에요. 이러지 말아요. 난 못해요.

— 같이 자기도 했으면서! 전화하는 것보다 더 심한 일이었잖소! 자, 빨리 전화하시오. 번호는 외우고 있겠지? 자, 그자한테 추억을 되살려주란 말이오!

— 이제 그 사람은 나한테 아무것도 아니에요. 당신도 알잖아요.

그는 간에 통증을 느끼며 혐오스럽게 그녀를 바라보았다. 이런 식으로 한 남자를 버리고 다른 남자에게로 옮겨가는가! 은밀한 쾌락을 나누던 남자를 아예 세상에 없는 존재로 만들어버리다니! 여자들이란 도대체 어떻게 생겨먹은 존재인가? 오, 디치를 바라보던 눈으로 감히 나를 바라보다니! 조금 전에는 디치의 몸 구석구석을 더듬던 손으로 내 손을 잡기까지 했다!

— 자, 전화하시오!

— 제발요, 자정이 넘었어요. 난 너무 피곤해요. 어젯밤 아게에서 우리가 어떤 시간을 보냈는지 생각해봐요. 난 죽을 만큼 피곤해요. 더이상 못하겠어요. 그녀가 흐느꼈고, 쓰러지듯 침대에 누웠다.

─그렇게 위를 보고 눕지 마시오! 그가 명령했고, 그녀는 어리
둥절해하며 몸을 돌려 엎드렸다. 그건 더 나쁘군! 그가 악을 썼다.
나가시오, 당신 방으로 가! 당신도 그자도 더이상 보고 싶지 않으
니까! 가버려, 음탕한 여자 같으니!

수척해진 음탕한 여인이 나갔다. 당황한 그가 자기 손을 바라보
았다. 그녀가 필요했다. 그녀는 그에게 남은 유일한 재산이었다. 다
시 그녀를 불렀다. 방문 앞에 나타난 그녀는 창백한 얼굴로 꼼짝
않고 서 있었다.

─자, 왔어요. (그는 그녀의 불끈 쥔 두 주먹이 좋았다.)

─대낮에 붙어먹으러 간 적도 있소?

─세상에, 이럴 거면 우리가 뭣 하러 같이 사는 거죠? 이런 게
사랑인가요?

─오후에 가서 붙어먹은 적도 있소? 대답하시오. 오후에 가서
붙어먹은 적도 있소? 대답하시오. 오후에 가서 붙어먹은 적도 있
소? 대답하시오. 대답할 때까지 계속 물어볼 거요. 오후에 가서 붙
어먹은 적도 있소? 대답하시오.

─그래요, 그러기도 했어요.

─어디서?

─붙어먹었다고요! 그녀가 도망치면서 악을 썼다.

오라고 부르지 않고도 그녀가 돌아오게 만들기 위해 그는 청동
잉크스탠드를 들어 옷장의 거울을 향해 던졌다. 그런 다음 컵과 접
시들을 깨뜨렸다. 그녀는 움직이지 않았고, 그는 더 화가 났다. 다
시 던진 샴페인 병이 벽에 부딪치며 박살 난 것이 가장 큰 효과를
거두었다. 겁에 질린 그녀가 다가왔다.

─또 뭘 원하지? 꺼져!

그녀는 뒤돌아서서 무대를 떠났다. 그는 실망했고, 벽지를 뜯어낸 뒤 둘러보았다. 방이 추하다, 엉망이다. 바닥에는 그가 깨버린 것들이 널브러져 있고, 거울은 생명을 다했다. 그는 머리카락을 마구 헝클어뜨렸고, '보이 께 싸뻬떼'를 휘파람으로 불었다. 그만하고 화해하고 싶었다. 좋다, 화해하자. 그가 두 방을 연결하는 문으로 다가가 가볍게 노크를 했다. 그렇다, 그녀가 들어오면 다시는 그 남자 얘기를 하지 않겠다는 각서를 쓰겠다고 하는 거다. 그대, 이제 끝났소, 더이상은 없을 거요. 사실 당신 말이 맞소, 나를 알지 못하던 때니까. 그가 다시 노크를 했고, 목을 가다듬었다.

용기 있게 시련을 버텨내는 여인이 당당하고 연약한 모습으로 그의 방에 들어섰다. 그는 그녀가 감탄스러웠다. 고귀하다, 그렇다. 정직하다, 그렇다. 아니, 하지만 그렇다면 왜 남편에게 계속 거짓말을 했단 말인가. 오, 부아뉴라는 여자, 더이상 남자와 뒹굴지 못하는 허약한 노파가 젊은 여자를 남자한테 붙여주면서 위로를 얻었으리라! 불쌍한 남편 뒵이 아침에 전화를 걸어 아내를 바꿔달라고 하면 거짓말쟁이 노파는 상냥하게 아리안이 아직 잔다고 말해놓고 재빨리 디치의 집으로 전화를 해서 알렸으리라! 오, 그렇게 그녀는 디치와 함께 낭만적이고 다채로운 삶을, 나와는 한번도 누리지 못한 삶을 살았으리라! 그리고 흰머리의 남자, 그 디치는 분명 미남이었으리라. 검은 머리, 흔하디흔한 검은 머리의 나는 어떡하란 말인가.

─자, 왔어요. 그녀가 말했다.

저 여인은 무슨 권리로 저렇게 정직한 얼굴인가? 저 얼굴은 도발하고 있다.

─나는 창녀였다, 이렇게 말하시오.

─그렇지 않아요, 당신도 알잖아요. 그녀가 차분한 목소리로 말했다.

─당신은 그자한테 돈을 줬어! 당신 입으로 말했잖소!

─난 그저 도움을 주기 위해서 돈을 빌려줬다고만 했어요.

─돌려받았소?

─달라고 하지 않았어요. 그 사람은 잊고 못 준 거고요.

여자들은 몸을 섞은 남자에게 어찌 이리 너그러운가! 화가 치밀어 오른 그가 그녀의 머리카락을 움켜쥐었다. 멍청하게 그자한테 이용당하기까지 했다는 사실에 그는 더욱 격분했다. 오, 당장 비행기를 타고 가서, 음악 어쩌고 떠들면서 여자를 등쳐먹고 사는 그 작자를 붙잡아 전부 토해내게 하리라!

─나는 헤픈 여자다, 말해보시오.

─그렇지 않아요, 난 올바른 여자예요. 놔줘요.

그는 머리카락을 놓지 않았고, 하지만 그녀가 불쌍하고 또 그녀의 모습을 망치지 않기 위해 너무 세게 당기지는 않으면서, 그렇게 아름다운 그녀의 머리카락을 이리저리 끌고 다녔다. 그저 성적 쾌락을 안겨주는 것이 고마워서 그자한테 속아 넘어간 그녀에게 화가 났고, 그자가 사기꾼이었다는 걸 제대로 이해시키지 못하는 무력한 자신에게 화가 났다. 그녀는 절대로 받아들이지 않을 것이다. 오, 익히 알려진 여자들의 너그러움이라니! 오, 여자들은 참으로 어리석다! 무기를 갖춘 남자들이 만족을 주기만 하면 그대로 속아 넘어간다! 난 올바른 여자예요. 그 사람도 올바른 사람이었어요. 고개를 흔들며, 넋이 빠진 눈빛으로, 이를 덜덜거리며, 아름다운 그녀가 되풀이해 말했다. 내 앞에서 연적을 변호하다니! 나보다 그자를 더 좋아하는 거다! 그는 머리카락을 붙잡은 채로 그녀의 얼굴을 때렸다. 하지 마! 그녀가 아이 같은, 경이롭도록 고운 목소리로 말했다. 하지 마! 때리지 말아요! 당신을 위해, 우리의 사랑을 위해서예요! 때리지 말아요! 수치심을 더 큰 수치심으로 덮기 위해 그는 또 때렸다. 쏠, 내 사랑 그대! 그녀가 외쳤다. 그 외침은 그의 영혼 깊숙한 곳을 흔들어놓았고, 그가 손을 놓았다. 내 사랑, 이러지 말아요. 이제 그만해요. 그녀가 오열했다. 나한테 이러지 말아요, 내 사랑. 당신을 위해서예요, 날 위한 게 아니에요, 내 사랑! 제발 당신을 존경할 수 있게 해줘요, 내 사랑, 그녀가 오열했다.

그는 한번 더 그녀를 품에 안았고, 한번 더 힘껏 안았다. 다신 안 그럴 것이다, 다신 안 그럴 것이다! 눈물에 젖은 두 얼굴이 달라붙었다. 어찌 이리 비열한가, 이토록 연약한, 성스럽도록 연약한 여인을 때리다니! 도와주시오, 도와줘, 그가 애원했다. 더이상 당신을 아프게 하고 싶지 않소, 당신은 나의 소중한 사랑이오, 도와주시오.

그가 갑자기 몸을 떼어냈고, 그녀는 다시 무엇인가를 보고 있는 그의 눈이 두려웠다. 나보다 더 심하게 자기 명예를 더럽힌 디치를 존경한다고, 올바른 사람이라고 했다! 디치한테 더 심한 짓을 당하면서도 울지 않았고, 디치에게는 그만하라고 애원하지도 않았다! 하지 말라고 때리지 말라고 말한 적도 없다! 나와 함께 지낸 긴 시간 동안 감쪽같이 숨기고 있었다! 무엇보다, 그 무엇보다, 처음 주네브에서 사랑이 시작된 저녁들에 처녀처럼 서툴던 모습이라니! 이미 디치를 만졌으면서, 만졌으면서!

— 만졌으면서! 만졌으면서! 만졌으면서! 그가 소리쳤고, 그녀를 밀쳤다.

넘어진 그녀는 엉망이 된 얼굴을 두 손으로 감싼 채 더이상 울지 않았고, 바닥에 뒹구는 깨진 접시의 컵 그리고 담배꽁초들을, 그리고 자기의 삶을 멍하니 바라보았다. 그녀의 사랑, 평생 단 한번의 사랑이 비루하게 끝나고 있었다. 오, 바람결에 바스락거리는 돛단배 원피스를 입고 그를 기다렸는데. 이제는 사랑하는 남자에게 얻어맞는 여자가 되었다.

그녀는 주저앉은 채로 안락의자에 팔꿈치를 기대고서 바닥에 떨어진 목걸이를, 그가 사준 아름다운 진주 목걸이를 주워 들었다. 그녀를 위해 목걸이 케이스를 열어주던 때 그는 기뻐 어쩔 줄 모르는 아이 같았다. 그녀는 목걸이를 손가락에 감았다 다시 벗겨냈고, 카펫 위에 삼각형, 이어 정사각형을 만들었다. 고통으로 감각이 무뎌지면서 이제 장난감을 갖고 노는 어린애가 되어버린 것이다. 자기를 괴롭히는 남자에게 불행을 이기지 못해 넋이 나간 모습을 보여주려고 일부러 저러는 거다, 그가 생각했다.

— 나가!

그녀가 일어섰고, 구부정한 등으로 자기 방으로 돌아갔다. 그는 혼자인 것이 두려웠다. 오, 그녀가 자발적으로 돌아와서 용서의 손짓을 해주면 얼마나 좋을까! 부르자, 그래, 하지만 그녀가 필요하다는 것은 드러내면 안된다.

— 이봐! 방탕한 여자!

우아한, 지친 그녀가 몸을 떨며 들어왔다.

— 왔어요. 그녀가 말했다.

— 꺼져!

— 그러죠. 그녀가 말했고, 밖으로 나갔다.

그는 자신이 혐오스러웠다. 피우던 담배를 던지고 새 담배에 불을 붙였다가 곧 눌러 껐다. 가방에서 미까엘이 선물로 준 금세공 주머니칼을 꺼내 허공에 던졌다가 떨어지는 것을 잡아 다시 칼집에 넣었다. 다시 그녀를 불렀다.

—이봐! 창녀!

그녀가 곧바로 왔다. 그녀는 복종함으로써 복수를 하고 있다, 그가 생각했다.

—왔어요. 그녀가 말했다.

—이거 치워!

방이 정돈되어 있든 말든 그에게는 아무 상관 없었다. 사랑하는 얼굴을 다시 보고 싶었을 뿐이다. 그녀가 무릎을 꿇고 으깨진 담배들, 거울 파편, 깨진 접시와 컵 조각을 주웠다. 그는 조심하라고, 손을 베면 안된다고 말하고 싶었지만 용기가 나지 않았다. 수치심을 숨기기 위해 오히려 공포로 통치하는 폭군 같은 차가운 눈으로 하나하나 감시했다. 오, 저 고분고분한 목덜미. 이전에는 자부심 강하던 젊은 여인이었고, 주네브에서는 그렇게 발랄하게 감정을 토로하던 여인이, 지금은 하녀처럼 엎드려 담배꽁초를 줍고 있다. 그는 목소리를 가다듬었다.

—치우는 건 이제 그만하시오. 피곤할 테니까.

그녀는 여전히 무릎을 꿇은 자세로 돌아보면서 다 끝나간다고 말했고, 다시 치우기 시작했다. 착한 모습으로 나를 누그러뜨리려는 것이다, 그가 생각했다. 아직 삶의 상처를 다 받지 않은, 금방 희망을 되찾는 가련한 아이. 아마도 순교자 역할을 포기하고 싶지 않을 것이다. 무엇보다 조금 전에 그가 다정하게 말해준 데 대한 보답으로 계속 저러고 있는 것이다. 그녀는 여전히 무릎을 꿇은 채로 두 손을 앞으로 내밀어 열심히 주웠다. 오, 그 순간, 디치 앞에 무릎을 꿇은 그녀가 나타났다! 오, 아이의 얼굴, 성녀의, 하지만 돌격하는 남자를 받아들이는 성녀의 얼굴! 됐다, 됐어, 이제 그만.

―거의 끝났어요. 그녀가 아주 얌전하고 늘 품행 점수가 좋은 착한 학생의 목소리로 말했다.

―고맙소. 그가 말했다. 이제 다 정돈됐군. 새벽 1시요. 가서 쉬시오.

―그럴게요, 갈게요. 몸을 일으킨 그녀가 말했다. 갈게요. 그녀가 구걸하듯 말했다.

―기다리시오. 먹을 것 좀 챙겨 가지 않겠소? 그가 담배 연기를 바라보며 말했다.

―괜찮아요. 그녀가 말했다.

음식을 들고 가는 게 거북해서, 경박해 보일까봐 괜찮다고 하는 것이다. 하지만 분명히 지금 죽도록 배가 고플 것이다. 그녀가 체면을 구기지 않고 고통 받는 여인의 위엄을 지킬 수 있도록, 그녀가 먹고 싶은 것이 아니라 그가 억지로 먹이는 것이 되도록, 그는 단호하게 말했다.

―난 당신이 먹기를 바라오.

―그럴게요. 그녀가 그의 말을 따랐다.

그는 몸에 제일 좋아 보이는 것으로 골라 냉육 접시, 토마토 샐러드, 작은 빵 두개를 건네주었다.

―이거면 됐어요, 고마워요. 받아 들며 수치심을 느낀 그녀가 방을 나섰다.

그는 구멍 난 거울과 구석에 쌓인 그릇 조각들을 바라보았다. 사랑이라는 정념이 참으로 대단하지 않은가. 질투 아니면 권태. 질투가 지배하면 짐승 같은 지옥. 그녀는 노예가 되고 그는 야수가 된다. 가증스러운 소설가들, 그 거짓말쟁이들은 정념을 미화하면서 멍청한 여자들과 멍청한 남자들에게 욕망을 불어넣는다. 가증스러운 소설가들, 가진 자들에게 아첨하며 욕망을 조달하는 인간들. 멍청한 여자들은 그 추잡한 거짓말, 속임수를 진짜인 줄 알고 꾸역꾸역 받아먹는다. 가장 비탄스러운 것은 그녀가 디치와의 관계를 고백한 진짜 이유, 갑자기 정직해지고 싶어진 이유다. 혼자 감당하기에는 너무 버겁다는 비밀을 털어놓게 된 속내를 그는 알고 있었다. 지난번에 산책 나갔을 때 할 말을 찾지 못한 그가 한마디도 하지 않았다. 빠리에서 돌아오던 날 저녁 육체관계를 가진 뒤 더이상은 없었다. 그리고 그 전날 저녁 다른 때보다 이른 시각에 그녀와 헤어졌다. 그래서 그녀는, 그 작은 무의식은 자기 자신의 가치를 높이고 싶어진 것이다. 질투를, 오 그렇다고 너무 심한 질투는 아니고 약간 속상해하는, 알맞은, 견딜 수 있을 만큼의 질투를 일으키고 싶었으리라. 그녀는 그저 그가 다시 관심을 갖게 만들 수 있을 만큼의 질투를 원한 것이다. 그 일을 고백하려고 그의 방으로 들어왔지만, 육체적인 것을 구체적으로 언급하지 않고 그저 자신의 삶에 다른 남자가 있었다는 정도로 모호하고 고귀하게 얘기하려 했다. 가련한 여인. 그녀는 좋은 의도로 그런 것이다.

공손하고 친절한 두번의 노크 소리. 그녀가 들어왔다. 비에 흠뻑 젖은 아기 고양이처럼 가련한 목소리로 포크와 나이프를 잊었다며 챙겨 든 뒤, 고개를 숙이고 다시 나갔다. 냅킨도 필요했지만 다시 갈 엄두가 나지 않았던 그녀는 욕실에 놓인 호텔 수건을 썼다. 그리고 서랍에 들어 있던 오래된 신문을 꺼내 여성란을 펼쳐놓고 읽으면서 맛있게 먹었다. 우리 모두 가련하구나, 인간 형제들이여.

잠시 후 그는 그녀의 방문 앞으로 가서 필요한 게 더 없느냐고 물었다. 그녀는 수건으로 입을 닦고 한 손으로 머리카락을 매만지며 괜찮다고 말했다. 이내 문이 살짝 열렸고, 레이스 종이 위에 동

그렇게 미니 케이크들이 놓인 접시가 들어왔다. 초콜릿 무스는 없소, 이미 다 썼으니까. 그가 모습을 드러내지 않고 음식만 넣어주며 혼잣말처럼 중얼거렸다. 문을 닫고 자기 방에 다시 앉은 그는 다리를 꼬았고, 금세공 주머니칼을 칼집에서 뽑아 들고 천천히 오른쪽 발바닥을 그어보았다.

102

새벽 3시가 얼마 안 남은 시각에 그가 옷을 다 차려입고 그녀의 방으로 들어와 그녀를 깨웠다. 미안하다고, 하지만 벽지가 찢어지고 깨진 그릇이 쌓여 있고 거울에 구멍이 난 방에 있기가 너무 불편하다고 말했다. 불쾌해서 있을 수 없다고, 제일 좋은 방법은 호텔을 바꾸는 거라고, 바로 옆에 스쁠랑디드[78]라는 호텔이 있다고 했다. 그런데 이곳 노아유 호텔 측에 객실을 엉망으로 만들어놓은 것을 어떻게 설명할지가 곤란한 문제라고 덧붙였다. 그녀는 몸을 일으킨 뒤 눈을 비볐고, 잠시 말이 없었다. 싫다고, 스쁠랑디드로 옮기지 않겠다고 하면 곧 눈치를 채고 다시 난리가 날 것이다. 그녀는 창백한 얼굴에 퀭한 눈으로 그를 바라보았고, 자기가 알아서 할 테니 먼저 스쁠랑디드 호텔에 가서 방을 잡으라고, 최대한 빨리 따

---

78 프랑스어로 '화려한' '휘황찬란한'이라는 뜻이다.

라가겠다고 했다. 희미한 미소를 지으며 그에게 외투를 입으라고, 이 시간이면 밖이 추울 거라고도 했다.

그는 그녀가 하라는 대로 하는 것이 행복해서 서둘러 실행에 옮겼다. 그렇다, 그럼 먼저 가 있겠다고, 지갑을 남겨놓을 테니 호텔비를 내라고, 목소리를 가다듬고 말했다. 이제 가겠소, 고맙소, 이따 봅시다. 그렇게 눈을 내리깔고, 모자를 눌러쓰고, 조금 전 칼로 그은 발을 살짝 절면서, 떳떳하지 못하게 방을 나섰다. 상냥하고 용감하며 뭐든 해결해낼 준비가 되어 있는 여인, 그가 5층 복도를 지나며 중얼거렸다.

파렴치하다, 정말 파렴치하다. 그렇다, 파렴치하다, 그가 계단을 내려오며 되뇌었다. 4층에서 그는 자기 뺨을 두번 때렸고, 자기 턱을 주먹으로 올려치다가, 너무 세게 치는 바람에 계단에 주저앉았다. 정신을 차리고 일어서 조심스레 계단을 내려가다가 2층에서 다시 멈춰 섰다. 호텔 쪽과 문제를 해결하라고 그녀 혼자 두고 오다니 너무도 비열한 짓이었다. 분개한 그는 자기 오른쪽 눈을 정말로 강한 스트레이트 펀치로 때렸고, 얻어맞은 눈이 부어올랐다. 1층에 내려와서는 코를 골며 잠들어 있는 야간 근무 직원을 피해 까치발로 빠져나왔다. 밖으로 나와서는 연설하듯 크게 손짓을 하며, 여전히 다리를 절며, 텅 빈 깐비에르 거리를 지났다. 가련한 아이, 가련한 광인, 그녀가 좁은 발코니 난간에 팔꿈치를 괸 채 그를 살피며 중얼거렸다. 무슨 일일까? 왜 다리를 저는 걸까? 이젠 그러지 말아요, 고약하게 굴지 말아요, 그녀가 중얼거렸다.

창문을 닫은 그녀가 프런트에 전화를 걸어 몸이 아파서 급하게 체크아웃을 해야겠으니 계산서를 준비해달라고 했다. 이어 가방을 챙겼고, 호텔에 남길 메모를 몇차례 연습한 다음 정서를 한 뒤 나지막한 소리로 읽어보았다. "우리의 의도와 무관하게 발생한 물리적 훼손에 대해 진심으로 사과드리며 변상금을 남깁니다." 고맙다는 말도 덧붙일까? 아니다, 여기 이 몇천 프랑이면 충분하다. 그녀는 편지와 현찰을 봉투에 넣고 그 위에 써넣었다. "노아유 호텔 지배인 앞. 급히 전달 바람."

그녀는 승강기를 탈 용기가 나지 않아 여행 가방 두개를 들고 5층에서 계단으로 내려왔다. 1층에서 직원이 미소를 지었고, 그녀는 친절한 대우를 끌어낼 수 있을 만큼 푸짐한 팁을 건넸다. 그리고 그가 객실 요금을 계산하는 동안 카운터에 펼쳐진 신문 밑에 봉투를 밀어넣었다.

택시. 흰색 스피츠 한마리를 데리고 다니는 늙은 운전수였다. 역으로 가요, 그녀는 따라 나와 가방을 실어주는 호텔 직원이 듣도록 말했다. 그래야 끔찍하도록 엉망이 된 방을 확인한 뒤에 그들을 찾을 엄두를 내지 못할 것이다. 이분 뒤 그녀는 몸을 굽혀 운전석과 승객석 사이의 유리를 두드리며 말했다. 마음이 바뀌었어요. 쏘르디드,[79] 아니 스쁠랑디드 호텔로 가요.

가슴에 통증이 퍼져나갔고, 지금이 아닌 다른 삶에서 이와 비슷한 일을 겪었던 것 같은, 경찰에 쫓기느라 호텔을 옮기고 이리저리 도망 다닌 일이 있었던 것 같은 기시감이 들었다. 이 세상에 그녀와 그, 단둘이다. 지금 그는 이 대도시 안 어느 장소에서 하나의 점을 이루고 있고, 그녀는 또다른 장소에서 다른 점을 이루고 있다. 그 두 점은 아주 가는 실로 묶여 있다. 두 운명은 이제 다시 만날 것이다. 만일 그가 호텔을 나서며 말한 대로 스쁠랑디드로 가지 않았

---

79 프랑스어로 '누추한' '불결한'이라는 뜻이다.

다면 그래도 만날 수 있을까? 그는 왜 국제연맹 일을 다시 시작하지 않는 걸까? 왜 휴가를 연장한 걸까? 무엇을 감추는 걸까? 스쁠랑디드 호텔이 보였다. 어쩔 수 없었다. 싫다고 말할 수가 없었다. 그랬다면 그는 금방 알아차렸을 것이다. 그녀는 택시에서 내리며 운전수에게 돈을 건네주었고, 흰색 스피츠를 쓰다듬으며 이 개도 홍역을 앓았는지 물었다. 그렇죠, 12년 전이었습니다, 늙은 운전수가 앳된 목소리로 대답했다.

새벽 5시, 문득 그는 주네브에 있을 때 그녀가 마르세유에 가본 적이 있다고 말한 것이 생각났다. 조용히 그녀의 방으로 들어갔고, 따끈한 비스킷 냄새를 풍기며 잠들어 있는 그녀 위로 고개를 숙였다. 아니, 그냥 두자, 나중에, 깨고 나면 물어보자.
— 마르세유에 누구와 왔었소?
그녀가 한쪽 눈을 떴고, 한 눈을 마저 떴고, 이어 어리석은 입도 깨어났다.
— 아. 무슨 일이에요?
— 마르세유에 누구와 왔었소?
몸을 일으킨 그녀가 침대에 앉았고, 한 손을 어색하게 이마에 가져다 댔다. 쌀띠엘과 쌀로몽을 데리고 바젤의 동물원에 갔을 때 본 병든 침팬지의 당혹스런 몸짓과 비슷했고, 난쟁이 라헬의 몸짓과도 비슷했다.
— 아뇨. 그녀가 바보처럼 중얼거렸다.
— 디치하고? 그가 물었고, 더이상 부인할 기운이 없는 그녀가 고개를 숙였다. 남편이 출장 간 사이에?
— 맞아요. 그녀가 힘겹게 대답했다.

—마르세유엔 뭣 때문에?

—콘서트 지휘 때문에요. 당신을 알지 못하던 때였어요.

—콘서트 지휘를 했다니, 대단하군! 다른 사람이 만들어놓은 음표를 읽을 줄 알다니 정말 대단해! 그자는 지휘를 어떻게 하오? 지휘대를 들고? 미안하오, 지휘봉이지. 호텔은 어디에 묵었소? 빨리, 대답하시오! 그가 명령했고, 다시 한 손을 이마에 가져다 대면서 얼굴을 찡그린 그녀는 당장이라도 울음을 터뜨릴 것 같았다. 여기? 이 호텔? 옷 입어!

그녀는 이불을 들춘 뒤 맨발로 바닥 카펫에 내려섰고, 몽유병 환자처럼 슬립을 입고 스타킹을 신고 한참 걸려서 가터벨트를 착용했다. 그런 뒤 가방 자물쇠를 잠그려고 낑낑거리다가 결국 못하고 벨트만 채웠다. 맙소사, 미쳤다, 정말 미쳤다. 자기 자신을 때리고 주먹에 맞아 눈 하나가 엉망으로 부어오른 것을 자랑스러워하는 광인이라니. 그는 멀쩡한 한쪽 눈으로 그녀를 바라보았다. 바로 이 호텔에, 어쩌면 이 침대에 디치와 함께 누웠으리라. 이상주의자 잉어 두마리가 펄떡거리느라 침대가 삐거덕대고, 호텔 지배인이 달려와서 두 손을 비비며 제발 설비가 상하지 않도록 해달라고 부탁한다! 그런데도 계속 펄떡거리며 난리를 치고, 지배인이 다시 와서 그들을 쫓아낸다! 침대 밑판이 부서지고 매트리스가 엉망이 된다! 그들의 소식이 마르세유의 호텔들에 퍼지고, 그들의 이름이 마르세유 호텔들이 공유하는 블랙리스트에 오른다! 그 순간 그녀가 두 번 재채기를 했고, 그는 연민을, 결국 병들고 죽을 수밖에 없는 연약한 여인을 향한 가슴이 찢어질 듯한 연민을 느꼈다. 그녀의 손을 잡으며 말했다.

—갑시다, 그대.

그는 잠옷 위에 외투를 걸친 채로, 그녀는 슬립 위에 레인코트를
걸친 채로, 각자 가방을 하나씩 들고, 손을 잡고, 그렇게 계단을 내
려갔다. 1층에서 그녀는 가방을 내려놓았고, 흘러내려 발에 감긴
주름진 스타킹을 아무 생각 없이 끌어올렸다. 머리카락이 흐트러
지고 손에 넥타이를 든 고객이 이 호텔이 너무 오래된 스타일이라
자기 취향과 맞지 않는다고, 가장 최근에 생긴 호텔을 알려달라고
하자 호텔 직원은 어리둥절했다. 하지만 고객이 꺼내놓은 돈이 그
의 마음을 움직였고, 가장 최근에 연 브리스똘 호텔을 알려주었다.

─언제 지은 겁니까?

─작년입니다.

─됐소. 쏠랄이 말했고, 직원에게 지폐를 한장 더 건네주었다.

짐 가방이 다시 택시에 실렸다. 다시 흰색 스피츠를 데리고 다니
는 늙은 운전수였다. 아리안의 가방에서 스타킹 하나가 반쯤 삐져
나오고 진한 향수 냄새가 풍겼다. 그는 왼쪽 눈으로 그녀를 바라보
았다. 이제 그만 헤어질까? 이제 그만 버릴까? 하지만 그러고 나면
그녀는 어떻게 되겠는가? 불행한 여인에게 남은 것은 오로지 그들
의 사랑뿐이다. 그리고 무엇보다 그는 그녀를 사랑한다. 오 경이로
웠던 첫날 저녁. 오늘밤은 하지 말아요, 그날 저녁에 그녀가 말했
다. 그 몇시간 전에 디치에게도 오늘은 하지 말자고 했을까? 영원
히 알 수 없는 일이다. 뜨바야 제냐, 바로 그날 저녁에 그녀가 말했
다, 뜨바야 제냐, 그 몇시간 전에 백발의 남자, 하물며 곱슬머리인
남자와 입을 맞췄으면서! 그렇다, 그녀의 입, 지금 택시 옆자리에
있는 입, 바로 그 입! 그녀는 떨고 있다. 가련한 여인, 그가 두려운
것이다. 어떻게 하면 그녀를 더이상 괴롭히지 않을 수 있을까? 디
치와 함께 가슴을 맞대고 체모가 뒤엉킨 채 누워 있는 그 광경을 어

떻게 이겨낼 수 있을까? 그녀를 혐오하게 되도록 애써볼까? 10미터에 이르는 그녀의 창자를 떠올려볼까? 그녀의 해골을 떠올릴까? 식도를 지나서 위장으로 들어가는 음식물을 떠올릴까? 그리고 결장을 포함한 나머지 부분 모두를? 정육점에 놓인, 사람들이 즐겨 먹지 않는 부위들처럼 흐물흐물하고 불그스름한 허파를? 소용없다. 그녀는 여전히 아름답고 순결하고 성스러운 나의 여인이다. 하지만 바로 그 성스러운 여인의 손이 흉측스러운 한 남자를, 그자의 동물스러운 욕망을 아무렇지도 않게 만졌다. 항상 그자와 함께 있는 그녀의 모습이 보이는데, 성스러운 여인 옆에 그녀가 싫어하지 않는 수컷 원숭이가 버티고 있는데 어쩌란 말인가. 그녀가 싫어하지 않는다는 사실이 그에게는 가장 놀랍고 충격적이다. 그렇다, 그녀는 실로 다정하고, 물론이다, 다정하고 사랑스럽다. 그가 먹을 할바를 사기 위해 몇킬로미터를 걸어갔다 왔다. 하지만 그녀는 수컷 원숭이를 만나러 가기 전에 비누칠을 하고 몸을 깨끗이 닦았다. 감미로워지고 완전히 디치의 것이 되기 위해 문지르고 비누칠하고 또 문지르고 비누칠했다. 오, 맙소사, 할 수 없다, 할 수 없다, 더이상 생각하지 말자, 그렇다, 약속하자, 명예를 걸고 약속하자.

이젠 브리스똘 호텔이네, 옷을 벗을 기운이 없어서 여전히 레인코트 차림으로 욕조에 걸터앉은 그녀가 중얼거렸다. 형편없는 욕실. 노아유 호텔이 훨씬 좋았다. 호텔 직원은 멍청하게도 여행 가방을 욕실에 올려놓았다. 쎄르주는 몸이 약했고, 조금은 무기력했고, 하지만 부드러웠고, 세심했는데. 파리 한마리가 날아와 몸에 앉자 그녀는 전율했다. 코를 훌쩍였고, 핸드백을 열어보았지만 찢어져서 못 쓰게 된 손수건밖에 없었다. 몸을 숙여 가방을 열었다, 손수건이 없다. 노아유 호텔에 놓고 왔다. 할 수 없다. 뻣뻣하고 서늘한 수건에 코를 푼 뒤 욕조에 던졌다. 문이 열렸다. 한쪽 눈이 부어올라 반쯤 감긴 채로, 다리를 절면서, 그녀의 주인이 들어왔다. 그녀는 전율했다. 왜 다리를 저는 걸까? 오, 할 수 없다, 할 수 없다.

— 당신 눈 속에 남자가 하나 있군. 그 눈을 가리시오.

저항하지 말고 그가 원하는 대로 할 것. 뭘로 가릴까? 그는 공포로 통치하는 냉혹한 주인처럼 기다렸다. 하지만 실제로 그가 기다린 것은 기적, 마법같이 순식간에 이루어지는 화해였다. 그녀는 수건 하나를 펼쳐 따스한 금색의 머리카락을 덮었다. 뻣뻣한 천이 흔들렸다.

— 그걸로는 부족하오. 입술이 그대로 보이잖소. 그 입술도 보고 싶지 않소, 너무 많이 써먹은 거니까.

그녀는 커다란 목욕 수건을 꺼내 얼굴을 덮었다. 고맙소, 그가 말했다. 흰색 텐트 아래 얼굴을 숨기자 그녀는 웃음이 터져 나올 것 같았고, 그 웃음을 미치광이 연인에게 들키지 않기 위해 흐느끼는 척했다. 그녀는 수건 틈새로 그를 살폈고, 너무 순순히 자기 말을 따르는 그녀에게 실망한 그는 다치지 않은 한 눈으로 딸꾹질하듯 흔들리는 수건을 살피고 있었다. 수건을 뒤집어쓴 저 여인을 어떻게 할 것인가? 얼굴을 볼 수 없으니 말을 할 수가 없다. 대화를 시작하려면 전화 걸 때처럼 여보세요? 하고 불러야 하는 걸까? 가짜 오열이 끝났다. 그녀의 모습이 가려진 채 소리조차 사라지자 그는 가슴이 아렸다. 그는 이마를 긁었다. 저렇게 수건을 아라비아 옷처럼 뒤집어쓰고 계속 유령처럼 앉아 있을 작정인가? 왜 더이상 움직이지 않지? 그는 겁이 났고, 당황했고, 함정에 빠진 것 같았다. 이 궁지를 어떻게 벗어날 것인가.

—이제 벗어도 되나요? 그녀가 제대로 숨을 쉬지 못하는 목소리로 물었다.

—마음대로 하시오. 그가 무심한 듯 대답했다.

—우린 지금 둘 다 너무 피곤해요. 수의를 벗어던진 뒤에도 혹시라도 다시 웃음이 터질까봐 그녀는 여전히 자기를 지켜보고 있는 그에게 눈길을 주지 않았다. 이제 좀 자는 게 어때요? 아침 6시가 지났어요.

—아침 60시요. 난 기다리는 중이오.

—뭘 기다리죠?

—내게 말해주길 내가 기다리고 있는 바로 그것을 당신이 말해주길 기다리고 있소.

—그렇게 말하면 내가 어떻게 알죠? 내가 말했으면 하는 게 뭔지 말해봐요.

—내가 말해서 들으면 그 가치가 사라지니, 당신이 자발적으로 말해야지. 자, 난 기다리는 중이오.

—그게 뭔지 내가 어떻게 아느냐고요!

—당신이 여전히 내가 원하는 그런 사람이라면 직접 알아내야 하오. 알아내든지 아니면 앞으론 입을 열지 마시오.

—좋아요, 입을 다물죠. 난 상관없어요. 다 상관없다고요. 너무 피곤해요.

그는 다시 욕조에 걸터앉은 그녀를 보았고, 그녀는 고개를 숙여 발목까지 흘러내린 스타킹을 보았다. 멍청한 여자, 어떻게 그것도 모른단 말인가. 내가 자기한테서 무엇을 기다리고 있는지를 알아내지 못하다니. 그가 듣고 싶은 것은 바로 디치가 싫다고, 디치는 못생긴 얼간이라고, 디치와 함께일 때는 한번두 쾌락을 느낀 적이 없다는 말인데. 어쩌랴, 그러기에 그녀는 너무 선량한 인간이다. 자신이 알았던 오케스트라 지휘자, 음악의 천재들에게 기생하며 피를 빨아먹고 사는, 연주가 끝나면 마치 자기가 곡을 만든 것처럼 청중에게 인사하는 그자를 부인할 수 있다는 생각조차 못한다.

그는 담배를 꺼내느라 가방을 뒤지다가 주네브에서 쓰던 검은색 외알 안경을 찾아냈다. 부어올라 잘 떠지지도 않는 눈에 외알 안경을 쓴 뒤 나머지 한 눈으로 거울을 바라본 그는 자기 모습이 마음에 들었다. 그는 담배에 불을 붙인 뒤 한숨을 쉬었다. 어떻게 해야 저 여인과 계속 살아갈 수 있을까? 그자에게 이미 했거나 그자에게서 배운 말은 안된다. 아마도 그자는 세련된 인간이고, 그녀가 잘 쓰는 수많은 현학적인 말은 분명 그때 배웠을 것이다. 통합, 괴리, 귀감 그리고 유식한 체하는 인간들이 즐겨 쓰는 끔찍한 말 명시하다, 모두 디치에게서 온 것이다. 앞으로 그녀가 명시하다라고 할 때마다 그는 목에 가시가 걸릴 것이다. 그렇다, 그자는 세련된 인간이다. 어제 기차에서 분위기가 부드러워졌을 때 그녀가 고백한 바에 따르면, 로잔 대학에서 음악사 강의도 했다. 한마디로 완벽한 한마리의 이. 더 심각한 것은 바로 그자 앞에서 했던 몸짓들, 그자에게서 배운 애정 표현 방식들이다. 그녀는 그자와 함께 모든 것을 했다. 함께 먹었고, 함께 산책을 했다. 그러니 나는 그녀와 함께 먹을 수 없고, 함께 산책할 수 없다! 그가 이마를 긁었다. 앞으로는 물구나무서서 다니라고 할까? 그건 분명 디치하고 안해봤을 테니까. 하지만 늘 물구나무서서 다닐 수는 없지 않은가. 무엇보다도 앞으로 어떻게 그녀와 몸을 섞는단 말인가. 둘이서 다 해봤을 텐데. 천장에 커다란 바구니를 달아놓고 그 안에서 할까? 너무 불편하다.

─당신도 무척 피곤해 보여요. 같이 자요, 내 방으로 가요. 그녀

가 말했고, 그의 손을 잡았다.

그녀의 방으로 간 그는 자리에 앉았고, 담배에 불을 붙인 뒤 연기를 깊이 빨아들이면서 야릇한 행복감을 느꼈다. 하지만 또다시 떠올랐다. 가장 끔찍한 건 그녀가 자기와는 불륜의 긴장이 없는 지루한 시간을 보내고 있으며 앞으로도 그러리라는 점이다. 시적인 것을 좋아하는 어리석은 여인, 여자들이 다 그렇듯이 아쉬움이 많고, 게다가 갈망이 많은 여인, 그녀의 무의식은 이미 알고 있다. 디치에 대해서는 멀리 있다는 마법의 힘 덕분에 좋은 추억들만 간직하고 있다. 그런 그녀 앞에서 남편이 된 그가 어리석게도 쉬지 않고 디치를 들먹였으니 결국 뚜쟁이가 되어 두 사람을 이어준 셈이고, 그자의 매력을 오히려 키워준 셈이다. 결국 그는 그녀의 옛 연인을 상대로 오쟁이 진 것이다. 오, 부아뉴라는 여자와 함께한 교묘한 잔꾀라니! 오, 은밀하게 디치를 만나러 가서 아무도 모르게 단둘이 밤을 보내며 얼마나 좋았을까! 다음 날 아침이면 부아뉴라는 여자가 베토벤에게 기생하는 한마리 이 같은 그자의 집으로 전화를 걸어 알려주었을 것이다. 당신 남편이 사무실이라면서 전화가 왔어요. 아직 자고 있으니 안 깨우는 게 좋겠다고 하긴 했는데, 그래도 다시 전화할지 모르니 남편한테 연락 한번 해줘요. 부아뉴, 실로 추잡한 노파! 오 불운한 쏠랄, 오쟁이 진 남편, 남몰래 누리는 펄떡거리는 밤을 줄 수 없는 지루한 남자, 부재의 후광으로 더욱 빛을 발하는 오케스트라 지휘자와 경쟁해야 하는 불행한 남자! 그녀가 그자를 싫어하게 만들 수 있는 유일한 방법은 주네브로 돌아가서 그자와 몇달간 살아보게 하는 것이다. 그러면 쏠랄은 다시 연인이 될 수 있다. 그렇다, 당장 주네브로 가라고 말하자.

하지만 고개를 든 그의 눈앞에서 그녀는 코를 풀고 있었고, 효과가 떨어질지언정 조심스럽게 콧물을 배출하는 그녀의 겸허한 모습에 그는 연민을 느꼈다. 가련하게도 그녀의 눈부신 코는 조금 부어 있고 아름답지도 않았다. 가련하게도 눈까풀 역시 울음 때문에 부어 있었다. 다가가서 안아주고 싶었지만 겁이 났고 용기는 나지 않았다. 그녀는 찢어진 손수건을 들고 앙증맞도록 살짝살짝 코를 풀었다. 그렇다, 좀더 어울리는 손수건을 가져다주자.

욕실로 간 그는 가방을 뒤져 결이 곱고 아름답고 큰 손수건을 꺼냈다. 그것을 건네주기 위해 다가간 그의 눈에 비친 그녀의 모습은 감동적이었다. 오, 겸허하게, 구걸하듯이 바라보는 그녀의 눈길. 갑자기 그가 뒷걸음쳤다. 만일 오케스트라 지휘자의 손이 그녀의 몸에 지워지지 않는 문신을 새겼다면 지금 그녀는 온몸이 푸르스름하지 않겠는가. 머리끝부터 발끝까지 전부, 어쩌면 발바닥만 빼고 온몸이 그렇지 않겠는가. 만일 그랬다면, 나는 그녀의 발바닥만 보면서 살아야 했단 말인가. 그는 손수건을 다시 주머니에 넣었다.

—내가 무슨 생각을 하는지 알고 있소? 그가 검은색 외알 안경을 눈에 잘 맞춘 뒤 물었다. 당신이 묻지 않으니 내가 말해주겠소. 당신의 친절한 중개 덕에 난 오케스트라 지휘자와 내밀한 관계를 맺은 기분이오. 그자가 내 연인이 된 셈이지. 어떻게 생각하오?

—제발 부탁이에요, 그만, 그만. 그녀가 신음했고, 그의 손을 잡았다. 하지만 그는 디치가 자기 몸에 손을 대지 못하도록 손을 뺐다.

—어떻게 생각하오?

—몰라요, 난 자고 싶어요. 6시 30분이에요.

그는 화가 치밀어 올랐다. 이 여자는 흡사 시계처럼 말한다! 자기 모습을 확인하러 거울 앞으로 간 그의 눈앞에 검은 외알 안경을 쓰고 바다를 누비는 해적, 세상의 잘못을 바로잡는 정의의 사도가 나타났다. 그는 그녀 앞으로 돌아와 다리를 벌리고 주먹을 허리에 얹은 자세로 버티고 섰다.

— 그자하고는 아침 6시 30분에 깨어 있은 적이 없소?

— 없어요, 6시 30분에는 잠을 잤어요.

해적 선장의 웃음소리가 방 안의 정적을 흔들었다. 잠을 잤다니, 참으로 뻔뻔스러운 대답이 아닌가! 당연히 잤겠지! 하지만 누구 곁에서? 그리고 뭘 하고 나서? 오, 그자가 개처럼 하는 짓을 받아들였겠지! 더 심한 것도! 오, 저 부드러운 손길로!

— 당신은 남자들을 좋아하지, 그렇지 않소?

— 아뇨, 혐오해요.

— 나는 어떻소?

— 당신도 마찬가지예요!

— 드디어! 그가 미소를 지었고, 흡족한 표정으로 코끝이 뾰족해지도록 매만졌다. 너무도 단순하고 분명하지 않은가.

— 세상에, 그 디치하고 별로 깊은 사이가 아니었다는데 도대체 왜 이러는 거죠?

— 정말로 그 디치요? 왜 갑자기 그 디치라고 부르는 거지? 밤중에 가방을 들고 일부러 찾아가던 남자한테 왜 갑자기 적의를 나타내는 거지? 조금 전에 뭐라고 했소?

— 디치 씨하고는 깊은 사이가 아니었다고 했어요.

자기 몸 위로 벌거벗고 올라탔던 남자의 이름에 씨를 붙여 부르다니! 그는 그녀의 귀를 잡았고, 그 순간 창백한 얼굴에 눈가가 푸르스름한 그녀의 모습에 연민을 느꼈다.

— 디치 씨! 그래, 디치 씨가 맞지! 디치 씨, 내 무릎을 벌릴게요,

부탁이에요, 들어와주세요, 디치 씨!

─비열해, 당신은 정말 비열해요! 과거의 소녀가 솟아나 악을 썼다. 내가 당신과 함께한 것들을 그 사람하고는 절대 안했을 거예요!

─그 사람이 누구요?

─디치!

─그자가 마치 내 친구인 것처럼 말하지 마시오. 그게 누구요?

─D.

─그자를 D라고 부르지 않았을 거 아뇨! 쎄르주라고 하시오.

─쎄르주라고 부른 적 없어요.

─그럼 뭐라고 불렀소?

─기억 안 나요!

─그렇다면 그냥 섹스 씨라고 부르시오. 자, 보다시피 난 친절하잖소. 훨씬 더 나쁘게 부르게 할 수도 있지만, 그냥 섹스 씨라고 합시다. 자, 섹스 씨!

─싫어요, 그 사람은 이제 좀 가만둬요.

─누구 말이오? 누구? 누구? 누구? 대답하시오. 누구? 누구? 누구?

─세상에, 당신 미쳤군요! 그녀가 악을 썼고, 공포심을 과장하며 관자놀이를 눌렀다. 난 이제 밤새도록 미치광이와 함께 있어야 하는군요!

─잊었나본데, 밖엔 지금 날이 밝고 있소. 뭐 상관은 없지만. 그러니까 당신은 정신이 멀쩡한 다른 남자와 밤을 보내고 싶은가보군. 그렇지 않소? 창녀 같으니.

─그만해요! 그녀가 외쳤다. 다 필요 없어요!

그녀는 유리로 된 잉크스탠드를 들어 벽으로 던지려다가 그냥 내려놓았다. 이어 화풀이 대상으로 책받침을 주워 들어 마구 비틀었고, 호텔 메모지들도 갈가리 찢어버렸다.

— 그 종이들이 당신한테 뭘 잘못했다고 그러는 거요?

— 창녀들이에요!

— 한 장 남았군, 그건 찢지 마시오. 거기다 디치하고 잤다고 쓰고 서명하시오. 저 펜대를 쓰면 되겠군, 깨뜨리지 말고.

그녀는 그의 말대로 썼고, 아리안 도블이라고 세번 서명했다. 그는 흡족한 표정으로 읽었다. 이제 확실하다. 의혹의 여지가 없다. 그는 종이를 접어서 주머니에 넣었다. 이제 증거를 얻었다. 그래도 착한 여인이다, 그가 생각했다. 다른 여자 같으면 이미 오래전에 도망갔을 것이다. 그녀는 침대에 누워 이를 부딪으며 몸을 떨며 적개심으로 불타는 눈길로 그를 바라보았다. 그러곤 괜스레 몇차례 기침을 했다. 그도 억지로 기침을 했다. 오랫동안, 세게, 병든 짐승처럼 기침을 했다.

— 왜 그래요? 그녀가 물었다. 왜 그렇게 기침을 많이 해요?

그는 더 크게, 결핵에 걸린 사자처럼 포효하며 발작적으로 기침을 했다. 그녀는 그가 걱정하게 만들려고 일부러 기침을 한다는 것을 깨달았다. 그녀가 일어서며 명령했다.

— 그만해요! 알아들어요? 그만하라고요! 기침 그만해요!

그런데도 그가 발작적인 기침을 계속하자 그녀가 다가와서 그의 따귀를 때렸다. 그가 미소 지었고, 기이하도록 침착한 얼굴로 팔짱을 꼈다. 모든 것이 정상으로 돌아왔다.

— 아리아인 여인답군, 분명해. 그가 흡족해하며 중얼거렸다.

— 미안해요, 내가 정신이 나갔었나봐요. 용서해요.

— 조건이 있소. 나와 같이 주네브로 돌아가서 그자와 자는 거요.

— 말도 안돼!

— 이미 해본 짓이잖소! 그가 쩌렁쩌렁 울리도록 고함을 질렀
다. 아, 알겠군, 잠시 말이 없던 그가 미소를 지으며 다시 입을 열었
다. 알겠어, 쾌락을 느낄까봐 두려운 거야! 그래, 그렇게 해야 하오,
꼭 해야 해! 무슨 일이 있어도 디치와 한번 자야 하오, 그래야 우리
셋 모두 진실 속에서 살 수 있지! 그자와 함께 있는 게 당신이 생각
했던 것만큼 대단하지 않다는 걸 깨달아야지! 자겠소 안 자겠소?
우리 사랑이 거기 달려 있소! 대답하시오, 자겠소?

— 좋아요, 그렇게 해요, 잘게요.

그녀가 창문으로 다가가서 바깥쪽으로 몸을 숙였다. 죽는 것은
두렵지 않았지만 허공이 두려웠고, 바닥에 닿는 순간 머리가 깨지
리라는 걸 아는 상태로 떨어지는 게 두려웠다. 그녀는 무릎을 난간
에 올렸다. 그가 몸을 던졌다. 그녀는 그가 붙잡을 시간을 주기 위
해 앞으로 이어 뒤로 몸을 흔들었다. 정작 그의 손이 붙잡고 나자
죽어버리리라 작정한 듯 발버둥쳤다. 그가 세게 잡고 놓아주지 않
았다. 그녀가 돌아보았고, 두 사람의 얼굴이, 서로 증오하며, 서로
마주 보았다. 그는 눈앞에 다가온 입술에 키스하고 싶은 욕망을 억
눌렀고, 창문을 닫았다.

— 뭘 하는 거요? 당신은 스스로 올바른 여자라 생각하오?

— 아뇨, 난 올바른 여자가 아니에요!

— 그런데 왜 나한테 미리 알려주지 않았소? 리즈에서 미리 알
려줬어야지! 우리가 계속 만나려면, 나보다 앞서 당신과 잔 남자한
테 바서만[80] 검사를 받게 하는 게 좋을 거라고 말했어야지! 내가 위

---

80 August von Wassermann(1866~1925). 독일의 세균학자로, 혈청 반응을 통해 매
독을 알아내는 진단법을 개발했다.

험할 뻔했잖소!

그녀는 침대로 몸을 던져 얼굴을 베개에 파묻고 엉덩이와 허리를 들썩이며 오열을 터뜨렸다. 오, 디치와 몸을 섞을 때도 저렇게 엉덩이와 허리를 들썩였겠지! 올바른 여인, 그를 사랑해주는 여인의 잔혹한 몸짓! 이제 그는 그녀가 정말로 올바른 여인인지, 그를 사랑하고 있는지조차 알 수 없었고, 그래서 죽도록 고통스러웠다. 지금 그의 눈앞에서 다른 남자와 파렴치한 몸짓을 해대는 저 여인은 정직한 여인, 그를 사랑해주는 여인, 아이같이 환한 얼굴로 싸부아의 농군 아낙 이야기를 들려주던 순진한 여인이다. 암소 디아망이 불쌍하다면서 가엾은 디아망, 누가 때렸구나? 했고, 그러면 똑똑한 암소가 음매 하며 슬프게 울었다. 저 여인, 백발의 그 남자, 유대인을 죽이는 종족의 일원인 그자와 달라붙어 함께 허리와 엉덩이를 흔들어대던 여인이 너무도 순진한 얘기를 신이 나서 음미하던 바로 그 여인이다. 그는 이야기에 빠져들던 그녀의 모습을 그려보았다. 그렇다, 마치 진짜인 것처럼 그녀는 농부 아낙이 말하는 것과 똑같이 가엾은 디아망, 누가 때렸구나? 했고, 그런 다음엔 아름다운 소녀 아리안이 암소가 돼서 맞아요, 때렸어요 하면서 음매음매 울었고, 그런 다음 바로 그 이야기의 하이라이트, 그 무엇보다도 감미로운 대목이 등장했다. 주네브에서 둘이 함께 이야기를 즐길 때 그들은 짓궂은 디아망이 되어 함께 음매음매 울었다. 아, 그땐 정말 바보 같고 정말 즐거웠는데, 친구이자 오누이 같았는데. 바로 그 누이가, 바로 그 소녀가 다른 남자의 끔찍한 남근을 받아들이는 안식처였다니!

—일어서시오! 그가 명령했다. 그녀가 돌아보았고, 천천히 몸을 일으켜 다가왔다. 자, 당신의 병혼을 움직여보시오!

──또 뭘 하라는 거죠? 그녀가 물었다.

──배꼽춤을 춰보시오!

그녀가 정면을 바라보며, 주먹을 꽉 쥐고 고개를 저었다. 그가 분노로 부들부들 떨며 입술을 깨물었다. 겨우 배꼽춤을 추라는데, 배만 움직이면 되는데, 그걸 거절하다니! 그자하고는, 그자가 원하기만 하면, 허리부터 무릎까지를 다 움직여서 춤을 췄으면서! 오 흰색 갈기를 가진 침팬지 밑에 누워 너무도 뛰어난 솜씨로 허리와 엉덩이를 흔들어댔으면서! 오, 추잡한 남녀! 오 수컷과 암컷, 개 두 마리, 거친 숨을 몰아쉬는 두마리 짐승! 그들이 땀을 흘리며 달라붙어 있다. 그들의 냄새, 그들의 분비물.

그녀가 기침을 했고, 그는 그녀를 보았다. 디치와 함께 쾌락을 즐기던, 숨을 헐떡거리던 암캐가 창백하고 야윈 얼굴로, 죽을 것 같은 피로에 절어, 두 주먹을, 용기를 낸 가련한 주먹을 불끈 쥐고 그의 앞에 서 있다. 초라해라, 속치마 위에 레인코트를 걸치고, 스타킹이 흘러내리고, 코는 더 커지고, 눈까풀은 눈물로 부풀어오르고, 아름다운 두 눈은 병자처럼 퀭하고 다크서클이 짙었다. 그녀는 너무도 가련했다. 그가 사랑하는 여인, 그가 사랑하는 가련한 여인이여. 오 저주스러운 몸의 사랑, 저주스러운 정념이여.

제7부

103

닫힌 커튼을 뚫고 정오의 태양이 스며든 방 안, 계속 켜놓은 전등에서 음산한 빛이 쏟아졌다. 침대에 누운 그는 눈을 크게 뜨고, 미동도 없이, 밖에서 들려오는 살아 있는 사람들의 소리에 귀를 기울였다. 그리고 커튼 위쪽 천장에서 움직이는, 다리가 위로 머리가 아래로 뒤집힌 그림자들, 해도 되는 일을 하러 가는 작은 실루엣들을 지켜보았다. 그렇다, 그들은 다시 주네브로, 리츠로 돌아왔다.

그가 옆에 누운 그녀를 보기 위해 몸이 닿지 않도록 조심스럽게 돌아누웠다. 그녀는 화장을 한 어린 소녀 같은 어처구니없는 모습으로 에테르에 취해 잠들어 있었다. 혹은 잠든 척하고 있었다. 허벅지를 반쯤 드러낸 테니스 치마, 맨다리, 양말, 키가 작아 보이게 하려고 신은 실내화, 꼬마 소녀처럼 꼬불꼬불 만 머리카락, 머리에 묶은 분홍색 리본.

그는 그녀가 가슴에 안고 있는 에테르 병을 들어 뚜껑을 열었고,

코에 대고 들이마셨다. 그녀가 돌아보며 자기도 달라고 했고, 받아서 몇번 코로 들이마신 뒤 다시 건네주었다. 쳐다보지 말아요, 그녀가 중얼거렸고, 몸을 웅크리며 눈을 감았다. 오 방학이면 엘리안과 함께 머물던 산, 산속 오두막, 망치로 낫을 두드리는 소리. 다이아몬드처럼 청명한 공기를 타고 멀리서 들려오던 순결한 소리, 유년기의 소리.

그녀가 그의 몸에 닿지 않도록 조심스럽게 일어나 앉았고, 작은 자명종 시계를 확인한 뒤 수화기를 들어 점심식사를 가져다달라고 했다. 아뇨, 테이블은 필요 없어요, 그냥 쟁반에 줘요. 수화기를 내려놓은 그녀가 다시 에테르를 건네받아 한참 동안 코에 대고 있었고, 두 눈을 감은 채, 몸속으로 파고드는 차갑고 달콤한 기운에 취했다. 어제는 거리에서 카나키스 부인이 신기하다는 듯 그녀를 쳐다보더니 인사도 없이 가버렸다. 그 전에 마주친 쌀라댕가의 사촌 자매는 아예 못 본 척했다. 어릴 때 함께 놀던 사이였는데. 내가 빌려준 인형도 아직 안 돌려줬으면서. 전화를 걸어 내놓으라고 할까?

— 문 앞에 두고 가요. 알아서 들여놓을게요.

그녀가 일어서 문을 열고 쟁반을 들어 침대 위에 놓고는 다시 침대로 올라갔다. 그들은 질식할 것 같은 흐릿한 빛 속에서 서로 떨어져 앉아 말없이 먹기만 했다. 커다란 파리 한마리가 멍청하고도 집요하게 지그재그로 맴돌면서 역겨운 우월감에 취해, 고집스럽게, 무례하게, 자기의 권리를 확신하며, 인간들을 성가시게 하는 황홀한 기쁨을 누렸다. 이따금 포크와 나이프가 달그락거리고 유리잔이 부딪히는 소리밖에 들리지 않는 고요한 방에서 그들은 입속의 음식을 잘게 부수는 굴욕적인 소리를 죽여가며 계속 먹었다. 앞쪽으로는 커튼 사이로 들어온 햇빛이 긴 막대기를 그렸고, 그 위에서 먼지들이 다이아몬드처럼 반짝이며 장엄한 춤을 추고 있었다. 천장에는 은제 쟁반 뚜껑에 반사된 햇빛 막대기가 원을 그렸다. 엘리안과 함께했던 어린 시절의 놀이, 두 소녀는 손거울을 가지고 햇빛을 반사시켜서 서로 눈을 뜨지 못하게 했고, 그것을 태양의 전투라고 불렀다.

화장이 지워진 가짜 소녀가 이번에도 역시 그의 몸에 닿지 않도록 조심스럽게 일어났고, 침대에 남은 그는 이불 속에서 잉그리드 그로닝이 놓고 간 레이스 브래지어를 밀어냈다.

다시 침대로 오르던 그녀의 몸이 닿자 그는 곧바로 다리를 치웠다. 그녀는 벽 쪽에 웅크렸고, 눈을 감았다. 레리 고모의 정원에서 엘리안과 함께 보물을 숨기던 무인도 놀이. 나무 옆에 구멍을 파서 물건을 묻은 뒤 비밀 좌표를 표시한 지도를 엘리안의 성경책에 끼워두었다. 깨진 컵 조각, 초콜릿 포장지, 동전, 사탕, 곰 모양 초콜릿, 나중에 어른이 되었을 때 결혼반지로 쓸 커튼 고리를 묻었다. 이따금 다툴 때면 그녀는 엘리안의 얼굴을 주먹으로 쳤고, 엘리안은 코피를 흘렸다. 하지만 곧 화해한 소녀들은 엘리안의 코피로 편지를 썼다. 돛이 세개 달린 범선 상어호의 난파로 표류한 무인도에서 남기는 비극적인 편지였다. 흐르는 코피를 스푼에 받아 펜을 찍어가며, 무인도의 보물은 결혼할 때 꺼내겠다고, 결혼반지는 남편한테 주겠다고 썼고, 아무도 읽지 못하도록 뒤집힌 글씨로, 언제나 영적으로 살겠다는 결심과 고결하게 살겠다는 약속을 썼다. 그렇다, 그 미래가 왔다, 지금이 그 미래다. 그런데 바로 그녀가, 그날밤에, 잉그리드를 불렀고, 그리고 그날 일어난 일도 바로 그녀가 원한 것이었다. 당신을 지키기 위해서였어요. 고개를 베개 밑에 반쯤 파묻은 그녀가 소리 내지 않고 입술만 움직이며 말했다.

그가 단 과자가 들어 있는 디저트 그릇을 가운데 놓았다. 희미한 빛 속에서 그녀는 퐁당을, 그는 로쿰을 천천히 씹어가며 그릇을 비웠다. 이따금 그는 에테르를 들이마시면서 그들의 삶을, 지난 2년의 가련한 삶을 돌아보았다. 오늘이 9월 9일. 리츠에서의 첫날 저녁 이후 2년 3개월이 지났다. 디치에 대한 질투 때문에 난리를 벌인 것도 거의 1년 전의 일이다. 그 질투는 물론 진심이었지만, 일부러 더 그런 것도 있다. 그는 고통스러운 장면을 보는 것을 즐겼고, 일부러 불러들였고, 일부러 파고들었고, 그러니까 스스로 고통 받았고 또 그녀를 고통스럽게 했다. 말하자면 그것은 늪을 벗어나기 위한, 더이상 무기력하지 않은 정열의 삶을 만들어내기 위한 자해였다. 그들의 사랑이 앓고 있는 괴혈병을 치료하기 위해 적절한 방법을 찾아낸 것이다. 그렇게 지루함이 사라지고 격정의 무대가 시작되었다. 그렇게 해서라도 진지하게 사랑할 수 있길, 그런 끔찍한 마법을 통해서라도 그녀를 갖고 싶어지길, 그녀 역시 그를 갖고 싶어지길 바랐다. 아게에서, 이어 마르세유에서 보낸 격정의 시간. 오월의 미녀로 돌아온 뒤에도 질투는 사라지지 않았다. 이어진 막간극. 그녀를 고통스럽게 하는 수치심을 이기지 못한 그가 칼로 혈관을 그었고, 병원에 실려갔다. 그런 뒤에는 그녀가 폐렴을 앓았다. 의사의 반대를 무릅쓰고 간호사 없이 그가 혼자 간호했다. 몇주 동안 밤낮으로 보살피며 어린애처럼 씻겨주었고, 하루에 몇번씩 변기 위에 앉혀주고 악취 나는 배설물을 비웠다. 감미로운 몇주의 시간. 질투는 사라졌다, 법랑 변기 덕에 영원히 사라졌다. 잊지 못할 광경, 잊지 못할 냄새. 감미로운 몇주의 시간. 그는 병든 연인을 바라보았고, 병으로 쇠약해진 그녀의 가련한 몸이 디치와 함께 작은 행복을 누렸다는 것이 오히려 다행스럽게 느껴졌고, 디치마저도 싫지 않았다. 하지만, 어쩌랴, 병세가 호전되고 마침내 건강을 되찾은 그녀에게서 다시 욕정의 기운이 느껴졌고, 그녀는 다시 감미로운 마녀의 눈길을 보냈다. 그는 다시 눈빛 흐릿한 수탉이 되어야했고, 그녀는 다시 환희에 젖어 머리를 단장하고 쓸데없이 육감적인 실내복을 입고 관능적인 분위기를 위해 램프를 흉측한 붉은 천으로 덮어씌웠다. 불행한 여인은 확실한 시금석이라 믿는 성공적인 성관계를 기대했고, 관계가 끝난 뒤엔 정말로 그것을 얻었다고 생각하면서, 수컷에 감사를 표하는 암컷 거미처럼, 그의 목덜미 혹은 머리카락을 어루만지며 끔찍하도록 감상적인 애무를 계속했다. 그러면서 던지는 다정한 질문들, 혹은 좋았다는 부드러운 말도 견디기 힘들었다. 그리고 다시 하루에 몇차례의 목욕과 적어도 두번의 면도가 시작되었고, 사랑하는 여인의 아름다움과 그 고깃덩이의 여러 부위를 칭송하기 위한 시적인 표현들을 찾아내야 했다. 만족을 모르는 그녀를 사랑했기에, 그녀가 흡족해하며 콧구멍으로 깊이 숨을 들이마시는 모습을 보는 것이 좋았기에, 그는 매일매일 새로운 표현을 찾아내려 애썼다. 모차르트와 바흐의 음반도 다시 등장했고, 석양과 별 감흥 없는 교접이 다시 등장했고, 영혼을 잔뜩 담은 분석도 끝없이 이어졌다. 그런 다음엔 또 뭐가 있었지? 그 다음엔 여행이다. 이따금 그는 순전히 좋은 의도로, 그러니까 그녀를 기쁘게 하기 위해 살짝 디치를 질투하는 척했다. 하지만 곧 지겨워졌고, 디치는 더이상 문제 되지 않았다. 디치의 성기도 나타나지 않았다. 이집트에서 돌아온 그들은 주네브로 돌아가 벨뷔의 별장에서 살기로 했다. 몽상적인 여인은 흥분했고, 멋지게 살 수 있는 환경을 만드느라 다시 한번 피어났다. 아니에요, 그대, 크기가 제일 적당하고 전망도 좋은 이 방을 당신이 써요. 페르시아 카펫들, 진품 에스빠냐 가구들을 샀다. 그러느라 스무날 정도 살아 있었다. 하지만 품격을 갖춘 실내장식이 마무리되자 고백되지 못한 채 억눌려 있던 욕망, 그러니까 다른 사람들, 어떻게 해서든 주위에 다른 사람들이 있었으면 좋겠다는, 모르는 사람도 좋고 자주 만나지 않아도 좋으니 아무튼 있었으면 좋겠다는 갈망이 고개를 들었다. 처음 오월의 미녀에 머물 때는 그들의 사랑이 상대적으로 오래되지 않은 시기였기에 외로운 등대지기의 삶을 그나마 버틸 수 있었다. 하지만 벨뷔에서는 3주째에 접어드니 벌써 고독 때문에 천식 환자처럼 숨이 막혔다. 그들은 수치심을 감춘 채 결국 리즈로 돌아왔다. 오, 몸의 결합은 너무도 처량했다. 그녀는 쾌락을 느끼는 척했다. 그렇다, 분명하다, 가련한 여인은 그를 위해서 그런 척했다. 오, 불행한 연인들은 암묵적인 합의하에 눈물겨운 수단들을 동원하기도 했다. 우선 거울을 사용했다. 비천한, 채찍질해주는 단어들도 사용했다. 책도 사용했다. 그대, 약간 과감하긴 하지만 아주 잘 쓴 책 한권을 샀어요. 우리가 함께 읽는 게 나쁜 일은 아니겠죠, 그렇죠? 그녀는 다른 책들을, 고귀한 혈통을 이어받은 가련한 여인의 말대로 조금 더 과감한 책들을 가져왔다. 그리고 서서히 자신의 취향에 맞는, 혹은 그런 척하는 것들을 찾아냈다. 예를 들면 밤이 내려앉는 어슴푸레한 불빛 속에서 불안한 마음을 달래기 위해 나지막하게 하는 말. 어때요, 내가 좀 지옥같이 성가셔도, 이렇게 해도, 그래도 나쁘지 않죠? 말해줘요, 사랑할 땐 뭐든 다 아름답잖아요, 그렇죠? 이제 그녀는 수줍다 대담하다 같은 형용사 대신 지옥 같다는 형용사를 즐겨 썼고, 그 새로운 형용사로 인해 그들이 행하는 가련한 짓에는 지옥의 불길이 어른거렸다. 그다음엔 뭐가 있었지? 그렇다, 그녀의 꿈 이야기. 밤에 침대에 누운 그녀는 아마도 지어냈을 꿈을 그의 품에 안긴 채 나지막한 목소리로 들려주었다. 그대, 어젯밤에 정말 이상한 꿈을 꿨어요, 우리가 관계를 갖고 있는데, 내가 그대 품에 안겨 있는데, 침대 옆에서 아름답고 젊은 여자가 우리를 지켜보고 있었어요. 며칠 뒤에는 좀더 대담한 꿈. 그러고는 점점 더 심한, 매번 밤의 어둠속에서 속삭이는 꿈 이야기. 그 초라한 발명품을 듣는 동안 그는 수치스러웠고 절망스러웠다. 그대, 꿈속에서 내가 한번에 두 남자의 사랑을 받았는데, 그 두 남자가 모두 당신이었어요. 뒤에 덧붙인 말은 이상해 보이지 않기 위한 것, 지옥 같을지언정 그에게 충실하기 위한 것이다. 그런 다음 잉그리드 그로닝이 리츠로 돌아왔다. 두 여자가 갑자기 친해졌다. 그녀는 그에게 잉그리드가 아름답다고, 가슴이 무척 아름답다고 되풀이해 말했다. 그러고 어제저녁에는 소녀처럼 차려입었다. 그러더니 자정에 잉그리드를 부르자고 했다. 끔찍하다. 너희 모두 순결하라, 우리의 신께서 순결하시니. 언젠가 대제사장께서 안식일의 축복을 내린 뒤 무거운 손을 그의 머리에 얹고서 말씀하셨다. 용서하소서, 나의 주인이신 아버지시여. 오 어린 시절의 회당, 대리석 난간으로 둘러싸인 단을 향해 오르는 계단, 그 단 가운데 자리 잡은 선창자[81]의 성서대. 위쪽으로 여자들 자리. 격자무늬 가림벽 뒤로 형체들의 움직임만 보인다. 아래쪽 왕좌처럼 생긴 곳. 그곳에 그의 아버지가 있고, 그는 존경하는 대제사장 곁에, 그의 아들인 것을 자랑스러워하며 서 있다. 오 선창자가 조상들의 언어로 노래하는 소리가 얼마나 감미로운지. 안쪽에는 단 맞은편으로 황금과 벨벳으로 장식된 계약의 궤가 있

---

81 유대교에서 성가의 독창 부분을 부르는 사람.

고, 그는 형제들과 함께 이스라엘에 있다.

　함께 사용하는 욕실에 들어간 그녀는 흰색 래커가 칠해진 변좌를 내렸다가, 이내 생각을 바꾸었다. 안된다, 소리가 들릴 것이다. 세상에, 아직까지도 잘 보이려고 애쓰다니. 그녀는 어린 소녀 같은 옷 위에 가운을 걸치고 복도로 나가 공용 화장실 한곳의 문을 열었다. 안으로 들어가서 문을 잠근 뒤 가운 밑자락을 들어 올렸고, 흰색 래커가 칠해진 변기 위에 앉은 뒤 들고 온 에테르 병을 바닥에 내려놓았다. 그런 다음 일어서서 물을 내렸고, 가만히 선 채 변기 안에서 물이 소용돌이치는 것을 바라보다가 다시 앉았고, 화장지 한장을 뜯어 반으로 접은 뒤 다시 반으로 접었다. 오 레리 고모의 정원, 열매가 분홍색 등불처럼 주렁주렁 달린 마르멜루나무들, 틈이 벌어진 미라벨나무, 거기서 흘러나온 적갈색 나뭇진을 손가락으로 문지르던 일, 물이 마른 적 없는, 푸른박새들이 물을 마시러 오던 작은 샘, 그리고 그 옆에, 오랫동안 비를 맞아 색이 바랜 녹색 벤치의 녹색 비늘을 뜯어내는 것도 감미로웠다. 오 레리 고모의 정원, 늙고 너그러운 자이언트세쿼이아가 몸을 흔들고, 꽃 핀 살구나무에서 길게 뻗어 나온 세줄기 가지가 창유리까지 와 닿고, 비를 알리는 새가 단조로운 울음을 이어간다. 오 여름비가 정원을 적실 때 빗방울의 리듬, 빗물받이에서 차양 위로 떨어지는 빗물, 빗물이 닿은 자리에 생긴 커다란 얼룩. 오 여름비의 긴 속삭임 사이로 뚜렷이 부각되는, 오케스트라를 거느린 솔로 연주자의 음악 같은 굵은 물소리. 그녀는 한참 동안 그 소리를 들으며 행복에 젖는다.
　―그땐 행복했는데. 변기에 앉은 그녀가 중얼거렸다.
　그녀는 다시 화장지를 뜯어 원뿔처럼 말았다가 던져버렸고, 일어서서 거울을 보았다. 거울 속 여자는 더이상 소녀가 아니다. 입가에 주름이 잡히기 시작했다. 그녀는 다시 흰색 래커가 칠해진 변기에 앉았고, 몸을 굽혀 조금 전 원뿔로 말아 던져버린 화장지를 주워 들었다. 쯧쯧, 왜 이러니, 아리안, 이런 건 예의범절을 모르는 애들이 하는 짓이란다. 그녀가 길거리를 지나다가 원뿔 모양 봉지에 담아 파는 튀김을 사달라고 하면 레리 고모가 말했다. 꼬르나뱅 역의 자판기에 20쌍띰짜리 동전을 넣으려 할 때도 고모는 그렇게 말했다. 오 어린 시절이여. 열세살 때 그녀는 올트라마르 목사님 대신 교리 교육을 맡은 젊은 페리에 목사님한테 반했다. 목사님이 제일 좋아하는 찬송가를 부를 때 그녀는 주께 영광 영원히 영광 대신 페리에게 영광 영원히 영광이라 노래했고, 아무도 눈치채지 못했다. 그리고 예수는 나의 벗이니 오 넘치는 사랑이여 대신에 페리에는 나의 벗이니 오 넘치는 사랑이여로 불렀고, 아무도 눈치채지 못했다. 교리 교육이 끝날 때 그녀는 편지를 썼고, 마지막 구절은 당신의 은혜로 저는 신앙을 얻었습니다라고 썼고, 그다음에는 감사를 담아 교리 교육 학생 드림 이렇게만 썼다. 그 모든 것, 그리고 그날밤, 잉그리드. 어쩌자고 변기에 이렇게 오래 앉아 있는 걸까. 나는 지금 두려운 거다. 그녀의 사진들 중 제일 어릴 때 찍은 것은 정원의 나무 그늘 아래 나무통 속에 앉아 미처 이도 나지 않은 잇몸을 드러내며 웃는 모습이다. 그리고 두살 때, 풀밭에 앉은 통통한 아기는 그나마 높이 자란 데이지꽃에 가려 반밖에 보이지 않는다. 깡돌가*의 쎄인트버나드 위에 말처럼 올라타고 있는 사진도 있다. 일곱살 때 사촌동생 앙드레가 그녀를 때렸고, 그러자 마리에뜨가 맞고만 있지 말고 맞서 싸우라고, 사촌동생보다 약하지 않다고 말했다. 다음 날 정말로 그녀는 맞서 싸워 앙드레를 때렸고, 옷이 찢어지고 엉망이 된 채 의기양양하게 집으로 돌아왔다. 륄가의 사촌들 집에서 아이들을 위한 무도회가 열렸을 때 엘리안과 함께 무어 여인으로 차려입고 찍은 사진도 있다.

─그땐 행복했는데. 그녀는 변기에 앉아 중얼거렸다. 몸을 숙여 에테르 병을 주워 들고는 코에 대고 들이마셨고, 몸속으로 들어오는 차가운 기운에 미소를 지었다. 돌멩이가 갈라지도록 얼음이 꽁꽁 언 날, 옛 노래, 유년기의 노래를 흥얼거렸고, 일부러, 마른 눈물이 나는 끔찍한 오열을 터뜨렸다. 오 엘리안과 함께하던 놀이. 기독교도 박해 놀이. 그녀는 이교도들이 사자 밥으로 던져버린 성 블랑딘이었고, 엘리안은 구덩이 속에서 포효하는 사자였다. 또 그녀가 다락방 계단 난간에 묶여 영웅적인 기독교도 처녀가 되면, 고문하는 로마 병사가 된 엘리안이 그녀의 다리에, 깊지는 않게, 핀을 찔렀다. 그러고 나면 요오드팅크를 발랐다. 그리고 떨어지기 놀이. 소녀들은 심하진 않게 살짝 다치려고 일부러 그네에서 떨어졌고, 혹은 테이블 위에 의자를 놓고 올라가서 천장 가까이 있는 작고 둥근 창으로 빠져나가 반대편에 있는 욕실로 떨어졌다. 한번은 욕조에 물을 가득 받아놓고 옷을 입은 채로 물속으로 떨어지기도 했다. 그땐 행복했는데, 그땐 다가올 일들을 알지 못했다. 그런 다음 열다섯 혹은 열여섯살 때, 다락방의 살짝 곰팡이 핀 낡은 베네찌아 거울 앞에서 낭송을 했다. 오 레리 고모의 다락방, 먼지 냄새와 햇볕에 달궈진 나무의 냄새, 여름방학 동안 그곳은 자매의 은신처였다. 그녀는 엘리안과 함께 연극배우가 되어 헐떡이며 비극의 대사를 낭송했다. 엘리안이 늘 남자 주인공을 맡았고, 그녀는 여자 주인공이 되어 때로 애원하듯 매달렸고 때로 오만하게 명령했다. 그중에서 가장 중요한 순간, 사랑의 절정은 한 손을 이마에 대고 숨을

거두는 마지막 순간이었다. 엘리안, 내 사랑. 대학생이던 사촌 오빠 하나가 술에 취했다는 소식을 듣고 둘이 얼마나 슬퍼했는지. 그녀는 한밤중에 엘리안을 깨웠고, 그렇게 같이 무릎을 꿇고 사촌 오빠를 위해 기도했다. 주님, 오빠가 좋은 사람이 되게 해주시고 술을 더 마시지 않게 해주세요. 그 모든 것, 그리고 그날밤, 잉그리드. 그리고 열여섯 혹은 열일곱살이 되었을 때 친구들과 함께 갔던 순수한 댄스파티. 춤을 틀리지 않게 잘 추는 것이 중요했다. 사람들은 '잘'보다 '틀리지 않게'를 강조했다. 한편의 예술 작품처럼 완벽한 파티를 원한 것이다. 실로 어리석었지만 행복한, 자신감 넘치는, 존경받는 주네브 상류사회의 아가씨들. 그 모든 것, 그리고 그날밤, 잉그리드. 그를 위해서, 그를 지키기 위해서였다. 자, 일어서자.

방으로 가서 초콜릿 통을 가슴에 안고 침대에 누운 그녀는 퐁당 하나를 입에 넣었고, 에테르 병의 뚜껑을 열어 들이마시며 수술실 냄새가 나는 얼음처럼 차가운 기운에 미소를 지었다. 주네브에서 그들의 사랑이 시작되던 시절 그가 그녀에게 사무국에서 준비하는 자선 공연을 위해 비극의 역할 하나를 맡아달라고 했다. 그는 모르는 사람처럼 관중석에서 그녀를 보겠다고, 공연이 끝나면 밤새도록 그녀가 자기 것이 된다는 것을 알면서, 객석의 그 누구도 그들의 관계를 알지 못하는 상태로, 그렇게 모르는 사람처럼 멀리서 무대 위의 그녀를 보겠다고 했다. 막이 끝날 때마다 관객들이 박수를 치고 다른 사람들과 같이 무대 인사를 할 때 그녀는 그를 바라보았고, 그를 향해 인사를 했다. 오 비밀의 행복, 날카롭게 찌르는 행복. 공연 전 그녀는 1막 때 계단을 내려오는 장면에서 사타구니 쪽에 손을 대고 드레스를 실짝 들어 올리겠다고, 아름다운 진한 파란

색 드레스를 들어 올리는 그 순간을 꼭 봐달라고, 그 순간 멀리 있
는 낯선 여인이 그를 생각하고 있음을, 그들이 함께하는 밤들을 생
각하고 있음을 꼭 알아달라고 했다.

그녀는 검지로 한쪽 콧구멍을 눌러 다른 한쪽으로 에테르 증기
를 좀더 깊게, 더 많이 들이마셨다. 그런 다음 퐁당 두개를 입에 넣
어 씹다가 맛이 없어서 찡그렸다. 연인이 돌아오던 날 의기양양하
게 내딛던 발걸음. 맨살 위에 입은 돛단배 원피스가 바람에 바스락
거리던 소리, 환희에 젖었던 발걸음, 사랑의 발걸음. 옷감이 바스락
거리던 소리가 흥분을 불러일으켰고, 얼굴에 와 닿던 바람도 흥분
을 불러일으켰는데. 치켜든 얼굴, 사랑에 빠진 젊은 얼굴에 와 닿던
바람. 그녀는 에테르를 다시 들이마셨고, 미소를 지었다. 아이 같은
얼굴, 늙어버린 얼굴에서 눈물이 흘러내렸고, 눈물에 젖은 화장이
번졌다.

그녀가 벌떡 일어나 일부러 굼뜨게, 일부러 늙은 것처럼, 에테르
병을 손에 든 채 무겁게 발을 디디며 걸었다. 기괴한 모습으로 팔
짝 뛰기도 했고, 혀를 내밀기도 했고, 뜬금없이 혼자 웅얼거렸다.
사랑의 발걸음, 내 사랑의 발걸음, 사랑으로 가는 징글맞은 발걸음.

104

저녁 늦게 그의 방으로 들어온 그녀가 침대로 다가와서는 같이 누워도 되냐고 물었다. 그는 곁으로 오라고 손짓했고, 그녀가 들고 있는 에테르 병을 받아 들어 뚜껑을 연 뒤 한참 동안 코로 들이마셨다. 그녀는 가운도 벗지 않고 그대로 그의 곁에 누웠다. 그는 불을 끈 뒤 에테르가 필요하냐고 물었다. 그녀가 어둠속에서 손을 더듬어 에테르 병을 주워 들고는 한참 동안 코로 들이마셨고, 그런 다음 또다시 들이마셨다. 그 순간 무도회장의 음악 소리, 순결한 긴 흐느낌을 마지못해 뱉어내는 하와이 기타의 선율이 올라왔다. 심장에서 쏟아지는 흐느낌, 액체처럼 흐르는, 영혼을 죽이는 흐느낌, 작별을 고하는 영원한 흐느낌. 첫날 저녁에 들었던, 그때와 똑같은 선율. 그때 그녀는 고개를 숙인 채로, 얼어붙어서, 사랑의 두려움에 몸을 떨면서 그를 바라보았다. 지금 그녀는 에테르 병을 아기 안듯 품에 안고서 흐느끼는 음악을 듣고 있다 그녀는 에테르 병에 코를 대고 다시 들이마셨고, 눈을 감았고, 미소를 지었다. 이제 왈츠의 선율. 첫날 저녁에 들었던 왈츠와 똑같은 선율. 그때 그들은 오로지 자신들만을 생각하며 춤을 추었고, 조심스럽게, 깊게, 도취되어, 상대를 음미했다. 그가 이끄는 대로 몸을 맡기고 춤을 추는 동안 그녀는 세상 전부가 상관없었고, 핏속에 흐르는 행복의 소리를 들었다. 이따금 벽 위에 높이 걸린 거울로 우아하고 감동적이고 특별한 여인, 사랑받는 여인, 그녀의 주군이 사랑하는 여인이 된 자신의 모습을 바라보며 찬탄했다.

그는 그녀가 들고 있던 에테르 병을 잡아 콧구멍에 가져다 댔다. 처음에는 그녀를 만나러 가기 위해 채비하는 것이 미칠 듯이 행복했고, 그녀를 위해 면도를 하고 목욕을 하는 것이 영광스러웠다. 그녀에게로 데려가는 차 안에서 사랑을 쟁취한 승리를 노래했고, 창유리로 사랑받는 남자의 얼굴을 바라보았고, 완벽한 치아가 흡족해서 미소를 지었고, 자신의 아름다움이 행복했고, 그녀에게로 가는 것이, 현관 장미 덩굴 아래서 가득한 사랑으로 기다리는, 풍성한 소매가 손목에서 조여지는 아름다운 원피스를 입고 기다리는 그녀에게로 가는 것이 행복했다. 무슨 생각을 해요? 그녀가 물었다. 당신의 루마니아 원피스를 생각하고 있소. 그가 말했다. 그 원피스 좋아했죠, 그렇죠? 그녀가 물었다. 당신한테 아주 잘 어울렸으니까. 그가 말했다. 어둠속에서 그녀는 전에 그에게서 칭송하는 말을 들을 때처럼 한껏 숨을 들이쉬었다. 그 옷 아직 있어요, 여행 가방에 있어요. 그녀가 말했다. 그러고는 그의 얼굴을 보기 위해 불을 켰고, 손가락으로 그의 눈썹을 어루만졌다.

그녀는 에테르 병을 다시 집어 들었고, 코로 들이마셨고, 미소지었다. 첫날 저녁에 그와 함께 춤출 때 그녀는 그를 더 잘 보기 위해 고개를 뒤로 젖혔고, 그는 그녀에게 경이로운 말들을 속삭였고, 그를 보느라 정신이 나가 있던 그녀의 귀에는 그 말이 하나도 들리지 않았다. 그러다 그의 입에서 사랑에 빠진 연인이라는 말이 나왔을 때 비로소 알아듣고 행복에 젖어 조심스럽게 웃었다. 그가 끝이 휘어 올라간 그녀의 긴 속눈썹에 키스를 하고 싶다고, 축복을 내리고 싶다고 했다. 그런데 지금은, 지금은.

그녀는 에테르를 들이마셨고, 감미롭고 차가운 기운에 취해 미소를 지었다. 오 첫날밤의 작은 거실. 리츠 이후에 그녀가 곧바로 보여주고 싶어했던 작은 거실. 열린 창문 앞에 서서 별 총총한 밤의 공기를 들이마셨고, 나뭇잎들이 바스락대는, 그들의 사랑이 속삭이는 소리를 들었다. 영원히, 그녀가 말했다. 그런 다음에 피아노에 앉아 합창 성가. 그런 다음에 소파, 키스, 평생 처음 해보는 진짜 키스. 당신의 여자, 키스를 멈추고 숨을 쉴 때마다 그녀가 말했다. 그들은 지치지 않고 사랑을 고백했고, 행복에 취해 웃었고, 두 입이 하나가 되었고, 입을 떼고 나서는 끝없이 경이로운 소식들을 전했다. 그런데 지금은, 지금은.

그녀는 에테르를 들이마셨고, 미소를 지었다. 오, 처음, 주네브 시절, 그를 만나기 위한 채비, 그를 위해 아름다워지는 행복, 기다림, 9시에 그가 도착하고, 그녀는 늘 문 앞에 나와 건강한 젊음이 피어난 얼굴로 초조하게 기다렸고, 현관 장미 덩굴 아래서 그가 좋아하는 루마니아 원피스, 풍성한 소매가 손목에서 조여지는 흰색 원피스를 입고 기다렸다. 오 다시 만나는 기쁨의 흥분, 함께 보내는 시간, 서로 바라보고, 서로에게 이야기하고, 자기 이야기를 들려주는 시간. 그리고 끝없이 이어지는 키스. 그렇다, 그녀의 삶에서 유일한 진짜 키스였다. 그렇게 수많은 키스, 깊은 키스, 끝없는 키스 이후 늦은 밤 헤어지고, 한시간 뒤 혹은 몇분 뒤 그가 돌아올 때, 오 그런 그를 다시 보는 눈부신 기쁨, 오 돌아오던 순간의 뜨거운 열정, 당신 없이는 안되겠소, 그가 말했다. 안되겠소. 그는 사랑으로 그녀 앞에 무릎을 꿇었고, 그녀 역시 그 앞에 사랑으로 무릎을 꿇었고, 다시 키스. 엄숙해진 그와 그녀가 키스를 하고 또 했고, 진정한 키스, 사랑의 키스, 날갯짓하는 거대한 키스. 당신 없이는 안되겠소, 키스 사이에 그가 말했다. 그는 돌아가지 않았고, 안되겠다고, 그녀 없이는 안되겠다며 새벽 동이 트고 새들이 노래할 때까지 몇시간을 더 머물렀다. 그것이 사랑이었다. 그런데 지금은 더이상 서로를 원하지 않고, 함께 있으면 지루하고, 이제는 그녀도 알고 있다.

그녀는 에테르를 들이마셨고, 미소를 지었다. 출장 중에 보내오는 전보에서 그는 지나치게 열정적인 단어들은 암호로 썼다. 오 그것을 해독해내는 행복. 답장으로 그녀는 길게, 수백 단어의 전보를 보냈다. 얼마나 사랑하고 있는지 그가 바로 알 수 있도록 전보를 보내고 또 보냈다. 오 그가 돌아오는 성스러운 저녁을 위해 양장점에서 새 옷을 주문했고, 완벽한 아름다움을 준비했고, 성신강림 성가, 성스러운 왕께서 오시는 날의 노래를 불렀다. 그런데 지금은 함께 있으면 지루하고, 더이상 서로를 원하지 않고, 아니 진실하게 원하지 않고, 억지로 원하고, 원하려고 노력한다. 그녀는 잘 알고 있다. 오래전부터 알고 있었다.

무슨 생각을 해요? 그녀가 물었다. 아무 생각도 안하오, 그가 대답했다. 그는 그녀의 손에 입을 맞췄고, 그녀를 바라보았다. 어젯밤 어린 소녀가 그의 방에 들어왔고, 애처롭도록 초라한 장난, 그에게 삼촌 안녕 하고 말했고, 삼촌의 무릎 위에 맨엉덩이를 대고 앉아 자기가 말을 안 듣거든 때려줘도 된다고 귓속말을 했다. 오 슬픔이여, 오 어리석음이여. 하지만 그 기괴한 슬픔과 어리석음 안에 위대함이 있으니. 그것은 죽음을 앞둔 가련한 정념의 마지막 저항이었다. 그들의 가련한 정념은 마지막으로 어리석은 외설에 도움을 청한 것이다. 그리고 자정에 그녀가 잉그리드를 부르자고 했고, 그는 받아들였다. 그녀가 원했기에, 임종의 순간에 생명의 기운을 불어넣기 위해, 절망하며 받아들였다. 지옥에 떨어진 가련한 자들의 천국. 그녀가 그의 손을 잡았다.

　── 그대, 시작할까요? 그녀가 물었다.

　그녀의 손을 잡은 손에 힘을 주면서 그가 그러자고, 좋다고 고개를 끄덕였다. 그녀가 일어나 방을 나섰다.

105

자기 방으로 간 그녀는 테이블에 놓인 책을 펼쳐 몇줄 읽었지만 머릿속에 들어오지 않아 결국 제자리에 내려놓았다. 이어 가운의 끈을 풀자, 흘러내린 끈이 바닥에 떨어졌다. 땀에 흠뻑 젖은 채로 끈을 다시 주워 든 그녀는 넋 빠진 얼굴로 미소 지으며 몇차례 끈을 털었고, 다시 떨어뜨렸고, 그런 다음 자기 두 뺨을 만졌다. 내가 맞아, 볼이 따뜻해. 손이 움직여, 맘대로 움직일 수 있어. 오 내 안에 들어 있는 나의 사랑, 오 끊임없이 내 안에 가두었다가 또 끊임없이 내 속에서 꺼내 바라보는 사랑, 그런 다음 다시 접어서 내 안에 가두어두는 사랑. 너무 좋아서 잊지 않기 위해 적어두었던 문장이다. 어느날 저녁 그가 작은 거실에 들어왔고, 벼락처럼 닥친 엄청난 사랑 앞에서 그들은 서로를 마주 보며 무릎을 꿇었다.

테이블 앞에 앉은 그녀는 상자에서 약봉지를 하나씩 세어가며 꺼냈다. 서른개. 두 사람에게 필요한 양보다 세배가 많다. 쌩라파엘의 약사가 조심하라고, 이 중 다섯봉지만 먹어도 생명이 위험할 거라고 했다. 그녀는 약봉지들을 동그랗게 놓았다가 다시 십자가로 놓았다. 오, 그가 기다리고 있다. 시작하자, 시작해야 한다. 그녀가 일어섰고, 넋 빠진 얼굴로 미소 지으며 뺨을 긁었다. 그래, 욕실로 가야 해. 그래, 혹시 모르니까 서른개를 다 뜯어야 해.

그녀는 욕실 세면대 앞에서 첫번째 약봉지를, 그 얇은 종이를 뜯었다. 어렸을 때 그녀는 누가 사탕을 싼 흰 종이를 갖고 싶어 했다. 그 종이들은 기적처럼 입안에서 저절로 녹았다. 그녀는 약봉지를 하나씩 뜯어가며 물컵에 털어넣었고, 투명한 비늘처럼 반짝이는 약이 골고루 섞이도록 칫솔 손잡이로 저었다. 그런 다음 절반을 다른 컵에 따랐다. 하나는 그가 마실 것이고, 하나는 그녀가 마실 것이다.

욕실에서 나온 그녀는 정성스레 머리를 빗고 향수를 뿌리고 파우더를 발랐고, 풍성한 소매가 손목에서 조여지는 루마니아 원피스, 현관 장미 덩굴 아래서 기다리던 그때의 원피스를 입었다. 그녀는 거울 속의 아름다운 여인을 바라본 뒤, 컵 두개를 들어 가까이 대어보면서 양이 똑같은지 살폈다. 배 스쿼시를 엘리안과 나눠 먹을 때도 이렇게 컵을 대어보면서 똑같이 나눴는지 확인하곤 했는데, 물에 타지 않고 그대로도 마시던 배 시럽은 무척 맛있었고, 그때 이후로는 한번도 그런 맛을 만나지 못했다. 레리 고모의 집에만 있던 그 배 시럽은 살짝 정향 맛이 났다. 특히 여름에 차가운 우물물에 타서 많이 먹었다. 찌는 여름 더위에 붕붕거리던 꿀벌들 소리. 아무 생각 없이 단숨에 마셔야 한다. 어릴 때 약을 먹을 때마다 그녀는 싫다고 안 먹으려 했고, 레디 고모가 빨리 마시라고 채근했다.

자, 눈 딱 감고 마시렴, 어서, 착하지, 마셔봐, 아무렇지도 않아.

　그녀는 컵을 입술에 가져다 대고 살짝 맛을 보았다. 비늘 조각들이 바닥에 가라앉아 있다. 칫솔로 다시 저어준 뒤 눈을 감았고, 절반을 마셨고, 겁에 질린 미소를 띠고 멈췄고, 찌는 더위 속에 붕붕거리던 꿀벌들 소리를 들었고, 바람에 흔들리는 밀 사이로 개양귀비꽃을 보았고, 다시 저었고, 나머지를, 세상의 아름다움을 단숨에 송두리째 마셨다. 착하구나, 다 마셨어, 레리 고모가 말했다. 그렇다, 다 마셨다, 컵이 비었다. 비늘 조각들도 다 삼켰다. 혀에 쓴맛이 느껴졌다. 자, 빨리 그이에게 가야 해.

106

예쁜 개양귀비꽃, 아가씨들아,[82] 그녀가 나머지 컵을 들고 그의 방에 들어설 때 옛 목소리가 노래 불렀다. 그는 첫날 저녁과 똑같이 아름다운 모습으로, 긴 실내복을 입은 대천사여, 일어서서 그녀를 기다리고 있었다. 그녀는 컵을 침대 협탁에 내려놓았다. 그가 컵을 들었고, 바닥에 가라앉은 비늘 조각들을 바라보았다. 이것과 함께 그의 세계가 멈출 것이다. 이것과 함께 나무들이 사라지고, 그가 그토록 사랑했던 바다, 따스한, 투명한, 바닥이 내려다보이는 고향바다가 사라지고, 다시는 볼 수 없으리라. 이것과 함께 그의 목소리가 사라지고, 그녀가 그토록 사랑했던 그의 웃음이 사라질 것이다. 당신의 웃음은 잔인해요, 여자들은 그렇게 말했다. 살찐 파리가 다시 활발하게, 바쁘게, 지그재그를 그리며, 음울하게 붕붕거리며, 채

---

82 프랑스 동요의 제목이자 우림구이다.

비하며, 즐거워하며, 그렇게 허공을 날아다녔다.

그는 단숨에 들이켜다가 멈췄다. 제일 좋은 것이 바닥에 깔려 있다. 다 마셔야 한다. 그는 컵을 흔들었고, 입술에 가져다 댔고, 바닥에 가라앉아 있던 비늘들, 사라질 그의 세상을 마셨다. 그는 잔을 내려놓은 뒤 침대에 누웠고, 그녀도 옆에 누웠다. 함께 있어요. 그녀가 말했다. 날 좀 안아줘요, 힘껏 안아줘요. 그녀가 말했다. 속눈썹에 키스해줘요, 가장 큰 사랑의 표시잖아요. 그녀가 말했다. 그녀는 얼어버린 듯 차가웠고, 이상하게 몸을 떨었다.

그가 그녀를 안았고, 그녀를 안은 두 팔에 힘을 주었고, 끝이 휘어 올라간 속눈썹에 키스를 했다. 그들의 첫날 저녁이었다. 그는 죽음에 이르는 사랑의 힘을 다해 힘껏 그녀를 안았다. 더요. 그녀가 말했다. 더, 더 세게 안아줘요. 오, 그녀는 그의 사랑을 원했고, 곧 문이 열릴 테니, 빨리 갖고 싶었고, 많이 갖고 싶었다. 그의 품에 더 깊이 파고들었고, 그를 느끼고 싶었고, 죽음의 힘을 다 바쳐 힘껏 안겼다. 그녀가 열에 들뜬 목소리로, 나지막하게, 그곳에 가서도 우리가 만날 수 있을까요 물었고, 미소 지으며 분명 그럴 거라고, 우린 그곳에 가서도 만날 거라고 스스로 대답했고, 미소 짓는 입가에 거품 섞인 침이 흘러내렸고, 우리는 그곳에서도 함께 있을 거라고, 진정한 사랑, 그곳엔 진정한 사랑밖에 없을 거라고 그녀가 말했고, 목 위로, 그를 기다릴 때 입던 원피스 위로, 침이 흘러내렸다.

무도회장에서 다시 왈츠, 그들의 첫날 저녁과 똑같은, 긴 왈츠의 선율이 올라왔다. 그녀는 현기증을 느끼며 춤을 추었고, 자기를 잡고 춤을 이끌어주는 주인과 함께, 주위 사람들은 아랑곳없이 서로의 모습만을 음미하면서, 빙글빙글 돌았다. 높이 달린 거울에 비친 우아한, 감동적인 여인, 사랑받는 여인, 주군의 여인.

하지만 그녀는 발이 무거워졌고, 춤을 멈췄고, 더이상 춤을 출 수 없었다. 내 발이 어디로 간 거지? 다리만 먼저 간 걸까? 다리들이 먼저 가서 산처럼 높이 솟은 교회, 검은 바람이 부는 산속 교회에서 날 기다리는 걸까? 오, 외침 소리, 그리고 문이 열렸다. 오, 문이 크기도 해라, 암흑이 깊기도 해라. 문밖엔 바람이 부는구나, 쉬지 않고 부는구나. 흙냄새가 나는 축축한 바람, 어둠속에서 불어오는 차가운 바람. 그대, 외투를 입어야 해요.

오, 이제 실편백나무들을 따라 퍼지는 노랫소리. 떠나가는 사람들, 더이상 뒤돌아보지 않는 사람들의 노래. 누가 내 발을 잡고 있지? 아래부터 점점 굳어온다. 차가운 기운과 함께 굳어온다. 숨 쉬기가 힘들고, 뺨 위에 방울들이 맺히고, 입안에 알 수 없는 맛이 느껴진다. 잊지 말고 꼭 와요, 그녀가 중얼거렸다. 오늘 저녁, 9시, 그녀가 중얼거렸다. 그런 뒤 침을 흘렸고, 바보 같은 미소를 지었고, 그를 보기 위해 고개를 젖히려 했지만 움직일 수 없었다. 멀리서 낫을 두드리는 망치 소리가 들렸다. 그녀는 손으로 그에게 인사하려 했지만 역시 움직일 수 없었다. 손도 이미 떠나간 것이다. 먼저 가서 기다리시오, 그가 멀리서 말했다. 성스러운 왕께서 오시는도다, 그녀가 미소를 지었고, 산속 교회로 들어갔다.

그가 그녀의 눈을 감겨주었고, 몸을 일으켰다. 그녀를, 늘어지고 무거워진 그녀를 안았고, 온 사랑을 다해 요람 속 아기처럼 흔들어주며, 말없이 얌전한 그녀를 재워주며, 그 얼굴을 바라보며 걸어갔다. 사랑에 빠져 그에게 수없이 입술을 주었던 여인, 이른 아침에 열정적인 쪽지를 수없이 밀어넣던 여인, 더없이 당당한, 깨끗한, 북극성을 바라보며 만나자던 순진한 여인, 그녀를 재워주며 바라보았다 그가 갑자기 비틀거렸고, 찬 기운이 밀려왔다. 그는 그녀를 침대에 내려놓았고, 그녀 곁에 누웠고, 그녀의 얼굴, 살짝 미소를 머금은, 첫날 저녁과 똑같이 아름다운, 처녀처럼 순결한 얼굴에 입을 맞췄고, 아직 온기가 남아 있지만 이미 무거워진 손에 입을 맞췄고, 그 손을 계속 잡고 있었고, 난쟁이 여인이 울고 있는 지하실에 갈 때까지 놓지 않고 잡고 있었다. 난쟁이 여인은 우툴두툴한 문에 못 박히는 아름다운 왕의 죽음을 슬퍼하며 눈물 흘리고, 흐르는 눈물을 감추지 않는다. 왕도 운다. 이 땅의 자녀들, 자신이 구원하지 못한 자녀들을 버려두고 가야 하는 슬픔으로, 왕이 없으면 그들은 어떻게 될 것인가, 슬퍼서 운다. 갑자기 난쟁이 여인이 떨리는 목소리로, 마지막 기도, 이미 쓰여 있는 마지막 기도를 하라고 왕에게 명령한다. 이제 시간이 되었다.

쏠랄 — 눈부신 태양의
어두운 영혼에 바치는 송가

알베르 꼬엔(Albert Cohen, 1895~1981)은 이오니아해가 북쪽의 아
드리아해로 이어지는 곳에 위치한 그리스 케르키라섬에서 태어났
다. 서방세계와 비잔틴제국이 만나는 통로로 오랫동안 베네찌아공
국의 영향권에 있었기에 그리스어 이름보다 이딸리아어 이름 꼬르
푸로 더 잘 알려진 그 섬에는, 유대인에 상대적으로 관대했던 베네
찌아의 정책 덕분에 오래전부터 유대인 공동체가 자리 잡고 있었
다. 이들 '로마니오트'(Romaniotes) 유대인 외에 꼬르푸섬에는 15세
기에 시작된 이베리아반도의 유대인 추방정책으로 쫓겨 온 '쎄파
르딤'(Sephardim) 유대인들도 공동체를 이루고 있었다. 꼬엔의 아버
지는 오스만튀르크 국적의 로마니오트였고, 어머니는 이딸리아어

방언을 쓰는 쎄파르딤 유대인이었다. 아들이 태어나기 몇해 전에 꼬르푸섬을 휩쓴 반(反)유대인 폭동(1891년 유월절을 앞두고 한 유대인 소녀가 시체로 발견된 뒤, 그 아버지가 종교 제의를 위해 딸을 살해했다는 소문이 퍼지며 유대인에 대한 공격이 벌어졌다)의 상처를 피해 새로운 터전을 찾아 나선 꼬엔 가족은 프랑스 마르세유에 정착하고, 꼬엔은 가톨릭 수녀회에서 운영하는 프랑스 초등학교에 다니면서 프랑스어를 배우고 프랑스인으로 자라난다. 어린 꼬엔에게 유대교는 신앙이나 삶의 원칙이라기보다는 유월절 같은 명절에 접하는 가족의 전통이자 뿌리에 대한 막연한 기억이었다. 그런데 어느날 거리에서 물건을 팔던 상인에게 "더러운 유대인"이라는 조롱과 비난을 당하면서 열살 소년의 가슴속에는 유대인의 디아스포라가 깊은 상처로 각인된다(훗날 이 일을 회고한 『오 그대, 인간 형제들이여』(*Ô vous, frères humains*, 1972)에 따르면, 겁에 질려 기차역의 화장실 안으로 도망친 열살 아이가 중얼거린 말은 "프랑스 만세!"였다).

1914년 부모의 뜻에 따라 마르세유를 떠나 홀로 중립국 스위스로 간 꼬엔은 주네브 대학에서 법학과 문학을 공부했고, 1919년에는 오스만튀르크 국적을 버리고 스위스를 새 조국으로 삼았다. 그즈음 시오니즘을 접하면서 자신의 정체성에 대한 물음에 좀더 적극적으로 답을 추구하기 시작하고, 그리스어 성 'Coen'에 'h'를 넣어 'Cohen'으로 쓰기 시작한 것 역시 같은 맥락이다('Cohen'이라는 성의 히브리어 어원은 모세의 형제 아론의 혈통으로 세습되는 대제사장을 지칭한다). 하지만 꼬엔은 여전히 유대교 계율을 따르는 신자는 아니었고, 심지어 이른바 '선택받은 민족'을 이끄는 유대교 원리주의자들은 그에게 사랑의 종교를 내세우면서도 폭력을 숭배하는 유럽인들 못지않게 낯선 존재였다. 꼬엔은 오랫동안 국제노동기구, 국제난민기구 등에서 일하며 유럽 문화 속에서 유럽인으로 살았고, 이 책의 주인공인 쏠랄이 그랬듯이 부모의 바람과 달리 프로테스탄트 여인들을 사랑했다. 하지만 제2차세계대전을 전후한 유럽의 정세는 그에게 보다 분명한 선택을 강요하고, 어린 시절부터 그를 괴롭혀온 정체성의 고뇌도 점차 가중된다. 온전한 유대인도 온전한 유럽인도 되지 못한 갈등은 그에게 마지막 순간까지 고통의 근원이었고, 또한 문학의 원천이었다. 죽기 전해에 인터뷰에서 스스로 말한 대로, 그의 문학은 "프랑스라는 거대한 숲속에 심긴 유대의 나무"였다.

한국의 독자들에게 알베르 꼬엔의 문학은 2002년에 번역·출간된 『내 어머니의 책』(Le Livre de ma mère, 1954)으로 처음 소개되었다. 사랑하는 아들을 주네브로 떠나보낸 뒤 마르세유에 남아 생을 마감한 어머니에 대한 기억을 장중하면서도 서정적인 목소리와 시적인 리듬으로 그려낸 이 책은, 열살 때 겪은 충격적 사건을 회고한 『오 그대, 인간 형제들이여』와 함께 꼬엔의 자전적 에세이로 독자들의 사랑을 받았다. 하지만 꼬엔에게 작가로서 명성을 가져다준 작품은 무엇보다 그의 소설들, 즉 『쏠랄』(Solal, 1930), 『망주끌루』(Mangeclous, 1938), 『주군의 여인』(Belle du Seigneur, 1968), 『용자들』(Les Valeureux, 1969)로 이어지는 '쏠랄과 쏠랄가(家) 사람들' 이야기다. 30대에 이르러 창작 활동에 전념하기 위해 국제노동기구를 떠난 꼬엔이 1년여의 본격적인 집필을 거쳐 발표한 첫 소설 『쏠랄』은 케팔로니아 유대인 공동체를 이끄는 제사장의 아들 쏠랄이 쥘리앵 쏘렐 혹은 라스띠냐끄처럼 잘생긴 외모와 젊음을 무기로 세상에 뛰어드는 이야기로, 그 과정에서 쏠랄이 체험하는 유럽 상류사회의 위선 그리고 버리고 떠나온 유대의 뿌리로 인한 갈등이 "제임스 조이스와 라블레가 만나는 세계" 속에 그려진다. 『쏠랄』의 성공에 힘입어 꼬엔은 '유대인 무훈시'(Geste des Juifs)를 구상하고, 그로부터 8년 뒤 쏠랄가 사람들의 두번째 이야기 『망주끌루』를 발표한다. '못을 먹는 남자'라는 기이한 별명의 유대인을 중심으로 자유분방하고 우스꽝스러운 케팔로니아 유대인 형제들의 모험을 희극적 서사시로 그려낸 이 소설은 『쏠랄』과 함께 이후 꼬엔의 문학 속에 깊게 뿌리 내리고 가지를 뻗게 될 독창적 세계를 예고한다.

하지만 곧이어 나치의 집권과 함께 반유대주의 광풍이 닥치자 꼬엔은 소설을 버리고 현실적 문제들에 뛰어든다. 그는 팔레스타인을 위한 유대인 기구(Jewish Agency for Palestine)와 국제난민기구에서 활동했고(두편의 에세이 『내 어머니의 책』과 『오 그대, 인간 형제들이여』는 이 시기에 써서 『라 프랑스 리브르』(La France libre)지에 발표한 글들을 후에 수정하여 출간한 것이다), 1946년 '난민 지위에 관한 국제협약'의 실무를 담당한 뒤에는 이 선언문이 자신이 쓴 것들 중에서 "가장 아름다운 글"이라 말하기도 했다. 꼬엔은 역사의 격랑이 가라앉고 20여년이 흐른 뒤 비로소 버려두었던 소설로 되돌아와 오래전에 꿈꾸었던 '유대인 무훈시'를 다시 시작했다. 그러나 『망주끌루』 이후 30년 만에 완성된 쏠랄가 사람들의 마지막 이야기가 지나치게 긴 원고 분량 때문에 갈리마르 출판사의 편집자를 당혹시켰고, 결국 주네브의 국제연맹에 자리 잡은 쏠랄의 이야기를 중심으로 한 『주군의 여인』과 케팔로니아 유대인 형제들의 모험을 그린 『용자들』로 나뉘어 출간된다. 사실 꼬엔이 평생 동안 쓴 네편의 소설은 4부작으로 구성된 하나의 이야기이며, 그의 체험과 분리될 수 없는 삶의 이야기이다. 프로테스탄트 여인들과의 사랑, 젊은 시절 감행한 사랑의 도피, 인도주의를 내건 국제기구의 위선 등 꼬엔의 전기적 삶에 뿌리를 둔 일화들이 그렇고, 아론의 혈통으로 세습되는 제사장 '꼬엔'과 아론의 후손으로 히브리어 어원으로 '새 길을 여는 자' '이끌어가는 자'를 뜻하는 쏠랄, 꼬엔의 뿌리인 이오니아해의 섬 꼬르푸와 쏠랄이 늘 돌아가고자 꿈꾸는 이오니아해의 또다른 섬 케팔로니아는 하나인 것이다.

『주군의 여인』은 꼬엔의 소설 중에서도 가장 널리 알려진 대표작이다. 개인과 사회의 해방을 추구하던 1968년 5월이라는 시대적 분위기 속에서 73세의 노작가가 세상에 내놓은 이 낯선 소설은 현대의 트리스탄과 이졸데 이야기, 새로운 안나 까레니나 혹은 에마 보바리의 사랑 이야기라는 찬사를 받으며 출간과 함께 큰 인기를 끌었다. 30년 뒤인 1998년에 재출간된 폴리오판(무려 1100면이다!)의 경우 2주 만에 10만부가 팔리며 큰 화제를 낳기도 했다. 그럼에도 불구하고 이 소설의 문학적 완성도에 관해서는 이론의 여지가 있는 것이 사실이다. 우선 1967년에 완성된 '유대인 무훈시'가 분량 때문에 두권으로 나뉘어 출간될 때 케팔로니아 용자들 부분이 잘려 나가면서 이야기의 내적 완결성이 약화되었다. 그외에도 당혹스러울 정도로 끝없이 이어지는 장광설, 허무맹랑한 공상 같은 기이한 묘사들, 때로 문장부호도 없이 길게 이어지는 인물들의 독백 등이 수시로 이야기의 흐름을 끊어놓는다. 게다가 화자의 목소리 역시 자꾸 달라진다. 때로는 시적인 몽상에 빠진, 그러나 비극적 결말을 예감하기에 슬픔이 가득 실린 목소리로 사랑의 찬가를 노래하고("사랑의 초기" 연인의 모습을 그린 38장이 그렇다), 살기에 가까운 신랄함이 느껴지는 목소리로 범속한 인간들을 향해 풍자의 칼을 휘두르고, 또 때로는 만나서는 안되는, 만나는 순간 비극을 불러올 두 장면을 대위법처럼 번갈아 보여주며 극적 긴장이 극대화된 희비극의 무대를 그려 보인다(연인이 리츠에서 춤을 추는 첫날밤과 기차를 타고 출셋길을 떠나는 남편이 번갈아 나오는 36장, 그리고 출장에서 돌아오는 연인을 기다리는 아리안과 아내를 만나러 돌아오는 기차 속의 남편이 번갈아 나오는 71장은 실로 슬프고 우습다). 하지만 불꽃놀이처럼 여기저기서 터져 오르는, 혼란스럽기까지 한 목소리들에 귀를 기울이는 독자는 분명 그 다양한 목소리 뒤에서 들려오는 하나의 목소리를 들을 수 있다. 그것은 사랑하는 많은 이의 죽음을 겪고 이제 스스로도 죽음을 앞둔 노년의 작가 꼬엔의 내면을 드러내는 목소리다(젊어 죽은 쏠랄의 분신인 늙은 꼬엔이 "빙산에 나 홀로" 누워 있는 "한때 젊었던 남자"(1권 635면)의 목소리로 직접 모습을 드러내기도 한다). 긴 소설 속에서 얼핏 조화를 이루지 못하는 듯 보이는 여러 요소는 바로 그 목소리가 뱉어내는 긴 한숨 같은 호흡 속에 하나가 된다.

　그런데 이 소설의 서술에서 가장 중요한 특징은 무엇보다 화자가 사건들의 진실을 드러내는 방식에 있다. 즉 여기저기서 마치 롤러코스터처럼 정신없이 돌아가는 사건들 틈에서 진짜 중요한 일, 진짜 가슴 아픈 진실은 언제나 들릴 듯 말 듯 나지막한 목소리로, 혹은 허무맹랑해 보이는 기이한 독백들 속에, 짧고 흐릿하게 모습을 드러낸다. 리츠로 처음 찾아간 아리안이 쏠랄에게 내뱉은 "더러운 유대인"(1권 447면)이라는 말은(열살의 꼬엔을 정체성의 위기로 몰아넣은 게 이 말이었음을 기억하자) 이후 직접 발화되지 못하고 두서없는 헛소리같이 이어지는 아리안의 독백 속에 "두마디"(2권

167면)라는 말로 등장할 뿐이다. 파국의 진짜 이유가 된 베를린의 지하실 이야기는 이런 특징을 가장 분명하게 보여준다. 전면에 드러난 것은 그곳에서 만난 사람들 중에서 가장 우스꽝스러운 난쟁이 라헬이지만, 사실 지하실의 진실은 그 뒤에 가려진, 단 한번 짧게 언급되었을 뿐인, 유대인을 위해 힘써달라는 유대 지도자들의 부탁과 그것을 실천하고자 한 쏠랄의 국제연맹 연설에 있다. 중요한 진실의 조각들은, 애정을 쏟아 귀를 기울이지 않으면 미처 듣기도 전에 사라져버리는 말들처럼, 섬광처럼 번득이며 지나간다. 이 소설의 화자가 독자들에게 들려주고자 하는 것은 여러 목소리가 앞다투어 쏟아내는 현란한 말 뒤에 가려진, 차마 앞에 내놓지 못하는 상처들에 대한 깊은 탄식이라 할 수 있다.

1935년 5월부터 1937년 9월까지, 약 2년 반에 걸친 『주군의 여인』의 스토리는 총 7부로 나뉜 106개 장에 펼쳐진다. 모든 여자를 매혹할 만큼 아름다운 외모에 국제연맹 사무차장이라는 사회적 지위를 가진 쏠랄은 그럼에도 자신의 외모나 지위에 영향을 받지 않는 절대적 사랑을 꿈꾼다. 어느 연회에서 우연히 만나 첫눈에 반한, 부하 직원 아드리앵 됨의 아내 아리안을 늙고 추한 유대인 노인으로 변장하고 남몰래 찾아간 것은 그 때문이다. 그의 시도는 당연히 실패하지만, 여자들에 대한 환멸에도 불구하고 그는 지독한 허무에서 자신을 구해줄 마지막 끈과 같은 운명의 여인을 포기하지 못한다. 이렇게 이야기는 국제연맹 사무차장 쏠랄과 됨 부부, 즉 무능하고 범속한 인간으로 오직 출세만을 꿈꾸지만 너무 착해서 마음 놓고 미워할 수 없는 남편 아드리앵, 결혼을 후회하며 '히말라야 여인'이라는 몽상 속에서 살아가는 아내 아리안을 주축으로 전개된다. 그리고 이 불륜 이야기를 중심으로 아리안의 시어머니 앙뚜아네뜨로 대표되는 신앙의 허위나 아드리앵이 일하는 국제연맹이 상징하는 외교 무대의 무능과 위선에 대한 잔인할 정도로 희극적인 풍자, 케팔로니아의 '용자들'이 펼치는 채플린식 블랙코미디 같은 이야기 등이 더해져 다채로운 색채의 풍경화가 완성된다.

하지만 이 모든 이야기를 감싸 안는 화자는 소설 속 모든 인간을 늘 깊은 연민의 시선으로 바라본다. 그런 태도는 풍자의 대상이 되는 가장 속된 인물들, 더없이 범속한 인물들에게도 다르지 않다. 그와 같은 연민의 근원에는 바로 "죽음을 피할 수 없는"(1권 462면, 2권 147, 244, 401, 507면) 인간의 운명에 대한, "죽음이 기다리고 있음을 알지 못한 채"(1권 403면) 헛되이 살아가는 인간들의 어리석음에 대한 안타까움이 자리 잡고 있다. 쏠랄은 맨 처음 아리안의 집에 숨어들 때부터 이미 머지않아 자신의 가슴에 총을 쏘게 될 운명을 떠올린다. 그리고 실제로 소설은 사랑의 도피를 떠난 두 연인의 (총 대신 약을 이용한) 자살로 끝난다. 주인공들의 죽음 외에 이 소설 속 모든 인물은 언제나 죽음의 절벽 위를 걷고 있다. 쏠랄이 아리안을 위해 버린 여인, 사랑을 잃고 나서 힘겹게 자살의 유혹을 이겨내지만 그렇게 다시 삶의 의지를 다지려는 순간 사고로 혹은 운명의 힘으로 발코니 아래로 추락하는 이졸데의 죽음은 눈물겹도록 허무하고, 아내의 배반을 알고 나서 화장실 변기 위에 앉아 자신의 머리에 총을 겨누는 아드리앵의 자살 시도는 눈물겹도록 우습다. 더구나 죽지 않으려는 이졸데가 어처구니없이 죽음을 맞고 반대로 죽으려 한 아드리앵은 요행히 살아나는 것에서 삶과 죽음의 아이러니는 더욱 폭력적 힘을 발휘한다. 이들보다 더 존재감 없는, 엑스트라와도 같은 인물들 역시 늘 죽음과 함께 살아간다. 아리안이 돌

700

아올 연인을 기다리며 집을 단장하는 동안 주네브 호수에 몸을 던지는 어느 늙은 노동자 이야기, 출세의 기쁨에 젖은 아드리앵이 탄기차 복도를 오가는, 백혈병 걸린 딸을 가진 승무원의 이야기, 사랑의 도피를 떠난 연인이 쾌락을 만끽하는 호텔을 청소하는, 만성 심근염을 앓는 늙은 여자의 이야기는, 아마도 더 보편적인 죽음을 환기하기에, 더 처연하다. 화자가 수시로 언급하는 "죽어 시체가 될" (1권 462면) 인간들의 그림자와 함께, 죽음의 강박관념이 소설 전체를 지배한다.

『주군의 여인』은 매혹적인 사랑 이야기이다. 쏠랄은 이상적인 여인을 찾아 헤매는 돈 끼호떼이고 동 쥐앙이며 까사노바다. 그는 아리안에게서 이전까지는 알지 못했던 순결하고 영원한 사랑의 여인상을 발견하지만(혹은 발견했다고 믿으려 애쓰지만), 완벽한 합일을 추구하는 그들의 사랑은 시간의 흐름 속에서, 유한한 인간의 나약함 속에서 좌절될 수밖에 없다. 영원한 사랑은 잊을 수 없는 한순간, 리츠에서의 첫날밤의 기억 속에 머물러 있는 것이다. 결국 유토피아를 꿈꾸며 찾아간 지중해의 도시 아게는 사랑의 지옥으로 변하고, 사랑의 모험 혹은 도피는 출발점인 리츠로 되돌아와 비극적 결말을 맞는다. 사실 아리안은 '덜 자란 아이'다. 그녀는 어른이 되어서도 또다른 덜 자란 아이인 레리 고모 그리고 자신의 분신과도 같은 여동생이자 다 자랄 틈이 없이 죽은 또다른 아이 엘리안의 그림자 속에 머문다. 아리안이 갇혀 있는 몽상적 세계의 끝은 남편 대신 선택했던 S(혹은 디치)가 아니며, 심지어 남편을 버리게 만든 운명의 연인 쏠랄도 아니다. 그녀가 되돌아가고 싶은 근원이자 꿈꾸는 종착점은 아마도 엘리안-바르바라가 상징하는 동성애일 것이다. 그녀에게 동성애는 "도구"(1권 299면)로 사용되지 않는, "왕의 침전 앞에 무릎을 꿇은 노예가 되는 감동"(1권 596면)이 필요하지 않은 편안한 사랑, 근원적 위안 같은 것이다. 사실 아리안의 일탈의 시작을 알린 바르바라와의 동성애는 "뜨바야 제나"(당신의 여자, 1권 532~34면)라는 러시아어로 쏠랄과의 사랑에서도 그대로 이어지고, 마침내 주네브의 리츠로 되돌아와 에테르에 취해 살아가는 타락의 끝에서, 문맥과 떨어져 짧게 반복되는 "그리고 그날밤, 잉그리드"(2권 677, 679면)로 흐릿하게, 하지만 그래서 더 강렬하게 표현되어 있다.

또 연인들의 사랑이 더없이 초라하게 끝날 수밖에 없었던 더 필연적인 이유가 있다. 그것은 바로 아리안의 연인 쏠랄이 1930년대 유럽 땅에서 살아가는 유대인이라는 사실이다. 반유대주의의 폭력은 쏠랄에게 사회적 삶을 파괴하는 현실의 고문이자 처벌이며, 결코 그를 놓아주지 않는 실존의 조건이다. 소설의 후반부에 질투의 감정이 길게 묘사되지만, 정작 연인의 사랑을 파멸로 몰고 간 것은 쏠랄의 질투가 아니다. 질투는 오히려 난파하는 사랑의 배를 마지막까지 붙잡아준 밧줄이다. 그런 점에서 좌초할 수밖에 없는 난파선의 밧줄을 끝까지 놓지 못한 아리안과 쏠랄의 운명, 죽음으로써 비로소 끝을 맞이하는 그들의 사랑의 모습은 단순한 사랑의 실패가 아니라, 어쩌면, 쏠랄이 주장하던 속된 사랑의 속성대로 새로운 짝을 찾아 다시 떠나지 않는, 다른 사랑과 불륜을 찾아 헤매기를 거부하는 일종의 저항일지도 모른다. 그들은 마지막까지 완벽한 사랑을, 완벽하게 시작하여 완벽한 파멸로 끝나는 사랑, "세상의 아름다움을 단숨에 송두리째 마"(2권 688면)시는 사랑을 포기하지 않았고, 성스러운 의례와도 같은 사랑에 이은 초라한 죽음은 그래서 장엄하도록 슬프다. 이 점에서 쏠랄과 아리안은 쌍둥이다. 자기혐오로 괴로워하는 쏠랄이 백치에 가까운 아리안을 사랑하는 것은 그녀의 어리석음이 자기 자신의 어리석음과 분신처럼 닮았기 때문이다. 소설 속에 주어진 독백들 역시 처음에는 몽상가 아리안이 지어내는 이야기들이 주를 이루지만, 점차 쏠랄의 환상이 그 자리를 이어가고, 그렇게 둘은 하나가 된다. 마찬가지로, 사랑에 빠진 아리안이 돛단배 원피스를 입고 주네브 거리를 의기양양한 발걸음으로 돌아다니면서 부르는 서정적 사랑의 찬가(소설 전체에서 가장 희극적인 순간이다), 국제연맹에서 쫓겨나고 프랑스 국적도 빼앗긴 뒤 빠리의 밤거리를 헤매는 쏠랄이 읊조리는 탄식의 서사시(소설 전체에서 가장 비극적인 순간이다)는 사실상 서로의 부름에 화답하는 하나의 노래, 함께 부르는 이중창이다. 그리고 더 나아가, 아리안의 뿌리인 주네브의 프로테스탄트 사회가 우아함의 가면 너머로 냉소적 희극으로 그려지는 동안, 쏠랄이 유대인으로서 정체성을 유지하는 버팀목인 케팔로니아 용자들은 과장되게 일그러진(상상의 존재인 로젠펠드 일가의 묘사가 그 절정이다), 분출하는 화산처럼 뜨거운 또다른 희극으로 그려진다. 다시 말해, 주네브 프로테스탄트 사회와 케팔로니아 유대인 사회는, 정반대로 보이지만, 사실은 서로의 거울상인 것이다.

소설 속에 담겨 있는 이러한 여러겹의 이야기를 아울러 보면, 'Belle du Seigneur'라는 제목의 의미를 온전히 담아낼 수 있는 우리말은 찾기 어렵다. 영역본이 'Her Lover', 일역본이 '선택받은 여인(選ばれた女)'이라는 우회적인 제목을 택한 것 역시 아마도 이런 이유 때문일 것이다. 프랑스어의 'seigneur'는 중세의 봉건영주

를 포함하여 신분이 높고 고귀한 존재를 지칭하고, 강한 힘을 지닌 주인을 뜻하며, 동시에 '주 예수' 같은 신적인 존재를 가리킨다. 본문 중에 'belle du seigneur'라는 표현은 매번 아리안의 목소리 혹은 아리안의 시선에서 등장하고, 그럴 때 쏠랄은 아리안이 우러러보는 고귀한 존재이자 노예로서 받드는 주인이며 또 여사제로서 섬기는 신으로 그려진다. 그런데 아리안의 사랑에 담긴 이 모든 의미 너머로, 쏠랄은 무엇보다 태양 같은 빛으로 새 길을 열고 민족을 이끌어 나가야 하는 '왕'이다. 사회적으로 정상에 올랐지만 늘 벼랑 끝에 서 있는 쏠랄이라는 인물이 겪은 비극적 사랑 이야기는 더 큰 이야기, 수천년 동안 이어진 디아스포라의 기억을 안고 20세기에 다시 방랑의 길을 떠나야만 하는 유대인들의 서사시에 감싸여 있는 것이다. 어쩌면 유대인의 운명을 오래전부터 예감하고 있던 쏠랄에게 사랑이 시작된 리츠 호텔에서 스스로 생을 마감한 것보다 더 강한 자기파괴 행위는, 그동안 단 한번도 온전한 사랑을 주지 못했던 유대인들을 위해 국제연맹에서 마지막 노력을 행하고 그로 인해 쫓겨난 뒤 프랑스 국적마저 빼앗기게 만들 익명의 편지를 스스로 보낸 행동일 것이다(이 역시 "자신의 귀화가 불법적인 것이었음을 폭로하는 익명의 편지를 보내버린 더 치명적인 실수" (2권 486~87면)라는 말로 짧게 단 한번 언급될 뿐이다).

이 점에서, 삶의 터전인 주네브를 버리고 떠나온 연인의 사랑이 파멸에 이르는 과정을 그린 소설의 후반부는, 그와 동시에, 라헬의 지하실을 거쳐 깨어난 쏠랄이 "유대인들에게 죽음을"이라고 외치는 빠리의 거리를 헤매면서 '방랑하는 유대인'으로 태어나는 이야기이다. 유대의 왕 쏠랄은 결국 "백성 없는 왕"(2권 135, 563면)일지언정 민족의 고통과 영광을 안고 말을 달리는 어두운 태양이 되기를 택하고, 라헬의 왕관을 쓰고 병든 말들이 끄는 마차를 타고 독일의 땅을 질주하는 왕, 스스로 못 박힌 왕이 된다. 주네브 리츠 호텔에서 에테르에 취한 마지막 밤에, 유럽인의 왕인 예수의 죽음처럼 못 박히는 죽음을 받아들인 유대 왕의 마지막 외침은 유대와 유럽의 불가능한 화해에 대한 절망의 탄식이었을까? 아니면, 그럼에도 불구하고 포기하지 못하는 그 화해를 향한 못다 이룬 꿈이었을까? 덧붙이자면, 유대인 쏠랄에게 주어진 형벌은 당대 유럽 사회의 정치적 현실에 머물지 않고, 우리 누구에게나 해당되는 보편적 진실로 이어지지 않을까? 그것은 인간이 스스로 선택하지 않은, 자랑스럽지 않은, 버릴 수 있다면 버리고 싶은, 그러나 결코 떼어낼 수 없는, 떼어내려는 생각 자체가 죄의식을 몰고 오는, 애증의 대상으로 감내해야 하는 삶의 조건이 아닐까?

윤진(불문학자, 번역가)

작가연보

1895년   8월 16일 그리스 케르키라섬(이딸리아어 이름은 꼬르푸)에서 비
누 공장을 운영하는 오스만뛰르크 국적의 유대인 마르끄 꼬엔
(Marc Coen)과 어머니 루이즈 꼬엔(Louise Coen)의 아들 알베르
꼬엔(Albert Coen)이 태어남.

1900년   1891년 꼬르푸에서 일어난 반유대인 폭동 이후 적대적인 분위기
가 퍼지고 가업인 비누 공장이 위기에 처하자, 꼬엔의 부모는 아
들을 데리고 프랑스 마르세유로 이주. 꼬엔의 아버지는 올리브기
름과 달걀을 판매하고, 어린 꼬엔은 가톨릭 사립학교에 다님.

1905년   마르세유 거리에서 행상을 구경하다가 "더러운 유대인"이라는
욕설을 듣고 평생 잊지 못할 상처를 입음. 이 일을 계기로 민족적

정체성의 갈등이 시작됨.

1908년 성년식을 위해 가족과 함께 꼬르푸 방문. 몇주간 아름다운 꼬르푸섬의 풍경 그리고 유대인 게토와 그 게토를 이끌던 할아버지 아브라함 꼬엔(Abraham Coen)의 모습이 깊은 인상을 남김.

1909~13년 리세 띠에르(Lycée Thiers)에서 훗날 작가가 되는 마르셀 빠뇰(Marcel Pagnol)을 만남. 문학을 향한 열정으로 이어진 우정은 1974년 빠뇰이 먼저 숨을 거둘 때까지 이어짐. 학창 시절 베르길리우스, 보들레르, 단떼, 셰익스피어, 도스또옙스끼에 심취함. 『천일야화』를 즐겨 읽음.

1914~18년 마르세유를 떠나 주네브 대학에서 법학과 문학을 공부함. 연상의 헝가리 백작부인 아드리엔(Adrienne de Fornzec)과 사랑의 도피를 떠남.

1919년 스위스 국적 취득. 유대인의 정체성을 분명하게 드러내기 위해 성 'Coen'에 'h'를 넣어 'Cohen'으로 쓰기 시작함. 유대인 여인과 혼인하길 원한 부모의 뜻을 거스르며 프로테스탄트 목사의 딸 엘리자베뜨 브로셰(Elisabeth Brocher)와 결혼. 변호사 자격증 취득.

1920년 지병인 천식으로 군 면제를 받고, 이집트 알렉산드리아로 가 변호사 사무실에서 일함. 후일 이스라엘 초대 대통령이 되는 시오니즘 지도자 바이츠만(Chaim Weizmann)을 만남.

1921년 주네브에 혼자 남아 있던 엘리자베뜨가 딸 미리암(Myriam)을 낳음. 결혼 전 엘리자베뜨에게 유대의 정신을 들려주기 위해 써놓은 시들을 묶어 시집 『유대인의 말』(*Paroles juives*)을 출간.

1922~23년 주네브로 돌아옴. 잡지 『라 누벨 르뷔 프랑세즈』(*La nouvelle revue française*) 『라 르뷔 드 주네브』(*La revue de Genève*) 등에 글을 발표함.

1924년	아내 엘리자베뜨가 암으로 사망.
1925년	엘리자베뜨의 친구였던 이본 이메르(Yvonne Imer)와 교제 시작. 바이츠만의 부탁으로 빠리에서 프로이트, 아인슈타인 등과 함께 유대인 잡지 『라 르뷔 쥐이브』(*La Revue Juive*) 발행.
1926년	주네브에서 국제연맹 산하 국제노동기구 근무.
1929년	이본 이메르가 심장 발작으로 사망.
1930년	첫 소설 『쏠랄』(*Solal*)이 갈리마르 출판사에서 출간됨.
1931년	마리안 고스(Marianne Goss)와 결혼. 창작에 전념하기 위해 국제노동기구를 떠남. 희곡 「에제끼엘」(*Ézéchiel*)이 빠리의 오데옹에서 상연됨.
1932~33년	『쏠랄』이 독일, 영국, 미국에서 번역 출간됨. 「에제끼엘」이 꼬메디 프랑세즈에서 상연됨.
1935년	'유대인 무훈시'(Geste des juifs)를 구상하고 집필 시작.
1938년	케팔로니아 유대인들의 이야기 『망주끌루』(*Mangeclous*) 출간.
1939년	제2차대전이 일어나자 빠리에서 바이츠만의 대변인으로 활동.
1940~42년	독일군이 진격해 오자 가족을 이끌고 런던으로 감. 팔레스타인을 위한 유대인 기구의 자문관 자격으로 각국 정부와 협력 관계 구축. 드골(Charles de Gaulle)을 만난 뒤 『라 프랑스 리브르』(*La France libre*)에 기고. 바이츠만에게 헌정된 『망주끌루』 영어판 출간.
1943년	어머니 루이즈 꼬엔이 마르세유에서 사망. 어머니의 죽음을 기리는 「죽음의 노래」(Un chant de mort) 1, 2부를 『라 프랑스 리브르』에 발표함. 원고 작업을 도와줄 벨라 버코위치(Bella Berkowich)를 만남.
1944년	「죽음의 노래」 3, 4부 발표. 시오니즘 지지자들과의 갈등으로 관련 임무들에서 사임. 국제난민기구의 전신인 범정부 난민위원회

(Intergovernmental Committee on Refugees)에서 법률 자문관으로 일함.

1946년 마르세유에서 "더러운 유대인"이라는 모욕을 당한 일을 회고한 「열살 때 어느날」(Jour de mes dix ans)을 『라 프랑스 리브르』에 발표. 마리안 고스와 이혼. 10월 15일 체결된 '난민 지위에 관한 국제협약'의 실무를 담당함.

1947년 런던 생활을 정리하고 주네브로 돌아옴. 벨라 버코위치와 함께 국제난민기구에서 일함.

1949~51년 국제노동기구를 마지막으로 국제공무원 일을 그만둠.

1952년 아버지 마르끄 꼬엔이 마르세유에서 사망.

1954년 인생의 반려자가 된 벨라 버코위치에게 어머니 이야기를 들려주기 위해, 10여년 전 발표했던 「죽음의 노래」를 『내 어머니의 책』(Le Livre de ma mère)으로 출간함.

1955년 벨라 버코위치와 결혼.

1956년 「에제끼엘」을 수정하여 재출간.

1961~64년 글쓰기에 전념하던 중 건강이 악화되어 세번의 수술을 받음.

1968년 완성된 '유대인 무훈시' 원고 중 쏠랄의 이야기를 『주군의 여인』(Belle du Seigneur)으로 발표. 아카데미 프랑세즈 소설 대상 수상.

1969년 '유대인 무훈시'의 나머지 분량이 『용자들』(Les Valeureux)로 출간됨. 30여년 전에 발표한 『쏠랄』과 『망주끌루』 역시 수정해 재간행.

1972년 「열살 때 어느날」을 고쳐 쓴 『오 그대, 인간 형제들이여』(Ô vous, frères humains) 출간.

1977년 베르나르 피보(Bernard Pivot)의 TV 좌담 프로그램 「아뽀스트로프」(Apostrophes)가 꼬엔 특집으로 방송됨.

1979년 건강이 악화됨. 어린 시절과 친구 마르셀 빠뇰과의 우정, 첫 소설 『쏠랄』을 쓸 당시 이본 이메르와의 사랑 등을 일기 형식으로 회고한 『노트 1978』(*Carnets 1978*) 출간. 『마가진 리떼레르』(*Magazine littéraire*) 147호가 꼬엔 특집으로 발간됨.

1981년 계단에서 넘어져 골절상을 입은 뒤 폐렴 합병증으로 10월 17일에 사망함. 주네브 근교 베리에(Veyrier)의 유대인 묘지에 묻힘.

1986년 『주군의 여인』이 쁠레야드(Pléiade)판으로 출간됨.

1993년 나머지 세편의 소설(『쏠랄』『망주끌루』『용자들』)과 자전적 글(『내 어머니의 책』『오 그대, 인간 형제들이여』『노트 1978』), 시집(『유대인의 말』), 희곡(『에제끼엘』)을 수록한 『작품』(*Oeuvres*)이 쁠레야드판으로 출간됨.

고전의 새로운 기준, 창비세계문학

오늘날 우리는 인간의 존엄과 개성이 매몰되어가는 시대를 살고 있다. 물질만능과 승자독식을 강요하는 자본주의가 전지구적으로 확산되면서 현대사회는 더 황폐해지고 삶의 질은 크게 훼손되었다. 경제성장만이 최고의 선으로 인정되고 상업주의에 물든 문화소비가 삶을 지배할수록 문학은 점점 더 변방으로 밀려나고 있다. 삶의 본질을 성찰하는 문학의 자리가 위축되는 세계에서는 가진 자와 못 가진 자 할 것 없이 모두가 불행할 수밖에 없다.

이 시대야말로 인간답게 산다는 것의 의미가 무엇인지 근본적인 화두를 다시 던지고 사유의 모험을 떠나야 할 때다. 우리는 그 여정에 반드시 필요한 벗과 스승이 다름 아닌 세계문학의 고전이라는 점을 강조한다. 고전에는 다양한 전통과 문화를 쌓아올린 공동체의 경험이 녹아들어 있고, 세계와 존재에 대한 탁월한 개인들의 치열한 탐색이 기록되어 있으며, 새로운 세상을 꿈꾸는 아름다운 도전과 눈물이 아로새겨 있기 때문이다. 이 무궁무진한 상상력의 보고이자 살아 있는 문화유산을 되새길 때만 개인의 일상에서 참다운 인간적 가치를 실현하고 근대적 삶의 의미와 한계를 성찰하는 지혜를 얻을 수 있을 것이다.

'창비세계문학'은 이러한 문제의식에서 출발한다. 세계문학의 참의미를 되새겨 '지금 여기'의 관점으로 우리의 정전을 재구성해야 할 필요성이 그 어느 때보다 절실하다. '정전'이란 본디 고정된 목록으로 존재하는 것이 아니라 그때그때 주어진 처소에서 새롭게 재구성됨으로써 생명을 이어가는 것이다. 우리는 먼저 전세계 문학들의 다양성과 차이를 존중하면서 국가와 민족, 언어의 경계를 넘어 보편적 가치에 기여할 수 있는 가능성에 주목하고자 한다. 근대를 깊이 성찰한 서양문학뿐 아니라 아시아와 라틴아메리카, 중동과 아프리카 등 비서구권 문학의 성취를 발굴하고 재평가하는 것 역시 세계문학의 지형도를 다시 그리려는 창비의 필수적인 작업이 될 것이다.

여러 전집들이 나와 있는 세계문학 시장에서 '창비세계문학'은 세계문학 독서의 새로운 기준이 되고자 한다. 참신하고 폭넓으면서도 엄정한 기획, 원작의 의도와 문체를 살려내는 적확하고 충실한 번역, 그리고 완성도 높은 책의 품질이 그 기초이다. 독서시장을 왜곡하는 값싼 유행과 상업주의에 맞서 문학정신을 굳건히 세우며, 안팎의 조언과 비판에 귀 기울이고 독자들과 꾸준히 소통하면서 진정 이 시대가 요구하는 세계문학이 무엇인지 되묻고 갱신해 나갈 것이다.

　1966년 계간 『창작과비평』을 창간한 이래 한국문학을 풍성하게 하고 민족문학과 세계문학 담론을 주도해온 창비가 오직 좋은 책으로 독자와 함께해왔듯, '창비세계문학' 역시 그러한 항심을 지켜나갈 것이다. '창비세계문학'이 다른 시공간에서 우리와 닮은 삶을 만나게 해주고, 가보지 못한 길을 걷게 하며, 그 길 끝에서 새로운 길을 열어주기를 소망한다. 또한 무한경쟁에 내몰린 젊은이와 청소년들에게 삶의 소중함과 기쁨을 일깨워주기를 바란다. 목록을 쌓아갈수록 '창비세계문학'이 독자들의 사랑으로 무르익고 그 감동이 세대를 넘나들며 이어진다면 더없는 보람이겠다.

2012년 가을
창비세계문학 기획위원회
김현균 서은혜 석영중 이욱연 임홍배 정혜용 한기욱

창비세계문학 61

주군의 여인 2

초판 1쇄 발행/2018년 6월 29일

지은이/알베르 꼬엔
옮긴이/윤진
펴낸이/강일우
책임편집/양재화 홍상희
조판/박지현 황숙화
펴낸곳/(주)창비
등록/1986년 8월 5일 제85호
주소/10881 경기도 파주시 회동길 184
전화/031-955-3333
팩시밀리/영업 031-955-3399 편집 031-955-3400
홈페이지/www.changbi.com
전자우편/lit@changbi.com

한국어판 ⓒ (주)창비 2018
ISBN 978-89-364-6461-5 03860